ARTHUR PHILIPP

Die Dunkelmagierin

ARTHUR PHILIPP

Die Dunkelmagierin

Roman

blanvalet

MIX
Papier aus verantwortungsvollen Quellen
FSC® C083411
FSC www.fsc.org

Verlagsgruppe Random House FSC® N001967

1. Auflage

Neumarkter Str. 28, 81673 München
Redaktion: Angela Kuepper
Umschlaggestaltung und -illustration: Isabelle Hirtz, Inkcraft
Karten: © Melanie Korte
HK · Herstellung: kw
Satz: Vornehm Mediengestaltung GmbH, München
Druck und Bindung: CPI books GmbH, Leck
Printed in Germany
ISBN 978-3-7341-6079-0

www.blanvalet.de

Der alte Zauberer kniete am Strand. Wellen umspülten seine Waden, und der Saum der langen Robe war triefend nass. Er achtete nicht weiter darauf. Fasziniert zerrieb er Sand zwischen den Fingern, roch an ihm.

»Was sagt Ihr? Ist der Platz geeignet?«

Der Magier blickte auf. Prinz Gimlars Umriss zeichnete sich finster vor dem grauen Himmel ab. Sein Banner, unter erheblicher Anstrengung von einem seiner Ritter gehalten, knatterte im scharfen Wind. Der Zauberer blinzelte und erhob sich ächzend. Jetzt erst bemerkte er das Wasser in den Stiefeln.

»Es ist unglaublich, Hoheit. Riecht Ihr das? Schmeckt Ihr das? Die Magie, sie ist überall! Wieso wussten wir davon nichts?«

»Vielleicht, weil Euresgleichen nicht gerne weite Reisen unternimmt, Meister Alfand? Die Seefahrer, die es hierherverschlagen hatte, berichteten von gefährlichen Strömungen, widrigen Winden und unfreundlichen Eingeborenen in einem Land, das keine Schätze zu bieten habe. Wir sind über tausend Meilen von Utor entfernt. Was vielleicht nicht weit genug ist.« Er hob die Hand und fing einige der grauen Flocken, die vom Himmel herabregneten. »Würde unsere Heimat nicht gerade von einem Feuerberg zerrissen, hätten wir die gefährliche Reise niemals auf uns genommen.«

»Keine Schätze? Hoheit, jedes Sandkorn hier ist vom magischen Fluss durchdrungen. Spürt Ihr das nicht? Es gibt keinen vergleichbaren Ort auf der ganzen Welt.«

Der Prinz schien nicht zuzuhören. Der Zauberer folgte seinem Blick zum Kamm der Düne hinauf. Drei Fremde standen dort oben. Sie schienen nicht näher kommen zu wollen, um die Neuankömmlinge zu begrüßen. »Ich spüre nur Feindseligkeit, Alfand. Diese Eingeborenen, die schroffen Dünen, selbst der schwarze Wald dahinter rufen mir zu, dass ich hier nicht willkommen bin. Deshalb frage ich Euch erneut: Haltet Ihr diese Bucht für geeignet?«

Der Zauberer wischte sich den feuchten Sand von den Händen. Es kam ihm so vor, als riesele Magie von seinen Fingern. Diese Insel war unglaublich! Aber er durfte sich nicht hinreißen lassen. Alfand sah den grauen Strand, den dunklen Wald, das grüne Schilf. Dann wandte er sich um. Dreihundert Schiffe ankerten in der weiten Bucht: Kriegsholke, Handelskähne, Fischerboote, überladen mit Menschen, die Hoffnung brauchten.

»Die Bucht bietet genug Ankerplätze, Hoheit, der Wald liefert Holz für die Häuser, und das Land wirkt fruchtbar. Ja, dies ist der Ort, den mir die Gesichte gezeigt haben. Hier können wir Eure Stadt gründen.«

Wieder fing der Prinz einige Ascheflocken und zerrieb sie zwischen den Fingern. Er wirkte nachdenklich.

»Mehr als nur eine Stadt, Alfand. Ich werde das Königreich von Utor neu entstehen lassen. Es soll eine Heimat auch für die werden, die nach Skros oder Tsungama geflüchtet sind. Das Untergegangene wird wiedergeboren.«

Der Zauberer seufzte. Einige Herzschläge lang fühlte er die gleiche Trauer wie der Prinz. Utor, die Perle der Meere, war von einem Vulkan zerrissen worden. Was die Lava nicht verbrannte, versank in den Fluten oder wurde von Asche begraben. Die Magier hatten alles gewagt, um das Verhängnis aufzuhalten, und es dadurch vielleicht nur noch schlimmer gemacht. Aber das war Vergangenheit, Gimlar brauchte Rat für die Zukunft.

»Auch ich trauere um unsere Heimat, dennoch solltet Ihr alles vermeiden, was auf eine Fortführung der Tradition hindeutet, mein Prinz. Euer älterer Bruder hat den Untergang vermutlich ebenfalls überlebt. Er wird Euch die Krone streitig machen, wenn Ihr sie als Erbe Eures Vaters annehmt. Deshalb sollte der Name Utor mit der geliebten Stadt untergehen.«

»Und wie soll ich unsere neue Heimat Eurer Meinung nach nennen?«, entgegnete Gimlar verärgert. »Königreich der Asche?«

»Nun, wir werden einen geeigneten Namen finden, Hoheit. Zunächst sollten wir Euch jedoch bei erster Gelegenheit krönen. Auf diesen Schiffen finden sich viele ehrgeizige und mächtige Fürsten. Sie werden Führung leichter akzeptieren, wenn sie von einem König kommt.«

Der Prinz nickte flüchtig. »Meinetwegen. Aber lasst uns damit wenigstens warten, bis unsere Leute ein Dach über dem Kopf haben. Gebt Signal zum Ausschiffen. Wir bleiben. An diesem Strand wird Utor neu entstehen.«

Als König erfuhr Gimlar bald, dass es mehr als einer Krönung bedurfte, um ein Reich zu gründen. Der Untergang des alten Reiches lag wie ein Schatten auf den Menschen und raubte vielen der Überlebenden die Kraft für einen Neuanfang. Die Zauberer hingegen versuchten, die Magie, die das Land durchdrang, unter ihr Joch zu zwingen, sodass sie nur noch ihnen dienstbar war. Nach und nach breiteten die Utorer sich aus und ließen sich bis in die entferntesten Winkel des Landes nieder.

Die Weren aber, die schon immer auf Edun gelebt hatten, mussten erleben, dass der Zauber, der sie mit ihrer Heimat verband, mehr und mehr schwand. Krankheit und Hunger, die sie nie zuvor gekannt hatten, suchten sie fortan heim. Sie verfluchten die Aschlinge, wie sie die Neuankömmlinge nannte, doch waren sie kein Volk von Kriegern, und so griffen sie nicht zu den Waffen.

Doch die Utorer fanden schnell heraus, dass sie die Weren nicht brauchten, um einen Krieg zu beginnen …

Sieben Jahre nach der Landung stolperte Meister Alfand zitternd über eine verbrannte Ebene. Er fühlte sich schwach und leer. Noch nie in seinem Leben hatte er sich derart verausgabt, noch nie war so viel Magie durch ihn hindurchgeflossen. Es war unglaublich, wie stark die Kraft war, die aus der Tiefe strömte. Die Zauberer hatten gerade erst begonnen, sie zu bändigen und unter ihren Willen zu zwingen.

Gimlar stapfte vor ihm durch den beißenden Qualm. Stumm musterte der König die Überreste verbrannter Männer und Pferde. Das Entsetzen war ihm anzusehen. Auch Alfand schauderte es. Noch nie war er Zeuge von etwas Ähnlichem gewesen. Das Bild der Zerstörung stand ihm noch deutlich vor Augen: diese Welle aus Pferdeleibern und Stahl, die über die Ebene heranbrandete, gekrönt von blitzenden Speerspitzen und leuchtenden Wimpeln; das Kriegsgeschrei der gepanzerten Reiter, die siegesgewiss auf sie einstürmten; die unter dem tausendfachen Hufschlag bebende Erde – und dann, binnen Sekunden, war all die kriegerische Pracht dahin. Der Feind war ihnen zahlenmäßig weit überlegen gewesen – aber er hatte keine Magier auf seiner Seite gehabt.

Alfand schloss die Augen. War er nicht nur einer von vielen gewesen, die das Feuer heraufbeschworen hatten? Nein, er hatte den Plan ausgeheckt, hatte das feindliche Heer in diese Falle gelockt und dann auf ölgetränktem Grund unter einer Feuerwalze vernichtet, ausgelöscht, begraben.

»Seid Ihr nun zufrieden, Meister Alfand?«, fragte der König voller Verbitterung.

»Es ist ein Wunder, Hoheit. Wir haben gesiegt«, gab der Zauberer zurück und wusste sogleich, dass er die falschen Worte gewählt hatte. Er fühlte sich unendlich schwach und das erste Mal in seinem Leben wirklich alt.

»Ist das ein Sieg?«, fragte Gimlar und ließ den Blick über die verbrannten Leichen schweifen. »Das hier war die Blüte Utors … die besten Ritter des alten Reiches. Es ist ein grausames Wunder, das Ihr vollbracht hab, Alfand!«

»Aber sie ritten für Euren Bruder, sie wollten Euch entreißen, was Ihr aufgebaut habt, Hoheit!«

»Ja, mein Bruder …«

Der König ließ den Zauberer stehen und hastete mit seinem kleinen Gefolge weiter, zu einem Hügel voller verkohlter Körper. Dort ragte ein halb verbranntes Banner aus der Erde. Der Ritter, der es getragen hatte, war zur Unkenntlichkeit verbrannt, das Kettenhemd mit seiner Haut verschmolzen, aber das Banner hielt er noch in der Faust. Erst auf den zweiten Blick erkannte Alfand, der Gimlar gefolgt war, dass es die silberne Seeschlange der Könige von Utor zeigte.

»Das Wappen unserer Väter … Einer von diesen hier könnte mein Bruder Betanir sein – und ich kann ihn nicht erkennen«, sagte der König leichenblass. »Was enthüllen Euch Eure Visionen nun? Ihr habt ihn auf diesem Feld gesehen, Alfand, habt seinen Plan erraten, habt ihn in diese Falle gelockt. Seht Ihr ihn jetzt? Könnt Ihr ihn finden?«

Der Zauberer schüttelte stumm den Kopf. Er hatte Betanir gut gekannt, ihn sogar gemocht, obwohl der Prinz der Magie misstraute und sie sogar für das Ende des alten Reiches Utor verantwortlich gemacht hatte. Nun hatte sie ihm selbst das Ende bereitet. Doch welcher dieser teils ineinander verschmolzenen Körper dem Prinzen gehörte, konnte der Zauberer nicht sagen. Er wandte den Blick ab. Im beißenden Qualm wanderten Männer über das verbrannte Feld. Suchten sie nach Beute – oder nach Überlebenden? Viele von ihnen hatten Verwandte und Freunde in den Reihen des Feindes gehabt.

Der König lachte bitter auf. »Erinnert Ihr Euch an den Tag der Landung, Alfand? Ich fragte Euch damals, wie ich dieses Land nennen solle, wenn nicht Utor. Und im Scherz schlug ich Königreich der Asche vor. Offenbar habe also auch ich die Gabe, in die Zukunft zu sehen, denn auf der Asche meines Bruders und der besten Ritter von Utor scheint mein Reich gegründet.«

Der Zauberer schüttelte den Kopf. »Ich verstehe Euren Schmerz, Hoheit, doch schon bald werdet Ihr sehen, dass dieser Sieg groß war, auch wenn er heute bitter schmeckt. Ja, es sind viele tapfere Männer gefallen, doch kaum einer der Unseren. Eure Feinde sind es, die hier gefallen sind. Und wer nicht verbrannte, ist geflohen und wird nie wieder das Schwert gegen Euch erheben. Nach diesem Sieg wird es keiner mehr wagen, nach Eurer Herrschaft zu greifen. Ja, ich prophezeie Euch, dass die Krone Utors niemals in falsche Hände gelangen wird, solange der Thron fest auf den Säulen der Magie steht.«

»So ist es das, was Ihr vorherseht, alter Freund: der König und die Magier – für immer verbunden?«

»So ist es, Hoheit. Euch und Euren Nachfahren ist eine lange und glückliche Herrschaft über diese große Insel beschieden, denn unsere Bruderschaften werden über den Thron wachen.«

Alfands Gesichte hatten ihm nichts dergleichen gezeigt, doch er würde dafür sorgen, dass es so käme. Er fragte sich, ob dem König klar war, dass er und seine Erben von nun an für immer von der Macht der Magierorden abhängig sein würden.

Plötzlich sah der Alte etwas. Erst dachte er, es sei nur einer der Sieger, der stumm über das Schlachtfeld wanderte, aber, nein, es war eines der Gesichte, die manchmal zu ihm kamen, ohne dass er sie beschwören musste. Und doch stand es lebhaft vor ihm, zwischen den Rauchschwaden, den schwarzen Skeletten und den Raben, die auf Aas aus waren. Da war jemand, stand zögernd vor einem seltsamen Gebäude in den Nebeln einer Landschaft, die der Zauberer bisher noch nie gesehen hatte. Es war eine Vision aus einer fernen Zukunft, ein flüchtiges, rätselhaftes Bild, nicht viel mehr als ein Schatten, aber Alfand spürte, dass von ihm eine Gefahr für die eiserne Ordnung ausging, die er dem Reich geben wollte.

Doch wie sollte das möglich sein? Er sah doch nur ein halb verhungertes Mädchen, das am Ende einer frostigen Nacht einen verfallenen Tempel betrat …

Erstes Buch

Galtara – Lebensmond

1.

Feja spürte ihre Zehen nicht mehr. Der Frost war ihr durch die löchrigen Stiefel gekrochen, obwohl sie die ganze Nacht hindurch gelaufen war. Ihr Magen knurrte, und als sie stehen blieb, zitterte sie am ganzen Leib.

Vor ihr ragten Mauern aus dem Morgennebel. Sie wirkten so alt, dass Feja dachte, sie könnten jeden Augenblick umfallen. Es schien ein Tempel zu sein, der da vor ihr aus dem Unterholz ragte. Aber warum, so fragte sie sich, hörte sie Frösche aus dem Inneren rufen?

Das Gemäuer war ihr unheimlich. Ein Rabe flog mit warnendem Krächzen dicht über ihren Kopf hinweg, und sie hörte ein verdächtiges Knacken im Unterholz. Jemand lauerte in der Dunkelheit abseits der Straße. Kurz entschlossen folgte sie dem dunklen Quaken der Frösche.

Merkwürdig, dachte sie, der Frost steckt doch noch im Boden, warum seid ihr schon so munter?

Sie fand eine Lücke in der äußeren Mauer, zwängte sich hindurch – und sah die leere Pforte eines Tempels vor sich aufragen. Der Nebel, der so zäh über den Boden kroch, schien aus dem Inneren zu kommen. Während sie sich umsah, gewann sie den Eindruck, dass der Bau entweder eingestürzt oder aber nie vollendet worden war.

Feja fielen hundert Gründe ein, nicht in diese unheimlichen Mauern vorzudringen, aber sie ging trotzdem weiter, denn da war noch etwas – oder jemand – hinter ihr im Unterholz. Sie trat über die geborstene Schwelle und blieb staunend stehen.

Vor ihr öffnete sich ein riesiger Raum, dessen Dach der graue Himmel war. Säulen und Mauern endeten einfach irgendwo im Nichts. Der Boden der Halle stand weithin unter Wasser, zäher Dunst zog darüber hinweg. Zögernd ging sie einen Schritt weiter. An der Schwelle konnte sie das schwarz-weiße Muster der großen Steinplatten erkennen, die hier verlegt worden waren. Viele waren zerbrochen oder abgesunken. Efeu rankte um die Säulen und hatte Löcher in die Mauern gesprengt. Überall hockten Frösche, Kröten und Unken, die sie nun schweigend anzustarren schienen. Feja fragte sich, was hier geschehen sein mochte.

Dann nahm sie eine Bewegung am anderen Ende des großen Tempels wahr, da, wo die Umrisse der Ruine im Dunst verschwammen. Von dort näherte sich jemand!

Das Mädchen drückte sich in die Torlaibung und starrte hinüber. Ein alter Mann schlurfte durch das flache Wasser und sprach murmelnd mit sich selbst. Er ging zu einem Haufen bemooster Steine unter einer zerbrochenen Platte, die wohl einst ein Altar gewesen war. Rauch stieg dahinter auf und wehte zu Feja herüber. Sie roch den Duft von gebratenem Fleisch, und unter ihrem pochenden Herzen spürte sie ihren leeren Magen.

Die Frösche schienen die Anwesenheit des Mädchens nun ebenso hinzunehmen wie die des Mannes, denn das dunkle Konzert ihrer Rufe setzte wieder ein. Vorsichtig schlich Feja an der Wand entlang, darauf bedacht, nicht mit den löchrigen Stiefeln in das Wasser treten zu müssen. Kröten und Frösche krochen träge zur Seite, als sie näher kam. Der seltsame Teich quoll fast über von ihnen. Feja erkannte, dass das Wasser auch deshalb so dunkel wirkte, weil zwischen zwei Fröschen meist noch ein dritter saß oder schwamm. Sie bewegten sich träge über die schönen Platten, saßen auf Simsen und Steinen, und wenn sie nicht quakten, schienen sie auf irgendetwas zu warten.

Der Mann hinter dem Altar summte eine raue Melodie. Er wusch sich Arme und Beine mit dem trüben Wasser, fluchte, zog etwas aus seinem dichten Bart und setzte es auf eine Säule, von wo es mit einem weiten Satz rasch ins Wasser hüpfte.

Feja unterdrückte ein Lachen. Ihre Nerven waren zum Zerreißen gespannt, aber hatte dieser Mann gerade wirklich einen Frosch aus seinem Bart gezogen? Das Bild war zu komisch. Ein leises Glucksen entrang sich ihrer Kehle. Sie biss sich auf die Lippen und hielt sich unwillkürlich den Mund zu. Bei dieser Bewegung wischte ihr Ellbogen einen Stein von dem Sims neben ihr. Er fiel mit hellem Klatschen ins Wasser, und schlagartig verstummte das Konzert.

Der Mann hob den Kopf. Feja drückte sich an die Wand. Weit und breit gab es keine Deckung.

Mit einem Schrei griff der Mann nach einem Stock und sprang los. Er rannte quer durch die Halle und trieb in einer Art dunkler Bugwelle Hunderte Frösche, Kröten und Unken vor sich her. Drohend hob er den Stock und blieb dann eine Armlänge von dem Mädchen entfernt stehen. Seine Augen blitzten zornig unter buschigen Brauen.

»Hwe bew et? Ejn Maegadha? Eftan et an Trug? Bew et de Wargmaegadha? Faeren dine Ganauta gris fur de Sulli, for farsleitan te armaz Adach de Kwerko?«

Feja stand stocksteif und starrte den Mann an. Der Fremde war zwar nicht viel größer als sie selbst, sah aber wild aus, und sein Stock war dick wie ein Knüppel. Sie schluckte die Angst hinunter und hoffte, dass sie in dem Wortschwall wenigstens den Namen richtig verstanden hatte.

»Ich grüße Euch, Meister Adach«, begann sie höflich. »Mein Name ist Feja, und ich bin wirklich nur ein Maegadha und keine Täuschung. Ich bin auch nicht das Wolfsmädchen aus den Wäldern und habe keine grauen Gefährten, die vor der Schwelle darauf lauern, Euch die Kehle zu zerreißen.«

Jetzt weiteten sich die Augen des Mannes. »Te spraeke de Werisc!«

»Ich verstehe das Werische halbwegs«, antwortete Feja vorsichtig, »auch wenn Ihr ganz anders sprecht als die Weren aus dem Langwald. Von ihnen kenne ich auch die Legende vom Mädchen, das mit den Wölfen jagend durch die Wälder zieht, aber sprechen kann ich Eure Sprache leider fast gar nicht, Meister Adach.«

Der Mann trat einen Schritt zurück. »Erstaunlich gut verstehst du sie. Erstaunlich ist auch diese Begegnung. Erfreulich vielleicht auch. Eine Tochter der Aschlinge, die unsere Sprache versteht …« Seine Augen leuchteten unter den dichten Brauen, aber er verzog sonst keine Miene. Feja hatte gelernt, in den Gesichtern der *Starren* zu lesen, die ihre Gefühle nicht in ihren Mienen zeigten.

»Wo hast du sie gelernt, unsere Sprache, Maegadha Feja?«, fragte er weiter.

»Meine Eltern haben einen Hof im Langwald, zwischen der Stadt Holt und dem Fluss Runa. In der Nähe leben einige Sta… einige Weren. Einer von ihnen, ein Bienenzüchter, war oft bei uns auf dem Hof. Er half meinem Vater beim Holzmachen.«

»An der Runa? Das ist weit. Aber wir sind dort gewandert. Wie heißt der Were, der dich lehrte?«

»Sein Name ist Hunagach.«

Der Alte schloss die Augen, und als er sie wieder öffnete, leuchtete etwas wie eine Erinnerung in ihnen. »Hunagach kennen wir nicht, aber wir kannten Meduz, der vielleicht sein Vater war, denn dessen Vater wurde Hunagam genannt. Kann das sein?«

Feja war nicht sicher, ob diese dahingemurmelte Frage an sie gerichtet war, aber sie erwiderte: »Ich glaube, den Namen Meduz einmal im Dorf der Weren gehört zu haben, Meister Adach. Aber ich war nur zweimal dort, denn sie bleiben gerne unter sich.«

»Natürlich tun wir das, und das aus gutem Grund, wie du wohl weißt, Maegadha, oder?«

Seine Stimme klang plötzlich drohend, und wenn Feja hätte zurückweichen können, hätte sie das getan. Aber immer noch versperrte ihr die Mauer des Tempels jede Fluchtmöglichkeit. Weit wäre sie ohnehin nicht gekommen. Jetzt, da der Schrecken sich gelegt hatte, kehrte das Gefühl von Schwäche zurück. Ihr Magen knurrte hörbar.

Der Were starrte sie an. »Du hast Hunger?«

Sie nickte.

»Dann komm, Feja aus dem Langwald, komm an unser Feuer und erzähle uns von unseren Brüdern in der Ferne. Und wie du den gefährlichen Weg gemeistert hast, sollst du uns auch erzählen. Die Straßen sind nicht sicher in diesen Tagen. Komm, da wartet am Spieß ein Kaninchen, das so großzügig war, sein Leben für uns zu geben.«

Er packte sie am Arm und zog sie quer durch den Tempel. Die Frösche flohen, und Feja zuckte zusammen, als das Wasser in ihre löchrigen Stiefel drang. Verblüfft bemerkte sie, dass es gar nicht so kalt war, wie sie angenommen hatte. Es musste aus einer warmen Quelle stammen.

Der Were blieb stehen und musterte sie von Kopf bis Fuß. »Wo sind dein Mantel, deine Decke, dein Essen? So bist du doch nicht von daheim losgezogen?«

»Ich kam gestern an eine Zollbrücke, und der Zöllner wollte mich nicht über den Fluss lassen, da ich ihn nicht bezahlen konnte. Also musste ich schwimmen. Und da habe ich meine Decke verloren – und den Rest von dem, was ich besaß.«

»Geschwommen bist du? Durch den Rissling? Der Nykk war mit dir, dass du nicht ersoffen bist. Freuen solltest du dich und jubeln, dass du noch lebst!«

»Dennoch habe ich nun Wasser in den Stiefeln, Meister Adach …«

Der Were schnaubte und zog sie weiter durch den Tempel und das Spalier der Frösche und Kröten, die sie aus goldenen Augen beobachteten.

Eine kräftige Suppe und ein halbes Kaninchen später fühlte sich Feja schon viel besser. Ihre Stiefel trockneten am Feuer, und Meister Adach hatte sie in eine Felldecke gepackt. Der Were knabberte bedächtig an den Knochen und schien sie vorerst nicht mit Fragen belästigen zu wollen.

Feja sah sich um. Meister Adach hatte sich in einem der Räume hinter dem Altar eingerichtet. Hier war es trocken, und sie hatte nur eine einzige Kröte gesehen. Die saß in der Nähe des Feuers und schien sich ebenfalls zu wärmen. Äste und Zweige bildeten ein schiefes Dach mit einer einfachen Lücke für den Rauchabzug. Eine bunt gewebte Decke hing vor dem einzigen Fenster. Adach hatte sie zur Seite geschoben, und Feja spähte hinaus. Sie sah wucherndes Buschwerk, Tümpel und dazwischen immer wieder weiße Mauerreste. Der Nebel hatte sich inzwischen verzogen, und am blassen Frühjahrshimmel waren die Sicheln zweier Monde sichtbar geworden.

»Sagt, Meister Adach«, fragte sie, während sie den leeren Blechteller zur Seite schob, »was ist das hier für ein Ort?«

Der Were hob die Augenbrauen. »Unser Zuhause. Aber warte, diesem Essen möchten wir Respekt erweisen.«

Feja seufzte. Die Weren im Langwald hatten eine Menge merkwürdiger Bräuche, aber sie hatte noch nie erlebt, dass einer derart ehrfurchtsvoll mit einem Stück Fleisch und einer Suppe umging.

»Es gibt sicher bald einen Sturm«, sagte sie, um das Gespräch in Gang zu bringen. »Wenn der graue Aithir der schönen Afa so nahe ist, kommt ein Sturm auf«, wiederholte sie die Worte, die sie oft von ihrem Vater gehört hatte.

Der Were schnaubte verächtlich. »Unsinn! Die Sturmtage sind vorüber. Aithir und Afa trennen sich doch bereits wieder. Sei dankbar, denn sonst würde er dich zurück in den Langwald blasen, wo die Aschlinge ihre Kinder nicht lehren, die Monde richtig zu lesen.«

Feja seufzte. So viel zu dem Versuch, klug zu wirken, dachte sie.

»Aber vielleicht wäre es gut, der Sturm hätte unseren Gast zurückgepustet. Denn er gehört nicht hierher. Willst du in die Stadt? Nach Braake? Ah, das dachten wir uns. Aber Braake ist gefährlich, zu gefährlich für eine junge Gaucha, für ein Aschling-Mädchen.«

»Aber ich muss dahin. Mein Vater ist vielleicht dort …«

»Der Vater? In Braake? Dann ist auch er weit von der Heimat. Doch still, das muss warten. Da ist etwas hinter den Steinen, im Unterholz!« Der Were trat zu Feja ans Fenster. »Besser, du versteckst dich … Drüben, bei den Fröschen, da gehen sie nicht hin. Los doch, sie sind schon nah!«, drängte er, als Feja sich nicht rührte.

»Das sind vielleicht die Männer, die ich heute Nacht an der Straße gesehen habe«, flüsterte sie. »Sie saßen an einem schönen, warmen Feuer, aber ihre Gesichter waren von einer Art, dass ich mich um nichts in der Welt zu ihnen gesetzt hätte. Es waren sechs. Möglicherweise sind sie mir gefolgt …«

»Das Maegadha hat sie hergeführt? Das ist schlecht. Böse Tage zeugen böse Männer, und diese Tage sind voller Übel. Doch wenn sie aus dem Graufenn sind, werden sie nicht über die Schwelle treten. Kein Aschling wagt das. Du bist die Erste.« Bei diesen Worten löschte er das Feuer. »Sie werden hungrig sein, wie so viele in diesem Land. Hunger ist manchmal stärker als Furcht. Der Geruch von warmem Fleisch soll sie nicht herlocken.«

Feja kauerte sich an die Wand und hob einen schweren Stein auf, der dort lag. Sie würde sich ihrer Haut wehren. Sie war weit gekommen. Ihr Weg durfte jetzt nicht enden.

Der Were spähte geduckt aus dem Fenster, den Knüppel fest in der Hand. Aber wenn schon sie keine Angst vor diesem Mann hatte – wie sollte er dann sechs entschlossene Männer abschrecken?

Die Zeit verstrich. Irgendwann reckte sich der Were und brummte: »Sie bleiben im Dunst, kommen nicht näher. Aber vielleicht später. Wenn der Hunger sie treibt. Oder wenn die Nacht hereinbricht. Wir müssen wachsam bleiben.«

»Es tut mir leid, Meister Adach, ich wollte sie nicht …«

»Nicht deine Schuld, Maegadha, nicht deine Schuld. Hoffen wir, dass sie die Macht der Quelle kennen – und fürchten.«

»Was ist das hier für ein Ort, Meister Adach?«, versuchte es Feja erneut.

»Der Tempel der Frösche, so nennen sie ihn. Die Gauchen haben ihn gebaut, vor vielen Jahren. Für Padhrar, den ersten Gott.« Plötzlich lächelte der Were. »Große Pläne schmieden sie immer, aber dumm sind sie, die Zauberräuber, die Weltenbieger, die Aschlinge. Sie bauen ihn hier, wo die Nykke Brocha schlummert, im Sumpf. Je höher die Mauern wachsen, desto schneller sinkt der Tempel. Sie rammen Säulen in den Boden, pumpen, schaufeln Gräben, aber Brocha macht all ihre Mühen zunichte. Endlich geben sie auf. Der Ort fällt an Brocha zurück, und ihrer Schutzherrin zu Ehren singen die Frösche Tag für Tag und verspotten die Braaker für ihre Dummheit. *Dieser* Landraub ist ihnen nicht gelungen.«

Feja hörte staunend zu. *Nykke*, das Wort kannte sie. Auch die Weren vom Langwald glaubten, dass in jedem Bach eine Nixe hause.

»Also ist es nicht mehr weit nach Braake?«

»Nicht weit, Maegadha, aber was willst du dort? Ah, deinen Vater suchst du, das hast du gesagt. Aber wir kennen keinen Mann aus dem Langwald, der in Braake wohnte. Wie wird er genannt?«

»Mein Vater heißt Falasir. Er wohnt nicht dort. Er wollte auf ein Schiff, einen Westfahrer, auf dem auch sein Bruder dient.«

»Ein Schiff? Zur Schreckensküste? Eine gefährliche Fahrt. Wir haben gehört, dass viele umkommen, die es versuchen.« Der Were stockte. Vielleicht hatte er bemerkt, dass Feja angesichts seiner Worte alle Hoffnung und aller Mut verließen. »Viele sind aber auch zurückgekommen, reich geworden durch Tausch und Handel mit den Stämmen dort.«

»Aber er ist jetzt über ein Jahr fort.«

»Die Winde und Strömungen sind tückisch an dieser Küste. Wir haben schon oft gehört, dass Schiffe sich auf Jahre dort verirrten. Dass dein Vater noch nicht zurück ist, heißt nichts. Doch sag, warum verließ er dich und deine Mutter?«

»Es ging nicht anders, Meister Adach. Es begann vor eineinhalb Jahren. Die Ernte war schlecht, weil wieder Asche vom Himmel gefallen war. Und sie musste mit vielen Flüchtlingen geteilt werden, die in den Langwald kamen, weil doch die Bauern im Aufstand waren.«

»Im Fenn sind sie es immer noch, kämpfen mit Axt und Sichel gegen gepanzerte Soldaten und Zauberer. Das Land ist in Aufruhr. Noch ein Grund, nicht den gefährlichen Weg zu gehen!«

Feja seufzte. »Zuerst gaben wir den Flüchtlingen, meist Frauen und Kinder, was wir entbehren konnten, doch unsere Vorräte waren knapp. Als der Winter kam, ging Vater nach Braake. Er wollte Hilfe von seinem Bruder erbitten. Dann schickte er ein wenig Geld und die Nachricht, dass er auf einem Westfahrer angeheuert habe. Das war das Letzte, was wir hörten. Im nächsten Jahr war die Ernte nicht besser, obwohl Hunagach uns half und er viel mehr von Äckern versteht als jeder Bauer, den ich kenne.«

Der Were seufzte. »Früher hätte einer von uns helfen können. Doch erzähl weiter, Maegadha.«

Feja fuhr fort: »Dann kam der nächste Herbst, und die Flüchtlinge, die sich nun im Wald versteckten, fragten nicht mehr, sie nahmen einfach, was sie brauchten. Im Winter aßen sie sogar unser Saatgut, und wir hatten nichts mehr. Adra, die nur meine Stiefmutter ist, wollte, dass wir nach Brim gehen, denn sie hat Familie dort. Aber ich will nicht in diese Stadt, denn es sind nicht meine Verwandten, die dort leben. Ich will meinen Vater finden!«

»Und dein Oheim? Hat er vielleicht ein Weib in Braake, zu dem du gehen kannst?«

Feja zuckte mit den Schultern. »Ich weiß nicht, ob Onkel Halfur verheiratet ist. Vater hat nie eine Frau erwähnt.«

Der Were wiegte den Kopf hin und her und murmelte in seiner Sprache leise in seinen Bart. »Du kannst nicht nach Braake, nicht allein, es ist zu gefährlich. Wir meinen, dass du bleiben kannst für einen Tag. Du kommst zu Kräften, wir schicken Nachricht an Freunde. Sie werden nach deinem Vater und Oheim fragen. Du kannst bleiben, aber sei achtsam und verärgere Brocha nicht! Wie alle Nykken ist sie schnell beleidigt! Also lass ihre Kreaturen zufrieden!«

Feja wusste, was die meisten ihrer früheren Nachbarn zu dem Vorschlag gesagt hätten, im Haus eines *Starren*, eines *Skrattlings*, ja, eines *Waldteufels* zu übernachten. Sie aber hatte keine Angst vor diesem verschrobenen Weren, der von sich immer in der Mehrzahl sprach. Außerdem gab es hier Essen und ein wärmendes Feuer. Da sie beides in den letzten Tagen schmerzlich vermisst hatte, war sie sofort mit seinem Vorschlag einverstanden.

Sie gähnte. Vergangene Nacht hatte sie nicht geschlafen, zuerst, weil sie befürchtet hatte, ohne Decke im Freien zu erfrieren, dann wegen der finsteren Männer im Wald. Die Müdigkeit lag jetzt wie Blei auf ihren Lidern. Allerdings hatte sie noch eine Frage.

»Sagt, Meister Adach, wie wollt Ihr Nachricht nach Braake schicken?«

Der Were sah sie mit unbewegtem Gesicht an. »Am besten flüstern wir es einer Unke zu, die es Brocha weitersagt. Die Nykke schickt es durch die Wasser im Graufenn, bis ihr Bruder Fennling es erfährt. Der wispert es in der Stadt, wo es jeder hören kann, der feine Ohren wie ein Were hat.« Plötzlich bekamen seine Augen einen schelmischen Glanz. »Vielleicht sagen wir es aber auch einfach einem der Braaker, die hierherkommen, um Kräuter von uns zu kaufen.«

»Kommen denn viele Menschen hier heraus?«

»Genug«, gab Meister Adach gleichmütig zurück. »Aber du solltest dich hinlegen, Maegadha, Bruder Schlaf sitzt schon auf deinen Augenlidern.«

Feja nickte. Seit zwölf Tagen war sie unterwegs, und die Nächte waren immer kurz gewesen. »Kann ich dort auf Eurem Lager schlafen?«

Der Were schüttelte den Kopf. »Besser, niemand sieht dich. Wir holen dir ein Fell, dann kannst du drüben ruhen, auf dem Stein, dem Altar.« Er zwinkerte ihr zu: »Da bist du sicher vor den nassen Dienern der Nykke.«

Feja gähnte herzhaft. Es kam ihr verkehrt vor, auf einem Altar zu schlafen, aber die Müdigkeit kroch jetzt mit Macht in ihre Glieder. Sie kletterte auf die zerbrochene Platte, streckte sich aus und bekam gerade noch mit, dass der Were ihr etwas unter den Kopf schob und sie leise murmelnd zudeckte. Sie verstand nichts von dem, was er sagte, aber irgendwie schienen die Worte einen rituellen Klang zu haben. Doch was war mit den Männern, die um den Tempel herumschlichen? War es nicht leichtsinnig, sich jetzt schlafen zu legen? Der Gedanke war der letzte, der ihr in den Sinn schoss, bevor sie einschlief.

Es schien, als wäre der Schlaf ein unergründlicher See, und sie stürzte hinein. Schwer wie ein Stein sank sie auf den Grund dieses grünen Gewässers, aber sie war nicht beunruhigt. Sie war eben ein Stein, und es war ganz natürlich, in einem See zu versinken, zu all den anderen Steinen. Der Boden hob sich, oder vielleicht löste auch sie sich aus der Tiefe. Sie durchbrach die stille Oberfläche und fand sich plötzlich auf dem Rücken dieses Steines wieder. Hunderte von Kröten und Fröschen bildeten einen weiten Ring. Und sie saß in der Mitte. Unsicher erhob sie sich.

Da war eine Bewegung im Wasser. Eine fast unmerkliche Welle, wie von der Rückenflosse eines Fisches. Aber hier im Tempel gab es keine Fische. Die Welle wuchs, und Feja befürchtete, sie würde sie vom Altar spülen, auf dem sie plötzlich saß. Dann teilte sich die Welle, verschwand, und ein riesiges Wesen stieg höher und höher empor und sah schließlich auf sie hinab.

Der Leib dieser Erscheinung schien aus kristallklarem Wasser zu bestehen. Feja konnte durch den Leib hindurchsehen. Hinter dem schönen Wesen erkannte sie die verfallenen Mauern und Säulen, und darüber stand groß und voll der Mond Galtara und zeigte sein vernarbtes Wintergesicht. Er blendete Feja, sodass sie das Gesicht des Wesens nicht erkennen konnte.

Merkwürdig, dachte Feja, Galtara war doch heute nicht zu sehen gewesen.

Irgendwie erschien es ihr völlig natürlich, dass ein haushohes Wesen auf sie herabsah und Kaskaden von Wasser aus langen Haaren über Brüste und Hüften in das flache Wasser des Tempels flossen. Die Nixe!, dachte Feja und spürte plötzlich Furcht.

Brocha schien etwas zu sagen, aber es klang nur wie rauschendes Wasser in Fejas Ohren. Vorsichtig wich sie zurück. Plötzlich traten ihre Füße ins Leere, und sie drohte, vom Altar zu stürzen. Sie kämpfte um ihr Gleichgewicht und schreckte hoch.

Verwirrt sah sie sich um. Über ihr, am trüben Nachthimmel, standen die schmalen Silhouetten von Afa und Aithir. Nacht? Wieso war es schon Nacht? Sie hatte doch nur wenige Augenblicke geschlafen! Flache Dunstschwaden zogen über das Wasser im Tempel, und von den nebelfeuchten Säulen tropfte es leise. Weder war da ein Wasserwesen, noch leuchtete Galtara vom Himmel. Die Frösche hingegen waren allgegenwärtig und schienen sie stumm zu mustern. Warum schwiegen sie? Hatte etwas sie verschreckt?

Feja lauschte angestrengt in die Nacht. Es war verdächtig still. Nur hier und da tropfte es leise von den verfallenen Wänden. Aber da! Da bewegte sich etwas im Wasser!

Eine kleine Welle kam direkt auf sie zu. Ihr stockte der Atem. Die Welle näherte sich langsam, doch bestimmt. Endlich erkannte sie, dass sich da nur ein großes Froschweibchen durchs Wasser schleppte, schwer vom Laich. Drei Männchen hingen auf seinem Rücken.

Feja seufzte erleichtert auf, und die Frösche, als hätten sie auf ein Signal gewartet, setzten wieder mit ihrem vielstimmigen Konzert ein.

Was war das eben gewesen? Ein Wahrtraum? Oder hatte sich nur das Gerede von Adach in ihrem Traum fortgesetzt? Feja legte die wärmende Decke ab und sprang vom Altar. Sie brauchte Bewegung, und sie brauchte einen Ort, an dem nicht an jeder Ecke Kröten, Unken und Frösche übereinanderkrochen. Barfuß lief sie am Wasser entlang zum Eingang, denn ihre Stiefel standen noch an Adachs Feuer. Unwillkürlich drehte sie sich um. Ein rotes Glühen war in der Tür hinter dem Altar zu sehen. Entweder war das Feuer noch nicht ganz niedergebrannt, oder der Were hatte es neu entfacht. Es war ein düsteres Rot, das durch die Nebelschleier seltsam unirdisch wirkte. Der Tempel schien ihr jetzt noch viel unheimlicher, als er es im Morgengrauen gewesen war. Feja schob mit nacktem Fuß eine Kröte zur Seite und schlich weiter. Wäre sie erst einmal vor der Pforte, würde es ihr besser gehen.

Sie trat über die Schwelle in die Nacht. Über den Bergkuppen im Osten war das erste Dämmerlicht zu erahnen, und im Westen stand Aithir schon tief. Er würde bald verschwunden sein. Die blaue Afa ließ sich, wie immer, mehr Zeit.

Es war kalt hier draußen, und Bodennebel kroch zwischen den Büschen und verfallenen Mauerresten hindurch. Wie Knochen, dachte Feja unwillkürlich. Diese Mauern sehen aus wie bleiche Knochen.

Sie richtete den Blick in den Himmel. Kaum ein Stern war hell genug, den Dunst zu durchdringen. Sie fröstelte. Etwas raschelte im Unterholz.

»Wahrscheinlich nur ein Kaninchen«, murmelte sie, um sich selbst zu beruhigen. Und wenn es kein Kaninchen war?

Ihr fielen die finsteren Gestalten wieder ein, die sie in der vorigen Nacht gesehen hatte. Banden verzweifelter Männer strichen durchs Land, und nicht alle begnügten sich damit, lediglich reiche Kaufleute zu überfallen. Wieder knackte ein Ast irgendwo in der Dunkelheit.

Feja machte, dass sie zurück in den Tempel kam. Das Feuer in Adachs Behausung schien heller zu lodern, und als sie zum Altar lief, hörte sie leise Stimmen. Der Were musste Besuch bekommen haben. Sie trat durch die Tür und sah zwei Männer am Feuer sitzen und nachdenklich hineinstarren.

Feja räusperte sich.

»Ah, das also ist das halb verhungerte blonde Waldmädchen, das unsere Hilfe braucht?«, fragte der Neuankömmling. Er trug einen fein gewebten Überwurf und gute Stiefel, aber dennoch erkannte Feja auf den ersten Blick, dass auch er ein Were war. Aber anders als ihr Gastgeber war er glatt rasiert, und sein Haar war kurz und sorgsam gekämmt.

Adach nickte. »Das ist das Maegadha der Gauchen, das unsere Hilfe braucht. Und das ist Fas Hrellech, der Weber. Einen Freund wollen wir ihn nennen.«

Der Neuankömmling fasste Feja ins Auge und winkte sie heran. »Lass dich ansehen, Mädchen.«

Feja blieb, wo sie war. »Wisst Ihr etwas von meinem Vater? Oder wenigstens von meinem Onkel?«

Die beiden Weren tauschten ein paar Worte aus, die so leise und schnell gesprochen waren, dass Feja sie nicht verstand. Nur das Wort *Norn* hörte sie heraus, aber sie hatte keine Ahnung, was es bedeutete.

»Komm nur näher, Kind, ich beiße nicht. Nein, ich weiß leider nichts von deinem Vater, und auch deinen Onkel kenne ich nicht. Aber das ist nicht erstaunlich, denn in Braake leben Tausende Menschen, und nur wenige von ihnen betreten jemals meine bescheidene Werkstatt.«

»Das liegt an deinen Preisen, Freund«, murmelte Adach.

»Qualität kostet«, gab der Weber würdevoll zurück. »Meine Mäntel sind nämlich wunderbar leicht, und doch halten sie Wind und Regen ab. Die Braaker nennen sie deshalb manchmal auch Zaubermäntel.«

»Weil sie nicht wissen, dass du deine Fäden nach alter Werenart gut fettest«, meinte Adach. Er schien schlecht gelaunt zu sein.

»Ihr hört Euch gar nicht an wie ein Were, Meister Hrellech«, sagte Feja und näherte sich zögernd.

»Ich lebe schon mein ganzes Leben in Braake, und die meisten meiner Kunden sind Utorer, die unser Freund hier immer noch so freundlich Gauchen – Diebe – schimpft, wie in den Tagen ihrer Ankunft. Dennoch ist es für einen Mann meines Volkes nicht ratsam, sich allein am Hafen herumzutreiben, nicht, wenn die Zeiten so unsicher sind wie heutzutage. Ich weiß also nicht viel von Schiffen und ihren Besatzungen, aber ich kann dir sagen, dass vor einem Monat ein Westfahrer von der Schreckensküste zurückkehrte.«

»Den Namen – wisst Ihr den Namen des Schiffes?«

Der Weber schloss die Augen. »Es ist möglich, dass ich ihn gehört habe, doch fällt er mir nicht ein.«

»Mein Vater schrieb, er habe auf der *Wogenkönigin* angeheuert. Ist das vielleicht der Name?«, rief Feja aufgeregt.

Aber der Were musste sie enttäuschen. »Nein, es war etwas mit einem Adler, glaube ich. Die *Wogenkönigin* war es nicht. Doch setz dich zu uns, Kind, und erzähle mir von deinem Vater und alles, was du von deinem Onkel weißt. Ich werde mich dann erkundigen.«

Feja schüttelte den Kopf. »Ich danke Euch, Meister Hrellech, aber ich werde selbst gehen und fragen. Ihr habt ja gesagt, dass es für einen Weren gefährlich sein kann, zum Hafen zu gehen.«

»Unsinn«, brummte Adach. »Für eine junge hübsche Gaucha ist das noch viel gefährlicher.«

»Ich fürchte, mein Freund hat recht. Das Hafenviertel ist kein Ort für ein junges Mädchen.«

»Dann gehe ich eben mit Euch. Wenn wir zu zweit sind, wird uns schon nichts geschehen!«, rief Feja ungehalten, weil sie die Sorge der beiden Weren für reichlich übertrieben hielt.

Der Weber seufzte. »Das Einzige, was für mich noch gefährlicher wäre, als alleine in dieses Viertel zu gehen, wäre wohl, es mit einer jungen Utorerin zu tun. Schon in den besseren Vierteln der Stadt würde man das nicht gerne sehen. Es sind schlimme Dinge geschehen in letzter Zeit … Menschen sind verschwunden oder wurden tot aus dem Fluss gezogen. Und es gibt genug Braaker, die gerne glauben wollen, dass die *Starren* dahinterstecken.«

Feja öffnete den Mund, dann schloss sie ihn wieder. Auch ihre

Stiefmutter hatte es nicht gern gesehen, wenn sie mit Hunagach alleine auf dem Feld gewesen war. Sie hatte dann immer gesagt, dass es unschicklich sei, denn den Waldteufeln sei nicht zu trauen, und dass so etwas in Holt oder Brim undenkbar wäre. Dabei war es der Langwald gewesen – und der gehörte den Weren.

»Aber nun erzähl mir von deinem Traum«, forderte Hrellech sie unvermittelt auf.

Als Feja ihn verwirrt anstarrte, erklärte er: »Dir ist doch im Tempel etwas begegnet, oder?«

»Unser Freund glaubt nämlich, dass er Träume deuten kann«, warf Adach spöttisch ein. »Dabei wissen wir, dass nur wenige etwas bedeuten.«

»Afar et Maegadha putjan en Agan inet Bain, hodr af het et un deuphe Swebnam het!«, wies der Weber Adach streng zurecht.

Feja hätte nie zugegeben, dass ihr die Furcht in den Knochen steckte, wie der Weber auf Werisch gesagt hatte, aber was den Traum anging, hatte er recht. »Woher wisst Ihr das, Meister Hrellech?«

»Mein Freund Adach mag daran zweifeln, aber ich verstehe noch ein wenig von der alten Kunst der Traumdeuter.«

»Er hält sich für einen Norn, einen, der den Schicksalsfaden kennt und Träume versteht. Aber es gibt keine echten Nornen mehr«, brummte Adach düster.

Jetzt wusste sie, was das Wort bedeutete, dass sie vorhin aufgeschnappt hatte.

»Also, was hast du gesehen, Kind?«

Zögernd erzählte Feja dem Weren von dem Gefühl, wie ein Stein ins Wasser zu stürzen, und wie sich plötzlich dieses riesige Wesen im Tempel erhoben hatte.

»Kommt vor, dass einer von Brocha träumt, der auf ihrem Grund und Boden schläft«, meinte Adach.

»Woher willst du das wissen? Du bist doch der Einzige, der außer ihr je hier übernachtet hat. Und noch nie hat mir jemand eine Nykke in solcher Pracht geschildert. Und ihr Gesicht? Hast du ihr Gesicht gesehen? Hat sie dir zugelächelt – oder schien sie dir zu zürnen?«

»Ich konnte es nicht richtig sehen, denn der Mond blendete mich.«

»Welcher Mond?«, fragte Meister Hrellech. »Afa oder Aithir?«

»Weder noch«, seufzte Feja. »Es war Galtara.«

Hrellechs Augen weiteten sich, und Adach rückte plötzlich näher an sie heran.

»Der Erstmond? Bist du sicher?«, fragte der Norn, und sein Gesicht kam dem von Feja ganz nahe. »Deine Hand!«, verlangte er und griff schon nach ihrer Rechten. Er befühlte sie mit seinen feinen, aber kräftigen Fingern, drehte sie und besah sich die Linien ihrer Handfläche.

»Was tut Ihr da?«, fragte sie eingeschüchtert.

Der Were ließ ihre Hand los und umrundete sie. »Nicht bewegen!«, kommandierte er. Unvermittelt spürte sie seine Finger in ihrem Genick, dann klopfte er ihr zweimal auf die Wirbelsäule. Er murmelte leise ein paar werische Worte, tauchte wieder vor ihr auf, packte ihr Handgelenk, hob ihren Arm an und ließ ihn fallen. Dann legte er eine Hand auf die Stirn, die andere auf das Brustbein und schloss die Augen.

»Was …?«

»Schhhht«, zischte er. Endlich ließ er von ihr ab und trat einen Schritt zurück. »Seltsam«, sagte er. »Es ist da und ist doch nicht da.«

Feja nickte verunsichert. »Was hat das alles zu bedeuten? Was hat der Mond mit meiner Hand zu tun?«

»Alles oder gar nichts. Darüber muss ich nachdenken«, murmelte der Weber. Sein Blick wurde lauernd. »Sag, Kind, wie alt bist du? Wann *genau* wurdest du geboren?«

Sie zuckte mit den Achseln.

»Du weißt es nicht? Aber die Gauchen feiern doch den Tag ihrer Geburt.«

»Meine Mutter starb bei meiner Geburt, und so war der Tag nie ein Festtag für meinen Vater. Er hat ihr, so lange ich denken kann, immer am letzten Tag des Spätsommers Blumen auf das Grab gelegt. Doch es war ihr Geburtstag und nicht meiner.«

»Es könnte sein, oder?«, fragte der Weber den Kräutersammler.

Adach schüttelte den Kopf. »Wir kennen den Kalender der Gauchen nicht gut genug. Und sie weiß das Jahr nicht.« Dann sagte er ein paar schnelle Sätze auf Werisch, von denen Feja nicht viel verstand. Das Wort *dapras* fiel mehrfach, und das hatte sie im Langwald oft von Hunagach gehört. Der Were hatte es bei der Arbeit immer dann als eine Art Fluch verwendet, wenn ihm eine Last zu schwer war.

Feja drang in die beiden, ihr doch zu verraten, was es mit all dem auf sich hatte, aber sie wichen ihren Fragen aus.

Schließlich sagte Hrellech: »Wir müssen jemanden fragen, der sich besser mit solchen Dingen auskennt, jemanden, der mehr für die Weren übrig hat als Verachtung und der unser altes Wissen nicht für böse Hexerei hält.«

»Eine seltene Gattung, Freund.«

»Wohl wahr, doch kenne ich einen Mann, der infrage kommt, einen, der dir vielleicht auch eine bessere Unterkunft besorgen kann, Kind – einen Zauberer.«

»Was ist an unserem Heim auszusetzen?«, verlangte Adach zu wissen.

»Es zieht, es regnet herein, und überall stolpert man über Kröten und Frösche. Nicht der beste Ort für eine junge Utorerin.«

Adach schüttelte missbilligend den Kopf. »Besser als bei den Dunklen ist es allemal! Aber hol ihn ruhig, nur bring ihn bloß nicht über unsere Schwelle. Und sei vorsichtig. Es schleichen finstere Gestalten um Brochas Quelle.«

Hrellech wollte gleich aufbrechen und wich Fejas Nachfragen aus. Dabei hätte sie zu gerne gewusst, was es mit dem Zauberer auf sich hatte, von dem der Norn gesprochen hatte.

Der Weber versprach, schon bald wiederzukommen, und verschwand durch das Fenster. Jetzt verstand Feja, wie er von ihr unbemerkt in den Tempel gelangt war.

Adach sah seinem Freund hinterher, bis er hinter den weißen Mauern verschwunden war. Die Sonne stand schon hoch, und ein gutes Stück unterhalb war ein dunkler Mond zu erahnen: Nir, der Mond der Vergänglichkeit und des Todes.

»Der Letztmond. Noch ein schlechtes Zeichen. Bringt nichts

Gutes, sich mit Aschlingen einzulassen, ganz besonders nicht mit diesen. Vielleicht sollte das Maegadha besser umkehren und in den Wald fliehen. Wir senden Nachricht, wenn sein Vater zurückkehrt.«

»Was ist denn so schlimm an dem Mann, den Meister Hrellech holen will?«

»Hast du es nicht gehört? Er ist ein Aschling-Zauberer. Solche Leute haben immer nur Unglück über uns gebracht – und über euch auch! Du hast ein gutes Herz für eine Gaucha. Und wir wollen dich nicht zu den Männern schicken, von denen Hrellech nun einen hierherbringen will. Denn ihre Herzen sind schwarz von der Asche, die mit ihnen über das große Meer kam.«

2.

Später half Feja Meister Adach beim Holzsammeln, und er erklärte ihr ein paar der Kräuter, die zwischen den Mauern des Tempels wuchsen. Die Frühjahrssonne stand blass im Himmel, und Feja genoss es, die Strahlen auf ihrem Gesicht zu spüren. Für einen Moment wirkte die Tempelruine wie der friedlichste Ort der Welt, aber plötzlich knackte es im Unterholz. Der Were hob die Augenbrauen eine Winzigkeit. Wieder knickte jenseits der Mauern ein Zweig.

»Wir sollten zurückgehen Maegadha, in den Tempel«, sagte der Were.

Wieder ein Geräusch in den Hecken, an anderer Stelle. Ja, es waren mehrere, die sich heranpirschten. Feja nickte, bückte sich und hob wie so oft in den vergangenen Tagen einen faustgroßen Stein auf. Kampflos würde sie sich nicht ergeben. Plötzlich lief ein Flüstern durch das Blattwerk. Feja jagte ein Schauer über den Rücken. Sie brauchte einen Augenblick, aber dann verstand sie, dass dieses Wispern gegen den Wind lief! Ihr war, als sage es etwas, richtige Worte, die sie nur nicht verstand. Ein Fluch ertönte jenseits der Mauer, dann ein Pfiff, und plötzlich hörte Feja schwere Schritte, die davonliefen.

»Was war das?«, fragte sie leise.

Der Were schnaubte verächtlich. »Aschling-Hexerei, was sonst?«

Feja hörte einen Ruf von der Straße. Meister Hrellech war zurückgekehrt. An seiner Seite ging ein Mann, der ganz eindeutig kein Were war. Der Utorer war hochgewachsen und trug eine lange graue Robe mit kunstvollen, aber leicht verblassten Zeichen an den Ärmelaufschlägen.

Feja war beeindruckt. »Ist das der Zaubermeister?«, fragte sie Meister Adach flüsternd.

»Das, was die Aschlinge eben Zauberer nennen«, zischte der Kräutersammler. Er setzte ein paar unfreundlich klingende werische Worte hinzu. Feja hatte sie auch schon im Langwald gehört. Hunagach hatte sich immer geweigert, sie zu übersetzen, »solange ein Maegadha in der Nähe sei«, wie er erklärt hatte.

Sie fühlte sich unbehaglich. Zwar hatte sie noch nie selbst einen Magier gesehen, aber von den Flüchtlingen im Langwald viele dunkle Geschichten gehört. Es hieß, unter den Bauernjägern seien oft Zauberer, die mit Feuer, Eis und anderen Schrecken Tod und Entsetzen über die Aufständischen brachten.

Der Mann, der jetzt seine Robe raffte, um über eine niedrige Mauer zu springen, sah jedoch nicht besonders schrecklich aus. Ganz im Gegenteil, das schmale Gesicht mit der zu großen Nase und die hohe Stirn wirkten vertrauenerweckend. Er nickte Feja freundlich zu, bevor er mit einem Lächeln den Weren begrüßte.

Meister Adach antwortete mit einem Brummen, aber der Zauberer hatte sich schon Feja zugewandt. »Das ist sie also …«, stellte er fest, fasste sie sanft an den Schultern und betrachtete sie.

»Wollt Ihr auch ins Maul schauen und ihre Zähne prüfen, Caron? Sie ist kein Pferd, wisst Ihr …«

»Das ist mir auch schon aufgefallen, Meister Adach«, erwiderte der Zauberer gut gelaunt. Er beugte sich ganz nah zu Feja hinab, die immer noch ziemlich eingeschüchtert war und sich vergeblich mahnte, nicht wie ein verschrecktes Huhn zu schauen.

»Wie ist dein Name, Mädchen?«

»Ich bin Feja aus dem Langwald, Herr«, stieß sie hervor.

»Ich freue mich, dich kennenzulernen, Feja aus dem Langwald. Mein Name ist, wie du ja schon gehört hast, Caron, und ich bin ein Meister der Söhne von Stor, ein Diener des Morgengrauens. Du weißt, was das bedeutet?«

Sie schüttelte den Kopf.

»Stor ist der Gott des Zwielichts und der Schatten, aber auch der Morgendämmerung und der neuen Hoffnung. Er schützt und leitet uns. Wir sind eine sehr alte Bruderschaft, die gemeinhin als Orden der Grauen Magier bekannt ist. Man nennt uns auch die Mittler von Tag und Nacht und Friedensbringer, obwohl es da draußen durchaus unfreundlichere Namen für uns gibt.«

Meister Adach schnaubte verächtlich. »Todesboten nennen wir sie, Dunkelmagier und Angstschatten. Landräuber sind sie, wie alle Zauberer. Es ist immer schlecht, sich mit ihnen einzulassen.«

Meister Caron ließ sich nicht aus der Ruhe bringen. »Wie ich hörte, kennst du die Weren recht gut. Du wusstest also schon, wie die meisten von ihnen über uns denken.«

Feja nickte. »Das Flüstern, das eben durch die Blätter lief – das wart Ihr?«

»Ich dachte, es sei besser, diese Männer zu verjagen, als mit ihnen zu kämpfen. Diese Bauern nehmen meist Reißaus, wenn sie einen von uns in der Nähe wissen.«

Feja war beeindruckt von den Fähigkeiten dieses Mannes. Er konnte durch die Blätter sprechen? Wie hatte er überhaupt wissen können, dass da Männer auf der Lauer lagen?

Noch immer lag der Blick des Zauberers prüfend auf ihr. »Meister Hrellech sagte mir, dass dir der Mond Galtara im Traum erschienen sei. Ist das wahr?«

»Und eine Nykke«, stieß sie hervor.

»Eine Nixe? Das war sicher eine eindrucksvolle Erscheinung. Aber zu Galtara … Welches Gesicht hat der Erstmond dir gezeigt?«

»Das Wintergesicht, Herr.«

»Und war da vielleicht noch ein anderer Mond? Wie Afa oder Aithir, die auch jetzt am Himmel stehen? Oder vielleicht … Nir? Er kann dem Auge leicht entgehen …«

»Ich sah nur Galtara, Herr«, erwiderte Feja, die den Sinn der Frage nicht verstand.

Der Zauberer wirkte jetzt sehr nachdenklich. »Du weißt deinen Geburtstag nicht, wie mir Hrellech sagte, aber du bist ungefähr dreizehn oder vierzehn Jahre alt, oder? Was kannst du mir von deinen Eltern erzählen?«

»Meine Mutter starb bei meiner Geburt, und es heißt, ich sei zu früh auf die Welt gekommen. Eine Ganesa der Weren holte mich mit dem Messer aus ihrem Leib, weil wir sonst beide gestorben wären. Meinen Vater suche ich. Er ist auf einem Schiff.«

»Und vorher war er ein Bauer?«

»Das ist ein ehrenwerter Beruf, Herr«, gab Feja sehr bestimmt zurück.

»Vermutlich der ehrenwerteste, Feja. Und deine Großeltern?«

Feja zuckte mit den Achseln. »Ich habe sie nie kennengelernt. Die Eltern meines Vaters wohnten irgendwo an der Weißwellenküste und die meiner Mutter hinter dem Königswald.« Sie verstand nicht, was die Fragerei sollte.

Der Magier ließ ihre Schulter los, richtete sich auf und sagte: »Es ist gut möglich, dass Ihr in Eurem Urteil recht habt, Meister Hrellech.«

»Was denn für ein Urteil?«, fragte Feja, die allmählich wütend wurde, weil wieder über sie geredet wurde, als sei sie gar nicht anwesend.

»Wir glauben es nicht!«, rief Meister Adach plötzlich mit Heftigkeit.

Der Weber hatte die ganze Zeit kaum ein Wort gesprochen, aber jetzt sagte er zu seinem Freund: »Die Zeichen sind stark, mein Freund – und hier kann sie nicht bleiben.«

»Warum nicht? Die Nykke scheint sie zu lieben!«

»Verzeiht, Ihr Herren, aber würde mir jemand erklären …«

Meister Caron seufzte. »Entschuldige, Feja aus dem Langwald, es ist nicht sehr höflich von uns, deine Belange über deinen Kopf hinweg zu verhandeln.« Er rieb sich die große Nase, dann fuhr er fort. »Ich möchte dir einen Vorschlag unterbreiten. Wie du weißt, bin ich Mitglied eines Zaubererordens. Wir haben unseren Sitz in Braake oder eigentlich ganz in der Nähe davon. Nun, wir nehmen auch Schüler auf …«

»Schüler?«

»Magier fallen nicht wie reifes Obst von den Bäumen, Feja.«

»Manche wirken aber, als seien sie sehr oft von sehr hohen Bäumen gefallen«, brummte Adach.

Caron überging die Bemerkung. »Zauberer müssen ihr Handwerk erlernen, da unterscheiden sie sich nicht von Bäckern oder Bauern. Und wie bei jenen Berufen gibt es Menschen, die für die Zauberei eine besondere Begabung haben.«

»Ich verstehe gar nichts von Zauberei.«

»Das tun die wenigsten, die zu uns kommen. Du weißt, wer Galtara ist?«

»Sie ist die Erste unter den Kindern des Allwalters, die Göttin des Lebens. Und ihr Heim ist der erste und größte der sechs Monde.«

»Ich sehe, du kennst die Götter. Das ist gut«, lobte der Zauberer. Für ihr Gefühl klang es ein wenig herablassend. »Galtara ist aber auch die Göttin der Magie …« Feja runzelte die Stirn. »Und weil ich ihren Mond im Traum gesehen habe, glaubt Ihr, ich sei begabt?«

Der Zauberer nickte. »Wir sehen auch andere Zeichen, aber bevor ich dich mit dem Gerede von Bargan, Fliod oder Midgav langweile, sollten wir uns auf das Naheliegende beschränken. Du kamst vermutlich in einem Jahr zur Welt, in dem sich Galtara den Himmel mehrfach nur mit Nir teilte. Viele unserer Schüler sind unter diesen Monden geboren. Deshalb will ich dich mit in die Stadt nehmen und einem unserer Oberen vorstellen, der ein gutes Auge für diese Dinge hat. Wenn er zustimmt, kannst du deine Ausbildung bei uns beginnen.«

Feja starrte den Mann groß an. Das alles war reichlich verwirrend. Dann schüttelte sie den Kopf. »Ich kann nicht, Meister Caron. Ich suche meinen Vater.«

Der Magier lächelte, als er antwortete: »Wir können dir bei der Suche helfen. Glaube mir, unser Orden verfügt über bessere Möglichkeiten, Hinweise zu sammeln, als ein einzelnes Mädchen. Sollten wir ihn finden, steht es dir natürlich frei, mit ihm zu deinem alten Leben im Wald zurückzukehren.«

Feja kniff die Augen zusammen. Das war ein sehr großzügiges Angebot, und wenn sie eines im Langwald gelernt hatte, dann, dass solche Angebote für gewöhnlich ihren Preis hatten.

»Was verlangt Ihr dafür, Meister Caron?«, fragte sie daher misstrauisch.

»Verlangen? Nichts, mein Kind. Nur, dass du bereit bist zu lernen.«

»Ich will aber nichts geschenkt haben!«

»Das ehrt dich. Wenn du so talentiert bist, wie ich hoffe, wirst du unsere Bruderschaft bereichern. Täuschen wir uns jedoch, werden wir andere Möglichkeiten finden, deine Talente zu nutzen. In der Grauen Feste dienen viele Menschen unserem Orden – und längst nicht alle sind Zauberer. Willst du aber in den Langwald zurückkehren, um bei deiner Familie das Leben einer Bäuerin zu führen, werden wir dich nicht aufhalten.«

Feja hatte immer noch das Gefühl, dass mit diesem Angebot etwas nicht stimmte. Sagte ihr dieser Meister nicht genau das, was sie hören wollte? Aber da ihr kein echter Einwand mehr einfiel, stimmte sie trotz der warnenden Stimmen im Hinterkopf zu.

»Wenn es nichts wird, kannst du immer hierher zurückkommen«, sagte Meister Adach. Seine Augen zuckten. Kämpfte er etwa mit den Tränen? Sie ging doch nur in die Stadt – und nicht ans Ende der Welt.

»Ich danke Euch, Meister Adach, Ihr habt mir sehr geholfen«, rief Feja, und dann umarmte sie den Weren, was ihn sichtlich überraschte. Er ließ es stocksteif über sich ergehen.

Zu Fejas Unbehagen wollte Meister Hrellech noch eine Weile beim Tempel bleiben, was bedeutete, dass sie mit Meister Caron allein gehen würde.

»Mehr Gepäck hast du nicht?«, fragte der Magier, als sie endlich aufbrachen.

Sie trug den zusammengerollten Fellumhang, den ihr Meister Adach geschenkt hatte, an einem Riemen über der Schulter.

»Nein, Herr, den Rest habe ich im Fluss verloren, den ich durchschwimmen musste, weil sie an der Brücke Zoll verlangten.«

»Zoll? Von dir? Der alte Tygram wird langsam gierig«, murmelte der Zauberer.

Sie verließen die Tempelanlage, und als Feja sich noch einmal umdrehte, waren die beiden Weren verschwunden, und die weißen Mauern ragten wie verlassen aus dem Gestrüpp, das die Anlage erobert hatte.

»Du hattest Glück. Es kommt sonst nie vor, dass der König der Kröten Besucher duldet«, erklärte der Zauberer, als sie die Straße erreicht hatten.

»König der Kröten?«

»Einer der Spottnamen, die Adach in Braake trägt. Aber wenn es darum geht, seltene Heilkräuter zu finden, ist er unerreicht.«

»Lassen ihn die Leute deshalb in Ruhe?«

»Deshalb und weil sie Angst vor dem Tempel haben. Es heißt, eine mächtige Nykke lauere unter ihm – du bist nicht die Erste, der Brocha im Schlaf erschienen ist.«

»Ihr meint … es gibt sie wirklich?«

»Wer weiß? Viele in Braake denken, dass sie den Tempel damals eigenhändig in den Sumpf gezogen habe. Unser Verkünder sagt dagegen, diese Träume rührten nur daher, dass die Leute eben an Nykken glauben wollen. Andere meinen wieder, Adach hätte irgendeinen Traum-Zauber gewirkt, damit die Leute ihn in Ruhe lassen. Falls das stimmen sollte, hat er mehr von der alten Macht erhalten, als die Weisen es für möglich erachten. Wie so oft in Braake hat eigentlich jeder eine eigene Meinung zu dieser Sache.«

Sie gingen mit schnellen Schritten einen lang gezogenen Hügel hinauf, und Feja kam allmählich außer Atem. »Wie groß ist Braake?«

»Sieh selbst«, erwiderte der Zauberer und deutete voraus.

Sie hatten die Kuppe erreicht. Die Straße machte eine Biegung, und das allgegenwärtige Buschwerk trat zurück. Feja blieb beeindruckt stehen. Das blaue Band eines Flusses durchschnitt das flache Land. An seinen beiden Ufern ragte eine große Stadt auf. Mächtige Mauern schirmten sie ab, und Rauch quoll aus ungezählten Schornsteinen. Feja hatte noch nie so viele Häuser auf einem Haufen gesehen. In der Mitte der Stadt konnte sie einige besonders große Gebäude ausmachen, und im Westen, wo der Fluss die Mauern wieder verließ, wiesen zahlreiche Schiffsmasten in den Himmel. Im Osten entdeckte Feja einen breiten, aber trockenen Graben. Jenseits davon erstreckten sich Felder und dazwischen vereinzelt Höfe. Das Land stieg in Richtung der Berge sanft, aber beständig an.

»Meister Caron, was ist das dort – der Rauch, der über den Feldern aufsteigt?«

»Es kommt von einem Gehöft, das gestern überfallen und angezündet wurde.«

»Von wem?«

»Räuber, Gesetzlose, auch wenn sie gerne behaupten, dass sie nur gegen die Ungerechtigkeit der Welt aufstehen.« Der Zauberer schüttelte missbilligend den Kopf. »Sie kommen nachts, richten Schaden an und verschwinden mit der Dämmerung. Aber wir sind ihnen auf den Fersen und werden sie bald für ihre Verbrechen bestrafen. Zum Glück war das Gehöft verlassen. Wenigstens gab es keine Toten oder Verletzten.«

Westlich der Stadt bemerkte Feja, wie es wässrig blau zwischen ausgedehnten Schilfflächen schimmerte. Und dann sah sie, ein gutes Stück von der Stadt entfernt, zum ersten Mal in ihrem Leben – das Meer!

Die See lag dunkelblau und schier endlos unter dem weiten Himmel da. Hier und dort wuchsen hohe weiße Felsen aus dem Meer, aber auch aus dem Schilf. Auf einem der Felsen, noch umspült vom breiten Fluss, glaubte sie, Mauern und Dächer zu sehen.

»Was ist das dort?«, fragte sie den Zauberer.

»Eine Festung, die die Flussmündung gegen Angreifer verteidigen soll.«

»Die Graue Feste?«

»Nein, die liegt weiter nördlich, und wir können sie von hier aus nicht sehen, weil der Dunst sie vor uns verbirgt.«

»Und das ist der Hafen? Können wir dort hingehen?«, rief sie aufgeregt.

»Das müssen wir sogar. Aber zunächst bringe ich dich ins Haus des Ordens, wo ich dich jemandem vorstellen möchte.«

»Eurem Oberen, nicht wahr?«

»Dem Sturmrat, um genau zu sein. Komm, die Stadt erwartet uns.«

Besonders einladend fand Feja die hohen Mauern aus der Nähe besehen nicht. Sie war noch nie in einer richtigen Stadt gewesen und spürte ein leises Unbehagen in sich aufsteigen. Bisher hatte sie Holt am Langwald für eine Stadt gehalten, aber verglichen mit Braake war das nur ein armseliges Dorf mit einem Holzzaun.

Das Stadttor stand weit offen, und einige Soldaten lungerten in seinem Schatten herum. Sie nahmen jedoch Haltung an, als sie den Zauberer bemerkten.

Meister Caron grüßte sie knapp. Einer der Männer salutierte, als sie durch das dunkle Tor schritten. Er hielt sie nicht auf, wie es die Wachen von Holt gerne taten, um sich wichtigzumachen.

Im Innern der Stadt trafen sie auf einen grau gekleideten Mann, der in ein Gespräch mit einem Mann auf einem Kutschbock vertieft war. Der Kutscher hatte eine Fuhre Holz auf dem Wagen und versperrte die halbe Straße.

»Ich grüße Euch, Bruder Bredhir«, rief Meister Caron.

Der Mann wandte sich um und zeigte unter der Kapuze seiner grauen Robe ein junges Gesicht. »Ihr seid schon zurück, Meister Caron?«

»Komme ich ungelegen?«

»Ganz im Gegenteil. Der Kutscher hier hat wichtige Neuigkeiten aus Kolm mitgebracht.«

»Erzählt sie mir später, Bredhir, ich muss ins Ordenshaus, falls Meister Dregin dort ist.«

»Dort oder im Schloss«, meinte der junge Zauberer. »Habt Ihr es noch nicht gehört? Es ist überraschend Besuch aus Lente eingetroffen, hoher Besuch sozusagen, von unseren roten Freunden. Sie kamen bereits gestern Nacht mit dem Schiff, haben sich aber erst heute bei Hofe angekündigt.«

»Ich hörte es, doch hatte ich zu tun. Aber ich bin gespannt darauf, was der König uns zu sagen hat.«

»Lente, das ist die Königsstadt, nicht wahr?«, fragte Feja, als sie weitergingen.

Der Magier nickte. Er wirkte nachdenklich.

»Und wer sind die ›roten Freunde‹?«

Meister Caron seufzte. »Sei nicht so neugierig, Mädchen, und sei still, ich muss nachdenken.«

Feja verbiss sich die nächste Frage, die ihr auf den Lippen gelegen hatte, und ging schweigend neben dem Magier durch die Stadt. Sie folgten offenkundig einer Hauptstraße, denn die anderen Gassen, die sie erspähte, waren viel schmaler. Die Häuser standen dicht an dicht; sie waren aus Stein, nicht aus Holz, wie die Hütten im Langwald, und jedes war mindestens so hoch wie das Rathaus von Holt, das ihr bisher so unfassbar groß vorgekommen war.

Und noch etwas war anders: Die Leute hier grüßten einen nicht. Wenn sie mit ihrem Vater nach Holt gekommen war, um zu markten, war das immer eine unglaublich langwierige Angelegenheit gewesen. Sie hatten keine drei Schritte weit gehen können, ohne von einem Bekannten in ein Gespräch verwickelt zu werden. Feja hatte sich dabei meist tödlich gelangweilt. In dieser Stadt aber war es anders. Hier und da feilschte ein Kunde mit einem Ladenbesitzer, aber alles war in Bewegung, und jeder schien eilig irgendwohin zu müssen. Sie fragte sich, ob das an Markttagen wohl anders war und ob die Braaker so etwas überhaupt kannten. Sie konnte sich kaum vorstellen, dass all diese Menschen sich auf einem einzigen Platz versammeln würden.

»Wo hat Meister Hrellech seinen Laden?«, fragte sie.

»Die Webstube? Drüben, auf der Alten Seite, nicht weit vom Viehmarkt«, gab der Zauberer zur Antwort.

Sie erreichten eine Brücke, und Feja sprang an das steinerne Geländer, um hinabzuschauen. Aus der Nähe betrachtet sah der Fluss nicht mehr so schön blau aus. Sein Wasser war ganz braun, es musste in den Bergen geregnet haben. Sie blickte nach Westen. Die Festung, die sie von Weitem gesehen hatte, war im Dunst, der vom Fluss aufstieg, nicht zu entdecken.

Einige Männer standen am Brückengeländer und hielten ihre Angeln ins Wasser. Zwei von ihnen waren Weren, die ersten, die sie in der Stadt sah. Sie standen etwas abseits der anderen. Und dann entdeckte Feja drei Fischerboote, die an Land gezogen worden waren. Dort saß ein Mann im Schneidersitz auf einem Fass und flickte seine Netze. Auch ihn hielt Feja, trotz der Entfernung, für einen Weren. Vielleicht, weil er allein und abseits saß, während die anderen Fischer dort wie in einem misstönenden Chor lauthals ihren Fang feilboten.

»Komm weiter«, drängte der Zauberer. »Ein Abgesandter aus Lente ist in der Stadt, und das heißt, ich habe für unser Anliegen nicht so viel Zeit, wie ich gerne hätte.«

»Aber was ist das nun für ein roter Freund?«, fragte Feja, als sie die andere Flussseite erreicht hatten.

Der Zauberer seufzte. »Lass dir bloß nicht einfallen, ihn so zu nennen. Er ist ein Mitglied des Feuerordens, des zurzeit mächtigsten Ordens von ganz Edun, der sich auch für den ersten und wichtigsten der ganzen Welt hält.«

»Aber Ihr seht das anders, Herr?«

»Ja, aber auch das wollen wir für uns behalten, nicht wahr?«

»Und was will er hier?«

Meister Caron war scharf abgebogen und blieb jetzt vor einem düsteren Tor stehen. Die Gebäude dahinter sahen beeindruckend aus. »Du stellst kluge Fragen, Feja aus dem Langwald. Doch jetzt stehen wir vor dem Herzviertel, und hier sollten junge Mädchen schweigen. Wirst du das beherzigen?«

Feja nickte. Das finstere Tor schüchterte sie ein, und ihre Unsicherheit wuchs, als sie an den schwer bewaffneten Wachen vorbeigingen. Der Teil der Stadt, der hinter ihnen lag, war laut und geschäftig, hier hingegen wirkte alles gedämpft. Kein Hund kläffte, kein Wagenrad rollte über das holprige Pflaster, und bis auf einige Soldaten war niemand auf den Straßen zu sehen. Die Gebäude waren riesig. Sie umstanden einen weiten Platz, der bis auf eine überlebensgroße Statue völlig verlassen wirkte. Auf der anderen Seite erkannte sie einen prachtvollen Tempel, der dem Allvater gewidmet sein musste.

»Wer ist das?«, fragte Feja und zeigte auf die steinerne Figur.

»Stigilar der Erbauer, der Urgroßvater des jetzigen Fenngrafen. Er hat, wie du sicher schon ahnst, viele Gebäude errichten lassen.«

»Was ist ein Fenngraf?«

»Der Herr dieser Stadt wird so genannt. Aber wie war das mit den Mädchen, die besser schweigen sollten?«

Feja verstummte, und der Magier zog sie über den Platz an einem prachtvollen Gebäude vorbei, dessen mächtige Säulen mit Wellen- und Schilfsymbolen geschmückt waren. Der Eingang zu diesem Gebäude befand sich an der Ecke. Zwei Männer in voller Rüstung standen davor, und durch das offene Tor drang das Gewirr vieler Stimmen. Feja versuchte, einen Blick ins Innere zu erhaschen, aber zu ihrer Enttäuschung war es zu dunkel, um viel zu erkennen.

Meister Caron eilte zum nächsten Gebäude. Es war im gleichen Stil gehalten wie das vorige und fast ebenso groß. Hier wartete jedoch nur eine leichter bewaffnete Wache und nickte ihnen knapp zu, als sie eintraten.

Das Innere war kalt und düster, und Feja glaubte, eine feindselige Ausstrahlung zu spüren. Mächtige Treppen beiderseits einer kahlen Halle führten in die oberen Stockwerke.

»Ich grüße Euch, Bruder Caron. Wen bringt Ihr denn da?«, rief jemand fröhlich. Im Halbdunkel saß ein Mann in grauer Robe an einem schlichten Tisch.

»Eine mögliche Schülerin, über die ich mit Meister Dregin sprechen will, Bruder Brynar. Ist er hier?«

»Er ist hinübergegangen ins Schloss, weil doch hoher Besuch aus Lente eingetroffen ist.«

»Ich hörte am Tor davon. Ein Feuermagier?«

»Ein Meister Tasgim, der in der üblichen Selbstlosigkeit dieser Bruderschaft Hilfe in unserem Streit mit Isgath anbietet.«

Feja hörte deutlich den Spott in der Stimme des Mannes, der sich nun ihr zuwandte. »Aber wenn Ihr mit Ginnar Dregin über dieses Mädchen sprechen wollt, ist das vielleicht die interessantere Neuigkeit. Ihr wollt sie auf die Feste schicken? Sie sieht nach gar nicht viel aus, wenn man vielleicht davon absieht, dass ihre abgemagerte Gestalt verrät, wie schlecht es den Menschen auf dem Land da draußen geht.«

Feja fühlte sich unter dem Blick des Mannes in der Robe noch unbehaglicher.

»Es ist noch gar nicht gesagt, dass sie das nötige Rüstzeug mitbringt«, sagte Meister Caron.

»Natürlich«, meinte der andere, »und weil das nicht gesagt ist, müsst Ihr an einem Tag wie diesem unbedingt mit Dregin über die Kleine sprechen.«

»Ich bin nicht klein«, stieß Feja hervor, die ihren Vorsatz vergaß, den Mund zu halten.

»Und offenbar auch nicht auf den Mund gefallen«, gab Bruder Brynar mit einem Stirnrunzeln zurück. »Auf jeden Fall muss sie noch viel lernen.«

»Euer Bruder scheint aber empfindlich zu sein, Meister Caron«, sagte Feja, als der Zauberer sie ins Freie zog.

»Er ist mein Mitbruder im Orden, nicht mein leiblicher Bruder. Aber wenigstens das wusstest du hoffentlich. Nein? Noch ein Grund mehr, den Mund zu halten.« Er seufzte. »Vielleicht sollten wir warten, bis der Empfang vorüber ist, anderseits kann das noch Stunden dauern, und die Flut wartet sicher nicht.«

»Die Flut?«, fragte Feja, bekam aber keine Antwort.

Statt einer Antwort zog der Zauberer sie hinüber zu dem Gebäude, das Bruder Brynar als Schloss bezeichnet hatte. Feja fand allerdings, dass es nichts von dem an sich hatte, was sie von einem Schloss erwartet hätte. Es gab weder Türme noch Erker, noch prachtvolle Fenster, nur die allgegenwärtigen Wellen- und Schilfornamente. Die waren hübsch anzusehen, doch lediglich grün und nicht mit Gold bemalt, wie es sich ihrer Meinung nach gehört hätte.

Sie gelangten über eine breite Treppe in eine Halle, die groß, aber trotz vieler Fackeln dunkel war. Die Fenster waren klein und schienen Feja viel zu weit oben angebracht. Die dicken Säulen, auf denen das Dach ruhte, nahmen viel Platz ein, und die Banner, die von ihnen hingen, waren alt und verblichen. Es waren eine Menge Leute dort, die meisten hielten sich an den Seitenwänden unter den beiden hölzernen Emporen auf, die oberhalb der kleinen Fenster eingezogen worden waren. Feja konnte nicht erkennen, ob dort oben auch viele Menschen waren, aber die unten in der Halle reichten ihr schon. Die Luft roch nach Kerzenrauch, Knoblauch und Schweiß. Am liebsten hätte sie erst einmal gut durchgelüftet.

Ihr Begleiter blieb stehen. Sie folgte seinem Blick und entdeckte eine Gruppe von Männern in der Mitte der dreischiffigen Halle. Sie standen dem Thron gegenüber und wirkten klein zwischen den mächtigen Säulen. Um sie besser sehen zu können, löste sie sich von Meister Caron und drängte sich durch die Reihen der Zuschauer nach vorne – bis sie der Speerschaft eines grimmig dreinblickenden Gewappneten aufhielt. Feja blieb notgedrungen stehen und blickte am Wächter vorbei.

Alles Licht im Saal schien sich auf den Thron zu konzentrieren. Eigentlich waren es zwei Throne. Auf dem größeren saß ein schlanker junger Mann mit schütterem Bart und einem gewellten Silberreif im blonden Haar – der Fenngraf, wie Feja vermutete. Auf dem zweiten, niedrigeren Thron zu seiner Rechten saß eine Frau, die in vielem das Gegenteil des Mannes war. Feja fiel das Wort »üppig« ein. Dunkle Locken rahmten ein lebhaftes Gesicht mit hochmütigen Zügen. Sie war kleiner als ihr Mann, aber sie wirkte auf Feja irgendwie bedeutender. Sie schien sich auch mehr als ihr Mann dafür zu interessieren, was im Saal vor sich ging. Der Fenngraf wirkte schlaff auf seinem Thron, und sein Blick ging ins Leere.

In der Mitte des Saales standen vier Männer, von denen einer gerade eine Rede hielt. Es war unschwer zu erraten, dass es der erwähnte Feuermagier aus Lente war. Er sah ungefähr so aus, wie Feja sich immer einen Zauberer vorgestellt hatte: Er war groß, trug einen weit geschnittenen dunkelroten Umhang mit geheimnisvollen Mustern und eine kleine Kappe, unter der schwarzes Haar in alle Richtungen abstand. Seine Stimme klang salbungvoll. Feja war so fasziniert von der Erscheinung, dass sie gar nicht darauf achtete, was er sagte.

Plötzlich spürte sie eine Hand am Kragen. Jemand zog sie zurück. Sie blickte in das missbilligende Gesicht von Meister Caron, der ihr einen Wink gab, ihr zu folgen. Seufzend gehorchte sie. Der Magier erklomm eine steile hölzerne Treppe, die zur Empore führte. Auf halbem Wege blieb er stehen, zwinkerte ihr zu und sagte leise: »Von dort oben kannst du besser sehen.«

Es waren nicht viele Leute hier. Feja sah Männer, die sie wegen ihres feinen Tuches für Kaufleute hielt, und drei Frauen, die sich mit großen Fächern Luft zufächelten. Sie trat ans Geländer. Der Feuermagier unten in der Halle redete von der wärmenden Glut der Freundschaft zwischen Lente und Braake und von der Fackel der Weisheit, die in der Hauptstadt entzündet worden sei, um den alten Zank zwischen Braake und Isgath zu lösen. Dann berief er sich auf das brennende Interesse des Königs an diesem Fall. Die Worte klangen freundlich, aber selbst Feja spürte, dass viel Herablassung mitschwang. Der Magier redete von der »helfenden Hand des Königs«, als gelte es, ein Kind zu führen, und von der strahlenden Kraft der Feuermagie, die das dunkle Braake erhellen würde, als gäbe es keine anderen Zauberer in dieser Stadt.

Ein Blick in Meister Carons Gesicht verriet ihr, dass ihm ganz und gar nicht gefiel, was der Gesandte aus Lente von sich gab.

Der sagte noch viel mehr, aber Feja verlor den Faden. Die warme Stimme hatte etwas Einschläferndes. Sie gähnte und stellte fest, dass sie nicht die Einzige war. Der Fenngraf auf seinem Thron schien sogar eingenickt zu sein.

Dann aber wurde sie hellwach, denn ein anderer Mann ergriff das Wort, und seine Stimme war schneidend und klar. Er war aus der Dunkelheit hinter dem Thron hervorgetreten, sodass es wirkte, als erschiene er praktisch aus dem Nichts. Er war breitschultrig, hatte kurz rasiertes dunkles Haar und trug eine schlichte graue Robe.

»Ihr habt in sehr schönen Worten gesprochen, Meister Tasgim, doch kann ich wohl noch bis morgen hier stehen und vergeblich darauf warten, dass Ihr in irgendeinem Punkt klar Stellung bezöget. Dass wir Streit mit Isgath haben, wissen wir selbst, und dass der Vogt von Veisa in dieser Angelegenheit seit Monaten auf einen Rat aus Lente wartet, ebenfalls. Es freut uns natürlich, dass der König so lebhaften Anteil an den Ereignissen nimmt, aber es wäre uns lieber, er würde endlich das Unrecht beenden, das Braake widerfährt. Wir benötigen weder Eure helfende Hand noch die Weisheit der Feuermagier – wir brauchen Gerechtigkeit!«

Die vier Männer in der Saalmitte wurden unruhig. »Sind *das* die Worte von Fenngraf Sigar an den Gesandten des Königs?«, fragte der Feuermagier spitz und richtete den Blick auf den Grafen. Der schreckte erst hoch, als die Gräfin ihm einen leichten Stüber mit dem Ellbogen gab. Er räusperte sich und sagte dann, nach einem Seitenblick zu dem Mann in Grau: »Meister Dregin ist nicht nur der Sturmrat der Graumagier, er spricht auch in unserem Namen.«

»Und ist der Fenngraf sicher, dass er mit undankbaren und unfreundlichen Worten den heißen Zorn des Königs wecken will?«

Wieder ergriff Meister Dregin das Wort. »Wir reden mit einem Abgesandten, nicht mit dem König, den wir achten und verehren und der vermutlich nicht weiß, mit welch leeren Worten seine Boten zu uns kommen.« Während der Feuermagier noch empört nach Luft schnappte, fuhr der Ratgeber des Grafen fort: »Doch liegt es vielleicht nur an dieser hohen Halle, dass der wahre Sinn Eurer Worte verloren ging. Wir sind sicher, wir werden später noch Gelegenheit haben, uns in den Feinheiten zu verlieren, in denen Ihr so bewandert seid, Meister Tasgim. Und vielleicht gelingt es uns dann, von Eurer hoffentlich vorhandenen Weisheit zu profitieren.«

Die Audienz kam zu einem sehr plötzlichen Ende. Der Feuermagier drehte sich um und stapfte aus dem Saal, und seine drei Begleiter folgten ihm.

»Was bedeutet das, Meister Caron?«, fragte Feja leise.

Der Zauberer schmunzelte. »Meister Dregin hat sich wieder einmal erfolgreich darin geübt, einen Gesandten aus der Fassung zu bringen. Später wird er sich wortreich für seine Unhöflichkeit entschuldigen und so diesem Narren das Gefühl der Überlegenheit geben, was dem Geschmeichelten leichtfertige Zugeständnisse abringen wird.«

»Und was ist das für ein Streit, von dem die Rede ist?«

»Isgath und Braake sind die beiden größten Städte dieser Provinz. Es gibt die üblichen Scherereien um Besitzungen, Grenzen, Zölle und … nun, vielleicht ist es noch ein bisschen mehr. Jetzt komm, wir müssen den Sturmrat treffen, bevor er den Gesandten trifft.«

Sie gingen hinunter in den Saal und durch eine Tür in den

Seitengang, wo Meister Caron einen Diener nach dem Oberen schickte.

Der Gang grenzte an einen Innenhof, in dessen Mitte ein kleiner Brunnen plätscherte. Durch die Tür drang der Lärm der Halle, in der offensichtlich über das Wortgefecht von eben diskutiert wurde.

Da erschien Ginnar Dregin im Hof und winkte Meister Caron zu sich. Feja sollte, zu ihrer Enttäuschung, außer Hörweite warten.

Die beiden Männer unterhielten sich halblaut, und obwohl sie sich anstrengte, konnte sie wegen des Brunnens nichts von dem verstehen, was gesprochen wurde. Endlich winkte Meister Caron sie heran.

Plötzlich klopfte ihr Herz bis zum Hals. Sie hatte aus unerklärlichen Gründen Angst vor dem Oberen der Söhne Stors. Ihre Beine wollten ihr nicht gehorchen, und irgendetwas sagte ihr, dass sie besser umdrehen und fortlaufen sollte. Aber das würde ihr auch nicht weiterhelfen. Sie riss sich zusammen und trat in den Hof.

Aus der Nähe war Meister Dregin eine sehr angenehme Erscheinung mit dunklen, warmen Augen.

»Das also ist das Mädchen, bei dem die Weren eine große Begabung vermuten?«

Feja schluckte und wusste nicht, was sie sagen sollte.

»Und du weißt den Tag deiner Geburt nicht?«, fragte der Zauberer freundlich. Seine warmen Augen blickten jetzt durchdringend.

Stummes Kopfschütteln.

»Das Jahr sechsundsechzig hatte einige Zeiträume, in der Galtara und Nir den Himmel unter sich aufteilten und die anderen Monde schwach oder gar nicht zu sehen waren«, merkte Meister Caron an.

»Das ist wohl bekannt, Bruder. Aber ich habe den Eindruck, dass unsere mögliche Schülerin nicht weiß, was das bedeutet, oder?«

Stummes Schulterzucken.

»Galtara ist der Mond, in dessen Zeichen viele talentierte

Magier geboren werden, Feja aus dem Langwald«, erklärte der Obere. »Gepaart mit dem Mond Nir spricht das für Begabungen, für die die Söhne Stors Verwendung haben könnten.«

»Nir ist doch der Mond des Todes, Herr«, wandte Feja schüchtern ein.

»Eben darum«, erklärte der Obere freundlich. »Nein, keine Angst, mein Kind, die Zeiten, in denen die Grauen Magier mit Mord und Totschlag ihre Ziele verfolgten, sind lange vorbei. Heute greifen wir zu feineren Methoden, aber auch hier bietet Nir Hilfe und Rat.« Unvermittelt legte er eine Hand auf ihre Schulter. »Ja, ich spüre, dass die Monde dir ein großes Bargan verliehen haben. Ich befürworte deine Aufnahme in unsere Schule. Doch nun entschuldige mich, Feja aus dem Langwald. Der ehrenwerte Meister Tasgim aus Lente wäre weniger unverschämt aufgetreten, wenn er noch die alte Angst vor den Grauen Brüdern verspüren würde. Nun fühlt er sich sicher und wartet vermutlich ungeduldig darauf, dass ich um seine Vergebung bitte. Und das werde ich mit Freuden tun.«

Ginnar Dregin konnte es nicht fassen. Dieses unscheinbare Mädchen trug ein riesiges Bargan in sich. Er hatte sich sehr beherrschen müssen, um zu verbergen, wie beeindruckt er war. Welche Gabe sie wohl dem Orden brachte? Sie würde auf jeden Fall gewaltig sein.

Der Zauberer hatte den Innenhof gerade verlassen, als er aus der Dunkelheit zwischen den Säulen heraus angesprochen wurde.

»Wer war dieses Mädchen, Dregin?«

»Eine neue Schülerin. Habt Ihr unser Gespräch denn nicht belauscht, Eyrim?«, spottete er.

Eine gebeugte Gestalt löste sich aus den Schatten. »Ich war mit anderen Gedanken beschäftigt, verehrter Sturmrat. Sie sieht nicht so aus, als könne sie unserem Orden viel Schulgeld einbringen.«

»Ihr Bargan scheint recht groß zu sein, so viel kann ich sagen.« Das war eine Untertreibung, das Mädchen hatte das größte Bargan, das er je gespürt hatte, aber er fand, das ginge vorerst niemanden etwas an.

»Und doch ist es wieder nur ein Maul mehr, das wir zu füttern haben.« Meister Eyrim spielte seufzend mit seiner schweren Münzkette.

»Wenn sie so begabt ist, wie wir glauben, wird sie es uns mit Zins und Zinseszins zurückzahlen.«

»Das ist auch bitter nötig, fürchte ich«, sagte der Münzer düster und kratzte sich an seinem faltigen Hals. »Das Nachtflüstern brachte Nachricht aus Isgath, und ich bin nicht bereit, sie gut zu nennen.«

Wie konnte es sein, dass dieser Erbsenzähler vor ihm etwas über die Verhandlungen in Isgath erfahren hatte? Dregin ließ sich seine Verärgerung nicht anmerken. »Und was flüstert die Nacht?«

»Sie berichtet, dass unser verehrter Abot nachgegeben hat. Wie es aussieht, werden wir uns die Einnahmen von den Salzfeldern der Trugküste in Zukunft mit Isgath teilen müssen.«

»Abot Yrnos hat wieder zurückgesteckt?«, fragte Dregin, dem es nicht gelang, seine Bestürzung zu verbergen.

»Schon wieder, ja. Unser verehrtes Oberhaupt wünscht sich eben Frieden und ein Ende des langen Streits, und es kümmert sich wenig darum, was es uns kostet. Wisst Ihr, Dregin, ich habe mich daran gewöhnt, dass Yrnos weder auf meinen Rat noch auf meine Meinung Wert legt.« Der Sturmrat spürte die Verbitterung des Schatzmeisters. »Wer bin ich schon? Nur der Mann, der die Kassen des Ordens verwaltet und dafür sorgt, dass unsere Bruderschaft nicht verarmt! Aber dass er auch auf Euren Rat verzichtet, das verstehe ich wirklich nicht, Dregin. Warum hat er nicht wenigstens Euch mitgenommen?«

Jetzt lag etwas Lauerndes im Tonfall des Schatzmeisters. Dregin blieb auf der Hut. »Der Abot hatte vermutlich gute Gründe für seine Entscheidungen.«

»Vermutlich. Aber ich frage mich, ob unsere anderen Brüder das auch so sehen. Wenn wir schon wieder diesen unverschämten und unbegründeten Forderungen aus Isgath nachgeben, werden sie es für ein Zeichen von Schwäche halten. Und Schwäche ist etwas, was sich unser Orden ganz gewiss nicht leisten kann. Oder seid Ihr da anderer Meinung?«

»Worauf wollt Ihr hinaus, Eyrim?«

»Ich habe Zweifel, Dregin, Zweifel, an der Weisheit der Entscheidungen unseres Abots. Wir können nicht länger so tun, als würde das unserer Bruderschaft nicht schaden.«

»Und was folgert Ihr daraus?«

»Bislang nur die Erkenntnis, dass sich etwas ändern muss, verehrter Sturmrat. Doch wie gesagt, ich bin nur der Münzer, der Erbsenzähler. Meine Stimme hat nicht viel Gewicht im Rat der Oberen – wenn sie alleine erklingt.«

»Ihr wollt, dass wir Oberen uns gegen den Abot stellen?«

»Ich möchte, dass die Oberen zum Wohl des Ordens entscheiden.«

Dregin beschloss, den Stier bei den Hörnern zu packen: »Heißt das, Ihr wollt Yrnos absetzen?«

»Nein, gewiss nicht!«, wehrte der Münzer erschrocken ab. »Das habe ich nie gesagt. Umstimmen müssen wir ihn! Wenn die Oberen mit einer Stimme sprechen, können sie ihn zur Einsicht bewegen! Und da hoffe ich auf Euch, Dregin. Ich weiß, wie die anderen über mich denken. Sie geben nicht viel auf das, was ich sage, denn sie begreifen nicht, dass das Fundament unseres Ordens nicht aus Schwertern oder Magie, sondern aus Gold geformt ist. Wer bezahlt die Rüstungen der Gewappneten? Wer sorgt dafür, dass Meister und Schüler Kleidung und Essen haben? Es ist der Münzer, den sie so geringschätzen. Euer Wort hingegen hat Gewicht. Ihr könntet die anderen überzeugen.«

Erneut hörte Dregin Verbitterung aus den Worten Eyrims heraus. Er ging nicht darauf ein. »Und wenn der Abot sich nicht umstimmen lässt?«

Der Münzer nagte an seinen fleischigen Lippen; wieder lag da ein Lauern in seinem Blick. »Er muss, Dregin, denn so kann es nicht weitergehen. Das seht Ihr doch ebenso wie ich, oder? Ich weiß, dass es in der langen Geschichte unseres Ordens mehr als einmal vorgekommen ist, dass ein Abot gestürzt wurde, doch davon rede ich noch nicht …« Der Münzer machte eine Pause, vielleicht, um die Worte wirken zu lassen. Dann fuhr er seufzend fort. »Wie gesagt, so kann es nicht weitergehen, mehr will ich gar nicht gesagt haben. Möge Stor dem Abot Einsicht schenken.«

Dregin sah die Gelegenheit, und er ging das Wagnis ein, sie zu nutzen. »Ihr habt recht, Bruder Eyrim. Der Orden verdient eine Führung, die umsichtig und weitblickend ist und die auch die simplen Dinge des Lebens nicht aus den Augen verliert. Vielleicht fehlt dem Abot der Sinn dafür. Und vielleicht gibt es im Orden Männer, die eher über diesen unterschätzten Sinn verfügen.«

Der Münzer blinzelte. »Wirklich?«, fragte er, und es gelang ihm nicht, seine Verblüffung zu verbergen.

Dregin nickte. »Ihr könnt in dieser Angelegenheit auf meine Unterstützung rechnen – solange dieses Gespräch unter uns bleibt, Bruder Eyrim.«

»Wirklich?«, fragte der Münzer noch einmal und sah den Sturmrat mit großen Augen an.

Ginnar Dregin nickte lächelnd. »Doch nun entschuldigt mich. Dieser aufgeblasene Gesandte erwartet mich.«

Damit ließ er den Münzer stehen. Er war hochzufrieden. Es stimmte, dass der Orden in alter Zeit sich gelegentlich unbeliebter Oberhäupter entledigt hatte, das hatte er gerade erst in den alten Schriften überprüft. Den Abot abzusetzen wäre eine heikle Angelegenheit, denn Yrnos war angesehen und beliebt. Doch nun sah es ganz so aus, als könne er Meister Eyrim dazu bringen, sich an seiner Stelle aus der Deckung zu wagen.

Feja war immer noch nachdenklich, als sie durch das dunkle Tor hinaus in die Stadt gingen. Sie fand alles ziemlich verwirrend. Meister Caron hatte schon auf dem Weg nach Braake gesagt, dass sie vermutlich unter dem Zeichen von Galtara und Nir geboren worden sei. Sie hatte aber zuvor noch nie von jemandem gehört, der diese beiden Mondzeichen in sich vereinte. Genau das sagte sie ihm auch.

Der Zauberer betrachtete sie versonnen. »Eben das ist doch

der Punkt, Feja. Der ferne Nir und die langsame Galtara sind nur selten allein am Himmel zu sehen. Fast immer mischt ein anderer Mond seine Kraft hinein und verwässert die Gaben. Du aber hast möglicherweise die Gaben der Magie und die Geschenke des Todes erhalten. Dieses Glück teilst du mit wenigen anderen, die in diesem Jahr geboren wurden. Einige von ihnen wirst du bald kennenlernen.«

Sie sah ihn mit großen Augen an. »Und was ist ein Bargang?«

»Bargan«, verbesserte er. »So nennen wir das Gefäß, das den Strom der Magie aufnimmt. Nein, es ist kein wirkliches Gefäß, aber du kannst dir vorstellen, was wir damit meinen, oder?«

Sie nickte gedankenverloren. »Und mein Bargan ist also groß?«

Er schüttelte den Kopf und sagte lachend: »Bilde dir nur nicht zu viel darauf ein. Wir hatten schon oft Schüler, die gesegnet schienen, es aber nie schafften, den Strom der Magie zu finden – und so endeten sie im schlimmsten Fall als Küchenhilfen oder Stallknechte. Das kann dir ebenfalls geschehen, Feja aus dem Langwald. Willst du dennoch unsere Schülerin werden?«

»Wenn ich zuvor nach meinem Vater und meinem Onkel suchen darf, dann ja, Meister Caron.«

»Sehr gut. Lass uns zum Viehmarkt gehen. Ich weiß dort einen Mann, der die ganze Stadt kennt. Er kann uns vielleicht helfen.«

Der Viehmarkt war nicht größer als der Markt in Holt, aber der Zauberer erklärte Feja, dass es noch andere Marktplätze in Braake gebe. Er führte sie zu einer kleinen Bretterbude, in der ein schlecht rasierter Mann vor sich hin döste.

Er gähnte ausgiebig, als ihn der Magier nach dem Onkel von Feja fragte, dann kratzte er sich unter den Achselhöhlen, nieste und sagte schließlich: »Halfur, sagt Ihr? Kein gebürtiger Braaker, oder? Ich glaube, ich kenne ihn. Er kaufte hier manchmal für seine Wirtin ein, wenn er nicht auf See war. Und da ich ihn lange nicht gesehen habe, nehme ich an, er ist wieder auf dem Meer, oder?«

»Die Wirtin – wo finde ich sie?«

Der Marktwächter putzte sich umständlich die Nase. »Ich meine, es war die Witwe von Rodul dem Fuhrmann. Sie hat ein Haus am

Fluss, auf der Neuen Seite in der Nähe des Skrosierviertels, gerade gegenüber der Anlegestelle der Fischer, mehr oder weniger.«

»Und war jemand bei ihm, als Ihr ihn das letzte Mal saht, ein Mann aus dem Langwald vielleicht?«, fragte Feja aufgeregt.

»Wenn, dann ist er mir nicht aufgefallen. Dabei habe ich ein scharfes Auge auf all das Gesindel, das von außerhalb in die Stadt kommt.«

»Mein Vater gehört doch nicht …«

Der Zauberer unterbrach sie, bedankte sich höflich bei dem Wächter und zerrte sie am Ärmel davon.

»Mein Vater ist kein Gesindel!«, schimpfte Feja, als sie den Markt verließen.

»Natürlich nicht, aber für den Marktwächter ist jeder mittellose Fremde mindestens Abschaum. Statt ihn zu verfluchen, solltest du ihm lieber für sein gutes Gedächtnis danken.«

Dazu hatte Feja wirklich keine Lust. Aber immerhin hatte sie endlich eine Spur ihres Vaters gefunden. Der Zauberer hatte Schwierigkeiten, ihren Eifer und ihre Schritte zu bremsen. Sie eilten über die Brücke und folgten dem Ufer flussabwärts.

»Was ist das Skrosierviertel, Meister Caron?«

»Der Handel hat schon immer Menschen aus Skros in diese Stadt gelockt, und die waren gerne unter ihresgleichen. Mein Großvater war einer von ihnen. Ich bin in diesem Viertel aufgewachsen. Deshalb halten mich die meisten Braaker noch heute für einen Zugewanderten.«

»Skros ist eine Stadt, oder?«

Der Magier schüttelte den Kopf. »Es ist ein Kontinent mit vielen Städten, viel größer als Edun.«

Feja fiel auf, dass die meisten Leute versuchten, ihnen aus dem Weg zu gehen. Diejenigen, die das nicht schafften, schüttelten nur stumm den Kopf, wenn der Magier sie nach dem Haus der Witwe fragte.

Der Magier packte schließlich einen vorbeirennenden Gassenjungen am Arm und hielt ihn fest. Dann griff er in die Tasche und zauberte eine glänzende Kupfermünze hervor. »Wo finde ich das Haus der Witwe Rodul?«

Der Junge leckte sich die Lippen. »Dort, hinter der nächsten Ecke das dritte Haus. Herr.«

Er fing die Münze, die ihm der Magier zuwarf, geschickt auf und flitzte davon.

»Verzeiht, Meister Caron. Wie kommt es, dass die Leute uns auszuweichen scheinen?«, fragte Feja. »Ich dachte ja erst, sie hätten etwas gegen mich, weil ich fremd bin, doch jetzt frage ich mich, ob ihre misstrauischen Blicke nicht Euch gelten.«

»Das hast du gut beobachtet, Feja. Du weißt doch, dass es Unruhen im Lande gibt. Es gab sie auch hier in der Stadt, aber unser Orden hat sie gemeinsam mit den Leuten des Fenngrafen beendet. Leider floss dabei auch Blut, und das haben die Braaker nicht vergessen. Doch jetzt komm, ich kann das Haus schon sehen.«

Die Witwe war eine blonde, mütterliche Erscheinung, die Feja Tee anbot und, viel wichtiger, ihren Vater kannte.

»Ja, ich erinnere mich an den Gast aus dem Langwald. Für gewöhnlich erlaube ich nicht, dass einer meiner Gäste weitere Leute aufnimmt, doch bei Brüdern muss man doch eine Ausnahme machen, oder? Und Mener Halfur benahm sich immer tadellos.«

»Sie sind gemeinsam in See gestochen?«

»Ja, allerdings. Das ist aber schon lange her. Jetzt, wo Ihr mich daran erinnert, bemerke ich erst, dass wohl bald ein ganzes Jahr vergangen sein muss.«

»Und wisst Ihr etwas über das Schiff und sein Ziel?«, fragte Meister Caron.

Die Witwe sah sie abwechselnd mit ihren kleinen Augen an. »Das Ziel? Nun, es sollte nach Westen gehen, oder? Die *Wogenkönigin* ist doch eine Westfahrerin, nicht wahr?«

»Wenn mein Vater hier gewohnt hat – hat er dann vielleicht etwas für mich hinterlassen?«

»Nein, nicht dass ich wüsste. Er besaß aber auch nicht viel mehr als das, was er am Leibe trug. Sein Bruder hingegen ließ eine ganze Kiste voller Habseligkeiten zurück. Ich hebe sie auf dem Speicher auf, bis er zurückkehrt. So mache ich das bei allen Seeleuten.«

Als die Witwe sie nach oben führte, um ihnen die Kiste zu zeigen, erzählte sie, dass sie gerne an Seeleute, am liebsten an Westfahrer vermiete. »Ich weiß nicht, ob es die Gefahren der Schreckensküste oder die endlosen Tage auf See sind, aber es sind meist sehr ruhige und besonnene Gäste. Ganz anders als die Männer, die nur entlang unserer eigenen Küste fahren und immer auf Krawall aus sind.«

Zu ihrer Enttäuschung fand Feja in der Kiste nichts außer Wäschestücken und einem Paar Stiefel mit einem Loch in der Sohle.

»Nun, reich ist Mener Halfur auf seinen Fahrten noch nicht geworden, doch waren er und sein Bruder sehr zuversichtlich, dass sie dieses Mal mehr Glück haben würden. Müssten sie nicht aber längst zurück sein? Jetzt, da ihr nach ihnen fragt, mache ich mir auch Sorgen. Wo das Meer doch so groß und gefährlich ist.«

Als sie das kleine Gasthaus verließen, fühlte sich Feja entmutigt. Sie hatte gehofft, bessere Nachrichten zu erhalten.

»Das hat nichts zu sagen, Feja. Eine Seereise ist etwas anderes als eine Wanderung. Die Schiffe sind abhängig vom Wind, und eine Fahrt, die gewöhnlich nur einige Tage dauert, kann sich bei widrigen Umständen plötzlich über Wochen oder Monate hinziehen. Wir werden am Hafen sicher mehr erfahren. Doch müssen wir dazu wieder auf die andere Seite.«

Feja seufzte. Sie war es nicht gewohnt, auf hartem Pflaster zu laufen, und ihr taten die Füße weh. »Könnt Ihr uns nicht einfach dort hinüberzaubern?«, fragte sie und wies auf die Masten, die sie von ihrem Standort aus gut sehen konnte.

»Vielleicht könnte ich das«, sagte der Magier mit einem Augenzwinkern. »Doch wozu Kraft auf einen Zauber verschwenden, wenn es in dieser Stadt eine so prachtvolle Brücke gibt?« Er blieb stehen. »Ganz im Ernst, Feja, das ist deine erste Lektion in Magie – nutze sie nur, wenn es keine andere Möglichkeit gibt, dein Ziel zu erreichen.«

»Aber wozu soll ich sie lernen, wenn ich sie nicht anwenden darf, um mir das Leben zu erleichtern?«

»Ich hoffe, du willst nicht Zauberin werden, weil du auf ein leichtes Leben aus bist, Feja, denn leicht wird der Weg sicher nicht werden. Du wirst bald herausfinden, dass Magie nicht aus dem Nichts kommt. Sie erfordert Kraft, die du sammeln musst, bevor du Zauber wirken kannst. Und es wäre Unsinn, mühsam erworbene Kraft für Bequemlichkeiten zu verschwenden.«

Feja trottete hinter Meister Caron in die Stadt. Sie fühlte sich nach dem Besuch in dem Herbergshaus innerlich leer, aber dann dachte sie daran, dass sie vielleicht wirklich am Hafen mehr erfahren könnte, und schöpfte neue Hoffnung.

Hinter der Brücke führte ihr Weg durch schmale Gassen nah am Ufer. Es roch stark nach rohem und gebratenem Fisch. Sie bogen um eine Ecke, und plötzlich tat sich vor Feja der Hafen auf. Beeindruckt blieb sie stehen. Hölzerne Kräne hoben Lasten von plumpen Kähnen, Männer rollten Fässer über das Pflaster oder wuchteten schwere Säcke an Bord eines Schiffes. Feja hatte noch nie Schiffe aus der Nähe gesehen, und sie sah fasziniert zu, wie ein schlankes Boot mit halb gerefften Segeln in den Fluss hinausglitt.

»Hier stimmt etwas nicht«, stellte Meister Caron mit einem Stirnrunzeln fest.

Fejas Blick wanderte zu den Bewaffneten an der Kaimauer. Sie schienen die Schaulustigen auf Abstand von einer Gruppe Zauberer zu halten, die einen Gegenstand auf dem Boden umstanden. War das dort nicht Meister Dregin, der Sturmrat des Ordens? Und da war auch der Feuermagier!

»Warte hier«, befahl Caron und ging hinüber.

Feja dachte gar nicht daran, ihm zu gehorchen, ihre Neugier war viel zu groß. Sie folgte dem Zauberer in einigen Schritten Abstand und versuchte, nicht aufzufallen.

Sie sah schnell, dass der Gegenstand, um den sich hier alles drehte, in Wirklichkeit ein Toter war. Es war nicht die erste Leiche, die sie sah. Im letzten Winter war so mancher Flüchtling im Langwald erfroren, und auf ihrem Weg nach Braake war sie an Bäumen vorübergekommen, die als Galgen dienen mussten. Dieser Tote war jedoch weder erfroren noch gehenkt worden. Ihm klaffte eine große Wunde am Hals.

»Es ist ungeheuerlich!«, rief der Feuermagier aufgebracht.

»Es ist ohne Frage eine Tragödie«, versuchte Meister Dregin ihn zu beruhigen.

Ein giftiger Blick war die Antwort. »Er war mein Koch! Die Kehle aufgeschlitzt! In der Stadt, in der Ihr für Sicherheit sorgen solltet, Meister Dregin!«

»Seid versichert, dass wir alles tun werden, um den Schuldigen zu finden, Meister Tasgim.«

»Und das soll mich beruhigen? Wir sind noch keinen Tag in Braake, und schon werden wir angegriffen.«

»Ich halte es für wahrscheinlich, dass der Angriff nicht Eurem Auftrag, sondern seinem Geldbeutel galt«, meinte Meister Caron, der den Toten untersuchte. »Offenbar hat dieser Mann keine einzige Münze bei sich.«

»Was wollte er überhaupt hier im Hafen?«, fragte Meister Dregin.

»Er … er zog Erkundigungen für mich ein.«

»Welcher Art, wenn ich fragen darf?«

»Dürft Ihr nicht, Dregin, dürft Ihr nicht! Macht Euch lieber auf die Suche nach dem Schuldigen!«

»Wenn ich weiß, wen oder was Euer Koch in den dunklen Gassen des Hafenviertels suchte, weiß ich auch, wo ich seinen Mörder finden kann.«

Aber der Feuermagier ging nicht darauf ein. »Ihr seid doch berühmt für Eure Verbindungen zur Dunkelheit. Ist nicht der Gott des Todes Euer Ahnherr? Fragt ihn um Rat – soll er Euch zu dem Mann führen, der das getan hat.«

Feja wunderte sich, dass der Sturmrat so ruhig blieb. Er lächelte sogar sanft, als er antwortete. »Ihr wisst sehr wohl, dass nicht Nir, sondern Stor, der Gott des Morgengrauens, uns leitet. Ihn werde ich fragen, und ja, ich werde mich selbst um diese Angelegenheit kümmern, Tasgim.«

»Dann hoffe ich, dass Ihr darin mehr Talent zeigt als bisher! Die Dinge scheinen in Braake schlimmer zu stehen, als wir dachten.«

»Es sind unruhige Zeiten, Exzellenz«, sagte Meister Caron beschwichtigend. »Sagt nicht, dass es in Lente anders sei.«

»Aber dass ein Mitglied einer hohen Gesandtschaft ermordet wird – mitten in der Stadt!«

»Nun, im Hafenviertel gibt es viele dunkle Gassen und gefährliche Ecken.«

Der Feuermagier sah mit ernster Miene zu, wie ein paar Männer den Toten zudeckten und auf einer Bahre fortschafften. Dann erst sagte er: »Ihr seid Fram Caron, der Lehrmeister der Dämmerung, nicht wahr? Und dies hier, ist das eine Eurer Schülerinnen?«

Feja zuckte zusammen, als der Magier sich ihr mit einem seltsamen Lächeln zuwandte. Meister Caron stand hinter dem Mann, und seine Miene war nicht gerade freundlich.

»Wir werden sie in unsere Schule aufnehmen, ja.«

»Lasst mich raten … Sie ist im Jahr sechsundsechzig geboren, nicht wahr? Ich wette, Ihr habt viele Schüler aus diesem Jahr. Wir haben etliche, doch tun sie sich schwer mit dem Sinn für das Feuer. Habt Ihr auch Jüngere aufgenommen? Eigentlich sieht sie jünger aus. So schlank …« Er hatte sich zu Feja hinabgebeugt und tätschelte jetzt sogar ihre Wange. Sie wich einen halben Schritt zurück. Sie mochte den Mann und sein väterliches Getue immer weniger. Etwas an ihm machte ihr Angst.

»Und du willst dich wirklich der Grauen Bruderschaft anschließen, Kind? Ein Orden mit wenig Glanz und viel finsterer Vergangenheit. Weißt du denn nicht, dass man sie mit einigem Recht die Dunklen Magier nennt? Hast du denn keine Furcht vor der Dunkelheit?«

Sie schüttelte den Kopf.

»Die finsteren Tage unseres Ordens liegen lange zurück, Exzellenz«, sagte Caron düster.

»Ja, das höre ich immer wieder«, entgegnete der Feuermagier und richtete sich wieder auf. Er faltete die Hände vor seinem kleinen Bauch und betrachte Feja, als sei sie ein Opferlamm – jedenfalls kam es ihr so vor.

»Wir haben unsere Schule im Königswald, weit von Lente entfernt, was ich wirklich bedaure. Die Gegenwart so junger Menschen ist doch immer erfrischend, nicht wahr? Vielleicht solltest du es dir noch einmal anders überlegen, junges Fräulein. Weißt du, wir Feuermagier pflegen die älteste und reinste Magie aller Orden. Sie kann sehr nützlich sein und im wahrsten Sinne des Wortes Licht ins Dunkel bringen.« Er lächelte feist und klatschte in die Hände. Plötzlich flammte eine Laterne auf, die an einem Kran ganz in der Nähe aufgehängt war. Feja blieb der Mund offen stehen. Da sah sie, wie auch am nächsten hölzernen Kran ein Licht aufflammte und dann wieder eines, vor einer Taverne. Staunend beobachtete sie, wie jede Laterne, die im Umkreis aufgehängt war, sich wie von Geisterhand entzündete.

Der Feuermagier warf Dregin einen triumphierenden Blick zu und marschierte, bewacht von zwei Soldaten, davon.

»Angeber«, murmelte Meister Caron.

Meister Dregin schien sich ebenfalls zu ärgern. Er schüttelte den Kopf, dann schickte er zwei jüngere Männer in den grauen Roben seines Ordens mit einigen Bewaffneten aus, sich im Hafenviertel umzuhören. Er selbst befahl zwei Soldaten, ihm zu folgen, und verschwand kurz darauf in einer schmalen Gasse.

»Könnt Ihr so etwas auch?«, fragte Feja beeindruckt.

»Licht am hellen Tag entzünden? Wozu soll das gut sein?«, schnaubte der Zauberer.

»Dieser Mann ist merkwürdig«, flüsterte sie.

»Mach dir keine Gedanken über fremde Zauberer. Du hattest doch vor, dich nach jemandem zu erkundigen, nicht wahr? Gut. Und das nächste Mal bleibst du, wo du bist, wenn ich dir das sage, verstanden?«

»Ja, Meister Caron«, antwortete sie kleinlaut und plötzlich schuldbewusst, weil sie über den Feuermagier ihren eigenen Vater vergessen hatte. Sie ging mit Meister Caron zur Hafenmeisterei, einem großen Backsteinbau am Ende der Kaimauer. Drinnen herrschte zwischen Warenstapeln und Regalen geschäftiges Treiben.

Der Hafenmeister war jedoch nicht dort, und Meister Caron musste energisch werden, bevor sich ein Verwalter bequemte, Meister Tygram, den Stellvertreter, zu rufen.

Tygram tauchte eine ganze Weile danach zwischen den Regalen auf. Er gähnte, straffte sich aber, als er merkte, dass er es mit einem Zauberer zu tun hatte, und fragte nach dessen Anliegen.

»Ich suche meinen Vater«, begann Feja aufgeregt. »Er soll auf einem Schiff namens *Wogenkönigin* sein, und es heißt …«

»Ist er dort zahlender Gast oder Seemann?«, unterbrach der stellvertretende Hafenmeister.

»Seemann.«

»Und der Name ist?«

»Falasir, Herr.«

»Kein Nachname? Oder wenigstens ein Ort?«

»Aus dem Langwald, Herr.«

Meister Tygram seufzte. »Ich werde nachsehen … Augenblick.« Er verschwand in einem dunklen Durchgang. Bald hörte man Stimmen aus der Dunkelheit klingen, aber Feja konnte kein Wort verstehen.

»Was macht er dort?«, fragte sie leise.

Der Zauberer hatte das Gespräch mit verschränkten Armen verfolgt. Sie kannte ihn schon gut genug, um zu sehen, dass ihm der Stellvertreter eben so wenig gefiel wie ihr.

»Er wird die passenden Bücher suchen, doch würde es mich wundern, wenn darin die Namen der Seeleute verzeichnet wären. Aber immerhin scheint die *Wogenkönigin* einem Gildenmann zu gehören, und das ist gut, denn dann wird ihre Abfahrt und Ankunft auf jeden Fall in den Büchern festgehalten.«

Meister Tygram stellte Fejas Geduld – und die des Zauberers – auf eine harte Probe. Endlich trat er wieder aus dem dunklen Loch hervor, in dem er vor einer Ewigkeit verschwunden war. Unter dem Arm hielt er ein dickes Buch, das er nun auf die Theke fallen ließ. »Dies ist das Verzeichnis der Westfahrer-Gilde, welcher der Eigner der *Wogenkönigin* angehört«, erklärte er, bevor er umständlich das Buch öffnete. »An welchem Tag genau legte sie ab?«

»Das weiß ich nicht, Herr. Er schrieb uns vor über einem Jahr.«

Meister Tygram seufzte wieder. »Über ein Jahr«, murmelte er in seinen dünnen Schnurrbart. »Dann fangen wir am besten mit den Wintermonden an, nicht wahr?«

»Macht schnell, Mann, wir wollen den Kahn zur Festung nicht verpassen.«

»Jaja«, murmelte der Stellvertretende Hafenmeister und blätterte gemächlich vor und zurück, wobei er die Finger über die Seiten gleiten ließ. Plötzlich blieb sein Finger stehen. »Da haben wir sie«, murmelte er, »die *Wogenkönigin* ging am 20. Tag des Hochwinters 979 in See … Geladen hatte sie zwanzig Lasten Eisen, was recht viel ist. Die Besatzung wird mit neunzehn Männern und einem Kapitän angegeben. Ah, Kapitän Rivart, ein erfahrener Mann, wenn auch etwas grob. Ich fuhr einmal mit ihm nach Walbucht, jedoch als Passagier, und …«

»Und die Namen der Mannschaft?«, unterbrach ihn Meister Caron.

»Sind hier nicht verzeichnet, seht ihr?« Er drehte das Buch, sodass Feja und Caron eine Menge Zahlen und Buchstaben sehen konnten. Aber Feja konnte nicht lesen.

Meister Caron starrte mit finsterer Miene auf die eng beschriebenen Seiten. »Ist das alles?«, fragte er.

»Mehr steht hier nicht, Herr. Es hätte mich aber auch erstaunt, wenn sie die Namen der Matrosen verzeichnet hätten. Es ist Sache der Kapitäne, sich dieser Mühe zu unterziehen. Meist stehen die Namen nur im Bordbuch. Das Leben auf See ist rau, und wozu sollte man sich die Arbeit machen, wenn ohnehin die Hälfte der Männer ihre Reise auf dem Grund des Meeres oder vielleicht auch nur in einem anderen Hafen beenden. Geht es um einen Fahrgast, gar einen bedeutenden, dann wird das oft auch bei uns vermerkt, aber ich nehme an, dieser Mann aus dem Langwald war wohl weder bedeutend noch Passagier, oder?«

Feja hasste den Mann von Herzen. Wie konnte er behaupten, ihr Vater sei nicht bedeutend?

»Ist sie inzwischen zurückgekehrt?«, bohrte Meister Caron nach.

Der Hafenmeister runzelte die Stirn, als würde er die Frage nicht verstehen, dann zeigte er auf eine Stelle im Buch. »Gar nicht, bislang, sonst wäre doch hier ein Kreuz gemacht. Oder bezweifelt ihr, dass wir unsere Bücher in Ordnung halten?«

Feja sank der Mut. Das Schiff war über ein Jahr fort. Sie hatte gehofft, es wäre vielleicht ein zweites Mal gefahren, und ihr Vater hätte es nur nicht geschafft, ihr eine Nachricht zukommen zu lassen. Nun war auch diese Hoffnung zerstoben.

Sie verließen die Hafenmeisterei, und Feja war so in Gedanken, dass sie gar nicht darauf achtete, wohin Meister Caron sie führte, bis sie am Rande des Hafenbeckens anhielten. Dort war ein Lastkahn vertäut, der mit allerlei Säcken, Fässern und Körben schwer beladen war. Im vorderen Teil gackerten ein paar Hühner in Holzkäfigen.

»Ich bringe hier eine Schülerin für die Feste. Habt Ihr noch Platz für sie, Bruder Yorn?«, hörte Feja den Zauberer sagen.

Unten im Lastkahn stand ein stiernackiger Mann, der nicht im Grau des Ordens gekleidet war.

»Für dieses Mädchen? Gewiss, Meister, wenn es ihr nichts ausmacht, auf einem Butterfass zu sitzen.«

»Ein Boot? Ich dachte …«

»Die Graufeste liegt außerhalb von Braake, auf einem Felsen vor der Küste.«

»Und ich muss in dieses Ding steigen?«, fragte sie. Sie hatte noch nie in einem Boot gesessen, und dieser Kahn schien ihr überladen zu sein.

»So geht es am schnellsten, außerdem wirst du wohl kaum schwimmen wollen, oder?«

»Aber dieses Gefährt liegt so tief im Wasser … Was, wenn es untergeht, sobald ich einsteige?«

»Du wiegst doch kaum mehr als ein Huhn, junges Fräulein. Also hab keine Angst«, rief der Mann im Boot lachend.

»Du kannst Bruder Yorn vertrauen, Feja. Er kennt das Meer, und er kennt sein Gefährt.«

»Und Ihr kommt nicht mit?«

»Ich werde erst morgen oder übermorgen wieder in der Festung sein, Feja. Keine Angst, Bruder Yorn wird alles Nötige in die Wege leiten.« Er zog eine kleine Metallröhre aus seinem Gürtel, hielt sie kurz an seine Lippen, schloss die Augen, seufzte und öffnete sie wieder. Dann warf er das Röhrchen dem Schiffsführer zu.

Feja traute sich nicht zu fragen, was das für ein Ding war. »Aber … mein Vater!«

»Ich werde mich hier im Hafen weiter für dich umhören, Feja, wie ich es versprochen habe.«

Sie sah ihn unglücklich an. Er legte ihr eine Hand auf die Schulter. »Es ist nicht gesagt, dass seinem Schiff etwas zugestoßen ist, Feja. Sieh, sie hatten Eisen geladen, das sie vermutlich an der Schreckensküste gegen das begehrte Glanztuch oder gegen Pfeffer eingetauscht haben. In den Goldländern von Tsungama erzielt man für diese Dinge einen noch viel höheren Preis als in Edun. Wenn der Kapitän so gewieft ist, wie dieser Hafenmeister sagt, dann werden sie genau das tun. Vielleicht bringen sie andere Kostbarkeiten von dort noch weiter, nach Skros oder sogar Yfre. Das tun die Westfahrer manchmal, obwohl das von anderen Gilden nicht gerne gesehen wird. So mancher Mann, der mit dem letzten Hemd am Leib hier aufgebrochen ist, kehrte ein, zwei oder gar drei Jahre später in goldenen Gewändern zurück.«

»Und sie kehren alle zurück?«

»Die meisten – sonst würden sie es doch nicht wagen«, sagte der Zauberer, aber Feja hatte dennoch ihre Zweifel. Doch was blieb ihr zu tun? Sie musste irgendwo unterkommen, bis sie Näheres über das Schicksal ihres Vaters erfuhr – oder ihn endlich wiedersah.

Bruder Yorn drängte zur Abfahrt, also kletterte Feja mit bangem Herzen in den plumpen Kahn hinab, während Meister Caron eigenhändig die Taue löste. Der Schiffsführer stieß mit einer Stange vom Ufer ab, und das Gefährt drehte sich träge. Sie glitten durch das Hafenbecken. Kurz darauf spürte Feja, dass die Strömung des Flusses sie erfasste.

Sie blickte zurück. Meister Caron stand am Kai und unterhielt sich mit einem Mann, den sie trotz seiner kostspieligen Kleidung sofort für einen Weren hielt. Ihr kam es vor, als starre der Fremde sie an, dabei war das auf diese Entfernung unmöglich zu sagen. Sie setzte sich missmutig auf das Butterfass, das ihr Bruder Yorn als Platz zuwies. Er lenkte mit leichter Hand das Boot in die Mitte des Flusses, und es nahm Geschwindigkeit auf. Bald waren die Mauern des Hafens verschwunden.

»Was war das für ein Mädchen, das Ihr in diesen zerbrechlichen Kahn gesetzt habt, Meister Caron?«, fragte Skuran Orchon, der sich zu dem Zauberer gesellt hatte. *Dieses Mädchen, die Ähnlichkeit …*

»Nur eine neue Schülerin. Warum fragt ihr, Meister Orchon?«

»Sie sah unglücklich aus.« Der Were versuchte, ruhig zu bleiben.

Meister Caron runzelte die Stirn. »Ihr Vater hat hier vor über einem Jahr ein Schiff bestiegen, ist aber bisher nicht zurückgekehrt. Sie hat einen Brief von ihm erhalten, den jemand für diesen Mann geschrieben haben muss. Das wart nicht zufällig Ihr, Orchon?«

Der Were zuckte mit den Achseln und musste sich sehr beherrschen, um nicht zu jubeln. Sie war es! Aber dann wurde ihm der Kragen seines Wamses zu eng. Der Brief … er könnte ihn verraten.

»Ich verfasse nur noch selten Briefe für andere, Meister Caron, aber ich kann mir das Schreiben ansehen. Anhand der Schrift könnte ich vielleicht sagen, wer …«

»Sie hat es verloren.«

»Ah – wie bedauerlich! Wie lautete der Name des Absenders?«

»Falasir, aus dem Langwald.«

Das Herz des Weren machte einen Sprung. Jetzt gab es keinen Zweifel mehr. Sie war es tatsächlich! »Nein, ich erinnere mich nicht, einen Brief in diesen Wald geschickt zu haben.«

»Schade. Könntet Ihr Euch bei den anderen Schreibern erkundigen? Diese Angelegenheit liegt mir am Herzen, wisst Ihr?«

»Wirklich? Dabei glauben die Braaker, dass die Grauen Brüder gar kein Herz haben.«

Meister Caron lachte pflichtschuldig, aber an seinen gerunzelten Brauen erkannte Skuran Orchon, dass der Magier die versteckte Beleidigung durchaus bemerkt hatte.

Der Were empfahl sich, ging davon und verfluchte sich selbst. Er musste sich nicht umdrehen, um zu wissen, dass der Zauberer ihm nachstarrte. Diese dumme Spitze gegen den Orden hätte er sich sparen können. Er zwang sich, langsam zu gehen, bis er um die Straßenecke gebogen und den Blicken des Magiers entkommen war. Es hieß, dass die Aschling-Hexer Gedanken lesen konnten. Vielleicht war das nur Aberglaube, aber dieser Meister Caron war ein heller Kopf, und er steckte seine große Nase gerne in Angelegenheiten, die ihn nichts angingen.

Er eilte nachhause. Das Mädchen war endlich eingetroffen! Er hatte die Hoffnung schon fast aufgegeben. Er schloss die Tür auf und rief der Dienstmagd, die in der Küche zugange war, einen lauten Gruß zu, weil sie bei jedem Öffnen der Tür dachte, es könnten Einbrecher sein.

Er hatte die Hand schon an der Klinke zur Kellertür, als sie auf ihren O-Beinen aus der Küche gewackelt kam. »Verzeiht, Herr, aber es is' Besuch da.« Die Magd senkte die Stimme: »Wieder diese Frau aus den Bergen, Herr. Sie is' mir unheimlich, aber nich', weil se von Eurem Volk is, das nich'. Aber das is' immer noch 'ne Wilde! Ich wollt se ja erst auch gar nicht reinlassen, aber der junge Herr meinte, es sei in Ordnung.«

»Mein Sohn Durku ist auf?«

»Nein, Herr … bin hochgegangen und hab ihn gefragt, weil Ihr doch am Hafen wart, und dieses Weib drauf bestand reinzuwollen. Hat gesagt, dass se den weiten Weg nich' umsonst gemacht hat und so.«

»Schon in Ordnung, Melta, es war gut, dass du sie eingelassen hast.«

Die Frau rümpfte die stumpfe Nase. »Wenn Ihr meint, Herr, wenn Ihr meint …«

Skuran Orchon ließ sie stehen und sprang die Treppe hinauf. Dumpfes Gemurmel drang aus der Stube seines Sohnes. Er zögerte einen Moment. Seine Magd war zwar beschränkt, aber in einem hatte sie recht: Dieses Weib da drinnen war unheimlich. Er gab sich einen Ruck und öffnete die Tür.

Der Geruch von Sauerampfer hing im Raum. Aus irdenen Gefäßen stiegen Rauchfahnen auf, und dort, auf den weißen Laken, lag sein Sohn mit glasigen Augen. Er schien ihn nicht zu bemerken.

Die Alte, die am Bett kauerte, drehte sich um und sah ihn unter eisgrauen Augenbrauen scharf an.

»Hattet Ihr mich vergessen, Skuran?«, zischte sie auf Werisch.

»Nein, weise Nazja, doch habe ich Euch heute nicht erwartet.«

Durku sah blass aus, und sein Atem ging flach.

»Ihr hättet wenigstens dieser Kuh in Eurer Küche Bescheid geben können.«

»Es war dumm von mir, das nicht zu tun, Ganesa. Ich bitte, mein Versäumnis zu entschuldigen.«

Es war unverkennbar, dass sein Sohn kaum Luft bekam, aber die Alte kümmerte das offenbar nicht. Sie starrte ihn weiter missbilligend an.

»Ich werde Euch selbstverständlich für diese Unannehmlichkeit entschädigen«, stieß Orchon hervor.

Sie schnaubte verächtlich und wandte sich endlich wieder ihrem Patienten zu. Sie hob eine Räucherschale auf und hielt sie Durku unter die Nase. Der Junge schnappte nach Luft, bäumte sich schwach auf und sackte zurück in die Kissen.

»Was tut Ihr da?«, rief Orchon entsetzt.

Sie drehte sich nicht um, wies aber mit unmissverständlicher Geste auf die Tür.

Skuran Orchon gehorchte und verließ die Kammer. Er ging hinab, hieß Melta einen Tee aufsetzen, damit sie aufhörte, ihn vorwurfsvoll anzuglotzen, und ging ungeduldig in der Wohnstube auf und ab. Die Magd meldete, dass der Tee fertig sei, aber er sagte nur, sie solle ihn auf die Flamme stellen, und schickte sie dann fort auf den Markt, ein paar Dinge zu besorgen, die er nicht brauchte.

Sie nahm seine Befehle mit einem Naserümpfen entgegen. »Versteh schon, Herr. Werd die Sachen holen. Hab auch nichts dagegen, aus'm Haus zu sein, solange das Weib da oben rumschleicht. Aber um den jungen Herrn mach ich mir Sorgen und um Euch, Herr, auch.«

Er erklärte, dass Letzteres nicht nötig sei, und war froh, als sie verschwunden war. Dann ging er in die Küche, goss sich Tee ein und vergaß, ihn zu trinken. Er blieb gedankenverloren am Herd stehen, bis er die schweren Schritte auf der Treppe hörte. Die Ganesa trat schnaufend in die Küche.

»Ich rieche Tee«, stellte sie fest.

Er starrte sie irritiert an, dann goss er ihr eine Tasse ein.

»Tee ist in den Bergen schwer zu bekommen, dabei ist er das einzig Gute, was die Aschlinge je in unser Land gebracht haben.« Sie nippte an der Tasse, und Orchon sah einen tiefen Ausdruck von Zufriedenheit in ihrer Miene. Dann seufzte sie, stellte die Tasse ab und meinte: »Was soll ich sagen, Skuran – es sieht nicht gut aus.«

Er nickte schweigend.

»In der Alten Zeit hätte ich ihm helfen können.«

»Die Alte Zeit liegt lange zurück, und Eure Kunst ist nur noch ein trauriges Echo aus besseren Tagen, Ganesa«, stieß er hervor.

Sie lehnte sich zurück. Der Vorwurf schien sie nicht sehr zu treffen. »Die Rauchkräuter werden seine Schmerzen lindern. Mehr kann ich nicht tun.«

»Ich hatte aber den Eindruck, dass sie es schlimmer machen«, meinte er.

»Ich mag nicht mehr das Können der Ahnen besitzen, aber ich verstehe immer noch weit mehr von der Heilkunst als Ihr, Skuran. Die Kräuter lösen den Auswurf, der seine Lunge befallen hat. Daher wird es erst schlimmer, dann besser.« Sie legte einen Beutel auf den Tisch. »Zermahlt sie zu Pulver und entzündet einen halben Löffel davon täglich zur ersten Abendstunde, dann hat er eine ruhige Nacht, Euer Durku.«

Er griff nach dem Beutel, aber sie hielt ihn fest. »Rauchkraut ist schwer zu finden. Ich musste weit hinauf in die Berge steigen.«

Er versuchte, sich seine Verbitterung nicht anmerken zu lassen, langte in seine Tasche, legte drei große Silbermünzen auf den Tisch, hielt aber die Hand auf ihnen. »In der Alten Zeit hätte eine Ganesa kein Geld verlangt.«

Sie lachte schrill auf. »Damals lebten die Ganesas von der Fürsorge der Stämme. Aber wo sind sie, die Stämme der Weren? Früher lebten hier Tausende unseres Volkes, und zwischen den Regenbergen und der Küste gab es ein Dutzend Heilerinnen. Heute bin ich die einzige weit und breit, und wenn ich erst verhungert bin und mich in den Totenbergen zur ewigen Ruhe gelegt habe, wird niemand mehr kommen, um nach deinem Sohn zu sehen.«

»Ewige Ruhe? Habt Ihr vergessen, dass die Aschlinge in unseren Grablegen nach Erz schürfen? Sie treiben Stollen in die heiligen Berge und kratzen noch zwischen den Gebeinen unserer Ahnen nach Eisen.«

Sie nahm seinen Ausbruch mit einem Achselzucken hin.

Orchon schob ihr missmutig die Münzen zu. »Da ist noch die andere Sache, ehrwürdige Nazja … Habt Ihr inzwischen mit Eurer Freundin aus dem Langwald sprechen können?«

Die Ganesa strich das Geld ein. »Ich traf Isija zur letzten vollen Eortha, ja. Sie erinnert sich gut an die Geburt, nach der Ihr fragtet. Sie musste das Mädchen der Mutter aus dem Leib schneiden, weil sonst beide gestorben wären. Und ja, als sie nach getaner Arbeit vor die Hütte trat, sah sie Galtara und Nir in seltener Zweisamkeit am Himmel stehen. Sie hat also genug Gründe, sich an diesen Tag zu erinnern – doch welchen Grund habt Ihr, nach diesem Kind und seiner Geburtsstunde zu fragen, Skuran Orchon?«

»Keinen bestimmten, Ganesa. Jedenfalls keinen, der Euch etwas anginge.«

»Ihr seid ein schlechter Lügner, Orchon. Isija erinnert sich nicht nur an den Tag, sondern auch an den Ort der Geburt. Drachenhof nennen ihn die Aschlinge. Es geht um die alten Legenden, oder? Wyrmochs Blut und Wyrmochs Fluch … Ich spüre, dass Eure Gedanken davon vergiftet sind. Daran will ich nicht teilhaben. Erwartet also nicht, dass ich Euch noch einmal einen Gefallen tue!«

»Einen Gefallen, für den ich Euch bezahlt habe, ehrwürdige Nazja.«

Sie erhob sich ächzend aus ihrem Stuhl. »Ihr seid ein dummer Mann, Skuran Orchon. Ihr befasst Euch mit Dingen, von denen Ihr besser die Finger lassen solltet. Es wird Euch übel bekommen. Denkt an meine Worte!« Damit stapfte sie schwerfällig davon.

Als sie gegangen war, blieb Orchon noch eine ganze Weile allein im Halbdunkel der Küche zurück. War es das, was von der gerühmten werischen Heilkunst übrig war? Geraune und Gier? Von dieser Heilerin hatte er keine Hilfe zu erwarten.

Dann sprang er auf. Das Mädchen!

Er ging zur Kellertür, legte die Hand auf die Klinke. »Ich muss alles neu berechnen«, murmelte er. »Sie hätte schon vor Wochen hier eintreffen müssen, vor vielen Wochen.«

Er hätte den Brief ihres Vaters ändern oder einen zweiten verfassen sollen, aber beides hatte er nicht gewagt. Jetzt war sie endlich hier. »Wenn sie nur nicht den Grauhexern in die Arme gelaufen wäre«, murmelte er. Seine Hand lag immer noch auf der Klinke. Er zögerte. Dann durchzuckte es ihn: Sein Sohn! Er musste zuerst Durku die gute Nachricht überbringen. Das, was im Keller war, konnte, musste warten. Er eilte die Treppen hinauf und sah nach seinem Sohn. Bleich und blass lag er in den Kissen und atmete Rauchkraut.

Orchon wedelte den Rauch unwillkürlich mit den Händen zur Seite, als er sich ans Bett setzte.

»Ich habe gute Nachrichten, mein Sohn, vielleicht sogar sehr gute. Ich habe dir doch bestimmt einmal von meiner Reise nach Lente erzählt, wo ich für König Gimlarin ein Mondspielwerk baute, oder?«

Durku seufzte. »Schon oft.«

»Wirklich? Und habe ich auch erzählt, wie ich durch Zufall auf einen Aschling stieß, der großes Interesse an unserer Kultur hatte?«

Durku nickte, aber Orchon war so aufgeregt, dass er es übersah. »Es war der Bibliothekar des Königs, und er zeigte mir die Aufzeichnungen uralter Legenden, die sogar wir Weren vergessen haben. Und dort stieß ich auf die Geschichte von Wyrmoch. Ich habe dir doch von ihm erzählt, oder? Natürlich habe ich das. Oh, die Geschichte ist natürlich bekannt, doch in Lente erfuhr ich, dass ein wesentlicher Teil fehlte. Ich muss sie dir erneut erzählen, damit du begreifst, was heute geschehen ist, Durku.«

Sein Sohn hustete leise. Orchon musterte ihn besorgt, dann faltete er die Hände und legte die Fingerspitzen an sein Kinn, weil er sich konzentrieren musste. »Es ist nun achthundert Jahre her, dass der König der Utorer seinen Panzerreitern befahl, Jagd auf die Weren zu machen, die nichts verbrochen hatten, außer dass sie auf jenem Land lebten, das auch der König begehrte. Der grausamste dieser Reiter war der, den wir Usgach, den Eisentod, nennen. Usgach hegte einen tiefen Groll gegen uns, weil seine Tochter sich in Frodaech, einen Weisen unseres Volkes, verliebt hatte und mit ihm fortgegangen war.

Der Eisentod verschonte auf seiner Jagd nach den beiden weder Männer noch Frauen noch Kinder und brannte Hütte um Hütte und Dorf um Dorf nieder. Da rief Frodaech in seiner Verzweiflung schließlich Wyrmoch, den letzten der Bergdrachen, zu Hilfe. Es gab einen gewaltigen, viel besungenen Kampf im Langwald, an dessen Ende Wyrmoch sein Leben gab. Die Aschlinge mögen behaupten, dass er besiegt worden ist, doch das ist nicht wahr. Wyrmoch gab sein Leben freiwillig, denn dieses Opfer erlaubte ihm, den Eisentod zu verfluchen und den Samen zu einem Zauber zu legen, der so mächtig war, dass er acht Jahrhunderte reifen musste.

Wyrmoch weissagte dem Eisentod, dass eines Tages auf dem von seinem Blut getränkten Grund ein Held geboren werde, der die Macht der Aschlinge brechen würde. Er werde mit dem Segen der Monde geboren und einen Drachen im Wappen führen. Und denk dir, mein Junge – heute ist jemand in Braake eingetroffen, auf den diese Beschreibung zutrifft! Ein Mädchen. Ich habe es mit eigenen Augen gesehen! Es ist eine Utorerin, ja, aber sie wird die unsichtbaren Ketten, welche die Alte Magie gefangen halten, sprengen und die Macht der Aschling-Hexer über dieses Land brechen. Dann wird das verlorene Volk neu erblühen – und damit auch seine unvergleichliche Heilkunst. Verstehst du, was das bedeutet, Durku? Dann können wir dich heilen!«

Sein Sohn hustete schwach. »Ein Mädchen? Wie soll ausgerechnet ein utorisches Mädchen unser Schicksal wenden, Vater?«

»Wie?« Orchon leckte sich nachdenklich die Lippen. Das war eine Frage, die in der Legende nicht beantwortet wurde. Er hatte viel Zeit damit verbracht, darüber nachzudenken. Jetzt sagte er behutsam, so, als könne ein unbedachtes Wort seine Hoffnungen zerstören: »Auf die gleiche Art wie Wyrmoch. Es muss sein Leben geben, um dieses Wunder zu wirken.«

3.

Das große Boot glitt gemächlich den Fluss hinab. Feja fand immer noch, dass bedenklich wenig Abstand zwischen Wasseroberfläche und Bordwandkante war. Der Kahnführer erhob sich und reffte gemächlich das Segel, denn ein großes Handelsschiff vor ihnen blockierte den halben Fluss.

»Du wirst dich fragen, warum ich nicht einfach vorbeiziehe, Mädchen, doch wirst du es gleich verstehen.«

Feja hatte gar nicht ans Überholen gedacht. Sie war nämlich damit beschäftigt, über das nachzusinnen, was vor ihr lag: Sie würde eine Schule für Magier besuchen. Sie?! Das war so aufregend! Sie hatte viele Geschichten über Zauberer gehört. Die meisten dieser Männer – es waren eigentlich immer Männer – vollbrachten darin unglaubliche Dinge. Sie flogen zu den Monden, machten Gold, schliefen hundert Jahre oder führten Heere zum Sieg in aussichtslosen Schlachten. Vielleicht waren diese Geschichten gar nicht wahr, aber wenn doch? Dann würde sie bald Dinge tun können, von denen sie noch vor zwei Tagen nicht zu träumen gewagt hätte. Und dann …

»Obacht!«, rief Bruder Yorn. Das Schiff vor ihnen änderte leicht die Richtung, und plötzlich tauchte vor ihnen hoch und massig die Festung auf, die Feja schon am Vormittag von Weitem gesehen hatte. Aus der Nähe wirkte sie bedrohlich, weil sie den Fluss hoch überragte. Die Schießscharten in den gedrungenen Mauern schienen feindselig von dem weißen Felsen hinabzustarren. Feja duckte sich unwillkürlich. Ob die Feste, zu der sie nun unterwegs war, ein ähnlich düsterer Ort war?

Aber dann fielen die düsteren Mauern zurück, und plötzlich erreichte der Kahn das Meer. Der Wind frischte auf, und die Brandung brach sich weiß an den vereinzelten großen Felsen, die vor dem sandigen Strand standen, als müssten sie ihn bewachen. Das Boot begann sich zu heben und zu senken, und Feja krallte sich fest, weil sie fürchtete, dass eine Welle kommen und sie von Bord spülen würde. Bruder Yorn blieb gelassen. Er lächelte sogar, als er seinen Kahn nach Norden wendete, sich eine besonders hohe Welle an der Bordwand brach und Feja durchnässte.

»Keine Angst, Mädchen. Die Nixen wollen nur spielen. Sie lieben es, Reisende mit ein paar Spritzern Salzwasser zu necken.«

Feja nickte, tat tapfer und klammerte sich an das Butterfass, auf dem sie saß. Sie sah mit Sorge, dass immer wieder Wasser über die Reling schwappte. Der Wind trieb das hölzerne Gefährt schnell an der Reihe der weißen Felsen vorüber. Sie beschrieben einen Bogen, und Feja erkannte, dass sie auf eine Bucht zuliefen, die von einem besonders großen Felsen überragt wurde. Und auf diesem Felsen ragten graue Türme und Mauern empor.

»Ist das die Festung?«

Bruder Yorn nickte. »Das ist die Graufeste, deine Heimat für die nächsten Jahre, wenn du dich nicht allzu dumm anstellst. Nun mach nicht so ein ängstliches Gesicht, Mädchen. Selbst beim schlimmsten Sturm bist du in Jarknars Halle sicher.«

»Ich wünschte, wir wären schon dort«, rief Feja und zog die Füße an. Bruder Yorn lachte. »Du scheinst mehr zu wiegen, als ich dachte. Vielleicht muss ich dich über Bord werfen, damit wir die Grotte heil erreichen«, rief er und zwinkerte ihr zu.

Feja seufzte. Sie war nicht in der Stimmung für Scherze.

Der weiße Felsen kam näher, und wie bei der Festung in der Flussmündung fand sie die grauen Mauern fehl am Platz. Zum offenen Meer hin reckte sich der Felsen ein ganzes Stück höher hinauf als auf der anderen Seite. Es schien zwei Stufen zu geben, und beide waren mit hohen Mauern geschützt.

»Wo ist denn Jarknars Halle?«, fragte sie.

Der Schiffsführer lachte. »Na, hier, Mädchen. Jarknar war der Mann, der diesen Platz gefunden und zur Heimat des Ordens gemacht hat. Er hat eigenhändig den Grundstein gelegt. Damit er nicht aus Versehen den Drachen weckte, musste er dabei natürlich sehr vorsichtig sein. Was ich dir im Übrigen auch empfehlen würde.«

»Den Drachen?«

»Ja, es heißt, hier herrschte einst ein riesiger Meerdrache, der in der Brandung Nixen jagte. Doch die mächtigste von ihnen, Rennviga, überlistete ihn und belegte ihn mit einem mächtigen Bann. Du kannst seine Knochen noch heute sehen, wir sind gerade an ihnen vorübergesegelt.« Er zeigte mit dem Daumen nach hinten auf die nächsten bleichen Felsen. »Jarknars Halle wurde auf dem Schädel dieses Untiers errichtet. Siehst du da vorn die dunkle Höhlung? Das ist sein Maul – und genau da werden wir nun hineinsegeln.«

Feja wusste nicht, ob sich Bruder Yorn wieder nur einen Scherz mit ihr erlaubte. Die Geschichte mit dem Drachen war – nun, eben eine Geschichte, aber sie konnte das drohend dunkle Loch im Felsen jetzt deutlich sehen. Wollte er das Boot wirklich in diese Finsternis hineinsteuern?

Der Schiffsführer ließ eine Reihe scharfer Pfiffe hören. Die Dunkelheit rückte näher. Das Schiff hielt genau auf die Mitte zu. Dort bewegte sich etwas, und plötzlich erkannte Feja, dass sich vor ihnen ein mächtiges Tor öffnete. Es wurde halb nach oben in den Felsen gezogen, und während sie noch staunend auf dieses mit starken Eisenbanden beschlagene Tor starrte, ließen Wind und Wellen nach, und sie glitten in eine weite Grotte, die von großen Lampen erhellt wurde. Drei Männer erwarteten sie an einem steinernen Pier.

»Heho, Bruder Yorn! Ihr habt Euch Zeit gelassen!«, rief der erste, ein hoch aufgeschossener Mann von vielleicht dreißig Jahren.

»Heho, Bruder Salnir! Ich musste noch auf einen Passagier warten.«

»Und wer ist die Leichtsinnige, die ihr Glück Euren Segelkünsten anvertraute?«

»Eine neue Schülerin. Und jetzt läutet die Glocke, Salnir. Diese Güter entladen sich nicht von selbst.«

Yorn warf einem anderen Mann ein Seil zu, und im Nu war das Gefährt vertäut. Bruder Salnir zog eine lange Kette, und Feja meinte, ein Stück entfernt leises Geläut zu vernehmen. Erst jetzt sah sie die steile Treppe, die in den weißen Stein gehauen war. Sie führte in engen Kehren ganz nach oben, wo Licht durch eine schmale Öffnung fiel.

Der Mann, der den Kahn vertäut hatte, half ihr an Land. »Willkommen in Jarknars Halle, Kind. Ich bin Bruder Firnur, der Lademeister. Und jetzt sei so gut und geh aus dem Weg, denn wir haben zu tun.«

Der Lademeister sprang ins Boot, und gemeinsam mit den anderen machte er sich daran, Fässer und Säcke von Bord zu schaffen. Feja fühlte sich nutzlos. Sie bot ihre Hilfe an, aber Yorn schickte sie lachend weg.

»Geh nur nach oben, Mädchen. Für diese Lasten bist du ein wenig zu zart gebaut. Melde dich beim Wachhabenden, er wird dir sagen, was du zu tun hast.«

Feja machte sich halb beleidigt auf den Weg. Sie war schwere Arbeit gewohnt und bestimmt nicht zu schwach für einen Sack Mehl. Aber sie war auch neugierig, was sie am anderen Ende der langen Treppe erwartete. Also eilte sie die Stufen hinauf. Männer kamen ihr entgegen. Der erste begegnete ihr in einer Kehre und rannte sie über den Haufen. Sie strauchelte, wäre beinahe gestürzt, aber der andere packte sie gedankenschnell am Arm. Kaum hatte sie sich gefangen, ließ er sie sofort wieder los und eilte wortlos weiter hinab.

Verblüfft, erschrocken und empört zugleich blieb sie stehen.

»So pass doch auf, Mädchen«, rief der nächste und schob sie zur Seite.

Unten schafften die Männer all die vielen Säcke und Körbe in einen gigantischen Eisenkorb. Als der voll war, ließ Bruder Yorn einen Pfiff hören, und eine Seilwinde hob die Last empor. Feja sah wie gebannt zu. Der junge Mann, dessentwegen sie beinahe die Treppe hinuntergestürzt wäre, wuchtete mit bemerkenswerter Geschwindigkeit schwere Kornsäcke an Land.

Er hätte sich ruhig entschuldigen können, dachte sie, als sie nach oben stapfte. Sie erreichte das Ende der Treppe und trat durch eine Falltür ins Freie. Vor ihr öffnete sich ein Hof, der von den grauen Mauern hoher Häuser begrenzt war. Schmale Fenster blickten sie scheinbar feindselig an. Seltsamerweise mischte sich unter die frische Meerbrise der Geruch von Pferden. Dann sah sie den langen Stall zu ihrer Rechten.

Ein Ordensbruder, der neben dem ummauerten Zugang zur Grotte gemächlich eine große Winde bediente, nickte ihr zu und sagte: »Du bist also Feja, die neue Schülerin, von der Meister Caron so viel erwartet.«

»Woher wisst Ihr …?«

»Die Schatten reisen schnell – und sie wissen alles«, erwiderte der Mann und zwinkerte ihr zu. »Geh hinüber ins Haupthaus und melde dich bei Meister Svelgar. Er wird dir alles zeigen, und – willkommen auf der Graufeste, Feja aus dem Langwald.« Er wies bei diesen Worten in die Richtung des größten Gebäudes, das von einem mächtigen Turm überragt wurde.

Als Feja darauf zulief, kam sie an einem Torhaus vorbei, durch das eine steile Rampe in den unteren Teil der Burg führte. Eine ganze Schar Jungen und Mädchen kam gerade dort hinauf gestromert. Ihre Kleidung war grau – und schlammbespritzt. Neugierig blieb sie stehen.

Vorneweg gingen drei Jungen, die etwa in ihrem Alter sein mussten. Der erste war schlank und dunkelblond, der zweite kleiner, aber breitschultrig, und sein Haar war kastanienbraun. Der dritte war zierlich, mit dichten tiefschwarzen Locken. Obwohl sie völlig unterschiedlich aussahen, verriet Feja etwas schwer Bestimmbares, dass sie miteinander verwandt waren.

»Was glotzt du so?«, fuhr sie der Blonde an. »Bist du ein neues Küchenmädchen? Dann spute dich, ich habe nämlich Hunger.«

»Ich bin kein Küchenmädchen. Ich bin Feja, eine Schülerin.«

Der Blonde trat näher an sie heran. Er war einen Kopf größer als sie und sah auf sie herab.

»Wirklich? So siehst du gar nicht aus. Ich wette, du bist eine von denen, die es nicht schaffen – und dann wirst du doch Magd, wenn du nicht selbst dafür zu blöde bist. Aber wenn du doch eine von uns sein willst, dann komm mir besser nicht in die Quere, du Vogelscheuche. Und jetzt geh mir aus dem Weg!«

Feja dachte gar nicht daran. Sie reckte sich ein Stück. »Ich habe keine Angst vor dir, Strohkopf.«

Der Blonde trat einen Schritt zurück. Auf Anhieb schien er nicht zu wissen, was er sagen sollte.

»Komm schon, Tyrbull, halte dich nicht mit der Göre auf«, forderte der Zierliche.

»Nein, Lygger, sie soll besser gleich lernen, wo ihr Platz ist«, erwiderte der andere und gab Feja einen kleinen Schubser. Feja stellte fest, dass hinter dem großen Maul beträchtliche Kraft steckte. Sie sah sich um. Die anderen Schüler bildeten einen Halbkreis, sie alle schienen vor diesem Tyrbull Angst oder doch wenigstens Respekt zu haben. Niemand ergriff Partei für sie.

Feja wich dennoch nicht zurück, sie konnte einfach nicht. »Ich habe keine Angst vor dir, Strohkopf!«

»Wenn du mich noch einmal so nennst, fängst du dir eine, die …« Er beendete den Satz nicht, denn ein Schatten hatte sich zwischen ihn und Feja geschoben. Er war wie aus dem Nichts aufgetaucht und nahm nun die Gestalt jenes jungen Mannes an, der Feja auf der Treppe umgerannt hatte. Wo war er so plötzlich hergekommen?

Ihr Retter sagte nichts. Er stand einfach mit verschränkten Armen vor dem Blonden, der zurückwich, einen Fluch murmelte und mit einem Kopfnicken seiner kleinen Bande ein Zeichen gab. Die beiden, die Feja für seine Verwandten hielt, folgten ihm, die anderen zerstreuten sich.

»Zwanzig gegen zwei, und ihr kneift?«, rief Feja dem Blonden hinterher.

Ihr Retter fuhr herum, blickte sie finster an und legte den Zeigefinger auf seine Lippen. Dann verschwand er kopfschüttelnd im nächsten Haus.

Feja sah ihm verdattert nach.

»Da hast du Glück gehabt«, sagte eine junge Stimme. »Tyrbull kann gemein sein, wenn er schlechte Laune hat. Und er hat oft schlechte Laune.« Der Sprecher war wohl ebenfalls in ihrem

Alter. Sommersprossen verteilten sich über sein nachdenkliches Gesicht. »Ich bin Nerius«, stellte er sich vor, »und jetzt seit einem Jahr hier. Tyrbull und seine Vettern trafen kurz nach mir hier ein, und ich wollte, sie wären nie hergekommen.«

»Und der, der eben aus dem Nichts aufgetaucht ist?«

»Bruder Span? Das meinte ich mit Glück. Die Tygrams werden dich in Ruhe lassen, wenn du unter seinem Schutz stehst.«

»Tygram? Den Namen kenne ich irgendwoher ...«

Nerius grinste. »Das wundert mich nicht. Es gibt ziemlich viele von denen in Braake, mehr als Flöhe in einem Hundepelz, wie man sagt. Aber verrate ihnen bloß nicht, dass ich das gesagt habe.«

Feja seufzte. »Meinen Empfang hier habe ich mir auch anders vorgestellt.«

»Ja, Tyrbull und sein Vetter Lygger können eine Plage sein. Versuche am besten, ihnen aus dem Weg zu gehen. Doch wenn du neu bist, sollst du dich vermutlich im Haupthaus melden, oder?«

»Ja, bei einem Meister Svelgar.«

»Ich kann dich hinbringen. Er ist unser Fechtmeister und derzeit der Erste der Lehrer, weil Lehrmeister Caron nicht hier ist.«

»Ich weiß, ich traf ihn in Braake. Er hat mich überredet, mein Glück hier zu versuchen.«

»Meister Caron selbst hat dich hergeschickt? Du wurdest nicht empfohlen? Das ist erstaunlich.«

Nerius führte sie ins Haupthaus und dann durch graue Gänge zu einer dunklen Tür.

»Meister Svelgar ist ganz in Ordnung. Und zu dieser Stunde meistens auch noch nüchtern. Fall ihm nur nicht ins Wort, das mag er nicht. Viel Glück!«

»Gehst du nicht mit hinein?«

»Nein, ich bin schon spät dran. Aber wir sehen uns noch.«

Mit diesen Worten verschwand Nerius, und Feja war ganz allein mit der schweren Tür. Sie holte tief Luft, seufzte und hob die Hand – als die Tür plötzlich aufschwang. Vor ihr stand der dickste Mensch, den sie je gesehen hatte.

»Willst du noch lange vor dieser Tür stehen, Mädchen?« Ein starker Geruch von Wein strömte ihr entgegen.

»Verzeiht«, stotterte Feja, »seid Ihr Meister Svelgar?«

»Wer sollte ich sonst sein? Der Nachtwächter? Nein, ich bin Meister Svelgar von Duresch, was fein klingt, aber eigentlich nur besagt, dass ich auf dieser felsigen, weinlosen Insel im Osten geboren wurde.«

»Wie habt Ihr …?«

»Tritt endlich ein, Kind, und lass dich ansehen. Ich habe dich erwartet.«

»Ihr habt …«, begann Feja, als sie in die dunkle Stube schlüpfte.

»Natürlich. Die Dunkelheit wandert schnell …«

»… und sie weiß alles«, sagte Feja.

Der Meister sah sie finster an. »Es ziemt sich nicht, seinen Lehrer zu unterbrechen. Nun komm hier herüber ans Licht und lass dich ansehen.«

Sie trat näher an ein Bündel brennender Kerzen heran. Die massige Gestalt des Magiers füllte den Raum aus, und Feja fühlte sich beengt. Meister Svelgar musterte sie mit wachen, etwas traurig wirkenden Augen.

»Der Tag deiner Geburt liegt im Dunkeln?«, fragte er schließlich.

»Ja, Herr.«

»Du musst mich nicht Herr nennen, Kind, ich bin kein Fürst. Nenne mich Meister, denn das bin ich, ein Meister der Grauen Magie und des Schwertes.«

Feja dachte daran, wie gewandt gerade eben im Hof dieser Bruder Span aus dem Nichts vor ihren Augen aufgetaucht war. Sie hatte Schwierigkeiten, sich dieses Weinfass ähnlich leichtfüßig vorzustellen.

»Was belustigt dich?«, fragte der Magier.

»Nichts, Meister. Es ist nur schön, hier zu sein«, stieß sie hervor.

»Lüge mich nicht an! Weißt du nicht, dass die Erben Stors als Meister der Täuschung gelten und Lügen riechen können? Nein? Dann musst du noch viel lernen, Kind. Doch lassen wir es gut sein, denn du bist neu hier und hast noch nicht gelernt, deine Gedanken zu ordnen und zu verbergen. Folge mir. Ich zeige dir deinen Schlafplatz, und dann bringe ich dich zu deiner ersten Stunde.«

Der Fechtmeister führte sie durch den kalten Gang zu einer Treppe in einem mächtigen Turm hinauf. Und während Feja sich noch fragte, wo es hingehen mochte, öffnete er eine Tür, und sie traten hinaus ins Freie. Das Geschrei unzähliger Möwen begrüßte sie. Feja blieb mit offenem Mund stehen. Sie waren auf eine Außenmauer hinausgetreten, und der Ausblick war überwältigend. Zu ihrer Linken öffnete sich die ganze Weite des Meeres bis zu einem sehr fernen Horizont, und zu ihrer Rechten konnte sie jenseits der Bucht endlose Schilffelder und Wiesen erkennen. Sie lehnte sich über die Zinnen. Das weiße Gestein stürzte unter den Mauern beinahe lotrecht ins Wasser; sehr weit unter ihr schäumte die Brandung gegen den Felsen. Es war schwindelerregend, und sie zuckte zurück, weil sie plötzlich das Gefühl hatte, die Tiefe würde sie hinabziehen.

»Es heißt, dass wir hier früher unbotmäßige Schüler hinabgeworfen haben, um die Brandung entscheiden zu lassen, ob sie weiter unterrichtet werden sollten oder nicht.«

»Die Brandung?«

»Eine Art Gottesurteil, könnte man sagen. Zerschellte der Schüler auf den Felsen, erübrigte sich jede weitere Überlegung; wurde er jedoch von einer günstigen Woge aufgefangen und schaffte er es dann auch noch, nicht zu ertrinken, durfte er bleiben.«

Feja starrte den Mann entsetzt an. Das konnte er nicht ernst meinen!

Der Zauberer blickte jetzt selbst hinab. »Es heißt, es sollen tatsächlich einige Schüler diese Prüfung überlebt haben. Das ist allerdings schon ein paar Jahrhunderte her, und vielleicht ist es bloß eine Legende, um neuen Schülern Respekt einzuflößen. Wenn ich in dein blasses Gesicht sehe, möchte ich meinen, das sei gelungen. Komm weiter jetzt.«

Feja folgte dem Magier schweigend die Mauer entlang, die bald in einem runden Turm verschwand. Durch eine Schießscharte sah Feja eine schmale Steinbrücke, die hinüber zu einem vorgelagerten und von einer stumpfen Bastion gekrönten Felsen führte. Hunderte Möwen kreisten dort.

»Was ist das, Meister Svelgar?«

»Der Möwenturm. Er wird schon lange nicht mehr genutzt, und ich frage mich jeden Tag, wann wir endlich die alte Brücke abbrechen. Manche sagen, dass wir den Turm irgendwann noch einmal brauchen werden, was schwer vorstellbar ist. In diesem Falle würde man natürlich einen Weg dorthin benötigen, aber dann hätte ich doch gerne einen, der nicht unter mir zusammenbräche. Manche meinen, die Oberen befehligten den Abbruch nur deshalb nicht, weil sie darauf gewettet hätten, an welchem Tag dieser schüttere Haufen Steine von selbst ins Meer stürzen wird. Wenn du mich fragst, könnte es täglich so weit sein. Andererseits habe ich das vor dem letzten Sturm auch gesagt und vor dem davor ebenfalls. Sie ist zäh, diese Brücke, und hat uns lange treu gedient. So gesehen ist sie ein gutes Vorbild. Vielleicht lassen wir sie deshalb stehen. Doch weiter jetzt.«

Sie durchquerten den Turm und betraten ein hohes Gebäude. »Dies ist unser Tempel, wie du unschwer bemerkt haben wirst. Ihr habt doch Tempel, da bei euch im Langwald, oder?«

»Ja, Meister Svelgar, es gibt einen in Holt, doch ist er nicht so groß.«

»Und hat er einen Wehrgang?«

Feja nickte. Sie hatte ihren Vater einmal gefragt, warum es im Tempel einen Gang unter den hohen Fenstern gebe, und er hatte ihr erklärt, dass der Allvater-Tempel der letzte Zufluchtsort wäre, falls ein Feind die hölzerne Mauer des Dorfes überwinden sollte. Das hatte sie damals tief beeindruckt.

In diesem Tempel gab es nur auf der westlichen Außenseite einen solchen Gang. Auf der Ostseite hingegen war eine breite Pforte zu erkennen, und auf der Südseite überragte der große Altar mit seinen Symbolen den hohen Raum. In Holt bildete eine gelb bemalte Sonne über einer weißen und fünf schwarzen Kugeln den Altar, und Feja hatte lange gebraucht, um zu begreifen, dass diese die sechs Monde darstellen sollten.

Hier hingegen war die Sonne vergoldet, und als sie näher kamen, erkannte sie sogar im Dämmerlicht, dass jeder der Monde anders gestaltet war. Sie sah die große zweigesichtige Galtara, den roten Brunas und den Meermond Afa. Der schnelle Aithir war silbern und grau, und über der bräunlichen Eortha war im schwachen Licht gerade noch ein kohlschwarzer Nir zu erkennen. Die Monde waren anders als in Holt nicht einfach aufgereiht, sondern auf kreisförmigen Bahnen montiert. Ein schwarzer Vorhang würde einige der Monde vor den Menschen unten im Tempelschiff verbergen, und während Feja noch bewundernd hinüberstarrte, hörte sie ein leises Klicken, und Aithir bewegte sich.

»Was ist das? Ist das Zauberei?«

Meister Svelgar lachte herzhaft. »Nein, Kind, da ist gewiss keine Magie am Werke, doch verstehe ich dein Staunen. Es ist ein Wunderwerk der Schmiedekunst, vor zehn Jahren von Meister Orchon für diesen Tempel geschaffen und beinahe einzigartig in der Welt. In Isgath haben sie so etwas jedenfalls nicht.«

Gespannt wartete Feja, ob sich wohl noch ein Mond rühren würde, aber Meister Svelgar drängte zur Eile. Er bewegte sich überhaupt in einer bemerkenswerten Geschwindigkeit. Feja hatte Mühe, mit ihm Schritt zu halten.

Sie gelangten wieder ins Freie, und der Fechtmeister erklärte ihr, dass das fensterlose Bauwerk zu ihrer Linken der Vorratsspeicher sei. »Und er ist es nicht nur für die Feste, sondern auch für viele Bauern, deren Höfe außerhalb Braakes liegen, denn hier ist die Ernte sicher vor Sturm und Krieg.«

Der Weg führte sie in einen weiteren Turm hinein und dann eine Treppe hinab, wo der Meister eine weitere schwere Tür öffnete.

»Das ist eigentlich das Haus der Gewappneten. Ihr Schüler könnt euch glücklich schätzen, dass die meisten von ihnen seit geraumer Zeit in Braake dienen.«

Es ging um zwei Ecken, dann blieb der Fechtmeister stehen und murmelte ein paar Worte, so als müsse er darüber nachdenken, welche der vielen schweren Türen er zu öffnen habe. Er entschied sich für die übernächste.

»Ja, hier sind wir richtig. Du hast drei Mitschülerinnen, die hier ebenfalls wohnen. Wo ist eigentlich dein Gepäck?«

»Das habe ich im Fluss verloren, Meister Svelgar.«

»Wirklich? Du kommst aus dem Langwald, sagst du … Dann

liegt eine weite und gefährliche Reise hinter dir, oder? Du hast sicher das eine oder andere erlebt und gesehen, nicht wahr?«

Feja zuckte mit den Achseln. Sie wollte nicht mehr an die niedergebrannten Höfe denken, und auch die Galgenbäume und die achtlos in Gräben geworfenen Leichen wollte sie lieber vergessen.

»Nun, wir werden dich ohnehin neu einkleiden. Du wirst nachher in die Unterfeste gehen und den Zeugmeister aufsuchen. Er wird dich mit Kleidung versorgen – auch wenn er sie vielleicht noch nähen lassen muss.«

»Danke, Meister.«

»Wofür? Du bist nun ein Mitglied unseres Ordens, und wir können dich nicht in diesen Lumpen herumlaufen lassen.«

Er führte sie die Treppe hinab, quer über den Hof, an einem unvollständigen Steinkreis vorbei, der ihr vorhin schon aufgefallen war. Er bestand aus bläulichen Buckelsteinen, und einige Männer luden Bündel, Körbe und Fässer, die sie aus der Grotte heraufwuchteten, zwischen ihnen ab. Andere Männer schafften die Waren von dort in den Speicher. Auch der seltsame Bruder Span schleppte Säcke.

Der Fechtmeister führte sie über den Hof und dann in ein Gebäude, das an den Vorhof des großen Haupthauses angrenzte. »Das ist die eigentliche Schule. Hier wirst du viel Zeit verbringen. Ich nehme an, im Moment sind deine Mitschüler bei der verehrten Meme Sulling, unten im Keller. Wenn du mir also folgen würdest. Ich werde dich vorstellen.«

»Was riecht hier so fürchterlich?«, fragte Feja, als sie eine dunkle Treppe hinabstiegen.

»Alchemie und Kräuterkunde, das sind die Fächer, die Meme Sulling hier unterrichtet, und sie ist eine unerreichte Meisterin der Gifte. An den Geruch wirst du dich schon gewöhnen.« Dann öffnete der Ordensmeister eine Pforte. »Ah, verehrte Ordensschwester, welche Freude, Euch zu sehen.«

Meme Sulling war stämmig und klein, trug eine fleckige graue Robe, und ihr Haar stand vom Kopf ab wie Büschel von Unkraut. Es rahmte ein flaches Gesicht, das Feja an einen Teigfladen erinnerte. Der Blick, mit dem sie den Meister musterte, wirkte feindselig.

»Meister Svelgar? Was veranlasst Euch, meinen Unterricht zu stören?«, zischte sie.

»Habt Ihr es nicht gehört? Eine neue Schülerin, verehrte Kollegin.«

»So? Lasst mal sehen …«

Feja quetschte sich am Fechtmeister vorbei in den Raum. Fast zwei Dutzend Schüler waren dort versammelt und betrachteten sie neugierig – bis auf einen, der sie mit unverhohlenem Abscheu betrachtete: Tyrbull Tygram.

»Wo kommst du her, Mädchen?«, fragte die Meisterin der Gifte.

»Aus dem Langwald, Schwester Sulling.«

»Es heißt Meme!«, kam es streng zurück. »Hm, sie sieht mit wachen Augen in die Welt, aber ich habe Zweifel, dass sie je eine Schule von innen gesehen hat. Oder gibt es so etwas neuerdings in diesem Wald?«

»Nein, Meme.«

»Du bist die Tochter eines Bauern, oder?«

»Eines Freibauern, Meme.«

»Soso … Kannst du denn lesen und schreiben?«

»Nein, Meme«, gab Feja kleinlaut zu. Sie sah aus dem Augenwinkel, dass sich auf Tyrbulls Gesicht ein breites Grinsen ausbreitete.

Meme Sulling seufzte. »Dann kann ich wenig mit ihr anfangen, meint ihr nicht, Meister Svelgar?«

Der Fechtlehrer kratzte sich am Hinterkopf. »In der Tat, das habe ich nicht bedacht.«

»Natürlich habt Ihr das nicht. Und ich habe gewiss keine Zeit, eine weitere Göre in der banalen Kunst des Schreibens zu unterrichten.«

»Selbstverständlich nicht, Schwester. Verzeiht, ich werde mir etwas überlegen.« Er runzelte die Stirn, ließ den Blick durch den stickigen Raum schweifen und sagte dann: »Nerius – bist du nicht mit der Feder besser bewandert als mit der Klinge?«

»Ja, Meister.«

»Gut, dann wirst du unsere neue Schülerin unterweisen. Ich halte sie für schlau genug, dass sie gewisse Holzköpfe hier binnen kurzer Zeit einholt, wenigstens was den Umgang mit der Feder betrifft. Und bis dahin werden wir andere Aufgaben für sie finden.«

»Jaja!«, rief die Alchemistin. »Doch jetzt bringt dieses Kind hier fort, wir haben zu tun.«

Der Fechtmeister entschuldigte sich wortreich, was die Alchemistin nur noch ungehaltener werden ließ, und zog sich dann endlich mit einer tief unglücklichen Feja zurück.

»Diese Frau versteht es, das Blut eines Mannes zum Kochen zu bringen«, brummte Meister Svelgar. »Kopf hoch, Kind. Nicht in allen Fächern musst du lesen und schreiben können. Ich werde dir zum Beispiel beibringen, mit der Klinge umzugehen, und Meme Salmango wird dir zeigen, wie du den Strom der Magie findest und bändigst. In der Zwischenzeit wirst du dich, wie alle Schüler, bei den Ställen oder den Handwerkern nützlich machen. Also brauchst du keine Sorge zu haben, dass es dir hier langweilig werden könnte.«

Als sie erneut in den Hof hinaustraten, winkte Meister Svelgar einen der Ordensbrüder heran, die den letzten Proviant in das Speicherhaus schafften. »Bruder Rulmar, seid so gut, und führt dieses Mädchen zum Zeugmeister. Sie braucht neue Kleidung. Ich würde selbst gehen, aber der Mehlstaub verursacht mir eine furchtbar trockene Kehle. Wollt Ihr das für mich tun? Gut, ich danke Euch.«

Feja folgte dem Bruder zum Tor. Sie meinte, Schafe blöken zu hören, und als sie die steile Rampe hinabgingen, sah sie tatsächlich zu ihrer Linken mehrere Schafe, Schweine und Ziegen in ihren Gattern. Im Gegensatz zur Oberfeste war der Innenhof der Unterfeste nicht gepflastert, sondern grasbewachsen. Enten und Gänse schwammen in einem kleinen Teich.

Auf der anderen Seite des Hofes überschatteten gestutzte Apfelbäume einen Kräutergarten, und Hühner scharrten im Dreck. Es kam ihr fast vor, als sei sie in einem sehr großen Bauernhof gelandet. Sie sah sich um. Wo war eigentlich dieser junge Ordensbruder, der sie erst umgerannt und dann gerettet hatte?

»Das alles macht viel Arbeit«, erklärte Bruder Rulmar und wies mit unbestimmter Bewegung auf die Tiere, »und vieles davon halst man euch Schülern auf. Wenn du beim Zeugmeister warst, kannst du dort hinüberkommen.« Er wies auf einen dunklen Verschlag. »Ich könnte Hilfe im Schweinestall gebrauchen. Er muss ausgemistet werden.«

Feja seufzte. Sie hatte nicht viel Zeit gehabt, darüber nachzudenken, was sie in der Schule der Magier erwarten mochte, doch so hatte sie sich ihren ersten Tag wirklich nicht vorgestellt.

Ginnar Dregin saß auf dem Giebel eines Lagerhauses und starrte in die dunkle Gasse hinab.

Er war der Spur des ermordeten Kochs der Feuermagier unter Einsatz von Einschüchterungen und Bestechungen gefolgt. Seine Nachforschungen hatten ihn ein paar zwielichtige Kaschemmen geführt, und einer der Wirte hatte ihm schließlich, mit einem Messer an der Kehle, jenes verrufene Haus genannt, das er nun vom Dach des Lagers aus beobachtete.

Eine gelbe Laterne kämpfte über der Tür gegen die Finsternis an. Dann und wann drang raues Frauenlachen durch die geschlossenen Läden. Es gab andere, weniger düstere Häuser dieser Art in Braake. Dregin hatte eine Weile gebraucht, um zu verstehen, warum Meister Tasgim seinen Koch ausgerechnet hierhergeschickt hatte.

Ein Gast öffnete die Tür und torkelte hinaus. Er sah fast so finster aus wie die ganze Gasse. Dregin bemerkte am anderen Ende der Straße eine kleine Bewegung. Da stand jemand in den Schatten und beobachtete, genau wie Ginnar Dregin, diese schmierige Pforte. In der tauchte jetzt eine üppige Frau im gelbgrünen Kleid einer Schankmaid in der Tür auf, blickte die Straße hinab und schüttelte den Kopf.

Die Bewegung in den Schatten wiederholte sich nicht, und der Betrunkene torkelte singend davon.

Dregin verließ den Giebel, rutschte das Dach ein Stück hinab und sprang auf das Nachbardach. Die Ziegel knirschten unter seinen Füßen. Er ließ sich lautlos in die Gasse fallen, schlich zur Ecke und verschmolz mit der Finsternis. Dann sammelte er sich und wirkte einen Zauber, um seine Sinne zu schärfen. Die schwarze Gasse hellte sich auf. Er entdeckte zwei Gestalten, die sich, keine zehn Schritte von ihm entfernt, versteckt hielten. Ihr Flüstern drang an seine Ohren.

»Wir hätten den nehmen soll'n. Seit Stunden stehn wir hier ohne Beute. Und überall diese verdammten Wachen! Wenn se nun herkommen?«

»Klappe«, sagte der andere. »Die haben sich noch nie hierhergetraut.« Er wirkte viel gelassener als sein Kumpan.

»Da, der Nächste!«, rief die erste Stimme leise.

Dregin spähte hinüber. Der Gast, der soeben aus der Schänke trat, war nicht betrunken, aber er sah nicht nach viel Geld aus. Und wieder erschien die Frau in Gelbgrün und schüttelte den Kopf.

»Verdammt, ich hab 'n blödes Gefühl. Irgendwas is' hier …«

»Beherrsch dich.«

»Nee, lass uns verschwinden.«

»Halt endlich das Maul. Wir gehen, wenn ich sage, dass wir gehen! Und bau nicht wieder Mist. Ich will nicht noch einem die Kehle aufschlitzen, wenn es nicht sein muss!«

Eine Weile herrschte Ruhe, dann ging die Tür ein drittes Mal auf. Der Mann, der auf die Straße trat, wirkte ziemlich nüchtern. Er war groß und dunkelhäutig.

Ein Seemann?, fragte sich Dregin. Wenn, dann war er kein einfacher Matrose, denn seine Kleidung wirkte kostspielig.

Wieder trat die Frau ins Licht – und dieses Mal nickte sie.

Drüben blieb es totenstill, aber Dregin konnte die Anspannung fühlen. Er sah, dass der Kleinere der beiden einen Knüppel in der Hand hielt und der andere ein großes Messer führte. Dregin wartete.

Der Mann kam die Straße entlang, brummte ein Lied und hörte die beiden Angreifer erst, als es zu spät war. Er drehte sich um – aber da sauste der Knüppel schon auf seinen Schädel nieder, und er ging zu Boden.

»Wunderbar«, brummte der Größere und bückte sich, um die Taschen des Opfers zu entleeren.

»Ich bin beeindruckt«, sagte Ginnar Dregin und tauchte aus den Schatten auf.

Die beiden Räuber fuhren herum und starrten ihn an. Es war ihm klar, dass sie ihn ihm Dunkeln kaum sehen konnten. Ob sie wohl begriffen, mit wem sie es zu tun hatten?

Dregin zog eines seiner Messer aus dem Ärmel.

»Verdammt«, zischte der Kleine und rannte los. Mit leisem Sausen flog Dregins Klinge durch die Luft. Der Flüchtende keuchte, taumelte noch zwei Schritte weiter und brach dann leblos zusammen.

Der andere hob das Messer zur Abwehr. »Kampflos kriegst du mich nicht, du Schwein!«, knurrte er.

»Ich habe nicht vor, Euch zu töten, Freund – jedenfalls nicht unbedingt.«

»Aber du hast …« Der Räuber leckte sich nervös die Lippen. »Was willst du?«

»Ich möchte zunächst, dass Ihr hier aufräumt. Schneidet beiden die Kehle durch und werft den Seemann ins Hafenbecken, wie Ihr es mit dem Koch aus Lente gemacht habt. Wir wollen nicht, dass jemand denkt, Ihr hättet es auf diese Abordnung aus der Hauptstadt abgesehen.«

»Der Seemann ist nicht tot.«

»Doch wird er jeden Augenblick zu sich kommen, und für das hier darf es keine Zeugen geben.«

Der Räuber zögerte.

Dregin seufzte. »Sucht es Euch aus – er oder Ihr.«

Der andere beugte sich zu dem stöhnenden Mann hinab und schnitt ihm mit schneller Hand die Kehle durch.

»Sehr gut. Nehmt sein Geld, und hier habt Ihr noch ein paar Münzen von mir. Verhaltet Euch für einige Zeit ruhig, aber denkt nicht einmal im Traum daran, aus Braake zu fliehen. Ich kenne Euren Schatten und würde Euch überall finden. Ihr werdet bald wieder von mir hören. Für einen Mann mit Euren Talenten werde ich schon bald eine lohnende Arbeit finden.« Mit diesen Worten verschmolz er mit der Dunkelheit und wurde Zeuge, wie der Räuber seinem Befehl nachkam.

Zweites Buch

Brunas – Feuermond

4.

Skuran Orchon schloss die Kellertür auf, entzündete eine Laterne und stieg die Treppe hinab. Unten angekommen, entriegelte er eine weitere Tür, trat in die Kammer und entzündete drei weitere Laternen. Ihr Lichtschein fiel auf ein schimmerndes Gewirr von Messingscheiben, Zahnrädern, Federn, Gewinden, Pendeln, Ketten und Stangen. Monate hatte er daran gearbeitet, aber dann war das Mädchen einfach nicht erschienen, und er hatte von vorne beginnen müssen. Er starrte auf das komplizierte Spielwerk, das darauf wartete, von ihm in Gang gesetzt zu werden. Mit einem Mal war ihm, als höre er von irgendwoher ein leises, bitteres Lachen. Er lauschte, tat es dann aber als Einbildung ab.

Geschäftig krempelte er die Ärmel hoch und machte sich an die Arbeit. Immer wieder kontrollierte er in seinen eigenhändig erstellten Listen die Mondpositionen, bevor er hier ein Zahnrad verstellte, da eine Messingscheibe austauschte und dort eine Kette verlängerte oder kürzte. Er blickte inzwischen kaum noch auf die Zeichnung, die er in Lente entdeckt hatte. Die alten Utorer hatten schon vor tausend Jahren mithilfe solcher Maschinen den Einfluss der sechs Monde auf die Gezeiten und das Wetter vorhergesagt. Aber sie waren nie auf die Idee gekommen, die Wechselwirkungen anderer Kräfte auf die gleiche Art zu berechnen.

»Dazu musste erst ein Were kommen«, murmelte Orchon. »Auch wenn das Ganze unendlich kompliziert ist.«

Es ging bereits auf Mitternacht zu, als er endlich zufrieden war. Noch einmal warf er einen Blick auf die Listen, kontrollierte die Anordnung der Symbole auf den Scheiben und schritt endlich zur Tat. Er löste die Sperre an der Scheibe, die das Mädchen verkörperte, und ein Gewicht setzte eine Kette in Bewegung. Diese Bewegung übertrug sich auf ein Zahnrad und von dort auf einen feinen Kolben. Schließlich ratterte die ganze Maschine, und ihr Gestänge drehte sich in einem langsamen Tanz.

Orchon ließ die Räder nicht aus den Augen und folgte murmelnd den zahllosen, kaum merklichen Veränderungen. »Ja, die Bruderschaft ... hm, natürlich ... die Nachricht ... Ah, der Tote im Hafen ...« Ungeduldig betrachtete er die verschiedenfarbigen Zeichen, die nun sichtbar wurden und wieder hinter Messingblenden verschwanden. »Viel Schwarz«, murmelte er, »sehr viel Schwarz ...« Die Bewegung hatte inzwischen die ganze Maschine erfasst, nur am äußersten Ende wartete eine sorgsam polierte Messingscheibe noch darauf, in Bewegung gesetzt zu werden. Dann kündigte ein leiser Glockenschlag auch hier eine Veränderung an: Zahnräder drehten sich langsam, rasteten ein, und mit einem Mal kam die Maschine mit einem einzigen lauten Rasseln zum Stillstand.

Voller Kummer betrachtete der Feinschmied das letzte Rad. Es zeigte das schwarze Symbol des Todes.

Skuran Orchon starrte die Maschine feindselig an. Sie irrte sich. Sie musste sich irren!

Vor einem Jahr, als dieser Fremde seine Werkstatt betreten und einen Brief in den Langwald mit einem Drachensymbol unterzeichnet hatte, hatte er geglaubt, die Legende von Wyrmoch sei endlich zum Leben erwacht. Er hatte dieses Spielwerk gebaut, um herauszufinden, ob die Monde die Erfüllung der Legende begünstigten. Als er es das erste Mal in Bewegung gesetzt hatte, da hatte es am Ende Galtaras weißes Zeichen des Lebens hervorgebracht. Doch jetzt triumphierte am Ende aller Berechnungen wieder Nir, der Todesgott. Wie war das möglich?

Das Mädchen war hier und erfüllte die Bedingungen der Prophezeiung. Ja, sie war spät erschienen. Aber in einer jahrhundertealten Legende konnte es doch nicht auf ein paar Wochen oder Jahreszeiten ankommen!

Er lachte bitter auf. In der alten Zeit hätte ein Mentunglamak, ein Monddeuter seines Volkes, mit einem bloßen Blick in den

Himmel die Räder des Schicksals erkannt und ihm die Zukunft enthüllen können.

Eine leise Stimme in seinem Hinterkopf flüsterte: *Ein Mentunglamak hätte sich herausgehalten. Er hätte nicht getan, was du getan hast, um die Dinge in Bewegung zu setzen.*

Orchon versuchte, die Stimme zu ignorieren. Es gab keine echten Monddeuter mehr. Er hatte das Wissen der Utorer studiert, hatte gelernt, ihre endlosen Listen zu lesen und zu berechnen, was die Monde bringen würden. Wie stolz er auf sein Können gewesen war! Doch was hatte er denn schon erreicht? Er konnte das Wetter mit großer Zuverlässigkeit für mehrere Tage vorhersagen, aber die Räder des Schicksals rollten weiter. Bald würden sie seinen kranken Sohn von ihm fortreißen in das Reich des Vergessens. Er seufzte. Die Ankunft des Mädchens, so sagte er sich, hatte nichts daran geändert. Vielleicht reichte das aber nicht. Was immer das Schicksal verlangte, er würde alles tun, um seinen Sohn zu retten.

Feja konnte nicht schlafen. Sie teilte sich die Stube mit den drei anderen Mädchen, die der Orden aufgenommen hatte. Sie schienen ruhig und friedlich zu schlummern, aber sie fand einfach keine Ruhe. Dabei war sie nach dem langen Tag todmüde: Sie hatte geholfen, den Stall auszumisten, dann war sie beim Zeugmeister gewesen, der Maß für eine Robe nehmen sollte, sie aber hinausgeworfen hatte mit der Bemerkung, sie möge sich bitte erst gründlich waschen, bevor sie auch nur daran denke, das graue Wams der Bruderschaft anzulegen.

Sie hatte einen Waschtrog gefunden, aber ein Dienstmann der Feste hatte sie ermahnt, dass es unschicklich sei, sich vor aller Augen zu entkleiden. Immerhin hatte er ihr den Waschsaal für die Frauen gezeigt.

Dort in der Unterfeste gab es sogar einen Ofen, der für warmes Wasser sorgen konnte, aber die Matrone meinte, dafür sei keine Zeit. Also hatte Feja sich mit kaltem Wasser waschen müssen. Immerhin hatte sie ein frisches Stück Seife bekommen.

Danach hatte der Zeugmeister Maß genommen und sie irgendwann gefragt, ob sie nicht zu spät zum Abendessen kommen würde. Sie war in der Tat viel zu spät gewesen und hatte auch den Speisesaal im Schulhaus nicht gleich gefunden. Aber der Koch war gutmütig und hatte ihr von den Resten gegeben. Kaum hatte sie sich den Bauch vollgeschlagen, war sie von Meister Svelgar in den Hof gescheucht worden, um das Pflaster vor dem Haupthaus zu kehren. Sie fragte sich inzwischen, ob das wirklich die Art war, wie man zaubern lernte.

Sie war froh gewesen, als sich die Dämmerung herabsenkte und die Arbeit getan war, aber dann hatte Nerius sie abgefangen und gemeint, sie sollten am besten gleich mit den Übungen zum Lesen und Schreiben anfangen. Sie war jedoch eingenickt, als er ihr noch den Gebrauch von Feder und Tinte erklärt hatte.

Nerius hatte sie mit einem Seufzer entlassen. Sie war ins Bett gefallen und gleich eingeschlafen. Aber jetzt war Mitternacht, und sie war hellwach. Draußen hörte sie das Meer gegen die Felsen branden.

Sie sprang aus dem Bett. Wenn sie schon nicht schlafen konnte, dann konnte sie sich genauso gut ein wenig umsehen. Sie zog die Stiefel an, warf ihren zerschlissenen Umhang über und schlich hinaus auf den Gang. Niemand hatte etwas davon gesagt, dass es verboten sei, nachts umherzustreifen.

Der Gang lag verlassen da. Sie meinte, aus einer der Stuben leises Tuscheln zu hören, aber vielleicht war es auch ein Echo der Brandung.

Feja lief den Gang entlang zum Turm und dann die Treppe ganz hinauf. Eigentlich hätte sie erwartet, oben einen Wächter stehen zu sehen, aber da war niemand. Der Wind pfiff ihr mächtig um die Ohren. Eortha und Afa standen hoch, aber Aithir senkte sich am Horizont, und das Licht seiner zunehmend stärker werdenden Sichel schimmerte in den endlosen Wellen. Bei diesem unwirklichen Licht war sie bereit zu glauben, dass die weißen Felsen die Knochen eines gewaltigen Drachen seien.

Auf dem Turm über dem Haupthaus brannten Wachfeuer, und auch beim Tor zwischen Ober- und Unterfeste gingen Wachen auf und ab. Aber auf den Mauern war es dunkel. Sonderlich besorgt schien man nicht um die Sicherheit der Festung zu sein.

Sie blickte hinüber zum Land. Die Schilffelder wogten sacht im Licht der Monde. Es wirkte alles so friedlich, und einen Atemzug lang ließ sie sich einfangen von der Stimmung. Dann aber erinnerte sie sich, wie der Koch beim Abendessen darüber gejammert hatte, dass Plünderer, Räuber und Abtrünnige selbst durch das Graufenn zogen. Sie seufzte. Kurz hatte sie die Sorgen hinter sich gelassen. Jetzt fiel ihr alles wieder ein: die Flüchtlinge im Langwald, die Missernten, der Vater. Der Gedanke an ihn versetzte ihr einen Stich.

Rasch kletterte sie den Turm hinab, folgte der Wehrmauer zum Tempel und durchquerte ihn. Ein leises metallisches Klicken begrüßte sie. Sie erschrak, dann fiel ihr ein, dass es wohl von diesem seltsamen Spielwerk kam, das sie am Tage so bewundert hatte. Sie konnte im Dunkeln nicht viel davon erkennen, aber ihr war, als stünden die Monde tatsächlich genau dort, wo sie auch am Himmel zu finden waren.

Wäre mehr Licht im Tempel gewesen, wäre sie vielleicht eine Weile dort geblieben, aber so trieb ihre innere Unruhe sie weiter. Sie wollte sich die Schule näher ansehen. Da es vermutlich eine dumme Idee war, im hellen Mondlicht den Hof zu überqueren, müsste sie den Weg durch das Haupthaus nehmen.

Feja zögerte. Es war eine Sache, durch ihre Unterkunft oder den Tempel zu stromern. Ein nächtlicher Besuch im Haupthaus hingegen war etwas ganz anderes.

»Ich gehe ja nur hindurch«, murmelte sie und machte sich auf den Weg.

Unterwegs warf sie noch einen Blick auf den Möwenturm. Es war still dort drüben, und sie fragte sich, was es da außer Möwen wohl noch geben mochte. Sie war drauf und dran nachzusehen, aber dann fiel ihr wieder ein, wie baufällig die Brücke schon am Tag ausgesehen hatte.

»Also doch das Haupthaus«, seufzte sie, huschte weiter und öffnete leise die Tür, die in den Turm und von dort in das Haupthaus führte. Von oben hörte sie leise Stimmen. Einer Eingebung folgend, ging sie hinunter. Neugierig, wie weit hinunter diese dunkle Treppe noch führen mochte, schlich sie weiter. *Auf jeden Fall komme ich so in den Keller*, dachte sie, als die schmalen Schießscharten aufhörten und kein Licht mehr die dunklen Stufen erreichte.

Sie wusste selbst, dass sie umkehren sollte, aber irgendetwas dort unten zog sie magisch an. Wenn sie vielleicht eine Fackel besorgen könnte … Aber dann stellte sich ihre Nackenhaare auf, und ihr war plötzlich, als lauere dort unten eine große, unbekannte Gefahr auf sie. Sie kehrte hastig um, eilte die Stufen hinauf.

Als sie in das Haupthaus geschlichen war und zum Eingang trat, hörte sie Schritte und abermals leise Stimmen. Sie wollte die Klinke der Tür neben ihr herunterdrücken und fand sie verschlossen. Sie versuchte die nächste Tür. Wieder verschlossen. Die Schritte kamen näher, und die Stimmen wurden lauter.

»… mag alt geworden sein, aber er hat uns viele Jahre gut geführt.« Das war die kräftige Stimme von Meister Svelgar.

»Viele von den jüngeren Brüdern sind unzufrieden. Sie sagen, der Abot lasse die Zügel zu sehr schleifen.«

War das Bruder Yorn? Sie drückte sich in die Schatten. Hier war es so finster, dass die Männer sie unmöglich sehen konnten.

»Und gehört Ihr auch zu diesen jüngeren Brüdern, Yorn?«, fragte die erste Stimme.

Yorn lachte. »Ganz gewiss bin ich nicht mehr jung.«

Gleich würden die beiden um die Ecke biegen. Feja sah den Lichtschein einer Fackel. Wie dumm sie doch war! Ihr Versteck in den Schatten war nichts wert, wenn die Männer eine Fackel bei sich trugen. Sie flitzte zurück in den Turm, die Stufen hinauf und hinaus auf die Mauer. Mit pochendem Herzen blieb sie stehen. Niemand schlug Alarm, niemand verfolgte sie. Was hatte sie nur auf die Idee gebracht, hier nachts herumzuschleichen? Sie machte sich eilig auf den Weg zurück und war erleichtert, als sie unbemerkt ihre Kammer erreichte.

Erschöpft fiel sie ins Bett – und sprang mit einem leisen Entsetzensschrei wieder auf. Die Strohmatratze war völlig durchnässt, die Decke ebenso. Irgendjemand hatte ihr einen Streich gespielt.

»Gut, dass ich nicht da war«, seufzte sie, als sie sich wieder gefasst hatte.

»Was ist denn los?«, fragte eine verschlafene Stimme aus einem der anderen Betten.

»Eigentlich nichts, aber vielleicht kannst du mir sagen, wo ich eine frische Bettdecke herbekomme. Sieht so aus, als ob jemand versucht hätte, mich in meinem Bett zu baden.«

Die andere erhob sich. »Habe gar nichts bemerkt«, stellte sie gähnend fest. Sie tappte herüber und befühlte das Bett. »Ganz nass. Bettdecken kriegst du beim Zeugmeister, doch nicht um diese Zeit. Aber wir können meine Decke teilen, wenn du willst. Du brauchst ja nicht viel Platz, oder?«

»Nein, wohl nicht, Gabra. Danke«, sagte sie schlicht. Sie hatte nicht viel Zeit gehabt, die anderen Mädchen kennenzulernen, und war froh, dass sie sich wenigstens die Namen gemerkt hatte. Gabra stammte aus einem Dorf irgendwo im Süden. Sie war ungefähr in Fejas Alter, aber einen Kopf größer. Jetzt schüttelte sie umständlich die Bettdecke auf und schien sich nicht entscheiden zu können, ob sie rechts oder links schlafen wollte. Feja nahm ihr die Entscheidung ab und legte sich auf die linke Seite. »Danke«, flüsterte sie noch einmal.

»Ist ja nichts dabei. Daheim in Krewet haben wir das im Winter immer so gemacht.«

»Wir auch«, erwiderte Feja. Alle Familien im Langwald kamen so über den Winter, indem sie sich gegenseitig wärmten. Allerdings luden sie in der Regel keine Fremden ein. »Du stammst auch von einem Bauernhof?«, fragte sie.

»Wie? Nun ja, eigentlich ist es ein Gut«, erzählte Gabra. »Das Dorf gehört uns, weißt du?«

»Das ganze Dorf?«

Gabra gähnte und rückte näher an Feja heran. »Es ist nicht sehr groß und außerdem sterbenslangweilig«, murmelte sie.

»Dann sind deine Eltern Fürsten?«, fragte Feja beeindruckt.

»Nur Freiherren«, flüsterte das Mädchen mit einem erneuten Gähnen. »Außerdem fragen wir im Orden nicht nach den Eltern. Es spielt keine Rolle, ob sie Fürsten oder Bettler sind. Hier sind alle gleich.«

Feja fielen eine Menge weiterer Fragen ein, aber Gabras Antworten waren einsilbig, und bald hörte sie nur mehr deren ruhigen Atem und fand schließlich selbst in den Schlaf.

Die Nacht endete mit dem ersten Hahnenschrei. Gähnend blickte Feja in das schwache Licht, das durch die schmalen Fenster in die Stube fiel.

»Du hast mir die Decke weggezogen«, beschwerte sich Gabra.

»Tut mir leid«, murmelte Feja.

Es war kalt in der Stube, aber die Waschstube unten im Haus der Gewappneten war geheizt und das Wasser tatsächlich warm.

»Ist das hier immer so?«, fragte Feja. »Warmes Wasser zum Waschen, selbst wenn der Winter vorbei ist?«

Gabra flocht ihre roten Zöpfe. »Ja, wenn die Diener es nicht vergessen.«

»Das ist ja wie an einem Feiertag«, sagte sie.

»Oh, es kommt noch besser – warmes Frühstück! Speck und Eier!«, rief Bele, die Jüngste ihrer Stubengemeinschaft. »Hast du gut geschlafen?«

Feja zuckte mit den Achseln. »Nicht im eigenen Bett. Dagegen hatte jemand etwas.«

»Ach, nur der übliche Streich für eine Neue«, rief Bele und umarmte sie unvermittelt. Das hatte sie schon bei ihrer ersten Begegnung getan. Feja war so viel Herzlichkeit nicht gewohnt, aber Beles gute Laune war irgendwie ansteckend, also lächelte sie und fragte: »Warmes Frühstück? Etwa jeden Tag?«

»Es sei denn, du hast etwas angestellt«, belehrte sie Gabra, »wie, nachts durchs Haus zu schleichen, zum Beispiel.« Sie zwinkerte ihr verschwörerisch zu.

»Das hast du gemerkt?«, fragte Feja leise.

»Ist mir heute Morgen eingefallen, weil doch dein Bett nass, du aber trocken warst.«

»Aber du verrätst mich nicht, oder?«

»Verrätst was nicht?«, fragte Bele. Und als sie keine Antwort erhielt, sang sie: »Feja hat ein Geheimnis, Feja hat ein Geheimnis!«

»Wie kann ein Mensch so früh nur so munter sein«, beschwerte sich Nemma, die Vierte in ihrer Stube, die als Letzte im Bad erschienen war. Sie kämmte ausgiebig ihre widerspenstigen schwarzen Haarsträhnen, wusch sich aber nur flüchtig.

»Wer als Letzter am Tisch ist, muss aufräumen!«, rief Bele und flitzte aus der Tür.

»Meinetwegen«, brummte Nemma und machte keine Anstalten, sich zu beeilen. Sie war ziemlich stämmig und hatte Feja am Vorabend mit einem kräftigen Händedruck in ihrem Quartier begrüßt. Sie hatte ihr auch einen kurzen Vortrag über die Hausordnung gehalten, weil sie Stubenälteste war. Feja hatte davon nicht viel mitbekommen, weil sie viel zu müde gewesen war.

Als Feja mit Gabra über den Hof zum Schulgebäude lief, wurden sie von einigen ihrer Mitschüler überholt.

»Na, gut geschlafen, Waldmädchen?«, fragte eine höhnische Stimme. Sie gehörte Tyrbull Tygram.

Feja fuhr herum. Sie hatte eine Ahnung, wer für das nasse Bett verantwortlich war. Ihr lag eine gepfefferte Antwort auf der Zunge, aber dann sagte sie nur: »Tief und fest – wie ein Säugling!«

Die Miene des Jungen verfinsterte sich. »Die Scherze werden dir noch vergehen, Mädchen.«

»Wir werden sehen«, meinte Feja fröhlich. Ihre Laune stieg, weil Tyrbull offenkundig nach einer schlagfertigen Antwort suchte, aber keine fand.

Im Speisesaal gab es mehrere große Tische, an denen sich die Schüler verteilten. Feja achtete darauf, möglichst weit entfernt von den drei Tygrams zu sitzen. Der Koch brachte mit zwei Dienern das Essen herein, und Feja stellte fest, dass Bele die Wahrheit gesagt hatte: Es gab ofenwarmes Brot, Haferbrei, frische Eier, sogar gebratenen Speck, und das in solchen Mengen, das sie es nicht glauben konnte. Sie schaufelte ihren Teller voll und bekam ein schlechtes Gewissen. Von einer solchen Ration hätten sie und ihre Stiefmutter mehrere Tage gezehrt.

»Dieser Orden scheint wohlhabend zu sein«, meinte sie zwischen zwei Bissen, die sie hastig in sich hineinstopfte. Sie hatte Angst, jemand könnte ihr das Essen wieder wegnehmen.

Nemma war als Letzte an ihrem Tisch erschienen. »Was dachtest du denn?«, fragte sie zwischen zwei Bissen. »Leerer Magen zaubert nicht gern.«

Feja sah sich um. Sie zählte zwanzig Schüler, dann stutzte sie. »Wie kommt es eigentlich, dass die meisten Schüler ungefähr in unserem Alter sind?«

»Weißt du das wirklich nicht?«, fragte Gabra. »Im Jahr sechsundsechzig beherrschten Galtara und Nir den Himmel, an manchen Tagen waren sogar nur diese beiden zu sehen, was sehr selten geschieht. Es wurden damals viele Kinder geboren, die diesem Orden gute Dienste leisten könnten. Aber nicht alle finden den Weg hierher. Es gibt ja noch andere Bruderschaften.«

Feja hätte gerne mehr erfahren, aber ihr Gespräch wurde durch die Ankunft von Meister Svelgar unterbrochen, der den Plan für den Tag verkündete.

»Die Jungen begeben sich wieder zum Damm. Die Brücke geht der Vollendung entgegen, doch der Dammweg ist noch lange nicht wieder in Stand gesetzt. Ihr werdet wohl auch in den nächsten Tagen dort arbeiten dürfen.«

Ein leises Murren lief durch die Reihen der Schüler. Der Zauberer fuhr fort: »Wer von den jungen Herren sich zu fein für diese Arbeit fühlt, möge sich melden. Ich bin sicher, wir finden andere Beschäftigungen für euch.«

Keiner meldete sich.

»Sehr schön. Die Mädchen werden in den Ställen gebraucht. Gewöhnlich wäre in der vierten Stunde Meister Caron hier, um euch mit der Geschichte unserer Bruderschaft vertraut zu machen, aber er ist noch in Braake, also habt ihr mehr Zeit, um am Damm und in den Ställen zu helfen. Nach dem Mittag habe ich dann wieder die Freude, euch untalentierte Bande unterrichten zu dürfen.«

»Was denn für eine Brücke?«, fragte Feja, als der Magier gegangen war.

»Ach, Bruder Yorn hat dich wohl mit dem Schiff hergebracht, nicht wahr? Für gewöhnlich kommen Menschen und Waren über den Dammweg und die hölzerne Brücke zur Feste«, erklärte Gabra umständlich. »Der letzte Sturm hat den Damm beschädigt und die Brücke völlig zerstört. Die Jungs sind schon seit Tagen da unten und schleppen Erde und Holz für die Arbeiter und Handwerker. Und deshalb sind wir im Augenblick allein in den Ställen und Werkstätten.«

»Und so sollen wir zaubern lernen?«, fragte Feja. »Da hätte ich auch im Langwald bleiben können.«

Nemma pickte mit sichtbarem Genuss die letzten Reste vom Speck von ihrem Teller. »Oh, warte es ab, Feja. Du wirst feststellen, dass schwere Arbeit manchmal leichter ist als alles andere, was hier auf dich wartet.«

Skuran Orchon hatte die ganze Nacht an dem Spielwerk gearbeitet, Abweichungen und Irrtümer einkalkuliert und behutsame Änderungen vorgenommen, aber das Ergebnis blieb immer das gleiche: Nir würde seinen Sohn holen, es war nur eine Frage der Zeit. Je länger er gearbeitet hatte, desto stärker war das Gefühl geworden, dass er etwas Wichtiges übersah. Vertraute er zu sehr auf die Legende? Waren seine Berechnungen falsch? Irgendwann war er entmutigt zu Bett gegangen. Er hatte versagt. Er hatte gehofft, dass dieses Mädchen alles ändern würde, aber die Maschine verneinte das. Lag es am unheilvollen Einfluss der Hexer von der Graufeste?

Er erwachte spät und fühlte sich wie gerädert. Sein erster Gedanke galt der Mondmaschine im Keller, aber als er sich anzog, schien es ihm klüger, die Arbeit daran vorerst ruhen zu lassen.

Stattdessen ging er nach einem kargen Frühstück hinüber in die Werkstatt, die er im Nebenhaus eingerichtet hatte. Sein Geselle war noch nicht da, aber das war ihm nur recht.

Er besah sich die Pläne für das Spielwerk, das er im Auftrag des Jarls von Walbucht bauen sollte. Die Teile waren fast fertig.

Gerade als er sich an die Arbeit machen wollte, klopfte ein Mann an die Vordertür. Er wollte einen Brief an Verwandte in Breet geschrieben haben, aber Orchon wimmelte ihn ab und verwies ihn an einen anderen Schreiber des Hafenviertels.

Kaum war die Tür geschlossen, öffnete sie sich schon wieder. Es war Fas Hrellech, der seine Webstube ganz in der Nähe hatte und oft am Morgen auf einen Tee hereinschaute.

»Du siehst nicht gut aus«, stellte Hrellech fest.

»Viel zu tun«, brummte der Rotschmied.

»Immer noch das Spielwerk für den Jarl?« Der Weber betrachtete die vielen Einzelteile. Er wartete offensichtlich darauf, dass Orchon ihm einen Tee anbot.

»So lautete der Vertrag. Dieser Heiler, den sie aus Walbucht schickten, war zwar nicht mehr als ein Scharlatan, aber Vertrag ist Vertrag.« Er seufzte. »Die Kunst dieser Gauchenheiler kommt nicht annähernd an das heran, was eine Ganesa vermocht hätte, bevor die Aschlinge uns die Magie genommen haben. Außerdem …«

»Außerdem?«

»… außerdem kam es mir so vor, als hätte ich einen Räuber gebeten, mir etwas von dem wiederzugeben, was er mir eben erst gestohlen hat!«, schimpfte der Rotschmied.

»Nur, dass dieses ›eben‹ beinahe eintausend Jahre zurückliegt, falls du auf die Alte Magie anspielst«, wandte der Weber bedächtig ein.

»Das ändert nichts. Und jetzt entschuldige mich, ich habe zu tun.«

Hrellech hob die Augenbrauen und verließ den Laden, wobei er etwas von »Hat auch schon mal bessere Laune gehabt« brummte.

Orchon war das gleichgültig. Er prüfte und vermaß die Teile des Spielwerks erneut, dann begann er, sie zusammenzubauen. Endlich kam sein Gehilfe hereingeschlurft.

»Ihr kommt spät, Danur!«, fuhr der Rotschmied ihn an.

»Ich war vorhin schon hier, Herr«, verteidigte sich der Geselle, »doch die Werkstatt war verschlossen. Also bin ich noch einmal zum Hafen hinübergegangen. Da wurde letzte Nacht wieder einer aus dem Wasser gefischt – abgestochen! Und ich dachte, es wäre vielleicht mein Schwager, der gestern nicht heimkam, aber er war es nicht, sondern ein Seemann, zum Glück für meine Schwester, auch wenn sie ihn manchmal sicher gern loswerden würde. Aber ich bin geblieben, weil ich dachte, ich könnte vielleicht etwas tun, was ich natürlich nicht konnte. Dem kann keiner mehr helfen, auch kein Magier.«

Orchon sah den Gesellen irritiert an, denn der schien eine Antwort zu erwarten. »Es gibt Dinge, aus denen hält man sich besser heraus, Danur«, meinte der Rotschmied schließlich und schickte ihn kopfschüttelnd an die Arbeit. Danur war im Denken und Handeln nicht der Schnellste, aber in seiner Arbeit gründlich und genau, und darauf kam es bei diesem Handwerk an.

Auch der Rotschmied widmete sich wieder der Arbeit, war in Gedanken aber weit weg. Die alte Legende sagte, dass im Langwald im Zeichen des Drachen Hoffnung für die Weren geboren werden würde. Die Monde hatten einen Zeitpunkt bestimmt, der dafür günstig war. Dieses Mädchen erfüllte alle Bedingungen. Das Räderwerk in seinem Keller kam dennoch nicht zum erhofften Ergebnis. War das Mädchen tatsächlich durch die Grauen Magier auf den falschen Weg geraten? Konnte er etwas daran ändern? Er leckte sich nervös die Lippen. Die alten Monddeuter hatten niemals versucht, ein Unglück aufzuhalten oder den Lauf der Dinge zu verändern. Vielleicht war das ihr Fehler gewesen … Wenn das Mädchen seinen vorbestimmten Pfad verlassen hatte – konnte er es zurückführen?

Die Tür der Werkstatt ging auf, und ein Mann trat ein, den er nur zu gut kannte. Es war der Sturmrat der Graumagier. War das ein Zeichen?

»Meister Dregin? Was verschafft mir das Vergnügen?«, grüßte Orchon und legte die Messingscheiben, die er polieren wollte, zur Seite.

Der Magier grüßte, sie wechselten ein paar Höflichkeitsfloskeln, dann sagte der Sturmrat: »Ich will gleich zum Punkt kommen, Meister Orchon, denn ich habe eine wichtige Frage an Euch. Sie betrifft den Gang der Monde.«

Der Rotschmied runzelte die Stirn. »Ihr wollt, dass ich Euch das Wetter vorhersage? Der Sommer wird nass und kalt, die Ernte wohl wieder mager. Doch ist das eher die Sorge der Bauern, nicht die Eure.«

Der Zauberer legte einen kleinen Beutel auf die Theke. »Mich beschäftigt eher ihr Einfluss auf gewisse Gruppen in den nächsten Tagen sowie Folgen, die sich daraus ergeben.«

Orchon warf einen Blick auf den Beutel. *Wenigstens zahlen sie gut, diese Graumagier*, dachte er. Er wischte sich die Hände ab, bat den Zauberer, einen Augenblick zu warten, und ging hinüber in seine Studierstube. Schwer beladen mit zahllosen Tabellen kehrte er zurück. »Über welchen Mond wollt Ihr sprechen, Herr?«

»Mich interessiert, welche Auswirkungen der rote Brunas auf die Verhandlungen haben wird, die wir derzeit mit den Abgesandten des Flammenordens führen.«

Orchon warf einen flüchtigen Blick auf die Tabellen. »Die Monde stehen günstig für die Feuermagier. Brunas ist noch schwach, nähert sich aber bald seiner vollen Stärke. Aber das wusstet Ihr doch schon vorher, oder?«

»Natürlich«, meinte der Sturmrat. »Ich hatte gehofft, Ihr könntet mir etwas mehr sagen. Beispielsweise, ob Brunas, gerade wegen seiner Kraft, seine Jünger in nächster Zeit vielleicht zu Fehlern verleiten könnte.«

»Ah, das ist wirklich eine gute Frage, Meister Dregin.« Orchon vertiefte sich in die Tabellen. »Brunas herrscht nicht ganz allein über den Himmel, wie Ihr sicher wisst. In zwei und in drei Wochen ist sein Einfluss an einigen Tagen so stark, dass er jene, die auf ihn bauen, zu Kühnheit verführen kann. Das wäre ein Fehler, denn die stärker werdende Eortha wird seine Kraft schon bald untergraben.«

»Könnt Ihr mir genaue Tage und vielleicht sogar Stunden nennen, Meister Orchon?«

Der Rotschmied fühlte sich fast beleidigt. »Ich kann Euch sogar jede einzelne Stunde nennen, Herr!«

Ein weiterer Beutel erschien in der Hand des Magiers. »Und ich kann weiter auf Eure Verschwiegenheit zählen?«

Der Were nahm den Beutel und wog ihn in der Hand. Diese Zauberer zahlten wirklich gut. »Es wird sein, als wäret Ihr niemals hier gewesen, Herr.«

Ginnar Dregin verließ den Rotschmied mit einer kurzen Liste günstiger Konstellationen. Der Were war immer sehr genau in seinen Auskünften, und er war ehrlich. Er sagte einem Kunden auch die Dinge, die er nicht hören wollte. Genau deshalb schätzte Dregin ihn so. Jetzt wusste er, dass ihm nur wenige Stunden blieben, in denen er seinen Plan umsetzen konnte. Es galt herauszufinden, ob er genug Unterstützung für sein Vorhaben finden würde.

Er eilte zum Ordenshaus im Herzviertel, ließ ein Pferd satteln, sprang auf und verließ die Stadt durch das Ochsentor. Nach einem scharfen Ritt erreichte er den Dammweg, der zur Festung führte, doch war die Brücke immer noch nicht wieder in Stand gesetzt. Also drückte er einem dort wartenden Bediensteten die Zügel in die Hand und ließ sich von einem anderen in einem kleinen Boot hinüberrudern. Dort angekommen, eilte er ins Haupthaus und begab sich auf kürzestem Wege ins oberste Stockwerk. Er klopfte an die hinterste Tür und trat ein, als er von drinnen ein heiseres Krächzen hörte.

»Ich grüße Euch, ehrwürdiger Vithun.«

Der hagere Alte saß stocksteif auf einem einfachen Hocker inmitten der Stube. Dregin hatte immer noch nicht herausgefunden, ob der Greis durch das unbequeme Sitzen die Erscheinungen des Alters zu lindern hoffte oder ob er schlicht Angst hatte, aus einem bequemeren Sessel nicht mehr hochzukommen.

»Was führt dich zu mir, mein Junge?«

Dregin fühlte sich sofort wieder wie ein Schüler. Pridis Vithun war sein strengster – und bester – Lehrer gewesen. »Ich brauche Eure Meinung in einer wichtigen Angelegenheit, Meister.«

»Es ist schön, dass sich noch jemand dafür interessiert, was ein alter Mann zu sagen hat«, schnarrte der Greis. Die Augen unter den buschigen Brauen funkelten. »Das kam in letzter Zeit selten vor.«

»Ihr seid der Verkünder der Lehre, Meister Vithun. Wir sollten alle auf Eure Worte achten.«

»Sag das dem Abot, der die Annehmlichkeiten von Braake dem ehrbaren Leben auf dieser Feste vorzieht!«

»Natürlich«, murmelte Dregin und befürchtete im Stillen, dass der verbitterte Alte den Rest ihrer Unterhaltung nutzen würde, um sich zu beklagen. Rasch fuhr er fort: »Die Angelegenheit, in der ich zu Euch komme, betrifft unsere Verhandlungen mit dem Abgesandten aus Lente, einem Meister des Feuers namens Tasgim.«

»Ein großer Meister kann er nicht sein, sonst hätte ich von ihm gehört.«

»Das ist wohl wahr, Meister Vithun. Ich habe einen Mondkundigen befragt, was uns die sechs Wanderer bringen werden. Er wies mich darauf hin, dass Brunas zwar stark wirkt, es aber einige Stunden geben wird, die sehr günstig für uns sein könnten.«

»Du witterst also eine Schwäche und willst sie ausnutzen?«

»Wie Ihr es mich gelehrt habt.«

Der Verkünder hustete, dass es seinen dürren Leib schüttelte. »Und wozu brauchst du meinen Rat, mein Junge?«

»Ich halte es in diesem Fall für geboten, den Weg, den Abot Yrnos uns vorzeichnet, zu verlassen, Meister. Und ich möchte wissen, ob Ihr mich, falls es nötig wird, unterstützen werdet.«

»Ah, du willst etwas hinter dem Rücken von Yrnos tun – und dazu meinen Segen?« Der Alte sah Dregin durchdringend an.

Dregin nickte. »Ich will aufrichtig sein, Meister … Selbst wenn alles gut geht, könnte meine Tat zu einem Zwist in unserer Bruderschaft führen.«

»Du willst also zu den alten, den dunklen und doch besseren Tagen unserer Bruderschaft zurückkehren?«

»Das will ich, Meister, und ich bin nicht der Einzige.«

»Wer ist mit dir?«

»Mit mir? Niemand, denn niemand außer Euch weiß bisher von meinem Vorhaben. Aber es scheint, dass Meister Eyrim meine Meinung teilt und eigene Pläne schmiedet.«

»Der Münzer?« Vithun lachte verächtlich auf. »Seit wann wagt sich diese Schildkröte aus ihrem goldenen Panzer heraus?«

»Seit Eyrim weiß, dass Yrnos' Entscheidungen uns all das Gold kosten könnten, mit dem er sich so behaglich eingerichtet hat.«

»Der Münzer ist kein guter Verbündeter. Bestenfalls besser als gar keiner«, meinte der Alte. »Vielleicht kannst du ihn aber für unsere Zwecke benutzen.«

Dregin entging nicht, dass Vithun schon von *unseren* Zwecken sprach. »Daran habe ich auch schon gedacht, Meister.«

»Natürlich hast du das«, sagte der Greis mit einem heiseren Lachen. »Dennoch weiß ich nicht, ob ich dein Vorhaben gutheißen kann. Yrnos ist stur. Er wird die neuen Wege nicht verlassen wollen.«

»Am Ende werden wir vielleicht einen neuen Abot brauchen. Ich nehme an, Ihr teilt meine Ansicht, dass Eyrim dafür nicht infrage kommt? Ich dachte dabei an jemanden mit Erfahrung, Meister.«

Der Verkünder warf ihm einen scharfen Blick zu. Dann starrte er lange auf den Fußboden. Dregin fürchtete schon, er sei zu weit gegangen. Endlich schnarrte Vithun: »Du hast meinen Segen. Doch sei vorsichtig! Die Zauderer sind zahlreich in diesem Orden, der von einem Meister der Bedenken geführt wird. Wir sind nur wenige – und ich bin alt.«

»Euer Wort hat immer noch Gewicht, ehrwürdiger Vithun.«

»Doch kommt kaum jemand, um es zu hören.«

»Das lässt sich ändern, Meister.«

»Ja, vielleicht …«, murmelte der Alte und schien wieder in Gedanken zu versinken.

Dregin verließ den Verkünder in gehobener Stimmung. Er hatte nicht damit gerechnet, dass der Greis so eindeutig Stellung beziehen würde. Vithun hatte versucht, seine Gefühle zu verbergen, aber offenkundig schmeichelte ihm die Aussicht, auf seine alten Tage doch noch Oberhaupt des Ordens werden zu können.

Der Sturmrat ging hinaus in den Hof. Dort entdeckte er Meister Svelgar, der auf den Buckelsteinen saß und sich die Frühlingssonne ins Gesicht scheinen ließ. Der unvermeidliche Weinkrug stand neben ihm auf dem Boden.

»Ich habe Euch gar nicht ankommen sehen, Dregin«, rief der ihm zu.

»Seid gegrüßt, Svelgar. Ich bin in Eile und muss gleich zurück nach Braake.«

»Braake, alle gehen sie nach Braake! Ihr könntet ruhig ein paar Leute zu meiner Unterstützung abstellen. Wir haben ohne Zweifel einen ganzen Haufen begabter Schüler auf unserer Feste, aber kaum jemanden, der sich um ihre Ausbildung kümmert.«

»Da Ihr von unseren Schülern sprecht, Svelgar, sagt, was haltet Ihr von der Neuen?«

»Feja? Ich bin mir nicht sicher, ob ihr Bargan wirklich so groß ist, wie Caron annimmt. Vor allem bezweifle ich, dass sie ihr Lindross finden wird. Die Zauberei scheint nicht ihre Welt zu sein. Sie wirkt auf mich nicht wie eine, die unter dem Zeichen von Nir und Galtara geboren wurde.«

»Nun, ich werde sie mir noch einmal genauer ansehen, wenn ich Zeit habe«, sagte Dregin. Er war sich sicher, dass die Begabung des Mädchens enorm war. Man musste ihr nur den Zugang zur Magie öffnen. Ob dieser selbstzufriedene Magier dafür der Richtige war?

»Andererseits«, meinte der Fechtmeister mit einem Rülpser, »andererseits hat sie schon Streit mit den Tygrams. Sie hat also zumindest das Talent, sich mit den falschen Leuten anzulegen.«

Der Sturmrat hob eine Augenbraue. »Tatsächlich? Das ist interessant. Tyrbull Tygram ist ein schwieriger Schüler, aber er hat die Instinkte eines geborenen Anführers. Meint Ihr, er könnte in ihr eine Herausforderin wittern?«

Svelgar sah ihn zweifelnd an. »In diesem dürren Waldmädchen? Sie ist höchstens eine Herausforderung für den Zeugmeister, so abgemagert, wie sie ist.« Er blickte versonnen in seinen Weinkrug. »Wisst Ihr, sie spricht nicht darüber, aber ich sehe ihr an, dass schwere Zeiten hinter ihr liegen. Ja, da ist etwas Dunkles in ihr, Dregin, das ist unbestreitbar, aber der Todesmond hat vielleicht gar nichts damit zu tun. Ihr wisst besser als ich, wie es draußen auf dem Lande zugeht. Sie hat auf ihrem Weg schlimme Dinge gesehen, über die sie aber nicht reden will oder kann. Und Ihr solltet sie beim Essen sehen! Sie kennt das Gefühl des Hungerns nur zu gut, das ist offensichtlich, und sie will der Erinnerung an die Not entrinnen. Sie ist lebenshungrig – ja, das ist es, was ich bei ihr sehe. Doch ob sie das zur Magie führt? Ich weiß es nicht.«

»Lassen wir uns überraschen«, meinte Meister Dregin, der dringend zurück in die Stadt musste.

Svelgar nahm einen tiefen Schluck aus dem Krug. »Es bedeutet auf jeden Fall Ärger, nicht wahr? Ich meine, die Tygram-Vettern machen ständig Ärger, aber wenn Ihr recht habt, wird dieses Mädchen es wirklich schwer haben. Und bei dem, was wir unseren Schülern hier beibringen, wird es für sie gefährlich werden, oder?«

Dregin nickte flüchtig. »Die Gefahr war früher ein guter Lehrmeister für die Schüler unseres Ordens.«

Der Fechtmeister nahm noch einen Schluck, stieß andächtig auf und erwiderte dann seufzend: »Doch sie hat auch so manchen vor seiner Zeit verschlungen.«

Feja hatte mit ihren Mitschülerinnen die Ziegen und Kühe gemolken, das Tuchlager aufgeräumt, die Schweine und Hühner gefüttert und ungefähr tausend Botengänge erledigt. Dann rief der Zeugmeister sie zu sich. Auf dem Weg sah sie Meister Dregin aus dem Tor eilen. Er schien in Eile zu sein. Sie fand diesen Mann auf seltsame Art anziehend.

»Ein bisschen weit, vielleicht«, wandte Feja vorsichtig ein, als sie in die schlichte graue Hose und die Robe schlüpfte, die der Zeugmeister für sie bereitgelegt hatte.

»Im Moment noch«, erwiderte er würdevoll, »aber du bist auch magerer als ein toter Aal. In zwei bis drei Wochen wird sie wie angegossen sitzen. Und bis dahin hast du ja deinen Gürtel.«

Feja bedankte sich und trat vor die Tür. Die Stoffe waren besser als alles, was sie je zuvor getragen hatte. Aber sie kratzten auch. Sie sah hinüber zu den Apfelbäumen. Ein weißhaariger Greis saß dort und schnitzte an einem Stock herum. Das tat er eigentlich schon den ganzen Morgen.

Neugierig lief sie hinüber. »Ich grüße Euch, Meister.«

Der Alte blickte auf. »Sie sind noch nicht reif.«

»Wer?«, fragte Feja verständnislos.

»Die Äpfel. Sie sind noch lange nicht so weit.«

»Ich weiß, Meister.«

»Es reicht, wenn du mich Bruder nennst, Kind. Ich bin Bruder Menrir. Die Birnen auch nicht.«

»Bitte?«

»Sind auch noch nicht reif.«

»Auch das weiß ich, Mei… Bruder Menrir. Ich bin Feja aus dem Langwald und kenne mich mit Obst ganz gut aus.«

»Wirklich?« Der Alte sah sie mit neuer Aufmerksamkeit an. »Siehst du das?«, fragte er dann und wies auf zwei alte Obstbäume, die in Hüfthöhe abgesägt worden waren. Aus den Schnittflächen wuchsen schlanke Reiser senkrecht empor.

Feja hatte so etwas schon einmal in Holt gesehen. »Ihr wollt sie veredeln, nicht wahr?«

Der Alte nickte. »Im letzten Jahr habe ich es versucht. Aber sie wollen nicht ausschlagen. Das ist manchmal so. Vielleicht ist der Stamm innen morsch, dann können die jungen Reiser nicht gedeihen. Kein Blatt, keine Blüte.« Er stützte sich auf den unfertigen Stab und sagte unvermittelt: »Vielleicht kannst du mir gelegentlich helfen, Feja aus dem Langwald.«

»Gerne, Bruder Menrir, aber wobei?«

»Der Schnitt, die Ernte, das Laub, die Wache. Es gibt immer etwas zu tun in einem Garten.«

»Das stimmt.«

»Du bist eine neue Schülerin, oder? Ich kann mich nicht erinnern, dich hier schon einmal gesehen zu haben.«

»Ich bin noch nicht lange hier.« Ein Huhn näherte sich und pickte zu Fejas Füßen im Staub. Sie fragte sich, ob sie es wegscheuchen durfte.

»Und was willst du hier lernen, Mädchen?«

Die Frage überrumpelte Feja. »Ich weiß nicht … Zauberei, dachte ich.«

»Soso, Magie«, erwiderte der Alte mit versonnenem Lächeln. »Von welcher Art?«

Wieder so eine Frage, auf die sie keine Antwort hatte. »Was man eben in diesem Orden so lernt«, wich sie aus und kam sich reichlich dumm dabei vor.

Der Alte stützte sich jetzt auf den Stab und sah sie scharf an. »Du willst also die dunklen Künste lernen, das Täuschen und Verführen, das Verstecken und Enthüllen, das Schleichen und Entdecken?

Willst wie ein Schatten durch das Zwielicht huschen, mit verborgener Stimme sprechen und unentdeckt in fremde Häuser gehen?«

Feja nickte unbestimmt. Das Huhn begann, sich für ihre Stiefel zu interessieren.

»Und das Töten, das Rauben, das Morden und …« Der Alte stockte, sein eben noch finsteres Gesicht glättete sich, und er rief fröhlich: »Ach, nein, das waren die alten Tage … Lange vorbei, lange vorbei.«

Feja hätte sich jetzt gern unauffällig zurückgezogen.

Der Alte reckte sein Gesicht der Sonne entgegen und blinzelte. »Herz und Geist, Herz und Geist – die bestimmen, was du lernen kannst! Verstehst du das, Kind?«

Sie verstand es nicht, nickte aber.

»Hast du denn Herz und Geist?«

Bevor sie in die Verlegenheit kam, darauf antworten zu müssen, rief von der Oberfeste die Glocke zum Mittagessen.

»Ich muss leider fort, Bruder Menrir. Ich hoffe, wir unterhalten uns bald wieder.«

»Aber sie sind noch nicht reif«, sagte der Alte und sah sie an, als sähe er sie zum ersten Mal.

Sie war sehr froh, als sie den Garten hinter sich ließ und dem unheimlichen Bruder entkam.

Wieder gab es Essen in einer so großen Menge, dass es ihr fast die Tränen in die Augen trieb, und niemand kam und machte Anstalten, ihr etwas wegzunehmen.

Nach dem Essen wurden die Schüler im Hof von Meister Svelgar erwartet. Er saß auf einem der bläulichen Buckelsteine und hatte einen Krug neben sich stehen. Auf Feja wirkte er seltsam gelöst. Sie konnte die Ausdünstung von Wein riechen, die von dem Zauberer ausging.

»Wir haben also eine neue Schülerin«, begann er. »Kannst du denn mit Waffen umgehen, Feja?«

Sie zuckte mit den Achseln: »Ich habe Bäume mit der Axt gefällt und mit der Hebe entastet, von daher sind mir scharfe Klingen vertraut. Außerdem ziele ich besser mit dem Jagdbogen als die meisten Jungen im Langwald.«

»Nun, der Jagdbogen ist nicht mein Gebiet. Ich bin für die Klingen zuständig. Sei doch so gut und nimm dir das Schwert, das dort am Block lehnt.«

Feja griff nach der Waffe und wog sie in der Hand. Sie war leichter, als sie aussah, und sie war scharf geschliffen. Da Meister Svelgar nichts sagte, ließ sie die Klinge zwei-, dreimal durch die Luft sausen.

»Sehr schön, du hast also keine Angst vor scharfen Waffen. Sei so gut und greif mich an.«

»Meister?«

»Mit dem Schwert … angreifen«, sagte der Magier in aller Gemütsruhe. Seine Rechte lag auf dem Weinkrug. In der Linken hielt er einen schlichten Stock.

»Aber Ihr sitzt, Meister.«

»Ich will es dir nicht allzu schwer machen.«

Feja sah das Grinsen in den Gesichtern ihrer Mitschüler. Sie näherte sich dem Zauberer und stieß halbherzig zu.

Meister Svelgar wehrte den Stoß leicht mit seinem Stock ab und schüttelte den Kopf. »Richtig zustoßen, bitte. Keine Angst, du wirst mich nicht verletzen.«

Sie stieß entschlossener zu, aber wieder war der Stock zur Stelle und parierte ihren Angriff, ohne dass der Magier sich auch nur angestrengt hätte.

Feja griff ein drittes Mal an. Wieder traf ihr Schwert nur den Stock des Zauberers. Sie trat zurück. Der Mann führte sie vor, und das gefiel ihr nicht. Beim nächsten Versuch täuschte sie einen Angriff nur an und stieß dann zu, so schnell sie konnte. Meister Svelgar schlug ihr ungerührt das Schwert mit seinem Stock aus der Hand. Das ging so blitzschnell, dass sie es erst begriff, als ihre Waffe schon über das Pflaster klirrte. Und immer noch ruhte seine Rechte auf dem Krug.

»Sehr gut, Feja aus dem Langwald. Du hast bei deinen ersten Versuchen schon gelernt, dass man fintieren kann. Das ist mehr, als ich von den meisten dieser grinsenden Hohlköpfe hier sagen kann.«

»Ich hatte noch nie ein Schwert in der Hand«, murmelte sie verstimmt.

»Es ist noch kein Meister vom Himmel gefallen«, rief der Zauberer fröhlich. Dann stellte er die Schüler zu Paaren auf und ließ sie mit stumpfen Waffen üben. Feja bekam die kleine Bele zur Partnerin. Sie stellte schnell fest, dass selbst dieses viel jüngere Mädchen besser mit dem Schwert umgehen konnte als sie. Immer wieder bekam sie Schläge auf die Finger oder Unterarme ab, manchmal auch auf die Brust oder die Oberschenkel. Meister Svelgar gab sich Mühe, ihr die Abwehr- und Angriffsmanöver zu erklären, aber sie brachte die Schlagfolge immer wieder durcheinander.

»Das ist das Blöde, wenn man nicht gegen Holz kämpft«, höhnte Tyrbull Tygram. »Der Gegner bewegt sich.«

»Ich habe schon Bäume gesehen, die waren beweglicher als du!«, fuhr ihn Feja an.

Er grinste breit. »Mit einem Trampel wie dir würde ich auch fertigwerden, wenn mir einer die Füße festnagelte.«

Feja hätte das gerne ausprobiert, aber Meister Svelgar gab das nächste Kommando, und zwanzig Klingen kreuzten sich. Nur Feja machte es wieder falsch und fing sich einen Stich der vergnügten Bele ein.

»Du sollst fechten und nicht dich abstechen lassen, Waldmädchen«, höhnte Tyrbull.

»Wenn du die Güte hättest, mir die Ausbildung zu überlassen, Tyrbull«, rief der Zauberer.

Feja riss sich zusammen, parierte, griff an und machte es manchmal sogar richtig.

Der Anführer der drei Tygram-Vettern war ihr dabei immer näher gekommen. Jetzt spottete er: »Du bist leichtfüßig wie eine Kuh.«

»Und du schlau wie ein Ochse!«, zischte sie zurück.

»Angriff – Hals, Parade – Brust!«, kommandierte Meister Svelgar.

Feja stieß zu und wehrte den Gegenangriff ab, wich zurück und stolperte. Jemand hatte ihr ein Bein gestellt.

Sie sprang auf und stürzte sich mit einem Schrei auf Tyrbull. Der tanzte leichtfüßig zur Seite und verpasste ihr mit seiner Übungswaffe einen harten Schlag auf den Unterarm. Schreiend ließ sie das Schwert fallen. Sie wollte sich mit bloßen Händen auf diesen frech grinsenden Widerling stürzen, doch eine Hand packte sie am Kragen und hielt sie fest. Gerade noch rechtzeitig.

»Feja, aus dem Langwald! Dies ist nicht der Gegner, den ich dir zugewiesen habe …«

Wie war der Magier so schnell hierhergelangt? Er hatte eben noch am anderen Ende der Übungsgruppe gestanden.

»Aber, Meister Svelgar …«, protestierte sie.

»Kein Wort mehr! Tyrbull, du meldest dich bei Hauptmann Hofftin. Er wird froh sein, einen Freiwilligen für die Nachtwache gefunden zu haben. Ach? Das gefällt dir nicht? Das hättest du dir früher überlegen sollen. Und du, Mädchen, zeigst mir mal eben deinen Arm.«

»Meinen Arm?« Feja wollte die Rechte heben, aber sie hatte überhaupt keine Kraft und spürte einen stechenden Schmerz.

Der Zauberer nahm ihre Hand und besah sich den Schaden. »Vielleicht nicht gebrochen, doch sicher geprellt. Das soll sich Ailon Bainach ansehen, sicher ist sicher. Du findest ihn im Untergeschoss des Haupthauses. Bele, sei so gut und zeig dieser Heldin den Weg.«

»Mach dir nichts draus«, meinte Bele, als sie vor ihr über den Hof hüpfte. »Die meisten von uns landen früher oder später beim Knochenmann.«

»Knochenmann?«

»Ailon Bainach. Er flickt alle zusammen, die sich verletzen. Hast du Angst vor den Weren? Nein? Das ist gut.« Bele hielt ihr die schwere Tür des Haupthauses offen. »Geh einfach geradeaus bis zum Turm und dann hinab in den Keller. Es ist die schwarze Tür unter dem Totenschädel. Du kannst sie nicht verfehlen.«

»Solltest du mir nicht den Weg zeigen?«

»Hab ich doch«, rief das Mädchen und sprang schon davon.

»Großartig«, murmelte Feja, während sie die Treppe hinunterstieg. »Wenn ich so weitermache, werden die mich ganz sicher nicht in ihrem Orden haben wollen.«

Im ersten Untergeschoss hielt sie an. Es gab dort einen langen Gang, aber nur eine Laterne, direkt neben der schwarzen Tür, von der Bele gesprochen hatte. Die Treppe ging jedoch noch weiter hinab. Feja fragte sich wie in der Nacht zuvor, wo sie hinführen mochte. Sie glaubte, eine Art Sog zu spüren, der sie dort hinunterrief. Aber sie widerstand der Versuchung, trat zur Tür von Ailon Bainach und klopfte. Der Totenschädel schien von oben auf sie herabzugrinsen.

Eine raue Stimme rief: »Tritt ein, Mädchen.«

Sie öffnete die knarrende Pforte und war überrascht, wie hell es in der niedrigen Kammer war. Drei schmale Lichtschächte waren in den Felsen geschlagen worden und streuten Tageslicht in den Raum, in dem außerdem mehrere Laternen brannten.

»Was kann ich für dich tun?«, fragte die raue Stimme. Sie gehörte einem Mann, der hinter einem Tisch stand und eine eigenartige Säge polierte. Er war ein Were, aber noch nie hatte Feja einen Mann dieses Volkes gesehen, der derart bleich war. Selbst sein Haar war weiß. Dafür waren seine Augen rot – und auch das hatte sie noch bei keinem Utorer oder Weren gesehen. Er erschien ihr wie ein böser Geist.

»Seid Ihr Meister Bainach?«, fragte sie, und ihre Stimme zitterte.

»Ich bin es – und auch wieder nicht. Ich bin kein Meister des Ordens, nur der Ailon.«

»Der Heiler?«, fragte sie verunsichert.

»Kein Heiler! Ich bin der Beinflicker, Gliedersäger, Gelenkrenker und Ellenrichter. Wenn du Husten hast, dann geh zu einer Ganesa oder zu Meme Sulling, wenn du ihren Giften traust. Aber wenn deine Ellen zersplittert und deine Sehnen zerfetzt sind – dann komm zu mir, denn ich bin der Ailon, der Knochenmann.«

»Dann … dann bin ich hier vielleicht falsch, Meister Bainach«, stieß Feja hervor und suchte mit der Linken hinter ihrem Rücken den Türgriff.

»Ich sehe deinen Arm und denke, dass du richtig bist. Komm näher, Mädchen!« Er legte die Säge beiseite. Das beruhigte Feja, die sich zusammenriss und dem Mann schließlich ihre Verletzung zeigte.

Der Were befühlt mit eiskalter Hand ihren Unterarm. Sie zuckte zusammen und stöhnte auf, weil er mit sicherem Griff genau dort zudrückte, wo Tyrbull sie erwischt hatte.

»Nichts gesplittert, nichts gebrochen. Ein Schlag, nicht wahr? Blut sickert in die Muskeln. Der Schmerz hat schon nachgelassen, oder? Gut! Blau und grün wird sich das verfärben, aber du wirst es überleben.«

Er ließ den Arm los. »Wird ein paar Tage schmerzen, mehr nicht. Halte ihn kühl, schone ihn, wenn du kannst, und halte ihn hoch, das mindert den Druck.«

Jetzt war Feja doch etwas enttäuscht. Dafür hätte sie nicht hier herunterkommen müssen.

»Habt Ihr denn kein Mittel, das die Heilung beschleunigt, Meister?«

Er sah sie unter seinen weißen Augenbrauen scharf an. »Ich könnte den Arm unter dem Ellbogen abtrennen, wenn er dir lästig ist, kleine Gans.«

»N-nicht nötig, Meister Bainach.«

»Gut. Dann sind wir fertig. Und nun entschuldige mich. Ich muss die Knochensäge reinigen.«

Feja bedankte sich und machte, dass sie hinauskam. Sie hatte schon viele Weren getroffen, aber noch keinen, der so unheimlich war wie dieser Ailon.

An der Treppe hielt sie inne. Sie führte nach oben, aber sie führte eben auch nach unten. Tief aus der Dunkelheit, in der die Stufen verschwanden, spürte sie wieder diesen seltsamen Sog, so, als riefe sie die Finsternis.

Niemand hatte gesagt, dass sie dort unten nichts zu suchen hätte. Kurz entschlossen schlich sie die Stufen hinab. Hier war nichts mehr gemauert, Stufen und Wände waren grob in den weißen Felsen gehauen. Die Wände rückten näher, und plötzlich – stand Feja vor einer verschlossenen Tür. Sie probierte die schwere Klinke, aber nichts rührte sich. Enttäuscht kehrte sie um.

Als sie das erste Untergeschoss erreichte, fiel ihr auf, dass es neben der Tür des Ailon noch andere Türen gab.

Bevor sie es sich anders überlegen konnte, probierte sie die nächste Tür. Sie war unverschlossen, und das Halbdunkel dahinter offenbarte Säcke und Fässer. Feja bildete sich ein, Äpfel und frisches Fleisch zu riechen.

»Vorräte, natürlich«, murmelte sie. So tief im Felsen würde es wohl das ganze Jahr schön kühl bleiben. Sie öffnete eine zweite Tür: Auch hier roch es nach Fleisch, aber dieser Raum war viel kälter als der andere.

»Ein Eiskeller«, stellte sie beeindruckt fest, als sich ihre Augen an das Dunkel gewöhnt hatten. Sie hörte das leise Tropfen der großen schmelzenden Eisblöcke, die man im Winter hier eingelagert haben musste, und schloss die Tür wieder.

Irgendwie war sie enttäuscht. Sie hatte von einer Festung der Zauberer einfach mehr erwartet. Sie wollte gerade die Treppe hinaufsteigen und in den Hof zurückkehren, da sah sie aus dem Augenwinkel eine besonders schmale Tür, die sich im Zwielicht verbarg. Sie zögerte keinen Herzschlag lang.

Der Griff gab nach, aber die Tür klemmte, und sie musste mit ihrer Linken viel Kraft aufwenden, um sie ganz zu öffnen. Das Holz scheuerte laut über den Stein.

Feja hielt den Atem an. Hatte sie jemand gehört? Nichts rührte sich. Und hinter der Tür? Nur Dunkelheit. Sie ging zwei, drei Schritte hinein und tastete die Wand ab. Sie befand sich in einem Gang, nicht in einer Kammer. Es roch muffig. Mit der Linken suchte sie nach einer Fackel oder Kerze, aber sie fand nichts dergleichen. Wo dieser Gang wohl hinführen mochte? Vermutlich ging es sie nichts an. Wahrscheinlich war es sogar verboten, ihn zu betreten. Andererseits – niemand hatte dergleichen gesagt. Einen Augenblick stand sie unschlüssig in der Dunkelheit. Dann drehte sie um. Ohne eine Kerze kam sie hier nicht weiter. Sie musste sich mit der Schulter gegen die Pforte stemmen, um sie zu schließen und wieder schabte das Holz laut vernehmlich über den Stein. Sollte sie zurückkehren, würde sie sich etwas einfallen lassen müssen.

Feja eilte zurück in den Hof. Meister Svelgar war immer noch damit beschäftigt, die Schüler im Fechten zu unterrichten. »Ah, Mädchen … Was hat der Ailon gesagt?«

»Nur geprellt, Meister«, meldete sie. Insgeheim hoffte sie, der

Zauberer würde sie vom Unterricht entbinden, denn sie hätte sich gerne weiter in der Festung umgesehen, aber Meister Svelgar dachte gar nicht daran.

»Du hast heute schon viel gelernt, Feja. Du weißt, dass eine Finte manchmal hilfreich ist, auch wenn deine recht armselig geraten war. Außerdem hast du gelernt, dass man keinen Gegner angreifen sollte, der viel erfahrener im Umgang mit Waffen ist. Und nun wirst du lernen, dass in der Not auch die Linke ein Schwert führen kann.«

Also focht sie weiter, und sie stellte fest, dass sie mit dieser Hand nicht viel ungeschickter war als mit der anderen. Aber vielleicht schonte Bele sie auch nur.

Nach dem Fechten teilte der Zauberer die Schüler wieder zur Arbeit ein, und Feja ernannte er zur Botin.

So hetzte sie den Rest des Tages durch die Festung. Sie überbrachte der Wache den Dienstplan für die Nacht, flitzte von der Küche zur Grotte, um Bruder Yorn eine Einkaufsliste für seine nächste Fahrt nach Braake mitzugeben. Sie rannte vom Haupthaus zum Schmied, um sich den Bestand an Eisen sagen zu lassen und Bestellungen zu übermitteln.

»Gut, dass du kommst«, sagte der Schmied, ein freundlicher Mann namens Uri. »Kannst du das tragen?«, fragte er und drückte ihr einige scharfe, seltsam geformte Werkzeuge in die Hand. »Gut, dann bring das bitte zum Knochenmann. Er wartet schon.«

»Guter Stahl für gute Gebeine!«, sagte der bleiche Were, als er die Klingen entgegennahm. Dann drückte er Feja eine silberne Röhre in die Hand. »Diese hier bringst du Meister Svelgar.«

»Was ist das?«

»Eine Nachricht, was sonst. Aber öffne sie nicht. Es ist eine Nachtbotschaft!«

»Aber was ist eine Nachtbotschaft?«

»Etwas, das du nicht öffnen sollst, kleine Gans.«

Missmutig schlurfte sie die Treppe wieder hinauf. Verborgene Botschaften waren nicht dazu angetan, sie aufzumuntern. Sie hatte sich in den neuen Stiefeln Blasen gelaufen und hatte die Nase längst gestrichen voll von all den Botengängen.

»Dafür muss ich nicht Zauberer werden«, murmelte sie und wog die silberne Röhre in der Hand.

Sie blieb stehen. Der Knochenmann hatte gesagt, sie dürfe dieses kleine Metallding nicht öffnen. Aber wenn es niemand erfuhr? Sie sah sich um, und da sie sich unbeobachtet wähnte, untersuchte sie das schmale Behältnis. Es war mit einem Korken verschlossen – aber nicht versiegelt.

Feja schüttelte die dünne Röhre – nichts.

Vorsichtig zog sie den Korken hinaus. Es gab ein eigentümliches Geräusch, ein leises Zischen. Neugierig spähte sie in die Röhre. Sie war innen schwarz – und leer.

Mit den Fingern tastete sie hinein – da war nichts. Ob der Knochenmann sie nur auf die Probe stellen wollte? Sie verschloss die Röhre sorgfältig. Es war nicht zu erkennen, dass sie geöffnet worden war.

Zufrieden ging sie zu Meister Svelgar. In der Kammer roch es nach Wein.

»Eine Nachricht von Meister Bainach«, meldete sie.

Der Zauberer war in seinem tiefen Sessel eingenickt. Jetzt schreckte er hoch.

»Ah, das Waldmädchen …« Er winkte sie heran. »Eine Nachtbotschaft, sieh an …«

Er nahm ihr die Röhre ab, hielt sie ans Ohr und öffnete sie. Seine Miene verfinsterte sich.

»Ist es vielleicht möglich, dass jemand dieses Behältnis geöffnet hat?«

Feja wurde blass. »Geöffnet? Nein … Ich meine, nicht direkt, Meister.«

»Nicht direkt?«

»Die Röhre ist mir aus der Hand gerutscht … Die Prellung, Ihr wisst ja. Und dabei sprang sie auf. Ich … ich habe sie gleich wieder verschlossen.«

»Die geprellte Hand also …« Er zog die Brauen zusammen. »Die Sache ist ernst, Feja aus dem Langwald. Mir scheint, es war weniger die geprellte Hand als deine ungezügelte Neugier, die diese Nachricht öffnete. Aber da weiß ich Abhilfe. Du wirst dich in deine Kammer begeben und dort bis morgen früh bleiben. Kein Abendbrot für dich.«

»Aber, Meister …«

»Zuerst jedoch wirst du zu Ailon Bainach gehen und ihn bitten, mir diese *vertrauliche* Nachricht noch einmal zu senden. Er wird verärgert sein. Hüte dich vor seiner Säge.«

»Ja, Meister«, sagte Feja kleinlaut und trottete schweren Herzens zurück ins Untergeschoss. Es gab tausend Dinge, die sie lieber getan hätte, als diesem bleichen Weren ihr Vergehen zu beichten, aber dann dachte sie: *Du hast dir die Suppe eingebrockt, jetzt musst du sie auch auslöffeln.*

Sie hob die Hand, um an die Tür zu klopfen, als von drinnen schon ein »Tritt ein« erklang.

Halb erwartete sie, dass sich die Pforte von Zauberhand öffnen würde, aber das musste sie dann doch selbst erledigen.

Der Were stand immer noch am Tisch und hantierte mit den scharfen Werkzeugen seiner Kunst.

»Du hast also meine Nachricht geöffnet?«

»Woher …?«

»Ich hätte es mir denken können«, sagte der Were und prüfte die Zähne einer breiten Knochensäge mit dem Daumen. »Die Neugier steht dir ins Gesicht geschrieben.«

Feja runzelte die Stirn und blickte auf die drohende Säge.

»Ihr wollt mich ins Bockshorn jagen, oder?«

Der Were hielt inne. Sie sah in seinem schwer durchschaubaren Gesicht etwas zucken, das bei einem Utorer vielleicht das Vorzeichen eines Lachens gewesen wäre. Dann sah er sie finster an.

»Du fürchtest dich nicht vor mir?«

Sie schüttelte den Kopf.

»Die meisten Schüler haben Angst vor mir, auch wenn sie meine geheimen Nachrichten *nicht* geöffnet haben, kleine Gans.«

»Ich bin schon vielen Weren begegnet. Noch keinen von ihnen fand ich zum Fürchten. Und ich bin keine Gans.«

»Und die Geschichten, die die Utorer erzählen, über die Starren, die blutrünstigen Skrattlinge, die Waldteufel?«

»Sind nur Geschichten, um Kinder zu ängstigen«, erwiderte

Feja und hob das Kinn. »Mein Vater hat es mir erklärt. Die Weren im Langwald waren gute Nachbarn. Sie hatten ihre eigenen Geschichten, und in denen hörte ich wiederum nicht viel Gutes über die Aschlinge.«

Der Were kam hinter seinem Tisch hervor. »Du hast zugehört? Das ist selten. So verstehst du also unsere Sprache. Der Langwald … Der Ganamon hat mir von ihm erzählt. Es muss schön sein, unter den hohen Bäumen zu wandern.«

»Der Ganamon?«

»Der … wie würdet ihr sagen …? Der Bewahrer. Er trägt die Erinnerungen unseres Volkes. Du kennst ihn, wenn ich das Flüstern der Nacht richtig verstanden habe. Er wohnt im alten Tempel.«

»Meister Adach?«

»Er ist nicht so verrückt, wie alle denken – nicht, wenn man bedenkt, dass er die Leben von Hunderten seiner Ahnen mit sich herumschleppt.«

Feja ging ein Licht auf. »Deshalb sagt er immer *wir*, wenn er von sich selbst spricht. Aber wie ist so etwas möglich?«

»Magie«, antwortete der Knochenmann trocken.

Feja runzelte die Stirn. »Wirklich? Verzeiht, Meister Bainach, aber Weren können doch gar nicht zaubern.« Sie biss sich auf die Lippen, aber es war zu spät, die Worte waren ihr schon herausgerutscht.

»Ist das so?«, erwiderte der Ailon und sah Feja auf eine sehr merkwürdige Art an, bevor er sagte: »Lassen wir das. Hier ist die Nachricht, die du – ungeöffnet – zu überbringen hast.«

Feja nahm die kleine Röhre entgegen, dankbar, dass der Besuch so glücklich verlaufen war.

Plötzlich packte der Were sie am Arm. Sein bleiches Gesicht kam ihrem ganz nahe. »Du bist mutig, Feja aus dem Langwald, aber bedenke – Musa dursu, Musa dauda! Und das gilt erst recht für die neugierigen.«

Feja war froh, die Kammer verlassen zu dürfen. *Eine mutige Maus ist eine tote Maus?* Warum musste er ihr ausgerechnet mit diesem Sprichwort kommen? Sie war weder eine Gans noch ein Nagetier! Und *so* neugierig war sie doch gar nicht.

Als sie zu Meister Svelgar zurückging, fragte sie sich, ob sich diese Warnung nur auf die Röhre bezog. Oder hatte der Ailon vielleicht mitbekommen, dass sie sich schon da unten umgesehen hatte? Und woher hatte er gewusst, dass sie an seiner Tür stand, bevor sie anklopfen konnte? Bisher hatte sie nicht viel Magisches an diesem Ort gesehen, aber vielleicht musste sie nur besser aufpassen. Irgendwie schien die Nacht hier am hellen Tag Botschaften zu überbringen. Wozu brauchte der Knochenmann sie dann noch? Und wie konnte es sein, dass ein Were sich auf Magie verstand? Jedes Kind wusste doch, dass die Starren nicht zaubern konnten.

»Nun, alle Knochen noch dran?«, fragte Meister Svelgar mit einem vergnügten Lächeln, als sie die Botschaft übergab.

Feja nickte verdrossen.

»Bald wirst du verstehen, was es damit« – er hob das silberne Ding – »auf sich hat. Wenn du so begabt bist, wie manche glauben, wirst du eines fernen Tages selbst in der Lage sein, deine Nachrichten durch die Dunkelheit zu senden.« Er rülpste. Offenkundig war er angetrunken. »Aber falls du glaubst, deine Strafe sei vergessen, liegst du falsch. Es bleibt dabei – kein Abendessen für dich. Und jetzt geh mir aus den Augen!«

Feja begab sich in ihre Stube. Sie hatte an diesem Tag mehr gegessen als daheim in mancher Woche, aber der Hunger meldete sich trotzdem, als die Glocke die Schüler zum Essen rief. Zu ihrer Erleichterung schmuggelte Gabra später Brot und Käse in die Stube, und Bele brachte ihr Weintrauben, eine Köstlichkeit, die es im Langwald nur selten gab.

»Rund um Isgath bauen sie Wein an, doch ich glaube, die Trauben stammen aus Tsungama, denn um diese Jahreszeit sind sie sonst nicht zu bekommen«, erklärte Bela. Nach dem Essen saßen die Mädchen zusammen, und Feja hatte endlich Zeit, sich ausgiebig mit ihren neuen Gefährtinnen zu unterhalten. Nemma führte das Wort, sie wusste viel über die Regeln der Festung und des Ordens zu sagen. Feja erfuhr, dass sie aus dem Norden stammte.

»Meine Familie lebt zwischen dem Meer und dem Moorwald, und in der Gegend gedeiht eigentlich nichts außer den elenden Wollschweinen, für deren Fleisch der Wald leider so berühmt ist.«

»Deine Eltern züchten Schweine?«, fragte Feja arglos. Sie erhielt nur ein eisiges Lächeln zur Antwort.

Bele sagte während dieser Unterhaltung nicht viel. Sie sortierte mit versonnenem Lächeln eine beeindruckend umfangreiche Muschelsammlung, die sie in einer Schatulle unter dem Bett aufbewahrte.

»Die ersten habe ich noch am Strand von Westar gesammelt«, sagte sie. So erfuhr Feja immerhin, dass das Mädchen von dieser Insel stammte. »Wenn du es genau wissen willst … ich bin in Witbergen geboren. So wird der Osten der Insel genannt. Da gibt es eigentlich nur Fischerdörfer und Schafzüchter. Es ist also auch nicht viel schöner als im Moorwald.«

»Das kann nur der sagen, der noch nie im Moorwald war«, meinte Nemma sehr bestimmt. Sie erzählte ausgiebig von uralten Sümpfen, Irrlichtern und verirrten Wanderern. Gabra nickte hin und wieder. Sie saß auf ihrem Bett und war in eine bunte Stickarbeit vertieft.

»Was wird das?«, fragte Feja leise, während Nemma schaurige Einzelheiten der Sumpflandschaft zum Besten gab.

Gabra warf ihr einen ungnädigen Blick zu. »Ein Ritter auf einem Pferd – siehst du das nicht?«

»Doch, jetzt, wo du es sagst …«

»Gabra stickt gerne. Bloß schade, dass sie es nicht kann!«, rief Bele und musste sich dafür durchs Zimmer jagen lassen. Irgendwann lagen die Mädchen lachend auf ihren Betten. Dann mahnte Nemma, dass es Zeit für die Nachtruhe sei. Sie schlug auch Vorsichtsmaßnamen vor, damit nicht wieder jemand Feja einen Streich spielen würde. Also rückten sie zur Schlafenszeit eine der Truhen vor die Tür. Den Strohsack in ihrem Bett hatte Feja schon am Morgen gewechselt. Es gab hier genug freie Betten – und auch Decken, wie sie bei Tageslicht gemerkt hatte. Gabra aber tat so, als hätte sie das nicht gewusst. Dafür nahm sie Feja zur Seite, als Nemma noch einmal kurz die Kammer verließ »Gib besser acht, Feja. Nemma ist, was Wollschweine betrifft, ziemlich empfindlich. Du weißt doch, was ein Brandungsritter ist, oder?«

»Nicht genau.«

»In der schrecklichen Zeit, die sie die Zeit der Raben nennen, verheerten einst Seeräuber aus Skros und Tsungama unsere Küsten. Der König ordnete daher an, dass überall am Meer Burgen zu errichten seien. Die Lehen, die zu diesen Burgen gehörten, waren oft armselig und konnten die Ritter kaum nähren. Die Bulwerts, Nemmas Familie, sitzen immer noch auf so einer Burg, und, ja, sie züchten Wollschweine – aber sprich sie bloß nie wieder darauf an.«

Feja versprach, ihren Rat zu beherzigen, obwohl sie gern mehr über diese Brandungsburgen und die Ritter gewusst hätte.

Auch ging ihr der geheime Gang, den sie entdeckt hatte, nicht aus dem Sinn. Aber dann dachte sie, dass sie sich für diesen Tag schon genug Ärger eingebrockt habe. Sie legte sich mit der Absicht zu Bett, tief und fest bis zum nächsten Morgen durchzuschlafen.

Sie war wieder im Tempel. Das bleiche Licht von Galtara spiegelte sich im flachen Wasser. Frösche und Kröten starrten sie aus tausend Augen an. *Das ist ein Traum*, dachte Feja. Sicher war sie sich jedoch nicht. Da bewegte sich etwas. Eine anmutige Gestalt, die sie nur undeutlich erkannte, denn ihr Leib bestand aus Wasser. War das die Nykke? Sie schien sie zu locken. Feja trat näher an sie heran. Molche und Unken wimmelten um ihre Füße. Sie schienen vor etwas zu fliehen. Da war eine Dunkelheit im Wasser, ein Riss in den Fliesen des Tempels. Er war schwarz und schien Nebel zu verströmen. Die Nixe wartete auf der anderen Seite. Feja zögerte, diesen Riss zu überqueren. Sie fürchtete sich, wollte umkehren – und konnte es nicht. Ein schweres Schleifen drang an ihr Ohr. Sie schreckte hoch – und war wach. Das Schleifen kam von der Tür. Die Truhe bewegte sich. Jemand versuchte, sich Zutritt zu verschaffen!

»Schafft ihr es, oder müssen wir euch helfen?«, hörte sie Beles muntere Stimme fragen.

Vor der Tür fluchte jemand, und dann tappten nackte Füße davon. Feja konnte hören, wie Wasser aus einem Eimer auf den Boden schwappte.

»Denen fällt aber auch nichts Neues ein«, brummte Nemma gähnend.

Bele lief zur Tür. »Ich glaube zwar nicht, dass sie es noch einmal versuchen, aber vielleicht kannst du mir trotzdem helfen, die Truhe wieder ganz vor die Tür zu rücken, Feja.«

Feja sprang aus dem Bett und half Bele. Jetzt war sie wach – und nach diesem seltsamen Traum fühlte sie sich beunruhigt und hätte sich gerne … die Beine vertreten. Aber die Truhe verhinderte nicht nur, dass jemand unbemerkt in die Kammer eindrang, sie verhinderte auch, dass sie jemand unauffällig verließ. In dieser Nacht blieb ihr nichts anderes übrig, als ihre Neugier zu bezähmen.

5.

Am Morgen prasselten kalte Regenschauer auf die Festung nieder. Meister Svelgar sah darin keinen Grund, die Schüler zu schonen. Die Jungen wurden wieder an den Damm geschickt, die Mädchen zu den Ställen.

»Auch das Fechten werden wir heute Mittag fortführen, ihr habt es bitter nötig. Eigentlich war auch geplant, dass Schwester Sulling euer Wissen über Alchemie vertieft, doch wurde sie nach Braake gerufen. Meister Caron und Meme Salmango sind dort ebenfalls unabkömmlich. Ihr werdet also mit mir vorliebnehmen müssen – mit mir, den Ställen und dem Damm. Was macht dein Arm, Feja? Besser? Gut! Dann soll Nerius dich endlich in der Schreibkunst unterweisen.«

»Du hast es gut«, meinte Bele fröhlich, als sie den Frühstückstisch abräumten.

»Spar dir die Mühe. Du wirst nicht lange hierbleiben, Waldmädchen«, flüsterte ihr Tyrbull Tygram im Vorbeigehen zu.

»Lass ihn reden, dann verliert er seinen Spaß daran«, riet Nerius, der die Bemerkung gehört hatte.

»Hey, Nerius, wenn du den Ritter spielen willst, solltest du erst lernen, mit dem Schwert umzugehen«, rief Lygger Tygram, der sich wie immer in der Nähe seines Vetters aufhielt. Malthur, der Dritte im Bunde, brummte etwas, das Feja nicht verstand. Tyrbull schlug ihm auf den Rücken und sagte nur: »Spielverderber.«

»Was haben die Tygrams eigentlich gegen dich, Nerius?«, fragte Feja, als die drei verschwunden waren.

»Malthur ist gar nicht so übel.«

»Das war nicht meine Frage.«

Der Junge zuckte mit den Schultern. »Keine Ahnung. Tyrbull und Lygger brauchen wohl jemanden, auf dem sie herumhacken können.«

»Und du überhörst es einfach?«

»Ich versuche es. Dann wird es ihnen irgendwann langweilig.«

»Sieht für mich aber nicht so aus, als würde ihnen so schnell der Spaß daran vergehen.«

Nerius seufzte. »Was soll ich denn machen? Aber jetzt lass uns nach oben gehen, irgendwohin, wo uns niemand stört, während ich dir Lesen und Schreiben beibringe.«

»Es ist bestimmt schwer, oder? Es muss schwer sein, denn in Holt konnten nur der Priester und der Dorfschulze schreiben.«

»Wirklich? Na, in Braake können es einige. Und wenn ein Ochse wie Tyrbull es lernt, dann wirst du das doch wohl auch schaffen.«

Sie betraten eine leere Kammer, in der mehrere kleine Tische und Stühle standen. Nerius legte Pergament, Tinte und Federn zurecht. »Was möchtest du zuerst lernen?«

»Ich möchte wissen, wie ich meinen Namen schreibe. Ich bin es leid, immer mein Zeichen zu machen.«

»Was denn für ein Zeichen?«

Feja tunkte die Feder in die Tinte und zeichnete ein kleines Symbol auf das Pergament. »Das ist das Zeichen für unseren Hof und auch die Familie. Mein Vater hat es mir beigebracht. Wir haben es auf die gefällten Bäume gemalt, die wir verkaufen wollten, und auch Verträge haben wir so unterzeichnet.«

»Das ist ein Drache!«, rief Nerius.

»Natürlich. Unser Hof ist der Drachenhof, also ist das unser Zeichen. Unsere Nachbarn vom Hirschhof verwenden ein Geweih, und der alte Driwar malt immer gekreuzte Äxte auf seine Baumstämme. Aber es gibt auch Schwäne, Rinder, Vögel …«

»Dann ist dein Name gar nicht Feja aus dem Langwald, sondern Feja vom Drachenhof!«, unterbrach sie ihr junger Lehrer.

Sie zuckte mit den Achseln. »Es gibt nur eine Feja im Langwald, soweit ich weiß, daher ist es gleich.«

»Aber wie kam euer Hof denn zu diesem Namen?«

»Die Weren erzählen, dass da, wo heute unsere Scheune steht, der Eisentod den letzten Drachen der Berge getötet haben soll, aber …«

»Gramling der Jäger? Du kommst von dem Ort, an dem Gramling die große Bestie erschlug?«

»Wer?«

»Gramling der Jäger! Du musst doch von ihm gehört haben! Er gehörte zu den Panzerreitern von König Brekan, der im ersten Jahrhundert die große Jagd auf die Starren ausrief. Gramling besiegte Wyrmoch, den letzten Drachen, als er sein einziges Kind suchte, das von Weren verschleppt worden war. Es gibt viele Lieder und Legenden über seine Jagd und den großen Kampf.«

»Und der hieß Gramling? Die Weren nennen ihn Usgach, den Eisentod. Sie kennen auch noch ein paar schlimmere Namen für ihn. Er hat Dutzende wehrlose Männer, Frauen und Kinder niedergemetzelt, nur weil seine Tochter einen Weren zum Manne nahm. Ich bin mir nicht sicher, ob er den Kampf wirklich gewonnen hat. Die Weren erzählen, dass der Feueratem des Drachen seine eiserne Rüstung mit seiner Haut verschmolz, und er wurde von Wyrmoch zu ewiger Wanderschaft verflucht. Wenn der Winter besonders streng ist, kannst du manchmal seine Schritte im Wald hören.«

Nerius starrte sie an, als hätte sie etwas sehr Ungehöriges gesagt. »Dann ist das ein anderer. Und die berüchtigte Bestie ist wahrscheinlich auch gar nicht auf eurem Hof gestorben.« Plötzlich änderte sich sein Tonfall: »Obwohl der Kampf natürlich im Langwald stattfand, irgendwo im östlichen Teil. Sag, wo liegt denn euer Hof genau?«

»Zwischen Holt und der Runa. Das ist ein Fluss, der von den Mondbergen bis ins Meer …«

»Bist du wirklich die ganze Strecke hierher gelaufen?«, unterbrach Nerius sie. »Das sind über hundert, ja, hundertfünfzig Meilen!«

»Einmal nahm mich ein Händler ein Stück mit, aber dann mussten wir uns trennen, denn er wollte nicht mit dem Karren durch den Wald.«

»Die Königsstraße verläuft ja auch ein Stück südlich«, murmelte Nerius, der sie immer noch anstarrte, als wolle er ihr nicht glauben.

»Warst du denn schon im Langwald?«

Nerius schüttelte den Kopf.

»Aber du weißt, wo die Runa fließt und wo die alte Straße ist. Du weißt viel, oder?«

»Kann sein«, verteidigte er sich.

Jetzt war es an Feja, erstaunt zu sein. »Aber das war doch kein Vorwurf. Ganz im Gegenteil. Ich meine, ich kann dir etwas über Bäume und Felder erzählen, und mit Enten und Kühen kenne ich mich auch ganz gut aus, aber sonst weiß ich kaum etwas von der Welt. Tyrbull hat ganz recht, wenn er mich als unwissend verspottet. Kannst du … Ich meine, kannst du mir das auch … beibringen?«

Nerius kratzte sich am Hinterkopf. »Das ist eigentlich die Sache von Meister Caron. Er ist der Erste Lehrmeister der Dämmerung.«

»Aber er ist nicht hier.«

Nerius seufzte. »Ich kann es versuchen. Aber erst werde ich dich schreiben lehren. Sonst zieht mir Meister Svelgar das Fell über die Ohren.«

»Meinetwegen«, meinte Feja. »Dann zeig mir bitte, wie ich meinen Namen schreibe.«

Bis zum Mittag konnte sie ihren vollen Namen fehlerlos und ohne Vorlage schreiben, und sie bedauerte, dass die Essensglocke sie unterbrach.

Nach dem Essen führte Meister Svelgar den Fechtunterricht fort. Anschließend erteilte er wieder Arbeitsaufträge für die Schüler, die sie bis zum Abend beschäftigt hielten.

Der nächste Tag verlief ganz ähnlich. Auch am übernächsten Tag war Meister Svelgar der einzige Lehrer in der Feste, und allmählich begriff selbst Feja, dass in Braake etwas Wichtiges vorgehen musste.

»Es geht wahrscheinlich um die Unruhen im Land«, meinte Nerius beim Abendessen. »Die Feuermagier werfen dem Grauen Orden vor, dass er nicht genug unternimmt, um sie zu beenden.«

»Die Feuermagier sitzen in Lente und sind fernab vom Ärger

im Westen«, meinte Hallir, einer der Mitschüler, die nicht zu Tyrbulls Gefolgschaft gehörten. »›In Lente hören sie das Donnern der Hufe immer erst, wenn es zu spät ist‹ pflegt mein Vater zu sagen.« Feja hatte herausgefunden, dass Hallirs Familie nördlich des Hügelmeeres Pferde züchtete, was sie aufregend fand, aber er schien sich nicht viel daraus zu machen. »Man sitzt ständig im Sattel und ist noch im schärfsten Winter Tag und Nacht auf den Weiden. Ich bin froh, dass ich drei ältere Brüder habe, die sich um unsere Herden kümmern«, hatte er ihr erklärt, als sie ihn nach dem Leben auf einem Gestüt ausfragte. Aber dabei lag Wehmut in seinem Blick, und Feja hatte den Verdacht, dass er nur versuchte, sein Heimweh zu überspielen.

»Meine Eltern wollten mich eigentlich zum Feuerorden schicken«, sagte Nemma zwischen zwei Bissen. »Ich wurde nämlich im Zeichen von Galtara und Brunas geboren. Aber Lente ist wirklich weit, und dann dachten alle, dass ich doch besser hier in Braake bleiben sollte.«

»Es ist ein Feuermagier in der Stadt. Ich habe ihn selbst gesehen«, warf Feja ein. Sie wusste meist nicht, worum es ging, wenn die anderen ganz selbstverständlich von alten und neuen Orden und von Essenzmagiern oder Zauberern der zweiten Ordnung redeten. Jetzt war sie froh, auch etwas beitragen zu können.

»Die Waldkuh könnte doch einen Feuermagier nicht einmal von einer Kerze unterscheiden«, spottete Tyrbull, der weiterhin keine Gelegenheit ausließ, sie zu reizen.

»Jedenfalls war ich im Schloss, als er vom Fenngrafen empfangen wurde – du auch?«

»Ich war schon oft im Schloss«, behauptete Tyrbull verdrossen. »Meine Familie ist nämlich einflussreich und sehr alt. Meine Ahnenreihe geht bis auf Gramling den Jäger zurück.«

»Wirklich?«, fragte Feja, und ihr schoss in den Sinn, was sie von Nerius gehört hatte. »Soweit ich weiß, hatte der Jäger nur eine Tochter, und die ist mit einem Weren durchgebrannt. Heißt das, dass Starrenblut in deinen Adern fließt?«

»Nimm das zurück, Waldweib!«, zischte Tyrbull mit geballten Fäusten.

Meister Svelgar, der an einem der Abendbrottische vor sich hinzudösen schien, räusperte sich vernehmlich und hob warnend eine Augenbraue.

Also begnügte sich der Anführer der Tygrams mit einem bösen Blick und stapfte davon. Lygger folgte ihm auf dem Fuße.

»Du solltest wirklich lernen, wann du besser den Mund zu halten hast, Feja«, meinte Malthur kopfschüttelnd. »Wenn es gegen die Familie geht, werde sogar ich schnell wütend.«

Feja ließ sich nicht einschüchtern. »Warum hat eigentlich Tyrbull bei euch dreien das Sagen? Bist du nicht älter als er?«, fragte sie.

»Ich bin zwar älter, aber ich stamme aus der vierten Linie und Tyrbull aus der ersten. Und wir Tygrams nehmen solche Dinge sehr ernst.«

»Schade. Mit dir kann man wenigstens reden.«

»Kann sein, aber bilde dir nicht ein, du könntest mich auf deine Seite ziehen, wenn es hart auf hart kommt.«

»Wenn es nach mir geht, muss es keinen Streit geben, Malthur. Aber sag, wie viele Linien gibt es denn bei euch?«, fragte Feja.

»Elf, wenn man nur die Söhne meines Großvaters zählt, und zwei weitere durch seine Töchter.«

»Das sind aber viele.«

Malthur zuckte mit den kräftigen Schultern. »Deshalb solltest du dich auch besser nicht mit uns anlegen.«

Feja setzte noch einmal an, ihm zu erklären, dass nicht sie es war, die auf Streit aus war, aber da rief Tyrbull seinen Vetter, und Malthur trabte davon.

»Von diesen Tygrams gibt es wirklich dreizehn Linien?«

Hallir grinste breit. »Man nennt den alten Tygram nicht umsonst ›den Fleißigen‹. Er soll sogar noch ein oder zwei Dutzend uneheliche Kinder gezeugt haben.«

»In Braake heißt es, man müsse nur einen Stein in die Gasse werfen, man würde immer einen Tygram treffen«, meinte Nemma mit einem herzhaften Gähnen. »Besonders bedeutend sind sie trotzdem nicht … keine Spur von altem Adel. Der Alte ist kein Burgherr oder Fürst – er hält die Pacht der Zollbrücke über den Rissling, im Süden. Ein Dienstritter ist er – bestenfalls.«

»Ich habe ihn auf meinem Weg hierher kennengelernt. Kein sehr netter Mensch«, meinte Feja, die daran dachte, dass dieser geldgierige Greis sie gezwungen hatte, durch den Fluss zu schwimmen.

»Nicht nett, aber fruchtbar«, meinte Hallir. Das Thema schien ihm zu gefallen. Feja hätte nichts gegen mehr Tratsch und Klatsch einzuwenden gehabt, aber Nerius schlug vor, sie vor der Nachtruhe weiter im Schreiben zu unterrichten, und so ging die kleine Runde auseinander.

»Bin ich froh, dass es bei uns im Langwald keine Hochgeborenen wie die Tygrams gibt«, meinte Feja, als sie die Feder eintauchte.

»So richtig hochgeboren sind die nicht. Es sind Dienstritter, und selbst an diesem Rang wird in Braake gezweifelt. Aber bitte erwähne Tyrbull gegenüber bloß nicht, dass ich das gesagt habe.«

»Keine Sorge«, beruhigte Feja ihn.

»Und bei euch gibt es keine Adeligen?«, wollte Nerius wissen. »Ach ja, richtig, der Wald war ja ein Geschenk von König Baldhar an die Weren, die dort unter eigenen Gesetzen leben dürfen.«

Feja warf ihm einen kritischen Blick zu. »Soweit ich weiß, gehörte der Wald den Weren schon immer. Und die Mondberge erst recht. Sie sind ihnen heilig, und sie werden fuchsteufelswild, wenn man in ihnen herumklettert.«

»Du warst in den Mondbergen?«

»Nur im Vorgebirge, mit meinem Vater. Wir haben für meine Stiefmutter nach einem Bergweiß gesucht. Das ist eine sehr seltene Blume«, fügte sie erklärend hinzu, obwohl sie den Verdacht hatte, dass Nerius sogar das wusste. Dann fuhr sie fort: »Schon das wollten die Weren nicht dulden. Also, Wald und Berge gehörten ihnen schon immer, und nicht erst, seit irgendein König Nachtmahr meinte, sie ihnen schenken zu können.«

»Baldhar der Bewahrer«, murmelte Nerius. »Er herrschte von hundertundzwei bis … na, du weißt, was ich meine.«

Sie seufzte. »Ich weiß, dass es Könige in Lente gibt und dass die Utorer vor langer Zeit nach Edun kamen, weil ihre Heimat unterging. Aber warum und wann und wie, das weiß ich nicht. So werde ich nie eine Tochter von Nir.«

»Tochter von Stor«, verbesserte Nerius. »Nir ist der Gott des Todes, in dessen lichtlosen Hallen wir nach unserem Tod darauf warten, dass uns der Allvater am Ende der Welt zur letzten Schlacht ruft.«

»Das weiß ich!«, rief Feja.

Nerius fuhr unbeirrt fort. Es schien ihm wichtig zu sein. »Stor ist der Sohn von Nir und Bilitha, der Herrin des Zwielichts. Nir hatte ihre Schwester Liod, die Morgenröte, in sein Reich entführt und wollte sie zum Weib nehmen. Aber Bilitha verführte ihn, damit Glomara, die dritte Schwester und Göttin der Dämmerung, Liod befreien konnte.«

»Und das ließ Nir sich gefallen?«

»Er bekam dafür einen Sohn, und es heißt, mehr habe er nie gewollt. So wurde Stor zum Herrn des Morgengrauens und der neuen Hoffnung.«

»Im Langwald kennt den kein Mensch. Er hat ja nicht mal einen Mond.«

»Er hat einen Stern, und an Tagen, an denen die Monde schwach sind, kannst du ihn manchmal sehen. Wenn du willst, zeige ich ihn dir.«

»Jetzt gleich?«

»Es ist viel zu hell – und du willst mich doch nur vom Unterrichten ablenken. Du solltest dich auf die Buchstaben konzentrieren. Wenn du sie beherrscht, kannst du das alles selbst nachlesen. Hier, das ist das Zeichen für die T-Silben. Wenn du das Vokalzeichen für U davorsetzt, hast du das Ut-, ganz einfach. Siehst du, die erste Silbe hätten wir.«

»Also Stor hat diesen Orden gegründet?«

»So heißt es.«

»Wann?«

»Das war noch im alten Utor, vielleicht noch früher. So genau weiß das niemand.«

»Und wie war das jetzt mit dieser Stadt? Sie ist untergegangen, nicht wahr?«

»Utor war eine Stadt in einem Inselreich, die größte und schönste Stadt, die es auf dieser Welt je gegeben hat. Aber sie lag auf einem Vulkan, einem Feuerberg, der eines Tages ausbrach … Nein, das wird keine R-Silbe, du hast den Haken vergessen.«

»Der Berg spuckte Feuer – so wie ein Drache?«

»Viel gewaltiger! Er spie Feuer, Asche und geschmolzenes Gestein aus. Die Erde bebte ohne Unterlass. Etliche Inseln versanken im Meer, und die, die nicht untergingen, wurden viele Klafter dick mit Asche bedeckt. Der Ausbruch war so heftig, dass der Wind die Asche bis nach Edun wehte. Und das sind weit über tausend Meilen.«

Feja lauschte mit offenem Mund. Ihr Vater hatte ihr Geschichten über diese Ereignisse erzählt, aber die waren widersprüchlich gewesen. Mal hatte die See das alte Utor verschlungen, dann eine Nykke die Stadt vernichtet. Er schien es selbst nicht genau zu wissen. Bei Nerius hatte sie das Gefühl, dass er genau wusste, wovon er sprach.

»Wie konnten die Utorer diesem Verhängnis entkommen?«, fragte sie.

»Der Berg bebte schon etliche Tage, ja, Wochen vor dem großen Ausbruch, sodass viele fliehen konnten. Prinz Gimlar führte eine mächtige Flotte hierher und gründete ein neues Reich.«

»Und das nannten sie dann Königreich der Asche? Ein merkwürdiger Name, oder?«

»König Gimlar wollte es so. Manche sagen, dass er schwermütig wurde auf seine alten Tage, wo er doch so viel verloren hatte. –Und das ist immer noch keine R-Silbe. Du solltest dich mehr auf das Schreiben konzentrieren, dann kannst du bald alles, was du mich fragen willst, selbst nachlesen.«

»Du weißt so viel … alles nur aus Büchern?«

»Ich hatte auch Lehrer«, sagte Nerius und ließ sie die Zeichen wiederholen.

»Einen eigenen Lehrer? Dann muss deine Familie reich und vornehm sein.«

Er starrte sie kurz an. »Uns gehört eine Art Bauernhof in einem Birkenwald. Daher der Familienname Birker, wenn du darauf anspielst. Aber mein Vater hat Freunde, die einen Lehrer schickten.«

»Da hast du Glück gehabt«, seufzte Feja. »Ich wusste gar nicht, dass es auch außerhalb des Langwaldes Freibauern gibt.«

»Oh, doch, und es gibt arme und reiche. Hallirs Vater zum Beispiel. Der züchtet Pferde auf der Rossheide, wie du weißt. Sie sind damit ziemlich wohlhabend geworden.«

»Und deine Familie?«

»Züchtet keine Pferde.«

Feja merkte, dass es ihm unangenehm war, darüber zu reden, also bohrte sie nicht weiter nach.

Die Stunden mit Nerius gefielen ihr immer besser. Gern hätte sie mehr von ihm gelernt, aber sie hatte noch so viele andere Dinge zu tun.

Inzwischen war ihr klar geworden, dass gegenwärtig recht wenige Menschen in diesen Mauern lebten. Das Haus der Gewappneten war bis auf die zwanzig Schüler leer, und auch in den Gesindehäusern der Unterfeste, ja, selbst im Haupthaus waren viele Kammern unbenutzt.

»Die Soldaten sind ebenso wie die meisten Zauberer in Braake«, erklärte ihr Nerius beim Schreibunterricht. »Das ist kein Wunder, schließlich tun die Gewappneten dort Dienst, wenn sie nicht im Felde stehen.«

»Was denn für ein Feld?«, fragte Feja, die sich erneut eingestehen musste, wie wenig sie von der Welt wusste.

Nerius grinste. »Das Feld der Ehre, wie man sagt. Weißt du eigentlich, was Gewappnete sind?«

»Keine Zauberer?«, riet Feja.

»Das ist richtig. Gewappnete sind Soldaten, die dem Orden dienen, obwohl sie nicht über Magie gebieten. Auch der eine oder andere von uns wird einmal auf diese Art dem Orden zu Diensten sein.«

»Aber ich dachte, nur die Begabten werden in diese Schule gerufen«, wand Feja ein.

»Auch das ist richtig, aber nicht immer kann sich die Begabung entfalten. Sie muss ergründet und begriffen werden. Vor allem musst du deinen Zugang zur Magie finden. Aber das kann dir Meme Salmango besser erklären als ich. Sie unterweist uns in diesen Dingen, doch sie ist gerade in Braake, wie die meisten Meister und Oberen.«

»Es gibt also wirklich jemanden, der mich unterweisen wird? Das ist gut, denn ich habe den Verdacht, dass ich mit Melken, Botengängen und Fechten, dem Wesen der Magie nicht näherkomme. Aber was ich noch wissen wollte …«

Nerius stöhnte auf. »Hör endlich auf, mich mit deinen ganzen Fragen ständig abzulenken. Ich weiß genau, dass du das nur tust, um dich vor deinen Übungen zu drücken.«

»Das ist nicht wahr!«, rief Feja mit gespielter Entrüstung.

Sie sahen sich an, dann brachen beide in Gelächter aus. Das war einer der Augenblicke, in denen es Feja auf dieser Festung richtig gut gefiel.

Auch die nächsten Tage waren angefüllt mit Arbeit, Fechtunterricht und Übungen im Lesen und Schreiben. Feja bemühte sich redlich, aber dennoch sahen ihre Buchstaben aus, »als hätten sie die Hühner ins Pergament gekratzt«, wie Meister Svelgar einmal sagte, als er ihre Fortschritte begutachtete. Auch bei seinen Fechtstunden stellte sie sich immer wieder so ungeschickt an, dass er nur ein Kopfschütteln für sie übrig hatte.

Eines Tages sagte Nerius plötzlich: »Nimm die Feder in die linke Hand.«

»Die linke?«

»Ja, versuch es einfach.«

Feja fragte sich, was das bringen sollte, folgte aber dem Vorschlag. Es war ungewohnt, vor allem, weil sie mit der Hand die Tinte verschmierte. Aber die Buchstaben sahen nicht schlechter aus als all ihre anderen Versuche.

»Bist du nie auf die Idee gekommen, dass du Linkshänderin sein könntest?«, fragte er seufzend.

»Linkshänderin?«

»Ja. Mir ist aufgefallen, dass du den Wassereimer in der Linken trägst, und auch im Stall bei der Schur hast du mehr mit der linken Hand gearbeitet.«

Feja runzelte die Stirn und betrachtete unglücklich die Feder in ihrer Hand. »Aber es heißt, dass Linkshänder von den Göttern verlassen seien.«

»Im Langwald mag es so heißen, aber hier auf der Feste glauben wir das nicht. König Garmur III. war Linkshänder, und der war ein guter König.«

»Wirklich? Ich habe nie von ihm gehört. Was machte ihn denn zu einem guten König?«

»Oh, er erließ im Jahre sechshundertdreiundfünfzig das berühmte Dekret, das es Fremden wieder erlaubte, sich in Edun anzusiedeln, und … Das ist wieder nur ein Versuch, mich abzulenken, oder?«

»Ich wundere mich, dass du dir all diese Namen und Zahlen merken kannst.«

»Und ich wundere mich, dass du nicht wusstest, wie stark deine linke Hand ist. Vielleicht stellst du dich deshalb auch beim Fechten so ungeschickt an. Wir sollten es Meister Svelgar erzählen. Ich bin gespannt, was er sagt.«

Der Fechtmeister zog lediglich eine Augenbraue hoch, als sie es ihm gegenüber zur Sprache brachte. Dann drückte er Feja ohne weitere Worte ein Übungsschwert in die Linke und ließ sie gegen Nerius antreten.

Feja hielt sich nicht besonders gut, eigentlich schlechter als vorher, aber der Zauberer nickte andächtig und sagte: »Das könnte es sein, Mädchen, das könnte es sein. Und wenn es das nicht ist, kann es auf keinen Fall schaden, wenn du mit beiden Händen fechten lernst – ganz im Gegenteil. Nerius wird mit dir auch das Fechten üben. Ihr könnt es beide gebrauchen, ja, ich frage mich, ob du nicht vielleicht auch Linkshänder bist, mein Junge, das würde vieles erklären …«

»Eine Linkshänderin, natürlich«, spottete Lygger Tygram bei der nächsten gemeinsamen Fechtstunde. »Hast du so tief im Wald gelebt, dass du das nicht mal gemerkt hast? Vielleicht bist du ja doch von Wölfen aufgezogen worden.«

Svelgar hatte Lygger Feja als Gegner zugeteilt, und der kleinste der drei Tygrams nutzte jede Gelegenheit, um ihr einen Stich oder Schlag zu versetzen. Für sie war das Fechten mit links noch so ungewohnt, dass sie wenig dagegen tun konnte.

Auch sonst ließen Tyrbull und Lygger weiter keine Gelegenheit aus, ihr das Leben schwerzumachen. Sie versalzten ihr das

Essen, kippten Wasser in ihre Stiefel, ließen ihr Arbeitsgerät verschwinden und verspotteten sie bei jeder Gelegenheit als dummes Waldmädchen. Manchmal dachte Feja, dass sie ja nur recht hatten. Was wusste sie schon von der Welt? Aber sie weigerte sich, klein beizugeben. An solchen Tagen, wenn sie wieder gepiesackt worden war, gab sie sich besonders viel Mühe, das Schreiben zu lernen. Allmählich wurden ihre Buchstaben gleichmäßiger, und die Worte, die sie lesen und schreiben konnte, länger.

Manchmal schmiedete sie Rachepläne, aber Nerius und die anderen waren der Meinung, dass es dann nur noch schlimmer werden würde. Also ertrug sie die Streiche der Tygrams mit Geduld, wie Nerius ihr geraten hatte, und hoffte darauf, dass die drei endlich das Interesse an ihr verlieren würden.

Der nächste Tag war ein Eorthatag, der erste Tag des Hochfrühlings, und die Schüler, aber auch die Meister, Brüder, die Handwerker und Diener versammelten sich bei Sonnenaufgang im Tempel. Die hauchfeine Sichel von Eortha, der Zeitgeberin, stand hoch am Firmament.

»Ich hoffe, das ist nicht so langweilig wie die Götterverehrungen in Holt«, gähnte Feja, als sie neben Nerius über die Schwelle des Tempels trat. Ein frischer Wind blies über die Festung, sie hörte ihn noch heulen, als sie im leeren Tempelschiff nach vorne ging.

»Ich frage mich immer noch, warum es hier eigentlich keinen Altar von Stor gibt«, meinte Uvis, einer der Schüler.

Nerius drehte sich zu ihm um. »Hast du denn Meister Caron nicht zugehört, Uvis? Nirs Sohn ist allgegenwärtig und lebt im Zwielicht. Er braucht keinen Altar aus Stein, und wir brauchen keinen Tempel, um ihn zu verehren, denn wir dienen ihm mit jedem Atemzug.«

»Das hast du aber schön auswendig gelernt«, spottete Odil, der ein unzertrennlicher Freund von Uvis war. Die beiden stammten von den Regenbergen und gehörten zu den Schülern, die Tyrbull nicht die ganze Zeit hinterherliefen.

»Hier herüber, Feja«, rief Bele, die selbst zu dieser frühen Stunde unerklärlich munter war. »Wir Schülerinnen haben einen Platz ganz hier vorne.«

»Und die Jungs versammeln sich auf der anderen Seite«, erklärte die stämmige Nemma grinsend.

Der Tempel füllte sich rasch. Feja hielt Ausschau nach dem jungen Bruder, der ihr bei ihrer Ankunft zu Hilfe gekommen war, aber sie konnte ihn nicht entdecken. War er vielleicht auch in der Stadt? Sie hatte ihn seit Tagen nicht gesehen. Die Meister nahmen an der Außenseite des Tempels Aufstellung, halb verborgen hinter den mächtigen Säulen.

»Merkwürdig«, flüsterte Feja. »Bei uns in Holt stehen die wichtigsten Leute ganz vorne.«

»Wir sind nicht in Holt«, meinte Gabra mit einem Zwinkern.

Endlich erschien auch der Priester. Feja fand ihn überraschend jung. Er verhedderte sich beim Entzünden der großen Kerze in den weiten Ärmeln seiner Robe und war, wie sie bald merkte, auch schwerhörig. Einer der älteren Diener ging ihm bei den Vorbereitungen zur Hand, und wann immer der Priester ihn etwas fragte, musste ihm der Diener so laut antworten, dass es jeder im Tempel hören konnte.

Endlich begann er mit dem Gebet der Anrufung der Götter, in welches die Versammelten von Zeit zu Zeit einfielen. Feja, die fasziniert zu dem Spielwerk schaute, das hinter dem Altar im Raum zu schweben schien, verpasste mehrfach ihren Einsatz.

Gabra knuffte sie in die Seite. »Du musst besser achtgeben«, mahnte sie.

»Wozu? Er hört mich doch ohnehin nicht.«

»Aber die Oberen hören dich. Also hör auf, die bunten Kugeln da oben anzustarren, und achte auf die Worte von Vater Vey.«

Feja fand dieses Wunderwerk viel unterhaltsamer als die immer gleichen Riten, die sie schon in Holt gelangweilt hatten. Da alle Lampen des Tempels leuchteten, bot das Spielwerk einen noch beeindruckenderen Anblick als bei ihrem ersten Besuch. Gerade bewegte sich der Feuermond mit einem lauten Ticken ein Stück auf seiner Kreisbahn voran, während Aithir hinter dem trennenden Vorhang verschwand.

Der Priester las aus einer alten Pergamentrolle vor, wie die Göttin der Dämmerung den Gott des Todes verzauberte, damit er ihre Schwester frei ließ, und wie bei dieser Verbindung der Gott Stor gezeugt wurde, aber er verhaspelte sich oft.

Wieder knuffte Gabra Feja in die Seite. »Merkst du das? Er hört nicht nur schlecht, seine Augen sind auch nicht die besten. Bald kannst du besser lesen als er.«

Feja seufzte. Noch einmal blickte sie sich verstohlen nach Bruder Span um, ohne ihn entdecken zu können. Aber was war das? Sie sah noch einmal genauer hin. Die Meister, die im Seitenschiff gestanden hatten, waren fort!

Jetzt war es an ihr, Gabra in die Seite zu stoßen. »Wo sind sie hin?«, fragte sie leise.

»Wer?«

»Die Meister!«

Gabra schüttelte nur abwehrend den Kopf, und Feja fragte sich, was das wieder zu bedeuten hatte.

Der Priester hatte inzwischen das Pergament beiseitegelegt. Er sprach jetzt über das Ende der Welt, und offensichtlich konnte er diesen Text auswendig: »Das Land wird zerreißen und das Meer verdampfen, der Himmel wird zerbrechen und die Mondgötter, die seit Anbeginn der Zeit treue Kinder des Allwalters waren, werden in Trauer und Verzweiflung seine Müdigkeit erkennen. Vom schwarzen Nir verführt, werden sie sich gegen ihn erheben – und die Monde werden sich vereinen.«

»Es möge nie geschehen«, antwortete die Gemeinde, mit weit weniger Inbrunst, als Feja es in Holt gehört hatte.

Sie sah hinüber in die Schatten. Die Meister waren immer noch verschwunden. Wie hatten sie das angestellt? Sie waren nicht durch die Hauptpforte gegangen, das hätte sie gehört. Auch die Tür zum angrenzenden Turm konnten sie nicht unbemerkt genommen haben, denn dort standen viele Leute.

Der Priester beschrieb eine Weile mit Inbrunst, welche Leiden den Sündern am letzten Tag bevorstanden, welche Vielfalt an Qualen auf Mörder, Diebe, Hurenböcke, Lügner, Geizige, Betrüger und Ehebrecher wartete, aber Feja hörte kaum zu. Sie versuchte immer noch zu enträtseln, was mit den Meistern geschehen war.

Die Stimme von Vater Vey schien lauter zu werden. »Und auch

jene, die den Worten ihres Priesters keine Beachtung schenken, erwarten gerechte Strafen!«, rief er.

Feja zuckte erschrocken zusammen. Der Priester stand direkt vor ihr. Er beugte sich mit finsterer Miene zu ihr herab.

»Nach der Götterverehrung erwarte ich dich am Altar«, raunte er. Dann setzte er seine Predigt fort. Er sprach von dem Kampf zwischen den Mondgöttern und ihrem Vater. »Aber am Ende wird nur der schwarze Nir übrig bleiben. Die Sonne wird verlöschen und der neue Mond erkalten. Sein Licht wird die Welt wie ein Leichentuch decken. Und für lange Zeit werden die Menschen unter der Herrschaft des Todes leben und vergeblich darauf warten, dass sich neue Götter ihrer erbarmen.«

Danach erbrachte er die sieben Rauchopfer, und dann endlich war die lange Verehrungsfeier vorüber. Aber die Meister waren immer noch verschwunden.

»Du bist neu hier, nicht wahr?«, fragte der Priester, als Feja zu ihm kam.

Sie nickte zerknirscht.

»Dann verstehe ich deinen Wunsch, dich im Tempel umzusehen. Hier hast du einen Besen. Fege gründlich, dann wirst du ihn gleich viel besser kennen.«

Seufzend machte sich Feja an die Arbeit. Sie hatte keine Ahnung, ob der Priester ahnte, welche Fragen sie umtrieben, aber das Fegen gab ihr tatsächlich Gelegenheit, den Tempel zu erkunden. Sie kehrte besonders gründlich dort, wo die Meister gestanden hatten, aber sie fand weder eine Spur von ihnen noch verborgene Türen. Es blieb ihr ein Rätsel.

Als sie den Tempel nach getaner Arbeit verließ, sah sie Meister Svelgar über den Hof schlendern. Er summte fröhlich vor sich hin. Wie war er dort hingelangt? Feja verstand es einfach nicht.

Sie fragte Nemma und Gabra. Die beiden tauschten vielsagende Blicke, dann meinte Gabra: »Es ist eigentlich immer so, dass sie bei der Götterfeier verschwinden, und niemand weiß, wohin. Vielleicht sagt es uns auch nur keiner. Angeblich befindet sich dort eine Geheimtür, aber sie muss unsichtbar sein, denn noch keiner von uns hat diese geheime Pforte gefunden.«

Feja nahm sich vor, die Erste zu sein, die dieses Rätsel löste. Aber die Tage waren angefüllt mit Arbeit, mit Lernen und Zeit mit ihren neuen Freunden, und so vergaß sie dieses Vorhaben bald wieder.

Die Tage flogen dahin. Eines Morgens wachte Feja auf und sah durch das Fenster die halbe Eortha tief im Westen stehen. Überrascht stellte sie fest, dass sie nun schon vier Wochen auf der Feste lebte.

Ihr schlechtes Gewissen meldete sich. War sie nicht nach Braake gekommen, um ihren Vater zu suchen? Meister Caron hatte zwar gesagt, dass er Erkundigungen einziehen würde, aber sie hatte nichts mehr von ihm gehört. Entschlossen sprang sie aus dem Bett, mit dem festen Vorsatz, noch an diesem Tag selbst nach Braake zu gehen und herauszufinden, ob es etwas Neues zum Verbleib seines Schiffes gab. Meister Svelgar konnte ihr diesen Wunsch nicht abschlagen.

Beim Frühstück ließ sich der Zauberer jedoch nicht blicken, und Meister Starf, der Herr der Knechte und Handwerker der Festung, übernahm die Arbeitseinteilung. Er schickte Feja und Gabra zum Schmied, für den sie den Blasebalg bedienen mussten, was eine wirklich schweißtreibende Angelegenheit war. Feja brachte es nicht über sich, sich davonzustehlen und Gabra die Arbeit allein tun zu lassen.

Erst gegen Mittag legte Meister Uri Hammer und Zange zur Seite. »Ich bin zwar weder Lehrer noch Magier, dennoch werde ich euch nun etwas außerordentlich Nützliches beibringen. Wisst ihr, was das ist?«

Er drückte ihnen etwas in die Hand, das Feja für verunglückte Nägel von außerordentlicher Länge hielt.

»Dies sind Dietriche. Es mag sein, dass ihr im Laufe eurer Ausbildung lernt, Schlösser mithilfe von Magie zu öffnen, doch wird man euch hoffentlich schon eingebläut haben, dass ihr Zauberei nur einsetzen sollt, wenn es nicht anders geht. Eine Pforte könnt ihr jedenfalls ganz unauffällig mit diesem einfachen Werkzeug öffnen.«

Er hatte einige alte Schlösser vorbereitet und zeigte ihnen, wie sie sich am besten vorantasteten, dann ließ er sie üben. Feja stellte bald fest, dass es nicht so leicht war, wie es bei ihm aussah, aber zu ihrer heimlichen Freude knackte sie ihr erstes Schloss vor Gabra. Mit Feuereifer übte sie weiter. Gerade als sie ihr viertes Schloss entriegelte, erklangen plötzlich Hörner über der Feste. Neugierig trat sie mit Meister Uri und Gabra vor die Tür der Schmiede.

Die Wachen riefen vom Haupttor, dass ein Zug von Reitern über den Damm komme. Dann schallten wieder Hörner über die Feste, und die Glocke läutete.

Feja fragte den Schmied, was das zu bedeuten habe.

»Es sind keine Feinde, denn das ist kein Alarm. Die Glocke ruft die Schüler jedoch in die Oberfeste.«

»Aber wir stecken doch mitten in der Übung«, wandte Feja ein.

»Das hat Zeit, Mädchen«, meinte der Schmied. »Geht nur nach oben. Da kündigt sich hoher Besuch an.«

Durch das offene Tor strömten die männlichen Schüler aus dem Vorland herein. Feja wartete, bis Nerius zu ihr aufschloss.

»Wer kommt denn?«, fragte sie ihn neugierig.

Nerius war schlammbespritzt und trug einen Spaten über der Schulter. »Ich konnte die Fahne nicht erkennen, aber es sind Wagen und Reiter. Gut, dass wir mit Brücke und Damm fertig sind.«

»Ihr seht aber so aus, als hättet ihr bis zum Hals im Schlick gesteckt«, neckte ihn Feja.

»Haben wir doch auch«, rief Hallir, der sich zu ihnen gesellte. »Wir müssen die Vorlandbefestigungen erneuern, und danach werden sie sicher einen anderen Grund finden, uns im Schlamm wühlen zu lassen. Es ist jeden Frühling dasselbe Spiel. Manchmal glaube ich, dass die sich hier nur deswegen Schüler halten, weil sie sonst mit der Arbeit an diesem Steinhaufen nicht fertig würden.«

Diesen Verdacht hatte Feja manchmal auch, zumal sie noch immer nichts über Zauberei gelernt hatte.

»Ihr zwei seht übrigens nicht viel besser aus, wenn ich das sagen darf. Hat Meister Uri die Esse mit euren Gesichtern geschrubbt? Ihr seid ja ganz schwarz!«

Das hatte Feja völlig vergessen. Sah sie etwa genauso verrußt aus wie Gabra?

»Ihr seid ja ein schöner Anblick«, stellte Meister Svelgar kopfschüttelnd fest, als er sie im Hof versammelte. »Aber es würden sich wohl selbst mächtigere Magier als ich die Zähne daran ausbeißen, das zu ändern. Nehmt dort drüben Aufstellung und zeigt Respekt, wenn ihr schon sonst so wenig vorzeigbar seid.«

»Wer besucht die Feste, Meister?«, fragte Tyrbull Tygram.

»Die Oberen unseres Ordens haben beschlossen, sich zu Beratungen in Jarknars Halle zurückzuziehen. Versucht also ausnahmsweise, mir keine Schande zu machen!«

»Du musst mir sagen, wer von denen wer ist«, flüsterte Feja Nerius zu.

Bald drangen das Rasseln schwerer Räder und das Dröhnen zahlreicher Hufe durch das Mitteltor. Dann erschienen drei Reiter in voller Rüstung. Die Gewappneten, die Feja bisher auf der Feste gesehen hatte, trugen leichte Kettenhemden oder verstärktes Leder. Diese Reiter jedoch waren in geschwärzte Panzer gehüllt. Sie führten lange Lanzen, an deren Spitzen kleine Wimpel wehten. Sie waren weiß und in der Mitte durch einen schwarz gerahmten grauen Balken geteilt. Feja kannte das Banner. Es wehte auch über dem Hauptturm.

Hallir schob sich nach vorne und stand jetzt neben Feja. »Siehst du, wie nervös diese Pferde sind?«, fragte er sie. »Das sind Nebelrücken von der Kristallküste. Hübsche Tiere, aber kein Vergleich zu unseren Braunfalben, wenn du mich fragst.« Nach den beiden Reitern erschien ein stattlicher Wagen, dem schwer gepanzerte Fußsoldaten folgten. »Der da auf dem Grauschimmel ist Meister Dregin«, flüsterte Hallir, als die nächsten Reiter um die Ecke bogen.

»Den kenne ich schon. Aber wer ist der Mann neben ihm, der mit dem grauen Mantel über der Rüstung?«

»Das ist Meister Buklar, der Schattenmarschall und der Einzige im Orden, der etwas von Pferden versteht. Sein Rappe hat nur einen weißen Fuß, das ist ein gutes Zeichen.«

»Er versteht nicht nur etwas von Tieren, er befehligt vor allem die Soldaten unseres Ordens«, sagte Nerius, der leicht verärgert wirkte. »Und der da, der so gekrümmt im Sattel hängt, ist Meister Eyrim, der Schatzmeister. Meister Caron dahinter kennst du ja auch schon.« Den Reitern folgten einige leichter bewaffnete Männer zu Fuß. Und unter ihnen war der junge Magier, der Feja gegen die Tygrams geholfen hatte. Die Kutsche hielt, und ein Bediensteter eilte heran, um sie zu öffnen.

Tyrbull Tygram hatte sich mit seinen Vettern einfach vor Feja gedrängt. Sie musste sich auf die Zehenspitzen stellen, um zu sehen, was vor sich ging. Vorn stand auch die kleine Bele. Sie hielt eine lange Kammmuschel in der Hand. Einer der Jungen musste sie ihr von draußen mitgebracht haben. Feja fragte sich, wer das gewesen sein könnte.

Plötzlich erschien in der Pforte des Haupthauses ein Greis. Er stützte sich auf einen Bediensteten. Sein weißer Bart hing bis zum Gürtel herab. Seine Beine zitterten, aber unter tiefschwarzen Augenbrauen leuchtete ein Paar wacher Augen, die alles – vor allem die Schüler – mit allergrößter Missbilligung zu betrachten schienen.

»Das ist der ehrwürdige Vithun, der Verkünder der Weisheiten und Hüter der Lehre unseres Ordens«, brachte Nerius leise hervor. »Er verlässt seine Kammer so gut wie nie.«

Die Tür der Kutsche öffnete sich, und ein stattlicher Mann mit einem Gesicht wie verwitterter Fels sprang in den Hof. Er hielt einen langen grauen Stab in der Hand, doch er brauchte ihn sicher nicht, um sich auf ihn zu stützen.

»Abot Yrnos, das Oberhaupt unseres Ordens«, flüsterte Nerius mit Ehrfurcht in der Stimme.

Dem Abot folgte Meme Sulling, der Feja schon begegnet war. Sie sah immer noch so aus, als habe sie gerade ein Experiment mit klebrigen und schmutzigen Substanzen durchgeführt.

»Und wer ist das?«, fragte Feja staunend, als die letzte Magierin die Kutsche verließ. Es war eine hochgewachsene Frau mit ganz schwarzer Haut und großen goldenen Ringen an den Fingern. Sie war schlank, größer als der Abot und von schwer bestimmbarem Alter. Ihre Erscheinung strahlte Eleganz aus, nur das Büschel krauser Haare, das ihren ansonsten kahl rasierten Schädel überragte, wirkte seltsam.

»Das ist Meme Salmango, ich habe dir doch von ihr erzählt.«

»Aber du hast nicht erwähnt, dass ihre Haut ganz schwarz ist!«

»Nun, sie ist eine Tsungamerin. Wie sollte sie sonst aussehen?«, verteidigte sich Nerius.

Abot Yrnos hatte die Schüler nur mit einem Seitenblick gestreift und Meister Svelgar knapp zugenickt. Seine Aufmerksamkeit gehörte dem Greis an der Pforte.

»Meister Vithun! Ich bin erfreut, Euch zu sehen. Ich hoffe, Ihr seid wohlauf?«

»Ich bin alt, und die Jahre plagen mich, aber es geht mir besser als unserem Orden, möchte ich meinen«, schnarrte der Greis.

Der Abot lachte, so als nähme er diese Bemerkung nicht ernst, dann rief er: »Deshalb habe ich dieses Konzil einberufen. Wir hoffen sehr auf Eure Weisheit, ehrwürdiger Vithun.«

»Ihr hättet sie früher haben können, Yrnos, viel früher«, gab der Greis scharf zurück. Dann klopfte er dem Bediensteten auf den Rücken und ließ sich zurück ins Haus führen, womit er den Abot einfach stehen ließ. Der schien einen Augenblick unschlüssig, dann folgte er dem Alten in das Haupthaus. Die anderen Meister schlossen sich an.

Wenig später, als Feja noch mit ihren Freunden rätselte, was diese Zusammenkunft der größten Zauberer ihres Ordens zu bedeuten habe, wurde sie zu Meister Caron gerufen.

»Ich höre, dass du dich ganz gut eingelebt hast«, begann er, »aber ich höre auch, dass du dich beschwerst, weil du noch nicht in die Kunst der Zauberei eingewiesen wurdest …«

»Ich habe mich nicht beschwert, nur gefragt«, widersprach sie vorsichtig. Das war nicht ganz richtig. Sie hatte sich ein- oder zweimal abends auf der Stube laut erkundigt, wann sie *endlich* etwas über Magie lernen würde. Hatte eine ihrer Mitschülerinnen sie verraten?

»Ich kann deine Ungeduld gut verstehen, Feja. Schließlich ist ein Magier, der nicht zaubern kann, ziemlich nutzlos. Deshalb werde ich dich nun Meme Salmango vorstellen. Sie ist die Meisterin der magischen Ströme, die uns mit der größten Macht des Universums verbinden. Du hast sie vorhin gesehen. Ich hoffe, dass dich ihre dunkle Haut nicht verunsichert. Sie lebt seit Kindesbeinen in Edun, und fast ebenso lange gehört sie auch diesem Orden an.«

»Darf ich Euch vorher etwas fragen, Meister?«

»Natürlich, Feja.«

»Mein Vater … Habt Ihr etwas herausgefunden?«

Der Zauberer schüttelte den Kopf. »Ich habe mich bei allen Schreibern im Hafenviertel erkundigt, doch keiner konnte sich erinnern, einen Brief für einen Mann aus dem Langwald geschrieben zu haben. Ich habe auch bei jedem heimkehrenden Schiff nachgefragt, aber keiner hat das Schiff gesehen, auf dem dein Vater reist.«

Fejas Herz zog sich zusammen. Sie spürte plötzlich Heimweh nach dem elterlichen Hof, den Buchen und den himmelhohen Bergen, die den Langwald überragten – vor allem jedoch nach ihrem Vater.

»Dass niemand etwas gehört hat, ist ein gutes Zeichen, Feja, denn ein Unglück spricht sich schnell herum. Wäre das Schiff untergegangen, hätten wir vermutlich schon davon gehört. Die Wassermagier von Boddlei erfahren so etwas schnell. Sie hätten Nachricht nach Braake geschickt, wäre das Schiff gesunken.«

»Die Wassermagier?«

»Sie verwenden das Wasser, um Nachrichten über weite Strecken zu senden – so wie wir Nacht und Dunkelheit nutzen.«

Feja sah ihn skeptisch an. Sie verstand nicht ganz, wie das gehen sollte. Meister Caron lachte, legte ihr die Hand auf die Schulter und sagte: »Ich vergaß, dass dir bisher niemand erzählt hat, welche Künste du hier lernen kannst. Meme Salmango wird dafür sorgen, dass sich das nun ändert.«

Meister Caron führte sie im Haupthaus ein Stockwerk hinauf und dann zu einer Pforte, die mit vergoldeten Beschläge verziert war.

Der Zauberer klopfte und trat auf ein leises »Herein« hin ein. Feja schob er dabei vor sich her.

»Dies ist die Schülerin, die Ihr begutachten sollt, Meme Salmango.«

Feja sah sich staunend um. Sie hatte schon viele Kammern in dieser Feste gesehen, aber noch keine, die derart eingerichtet war: Schwarze, mit goldenen Zeichen bemalte Schilde hingen zwischen langen schwarzen Wandbehängen. Auch diese waren golddurchwirkt. Ebensolche Vorhänge hingen an den beiden Fenstern, und selbst die Möbel bis hin zu den Hockern waren schwarz gehalten.

Die Zauberin saß an einem großen Tisch, und ihre Finger spielten mit einer schimmernden Kette.

»Du bist also das Mädchen vom legendenumwobenen Drachenhof«, stellte die Frau fest und winkte sie heran.

Meister Caron gab Feja einen sanften Schubser, nickte ihr aufmunternd zu und zog sich dann zurück.

Die Meme legte die Goldkette auf den Tisch, lehnte sich zurück und nahm Feja ebenso in Augenschein wie diese die dunkelhäutige Frau.

»Du siehst nicht so verhungert aus, wie Meister Caron sagte.«

»Ich habe viel gegessen, seit ich hier bin«, erwiderte Feja und hatte das Gefühl, dass das keine passende Antwort war. Sie war immer völlig gebannt.

»Komm näher, Kind. Hab keine Angst. Gib mir deine Hände.«

Feja gehorchte.

Die Meme besah sich beide Hände und befühlte sie mit ihren schlanken Fingern. Dann legte sie ihre Handfläche auf Fejas Stirn und murmelte ein paar Worte in einer fremden Sprache.

»Dir ist körperliche Arbeit nicht fremd, das merkt man gleich. Das Leben ist wohl hart im Langwald?«

Feja nickte stumm. Sie konnte immer noch nicht erraten, wie alt diese Frau sein mochte, denn es war dem Gesicht nicht anzusehen. Ihre schmalen bernsteingelben Augen wirkten einschüchternd.

»Es ist schade, dass du den Tag deiner Geburt nicht kennst, doch spüre ich, dass Galtara stark war. Was den Einfluss ihrer Geschwister angeht – das ist weniger deutlich. Überhaupt ist deine Aura … unklar.«

»Meine Aura?«, echote Feja.

Die Frau betastete jetzt ihre Arme, dann das Brustbein. »Du bist Linkshänderin?«, fragte sie, und die gelben Augen verengten sich.

»Ich weiß es erst seit Kurzem, Meme.«

»Ah, vielleicht ist es deshalb so verschwommen. Dein Bargan ist groß, doch hast du dein Lindross noch nicht gefunden.«

»Lindross, Meme?«, fragte Feja.

»Das Lindross ist deine Pforte zur Magie. Es ist eine Schande, wie wenig sie dir hier bisher beigebracht haben. Svelgar sollte seinen Schädel weniger ins Weinfass stecken und sich stattdessen besser um unsere Schüler kümmern.«

»Meister Svelgar ist immer für uns da, Meme.«

Die Bemerkung brachte Feja einen ungnädigen Blick ein, der plötzlich milder wurde. »Sag ihm nicht, was ich eben gesagt habe. Ich will kein frisches Öl in das Feuer unseres kleinen Streites gießen, nicht jetzt, wo die Zeiten so ernst sind. Außerdem bin ich nun da und werde dich unterrichten.« Sie nahm die goldene Kette vom Tisch und ließ sie durch die Finger gleiten. »Du hast einen offenen Geist, Feja, das erkenne ich. Das heißt aber noch lange nicht, dass du den Zugang zur Magie finden wirst. Viele Hochbegabte sind daran gescheitert, manch weniger Begabter hat es hingegen geschafft. In dir spüre ich ein Gewirr von Fähigkeiten, Wünschen, Ängsten, Sehnsüchten und Bedürfnissen. Wir werden dieses Knäuel ordnen und jenen einen Faden suchen, der dich mit der wahren Macht dieser Welt verbinden wird.« Sie lehnte sich zurück und sah zufrieden aus. Offenbar war sie der Meinung, dass dieses Treffen vorüber war.

Aber Feja hatte noch Fragen. »Und – wie machen wir das?«

Die Frau hob eine ihrer geschwungenen Augenbrauen. »Neugier ist einer dieser Fäden, den wir bändigen müssen. Sobald das Konzil vorüber ist, werden unsere Übungen beginnen. Dann wirst du als Erstes lernen zu atmen. Nun geh, das Zwielicht verlangt meine Aufmerksamkeit.«

Feja verabschiedete sich und verließ den schwarz-goldenen Raum. Sie fand die Frau beeindruckend, war aber von dem, was sie gehört hatte, nicht beeindruckt. »Atmen lernen …«, murmelte sie. Als wenn sie das nicht schon könnte.

Auf dem Gang begegnete ihr Meister Dregin, der Sturmrat des Ordens.

»Du kommst von Meme Salmango? Was hat sie gesagt?«

»Etwas von einem wirren Knäuel, das geordnet werden müsse, Meister.«

»Wirklich? Komm, begleite mich ein Stück. Ich möchte mich mit dir unterhalten.«

Sie folgte ihm, überrascht, dass dieser wichtige Mann Interesse an ihr zeigte.

»Wenn deine Gabe so stark ist, wie ich glaube, kommt eine große Verpflichtung auf dich zu.«

»Ja, Meister.«

»Du kannst es in diesem Orden weit bringen – sehr weit sogar.«

»Ja, Meister.« Feja sah eine Eidechse an der Wand sitzen und fragte sich, wie sie da hingekommen sein mochte.

»Natürlich erfordert es Hingabe – und die Bereitschaft, Dinge zu tun, die dir bisher vielleicht falsch erschienen.«

»Ja, Meister.«

»Du hast keine Ahnung, wovon ich rede, oder?«, fragte der Zauberer mit einem offenen Lächeln.

»Das stimmt, Meister.«

»Das Morgengrauen bringt den Frieden. Hast du diesen Satz schon einmal gehört, Feja?«

»Nein, Meister.«

»Ich muss ein ernstes Wort mit Meister Caron reden. In den letzten Wochen ist eure Ausbildung wirklich zu kurz gekommen. Höre also – die Graumagier sind Diener des Zwielichts. Sie stehen zwischen den Fronten von Tag und Nacht, Schwarz und Weiß, Hell und Dunkel. Sie ermöglichen den Ausgleich zwischen den Mächten, die diese Welt beherrschen.«

»Wie eine Waage, Meister?«

»Eigentlich eher wie ein Wiegemeister, der etwas in die Waagschale wirft, um sie im Gleichgewicht zu halten und somit ein bestimmtes, für alle vorteilhaftes Ereignis zu erzielen … oder sagen wir, für fast alle.«

»Das verstehe ich nicht, Meister.«

»Dieser Wiegemeister darf nicht zimperlich sein. Manchmal müssen harte Entscheidungen getroffen werden. Du bist aus dem Langwald. Stell dir vor, ein Baum steht schief und droht andere, gute Bäume mit zu Boden zu reißen, bevor sie schlagreif sind. Was würde ein Holzfäller tun?«

»Den Baum fällen, Meister?«

»Genau. Früher taten die Graumagier etwas Ähnliches. Nur fällten sie keine Bäume, sondern Menschen.«

Feja sah ihn entsetzt an.

Der Zauberer lächelte immer noch. »Wie ich sagte, war das früher so. Heute sind unsere Anstrengungen eher diplomatischer Art, dabei kann ein einziger Dolchstoß das Leben vieler tausend Menschen retten. Hast du je von Hirot Bluthand gehört?«

»Nein, Meister.«

»Hirot Bluthand war Aschenkönig vor rund zweihundert Jahren. Er war sogar ein großer König, denn er beendete den Bürgerkrieg, der Edun zerriss. Allerdings wurde er über den langen Kampf verrückt. Irgendwann ließ er fast jeden Tag jemanden hinrichten, weil er dachte, der Betreffende habe sich gegen ihn verschworen. Eines Nachts beendete einer seiner Leibwächter sein Leben mit dem Schwert, und es kam ein neuer, besserer König an die Macht.«

»Ein Leibwächter? War er einer aus unserem Orden? Hat der Graue Orden einen *König* ermordet?«

»Das ist eine außerordentlich kluge Frage, Feja. Viele glauben das, aber niemand weiß es sicher. Wir Graumagier streben nicht nach Ruhm, und wir dienen dem Wohl des Reiches, auch wenn das Reich das nicht immer erkennt.«

»Aber einen König ermorden …«

»Hirot war wahnsinnig. Es war gut, dass er starb, denn er hätte noch unzählige unschuldige Menschen töten lassen. Ich habe auch gar nicht gesagt, dass wir es waren. Heute würden wir uns so etwas ohnehin nicht mehr zutrauen.«

»Gut!«, rutschte es Feja heraus.

Meister Dregin lachte. »Ich freue mich, dass du mit deiner Meinung nicht hinter dem Berg hältst. Aufrichtigkeit ist eine Tugend. Als Tochter von Stor wirst du sie aber manchmal verbergen müssen, um einem höheren Ziel zu dienen.«

»Das verstehe ich wieder nicht, Meister.«

»Das habe ich auch nicht erwartet. Du wirst es verstehen lernen – wenn der Unterricht jemals wieder in geordneten Bahnen läuft.«

»Was ist denn nicht in Ordnung, Meister?«, fragte Feja unschuldig.

Jetzt lachte Meister Dregin schallend laut auf. »Versuchst du etwa, mich auszufragen, Kind? Übertreibe es nicht mit der Kühnheit!«

Sie hatten die Pforte des Haupthauses erreicht, und der Magier öffnete die Tür. Ein frischer Wind pfiff über den Hof, und Möwen schwebten vor den Wolken.

»Hier trennen sich unsere Wege, Feja aus dem Langwald. Du hast sicher Aufgaben zu erfüllen, und ich muss mich mit Dingen beschäftigen, die dich noch nichts angehen – und dafür kannst du dankbar sein.«

Feja war aber nicht dankbar. Sie wollte wissen, was hier vor sich ging und warum sich alle Zauberer in der Feste versammelten. Sie war schließlich Teil dieses Ordens, also betrafen sämtliche Entscheidungen der Oberen auch sie.

Als sie auf den Hof trat, meinte sie, ganz kurz Lygger Tygram an der Pforte zur Schule zu sehen. Aber die Tür fiel zu, und sie konnte sich auch getäuscht haben.

Feja überlegte, was sie tun sollte. Sie hatte keinen Grund, an Meister Carons Worten zu zweifeln. Demnach war es sinnlos, wie geplant nach Braake aufzubrechen und eigens nach ihrem Vater zu suchen.

Sie ging hinüber in den Speisesaal der Schule, obwohl die Glocke noch nicht geläutet hatte. Sie hoffte, Nerius zu treffen, machte jedoch kehrt, weil dort nur die Tygrams und ihre kleine Schar saßen. Mit einem Stirnrunzeln bemerkte Feja, dass auch Bele sich zu ihnen gesellt hatte. Was hatte das zu bedeuten?

Tyrbull Tygram hatte sie offenbar gesehen. An der Tür zum Hof holte er sie ein. »Auf ein Wort!«, rief er.

Feja drehte sich um. »Wo ist denn dein Gefolge?«, spottete sie.

Tyrbull zuckte mit den Achseln. »Ich brauche die weniger als die mich.«

»Was willst du?«

»Ich habe nachgedacht, Feja«, begann er. Es war das erste Mal, dass er sie beim Namen nannte. »Ich wäre bereit, Frieden mit dir zu schließen.«

»Schön«, gab sie knapp zurück, »dann ist ja alles gut.«

»Unter einer Bedingung«, fügte er hinzu.

Sie hatte den Türgriff in der Hand. Etwas sagte ihr, dass sie weitergehen und den Jungen besser stehen lassen sollte. »Und welcher?«, fragte sie.

»Du kannst es nicht wissen, aber jeder Schüler muss eine Probe seines Mutes ablegen, wenn er hierherkommt. Du hast das bisher nicht getan.«

»Und deshalb machst du mir das Leben sauer?«

»Nicht nur. Ich kann dich einfach nicht leiden, Waldmädchen. Ich wäre aber bereit, das zu vergessen, wenn du dich endlich beweist.«

Sie seufzte. »Das kommt mir zwar albern vor, aber ich höre.«

»Für gewöhnlich geht es darum, dem Koch seine Mütze zu stehlen und sie am Fahnenmast des Tempelturms anzubringen. Das ist Tradition.«

»Bitte?« Fejas Blick flog unwillkürlich zu dem Turm, der den Tempel überragte. Es gab dort keine Wachen. Bis jetzt klang es verdächtig harmlos.

»Natürlich kannst du dir seine Kopfbedeckung nur holen, wenn er schläft, also weit nach Mitternacht, denn er darf es nicht merken. Du hast Bruder Sjodirs Kammer hinter der Küche gesehen? Gut. Da er unseren Brauch inzwischen kennt, verriegelt er nachts seine Tür.«

»Und wie soll ich …?«

»Wäre ich so gemein, wie du mir unterstellst, würde ich dich im Dunkeln lassen, aber ich will dir verraten, wie ich es gemacht habe. Es gibt einen geheimen Gang, der beim Reich von Ailon Bainach seinen Anfang nimmt.«

»Die schmale Tür? Ich habe sie gesehen.«

»Wirklich? Das ist gut. Es ist ein alter Fluchtweg, von denen es in dieser Festung einige gibt. Folge ihm, aber sei vorsichtig, denn er führt dich an den Gemächern der Oberen vorbei. An seinem Ende erreichst du einen stillgelegten Kamin, der zu besagter Stube führt. Wenn du leise und geschickt bist, kannst du Bruder Sjodir die Mütze wegnehmen. Aber sei vorsichtig, denn er hat einen leichten Schlaf.«

»Das ist ein sehr merkwürdiger Vorschlag. Ich werde Nerius fragen, was …«

»Auf keinen Fall!«, unterbrach sie Tyrbull schroff. »Wenn du dir meinen Respekt verdienen willst, musst du es für dich behalten. Niemand soll wissen, wie die Mütze auf den Turm gekommen ist, dann kann uns auch keiner verraten, wenn der Koch uns verhört. Und du musst es heute Nacht tun, nicht irgendwann. Morgen gilt mein Angebot nicht mehr.«

Feja gefiel die Sache immer weniger. Sie zögerte.

»Hast du etwa Angst?«, fragte Tyrbull mit spöttischer Miene.

»Vor dem Koch? Bestimmt nicht!«

»Gut. Dann schwöre, dass du niemandem von unserem Gespräch erzählen wirst.«

»Ich werde nichts sagen.«

»Schwöre es!«

»Na, schön. Ich schwöre, ich werde niemandem von deinem merkwürdigen Vorschlag erzählen. Zufrieden?«

»Erst, wenn ich morgen Früh ein weißes Stück Stoff am Fahnenmast sehe. Viel Glück. Ach, noch etwas – nimm Werkzeug mit.«

»Was denn für Werkzeug?«

»Der Kamin ist mit einem Gitter verschlossen, und du musst es aus der Wand hebeln. Es ist nur verkeilt, also wird das nicht allzu schwer sein – wenn man ein bisschen Geschick hat. Ich habe es jedenfalls leicht geschafft.« Damit drehte er sich um und kehrte zu seinen Kameraden zurück.

Feja verfluchte Tyrbull, und sie verfluchte sich selbst dafür, dass sie sich auf diesen Unsinn einließ. Aber wenn die Tygrams sie danach wirklich in Ruhe ließen?

»Was wollte Tyrbull von dir?«, fragte Nerius, der über den Hof herbeigeschlendert kam.

»Gar nichts«, gab sie zur Antwort.

»Dafür habt ihr euch aber lange unterhalten.«

»Können wir jetzt üben?«

»Es lohnt nicht. Die Mittagsglocke wird uns jeden Augenblick zum Essen rufen.«

»Trotzdem …«

Nerius legte den Kopf schief und sah sie fragend an.

Sie seufzte. »Entschuldige, aber immer wenn ich diesen Tygram sehe, verhagelt es mir die Laune.«

Ihr Freund sah nicht so aus, als glaube er ihr, dass das alles war, aber dann läutete die Glocke und beendete das Gespräch.

Den Rest des Tages ging Feja Nerius aus dem Weg. Sie wollte ihn nicht anlügen, denn das hatte er nicht verdient. Dann erfuhren sie, dass der Fechtunterricht ausfiel, weil die Oberen des Ordens wichtige Dinge zu bereden hatten, und auch Meme Sulling hatte keine Zeit zum Unterrichten. Sie erschien nur kurz im Speisesaal und scheuchte die Schüler in die Unterfeste, wo sie sich nützlich machen sollten.

»Ich möchte gern wissen, was da gesprochen wird«, seufzte Feja, als sie mit Bele das Vieh versorgte.

»Sie werden es uns kaum erzählen«, meinte Bele unbekümmert und kippte Essensabfälle in den Schweinetrog.

»Du verstehst dich ja neuerdings gut mit den Tygrams, wie mir scheint«, sagte Feja und reichte der Zimmerkameradin den nächsten Eimer.

Das Mädchen lächelte verträumt. »Ich weiß, dass du sie nicht magst, aber Malthur ist so … Er ist ganz anders als seine Vettern.«

Feja starrte die Freundin an. »Du wolltest süß sagen …«

»Gar nicht!«

»Du bist in Malthur Tygram verliebt!«

»Gar nicht!«

Feja grinste breit. »Bele liebt Malthur, Bele liebt Malthur«, sang sie spöttisch.

»Wenn du nicht still bist, dann … dann kippe ich dir den Eimer über!«

»Schon gut, schon gut!«, wehrte Feja das jüngere Mädchen ab. »Er ist ja wirklich ganz in Ordnung, dein Malthur. Aber seine Vettern …«

»Er ist nicht *mein* Malthur. Und für seine Familie kann er nichts!«

»Da hast du natürlich recht.«

»Und was ist mit dir?«

»Was soll mit mir sein?«

»In wen bist du verliebt?«

Feja starrte die Jüngere an. »In niemanden!«, erklärte sie bestimmt.

»Ich dachte ja, aus dir und Nerius könne ein Paar werden. Aber es scheint, als singe die Nachtigall nicht für euch.«

»Nerius? Nur weil er mich im Schreiben unterrichtet?«

»Ihr verbringt viel Zeit miteinander.«

»Aber nicht freiwillig. Ich meine … Nerius ist ein wirklich netter Junge, und davon gibt es auf dieser Feste nicht gerade viele. Aber – wir beide? Wie kommst du nur darauf?«

»Na, weil andere Mädchen in deinem Alter doch oft schon verheiratet sind.«

»Ich bin aber nicht andere Mädchen!«, erklärte Feja sehr bestimmt. Dabei wusste sie, dass Bele recht hatte: Im Langwald wurden jüngere Mädchen als sie von ihren Eltern verschachert. Meist ging es dabei um Höfe und Besitz, der gewahrt werden musste.

»Wenn du dich mit Malthur so gut verstehst, kannst du ihn ja mal fragen, was seine Vettern eigentlich gegen mich haben«, meinte Feja.

»Tyrbull braucht immer einen, auf dem er herumhacken kann. Bevor du kamst, war es Nerius.«

»Verstehe«, murmelte Feja. Sie fragte sich, wer ihr in dieser zweifelhaften Ehre nachfolgen würde, wenn Tyrbull nach dieser Nacht wirklich Frieden schließen würde.

Als sie die Ställe verließ, sah sie wieder den Alten unter den Apfelbäumen. Er saß dort jeden Tag, bei Regen wie bei Sonnenschein, und schien seine Aufgabe wirklich ernst zu nehmen. Jetzt entdeckte er Feja und winkte sie heran. Feja folgte dieser Aufforderung mit gemischten Gefühlen. Der Alte war freundlich, aber auch etwas unheimlich.

»Ich habe etwas für dich, Mädchen aus dem Langwald«, sagte er mit gedämpfter Stimme.

»Für mich, Bruder Menrir?«

Er nickte und reichte ihr den Stock, an dem er zu schnitzen pflegte.

Feja starrte überrascht auf das lange Stück Holz. Der Knauf hatte die Form eines Drachenkopfes angenommen. »Für mich?«, fragte sie noch einmal.

Der Alte nickte lächelnd. »Du wirst ihn eines Tages brauchen können«, flüsterte er.

»Wozu?«, fragte sie verdattert.

»Vielleicht, um Früchte von hohen Ästen zu schlagen«, wisperte Bruder Menrir mit einem verschwörerischen Zwinkern, »aber nicht, um dumme Dinge zu tun.« Dann kicherte er vergnügt. »Vielen Dank«, murmelte Feja und trollte sich.

Auf dem Weg zur Oberfeste wurde sie von Meister Uri, der vor seiner Schmiede stand, abgefangen. »Erlaube, dass ich dir das abnehme«, sagte er.

»Den Stock?«

»Du weißt es vielleicht nicht, aber der Stab ist das Würdezeichen eines Abots. Und ganz so weit bist du noch nicht, oder?«

Feja starrte ihn mit offenem Mund an. Der Schmied grinste breit. »Ich werde ihn für dich verwahren. Da die Tygrams dir das Leben ohnehin schon schwermachen, solltest du sie nicht noch mit so einer Anmaßung herausfordern.«

Eigentlich war Feja sogar froh, diesen Stock loszuwerden. Der Alte war wirklich verrückt. Aber was hatte er damit gemeint, dass sie damit keine »dummen Dinge« tun solle? Wusste er von ihrer Abmachung mit Tyrbull? War es eine Warnung?

Während des Abendessens dachte Feja, dass sie ihr Vorhaben

besser aufgeben sollte. Etwas an dieser Geschichte schien ihr faul zu sein. Tyrbull ließ sie an diesem Abend in Ruhe, aber seine Blicke gefielen ihr nicht. Als sie ins Bett ging, war sie immer noch der Meinung, dass es das Beste sei, die Sache zu vergessen. Es roch nach einer Falle. Würde der Koch sie erwarten? Sie hatte Bruder Sjodir beim Küchendienst gesehen. Er war so fahrig wie immer gewesen. Nichts deutete darauf hin, dass ihn jemand gewarnt hatte.

Sie schloss die Augen und lauschte auf das leise Rauschen des Meeres, das durch die schmalen Fenster drang. Je mehr sie das Gefühl hatte, dass Tyrbull einen Hinterhalt plante, desto neugieriger wurde sie, wie der wohl aussehen mochte. Irgendwann dachte sie, dass sie es herausfinden musste. Vielleicht ließ sich der Spieß sogar umdrehen. Sie würde die Falle finden, entschärfen und gegen ihren lästigen Feind einsetzen.

Um Mitternacht herum stand sie auf, steckte eine Kerze und einen Feuerstein ein und schlüpfte in ihr graues Gewand. Die Stiefel ließ sie stehen. Sie schlich barfuß aus der Kammer, durch den Gang zum Turm, auf dem sie die Mütze anbringen würde. Es standen wieder keine Wachen dort oben. Sie tastete sich durch die Dunkelheit voran, durchquerte den Tempel unter dem mechanischen Ticken der Monde und schlich dann über die Mauer zum Bergfried.

Dort oben wachten Soldaten. Feja konnte sie miteinander reden hören. Leise hastete sie die Treppe hinab. Sie hörte Stimmen jenseits des Zugangs zum Haupthaus, dann das gedämpfte Rasseln der Rüstungen. Auch dort schienen Wachen zu stehen.

Aber ihr Ziel lag ein Stockwerk tiefer. Sie tastete sich die dunklen Stufen hinunter ins nachtschwarze Kellergeschoss. Es erschien ihr beunruhigend still zu sein. Sie wagte es und entzündete die Kerze. Die bleichen Wände tanzten im Schein ihres kleinen Lichts.

Auf Zehenspitzen huschte sie zur schmalen Pforte. Sie öffnete sie und versuchte dabei, sie leicht anzuheben. Tatsächlich knarrte sie dadurch weniger als bei ihrem letzten Versuch. Sie huschte hinein und zog die Tür hinter sich zu. Ein Weberknecht zog seine

Spinnenbeine ein und schien sie zu betrachten. Sie drückte sich an seinem Netz vorbei und folgte dem Gang, der im nackten Fels steil nach oben führte. Sie sah noch mehrere Spinnen, Käfer, eine Eidechse, und einmal lag eine mumifizierte Ratte im Weg. Jetzt bereute sie es, keine Stiefel zu tragen.

Sie spürte einen Luftzug und fragte sich, ob das mit dem aufgegebenen Kamin zusammenhing, den Tyrbull erwähnt hatte. Plötzlich war ihr, als höre sie aus dem Dunkel, das hinter ihr lag, ein leises Klicken. Sie hielt inne, lauschte, aber da kein weiteres Geräusch folgte, schlich sie weiter. Der Gang bog mehrmals um die Ecke und war nun gemauert, nicht mehr in Stein gehauen. Gerade als sie dachte, dass er nie enden würde, wehten leise Stimmen an ihr Ohr.

Erschrocken hielt sie inne und löschte ihr Licht. War das vielleicht nur der Wind? Nein, da waren tatsächlich gedämpfte Stimmen zu hören! Vorsichtig tastete sie sich voran. Ein schwacher Lichtschein erhellte den Gang in einiger Entfernung.

Als sie sich auf zitternden Beinen näherte, erkannte sie, dass oben zu ihrer Rechten ein schmales Gitter in den Gang eingelassen war. Sie lauschte. Das war nicht die Stimme des Kochs, sondern von Abot Yrnos!

»… deshalb bleibe ich dabei, dass Geduld unsere stärkste Waffe ist.«

»Geduld?«, schnarrte eine heisere Stimme. »Geduld ist etwas für die Toten!« War das nicht Meister Vithun, den Nerius so ehrfürchtig den Verkünder der Weisheit genannt hatte?

»Wir haben kaum andere Möglichkeiten«, wandte jemand ein. Feja musste sich recken, um durch das enge Gitter zu sehen. Ja, es war Meister Caron.

All die anderen Meister schienen ebenfalls dort versammelt zu sein. Sie saßen um einen runden Tisch in der großen Halle, die sie nie hatte betreten dürfen. Etwas abseits am Kamin hockte Ailon Bainach, der Knochenmann. Er starrte in die Flammen und schien dem Disput keine Aufmerksamkeit zu schenken.

»Nun, Dregin, was meint Ihr? Ihr seid unser Sturmrat. Ihr solltet die Lage am besten einschätzen können.«

Der Sturmrat erhob sich. »Vieles von dem, was der ehrwürdige Vithun gesagt hat, trifft zu. Die anderen Orden verspotten uns, sie respektieren uns nicht mehr. Die immer neuen Forderungen, die dieser überhebliche Abgesandte des Feuers erhebt, sind schlicht eine Unverschämtheit. Wir waren mit dem Herzog von Isgath doch fast schon einig – und jetzt fällt ihnen immer etwas Neues ein.«

»Hört, hört!«, rief der Meister der Münzen.

»Dennoch«, fuhr Meister Dregin fort, »stimme ich mit dem Abot überein, dass übereilte Handlungen hier viel Schaden anrichten können.«

»Also wieder nur ein Sowohl-als-auch von Euch, Ginnar? Ich bin enttäuscht. Enttäuscht, aber nicht überrascht«, schnarrte der Verkünder.

»Der Abot hat recht. Die Zeit ist auf unserer Seite«, rief Meister Caron, der sich nun ebenfalls erhob. »Wir beherbergen eine Generation hoffnungsvoller Schüler in unseren Mauern. Wenn es uns gelingt, auch nur bei der Hälfte von ihnen das volle Potenzial zu erwecken, werden in wenigen Jahren einige überragende Magier in unseren Reihen stehen. Dann wird niemand mehr über uns lachen.«

Jetzt hob der Schatzmeister den Kopf. »Leider teile ich Euren Optimismus nicht, Caron. Gerade die Ausbildung ist es, die mir Kopfzerbrechen bereitet. Das volle Potenzial erwecken? Wie denn, wenn Ihr sie von der Quelle unserer Macht fernhaltet? Auf Eurem Weg kostet es Zeit – und Geld! Und kommt mir nicht damit, dass es gefährlich sei. Das war es schon immer. Natürlich hat dieses Lindross schon manchen Schüler verschlungen, aber andererseits …«

»Genug!«, rief der Abot und schlug mit der Faust auf den Tisch. »Ihr kennt meine Meinung hierzu, Eyrim. Ich weiß, dass Ihr um unsere Kasse besorgt seid, aber wir werden nicht zu den alten Wegen zurückkehren, nur damit Ihr ein paar Münzen spart.«

Der Schattenmarschall war offenbar auf seinem Stuhl eingenickt. Jetzt schreckte er hoch. »Was ist passiert?«, fragte er blinzelnd, erhielt aber keine Antwort.

Feja lauschte mit angehaltenem Atem. Sie vergaß die Mütze und ihre Aufgabe, sie vergaß Tyrbull und sein Friedensangebot. Sie verstand nur die Hälfte von dem, was in der Halle gesagt wurde, aber sie spürte, dass es ungeheuer wichtig war.

»Und wenn wir nur die älteren und gefestigten Schüler zur Quelle bringen?«, schlug Meister Dregin vor.

»Ändert Ihr wieder einmal Eure Meinung, Sturmrat?«, spottete der alte Vithun.

»Ich suche nur einen Kompromiss, ehrwürdiger Verkünder«, gab Dregin mit einer eleganten Verbeugung zurück.

»In dieser Angelegenheit gibt es keine halben Sachen«, knurrte der Abot. »Was meint Ihr, Meister Bainach? Nur zu, teilt Eure Gedanken mit uns.«

Der Were wandte sich den Männern am Tisch zu. Er faltete die Hände unter dem Kinn und schien auf etwas zu lauschen. Dann sagte er: »Ich möchte über Mäuse sprechen.«

»Mäuse?«, fragte der Abot und war offenkundig ebenso verblüfft wie die anderen Oberen, die befremdete Blicke tauschen.

»Über neugierige Mäuse, um genau zu sein«, fuhr der Were bedächtig fort.

Feja prallte erschrocken zurück. Er hatte sie bemerkt! Sie wartete nicht ab, bis sie dessen sicher war, sondern rannte im Dunkeln den Gang hinunter. Sie tastete sich die Wand entlang, bemerkte eine Ecke zu spät, stolperte und fiel. Es war stockfinster. So kam sie nicht voran.

Wahnsinnig vor Angst tastete sie den Gang nach der Kerze ab, die ihr beim Sturz aus der Hand gefallen war, fand nach einer schieren Ewigkeit, was sie gesucht hatte, und entzündete den Docht mit zitternden Fingern. Dann hetzte sie weiter, nahm keine Rücksicht mehr auf Spinnweben und erreichte endlich die schmale Pforte. Sie packte den Griff, drückte ihn – doch nichts rührte sich. Die Tür war verriegelt!

»Tyrbull!«, zischte sie, entsetzt und wütend. Er hatte sie tatsächlich in eine Falle gelockt. Was jetzt? Konnte sie umkehren, ihr Glück in der Kammer des Kochs versuchen? Aber dazu müsste sie wieder an jenem Gitter zur Halle vorbei.

Während sie noch in Panik überlegte, was sie tun sollte, wurde die Pforte plötzlich aufgerissen. Feja starrte in das junge Gesicht von Bruder Span. Er sagte nichts, packte sie am Kragen, drückte sie in eine Ecke und legte den Finger an die Lippen zum Zeichen des Schweigens. Ihre kleine Kerze verlosch. Es wurde dunkel um sie. Sie hörte, wie der Bruder eine andere Tür öffnete, dann wurde sie unsanft über die Schwelle geschoben. Der Duft von geräuchertem Schinken stieg ihr in die Nase.

Immer noch starr vor Schreck wagte sie nicht, sich zu rühren. Draußen polterten schwere Schritte heran. Ein Lichtschein fiel unter der Tür hindurch.

»Ah, Ihr seid schon hier, Bruder Span«, sagte eine Stimme. »Habt Ihr etwas gefunden? Nein? Und die alte Pforte?« Schritte kamen näher, dann rüttelte eine Hand an der Tür. »Ah, sie ist also verschlossen!« Feja erkannte den Tonfall des Schattenmarschalls.

»Das haben wir gleich«, knurrte er. Sie hörte ein leises Quietschen, dann fuhr der Riegel hörbar zurück.

Meister Buklar brummte wie ein Bär. »Ich will verflucht sein, wenn ich mir in dem engen Gang Beulen hole. Ihr zwei, sucht den Gang ab!«, befahl er. »Und Ihr, Bruder Span, solltet sie begleiten. Wir wissen nicht, was uns darin erwartet.« Kurz darauf stampften die rasselnden Schritte zweier Gewappneter in den Gang hinein. Feja hörte sie Schritt für Schritt leiser werden.

»Es ist selten, dass sich der Knochenmann irrt«, brummte der Marschall.

»Aber er ist nicht unfehlbar«, sagte die samtene Stimme von Meme Salmango. »Ich spüre jedenfalls nichts in diesem Gang.«

Der Marschall rief in den Gang hinein, ob die Männer etwas gefunden hätten, aber offenbar war das nicht der Fall. Es dauerte eine ganze Weile, bis Feja hörte, wie sie zurückkehrten. »Es ist niemand dort, Herr«, meldete der erste.

»Nun, dann war es wohl falscher Alarm. Zurück auf Eure Posten. Habt Ihr irgendwelche Spuren gesehen, Bruder Span? Nicht? Dann war dort wohl wirklich nichts. Ailon Bainach muss sich geirrt haben – oder es war wirklich nur eine Maus, und dieser alte Kauz wollte uns zum Narren halten. Vielleicht mit Recht. Dieser

Disput führt nirgendwo hin. Wir hätten genauso gut in Braake bleiben können.«

Mit diesen Worten verschwand er. Feja hörte ihn noch eine Weile brummen, aber erst, als der Lichtschein eine ganze Weile erloschen war, traute sie sich aus der Vorratskammer heraus. Sie hätte sich gerne bei ihrem Retter bedankt, aber der war ebenfalls fort.

In völliger Dunkelheit tastete sie sich zur Treppe und hinaus auf die Mauer. Sie war unglaublich erleichtert, als sie endlich wieder in ihrer Kammer war. Warum hatte Bruder Span sie gerettet? Sie hätte ihn gerne gefragt. Noch lieber hätte sie Tyrbull Tygram die Augen ausgekratzt. Jemand hatte die Tür hinter ihr verriegelt. Und da kam nur einer infrage.

6.

Am nächsten Morgen wurde Feja noch vor dem Frühstück von einem Diener ins Haupthaus gerufen.

»Ins Haupthaus? Aber wieso?«, fragte sie panisch, während ihre Zimmergenossinnen bedeutungsschwere Blicke tauschten.

Der Dienstmann wusste es jedoch nicht. »Der Sturmrat sagte nur, dass er Euch zu sehen wünscht.«

»Meister Dregin? Hast du nicht erst gestern mit ihm gesprochen?«, fragte Bele mit großen Augen. »Du musst ihn beeindruckt haben.«

Oder sie wissen, wer *die neugierige Maus war*, dachte Feja. Sie verließ die Kammer mit Herzklopfen und fragte sich, ob sie ihre Freundinnen wiedersehen würde.

Der Diener führte sie zu den privaten Gemächern des Sturmrats im obersten Stock des Hauptgebäudes. Mit jedem Schritt die Treppe hinauf wuchs bei ihr das Gefühl, dass dieser Tag nicht gut enden konnte.

»Ah, da ist sie ja!«, begrüßte sie der Magier mit seinem gewinnenden Lächeln.

»Hast du schon gefrühstückt, Feja?«

Sie schüttelte, immer noch halb erstarrt vor Angst, den Kopf. Ihr fiel ein, dass man Verurteilten eine Henkersmahlzeit gönnte, bevor man sie enthauptete.

Meister Dregin schickte den Diener hinaus und bat sie, sich an einen reich gedeckten Tisch zu setzen. Sie gehorchte, aber sie rührte das Essen nicht an.

»Aber du musst hungrig sein, nach der Aufregung der letzten Nacht«, sagte ihr Gastgeber. Immer noch war sein Lächeln freundlich.

Feja schluckte. »Ihr wisst …«, begann sie, bevor ihr die Worte auf den Lippen erstarben.

»Aber natürlich weiß ich es! Was glaubst du wohl, wer Bruder Span hinab in die Katakomben geschickt und den verehrten Schattenmarschall ein paar Augenblicke lang aufgehalten hat?«

»Aber …«

»Ich nehme an, dass du nicht dort warst, um uns zu belauschen, oder?«

Sie schüttelte den Kopf.

»Lass mich raten … die Mütze des Kochs?«

Sie nickte.

»Es gab eigentlich nur zwei Möglichkeiten – entweder wir beherbergen eine Spionin unter unserem Dach, oder jemand hat den alten Streich aufgewärmt. Und du bist doch keine Spionin, oder?« Seine Miene verfinsterte sich plötzlich und mit ihr die ganze Kammer. Feja hätte schwören können, dass es um sie herum dunkler wurde.

Hastig schüttelte sie erneut den Kopf. »Es war die Mütze!«, stieß sie endlich hervor.

Die Dunkelheit lichtete sich. »Das dachte ich mir. Und falls du dich fragst, warum ich deinen Worten Glauben schenke, so lass mich dir sagen, dass ich eine Lüge sehr gut erkennen kann.«

»Ihr seid nicht verärgert?«

»Nein, Kind, ganz im Gegenteil. Du hast Mut bewiesen, Geschick, Schnelligkeit – und du verfügst anscheinend auch über das nötige Glück, um aus einer ausweglosen Lage zu entkommen.«

»Aber Ihr sagtet doch …«

»Ja, ich war es, der deinen Retter schickte. Doch war das eine Entscheidung, die ich aus einer Eingebung heraus fällte. Hätte ich mich nicht gerade über unseren Schattenmarschall geärgert, der es fertigbringt, mitten in einer wichtigen Beratung einzuschlafen, hätte ich vielleicht anders entschieden. Du hattest also Glück, keine unwichtige Gabe in unserem Fach. An deiner Geschicklichkeit sollten wir allerdings feilen. Wären wir nicht so in unseren

Disput vertieft gewesen, hätten wir dich sicher noch vor Ailon Bainach bemerkt. Und jetzt iss endlich etwas, bevor du mir noch vom Stuhl kippst!«

Sie gehorchte, aber sie schmeckte nicht einmal, was sie da kaute. Ihr wild schlagendes Herz wollte sich nicht beruhigen.

»Was hast du von unserem Gespräch mitgehört?«

»Nicht viel, Meister. Ich war nicht lange dort, bevor der Kno… der Ailon mich entdeckte. Und ich habe auch nicht viel von dem verstanden, was die Oberen dort besprachen.«

»Nicht? Aber dir wird nicht entgangen sein, dass es einen Dissens unter uns gibt. Einige wollen dem Pfad der Vorsicht und Nachgiebigkeit folgen, andere sind mutiger und wollen zu den Methoden zurückkehren, die sich in früheren Jahren bewährt haben.«

Feja hätte vor allem gerne gewusst, was es mit der Machtquelle auf sich hatte, von der die Magier gesprochen hatten, aber sie hielt wohl besser den Mund.

»Genau deshalb«, fuhr Meister Dregin fort, »bin ich froh, dass du Mut gezeigt hast – und dass dir überkommene Regeln nicht so wichtig zu sein scheinen.«

Feja hoffte, dass der Sturmrat nicht merkte, wie wenig von ihrem Mut nach dieser Nacht noch übrig war.

»Ich sehe eine große Zukunft für dich, wenn du diese Einstellung bewahren kannst. Wer hat dich eigentlich auf die Idee gebracht, die Mütze des Kochs zu stehlen?«

»Das kann ich nicht sagen, Meister.«

»Sieh an, du kannst also den Mund halten. Das ehrt dich, zumal dir inzwischen doch klar sein muss, dass man dir eine Falle gestellt hat, nicht wahr?«

Sie nickte grimmig.

»Wirst du dich rächen?«

Feja zögerte mit der Antwort. »Ich denke noch darüber nach«, antwortete sie ausweichend.

Der Magier runzelte die Stirn. Diese Antwort schien ihm nicht zu gefallen. »Man hat dich betrogen. Es geht mich natürlich nichts an, aber das solltest du nicht auf dir sitzenlassen.«

»Ja, Meister.«

»Schön. Ich bin gespannt, wie sich diese Geschichte entwickelt, und werde dich und deine Fortschritte im Auge behalten. Und nun darfst du dich zurückziehen.«

Als Feja fast aus der Tür war, drehte sie sich noch einmal um. »Verzeiht, Meister, wisst Ihr, wo ich Bruder Span finde?«

»Ich habe ihn heute Morgen in die Stadt geschickt, warum?«

»Ich hatte keine Gelegenheit, mich bei ihm zu bedanken.«

»Dazu hast du auch keinen Grund. Er tat, was ich ihm befahl.«

»Dann danke ich Euch, Meister.«

Er lächelte auf eine Art, die Feja Angst einflößte. »Es ist möglich, dass mir ein schlichter Dank nicht genügt, Mädchen.«

Feja verließ die Kammer und fragte sich, was er mit diesen letzten Worten gemeint haben mochte. Vielleicht konnte Nerius ihr das erklären. Sie überlegte, wie sie den Freund fragen konnte, ohne etwas über die vergangene Nacht zu verraten. Sie eilte die Treppen hinunter und lief hinüber zur Schule, wo ihre Mitschüler noch beim Frühstück saßen. Sie spürte viele neugierige Blicke, aber sie ignorierte sie und setzte sich, wie jeden Morgen, zu Nerius, Gabra und den anderen.

»Du bist aber spät dran«, meinte Nerius mit fragendem Blick.

Er wirkte besorgt, und sie rechnete ihm hoch an, dass er keine weiteren Fragen stellte.

Gabra war neugieriger. »Ich meine, er hat recht«, begann sie umständlich. »Sag, Feja, was hat dich so lange aufgehalten, oder, vielmehr, was hattest du denn mit dem Sturmrat Wichtiges zu besprechen?«

»Nichts Besonderes«, erwiderte sie und sprang auf, um sich Brot und Käse zu holen. Bei Meister Dregin hatte sie nicht viel hinunterbekommen. Sie überredete den Koch, ihr noch etwas zu geben, obwohl er missmutig etwas von »zu spät kommen«, murmelte.

Als sie sich umdrehte, stand Tyrbull Tygram vor ihr. »Ich kann gar keine Mütze auf dem Turm sehen …«

»Du findest sie auf der anderen Seite jener Tür, die jemand hinter mir verriegelt hat«, fauchte sie.

Für einen Augenblick wirkte er verunsichert. *Er fragt sich wahrscheinlich, wie ich da rausgekommen bin*, durchfuhr es Feja.

»Jedenfalls hat sich mein Friedensangebot erledigt«, erklärte er.

»Für mich schon längst«, erwiderte sie.

Nach dem Frühstück rief Meme Sulling zum Unterricht in Alchemie, aber sie hinderte Feja daran, sich den anderen anzuschließen. »Du nicht, Mädchen, denn meine Stunden sind für jene, die gut lesen und schreiben können, da es allerlei Feinheiten über Kräuter und Gifte zu notieren gilt. Da mir Meister Svelgar deine letzten Versuche gezeigt hat, erlaube ich mir zu sagen – du kannst es nicht. Aber Meme Salmango erwartet dich. Sie wird dich in die Basis unserer Kunst einweihen.«

»Ich bekomme Einzelunterricht?«

»Natürlich. Magie ist eine sehr … persönliche Angelegenheit. Sie berührt dein Innerstes. Das ist nichts, was man in einer Klasse lernt. Aber bilde dir nur nichts ein, Feja aus dem Langwald. Jeder deiner Mitschüler bekommt zu seiner Zeit die ungeteilte Aufmerksamkeit von Meme Salmango. Und jetzt eile, die Meme wartet nicht gerne, und auch ich habe Besseres zu tun.«

Feja war einerseits beleidigt, weil diese merkwürdige Frau ihre Fortschritte nicht anerkannte, andererseits aber auch voll gespannter Vorfreude. Endlich würde sie lernen, wie man zauberte!

Die dunkelhäutige Magierin führte Feja aus ihrem schwarzgoldenen Gemach in einen Nebenraum, der bis auf vier brennende Kerzen in den Ecken vollkommen leer war. »Hier wirst du lernen, dich auf das Wesentliche zu konzentrieren. Stell dich dort in die Mitte!«

»Und jetzt?«, fragte Feja, erhielt aber eine ganze Weile keine Antwort.

»Du stehst wie eine Ziege, wenn es donnert«, urteilte Meme Salmango kopfschüttelnd. Sie ging um Feja herum. »Brust raus, Kinn hoch, die Beine leicht gespreizt, die Arme entspannt und die Augen in die Weite gerichtet.«

»Die Weite endet aber an der Wand, Meme.«

»Für gewöhnliche Sterbliche, sicher. Aber du willst doch eine Meisterin unseres Ordens werden! Du kannst durch Mauern sehen, wenn du es wirklich willst. Weite deinen Geist und lass dein inneres Auge hinter die armseligen Steine dieser Mauer blicken.«

»Und wie stelle ich das an, Meme Salmango?«, fragte Feja, die nichts anderes sah als hellgraue Steine und dunkelgrauen Mörtel. Eine einzelne Fliege surrte durch den Raum.

»Durch Magie – wie denn sonst? Konzentrier dich – aber nicht verkrampfen!«

Feja verkrampfte sich sofort. Sie strengte sich an, aber sie sah einfach nur eine Mauer – und diese Fliege, die sie jetzt wirklich störte. Sie fühlte Schweißperlen auf der Stirn.

»Jetzt siehst du aus wie eine Ziege, die sich Sorgen macht. Entspanne deinen Geist!«

»Tue ich doch«, ächzte Feja.

»So wird das nichts. Sag mir, was du gerade fühlst.«

»Gar nichts, außer ein bisschen Hunger.«

»Aha. Und auf deiner Stirn?«

»Schweißperlen, Meme.« Feja hätte sie gerne weggewischt, hatte aber das Gefühl, dass das falsch wäre.

»Stören die dich nicht? Ich meine, sie hängen ja schon in den Augenbrauen …«

»Ich darf sie abwischen, Meme?«

»Natürlich. Wir wollen deinen Geist befreien. Aber du lässt ihn gefangen nehmen durch ein paar lächerliche Tropfen Wasser auf deiner Stirn und einen angeblich leeren Magen.«

»Es tut mir leid, Meme«, sagte Feja unglücklich.

»Gut. Versuchen wir es noch einmal. Konzentrier dich auf die Mauer und sage mir, was dahinter ist.«

Feja biss die Zähne zusammen und starrte die Wand feindselig an. Es gab kein Fenster in dieser Kammer, und sie wusste nicht, in welche Himmelsrichtung sie blickte. Sie überlegte, was sie bei ihrem ersten Besuch in den Gemächern der Magierin durch das Fenster gesehen hatte. War da nicht der Tempelturm zu sehen gewesen? Ja, aber diese Wand wies in eine andere Richtung. »Die

Unterfeste, Meme. Hinter der Wand liegt die Unterfeste und hinter ihr das Land.«

»Wie viele Möwen kannst du dort wahrnehmen?«

Die Fliege sauste durch die Kammer. Feja versuchte, sie zu ignorieren. »Jetzt? Keine Ahnung. Gestern sah ich keine einzige.«

»Du hast dich erinnert!«

»Ja, Meme«, seufzte Feja erleichtert.

Die Magierin schlug sie leicht mit dem Fächer. »Du sollst dich nicht erinnern – du sollst sehen!«

»Aber ich sehe nichts!«, erwiderte Feja leicht verzweifelt. »Da ist nur diese Wand! Ich kann nicht hindurchsehen!«

»Natürlich nicht. Welcher Mensch kann schon durch Wände sehen?«

»Aber Ihr habt gesagt …«

»Das verstehst du nicht … noch nicht«, unterbrach sie die Meme. »Und wenn wir nicht hart arbeiten, wirst du es wohl nie begreifen. Nur so viel – du benutzt das falsche Organ! Mit deinen Augen wirst du diese Mauer nie durchdringen. Und du lässt dich zu leicht ablenken!« Sie faltete den Fächer zusammen, ließ ihn kurz zur Seite zucken und traf die wild durch das Zimmer kreisende Fliege mitten im Flug. Sie fiel in hohem Bogen zu Boden und rührte sich nicht mehr.

Die dunkelhäutige Frau schloss kurz die Augen, atmete einmal tief ein und aus und verkündete dann: »Es sind drei. In dieser Richtung sind es zwei Möwen, und dort, über dem offenen Meer, sind es zu viele, um sie zu zählen. Wie du siehst, ist es möglich.«

Feja seufzte. Sie hatte sich auf diesen Unterricht wirklich gefreut, aber jetzt schien es, als würde sie alles falsch machen.

»Noch einmal, Mädchen – versuche die Wand zu durchdringen!«

Feja versuchte es wieder und wieder. Sie schloss die Augen, sie blickte in eine andere Richtung, sie lauschte, schnupperte, die Magierin erlaubte ihr sogar, die Steine zu befühlen, aber sie versagte vollkommen. Bald zitterte sie am ganzen Leib.

»Versuchen wir etwas anderes«, schlug die Meme vor. Sie drückte Feja einen Stock in die Hand. »Biege ihn!«

Feja betrachtete den Stock misstrauisch, den ihre Lehrerin

offenbar aus dem Nichts herbeigezaubert hatte. Sie versuchte es, aber er gab kaum nach. Sie biss die Zähne zusammen und verdoppelte ihre Anstrengung. Endlich knarrte das Holz ein wenig, und die Enden verbogen sich um eine Fingerbreite. Lange konnte sie die Spannung nicht halten.

»Noch einmal!«

Wieder quälte sich Feja, ohne viel zu erreichen. Aber wieder verlangte die Magierin, dass sie es versuchte. Ihre Kräfte ließen jedoch schon bald nach.

»Strengst du dich an?«, fragte Meme Salmango, als Feja ihren fünften Versuch keuchend aufgab.

Feja keuchte und nickte.

»Du sollst dich nicht anstrengen – du sollst den Stock biegen!«

Allmählich verzweifelte Feja. Das Gefühl, einfach nicht zu verstehen, was diese Frau meinte, wurde übermächtig. Sie fühlte sich hilflos, klein und völlig unfähig.

»Ist es zu schwer?«

Feja kämpfte noch einmal mit aller Kraft gegen das sture Stück Holz, dann gab sie auf. »Ich schaffe es einfach nicht, Meme«, sagte sie leise.

»Und möchtest du wissen, woran das liegt? An deiner Atmung! Dein Körper verkrampft, weil du atmest wie ein Ochse, der den Pflug zieht. Aber du sollst hier keine schwere Last bewegen, du sollst die Leichtigkeit der Magie erfahren. Deshalb wirst du, wie alle Schüler vor dir, zuallererst lernen, richtig zu atmen.«

Nahm die Frau sie auf den Arm? Was sollte der Atem mit dem Biegen des Stocks zu tun haben? Oder damit, durch Wände zu sehen?

Die Meme forderte sie auf, noch einmal die Grundposition einzunehmen, korrigierte Schulter und Kinn und zeigte ihr dann, wie sie zu atmen habe. »Atme ein – und zähle in Gedanken bis drei, atme aus – und zähle bis vier.«

Feja atmete, zählte, atmete wieder und wieder, genau, wie Meme Salmango es ihr vormachte.

»Jetzt nimm den Stock in die Hände, atme ein, und wenn du ausatmest, biegst du ihn.«

Feja tat, was sie verlangte, und das Holz – bog sich. Verblüfft starrte sie den Stock an.

»Noch einmal«, forderte die Lehrerin.

Feja wiederholte die Übung, und wieder gehorchte der Stock. »Aber wie …?«

»Es ist die Magie des Odems, wie die Sturmmagier sagen. Dein Körper hat mehr Kraft, als du ahnst, aber du musst sie fließen lassen! Dein Verstand, der denkt, dass er es nicht schafft, ist dir im Weg. Höre auf deinen Atem – er bringt dich ins Gleichgewicht.«

»Kann ich jetzt auch durch Mauern sehen?«

Die Magierin lachte. »Das glaube ich nicht. Du kannst es versuchen, aber du wirst wahrscheinlich viele Jahre brauchen, um auch nur zu verstehen, was ich meinte. Du bist noch weit von der Magie entfernt, Kind.«

»Aber warum …?«

Die Magierin nahm ihr den Stock ab. »Dies ist etwas anderes, als Fechten zu lernen. Du musst begreifen, dass du nichts weißt und dass du bisher ein Leben weit unter deinen Möglichkeiten geführt hast. Erst, wenn du das verstanden hast, ist der Boden für meine Saat bereitet. Und erst dann werden wir uns daranmachen, dein Lindross zu suchen. Vier Säulen hat die Magie, lehren die Alten – Lindross, Fliod, Bargan, Midgav, oder, wie man im Langwald wohl sagen würde, die Pforte, den Fluss, das Gefäß und das Geschenk. Aber diese Säulen müssen auf einem soliden Fundament errichtet werden. Du wirst dein Lindross nicht finden, wenn du nicht richtig atmen kannst. Und ohne die Pforte musst du dir über die anderen drei Säulen noch keine Gedanken machen. Jetzt geh und übe, wann immer du kannst.«

Als Feja nach dem Mittagessen über den Hof der Oberfeste lief, sah sie einen Bruder am Eingang zur Grotte stehen. Von hinten sah er aus wie Bruder Span. Der Sturmrat hatte gesagt, dass er ihn in die Stadt geschickt hatte. War er etwa schon zurück?

Sie lief hinüber, um endlich mit ihm zu reden. Als sie auf halbem Wege war, rief jemand ihren Namen.

Da stand ein Karren am Steinkreis, und ein Were war dabei, Kisten abzuladen. Er rief noch einmal und winkte sie heran. Widerstrebend folgte sie der Aufforderung. Es sah so aus, als müsse Bruder Span noch ein wenig warten.

»Verzeiht, mein Fräulein, aber ich wäre sehr dankbar, wenn Ihr mir mit diesen Kisten helfen könntet. Ich bin nicht mehr der Jüngste, und mein Rücken …«

Sie packte mit an und fand die Kisten nicht besonders schwer. »Habe ich Euch nicht am Hafen gesehen? Ihr habt mit Meister Caron gesprochen, als ich mit Bruder Yorn davonsegelte.«

Der Were verbeugte sich leicht. »Das ist möglich. Ich bin Skuran Orchon, zu Euren Diensten.«

»Meister Orchon? Dann habt Ihr das Mondspiel im Tempel gebaut!«

Der Were seufzte mit einem Lächeln. »Deswegen bin ich hier. Das Spielwerk muss einmal im Jahr gereinigt, gewartet und justiert werden. Ich könnte übrigens Hilfe dabei gebrauchen.«

Feja blickte über den Hof. Der Bruder, der vielleicht Bruder Span gewesen war, war verschwunden. Sie nickte. »Ich helfe Euch gerne, Meister Orchon.«

»Das ist sehr freundlich von Euch, Fräulein Feja.«

»Woher kennt Ihr meinen Namen?«

»Ihr seid das Mädchen, von dem mir meine Freunde Hrellech und Adach erzählt haben, oder?«

»Ihr kennt sie?«

Er lächelte wieder. »In Braake leben keine zweihundert unseres Volkes. Wir kennen einander. Und Gewisse kennen wir eben besonders gut.«

»Gewisse?«, fragte sie, neugierig geworden.

Er lachte und stemmte eine Kiste vom Wagen. »Vielleicht kann ich Euch während der Arbeit das eine oder andere über uns erzählen – wenn es Eure Zeit erlaubt, heißt es.«

»Ich bin zur Arbeit in den Ställen eingeteilt, aber ich könnte Meister Svelgar fragen, ob ich Euch helfen darf.«

»Oh, das wäre schön«, meinte der Were. »Ich habe ihn gebeten, mir Hilfe an die Seite zu stellen, und er meinte, ich könne mir einen der Schüler aussuchen. Ihr scheint mir recht geschickt zu sein – und außerdem habt Ihr keine Scheu vor uns Weren.«

Feja lief kurz hinüber ins Haupthaus und fand Meister Svelgar in seiner Kammer, wo er in tiefer Nachdenklichkeit versunken saß. Er roch gar nicht nach Wein, wie Feja feststellte. Er erlaubte ihr mit einem Nicken, dem Weren zur Hand zu gehen, also kehrte sie zum Steinkreis zurück.

Sie half dem Rotschmied, die letzten Kisten und dann die lange Leiter, die er mitgebracht hatte, in den Tempel zu schaffen.

»Ich glaube, Eure Leiter ist zu kurz, Meister Orchon«, meinte sie, als sie zu den Monden aufblickte.

»Wir werden sehen«, erwiderte der Were. »Seid so gut und entzündet die Lampen des Tempels. Wir brauchen mehr Licht.«

Feja hatte keine Ahnung, wie sie das anstellen sollte, aber der Were zeigte ihr, wo sie den langen Anzünder mit dem Haken finden konnte, und erklärte ihr dann geduldig, wie sie ihn und die langsam glimmende Lunte zu handhaben hatte.

»Seid Ihr Linkshänderin?«, fragte er, als sie mit dem langen Haken nach der ersten Laterne angelte.

»Ich hoffe, das beleidigt die Götter nicht«, sagte sie, plötzlich verunsichert.

»Nein, nein!«, beeilte sich Meister Orchon zu versichern. »Ich habe nur noch nie einen linkshändigen Zauberer kennengelernt.«

Feja entzündete die Laterne und fand den Rotschmied dann hinter dem schwarzen Vorhang, der das Mondspiel unterteilte.

Hier war Feja noch nie gewesen. Der Were öffnete einen großen Kasten und enthüllte ein Gewirr aus Zahnrädern, Pendeln und Ketten. Darüber folgten drei der sechs Monde ihrer vorgegebenen Kreisbahn. Ein leises Klicken begleitete sie.

»Alle sieben Tage muss jemand die Gewichte aufziehen«, erklärte der Were, als er die Leiter hinaufstieg. »Aber einmal im Jahr komme ich selbst und sehe nach dem Rechten.« Er wischte mit einem Lappen über das Räderwerk, dann verteilte er mit einer kleinen Kanne Öltropfen an der einen oder anderen Stelle. Über ihm schob sich Eortha ein kleines Stück weiter.

»Wäret Ihr so freundlich, mir diese Pergamente hinaufzureichen, die dort liegen?«

Feja streckte sich und übergab ihm das dicke Bündel. Er blickte eine Weile hinein, dann seufzte er. »Sie geht ein wenig nach, wie mir scheint. Ich brauche den Anzünder, das heißt, ich brauche natürlich nur den Haken.«

Auch den reichte Feja nach oben und sah staunend zu, wie der Were mit leichter Hand den Mond aus seiner Umlaufbahn hob. »Fangt Ihr ihn bitte auf?«, fragte er und warf ihn ihr auch schon zu.

Feja schrak zusammen, aber sie fing die bräunliche Kugel gerade noch rechtzeitig. Sie war viel leichter, als sie aussah. Sie musste innen hohl sein.

»Legt sie am besten da auf die Tücher. Wir werden sie alle polieren müssen. Dafür, dass der Tempel so selten genutzt wird, hat sich erstaunlich viel Ruß auf den Monden abgesetzt.« Er warf ihr zwei weitere Monde zu. Dann wechselten sie auf die andere Seite des Vorhangs, wo Brunas und seine verbliebenen Geschwister Afa und Nir im Altarraum ihrer Bahn folgten.

»Und die Sonne?«, fragte Feja, als sie Nir gefangen und abgelegt hatte.

Der Were kratzte sich am Hinterkopf. »Für Padhrar brauche ich tatsächlich eine längere Leiter. Da er unbewegt da oben steht, muss ich bei ihm nie etwas einstellen.« Er seufzte. »Ich habe mir etwas dabei gedacht, als ich ihn unbeweglich gestaltete, aber ich glaube, die Utorer haben diese Anspielung nie verstanden. Und ich habe nicht bedacht, dass ich ihn von Zeit zu Zeit polieren sollte. So wird er bald vom Glanz seiner Kinder überstrahlt werden. Na, ich lasse mir für meinen nächsten Besuch etwas einfallen.«

Er warf Feja einen Lappen zu. »Wenn Ihr wollt, könnt Ihr mir auch beim Reinigen helfen. Doch seid vorsichtig, dass Ihr sie nicht verbeult.«

Feja nahm sich Galtara vor und polierte vorsichtig ihre vernarbte Seite. »Was für eine Anspielung meintet Ihr?«

»Auf das Ende der Liebe von Edamara zu Padhrar, dem Allvater, wie die Utorer ihn nennen.«

»Ich weiß zwar, dass die Weren im Langwald gerne auf die Liebe dieser Götter schwören, doch haben sie mir nie mehr davon erzählt.«

»Das wundert mich nicht, denn die Utorer wollen diese Geschichte meist nicht hören«, sagte Meister Orchon, der mit sanften Bewegungen Nir von Ruß und Staub befreite. »Wie Ihr vielleicht wisst, waren es Padhrar, der Herr des Himmels, und Edamara, die Gebieterin der Fluten, die die Welt gemeinsam schufen. Als die Arbeit getan war, vereinigten sie sich in Liebe auf dem höchsten Berg von Edun, der schönen Insel, die Edamara zu diesem Zweck erschaffen hatte. Und jedes Mal, wenn sie einander liebten, gebar Edamara eine neue Rasse. Ihre ersten Kinder waren die Nykken, die jede Quelle und jeden Fluss und das Meer bewohnten. Auch alle Tiere, vom Drachen bis hinab zum Wurm und vom Huhn bis hinauf zum Adler wurden so erschaffen. Aber nachdem Edamara die ersten Menschen, die Weren, auf die Welt brachte, gab es Streit zwischen den beiden Schöpfern. Denn Padhrar gab ihnen Neugier und wünschte sich, dass sie auszögen und die ganze Welt eroberten, was Edamara nicht wollte. Viele Menschen folgten seinem Wunsch und zogen hinaus in die Fremde, aber ihr Verstand war nicht so groß wie ihre Neugier. Sie verloren den Pfad, den der Allwalter ihnen vorgegeben hatte, und so lernten sie Tod, Not und Zerstörung kennen.

Die Weren aber blieben auf Edun, und Edamara schenkte ihnen Magie und Weisheit und überließ ihnen diese Insel, auf der sie Jahrtausende in guter Nachbarschaft mit den Nykken lebten. Sie grollt Padhrar, weil er ihre jüngsten Kinder in fremden Ländern ins Unglück geführt hat, und seit jenem Tag bleibt ihr gemeinsames Bett in den Bergen von Edun verwaist und verborgen unter ewigem Schnee. Und genau deshalb habe ich die Sonne dort oben stehen lassen, wo sie steht, denn Padhrar besucht die Erde nicht mehr. Und außerdem«, setzte er mit einem Zwinkern hinzu, »wäre es sehr schwierig, ein Spielwerk zu bauen, das die schnelle Bewegung der Sonne richtig abbildet.«

»Das heißt also, wir Utorer gehören zu den Unglücklichen, die Edun einst verlassen haben?«

Der Were nickte und legte den schwarz glänzenden Nir auf einem Tuch ab.

»Demnach sind wir also ursprünglich alle von einem Volk?«

»Es gibt nicht viele Aschlinge, die das hören und so gelassen hinnehmen«, sagte der Rotschmied anerkennend.

»Nun, es ist eine Sage, oder? Ich bin kein Kind mehr und weiß, dass nicht alles wahr ist, was in Sagen erzählt wird.«

»Ihr könntet Adach danach fragen. Und wenn Ihr dann immer noch meint, das sei nur eine Sage …«

»Meister Adach? Ah, weil er der Ganamon ist!«

Der Rotschmied sah sie offenkundig erstaunt an. »Ihr wisst, was das ist?«

»Nicht genau«, gab sie zu.

»Ein Ganamon trägt die Erinnerungen der Ahnen in sich. Die Last Tausender Leben liegt auf seinen Schultern, aber Adach fehlt es an der Kraft, sie zu tragen. Denn diese Kraft speist sich aus der Magie, zu der uns der Zugang versperrt ist, weil diese Aschling-Hexer …« Er brach mitten im Satz ab.

Feja überraschte der bittere Ton. »Es ist schwer zu begreifen, wie ein Mann die Erinnerungen von so vielen Leuten in sich tragen kann.«

»So haben wir unsere Kultur bewahrt – über die Jahrtausende. Doch das ist vorbei. Adach ist der Letzte seiner Art, und wenn er stirbt, ist die Weisheit der Ahnen für immer verloren.«

Eine Weile polierten sie schweigend die Monde, dann sagte der Were plötzlich: »Ich muss Euch um Verzeihung bitten. Ich wollte Euch keinesfalls beleidigen. Ihr scheint ein guter Mensch zu sein, und mir ist bewusst, dass Ihr nichts für die Verfehlungen könnt, die von Euren Vorgängern vor tausend Jahren begangen wurden.«

»Was meint Ihr?«

»Ihr wisst schon … der Raub der Magie durch die Gauch… die alten Magier.«

Feja runzelte die Stirn. »Die Weren vom Langwald beklagen den Verlust in ihren Erzählungen, aber ich habe nie verstanden, was sie meinen. Die Magie ist ja noch da. Sonst gäbe es doch keine Zauberer.«

Meister Orchon seufzte tief und musterte den schimmernd blauen Mond in seiner Hand. Dann polierte er eine Stelle noch einmal mit seinem Tuch. »Wir Weren reden nicht gerne darüber, und die Utorer stellen die Dinge aus ihrer eigenen Sicht ganz anders dar. Aber ich will Euch nicht in Zwiespalt mit den Überlieferungen Eures Ordens bringen, wertes Fräulein.«

Jetzt war Feja wirklich neugierig geworden. »Ich würde aber sehr gerne hören, was die Weren darüber sagen, Meister Orchon.«

»Habt Ihr schon gelernt, dass die Zauberer, die von Utor im Jahr des Untergangs nach Edun kamen, die Magie an bestimmten Orden bündelten? Ihr könnt diese Orte leicht finden, denn dort sitzen ihre magischen Bruderschaften. Die Feuermagier herrschen vielleicht über Lente, aber ihre Stammburg steht im Königswald. Die Sturmmagier residieren in den Bergen bei Nargatt, die Wassermagier in Boddlei, und die Erdmagier wandern nur ohne Heim durch Edun, weil sie ihren Stammsitz den Heilern von Walbucht überlassen haben. Und es ist Euch sicher bekannt, dass Euer Orden nicht ohne Grund hier auf diesem Felsen lebt.«

Feja nickte vage. Ihre Mitschüler hatten etwas in der Richtung erwähnt.

»Sie behaupten, die Magie habe brachgelegen, aber das ist eine Lüge«, fuhr der Were fort. »Die Magie war frei und allgegenwärtig! Sie durchdrang jeden Stein, jeden Baum, jedes Tier und jeden Weren. Sie war für unsere Ahnen so selbstverständlich wie das Atmen. Im alten Edun kannten wir weder Missernten noch Krankheiten, denn wir waren eins mit diesem Land. Doch dann kamen die Utorer. Sie rissen die Magie aus uns heraus, sperrten sie ein und fesselten sie, um sie zu ihrer Sklavin zu machen.«

Feja starrte den Rotschmied entsetzt an. Das konnte unmöglich wahr sein!

Als er ihren Gesichtsausdruck bemerkte, lächelte er traurig. »Verzeiht mir die harten Worte. Das geschah lange vor Eurer Zeit, und ich sehe Euch an, dass Ihr die Magie zum Guten verwenden werdet. Das könnt Ihr hier lernen, auch wenn dieser Orden von allen die dunkelste Vergangenheit hat.«

»Was meint Ihr damit?«, fragte Feja, die das Gefühl hatte, dass ihr gerade jemand den Boden unter den Füßen wegzog.

Der Were rückte die Leiter zurecht, um die ersten Monde wieder auf ihre Bahn zu bringen.

»Ach, fragt einfach Eure Oberen, oder fragt Ailon Bainach. Er hat eine Schwäche für die alten, blutigen Geschichten. Ich will Euch jedenfalls nicht damit beunruhigen. Schon immer beruft sich diese Bruderschaft auf das Morgengrauen, aber ihre Macht speist sich aus der Dunkelheit. Doch es heißt, das sei vorbei und der Graue Orden beschreite seit langer Zeit hellere Pfade. Vielleicht hätte ich Euch die alten Geschichten gar nicht erzählen sollen. Niemand spricht darüber, man könnte sagen, es ist ein Geheimnis – auch wenn jeder davon weiß.«

»Ein Geheimnis?«

Meister Orchon setzte Brunas auf seine Bahn. »Ich weiß nur, dass die Aschlinge dem Graufenn alle Magie entrissen, aber selbst noch über Zauberei verfügen. Und sie haben ihre Feste an einem heiligen Ort errichtet. Hier haben wir früher die Nykke Rennviga verehrt und ihr dafür gedankt, dass sie uns vor dem Seedrachen rettete. Doch lassen wir das. Seid so gut, und helft mir noch einmal mit der Leiter. Es wird Zeit, dass wir die letzten Monde wieder auf ihre Bahn bringen. Ich muss auch bald zurück nach Braake. Es ist ein Westfahrer in den Hafen eingelaufen, und ich hoffe, er hat ein paar Dinge von dort zurückgebracht, die hier …«

»Ein Schiff?«, unterbrach ihn Feja aufgeregt. »Wie heißt es? Ist es die *Wogenkönigin?*«

»Nein, es ist die *Albatros*, wenn ich richtig gehört habe. Sie kam, als ich schon auf dem Weg zum Tor war, sonst wäre ich gleich … Was ist? Ihr seht enttäuscht aus.« Er stieg von der Leiter.

»Mein Vater ist auf der *Wogenkönigin* nach Westen gesegelt, und ich hatte gehofft …«

»Ah, Ihr wartet auf seine Rückkehr? Dann solltet Ihr mit den Männern der *Albatros* reden. Es gibt nicht viele Häfen an der Schreckensküste, die unsere Westfahrer anlaufen dürfen, und vielleicht haben sie das Schiff Eures Vaters dort getroffen. Helft mir bitte mit der Leiter.«

Feja packte mit an, war aber nicht bei der Sache. »Meint Ihr wirklich, dass sie die *Wogenkönigin* gesehen haben könnten?«

»Fragen kostet nichts, oder?«, sagte der Rotschmied, als er die Sprossen hinaufstieg.

»Könnt Ihr mich in die Stadt mitnehmen, Meister Orchon? Ich helfe Euch auch, Euren Wagen weiter zu entladen, ich ... ich muss nur einen der Meister fragen, ob ich die Feste verlassen darf!«

Sie war schon aus dem Tempel, bevor der Rotschmied auf ihre Frage überhaupt antworten konnte.

Skuran Orchon war zufrieden. Er befestigte den letzten Mond an seinem Platz, stieg die Leiter hinab und brachte sie zurück in das Hauptschiff des Tempels. Lächelnd blickte er hinauf zur metallenen Sonne, die über seinem Spielwerk thronte. »Für dich muss ich mir wirklich etwas überlegen«, murmelte er. »Du wirst von deinen Kindern überstrahlt, und das ist nicht, wie es sein sollte.«

»Flehst du zum Schöpfergott um Erleuchtung, mein Freund?«

Orchon fuhr herum. Er hatte niemanden hereinkommen hören. Aber da stand ein bleicher Were in der Mitte des hell erleuchteten Tempels.

»Bainach! Hast du mich erschreckt.«

»Ich sehe, du bist fast fertig. Hattest du noch vor, deinen alten Freund zu besuchen, oder bist du schon auf dem Heimweg?«, fragte der Ailon.

»Ich hätte dich schon noch besucht, wenn nicht gerade etwas dazwischengekommen wäre.«

»Sicher hättest du das«, entgegnete der Knochenmann gleichmütig.

»Wie bist du hier hereingekommen? Doch nicht durch die Pforte, oder?«

»Du weißt doch, dass ich bei Tag ungern in die Sonne trete«, meinte der Ailon.

Der Rotschmied runzelte die Stirn. Es musste hier einen Geheimgang geben. Warum kannte er den nicht? Er hatte Tage in diesem Tempel verbracht, als er das Spielwerk aufgebaut hatte. »Wie lange bist du schon hier?«

»Lange genug, um zu sehen, dass du Gesellschaft hattest.«

»Das Mädchen? Es half mir nur bei meiner Arbeit, nichts weiter. Ein nettes Mädchen, diese Feja.« Er griff zum langen Anzünder, drehte ihn um und machte sich daran, die Laternen zu löschen.

Der Ailon schnaubte verächtlich. »Rede keinen Unsinn, Freund. Sie stammt von einem Hof, der nach dem Drachen benannt ist. Also ist sie diejenige, die du so sehnsüchtig erwartet hast. Doch warum hast du mit ihr gesprochen? Und warum lockst du sie nun in die Stadt? Du behauptest, ein Monddeuter zu sein, aber dann solltest du dich aus dem Schicksal dieses Mädchens heraushalten.«

»Es war reiner Zufall, dass ausgerechnet sie mir half.« Orchon löschte noch eine Laterne. Das große Spielwerk sank langsam zurück in die Dämmerung. Brunas rückte mit lautem Ticken ein Stück vor. »Aber kannst du mir denn verdenken, dass ich sie sehen will? Du weißt, welche Hoffnungen ich mit ihr verbinde.«

Der Knochenmann beobachtete ihn, rührte sich aber nicht vom Fleck. Seine heisere Stimme hallte von den hohen Wänden wider, als er fortfuhr: »Ich weiß, dass du an Legenden glaubst, was dumm ist, denn das Schicksal der Welt kann nicht von einem einzelnen Mädchen oder Weren abhängen. Die Alte Zeit ist vergangen. Sie kehrt nicht zurück, nur um deinen Sohn zu heilen. Und noch einmal – keiner unserer Monddeuter hätte versucht, die Kräfte zu lenken, die er doch nur beobachten durfte. Und kein echter Mentunglamak wäre auf Tabellen und Zahlen angewiesen gewesen.«

»Du hast doch selbst die Pfade der Weren verlassen und dienst diesen Gauchen-Hexern mit deiner Knochensäge. Außerdem habe ich nur ein wenig mit ihr geredet, nichts weiter.«

»Ich habe zugehört, mein Freund. Du hast mehr getan, als mit ihr zu plaudern. Du hast den Samen des Zweifels in ihr gesät.«

»Ist das nicht meine Sache?«, brummte Orchon missmutig. Er löschte die nächste Laterne. Der Knochenmann stand zwischen den Lichtkegeln, die durch die schmalen Fenster in den Tempel eindrangen. Er war so bleich, dass es aussah, als würde er von innen leuchten.

»Du willst ihren Weg verändern, Skuran. Das ist gefährlich, für sie – und für dich!«

»Was verstehst du schon davon?«, knurrte der Rotschmied. Er hatte die letzte Laterne gelöscht. Jetzt öffnete er die beiden Flügel der Tempelpforte und blinzelte in die Sonne. »Ich danke dir für deinen ungebetenen Rat, Albaek Bainach. Wenn du mir wirklich helfen willst, dann mit diesen Kisten. Nein? Das dachte ich mir.«

Er drehte sich um. Der Knochenmann war verschwunden.

Skuran Orchon fühlte sich dennoch unglücklich, als er den Wagen bestieg. Der Ailon hatte recht: Er durfte nicht eingreifen. Er war zwar behutsam vorgegangen, aber es war noch nicht abzusehen, welche Früchte die Saat bringen würde, die er heute ausgebracht hatte. Er musste nach Hause, die Mondmaschine befragen. Und auf dem Weg in die Stadt würde er Gelegenheit haben, dieses Mädchen näher kennenzulernen, herauszufinden, ob Feja seine Hoffnungen rechtfertigte. Sie kam gerade völlig außer Atem aus dem Haupthaus zurück. »Ich darf Euch begleiten! Meister Caron hat es erlaubt.«

Ginnar Dregin betrat den Tempel. Es war an der Zeit herauszufinden, ob das Mädchen aus dem Langwald für seine Pläne taugte. Meister Svelgar hatte vorhin beiläufig erwähnt, dass Feja hier sei, aber der Tempel lag dunkel und verlassen da. Es roch nach Politur.

»Sie ist nicht hier«, sagte eine Stimme aus der Finsternis.

»Bainach? Seid Ihr das?«

»Orchon hat sie mitgenommen«, sagte der Were und tauchte im Zwielicht auf.

»Der Rotschmied? Weshalb?«

»Es liegt ein Westfahrer im Hafen. Deshalb wollte sie mit. Warum Orchon sie mitnimmt, ist eine ganz andere Frage. Und es ist auch eine Frage, warum Ihr nach Feja sucht.«

»Ordensangelegenheiten, Ailon.«

»Ich soll also keine dummen Fragen stellen, Bruder Dregin?«

»Wenn Ihr es so ausdrücken wollt. Doch was geht *Euch* dieses Mädchen an?«

»Nichts. Das habe ich mit Euch und Orchon gemeinsam. Wir

sollten sie in Ruhe ihren Weg finden lassen und nicht versuchen, sie in die eine oder andere Richtung zu zerren.«

Dregin runzelte die Stirn. »Ich danke Euch für die Auskunft, Bainach«, sagte er. »Wenn Feja nicht hier ist, werde ich wohl eine andere Schülerin für diese Angelegenheiten suchen müssen.«

Er ließ den Ailon stehen, ging hinunter zu den Ställen und beobachtete die Mädchen. Gabra war für seine Zwecke zu groß, Nemma zu kräftig, dann musste es die kleine Bele sein. Er rief sie zu sich, und sie kam eilig herbeigelaufen.

»Bist du bereit, dem Orden heute Nacht einen Dienst zu erweisen?«

Sie nickte eifrig.

»Hast du Verwandte in Braake? Sehr gut. Du wirst den anderen erzählen, dass du sie besuchen wirst, wenn sie danach fragen, verstanden? Und beeil dich. Unser Schiff wartet in der Grotte.«

Das Mädchen hüpfte ausgelassen neben ihm her. Feja wäre Dregin aus verschiedenen Gründen lieber gewesen, aber die Monde standen nur für wenige Stunden günstig, und sein Plan duldete keinen Aufschub.

7.

Der Wagen des Rotschmieds war für Fejas Geschmack viel zu langsam. Es wurde schon dunkel, und die Lichter von Braake schienen immer noch weit entfernt. Der Were hatte es offenbar nicht eilig, dafür interessierte er sich sehr für ihre Vergangenheit. Er erkundigte sich nach ihren Eltern, den Großeltern, dem Leben im Langwald. Eigentlich wollte er ganz ähnliche Dinge wissen wie Meister Dregin, nur dass er sich scheute, nach ihrer magischen Begabung zu fragen.

Sie gab bereitwillig Auskunft, musste den Rotschmied jedoch mehr als einmal bitten, seine Frage zu wiederholen, weil sie mit ihren Gedanken bei ihrem Vater war. Endlich erreichten sie das Ochsentor im Norden der Stadt, und die Wachen ließen sie ohne Verzögerung hinein.

»Warum werden all die anderen Wagen durchsucht, Meister Orchon?«, fragte sie, als sie an einem Heuwagen vorbeirollten, in dessen Ladung Soldaten mit langen Speeren herumstocherten.

»Sie suchen nach Schmuggelgut und nach Unruhestiftern, aber sie werden nichts finden. Wer etwas zu verbergen hat, nimmt den Weg über den Fluss, denn der ist viel schwerer zu kontrollieren.«

Endlich hielt der Wagen vor der Werkstatt des Weren. Feja konnte es kaum erwarten, zum Hafen zu rennen, dennoch bot sie dem Schmied ihre Hilfe beim Entladen an.

»Das ist nicht nötig, mein Fräulein. Ich habe einen Gehilfen, der mir zur Hand gehen wird. Lauft ruhig los, ich weiß doch, dass Ihr es eilig habt.«

Feja bedankte sich und stürmte davon. Sie stieß mit einigen fluchenden Seeleuten zusammen und nahm sich kaum Zeit, sich zu entschuldigen. Endlich erreichte sie den Hafen. Einige gelbe Laternen kämpften gegen die fortgeschrittene Dunkelheit, und die Stimmung war ganz anders, als sie es bei Tage gewesen war. Außer einem einsamen Wachmann schien hier niemand mehr zu arbeiten, dafür drangen aus den zahlreichen Schänken Lärm und Gelächter. Doch wo war der Westfahrer?

Sie lief hinüber zu dem Wachmann und fragte ihn.

Der Graukopf hob seine Laterne und nahm sie gründlich in Augenschein, bevor er antwortete.

»Die *Albatros?* Sie liegt drüben auf der anderen Seite des Hafenbeckens. Seht Ihr die Laternen dort oben am Himmel? Die hängen an ihren Masten. Doch wartet – Ihr wollt doch nicht etwa da hinüber, mein Fräulein?«

»Ich muss. Warum fragt Ihr?«

»Ihr seid wohl nicht aus Braake, wie? Das ist das dunkle Ende des Hafenviertels, keine Gegend, in der sich ein junges Fräulein um diese Zeit allein herumtreiben sollte.«

»Es wird mir schon nichts geschehen, Mener. Es muss sein, die Seemänner sind meine einzige Hoffnung!«

Der Wachmann schüttelte das graue Haupt. »Ich kann es eigentlich nicht erlauben, aber schön – ich werde Euch Geleit geben. Habt Ihr denn nicht von den Morden gehört, die hier geschehen sind? Irgendeine Bestie treibt in diesem Viertel ihr Unwesen – doch ich will verdammt sein, wenn sie während meiner Schicht eine junge Dame zu fassen kriegt!« Der Wachmann duldete keine Widerrede. Er schulterte seine Hellebarde und führte Feja mit der Laterne in der Hand um das weite Hafenbecken herum.

»Gehe ich recht in der Annahme, dass Ihr von der Feste seid?«, fragte er, während er langsam neben ihr herschlurfte.

Feja nickte. »Ich bin seit einigen Wochen dort.«

»Ich habe gelernt, den Graumagiern besser keine Fragen zu stellen, doch wüsste ich schon gerne, was Euch zu so später Stunde hierherführt. Die *Albatros* wird morgen auch noch hier sein, wisst Ihr …«

»Ich erhoffe Nachricht von Verwandten zu erhalten, die ebenfalls auf einem Westfahrer Dienst tun«, antwortete sie.

Ihr Beschützer wurde langsamer. »Eine gefährliche Reise, ohne Frage, und doch wird sie immer wieder unternommen. Mein Vater war ein Aschfahrer. Zwölf Mal hat er im untergegangenen Utor nach Schätzen gesucht, doch von der dreizehnten Fahrt kam er nicht zurück. Die Asche hat ihn verschlungen. Ist es nicht ein düsteres Wunder? Fast tausend Jahre ist es nun her, dass der Glutberg von Utor die Stadt zerstörte – und noch immer spuckt er Feuer.«

»Es tut mir leid, dass Euer Vater den Tod fand«, sagte Feja höflich, aber mit wachsender Ungeduld. Sie bemerkte einen Lastkahn, der dicht an der Mauer lag. War das nicht Bruder Yorns Schiff? Seltsam, sie hatte den Bruder vor ihrem Aufbruch noch in der Feste gesehen.

»Welch ein gefahrvoller Beruf, die Seefahrerei ... Feuerspeiende Berge in Utor, Schiffe verschlingende Ungeheuer an der Schreckensküste – und dazwischen nichts als Wasserwüsten, die von Stürmen und turmhohen Wellen geplagt werden. Nein, das wäre nichts für mich. Versteht mich nicht falsch, mein Fräulein, ich bin kein Feigling. Ich stelle mich jeder Gefahr – solange ich dabei festen Grund unter den Füßen habe.«

»Das ehrt Euch«, murmelte Feja. Sie konnte die *Albatros* jetzt gut erkennen. Das Schiff sah mitgenommen aus. Von der Heckreling schien ein Stück zu fehlen, und der hinterste der drei Masten war knapp über der Laterne abgebrochen.

»Seht Ihr, was ich meine?«, fragte der Wachmann und wies auf das beschädigte Heck.

»Ich sehe es, und ich danke Euch für das Geleit.«

»Nichts zu danken, mein Fräulein. Seid vorsichtig – und ruft mich, wenn Ihr Euch auf den Rückweg macht und ich nicht in der Nähe sein sollte. Diese Gegend ist gefährlich, vergesst das nicht.«

Feja versprach, daran zu denken, und lief hinüber zu dem Steg, der vom Kai zum Schiff führte. Kurz vor dem Steg hielt sie inne und rief hinauf.

Das zerfurchte Gesicht eines Matrosen tauchte über der Reling auf. »Was wollt Ihr hier zu so später Stunde?«

»Ich suche nach meinem Vater, der auf der *Wogenkönigin* nach Westen segelte. Habt Ihr dieses Schiff vielleicht getroffen, Mener Seefahrer?«

»Ich kenne die *Wogenkönigin* … Ein gutes Schiff, doch sah ich es zuletzt vor über einem Jahr hier im Hafen.«

»Ihr habt an der Schreckensküste nichts von ihrem Verbleib gehört?«

Der Seemann schüttelte den Kopf. »Ich habe das Schiff nie verlassen. Die Honrurer sind feindselig gegenüber allen Fremden und erlauben nur wenigen, ihre Städte zu betreten. Und selbst die sind in Gefahr. So mancher Mann, der auf ein gutes Geschäft hoffte, bekam stattdessen ein Stück Stahl in die Rippen.«

»Ihr wart dort gar nicht an Land?«, fragte Feja, deren Hoffnung mit jedem Wort des Matrosen schrumpfte.

»Unser Kapitän war es. Er ist ein alter Fuchs, der niemanden fürchtet und ein gutes Händchen für Geschäfte hat. Ihn solltet Ihr fragen.«

»So darf ich an Bord?«

»Das dürft Ihr, doch Kapitän Hreggskar ist nicht hier. Ihr findet ihn wohl in einer der Tavernen, zusammen mit jenen, die nicht am ersten Abend in der Heimat Wachdienst schieben müssen.«

»Und welche Taverne ist das?«

Der Seemann kratzte sich am Kopf. »Da kommen mehrere infrage. Für gewöhnlich beginnt der Kapitän solche Abende im *Aal*, den *Gekreuzten Schwertern* oder in der *Königskrone*. Manchmal jedoch auch in der *Roten Magd* – die Ihr besser nicht aufsuchen solltet. Ihr erkennt die Schänken leicht an den bemalten Schilden, die über ihren Pforten hängen.«

Feja dankte und machte sich auf die Suche. Sie sah den Wächter in einiger Entfernung das Hafenbecken entlangschlurfen, aber sie hatte nicht vor, ihn erneut um Begleitung zu bitten. Er war schrecklich langsam, und sie war ohnehin der Meinung, dass sie gut auf sich selbst aufpassen konnte.

Kurz darauf betrat sie die Kaschemme, über deren Tür ein Schild mit gekreuzten Schwertern hing. Die Luft verschlug ihr fast den Atem. Es roch nach Branntwein, Zwiebeln, Schweiß und dem

Rauch vieler Kerzen, die die niedrigen Kammern kaum zu erhellen vermochten. Sie zwängte sich durch die brechend volle Stube bis zum Ausschank, an dem die drei Schankmaiden mit dem Zapfen kaum hinterherkamen.

Sie musste brüllen, um sich Gehör bei ihnen zu verschaffen. Eine der Frauen wies mit einem Nicken auf einen besonders lebhaften Tisch. Tatsächlich feierten dort die Seeleute von der *Albatros* ihre glückliche Heimkehr. Offenbar saßen sie schon eine ganze Weile dort und tranken. Feja musste ihre Frage nach Kapitän Hreggskar dreimal wiederholen, bis sie endlich erfuhr, dass er – vermutlich – im *Aal* feiere.

Im *Aal* ging es nicht ganz so laut und lustig zu, aber der Mann, den sie suchte, war nicht dort.

»Er sagte etwas davon, dass er sich der *Roten Magd* in die Arme werfen wolle, und ich nehme an, Ihr wisst, was das heißt, oder?«

Feja nickte. »Und wo finde ich diese Schänke?«

Der Wirt kniff ein Auge zusammen. »Ihr wisst wohl doch nicht so genau, was ich meinte. Jedenfalls ist das kein Ort für Euch. Ihr solltet bis morgen warten.«

»Ich kann aber nicht warten!«

»Und ich kann Euch nicht sagen, wo dieses Haus ist, denn meine Seele würde Schaden nehmen. Übt Euch in Geduld, Fräulein.«

Enttäuscht wollte Feja die Schänke verlassen, als eine finstere Gestalt sie verstohlen an ihren Tisch winkte. »Ihr sucht die *Rote Magd?* Da kann ich Euch vielleicht helfen …« Der Mann war schlecht rasiert und roch nach billigem Fusel.

»Könnt Ihr mir denn wirklich sagen, wo ich dieses Haus finde?«

»Ich müsste eigentlich ein paar Münzen für diese Auskunft verlangen, doch seht Ihr nicht so aus, als hättet Ihr Geld dabei. Da Ihr ein freundliches Gesicht habt, will ich für Euch eine Ausnahme machen.« Er erklärte Feja den Weg und sagte schließlich: »Wenn Ihr dort anklopft, fragt nach Hinna, der Mutter des Hauses. Sagt, Grunur habe Euch geschickt, verstanden? Dann wird sie Euch helfen.«

»Ich danke Euch, Mener.«

»Nichts zu danken, mein Fräulein, nichts zu danken. Aber passt auf Euch auf! Es treiben sich allerlei zwielichtige Gestalten in dieser Gegend herum.«

Sie dankte dem Mann noch einmal für die Auskunft und verließ eilig die Schänke. Umwillkürlich schüttelte sie sich. Dieser Grunur war ihr unheimlich. Für wie dumm hielt er sie eigentlich? Sie würde ganz bestimmt nicht in seinem Namen nach dieser Hinna fragen.

Der Weg, den er beschrieben hatte, führte vom Hafen weg in die finstersten Gassen des Viertels. Sollte sie nicht vielleicht doch besser auf den nächsten Tag warten? Meister Caron hatte ihr gesagt, dass sie im Ordenshaus, drüben im Herzviertel von Braake, Quartier für die Nacht nehmen könne. Aber Kapitän Hreggskar hatte vielleicht wirklich etwas über die *Wogenkönigin* gehört, und wer konnte schon wissen, wo er sich morgen herumtreiben würde?

Sie machte sich auf den Weg. Es gab kaum Laternen in diesen schmalen Gassen, und es waren nur wenige Menschen unterwegs. Einmal pöbelten ein paar Betrunkene sie an, ein anderes Mal sah sie ein Pärchen in einer verschwiegenen Ecke in inniger Umarmung. Als sie noch einmal hinsah, war es ihr, als zöge die Frau dem Mann etwas aus der Tasche. Aber sie war sich nicht sicher, und wahrscheinlich ging es sie auch gar nichts an.

Feja folgte dem Weg, den Grunur ihr beschrieben hatte, aber dann stand sie plötzlich vor der Stadtmauer. Sie musste eine Abzweigung verpasst haben. Eilig kehrte sie um und trat wieder in die breite Gasse, die das Gewirr von Häusern durchschnitt. Zwei Männer kreuzten ihren Weg, ohne sie zu bemerken. Sie unterhielten sich halblaut und schienen es eilig zu haben.

Die Gesichter hatte Feja nicht erkennen können, aber dennoch kam ihr eine der Gestalten bekannt vor.

Nachdenklich blickte sie ihnen hinterher, bis ihr plötzlich bewusst wurde, dass dort Meister Dregin durch die Dunkelheit eilte. Was hatte das zu bedeuten? Auch das geht mich vermutlich nichts an, dachte sie, doch ihre Neugier war zu groß.

Kurz entschlossen folgte sie den beiden Männern.

»Ich freue mich, dass Ihr zur Vernunft gekommen seid, Dregin,«, sagte Meister Tasgim, während sie durch die finsteren Straßen hasteten. »Gleichzeitig bin ich überrascht.«

»Weswegen?«, fragte der Sturmrat knapp.

»Immer wenn ich mit Euch über dieses Mädchen sprechen wollte, habt Ihr das Thema gewechselt. Und nun seid Ihr auf einmal bereit, sie uns zu überlassen?«

»Ihr habt starke Argumente, Tasgim«, gab Dregin zurück, »Mitspracherecht bei der Ernennung des nächsten Vogtes dieser Provinz, Wiederherstellung unserer Privilegien an der Trugküste und ein Ausgleich zu unseren Gunsten mit dem Herzog von Isgath – das ist mehr, als ich erwartet hätte.«

»Und viel mehr, als in dem Vertrag steht, den Euer Abot unterzeichnen wollte, nicht wahr? Ja, man könnte sagen, ich drehe das Rad der Geschichte für Euch ein wenig zurück.«

»Aber dafür verlangt Ihr das Mädchen. Ein hoher Preis. Glaubt Ihr, wir wissen nicht, wie begabt Feja ist?«

»Oh, ein derart gewaltiges Bargan ist schwer zu übersehen. Und ich verspreche Euch, dass ich mich persönlich um ihre Ausbildung kümmern werde. Sogar Euer Münzer hat inzwischen bemerkt, welchen Schatz Eure alten Mauern bergen. Er hat gleich versucht, den Preis in die Höhe zu treiben. Dennoch wäre ich über ihn wohl billiger an diese Schülerin herangekommen.«

»Eyrim ist nicht der entscheidende Mann in unserem Orden, Tasgim, und Gold interessiert Abot Yrnos nun einmal nicht besonders.«

»Wohl wahr. Ich nehme dennoch an, dass Yrnos noch nichts von unserem Handel weiß?«

Dregin blieb stehen. »Natürlich nicht. Er versteht nicht, wie ernst unsere Lage inzwischen ist. Er würde nie billigen, was ich heute tue.«

»Ja, ich weiß leider, dass der Sinn für die kultivierteren Vergnügungen in diesem abgelegenen Winkel unseres Königreiches unterentwickelt ist. Dennoch frage ich mich, warum wir zu so später Stunde in diese verrufene Ecke Eurer Stadt gehen, Dregin.«

»Habt Ihr etwa Angst, Tasgim?«

»Mein Koch ist hier ermordet worden, nicht wahr?«

»Der war auch kein mächtiger Zauberer. Wir sind übrigens bald da. Allerdings …«

»Ja?«

»Seid nicht enttäuscht, Tasgim, aber Feja wird möglicherweise verspätet am vereinbarten Ort eintreffen.«

»Verspätet? Warum bin ich dann jetzt schon hier?« Das Misstrauen des Feuermagiers schien wieder erwacht.

»Nun, ich habe unsere jüngste Schülerin mitgebracht. Ihr werdet sie unterhaltsam finden.«

»Feja kommt später aber auch wirklich dazu? Ist das sicher? Ihr werdet sie heute in meine Obhut übergeben?«

»Natürlich. Sonst wäre dieses geheime Treffen doch sinnlos, nicht wahr?«

»Dennoch …«

»Seht Euch unsere Bele an, Tasgim. Wenn sie Euch nicht gefällt, werden wir eben auf Feja warten. Bruder Yorn holt sie gerade aus der Feste. Er müsste bald mit ihr am Hafen eintreffen.«

»Und diese Bele ist die Jüngste, sagt Ihr?«

»So ist es. Ein Kind noch, doch begabt.«

»Nun, es kann nicht schaden, wenn ich mich mit ihr ein wenig unterhalte, während wir auf Feja warten, nicht wahr?«

Die Männer bogen in eine besonders dunkle Gasse ab. Keine einzige Laterne sorgte hier für Licht, und der wolkenverhangene Himmel sperrte die Monde aus. Feja tastete sich beinahe blind voran. Da! Vor einem heruntergekommenen Haus verbreitete eine einzelne Laterne einen gelblichen Schimmer. Die Männer waren verschwunden. Aber weit konnten sie nicht sein.

Feja spitzte die Ohren und hörte Stimmen aus einem finsteren Gebäude, das abweisend vor ihr in den Nachthimmel ragte. War das eine Mädchenstimme? Jetzt sprach ein Mann. Der ölige Tonfall kam ihr bekannt vor. Meister Dregin war das nicht. Feja konnte kaum ein Wort verstehen. Sie schlich vorsichtig näher. Etwas in ihrem Hinterkopf warnte sie, dass das eine schlechte Idee sei. Sie ignorierte die Warnung. Wenn sie nur gewusst hätte, woher sie diese Stimme kannte!

Eine Hand schoss aus der Dunkelheit hervor, packte sie an der Kehle, hob sie hoch und drückte sie gegen die Backsteinmauer des finsteren Hauses. Verzweifelt schnappte sie nach Luft.

»Was hast du hier zu suchen?«, raunte eine Stimme.

Feja kroch das Entsetzen bis ins Mark. Das Flüstern schien von allen Seiten an ihre Ohren zu dringen.

»Du bist neugierig, Feja aus dem Langwald, viel zu neugierig!«

Plötzlich wurde es wie von Zauberhand ein klein wenig heller um sie herum, und sie blickte in das ernste Gesicht von Meister Dregin.

»Mein Vater … Ich … Ich suche einen Kapitän, der vielleicht etwas von meinem Vater weiß«, flüsterte sie halb erstickt. »Dann sah ich Euch.«

»Du wirst mit niemandem darüber reden, dass du mich hier gesehen hast.«

Sie war unfähig, auch nur zu nicken.

Plötzlich ließ die Hand sie los. Sie ging in die Knie und rang nach Luft. Die Dunkelheit, die sich eben noch so rätselhaft aufgehellt hatte, umfing sie erneut.

Und wieder drang ein unheimliches Flüstern an ihr Ohr. »Jetzt verschwinde. Du wirst kein Wort über diese Sache verlieren!« Das war keine Bitte, es war auch kein Befehl – es war eine Feststellung. »Vergiss, was du gesehen hast. Es ist unwichtig. Dein Vater ist viel wichtiger.«

Plötzlich kehrte das Gefühl zurück, dass jemand ihr die Luft abdrückte. Feja wollte etwas sagen, aber sie brachte kein Wort hervor. Sie wäre am liebsten davongerannt, aber sie war wie gelähmt. Dann fühlte sie sich an der Schulter gepackt und um die nächste Ecke gezogen.

Wieder wurde es aus dem Nichts heraus gerade hell genug, um das Gesicht von Meister Dregin erkennen zu können. Er lächelte. »Das hier ist wichtig für mich – aber nicht für dich«, flüsterte er, zu Fejas Erleichterung mit seiner normalen Stimme. »Es spricht sogar für dich, dass du dich dort herumtreibst, wo du nicht sein solltest. Ich bin sicher, dass du einmal eine wirklich hervorragende Graumagierin werden wirst – wenn deine Neugier dir nicht vorher das Genick bricht. Doch genug davon! Ich habe Besseres zu tun, als dich ein paar Zipfel magischer Macht spüren zu lassen. Nimmst du Quartier im Ordenshaus?«

Sie nickte.

»Dann lauf! Und vergiss nicht: Du wirst niemandem sagen, wo du warst und was du gesehen hast!«

Sie nickte wieder, dann rannte sie los. Sie hörte erst auf zu rennen, als sie das Herzviertel erreichte.

Ginnar Dregin sah ihr nach. Dieses Mädchen war erstaunlich. War es wirklich Zufall, dass sie ausgerechnet jetzt hier auftauchte? Er kehrte auf seinen Posten zurück. Diese Frage konnte er später klären. Er legte sein Ohr an die Steine und lauschte auf das Gespräch, das durch die Backsteinmauer drang.

Die Stimme des Feuermagiers klang ein wenig schleppend. Und Bele? Er konnte ihre Angst spüren. Ob sie doch versagen würde? Er glaubte, sie gut vorbereitet zu haben. Die Kleine war so stolz gewesen, für einen Auftrag ausgewählt worden zu sein. Er hatte den Stolz mit sanfter Magie gestärkt und ihre Angst gedämpft. Aber jetzt war sie auf der anderen Seite der Mauer, allein mit einem gefährlichen Magier.

Meister Tasgims Stimme wurde drängender. Das Mädchen wich aus. Wie lange konnte es denn noch dauern, bis die Kräuter, die ihm der Krötenkönig verkauft hatte, wirkten?

Drinnen fluchte der Magier, weil er das Mädchen nicht zu fassen bekam. Etwas ging zu Bruch, und Bele schrie leise auf. Dregin fühlte ihre Angst, aber sie blieb in ihrer Rolle. Wieder fluchte der Gesandte, und offenbar warf er mit einem Krug nach dem Mädchen, denn Dregin hörte etwas an der Wand zersplittern. Dann dröhnte ein feistes Lachen durch die Wand und plötzlich ein leiser Schrei, gefolgt von einem hellen, erstickten Keuchen. Er musste sie erwischt haben.

Nun versuchte Tasgim offenbar, das Mädchen zu beruhigen. Er versicherte ihr, dass alles nicht so schlimm sei, dass er … Seine Worte gerannen zu einem Lallen. Der Magier wiederholte den letzten Satz, dann die letzten Worte. Er verfluchte die Götter, aber der

Fluch erstarb auf halbem Wege zu den Monden. Dregin musste sich anstrengen, um ihn überhaupt zu hören. Endlich schlug drinnen ein schwerer Körper mit einem Seufzer auf dem Boden auf.

Dregin huschte um die Ecke und schlüpfte durch die versteckte Pforte ins Haus. Zwei Kerzen erhellten den Gang. Er hatte dieses Lagerhaus mit Bedacht in der Nähe jenes Bordells ausgesucht, das Tasgims Koch das Leben gekostet hatte. Er war davon ausgegangen, dass der Feuermagier eigene Nachforschungen angestellt hatte und wusste, wo er bekommen konnte, was er suchte.

Dregin öffnete die Tür. Der Zauberer lag ausgestreckt auf dem Boden. Er atmete ruhig, Spucke rann ihm aus dem offenen Mundwinkel. Dregin lächelte kalt. Es hatte ihn einen beträchtlichen Aufwand gekostet, den Gesandten unauffällig daran zu hindern, seinen Gelüsten vor der Zeit nachzugehen, und ihn gleichzeitig in Sicherheit zu wiegen. Schließlich hatte eine anonyme Nachricht, die der Mann in seiner Kammer vorfand, ausgereicht, ihn ohne Begleitung aus seinem Quartier zu locken.

»Ihr mögt ein großer Magier sein, Tasgim, aber Ihr habt eine ebenso große Schwäche«, murmelte der Sturmrat zufrieden. Dann sah er Bele. Sie presste sich in eine Ecke der kleinen Kammer, die er eigens für dieses Treffen hergerichtet hatte. Ihr Gesicht war kreidebleich, was nicht nur an dem Bleiweiß lag, mit dem sie sich hatte schminken müssen. Die karmesinroten Lippen waren verschmiert, das ganze Gesicht ein Abbild des Schreckens.

Dregin trat zu ihr. »Das hast du sehr gut gemacht, Bele.«

Sie reagierte nicht.

»Ich bin ungeheuer stolz auf dich.« Er legte ihr die Hand auf die Schulter und versuchte, die Angst, die sie beherrschte, zu durchdringen. »Es ist vorbei«, flüsterte er. »Er kann niemandem mehr etwas tun.«

Sie nickte verstört.

Ginnar Dregin senkte die Stimme. Die Magie hatte ihm als Midgav die Fähigkeit verliehen, die Erinnerungen von Menschen zu verändern. Doch musste er mit dieser tückischen Gabe behutsam umgehen, denn sie konnte dauerhaften Schaden anrichten. »Es ist alles gut, Bele. Du hast deinem Orden einen großen Dienst erwiesen. Und was du hier erlebt hast, wirst du vergessen, hörst du?«

Das Mädchen reagierte nicht. Er nahm sein Tuch und wischte ihr die Schminke vom Gesicht. »Nichts von dem ist wirklich geschehen, Bele. Es war nur ein böser Traum. Wenn du morgen Früh aufwachst, wirst du ihn vergessen haben.«

»Vergessen …«, murmelte sie.

»Ganz genau. Du wirst dich daran erinnern, dass du mit mir in der Stadt warst, um eine Verwandte zu besuchen. Hast du nicht eine Tante in Braake?«

Sie nickte abwesend. Ein Mann betrat die Kammer. »Hätte nicht gedacht, dass Ihr das hinkriegt«, sagte er und zog sein Messer.

Dregin warf ihm einen wütenden Blick zu. »Wartet draußen!«, zischte er den Räuber an.

»Dieser Mann, er griff mir …«, stammelte Bele.

»Es ist nicht geschehen«, versuchte er sie zu beruhigen. »Du hast bei deiner Tante geschlafen und hattest einen merkwürdigen Traum. Aber der wird bald verblassen.«

»Ein Traum …« Bele runzelte die Stirn.

Dregin wiederholte die letzten Sätze noch zweimal, bis er glaubte, dass das Mädchen sich wirklich bald an nichts erinnern würde. Dann führte er sie in eine Nebenkammer, wo ihre Sachen lagen und bat sie, sich umzuziehen.

Erst dann wandte er sich dem Räuber zu, der grinsend im Gang wartete.

»Ihr müsst Euer Messer noch stecken lassen. Es ist wichtig, dass dieser Mann frühestens übermorgen stirbt.«

»Seid Ihr sicher, dass er nicht vorher erwacht, Herr?«

»Er wird volle zwei Tage die Augen nicht öffnen. Ihr wartet hier an seiner Seite, bis er anfängt, sich zu rühren. Dann erst dürft Ihr ihn töten. Ihr findet hier alles, was Ihr braucht. Nur von dem Wasser solltet Ihr die Finger lassen, wenn Ihr Euch nicht neben ihn legen wollt.«

»Man wird nach ihm suchen!«

»Aber nicht hier. Dafür werde ich sorgen. Noch einmal – wenn Ihr genau das tut, was ich Euch sage, werdet Ihr reich belohnt!«

Er warf einen letzten Blick auf den schlafenden Magier und verließ die Kammer. Dann nahm er Bele auf den Arm und trug sie aus dem finsteren Haus. Draußen wischte er sich den Schweiß von der Stirn. Er fühlte, dass seine magische Kraft fast erschöpft war. Er hatte zweimal mit einem fremden Geist ringen müssen, und der von Feja hatte unerwartet viel Widerstand geleistet.

Ginnar Dregin atmete tief durch. Er hatte diesen Gesandten aus Lente aus dem Weg geräumt. Gern wäre er die Sache langsamer, behutsamer und weniger brutal angegangen. Aber Tasgim hatte Eyrim schon auf seine Seite gezogen. Vielleicht hätte sogar der Abot zugestimmt, Feja den Feuermagiern zu überlassen, wenn er dafür seinen geliebten Frieden bekommen hätte. Nicht auszudenken, eine derart begabte Schülerin einem anderen Orden zu überlassen! Das hatte er verhindern können.

Dregin war sich bewusst, dass er damit einen Stein ins Rollen gebracht hatte, der nicht mehr aufzuhalten war. Jetzt galt es, dafür zu sorgen, dass nicht er, sondern andere von der unweigerlich folgenden Lawine zermalmt würden.

8.

Im Ordenshaus hatte niemand Fragen gestellt, als Feja dort am Abend zuvor ein Quartier verlangt hatte. Sie hatte tief und fest geschlafen, aber als sie sich am Morgen in ihrem Bett aufsetzte, bemerkte sie eine große Unruhe um sie herum. Sie ging hinab in die Halle und fand sie verwaist. Schließlich fragte sie einen der Gewappneten, was denn los sei.

»Meister Tasgim, der Gesandte aus Lente, ist verschwunden. Er ging gestern Abend in die Stadt, aber er kehrte nicht zurück.«

Irgendwie hatte Feja das Gefühl, dass diese Meldung sie etwas anginge, aber sie kam nicht darauf, was es sein könnte. Sollte sie den Gewappneten vielleicht an Meister Dregin verweisen? Der war schließlich gestern auch in der Stadt gewesen. Sie öffnete schon den Mund, aber plötzlich spürte sie, wie etwas sie am Sprechen hinderte. Eine Warnung, die sie nicht verstand, aber beherzigte.

Feja dachte darüber nach, aber ihre Erinnerung an die Begegnung war verschwommen. Hatte Meister Dregin einen Zauber gegen sie gewirkt – oder hatte sie das nur geträumt? Hatte sie ihn wirklich gesehen? Sie wusste es nicht.

Der Soldat erkundigte sich, ob alles in Ordnung sei. Sie nickte. Es schien ihr besser, ihr Wissen für sich zu behalten, zumal ihr nicht klar war, was genau vorgefallen war.

»Schlecht geschlafen«, murmelte sie nur. Dann fragte sie den Mann, ob sie Meister Dregin im Ordenshaus oder im Schloss finden könne, aber der Soldat meinte, dass der Sturmrat gar nicht in der Stadt sei.

Feja fragte nicht weiter nach. Die Erinnerung an die vergangene Nacht wurde immer verschwommener und irgendwie auch unwichtiger. Das Einzige, was zählte, war, Kapitän Hreggskar nach ihrem Vater zu fragen.

Sie fand ihn an Bord der *Albatros*, wo er damit beschäftigt war, mit einem Zimmermann wegen der Reparaturarbeiten an seinem Schiff zu feilschen. Hreggskar beschimpfte den Handwerker als Dieb, Räuber und Halsabschneider, doch der blieb gelassen und schacherte zäh um jede halbe Krone.

Es dauerte, bis die beiden Männer sich endlich einig wurden. Der Zimmermann verschwand, und der Kapitän sah ihm mit einem versonnenen Lächeln nach. »Ich habe ihn über den Tisch gezogen, wahrhaftig! Und wer seid Ihr? Das ist das Gewand der Graumagier, das Ihr da tragt, nicht wahr?«

»Ich bin eine Schülerin, Kapitän, und ich bin hier, weil ich von Euch Nachrichten über meinen Vater erhoffe.« Sie erklärte ihm in knappen Worten die Lage und fragte, ob er an der Schreckensküste etwas vom Verbleib der *Wogenkönigin* gehört habe.

Der Kapitän zwirbelte seinen weißen Schnurrbart. »Das habe ich tatsächlich. Sie hatte auf ihrer Fahrt mit widrigen Winden zu kämpfen, denn obwohl sie Braake lange vor uns verließ, haben wir sie nur um wenige Tage verpasst. Das hätte übel für uns ausgehen können, denn die Honrurer beklagten sich, dass das Eisen, das Kapitän Rivart ihnen verkaufte, von minderer Qualität gewesen sei. Obwohl … Eigentlich beklagen sie sich immer.«

Feja erfasste Aufregung. »Und wisst Ihr, ob ein Mann aus dem Langwald an Bord des Schiffes war?«, drängte sie.

»Nein, tut mir leid. Die Bewohner dieser Gestade wissen wenig vom großen Rest der Welt. Nie verlassen sie ihre schreckliche Küste, und ich bezweifle, dass sie je vom Langwald gehört haben.«

Feja sank der Mut.

»Ich kann Euch allerdings sagen, dass mein Freund Rivart hauptsächlich Glanztuch eingetauscht hat. Für mich heißt das, dass Tsungama sein nächstes Ziel ist.«

»Ihr meint also, dass sie noch auf dem Meer sind? Dass sie nicht gesunken sind?«

»Gesunken? Wohl kaum. Die Wassermagier von Boddlei hätten es nach Braake gemeldet, wenn das geschehen wäre.«

»Ja, davon habe ich auch gehört«, seufzte Feja.

»Es tut mir leid, dass ich nichts Genaues weiß, mein Fräulein.«

»Ihr habt mir immerhin sagen können, dass die *Wogenkönigin* heil die Schreckensküste erreicht hat. Das ist mehr, als ich gestern wusste. Ich danke Euch, Kapitän.«

Nachdenklich verließ Feja die *Albatros*. Noch bestand Hoffnung, dass ihr Vater wohlauf war.

Auf ihrem Weg entlang des Hafenbeckens fielen ihr bald die vielen Trupps auf, die die Gegend abzusuchen schienen. Richtig, der Soldat hatte etwas darüber gesagt, dass der Feuermagier verschwunden sei. Konnte das irgendetwas mit Meister Dregin zu tun haben? Sie war sich inzwischen gar nicht mehr sicher, ob sie ihm überhaupt begegnet war. Auf jeden Fall war das nichts, womit sie den Wachen hätte weiterhelfen können.

Während sie durch den Hafen lief und sich fragte, warum der Gedanke an den Zauberer aus Lente sie so beschäftigte, rief jemand ihren Namen. Es war Bruder Yorn, dessen Kahn dort vertäut lag. »Bist du auf dem Weg zur Feste, Mädchen? Ich kann dich mitnehmen.«

»Bruder Yorn! Was macht Ihr denn hier?«

»Ich fahre diese Route oft, junge Schwester.«

»Aber Ihr habt gar keine Fracht.«

»Ich habe den Abot und weitere Männer in die Stadt gebracht, denn hier ist, wie du sicher gehört hast, etwas vorgefallen.«

»Richtig! Ein Mann wird vermisst, dieser Feuermagier. Vielleicht sollte ich hierbleiben und helfen.«

Der Schiffsführer schüttelte den Kopf. »Es sind genug gute Männer hier, und du hilfst dem Orden mehr, wenn du dich deiner Ausbildung widmest, mein Fräulein. Steig ein. Dann mache ich den Weg nicht ganz umsonst.«

Als sie auf den Fluss hinaussteuerten, fragte Feja: »Woher wusste der Abot, dass der Gesandte vermisst wird?«

»Das Nachtflüstern reist schnell, junges Fräulein.«

Feja hatte diese Antwort fast erwartet. »Und *wie* reist es? Ich meine, wie gelangt dieses Flüstern so schnell zur Feste?«

Bruder Yorn setzte das Segel. »Das solltest du besser Meme Salmango fragen oder Meister Caron. Sie werden es dir gern verraten – wenn du so weit bist.«

Feja seufzte. Sie war es leid, immer nur auf später vertröstet zu werden.

Bruder Yorn hatte den Lastkahn noch nicht richtig in der Grotte vertäut, da sprang Feja bereits die Treppen hinauf. Sie wollte mit Meister Caron sprechen, doch oben erfuhr sie, dass er ebenfalls nach Braake aufgebrochen war. Also suchte sie Meme Salmango auf.

»Du willst wissen, wie das Nachtflüstern so schnell reist?«, fragte die dunkelhäutige Frau und schien amüsiert zu sein.

»Ich will überhaupt mehr wissen. Ich bin schon seit Wochen auf dieser Feste und weiß nichts über Magie.«

Die Zauberin betrachtete sie mit gerunzelter Stirn. »Und doch ist dir schon Magie begegnet – das sehe ich dir an … Aber, ja, du bist hier, um zu lernen. Also beginnen wir. Doch reden wir nicht über Grauzauber – reden wir lieber über die Kraft, die du brauchst und wie du sie erlangen kannst.«

»Ich dachte, die Magie durchströmt mich.«

»Das tut sie.«

»Und dass mein Atem sie mir erschließt.«

»Das ist nicht falsch, aber auch nicht ganz richtig.«

»Nicht?«

»Das richtige Atmen befreit nur deinen Geist. Ich will versuchen, dir das Wesen der Zauberei anhand eines Beispiels zu erklären. Stelle dir vor, dass du vor einem vertrockneten Acker stehst. Was brauchst du, um die Ernte zu retten?«

»Wasser!«

»Ganz richtig. Die Magie ist wie Wasser. Sie kann ähnlich erstaunliche Dinge bewegen wie der Regen, der ein staubiges Feld zum Erblühen bringt. Doch bist du keine Wolke, du musst das Wasser beschaffen. Stelle dir also vor, dass es einen großen See in der Nähe gibt. Wie schaffst du das Wasser zum Feld?«

»Mit einem Gefäß?«

»Genau so ist es. Das *Bargan*, von dem du schon gehört hast, ist wie ein Gefäß in deinem Inneren. Seine Größe bestimmt, wie viel magische Kraft du aufnehmen kannst. Diese Kraft nennen wir übrigens *Fliod*, wie du hoffentlich nicht vergessen hast, denn sie gleicht einem Fluss, der in das Bargan hinein- und hinausströmt.«

Feja nickte eifrig. Sie war so froh, dass sie endlich unterwiesen wurde und nicht bloß atmen musste.

»Nun gehst du also zum See – aber er ist von einer hohen Mauer umgeben. Wo durchquert man eine Mauer?«

»Durch eine Pforte!«

»Genau so ist es, Feja. Diese Pforte, die dir erst ermöglicht, dein Gefäß mit dem Strom der Magie zu füllen, nennen wir *Lindross*, wie ich dir bereits erklärt habe. Deine nächste Aufgabe wird sein, das Lindross zu finden, das dir den Weg zur Magie eröffnet.«

»Haben denn nicht alle Magier dasselbe?«, fragte Feja.

»Ja und nein! Die meisten von uns beziehen Kraft aus dem Licht der Monde. Schau nicht so erstaunt. Sie bewegen die Meere, da können sie doch auch die Magie ernähren! Du bist im Zeichen von Galtara und Nir geboren, wie es heißt. Das ist gut, denn die Monde deiner Geburt sind mit dir verbunden. Sie geben dir mehr Kraft als ihre Geschwister – und Galtara ist die Stärkste von allen. Doch wird sie dich nicht nähren, wenn du dein Lindross nicht kennst.«

»Und wie finde ich das?«

»Du musst suchen! Die Alten Schulen finden ihre Kraft beispielsweise in ihren Elementen. Ein Wassermagier entzieht sie einem Fluss oder der Brandung, ein Sturmmagier dem Wind. Viele Menschen glauben, Feuermagier würden ihre Macht demonstrieren, indem sie Dinge in Brand setzen – doch das ist nur die halbe Wahrheit. Diese Angeber brennen Dinge auch deshalb nieder, um ihr Bargan zu füllen.«

»Ihr scheint den Flammenorden nicht sehr zu mögen, Meme«, merkte Feja vorsichtig an.

Die Zauberin lächelte plötzlich. »Ist das so offensichtlich? Nun, es gibt in meiner Heimat eine Menge Feuerzauberer in vielen verschiedenen Bünden und Bruderschaften. Das ist wenig überraschend, wenn man weiß, dass es im Süden meiner Heimat, am Rande der Welt, so heiß wird, dass Pflanzen und sogar Tiere von selbst in Brand geraten. Die Flammenmeister von Tsungama sind überheblich und eifersüchtig – sie dulden keine anderen Zauberer neben sich. Deshalb kamen meine Eltern hierher, als der Monddeuter ihnen enthüllte, dass meine Begabung nicht im Feuer liegt.«

»Und wie stelle ich es nun an, mein … Lindross zu finden?«

»Ich helfe dir. Wir werden uns umsehen, und das kann dauern, denn nicht immer liegt die Pforte in den Elementen. Wir hatten Schüler, die erhielten Kraft nicht aus offenen Flammen, sondern nur aus der Glut. Einer deiner Freunde zieht seine Kraft zum Beispiel aus dem grünen Schilf, soweit man bei ihm von Kraft reden kann. Ich kannte einen Wassermagier, der sich in Flüssen, nicht aber im Meer stärken konnte, und einer unserer Brüder bezieht seinen Fliod aus einem ganz bestimmten Gestein. Er muss immer wieder in die Berge reisen, um sich zu stärken. Denn eines sollte dir klar sein: Der Fliod schwindet mit jedem Zauber, den du wirkst.«

»Die Magie scheint ein schwieriges Geschäft zu sein, Meme«, seufzte Feja.

Die Zauberin lachte laut. »Es ist kein Geschäft, sondern eine Kunst – und die ist nie leicht. Aber du wirst staunen, wenn du erst fühlst, welch reichen Lohn du für deine Mühen empfängst. Doch nun geh, wir werden schon bald beginnen, dein Lindross zu jagen.«

Mitten in der Nacht schreckte Feja hoch. Meme Salmango stand an ihrem Bett. »Es ist Zeit«, sagte sie.

»Wofür?«, fragte Feja verwirrt.

»Dass wir dein Lindross finden.«

»Wo sind die anderen?«

»Sie sind bereits im Hof und versuchen, Stärke aus den Monden zu gewinnen. Du solltest dich ihnen anschließen.«

Feja zog sich hastig anund folgte der Zauberin in den Hof der

Oberfeste. Ein frischer Wind wehte um die Mauern, und Wolkenfetzen jagten über den Himmel, an dem Eortha, Brunas und Afa um den Platz im Zenit rangen. Galtara hingegen stand tief und zeigte einen schmalen Streifen ihrer schöneren Hälfte. Und über ihr glomm die dunkle Sichel von Nir.

Ihre Mitschüler standen im Hof verteilt. Feja fröstelte, nicht nur wegen des Windes. Der seltsame Anblick von zwanzig Schülern, die still und erwartungsvoll auf dem alten Pflaster standen und zu den Monden aufblickten, beunruhigte sie.

»Atmen!«, kommandierte die Lehrerin. »Atmen und zählen! Befreit Euren Geist und empfangt das Geschenk der Monde.«

Feja suchte sich einen Platz neben Nerius und passte ihren Atem seinem an. Sie spürte, wie sie ruhiger wurde. Die Luft strömte durch ihre Lunge, und die Unruhe, die sie seit ihrem Besuch in Braake verfolgte, fiel von ihr ab. Sie atmete und atmete und spürte – nichts.

Die Zauberin ging von einem zum anderen, beobachtete, korrigierte hier und da die Körperhaltung und mahnte immer wieder, auf den Fluss des Atems zu achten. Irgendwann schienen sie alle im gleichen Rhythmus Luft zu holen. Feja war eine von ihnen. Sie fühlte sich mit den anderen auf seltsame Art verbunden. Sie verlor jedes Zeitgefühl. Es gab nur die Monde, das kalte Pflaster des Hofes, den Wind – und ihren Atem. Dann entdeckte Feja einige dunkle Umrisse auf dem Bergfried. Ja, auch dort oben standen Männer mit ausgebreiteten Armen und schienen das Licht der Monde in sich aufnehmen zu wollen. Und dann entdeckte Feja auch Umrisse auf anderen Türmen. Es waren die Meister und Brüder des Ordens.

Meme Salmango ging zwischen den Schülern umher. Sie lobte Nerius für seine Fortschritte, sah Anzeichen für eine Besserung bei Malthur und mahnte Bele mehrfach zur Ruhe. Zu Feja sagte sie kein Wort. Am Himmel zeigte sich das erste Grau des Morgens.

»Nun versucht, Kraft aus der Dämmerung zu ziehen, Kinder. Stor ist der Gott des Morgengrauens. Er kann ein mächtiger Verbündeter sein. Sucht nach der Kraft im Zwielicht!«

Feja suchte, aber sie fand nichts.

Endlich klatschte die Lehrerin in die Hände. »Es ist gut für heute. Ihr habt euch euer Frühstück verdient.«

»Aber ich habe gar nichts gespürt, Meme«, sagte Feja enttäuscht.

Die Zauberin sah sie kopfschüttelnd an. »Du hast gerade erst angefangen. Hast du mir nicht zugehört? Es kann viele Monde oder gar Jahre dauern, dein Lindross zu finden.«

»Jahre?«, fragte Feja entsetzt.

»Du findest es nie«, höhnte Tyrbull, als er sie auf dem Weg zum Frühstück überholte.

»Wart es ab!«, knurrte sie und versuchte, sich nicht anmerken zu lassen, wie unglücklich sie war.

Dem nicht genug, musste sie auch noch herausfinden, dass selbst die kleine Bele ihr Lindross bereits gefunden hatte.

»Was ist es?«, fragte sie neugierig.

»Das verrate ich nicht, aber es ist die meiste Zeit um uns«, sagte das Mädchen, das seltsam lustlos im Essen herumstocherte.

»Besten Dank«, murmelte Feja.

»Kein Magier verrät sein Lindross«, meinte Hallir. »Aber es ist ein großer Spaß zu raten, was es sein könnte, vor allem bei den Meistern.« Er senkte die Stimme. »Bei Meister Svelgar soll es der Branntwein sein.«

»Unsinn«, meinte Nerius kopfschüttelnd.

»So geheim ist das bei den Schülern nun auch wieder nicht«, sagte Nemma. »Bei mir ist es zum Beispiel die Brandung und bei Bele der Westwind. Hast du die beiden schon versucht, Feja?«

»Petze«, schimpfte Bele und schien ernsthaft verstimmt zu sein. Sie stand auf und brachte ihren halb vollen Teller in die Küche.

»Wenn es dich tröstet«, schnaufte Nemma, »kann ich dir sagen, dass Bele kaum einen Zauber beherrscht. Was sie aber leicht schafft, ist, die Laune eines Menschen zu beeinflussen. Doch das kann sie auch ohne Zauberei. Mir ist immer fröhlicher zu Mute, wenn sie in der Nähe ist.«

»Geht mir auch so«, gab Feja zu, »aber heute aus irgendeinem Grunde nicht.«

Im Lauf des Morgens spürte Feja eine wachsende Anspannung

in der Feste. Berittene Boten erschienen und machten sich wieder auf den Weg, und die Panzerreiter, die erst vor wenigen Tagen in die Festung gekommen waren, rückten mit Verstärkung ab.

»Bald ist gar niemand mehr hier«, meinte Nerius, als sie auf ihren Fechtmeister warteten.

»Keine Sorge, mein Sohn, ich bleibe bei Euch«, beruhigte ihn Meister Svelgar, der ihn gehört hatte. Er kam mit einem Arm voller Schwerter aus der Rüstkammer. Er wirkte nervös, und als er näher kam, bemerkte Feja, dass der Geruch nach Wein fehlte, der zu dem Fechtlehrer gehörte wie der dicke Bauch.

»Das sind ja scharfe Waffen, Meister Svelgar«, stellte Gabra fest.

»Beinahe, Kind, beinahe. Es sind keine Übungswaffen mehr. Spitze und Schneide sind zwar stumpf, aber ihr werdet Schmerz fühlen, wenn Ihr Euch treffen lasst. Es wird Zeit, dass Ihr die Konsequenzen Eurer Fehler zu spüren bekommt. Sollte ich jedoch den Eindruck gewinnen, dass einer von euch seine Mitschüler mit Absicht verletzt, so wird das Folgen haben.« Dann wandte er sich an Tyrbull: »Und du, mein Junge, wirst gegen einen deiner Vettern fechten, verstanden?«

»Ja, Meister«, antwortete der Anführer der Tygrams. Er wirkte unzufrieden und bedachte Feja mit einem finsteren Blick.

Sie focht zunächst gegen Nerius und war froh, dass sie nicht schon von Anfang an mit so gefährlichen Waffen hatte hantieren müssen. Nerius verpasste ihr eine Schnittwunde am Arm, und sie erwischte ihn leicht am Oberschenkel.

»Von wegen stumpf«, murmelte sie, als Blut aus ihrer Wunde sickerte.

Es wurde viel geflucht und gejammert, mehr, als in all den Stunden zuvor. Feja entging nicht, dass es auch viel ruhiger und disziplinierter zuging als bisher. Keiner alberte herum.

Als Lygger Tygram sein Gegenüber in eine Falle lockte und ihm einen Schnitt auf der Wange beibrachte, packte ihn der Meister am Kragen: »Du bist ein geschickter Fechter und ein Schlitzohr, junger Tygram, aber vielleicht eine Spur zu gerissen. Wenn du dein Ohr behalten willst, empfehle ich dir, deine Taschenspielertricks für eine bessere Gelegenheit aufzubewahren.«

Hinterher erschien es Feja fast wie ein Wunder, dass sich niemand ernsthaft verletzt hatte. Ein paar Schnitte oder blaue Flecken – das war alles. Allerdings hatten die Roben gelitten. Deshalb schickte sie der Fechtmeister am Ende der Stunde in die Unterfeste.

»Bittet unseren Schneider, Eure Kleidung auszubessern – nein, besser, bittet ihn, Euch zu zeigen, wie man das macht. So ungeschickt, wie Ihr Euch anstellt, wird er sonst mit dem Flicken und Stopfen nicht mehr hinterherkommen.«

Bei dieser Kunst fühlte Feja sich das erste Mal im Vorteil, denn sie hatte das Nähen auf dem Drachenhof gelernt. Tatsächlich hatte sie ihre Risse schnell geflickt. Tyrbull hingegen schien Schwierigkeiten mit Nadel und Faden zu haben.

»Fehlt es deinen Fingern an Geschick?«, fragte sie. »Brauchst du vielleicht meine Hilfe, armer Junge?«

Irgendwo im Hintergrund kicherten ein paar Schüler leise. Tyrbull durchbohrte Feja mit einem eisigen Blick, aber sie verließ die Schneiderwerkstatt mit dem Gefühl, einen Sieg errungen zu haben.

»Kannst du das nicht lassen?«, schimpfte Nerius. »Gerade dachte ich, dass sich die Wogen endlich glätten – und schon gießt du wieder Öl ins Feuer.«

»Er soll nicht glauben, dass ich Angst vor ihm habe.«

»Solltest du aber. Tyrbull ist zu allem fähig.«

Aber Feja ließ sich den Genuss an ihrem kleinen Erfolg nicht verderben. Da war schließlich noch eine Rechnung zwischen ihnen offen.

Ihre gute Laune verflog, als Nerius ihr eröffnete, dass sie an diesem Tag das erste Mal in Alchemie unterwiesen werden sollte. Offenbar war Meme Sulling davon ebenfalls nicht begeistert.

»Ich hörte, dass du inzwischen deinen Namen einigermaßen schreiben kannst, aber ich bezweifle, dass du die schwierigen Rezepte, wie sie in unseren Schriften überliefert sind, lesen, geschweige denn verstehen kannst. Aber gewisse Obere sind der Meinung, dass ich dich trotzdem unterrichten soll. Setz dich zu Nerius. Ich sehe zwar die Gefahr, dass du mir meinen begabtesten Schüler verdirbst, aber damit muss ich wohl leben.«

Jetzt fühlte sich Feja noch unglücklicher.

»Heute reden wir über die Familie der Doldenblütler, besonders über den gefleckten Blutschierling«, begann die Alchemistin. »Er ist eine harmlos anzuschauende Pflanze, die Mannshöhe übertreffen kann und ein gefährliches Gift enthält.« Sie hob ein getrocknetes Exemplar in die Höhe. Feja kannte die Pflanze.

»Der Starrenwurz!«, rief sie. »Im Langwald wächst er an manchen Bächen. Die Bauern hassen ihn, weil das dumme Vieh ihn manchmal frisst und daran eingeht.«

Meme Sulling nahm die Unterbrechung ungnädig auf: »Es wäre besser, ihr lerntet die Pflanzen unter ihrem richtigen Namen kennen und nicht über das Geschwätz abergläubischer Bauern. Ich werde euch also lehren, die Pflanze zu bestimmen, ihren tödlichen Saft zu entnehmen und ihn aufzubereiten. Ich sehe, dass dir diese Pflanze gefällt, Lygger Tygram. Muss ich dich erst darauf hinweisen, dass ich jeden Schabernack, den du damit zu treiben gedenkst, auf das Schärfste bestrafen werde? Nicht? Gut.« Die Alchemistin hob eine Auswahl anderer Pflanzen in die Höhe. »Kennt unsere Feja diese Pflanzen etwa auch? Nein? Dann darf ich also fortfahren? Gut. All diese kleinen grünen Kostbarkeiten kann der Kundige mit dem Blutschierling mischen, um ein besseres oder ganz anderes Ergebnis zu erzielen. Jene, die schon länger meinen Weisheiten lauschen dürfen, wissen, was am wichtigsten ist, nämlich – Bele?«

Das Mädchen sprang erschrocken auf und blickte sich hilfesuchend um.

Meme Sulling schüttelte den Kopf. »Ich hoffe, es war kein zu schöner Traum, aus dem ich dich gerade gerissen habe. Möchte sonst jemand die Weisheit der Klasse mit unserer neuen Mitschülerin teilen?«

Malthur Tygram sprang auf: »Bei allen Giften kommt es auf Menge und Mischung an!«

»Willst du es dir aufschreiben – oder meinst du, du kannst es dir so merken, Feja aus dem Wald?«

Feja fragte sich, was die Zauberin gegen sie hatte. »Ich kann es mir merken, Meme«, presste sie hervor.

»Ich bezweifle es, und ich werde es bei passender Gelegenheit überprüfen. Also, hier haben wir den Beifuß, drei Teile hiervon gemischt mit sieben Achteln …«

Den Rest der Stunde versuchte Feja mit wachsender Verzweiflung, sich all die Mengenangaben und Pflanzennamen zu merken.

»Ich werde es dir später noch einmal erklären«, flüsterte ihr Nerius zu.

Dennoch war Feja erleichtert, als dieser Unterricht zu Ende war.

Als sie hinüber zu den Schlafsälen trottete, stellte sich ihr plötzlich Tyrbull in den Weg.

»Was willst du?«, fragte sie.

»Du hast dich eben tapfer geschlagen«, sagte er. »Meme Sulling kann wirklich gemein sein, wenn sie findet, dass einer die anderen aufhält.« Das klang nach Anerkennung, aber in seinen Augen las Feja etwas anderes.

»Danke«, murmelte sie.

Tyrbull streckte die Hand aus. »Wir sollten Frieden schließen. Im Augenblick ist die Lage so ernst, dass wir uns Streit einfach nicht leisten können.«

Sie starrte ihn mit einer Mischung aus Unglauben und Misstrauen an. Zögernd reichte sie ihm die Hand.

»Wir sehen uns«, rief er und verschwand.

»Was war das denn?«, fragte Gabra. »Ist heute ein Feiertag – oder vielleicht sogar mehrere Feiertage auf einmal?«

»Keine Ahnung«, meinte Feja. Sie hatte ein ungutes Gefühl, tat es aber mit einem Achselzucken ab.

Gegen Mittag spürte sie ein Kribbeln in der Hand, und als sie beim Essen nach dem Messer griff, rutschte es ihr einfach aus den Fingern.

»Was hast du?«, fragte Nerius besorgt.

Feja starrte ihre Hand an. Ein Brennen kroch den Arm hinauf, doch gleichzeitig waren ihre Finger taub und gelähmt. Sie blickte auf und sah Tyrbull Tygram höhnisch grinsen.

Meister Svelgar stand plötzlich neben ihr. »Deine Hand? Was hast du angestellt? Eine Verletzung beim Fechten?«

»Ich … ich habe wohl versehentlich eine der Giftpflanzen von Meme Sulling angefasst«, erklärte sie und sah dabei Tyrbull ganz ruhig an. Sie würde ihm nicht die Genugtuung geben, zur Petze zu werden.

»Komm sofort mit.« Der Fechtmeister packte sie am Arm und zerrte sie hinab in den Keller. Kurz darauf standen sie in den privaten Gemächern der Alchemistin.

»Verehrte Schwester Sulling, es tut mir leid, Euch in Euren Studien stören zu müssen, aber …«

»Was treibt Euch heute dazu, meine kostbaren und seltenen Stunden der Ruhe zu stören, Svelgar?«

»Diese Schülerin kam wohl in Berührung mit einer Eurer kostbaren Pflanzen.«

Die Meme sah Feja scharf an. »Diese? Natürlich …« Sie warf einen Blick auf die Hand, betastete sie und fragte, ob sie etwas spürte.

Sie tastete sich bis fast zur Schulter hinauf, bis Feja die Berührung fühlen konnte.

»Und brennt es?«

»Über der Schulter, Meme.«

»Das ist nicht gut.«

Die Alchemistin ließ den Arm los, der schlaff herunterfiel, und kramte in einer der vielen Schubladen in ihrer Stube. Ganz beiläufig fragte sie: »Willst du uns nicht sagen, wer dir diesen gefährlichen Streich gespielt hat?«

»Ich … ich war es selbst, Meme. Ich war neugierig und fasste die Pflanze an.«

Feja brach der Schweiß aus, und sie bekam einen trockenen Mund. Die Flammen, die durch ihren Körper züngelten, hatten ihren Hals erreicht.

»Als wenn das bloße Berühren so eine Lähmung verursachen könnte«, murmelte die Ordensschwester und durchwühlte eine weitere Lade. »Ha!« Triumphierend reckte sie eine kleine Dose in die Höhe. »Das sollte helfen. Zeig mir die Hand! Gut, das wird jetzt ein wenig brennen.« Sie strich die Salbe auf Fejas Finger und Handfläche. Das Brennen, das eben noch langsam den Arm hinaufgewandert war, schoss jetzt als glühend heiße Kaskade zurück in die Hand. Feja schrie auf.

»Ein gutes Zeichen«, stellte die Alchemistin lächelnd fest. Dann blickte sie in die Dose, die zur Hälfte geleert war. »Ich hätte schwören können, dass sie vor ein paar Tagen noch voll war. Schön, wenn du darauf beharrst, selbst so dumm gewesen zu sein, dich zu vergiften, so ist es auch an dir, für Ersatz zu sorgen. Das heißt, du musst den Fürst der Frösche in seinem halb versunkenen Reich besuchen! Willst du mir nicht doch lieber sagen, wer dir das angetan hat?« Offenbar rechnete die Frau damit, dass Feja Angst vor Meister Adach hatte.

»Ich werde gerne für Euch zum alten Tempel gehen, Meme Sulling.«

Den verdutzten Blick der Ordensschwester empfand Feja als kleine Entschädigung für die Leiden der letzten Stunde. Aber dann schüttelte die Alchemistin den Kopf.

»Wenn du gerne gehst, verfehlt es als Strafe seinen Zweck. Außerdem würdest du am Ende nur meine Bestellung falsch übermitteln. Nein, ich gehe selbst und werde mir etwas anderes für dich überlegen.«

Skuran Orchon betrachtete das Geflecht der Messingscheiben an der Wand. Sie hatten Unheil für die Delegation aus Lente vorhergesagt, und nun war der Feuermagier verschwunden. Vermutlich war er tot. Sicher war das nicht, aber der Rotschmied hielt die Spannung nicht aus. Er drehte die entsprechende Scheibe, und das graue Symbol für Unheil wurde abgelöst durch das schwarze Zeichen von Nir. Mit leisem Klicken rastete der Mechanismus wieder ein. Das Spielwerk geriet in Bewegung. Zahnräder drehten sich, Ketten zogen, und mit einem Rasseln und Ticken wanderten die Folgen dieser Veränderung über die Wand. Die glänzenden Scheiben rotierten und rasteten eine nach der anderen wieder ein, nur die Mondscheiben verharrten in ihrer Position. Endlich blieb die Maschine mit einem hellen Glockenton stehen.

Orchon schluckte. Es sah aus, als sei ein schwarzer Regen über der Konstruktion niedergegangen. Überall zeigte sich Nirs Verderben kündendes Symbol.

Und sein Sohn Durku? Die große Scheibe, die er für ihn angefertigt hatte, stand weiter auf Tod. Doch nun sah es auch noch so aus, als würden ihn viele, sehr viele, ins Jenseits begleiten. Der Schmied suchte die Scheibe, die für das Mädchen aus dem Langwald stand. Sie zeigte das graue Zeichen für Gefahr. Er leckte sich die Lippen. Und wenn sie sterben würde? Wenn sie das Opfer bringen würde wie Wyrmoch einst? Seine Finger zuckten schon, um die Maschine die Folgen ihres Todes berechnen zu lassen, aber dann zögerte er.

»Du bist voreilig, alter Narr. Vielleicht lebt dieser Magier ja noch, vielleicht tritt er nach einer durchzechten Nacht bald wieder munter in Erscheinung«, murmelte er. Er drehte die erste Scheibe zurück. Die Maschine rasselte, und bald war es, als wäre nichts geschehen.

Der Rotschmied blickte auf sein Werk. Wieder hatte er das Gefühl, eine wichtige Kraft vergessen zu haben. Oder hatte er Elemente falsch platziert? Ein Monddeuter der alten Weren hätte das alles nicht gebraucht. Er glaubte, ein leises Lachen zu hören, ein Lachen, das bitter war und ihn gleichzeitig verspottete, aber er wusste, dass es nur Einbildung war.

Das Mädchen stand unter dem Einfluss der Grauen Magier. Er starrte die große Scheibe des Ordens feindselig an. Sie war es, die alles verdarb, sie störte die Harmonie, die die Monde entfalten wollten. Orchon war drauf und dran, sie aus seinem kunstvollen Werk herauszureißen. Aber das würde lediglich bedeuten, dass er falsche Ergebnisse angezeigt bekäme. In der wirklichen Welt konnte ein kleiner Rotschmied gegen diese mächtige Bruderschaft nicht viel ausrichten.

Plötzlich sah er den Fehler. Er behandelte den Orden als Einheit, aber das war er nicht. Die Monde kündigten Spannungen unter den Oberen an. Das hatte er nicht berücksichtigt. Er würde neue Berechnungen anstellen und neue Messingscheiben schmieden müssen. Nervös leckte er sich die Lippen. Konnte er vielleicht doch etwas gegen den Orden ausrichten? Konnte er den Samen der Zerstörung pflanzen? Aber wie? Wieder höhnte eine leise Stimme in seinem Hinterkopf, dass ein echter Monddeuter darüber nicht einmal nachdenken müsste.

Unzufrieden löschte er die Lichter und verließ die Kammer. Es war spät, und es verlangte ihn nach Schlaf. Aber er würde erst noch nach seinem Sohn sehen.

Zwei Tage später erreichte die Graufeste die Nachricht, dass Meister Tasgim, der Feuermagier aus Lente, mit durchschnittener Kehle aufgefunden worden war. Die Aufregung war groß, und Nachrichten flogen zwischen Stadt und Feste hin und her.

»Ich wüsste wirklich gerne, wie sie das machen«, seufzte Feja, als wieder ein Bote mit einer kleinen Silberröhre in der Faust aus dem Haupthaus zur Grotte eilte. Er würde bald mit einer Antwort aus Braake wiederkehren.

Feja, deren Arm dank der Salbe wieder geheilt war, saß im oberen Stockwerk des Schulhauses und sollte den Ausführungen von Meister Caron lauschen. Doch es war ein warmer Tag, und die Sonne tauchte den Hof in gleißendes Licht. Die Fenster standen weit offen und ließen einen Geruch von hohem Frühling ein. Ein paar Ordensbrüder standen bei den Buckelsteinen und disputierten. Es war nicht schwer zu erraten, worüber sie stritten.

»… Hellfyr verfolgte die Idee der Allkugel sein ganzes neunzigjähriges Leben lang«, drang die Stimme von Meister Caron an ihr Ohr, »aber er war bereits sechsundachtzig, als die tatsächliche Arbeit begann.«

Bruder Span war viel jünger – *und interessanter*, dachte Feja. Sie sah ihn etwas abseits an der Mauer des Vorratshauses lehnen, und er schien sich an dem lebhaften Gespräch der Brüder nicht beteiligen zu wollen. Er hatte die Kapuze seiner Robe zurückgeschlagen und hielt sein Gesicht der Sonne entgegen. So ruhig hatte Feja ihn noch nie gesehen.

»… und es heißt weiter in der Überlieferung, dass für dieses kühne Unterfangen ein Himmelsstein aus Skros herangeschafft worden war. Drei Lasten Gold soll der König von Utor für diesen riesigen Kristall gegeben haben. Weiß jemand, wie dieser König hieß?«

Feja wandte ihre Aufmerksamkeit kurz ihren Kameraden zu. Nerius hatte sich gemeldet, und auch Hallir hob die Hand. Meister Caron fragte jedoch Malthur Tygram, der zwischen seinen Vettern saß und zu dösen schien. Jetzt räusperte er sich und brummte: »Riger?«

»Ganz genau, Riger der Unglückliche, auch Riger der Letzte genannt, denn zu seiner Zeit versank Utor in den Wellen, wie ihr hoffentlich alle wisst.«

»Schreibst du das nicht auf?«, fragte Feja leise Nerius, der neben ihr saß.

»Aber das weiß doch wirklich jeder«, gab der zurück.

»Klar«, murmelte Feja und sah wieder aus dem Fenster. Bruder Span lehnte immer noch an der Wand. Er war der jüngste Magier in der Feste. Sie hatte jedenfalls noch keinen jüngeren entdeckt. Gerne hätte sie mehr über ihn gewusst, aber irgendetwas hinderte sie daran, sich bei ihren Freunden nach ihm zu erkundigen.

»… und warum wurden für das Werk ganz genau fünf Scheiben aus dem Himmelsstein geschnitten und geschliffen – Feja?«

Sie schreckte hoch. »Wegen der Monde?«, stieß sie hervor.

»Beinahe, Feja, beinahe. Es sind sechs Monde, die unsere Welt umkreisen, nicht wahr?«

Sie nickte verlegen.

Tyrbull meldete sich. »Wegen der fünf Essenzen, Meister.«

»Ganz genau. Natürlich hat auch Feja nicht unrecht, denn schließlich steht jede Essenz mit einem der Monde in Verbindung, nicht wahr, Bele?«

Das Mädchen stotterte etwas, das keinen Sinn ergab. Feja bemerkte, dass Meister Caron daraufhin eher besorgt als verärgert aussah. »Schon gut, Bele. Hallir?«

»Feuer, Wasser, Wind, Erde und Magie, Meister.«

»Sehr richtig. Schaut nicht so gelangweilt drein. Ich weiß, dass ihr das alles schon einmal gehört habt, aber wir haben so lange pausieren müssen, dass eine Auffrischung der Grundlagen nicht schaden kann. Jedenfalls ließ Hellfyr für diese Arbeit eigens eine Schmelzkammer im Glutberg anlegen und einen Tunnel bis dicht hinunter an die ewig schäumende Lava graben. In der Bibliothek liegen Pergamente, in denen diese Arbeit genauer beschrieben wird. Ihr solltet sie euch bei Gelegenheit ansehen. Am Ende wurde eine kunstvolle Vorrichtung genutzt, um die Lava in die Kammer zu leiten.«

Feja konnte sich Lava nicht vorstellen. Sie konnte sich auch Utor oder den Glutberg nicht richtig vorstellen, und sie wollte nicht glauben, dass die weiße Asche, die im vorigen Jahr die Ernte verdorben hatte, von diesem über tausend Meilen entfernten Berg stammen sollte.

Möwen schossen durch den Hof. Unten hatte sich die kleine Runde inzwischen aufgelöst, und Feja sah einen anderen Boten aus der Grotte emporsteigen. Das Röhrchen in seiner Hand glänzte in der Sonne. Welche wichtigen Nachrichten mochte es enthalten? Bruder Span lehnte immer noch an der Mauer. Ihn schien das nicht zu kümmern.

»… über Jahre an der Vollendung der Kammer gearbeitet. Die Wände waren von Magie durchdrungen. Jeder Stein, jeder Nagel war darauf ausgerichtet, alle Arten der Magie zu einer einzigen Essenz zu vereinen. Endlich wurden mit der Adamant-Säge, der feinsten und härtesten Säge, die die Menschheit je erschaffen hatte, die fünf Scheiben aus dem Himmelsstein gesägt. Es soll Monate gedauert haben, all die wirkmächtigen Symbole in sie hineinzuarbeiten. Leider ist die genaue Beschreibung darüber verloren gegangen, wie so vieles, und …«

Bruder Span streckte sich und gähnte, dann verlagerte er sein Gewicht von einem Bein auf das andere. Er war eigentlich nicht besonders groß, aber alles an ihm drückte eine Kraft aus, die Feja nicht von dieser Welt zu stammen schien.

»… endlich, nach sieben Jahren der Vorbereitung, wurde aus den fünf Scheiben die Allkugel, die mächtige Mangyr, zusammengefügt. Sie sollte die Magie der gesamten Welt in einem Gefäß bündeln. Unbeschreiblich schön soll sie gewesen sein, von dunklem Blau, fast wie der Nachthimmel. Drinnen tanzten vielfarbige Funken, und Schleier, prächtiger als das Nordlicht, wanderten in ihrer Wölbung. Doch haben nur wenige sie je gesehen, denn die Allkugel wurde einen Tag oder vielleicht nur wenige Stunden zu spät vollendet. Seit Monaten bebte der Glutberg heftiger als je zuvor. Und schließlich brach er aus, wie die Mondkundigen es vorhergesagt hatten. Die Mangyr, deren magische Macht ihn beruhigen und Utors größte Bedrohung für alle Zeiten bannen sollte, wurde zerstört, als der Berg explodierte.«

»Und Hellfyr?«, fragte Gabra, die mit offenem Mund lauschte.

»Starb, wie so viele Magier mit ihm.«

»Aber ich habe gehört«, wandte Nerius ein, »dass der Glutberg nur ausgebrochen sei, *weil* die Mangyr geschaffen worden war.«

»Ah, Nerius. Das ist eine Meinung, die du für dich behalten solltest, wenn ein Feuermagier in der Nähe ist.«

»Aber ich habe es gehört, meine Großmutter erzählte es mir so.«

»Deine Großmutter stammt aus Boddlei, nicht wahr?«

Nerius nickte, und Feja fragte sich, was das damit zu tun haben sollte. Sie blickte wieder aus dem Fenster, doch Span war verschwunden. Sie hatte immer noch keine Gelegenheit gefunden, sich bei ihm für das zu bedanken, was er in den Katakomben für sie getan hatte. Irgendwie schien es nie der richtige Moment dafür zu sein. Sie fragte sich, warum der Gedanke, ihn anzusprechen, sie so verlegen machte.

»Was hat es denn mit deiner Großmutter und Boddlei auf sich?«, fragte Feja, als die Schüler nach dem Unterricht hinaus in den Hof strömten.

»In Boddlei haben die Wassermagier ihren Sitz. Und die haben davor gewarnt, so viel Magie in einem Gefäß zu bündeln. Die Feuermagier haben ihnen nie verziehen, dass sie damit womöglich recht hatten. Ich vermute ja, dass der Flammenorden diese berühmte, aber unschöne Redewendung in die Welt gesetzt hat.«

»Welche Redewendung?«

»Na, ›dumm wie ein Wassermagier aus Boddlei‹. Hast du das nie gehört?«

»Nein, und ich verstehe das alles nicht«, seufzte Feja.

»Wundert mich nicht. Du kennst ja die Geschichte der Orden noch nicht. Willst du sie nachlesen? Es gibt in unserer Bibliothek im Haupthaus einige Schriften darüber.«

»Die Bibliothek, natürlich«, murmelte Feja. »Willst du es mir nicht lieber erzählen? Ich würde Wochen brauchen …«

»Verzeih, ich vergesse immer wieder, dass du mit dem Lesen noch nicht so weit bist. Aber du machst wirklich beeindruckende Fortschritte Feja.« Er schien das ehrlich zu meinen, und sie lächelte erfreut.

In der nächsten Nacht wurde Feja erneut von Meme Salmango aus dem Schlaf gerissen. »Wir haben schon herausgefunden, dass fünf der Monde dir vorerst nicht als Kraftquelle dienen wollen. Das mag sich ändern, wenn du dein Lindross gefunden hast. Und das wollen wir nun suchen.«

Verschlafen folgte sie der hochgewachsenen Zauberin in den Hof. »Wo sind denn die anderen?«

»Die lassen wir schlafen«, meinte die Meme und wies in den Himmel. »Aithir – er hat bei unseren letzten Übungen gefehlt. Lass ihn auf dich wirken.«

Feja schüttelte die Müdigkeit aus den Knochen und zwang sich zu ruhigem und gleichmäßigem Atmen, wie sie es gelernt hatte.

»Nein«, stellte die Zauberin nach kurzer Zeit fest. »Er ist es auch nicht. Es hätte mich auch gewundert. Folge mir, bitte.«

Feja fröstelte. Der Frühling war zwar schon weit fortgeschritten, aber die Nächte waren bitterkalt, und der nahende Morgen brachte einen beißenden Wind vom Meer. Die Luft roch nach Salz.

Feja folgte Meme Salmango durch die Unterfeste bis zum Haupttor, das eine gähnende Wache für sie öffnete.

»Das Meer«, sagte die Meisterin, als sie auf dem Vorland standen, »lausche auf das Meer und verbinde deinen Atem mit den Wogen.«

Feja gehorchte. Die Wellen brandeten gegen das befestigte Ufer, und es fiel ihr nicht schwer, sich dem Rhythmus der Brandung anzupassen. Es war ein gutes Gefühl, so, als würde eine Last von ihren Schultern genommen werden.

»Nein, da ist nichts«, seufzte die Zauberin nach einer Weile. »Aber wir haben ja auch gerade erst angefangen.«

Die Meme ging mit Feja über die Brücke ins Schilf. »Hier finden sich Wasser, Erde, und der Seewind beugt die Halme. Wir wollen sehen, ob du hier fündig wirst.«

Feja grub im feuchten Grund, sie stellte sich in einen Salzwassergraben, legte sich ins Schilf. Die Zauberin gab ihr Zeit, leitete sie geduldig an – ohne Erfolg.

»Nun, der Tag ist noch jung«, meinte die Zauberin. Sie langte in ihre Tasche und reichte ihr Brot und Käse. Feja war so in ihrer Meditation gefangen, dass sie gar nicht an Essen gedacht hatte. Sie hielt den Käse wie etwas völlig Fremdes in den Händen.

Die Zauberin lächelte. »Nein, das ist kein möglicher Hort magischer Kraft, mein Kind. Du musst deinen Leib stärken. Leerer Bauch zaubert nicht gern. Frag Meister Svelgar. Es ist übrigens nur ein Gerücht, dass Wein das Lindross von Svelgar sei, das sollte an dieser Stelle einmal gesagt sein.«

Nach dem Frühstück zogen sie weiter ins Land hinaus.

Feja versuchte ihr Glück mit den Birken in einem Wäldchen, sie probierte es an einem Teich und in einem munter dahinplätschernden Bach. Danach stand sie lange auf einem frisch gepflügten Acker – misstrauisch beäugt von einem Bauern, dem das Feld wohl gehörte, der sich aber nicht näher herantraute –, und schließlich versuchte sie ihr Glück bei einigen Feldsteinen. Ohne jeden Erfolg.

»Kann ich Euch etwas fragen, Meme?«, meinte Feja, als sie unter einer einsam stehenden Buche eine Rast einlegten. Das Land fiel zum Meer hin sanft ab, und Feja konnte die blaue See und die Festung auf ihrem weißen Felsen sehen. Wenn sie sich umdrehte, begrenzten Berge den Horizont. Dazwischen ragten in einiger Entfernung aus einem Wäldchen die Türme eines befestigten Gutes in den diesigen Himmel. Es gehörte, so die Meme, dem Grafen Dimgast, einem Verwandten des Fenngrafen von Braake, der zu den großen Förderern des Ordens zählte. Aber auch das

Gut mit seinen Schieferdächern schien Feja fest im Land verwurzelt. Alles war ein sanfter Übergang von Blau zu Grün und wieder Blau. Nur diese dunkelhäutige Magierin mit ihrem auffälligen Goldschmuck stach aus der Landschaft hervor.

»Nur zu, Kind, frage!«

»Warum gebt Ihr Euch solche Mühe mit mir? Ich weiß, dass auch andere ihr Lindross noch nicht gefunden haben.«

Die dunkelhäutige Frau hob belustigt eine Augenbraue. »Wer sagt dir, dass ich mit jenen nicht die gleiche Reise unternehme? Und bevor du fragst, nein, nicht immer sind meine Mühen von Erfolg gekrönt. Es sind in unseren Chroniken Hunderte mögliche Lindren aufgezeichnet – und das sind gewiss nicht einmal alle.«

»Hunderte?«, fragte Feja entsetzt und zählte in Gedanken ihre wenigen Versuche.

»Du darfst den Mut nicht sinken lassen, Feja aus dem Langwald. Wenn das Bargan in dir so groß ist, wie wir glauben, dann wird es dich früher oder später zu deinem Lindross führen. Und ein großes Bargan bedeutet meist auch eine große Midgav.«

»Was genau ist denn eine Midgav?«

»Sie ist die vierte Säule der Magie, wie ich dir bereits sagte. Einem Zauberer ist von Geburt an eine Gabe mitgegeben, ein Zauber, den er nicht erst mühsam lernen muss. Leider wird auch dieses Geschenk erst offenbart, wenn das Lindross gefunden ist. Und deshalb sind wir hier. Unserem Orden stehen schwere Tage bevor, und es ist gut möglich, dass wir euch viel schneller brauchen, als wir dachten.«

»Hat das mit dem toten Feuermagier zu tun, Meme?«

»In der Tat. Er trieb mit durchschnittener Kehle im Hafenbecken, doch ist es beunruhigend, dass ein mächtiger Zauberer wie Tasgim einem einfachen Halsabschneider zum Opfer gefallen sein soll. Aus Lente kommen viele Fragen und bald auch etliche Männer, die diesen Fall untersuchen werden.«

»Und das ist gefährlich für uns, Meme?«, fragte Feja, froh, dass endlich jemand mit ihr über diese Dinge redete.

»Wir sind für die Sicherheit in Braake verantwortlich. Tasgim ist tot – also haben wir versagt. Das wird Folgen haben. Doch zerbrich dir darüber nicht den Kopf. Lass uns lieber noch eine der Essenzen versuchen.« Die Meme strich mit der Hand durch die Halme, murmelte ein paar Worte, und plötzlich stand das Gras in Flammen. »Auch das Feuer könnte dein Lindross sein – versuche es!«

Aber auch dieses Mal gingen Fejas Anstrengungen ins Leere. Die Meme schien das nicht besonders schwer zu nehmen. Sie verschwand kurz hinter dem Uferbewuchs eines nahen Bachs und kehrte mit zwei prachtvollen Forellen zurück. Dann schickte sie Feja Holz sammeln und schnitt den Fisch auf. Anschließend zauberte Meme Salmango aus ihrer Tasche einige Gewürze hervor, von denen Feja die Hälfte nicht kannte. Die Meme nahm sich Zeit. Sie lehrte Feja Namen und Herkunft der Spezereien und ihren Gebrauch. Schließlich entzündete sie mit einem lässigen Schnippen der Finger das kleine Feuer, das zwischenzeitlich erloschen war.

»Was ist denn Euer Lindross, Meme? Vielleicht habe ich ja das gleiche.«

»Ich bezweifle es stark, Feja. Die Pforte ist meist mit dem Leben des Magiers verbunden. Und unsere Leben verliefen doch in anderen Welten. Es gilt übrigens als unhöflich, einen Zauberer nach seinem Lindross zu fragen, denn eigentlich sollte er das geheim halten. Natürlich ist das bei den beengten Verhältnissen unserer Feste praktisch unmöglich. Wahrscheinlich wirst du also eines Tages herausfinden, durch welche Tür ich das erste Mal zur Magie fand. Verraten werde ich es dir nicht.«

Feja seufzte und stocherte nachdenklich im Feuer herum. »Wie kommt es eigentlich, Meme Salmango, dass die Feuermagier alle dasselbe Lindross nutzen können?«

»Wieder eine gute Frage, Feja. Wie du weißt, nutzen diejenigen von uns, die ihr Lindross gefunden haben, auch das Mondlicht, um ihren Fliod aufzufüllen. Der Flammenorden hat dagegen einen Weg gefunden, seinen Brüdern das Feuer als Pforte zur Magie zu öffnen. Du kannst einen von ihnen fragen, wie genau sie das anstellen, doch ich bezweifle, dass sie dich in ihr größtes Geheimnis einweihen.«

»Und bei uns ist es das Morgengrauen, Meme?«

»Nein, denn das ist keine Essenz wie Feuer oder Wasser. Wir sind keiner der vier Essenzorden, was du inzwischen wissen solltest. Das ist nicht nur ein Nachteil, wie du jetzt vielleicht denkst. Die Essenzorden bilden sich viel auf ihre Verbindung zu den Elementen ein. Bei den Flammenmagiern ist es sogar verpönt, auf die angeborene Midgav zurückzugreifen. All ihre Mühen verwenden sie auf das Erlernen der angeblich edleren Feuerzauber. Damit verschenken sie viele Möglichkeiten. Aber nun iss deine Forelle, bevor sie kalt wird.«

Sie saßen noch lange nachdem von dem Fisch nur noch Gräten übrig waren unter der Buche, und Feja lauschte auf die Geschichten, die die Zauberin von ihrer Heimat erzählte: von dem unerhörten Reichtum der weißen Städte, von der Eitelkeit der Fürstinnen, die so mit Goldschmuck behängt waren, dass sie sich kaum noch bewegen konnten, von der Grausamkeit der Sklavenhändler und der Eifersucht der Feuermagier.

»Vielleicht liegt es an den Eigenschaften der Essenz, der sie dienen, dass sie niemanden neben sich dulden wollen. Es war schon in Utor so und in Edun selten anders, dass es immer dieser Orden war, der sich als der Erste des Reiches ansah, so wie er eben auch behauptet, dass das Feuer die erste Essenz sei.«

»Aber sind nicht eigentlich das Leben oder die Magie die erste Essenz, Meme?«

»Was denn von den beiden?«, fragte die Zauberin, offensichtlich amüsiert, »das Leben – oder die Magie?«

»Beide! Denn Leben ist Magie – und Magie ist Leben!«, rief Feja, froh, dass sie sich wenigstens etwas aus Meister Carons Unterricht gemerkt hatte.

»Du bist ein kluges Mädchen, Feja aus dem Langwald, ein sehr kluges Mädchen. Aber du bist ja auch im Licht der weisen Galtara geboren worden.«

Meme Salmango erhob sich und starrte auf das Meer hinaus. »Lösche das Feuer, Feja, es ist Zeit, dass wir heimkehren. Die Zeichen stehen auf Sturm.«

Feja starrte in den Himmel. Wolken zogen gemächlich unter den Monden dahin. Sie sah keine Anzeichen eines nahenden Unwetters. Die Zauberin aber schien es ernst zu meinen. Sie wirkte mit einem Mal zutiefst besorgt.

9.

Feja vergaß die warnenden Worte der Magierin schon bald. Der Unterricht auf der Feste ging weiter, und wenn es keine Unterweisungen gab, fanden die Oberen andere Beschäftigungen für ihre Schüler. Eines Morgens fuhren sie mit Bruder Yorn hinaus aufs Meer, wo er sie den Gebrauch der Netze lehrte. Für Feja war diese Art zu fischen neu, und die See und ihre Wogen waren ihr unheimlich. Ihr wurde sogar übel, was Tyrbull Tygram eine weitere Gelegenheit gab, sie zu verspotten.

Am folgenden Tag gingen sie mit Hauptmann Hofftin, dem Befehlshaber der Festungswachen, hinaus ins Fenn, um Wasservögel zu jagen.

Das war mehr nach Fejas Geschmack, denn mit dem Bogen konnte sie umgehen. Sie erlegte vier Wildenten und Tyrbull nur eine einzige, was seinen Spott wenigstens für diesen Tag verstummen ließ. Dafür musste er tatsächlich sogar ein paar Neckereien von seinem Vetter Malthur einstecken. Das wollte Tyrbull aber nicht auf sich sitzenlassen: Als sie am Mittag unter einem der weißen Felsen rasteten, die wie riesige Drachenknochen aus dem Schilf ragten, forderte er seinen Vetter zu einem Kletterwettstreit heraus. Er war geschickter als Malthur, und obwohl Hauptmann Hofftin ihn verfluchte und ihm befahl, sofort von dem Felsen herunterzusteigen, kämpfte sich Tyrbull bis ganz nach oben, wo er nistende Seevögel aufscheuchte. Dann stand er vor der Mittagssonne und ließ sich von seinen Anhängern feiern.

Feja sah zu und schüttelte insgeheim den Kopf. Diese Tygrams verstanden nicht viel vom Klettern. Mit ihrem Vater war sie oft in den Bergen gewesen. Sie hätte den Felsen in der Hälfte der Zeit geschafft. Ihr Vater … Wieder kam die Erinnerung an ihn aus dem Nichts und mit ihr das schlechte Gewissen, dass sie nicht mehr unternahm, um ihn zu finden. Den Rest des Tages blieb sie einsilbig.

»Was ist nur los mit dir?«, fragte Gabra, als sie auf dem Heimweg waren. »Du hast vier Wildenten erlegt – damit bist du die Beste von uns allen.«

Feja seufzte.

Gabra hakte sich unter. »Na, wenn du dich nicht selbst feierst, werden wir es eben tun, nicht wahr, Hallir?«

Ehe Feja sichs versah, hatte der Junge sich auf der anderen Seite untergehakt, und Nemma rief übermütig: »Macht Platz für die beste Jägerin der Graufeste!«

Tyrbull Tygram warf ihr finstere Blicke zu, aber sogar einige seiner Anhänger ließen sie hochleben. Platz machte ihr jedoch niemand, und Hauptmann Hofftin schüttelte nur den Kopf. Aber sogar er hatte Feja zu ihrem guten Auge und ihrer sicheren Hand beglückwünscht.

»Besser?«, fragte Gabra, als sie über den Dammweg auf die Festung zumarschierten.

»Viel besser«, sagte Feja, und das stimmte.

An diesem Abend servierte der Koch Entenbraten, und Feja bekam das erste Stück. Trotz der aufgeräumten Stimmung im Speisesaal hatte sie das Gefühl, dass die Unterhaltung einen schrillen Unterton hatte. Etwas stimmte nicht – aber niemand wollte darüber reden, und jeder tat, als sei alles in Ordnung.

Ginnar Dregin betrat als letzter der drei Graumagier den Thronsaal von Braake. Zwei Feuer loderten seitlich der Stufen zum Thron. Der Fenngraf saß dort – und er sah alles andere als glücklich aus. Neben ihm stand ein Fremder, ein hochgewachsener Mann in der rot verbrämten Robe der Feuermagier. Er hatte eine Hand auf die Rückenlehne des Thrones gelegt und flüsterte Graf Sigar soeben etwas zu.

Im Halbschatten standen weitere Feuermagier und einige Männer in den glänzenden Rüstungen der Königsgarde.

»Was hat das zu bedeuten?«, fragte Abot Yrnos scharf. Er war mit Dregin und Meister Eyrim sofort ins Schloss geeilt, als die Nachricht von der Ankunft des Schiffes aus Lente sie erreicht hatte.

»Ihr müsst Abot Yrnos sein«, meldete sich nun ein Mann zu Wort, den Dregin bis dahin übersehen hatte. Er war klein und fiel auch beim zweiten Hinsehen eigentlich nur durch seinen lächerlichen Spitzbart auf. »Ich bin Hofrichter Fendar aus Lente und damit beauftragt, den Tod von Meister Tasgim zu untersuchen. Großmeister Robar vom Flammenorden kennt Ihr bereits, nehme ich an?«

»Ich kenne ihn. Aber Ihr habt meine Frage nicht beantwortet, Fendar.«

»Ich sagte doch, dass ich hier bin, um einen Mord aufzuklären.«

»Mit einem Heeresaufgebot?«, fragte Dregin spöttisch.

Der Richter lachte verbindlich, bevor er fortfuhr: »Der feige Mord an Meister Tasgim hat in Lente den Eindruck erweckt, dass die Diener des Morgengrauens der heraufdämmernden Gefahr nicht gewachsen sind, sie vielleicht nicht einmal erkennen. Deshalb bat der König mich, mithilfe des Flammenordens und der Königlichen Garde die Ordnung in Braake wiederherzustellen.«

Dregin machte einen Schritt nach vorn. Der Abot schien überrumpelt und war ohnehin nicht der rechte Mann für ein scharfes Wortgefecht.

»Ich bin Sturmrat Dregin«, stellte er sich knapp vor, »und Braake ist seit alters unsere Stadt. Wir sind für Recht und Sicherheit verantwortlich. Ich kann mich nicht erinnern, dass wir unsere geschätzten Brüder oder die Garde zu Hilfe gerufen hätten.«

»Ist das so?«, entgegnete der Hofrichter und tat übertrieben erstaunt. »Nach meiner Kenntnis gehört Braake seit jeher den Fenngrafen, die bisher so großzügig waren, Eure Bruderschaft innerhalb ihrer Mauern zu dulden. Nun aber bat Graf Sigar um unsere Hilfe.« Der Richter hatte einen seiner Untergebenen herangewinkt und ließ sich von ihm zwei Pergamentrollen reichen.

»Wollt Ihr so gütig sein und dieses Schreiben lesen, Sturmrat? Und dies hier sind die Anweisungen des Königs, wie in dieser Angelegenheit weiter zu verfahren ist.«

Dregin nahm ihm die beiden Rollen aus der Hand und überflog sie, bevor er sie an den Abot und den Münzer weitergab.

»Das ist eine Katastrophe«, murmelte der Münzer.

»Es ist das königliche Siegel«, stellte der Abot mit tonloser Stimme fest.

Dregin las die Schreiben noch einmal. Ihr Inhalt übertraf seine schlimmsten Befürchtungen. Dann aber fiel ihm etwas auf.

»Wie kommt es, dass diese beiden Schreiben offenbar von derselben Hand verfasst wurden, Euer Ehren?«

Der Richter lächelte. »Das Bittschreiben des Fenngrafen trägt sein Siegel, oder nicht?«

Dregin warf einen schnellen Blick zum Thron. Sigar war zu einem Häuflein Elend zusammengesunken, aber seine Frau Uthia saß aufrecht und stolz an seiner Seite. Sie hielt seinem Blick stand. War dieses Weib etwa die treibende Kraft? Hatte sie in Lente um Hilfe gebeten? Dann hatte er sie sträflich unterschätzt.

»Können wir also davon ausgehen, dass Ihr den Wünschen des Königs und des Fenngrafen nachkommen werdet?«, fragte Fendar mit einem freundlichen Lächeln.

Jetzt meldete sich der Münzer zu Wort. »Erwartet Ihr ernsthaft, dass wir mit unseren Gewappneten aus der Stadt abziehen und Euch das Haus unserer Bruderschaft überlassen, wie dieses Schreiben es verlangt?«

»Nicht ich, der König erwartet es, Meister Eyrim.«

»Ich erkenne dieses Schreiben nicht an. Wir werden es anfechten. Seit tausend Jahren hat kein König es gewagt, derart tief in die Rechte eines Ordens einzugreifen!«

»Nun, Meister Eyrim, der Gang zum Hofgericht steht Euch offen. Es könnte aber eine Weile oder auch ein paar Jahre dauern, bis sie dort zu einer Entscheidung kommen«, erklärte Hofrichter Fendar gelassen. »Bis dahin solltet Ihr jedoch tun, was von Euch erwartet wird. Oder wollt Ihr Euch offen dem König widersetzen?«

Die gepanzerten Gardisten in der Halle nahmen eine drohende

Haltung an, und auch die Feuermagier, die bis dahin kein Wort gesagt hatten, schienen sich kampfbereit zu machen.

Dregin fand diese Drohgebärden lächerlich, aber sie zeigten deutlich die Kräfteverhältnisse in dieser Halle auf.

Abot Yrnos ergriff das Wort. »Wir werden hier und heute keinen Krieg beginnen.« Seine Stimme klang belegt. »Wir respektieren den König und den Fenngrafen. Das haben wir stets getan. Darum werden wir uns aus Braake zurückziehen – vorerst. Wir werden uns nicht an das königliche Gericht wenden, doch werden wir den Rat der Alten Bruderschaften anrufen. Der Flammenorden wird bald merken, was es heißt, sich gegen seinesgleichen zu wenden – und Ihr, Fendar, tragt die Verantwortung für alles, was daraus folgt.«

»Mit Freuden«, erklärte der Hofrichter überheblich.

Yrnos nickte der Fenngräfin knapp zu, dann marschierte er aus der Halle. Dregin folgte ihm mit dem Münzer.

Der Alte zeigt Haltung, das muss man ihm lassen, dachte der Sturmrat.

»Das ist eine Katastrophe«, murmelte der Münzer noch einmal, als sie zum Ausgang eilten. Dregin fand, dass das eine Untertreibung war.

Feja war mit Meme Salmango wieder im Fenn unterwegs, um bei strömendem Regen nach ihrem Lindross zu suchen. Einen ganzen Tag verbrachten sie damit, verschiedene Gräser, Kräuter, Büsche und Bäume, den Wind und sogar den Regen zu untersuchen – ohne Erfolg. Schließlich entschied die Zauberin, dass es genug sei. »Es liegt ein Unwetter in der Luft«, erklärte sie düster, als sie über den Damm zur Feste zurückkehrten. Ganz ähnlich hatte sie sich bei ihrem letzten Ausflug geäußert, ohne dass ein solches gefolgt war.

Als sie jedoch müde und durchnässt neben der Meme über die Brücke ging, hatte Feja unvermittelt das Gefühl, dass etwas geschehen sein musste.

»Warum sehen die Wachen so finster drein, Meme?«, fragte sie leise.

»Schlechte Nachrichten reisen schnell – und so, wie die Männer aussehen, sind es sehr schlechte Nachrichten.«

In der Oberfeste trennten sich ihre Wege. Die Meme verschwand eilig im Haupthaus, und Feja suchte ihre Freunde, aber die wussten auch nichts Genaues. »Es sind wieder alle Oberen hier«, wusste Nerius lediglich zu berichten.

»Es hat mit dem toten Feuermagier zu tun«, vermutete Hallir, und Gabra berichtete: »Ich habe den Abot gesehen. Er war blass und noch viel ernster als sonst.«

»Und sie haben den Unterricht für heute abgesagt.« Nerius wirkte enttäuscht.

»Wo sind denn alle?«, fragte Feja neugierig.

»In der großen Halle. Wie ich hörte, hat der Abot gleich nach seiner Rückkehr eine Sitzung einberufen«, meinte Hallir, »und so, wie alle Meister aussahen, müssen sie heute irgendwas Schweres entscheiden.«

»Vielleicht verbietet der König den Orden«, meinte Bele plötzlich. Sie sah bedrückt aus. Feja war schon seit Tagen aufgefallen, dass die Jüngste ihrer Gruppe längst nicht mehr so fröhlich wirkte wie früher. Das konnte nicht nur an der allgemeinen Anspannung liegen. Ob es wohl etwas mit Malthur Tygram zu tun hatte? Sie hatte die beiden lange nicht mehr zusammen gesehen.

»Wie kommst du denn darauf?«, fragte Gabra erschrocken.

Bele zuckte mit den Achseln. »Ein wichtiger Feuermagier wurde in Braake ermordet, und unser Orden hat es nicht verhindert. Auch den Täter haben wir nicht gefunden. Und ich hörte, dass wir ohnehin beim König nicht gut gelitten seien. Es sollen Schiffe aus Lente gekommen sein. Vielleicht greifen sie die Festung an.«

Nerius wies das brüsk als »Blödsinn« zurück, aber Feja konnte sehen, wie der Schrecken von den anderen Besitz ergriff.

»Aber was soll aus uns werden?«, fragte Gabra mit weit aufgerissenen Augen.

»Gar nichts!«, rief Nerius, der offenbar zu spät bemerkte, dass seine Wortwahl unglücklich war. »Ich meine, nichts anderes als bisher auch. Unser Orden ist alt und mächtig. Selbst der Aschenkönig kann ihn nicht verbieten.«

»Aber Asche kommt vom Feuer, wie man sagt«, warf Hallir ein. »Der König hört auf die Feuermagier, und die konnten uns noch nie leiden!«

»Bei den Monden – ich will nicht zurück ins Moor«, stöhnte Nemma.

Nerius kämpfte noch eine Weile gegen die Schwarzmalerei der anderen an, aber Feja merkte schnell, dass seine Bemühungen vergeblich waren. Schon beim Abendessen summte der Speisesaal von dem Gerücht, dass der Orden der Graumagier verboten, seine Meister in Ketten gelegt und seine Schüler zu anderen Bruderschaften verschleppt werden würden.

Feja beteiligte sich nicht an den aufgeregten Disputen. Sie konnte sich einfach nicht vorstellen, dass so etwas geschehen würde. Sie hätte gerne Meister Svelgar gefragt, denn der war nicht so zugeknöpft wie die anderen, aber der Magier, der sonst die Aufsicht über die Schüler mit einer üppigen Mahlzeit verband, war an diesem Abend nicht im Speisesaal erschienen.

Nach dem Essen hielt sich Feja noch lange mit ihren Freunden im Hof auf. Der Abend war mild und die lange Dämmerung verriet, dass der Frühling weit fortgeschritten war. Die Schüler standen in kleinen Gruppen beisammen, ihnen stand nicht der Sinn nach den üblichen Scherzen und rauen Spielen. Feja sah, dass Tyrbull mit seinen Anhängern sprach. Sie hörte aus ein paar Gesprächsfetzen heraus, dass er sich gegen die Gerüchte stemmte. Ausnahmsweise war sie mit ihm einer Meinung.

Dann sah sie Bruder Span aus der Grotte kommen. Er trug ein Bündel Schwerter in die Waffenkammer.

Kurz entschlossen lief sie ihm nach. Er musste doch etwas wissen! Auf der Schwelle holte sie ihn ein.

»Bruder Span, wartet einen Augenblick!«

Er drehte sich nur kurz um, hob eine Augenbraue und schloss dann wortlos die Tür der Waffenkammer auf.

Feja war so auf Neuigkeiten aus, dass sie ihre Scheu davor, mit dem jungen Mann zu reden, für einen Augenblick vergessen hatte. Jetzt kehrte die seltsame Schüchternheit zurück.

Bruder Span verschwand in der dunklen Kammer. Feja stand vor der halb geöffneten Pforte und wusste nicht, ob sie ihm folgen sollte. Er schien sich nicht gerade zu freuen, sie zu sehen. Gleichzeitig fühlte sie eine Menge Augenpaare im Rücken, die sie beobachteten. Sie gab sich einen Ruck und trat über die Schwelle.

Sie war noch nie in diesem Teil des Gebäudes gewesen. Die Waffenkammer verfügte über zwei Stockwerke und offenbar noch ein Kellergeschoss, und jeder Fingerbreit Raum war mit Waffen, Schilden und Rüstungen vollgestopft.

»Damit könnte man ein ganzes Heer ausrüsten«, entfuhr es ihr.

Bruder Span antwortete nicht. Er wickelte die Schwerter aus dem Tuch, in dem er sie transportiert hatte, und prüfte ihre Schneiden mit dem Daumen.

Jetzt, durchfuhr es sie, *jetzt hast du die Gelegenheit, dich endlich bei ihm zu bedanken.*

Verlegen trat sie näher an ihn heran. »Ich habe jedenfalls noch nie so viele Waffen auf einem Haufen gesehen«, meinte sie, obwohl sie etwas ganz anderes hatte sagen wollen. Irgendwie schien seine Gegenwart ihr die richtigen Worte zu rauben.

Er war mit der Prüfung fertig und schob die Schwerter eins nach dem anderen in die Halterungen, die dafür vorgesehen waren.

»Ich … ich wollte mich eigentlich … Also, eigentlich wollte ich mich bei Euch bedanken, Bruder Span. Wegen Tyrbull … Mein erster Tag. Und dann im Gang … Ihr habt mir geholfen«, stotterte sie.

Er drehte sich nicht einmal um, sondern zuckte nur kurz mit den Schultern, beendete seine Arbeit, rollte das Tuch ordentlich auf und klemmte es sich unter den Arm. Dann trat er zum Ausgang.

Feja folgte ihm. »Sagt, wisst Ihr, was hier vorgeht?«, entfuhr es ihr, als sie schon fast wieder draußen waren.

Er blieb kurz stehen, sah sie sehr ernst an, dann schüttelte er seufzend den Kopf, schickte sie mit einer Geste hinaus, folgte ihr und schloss ab.

Feja hatte es sich vorhin nicht nur eingebildet: All ihre Mitschüler starrten sie an. Sie errötete, und je mehr sie versuchte, das zu verhindern, desto schlimmer wurde es. Sie wollte sich noch einmal an den jungen Bruder wenden, doch der verschwand gerade im Zugang zur Grotte.

Sie wäre gerne vor Scham im Boden versunken, doch das harte Pflaster gab ihrer Bitte nicht nach. Hatte sie etwas Falsches gesagt? Hatte sie nicht wenigstens eine kleine Antwort verdient? Warum behandelte Bruder Span sie so abweisend? Konnte er sie vielleicht nicht leiden? Aber wenn er sie nicht leiden konnte, warum hatte er sie dann zweimal gerettet?

Sie kehrte zu ihren Freunden zurück und versuchte vergeblich, ihre Verlegenheit zu überspielen.

»Was wolltest du denn in der Waffenkammer?«, fragte Gabra grinsend.

»Gar nichts.«

»Nun komm schon, irgendetwas wirst du doch da gewollt haben«, bohrte Nemma nach.

»Ach, ich wollte Bruder Span bloß fragen, ob er weiß, was hier los ist«, behauptete sie möglichst beiläufig.

Ihre Freunde starrten sie mit großen Augen an.

»Du hast Bruder Span *gefragt*?« Nerius' Mundwinkel zuckten.

»Ja, aber er hat mich ignoriert. Kein Wort hat er gesagt!«, brach es aus Feja heraus.

Hallir prustete. »Wirklich? Kein Wort?«

Auch die Mädchen kicherten, und Feja wurde klar, dass sie etwas Wesentliches nicht verstand. »Was ist denn dabei?«, fuhr sie Nerius an.

»Hast du denn immer noch nicht gemerkt, dass Bruder Span stumm ist?«, rief der und konnte sich das Lachen nicht mehr verbeißen.

Feja blickte ihn entgeistert an.

Jetzt gab es kein Halten mehr. Ihre Freunde schüttelten sich vor Lachen. Und sie lachten nicht über den jungen Magier, sie lachten über sie, weil sie versucht hatte, ausgerechnet ihm ein paar Worte über das zu entlocken, was hier vor sich ging.

Feja kam sich unfassbar dumm vor. »Was habe ich nur getan? Was muss er nun von mir denken?«

»Ach, der versteht das«, erklärte Nemma, als das Gelächter allmählich verebbte. »Es ist ihm ja nicht zum ersten Mal passiert.«

Gabra wischte sich Tränen aus den Augen. »Vielleicht versteht er es sogar als Kompliment. Niemand merkt ihm an, dass er stumm ist. Meister Svelgar hat einmal gesagt, dass er noch nie einen so jungen Magier mit derart beeindruckenden Fähigkeiten erlebt habe.«

»Aber, wenn er nicht sprechen kann …«

»Du brauchst keine Stimme, um einen Zauber zu wirken, Feja, wenigstens das könntest du doch wissen«, meinte Nerius grinsend.

»Ihr solltet euch nicht über ihn lustig machen!«, rief sie.

»Tun wir nicht«, versicherte Gabra kichernd. »Niemand hier ist so dumm, ausgerechnet Bruder Span zu verärgern, nicht einmal die Tygrams.«

»Umso besser«, murmelte Feja.

Sie blickte hinüber zu der Gruppe, die sich um Tyrbull versammelt hatte. Ihr Feind grinste frech zu ihr herüber. Vermutlich wusste er, worum es ging, und er würde keine Gelegenheit auslassen, ihr ihre Dummheit unter die Nase zu reiben. Wahrscheinlich war sie schon bald das Gespött der ganzen Feste. Und es gab nichts, was sie dagegen unternehmen konnte.

Oder gab es doch etwas? Plötzlich hatte sie eine Idee. Ihre Mitschüler würden sie gewiss respektieren, wenn sie herausfand, worüber die Oberen in Jarknars Halle redeten. Und sie wusste auch, wie sie das anstellen konnte. Dann würde niemand mehr über sie lachen. Etwas in ihr sagte ihr, dass das keine gute Idee war. Aber sie wollte nicht auf diese Warnung hören. Der Spott der anderen hatte sie gedemütigt. Seit sie hier war, hatte sie sich nur blamiert. Schluss damit!

Feja verabschiedete sich unter einem Vorwand und lief kurz entschlossen in die Unterfeste, wo sie dem Schmied einen Besuch abstattete. Meister Uri war damit beschäftigt, einige Rüstungen auszubessern, und entschuldigte sich bei Feja, dass er ihr keine

Aufmerksamkeit widmen konnte. Sie versicherte ihm, dass das nicht schlimm sei, und sah ihm eine Weile bei der Arbeit zu. Dann entwendete sie unauffällig drei der Dietriche, die in einem Regal lagen. Sie würde sie in der kommenden Nacht brauchen.

Ginnar Dregin starrte auf den Hof hinaus. Selbst die Schüler wirkten besorgt, auch wenn es gerade eine gewisse Erheiterung rund um das Mädchen aus dem Langwald gegeben hatte. Sie blickte ziemlich finster drein.

»Du warst voreilig, mein Junge«, schnarrte die Stimme des Verkünders, in dessen Kammer er stand, »voreilig und leichtsinnig!«

»Die Monde standen günstig, Meister.«

»Günstig? Der Flammenorden hat ein Dutzend Magier nach Braake gesandt und einen von ihnen an deiner Stelle zum Berater des Fenngrafen gemacht. Sie haben zweihundert Gardisten mitgebracht, die nun durch unsere Straßen patrouillieren. Und das alles, weil du so tollkühn warst, einen der Ihren zu töten. Da möchte ich nicht wissen, was geschehen wäre, wenn die Monde *nicht* günstig gestanden hätten!«

»Ich habe Tasgim kein Haar gekrümmt, Meister.«

»Selbstverständlich nicht. Da der König einen seiner Richter schickte, ist es das Mindeste, dass du dem eine ehrliche Antwort geben kannst.«

»Ich war nicht einmal in der Stadt, als jemand diesem Gesandten die Kehle durchschnitt.«

»Immerhin waren meine Lektionen also nicht völlig fruchtlos. Doch was hast du erwartet? Ich habe dich unterstützt, weil du sagtest, dass du unseren Orden zu alter Größe zurückführen willst. Doch nun haben sie uns mit einem Fußtritt aus Braake verjagt!«

Die Schüler unten im Hof zerstreuten sich. Tyrbull Tygram kreuzte wie zufällig Fejas Weg, die aus der Unterfeste hinaufkam, und rief ihr irgendetwas zu. Selbst aus der Entfernung konnte der Sturmrat sehen, dass sie die Fäuste ballte, aber nichts gegen den Jungen unternahm.

Ruckartig drehte er sich um. Pridis Vithun saß kerzengrade auf seinem Schemel und funkelte ihn wütend an.

»Unsere Bruderschaft ist von der Krankheit der Verweichlichung befallen, Meister. Ich werde sie nicht heilen können, wenn ich ihr nicht ein paar schmerzende Stacheln ins Fleisch treibe. Ich muss die anderen aufrütteln, sonst werden sie aus Bequemlichkeit dem Weg der Anpassung immer weiter folgen – bis zu seinem bitteren Ende.«

»Auf mich wirken sie nicht aufgerüttelt. Sie gleichen eher einem Hühnerhaufen, den der Fuchs erschreckt hat.«

»Das ist so, weil Abot Yrnos bis jetzt wenig getan hat, um uns gegen die Anschuldigungen aus Lente zu verteidigen. Er ist ohne Frage ein fähiger Mann, aber er ist nicht der Anführer, hinter dem wir uns in Zeiten der Not sammeln können.«

»Du hast also doch vor, ihn abzulösen?«

»Ich? Auf keinen Fall! Ich bin zu jung. Ich dachte eine Weile, Meister Eyrim könnte es werden, aber Ihr hattet recht – er denkt nur mit seinem Geldbeutel. Daher habe ich einen Mann von größerer Weisheit im Sinn, einen, der stets guten Rat für mich wusste.«

Der Alte setzte zu einer Antwort an, stockte, und seine Augen wurden schmal. »Hast du wirklich vor, *mich* als Abot vorzuschlagen?«

»Niemand hätte es mehr verdient als Ihr, Meister.«

»Und das hast du geplant, ohne mich auch nur zu fragen? Ich schätze es nicht, Werkzeug in einem Machtkampf zu sein, mein Junge«, knurrte der Verkünder.

»Ihr seid kein Werkzeug, Meister. Ihr seid der nächste Abot – wenn Ihr es denn wollt. Und ich habe mich nicht mit Euch beraten, weil ich nicht mit einer so harten Reaktion aus Lente gerechnet habe. Ich habe die Feuermagier unterschätzt.«

»Hättest du mich gefragt, hätte ich dir sagen können, dass es so kommt …«

Dregin nickte und tat beschämt. »Ich habe mich geirrt, Meister. Auch deshalb halte ich Euch für viel geeigneter als mich, Abot zu werden.«

»Darüber muss ich nachdenken, mein Junge.« Der Alte schien noch nicht überzeugt zu sein.

»Natürlich. Doch fällt mir außer Euch wirklich niemand ein, der Abot Yrnos ablösen könnte.«

»Wenn der überhaupt den Stab niederlegen will …«

»Ich denke, dazu kann ich ihn überreden.«

Pridis Vithun nickte. »Ich bin sicher, dass du das kannst«, sagte er gedehnt.

Dregin verließ die Kammer des Verkünders hochzufrieden. Vithun besaß Autorität, war ein Anhänger der Alten Wege und würde den Orden in die richtige Richtung lenken. Und er war alt. Lange würde er nicht als Abot dienen. Wenn er eines nicht allzu fernen Tages abtrat, würde es nur einen logischen Nachfolger geben – Ginnar Dregin.

Er eilte die Treppe hinab. Das alles würde nicht von selbst geschehen. Er musste ein Schreiben an den Rat der Alten Bruderschaften verfassen. Sechs Orden gab es in Edun. Der Flammenorden war der mächtigste, und nun war es an ihm, die anderen Bruderschaften davon zu überzeugen, sich gegen ihn zu stellen. Und dann war da noch etwas – Feja. Ihr Bargan war gewaltig, und auch wenn Caron davon nichts wissen wollte, hieß das in der Regel, dass auch ihre Midgav groß war. Das Mädchen war eine wahre Hoffnung für die Bruderschaft. Er musste dafür sorgen, dass sich ihr gewaltiges Potenzial in die richtige Richtung entwickelte.

Die vielen Männer, die aus Braake abgezogen wurden, brachten für Feja und ihre Mitschüler einige unerfreuliche Veränderungen mit sich. Sie mussten ihre Unterkunft räumen.

»Es ist das Haus der Gewappneten«, erklärte Meister Caron geduldig, »und deshalb werden es unsere Soldaten wieder beziehen.«

»Und wo sollen wir dann schlafen?«, fragte Gabra.

»Ich habe die alten Schlafstuben unter dem Dach des Schulhauses herrichten lassen. Es ist vielleicht nicht ganz so gemütlich, aber in Zeiten wie diesen müssen wir alle etwas enger zusammenrücken.«

»*Etwas* enger?«, rief Gabra, als sie die neue Kammer betraten. Auch Feja war entsetzt. Die Bediensteten hatten mit Mühe und Not hier vier Bettstellen untergebracht. Die Fenster waren winzig, und es roch muffig.

»Ich kann die Monde sehen«, sagte Nemma. Sie hatte sich auf ihr Bett fallen lassen und starrte zu den Dachsparren empor.

Unwillkürlich blickte auch Feja hinauf. Sie sah nackte Dachziegel, durch die Licht schimmerte. Zwischen ihnen war ein Stück von Brunas zu erahnen.

»Das ist eine Abstellkammer, mehr nicht«, stellte Bele seufzend fest.

»Nimm es nicht so schwer«, versuchte Feja sie aufzumuntern. »Das ist bestimmt nur vorübergehend.«

Nerius lugte durch die offene Tür herein. »Bei euch sieht es ja fast so schlimm aus wie bei uns. Nur riecht es nicht so stark nach toter Möwe.«

»Feja sagt, dass wir bald zurückkönnen. Was glaubst du?«, meinte Nemma.

Der Junge zuckte mit den Achseln. »Ich weiß nur, dass ich mir die Stube jetzt mit den Tygrams und allen anderen teilen muss. Wenn man wenigstens wüsste, was los ist …«

»Solltest du dich nicht vom Quartier der Mädchen fernhalten, junger Freund?«, fragte eine Stimme aus dem Flur.

Nerius wurde rot. »Verzeiht, Meister Dregin. Ich wollte nur sehen, ob sie gut untergebracht sind.«

»Natürlich wolltest du das. Wenn du aber nicht die Nacht mit Wachdienst auf einem der Türme verbringen willst, solltest du dich jetzt wieder zu deinen Kameraden begeben.«

»Ja, Meister Dregin«, stieß Nerius hervor und war schon weg.

Der Magier trat in die Kammer und nickte den Mädchen aufmunternd zu. »Zu meiner Zeit hatten wir es nicht so bequem. Wir mussten auf dem Boden schlafen, weil Meister Vithun der Meinung war, das sei gut für uns. Wir waren auch nur fünf Schüler, nicht zwanzig. Es könnte also schlimmer sein, nicht wahr?«

»Ja, Meister Dregin«, antworteten die Mädchen im Chor.

Feja sah den anderen an, dass sie sich in Gegenwart des Sturmrats genauso unwohl fühlten wie sie selbst. Jetzt wandte er sich auch noch an sie.

»Auf ein Wort, Feja …«

Zögernd folgte sie ihm auf den Gang, eine Treppe hinab und dann durch eine Pforte hinaus auf die Mauer, welche die Oberfeste von der Unterfeste trennte.

Die Sonne war untergegangen, aber Brunas und Eortha spendeten rotbraunes Licht.

»Wenn jetzt noch Nir zu sehen wäre, würden wir von einer Blutnacht sprechen, wusstest du das?«

»Nein, Meister.«

Der Magier seufzte. »Deine Lehrer haben mir schon gesagt, dass deine Wissenslücken beträchtlich sind.«

Feja schluckte. Plötzlich hatte sie Angst, dass man sie davonjagen würde. »Ich gebe mir alle Mühe, Meister.«

»Das habe ich ebenfalls gehört.« Dregin lehnte sich an die Brüstung. »Es kommt auch nicht darauf an, ob du weißt, wer im Jahre achthundertdreiunddreißig den Narrenaufstand von Lente niederschlug, es kommt darauf an, ob du den Weg zu deiner magischen Kraft findest. Dein Bargan ist groß, und das bedeutet meistens auch, dass die Magie eine große Midgav für dich vorgesehen hat. Doch wirst du sie nie erhalten, wenn du dein Lindross nicht findest.«

»Ich suche ja, Meister, und Meme Salmango hat gesagt, dass es Jahre …«

»Ich weiß, wie Schwester Salmango darüber denkt. Ich habe dich jedoch beobachtet, und ich denke, dass dein Weg zum Fliod blockiert sein könnte.«

»Wie meint Ihr das, Meister?«

»Etwas – oder jemand – steht der Entfaltung deiner Kraft im Weg. Wir wissen wohl beide, wer das ist.«

Feja sah ihn mit großen Augen an, denn es war ihr völlig neu, dass so etwas möglich war.

»Es ist kein Geheimnis, dass Tyrbull Tygram dir das Leben schwermacht.«

»Ihr meint, *er* hindert mich daran, mein Lindross zu finden?«

»Wenn es so einfach wäre, müssten wir ihn nur für eine Weile wegschicken, und dein Problem wäre gelöst. Nein, es ist deine Haltung. Tyrbull ist ein Hindernis, mit dem du fertigwerden musst. Ich habe gesehen, dass du vorsichtig bist, ihm nach Möglichkeit aus dem Weg gehst, aber der Weg der Vorsicht ist nicht der, der dich zu deinem Ziel führen wird.«

Ein kalter Wind zog über die Mauer, und dann sah Feja einen Raben, der mit schwerem Flügelschlag über die Feste zog. Im Langwald galten diese Vögel als Unglücksbringer.

»Ihr meint, dass ich mich ihm stellen muss …«

»Du hast es also verstanden«, lobte der Meister.

»Aber – wie? Er kann besser fechten, er ist stärker, er hat mehr Freunde, und er hat sein Lindross bereits gefunden. Ich wundere mich immer wieder, dass er seine Magie nicht gegen mich einsetzt.«

Der Magier lächelte unvermittelt. »Tyrbull ist nicht so dumm, wie du vielleicht glaubst. Er weiß, dass wir das merken würden, und dann müsste er etliche Nachtdienste auf dem Bergfried schieben. Möglicherweise würden wir ihn auch gleich hinauswerfen, denn es ist Schülern verboten, Magie gegeneinander einzusetzen. Ich hoffe, wenigstens *das* hast du schon gewusst …« Der Magier seufzte. »Ich muss hinüber in die Halle. Wir Oberen werden die ganze Nacht mit schwierigen Beratungen verbringen – und nein, ich werde dir nicht verraten, worum es geht. Spare dir also diese Frage. Was Tyrbull Tygram angeht, so rate ich dir, ihn auf einem Feld herauszufordern, auf dem du ihm überlegen bist.«

»Aber was soll das sein? Ich bin vielleicht besser im Melken als er – aber er wird sich nie auf ein Duell unter einer Kuh einlassen.«

Meister Dregin lachte und schüttelte den Kopf. »Ein wenig ehrenvoller sollte es schon zugehen. Ich bin zuversichtlich, dass du das Richtige finden wirst, denn du bist einfallsreich und gewitzt. Wie hättest du sonst den weiten Weg von deiner Heimat hierher geschafft? Worin immer du ihn herausforderst, du musst die Regeln bestimmen, denn er wird bei der ersten Gelegenheit versuchen, dich hereinzulegen.« Er legte ihr in einer ermutigenden Geste die Hand auf die Schulter.

Feja durchzuckte es kalt. Eine Erinnerung schoss ihr in den Sinn, das Bild einer nächtlichen Straße in Braake, doch bevor sie es fassen konnte, war es verschwunden.

Der Zauberer verschwand und ließ eine ratlose Feja zurück. Konnte sie Tyrbull zu einem Duell mit dem Bogen herausfordern? Da würde sie ihn schlagen. Er hatte sie jedoch schießen sehen, also würde er sich nicht darauf einlassen. Sie zermarterte sich noch lange das Gehirn, aber ihr fiel kein Feld ein, auf dem sie Tyrbull überlegen war, ohne dass er es wusste.

Irgendwann gegen Mitternacht – ihre Mitschülerinnen schliefen tief und fest – erhob sie sich und schlich aus der kleinen Stube. Sie hatte sich in der Sache mit Span lächerlich gemacht, und es war an der Zeit, die Scharte auszuwetzen.

Sie borgte sich im Speisesaal eine Kerze und schlich zur Vordertür. Vorsichtig spähte sie hinaus. Eine Wache lehnte an der Pforte des Haupthauses. Dieser Weg war versperrt.

Aber es gab ja noch den Weg über die Mauer … Bevor sie auf den Wall hinaustrat, warf sie sich die Kapuze ihres grauen Umhangs über. Sie drückte sich an die Mauer und spähte zum Eckturm. Ja, da waren Wachen aufgezogen. Mit klopfendem Herzen schlich sie bis zum Turm. Die Pforte war nicht verschlossen, also schlüpfte sie hinein. Von unten hörte sie das Klappern von Geschirr. Da lag das Reich von Bruder Sjodir, dem Koch. Meister Svelgar nannte diesen Turm nicht ohne Grund den Küchenturm.

Sie lugte aus der Schießscharte hinüber zum Bergfried. Auch dort oben standen Männer. Wenn sie der Mauer weiter folgte, könnte sie von dort und vom Eckturm aus entdeckt werden. Und wenn sie durch die Küche ging?

Kurz entschlossen schlich sie die Treppe hinab. Dann schimpfte sie mit sich selbst: Es gab einen Übergang vom Schulhaus zur Küche – der wäre viel ungefährlicher gewesen. Noch wichtiger aber war, dass es auch einen Weg von der Küche ins Haupthaus gab.

Feja versuchte, sich zu orientieren. Ein Stück entfernt hörte sie den Koch mit seinen Gesellen schimpfen. Er war sonst ein umgänglicher, zurückhaltender Mann, aber er schien gereizt, wie so viele, die derzeit auf der Feste waren.

Endlich hatte sie das Gefühl, den richtigen Gang gefunden zu haben. Sie folgte ihm und stieß auf eine schwere Tür. Ganz langsam öffnete sie sie. Die Tür knarrte in ihren Angeln. Feja versuchte, sie noch langsamer zu bewegen, aber das Knarren wurde nur lauter.

Beherzt riss sie die Tür auf, schlüpfte hindurch und schloss sie wieder. Es klang wie Donner in ihren Ohren, als die Pforte ins Schloss fiel. Ihr Herz schlug wie wild. Aber es war zu spät, um umzukehren. Sie rannte auf nackten Füßen den Gang hinab.

In einer nahen Kammer hörte sie Stimmen. Sie lauschte mit angehaltenem Atem. Das waren Wachsoldaten. Sie hörte das Rasseln einer Rüstung, als einer der Männer sich murrend erhob, um nachzusehen, was das eben für ein Geräusch gewesen war.

Feja wartete nicht ab. Sie war schon an der Treppe des Bergfrieds angelangt, bevor der Soldat an der Tür zur Küche war.

Ihr wild klopfendes Herz wollte sich nicht beruhigen. Es schlug so laut, dass Feja dachte, das Geräusch müsse sie verraten. Endlich fiel ihr ein, was sie bei Meme Salmango gelernt hatte. Sie konzentrierte sich auf ihren Atem, während sie die Stufen hinabschlich. Allmählich senkte sich ihr Puls.

Keine Laterne brannte hier unten, also entzündete sie mit zitternder Hand ihre Kerze und sah als Erstes den Totenschädel über Ailon Bainachs Tür bleich aufleuchten. Sie huschte hinüber zur schmalen Pforte des geheimen Ganges. Sie fand sie verschlossen, aber darauf war sie vorbereitet.

Feja zückte die Dietriche, die sie bei Meister Uri entwendet hatte, und versuchte, das Schloss zu öffnen. Sie ging so behutsam vor wie nur möglich. Kalter Schweiß brach ihr aus, weil Metall für ihre Ohren viel zu laut über Metall schabte. Endlich fand der Dietrich den ersten Stift. Ganz vorsichtig drückte sie ihn nach unten – und schon sprang das Schloss mit einem lauten Klicken auf. Sie war zu verblüfft, um erleichtert zu sein. Die Tür war mit einem so einfachen Schloss gesichert?

Feja lauschte in den dunklen Gang hinein. Spinnweben wehten ihr entgegen. Es war ganz still. Sie löschte die Kerze und tastete sich Schritt für Schritt weiter. Sie würde es besser machen als beim letzten Mal, dann würde sie niemand bemerken.

Meister Dregin ließ die anderen reden. Es sollte auf keinen Fall so aussehen, als wolle er die Dinge in eine bestimmte Richtung lenken. Sie saßen schon seit Stunden zusammen, ohne dass das Geringste entschieden worden wäre.

Meister Sjargur hatte ausführlich Bericht erstattet. Er war der Gesandte des Ordens in Lente und war am Vormittag in der Feste eingetroffen. Offenbar standen die Dinge dort noch schlimmer als erwartet, aber nicht alle Brüder erfassten die Dimension der Bedrohung. Manche konnten eben nicht sehr weit über den eigenen Tellerrand schauen.

»Sie haben uns einfach aus der Stadt gejagt«, klagte Foras Buklar, der Schattenmarschall, nicht zum ersten Mal.

»Wir haben versagt«, stellte Meister Caron nüchtern fest. »Es ist … es *war* unsere Aufgabe, in Braake für Sicherzeit zu sorgen, aber Meister Tasgim ist tot. Das ist nicht gerade ein Ruhmesblatt.«

»Ich stimme Euch zu, Caron«, warf Dregin ein. »Sagt mir, worauf führt Ihr unser Versagen zurück?«

Der Lehrmeister sah ihn irritiert an und blieb ihm eine Antwort schuldig.

»Fett und faul sind wir geworden. Deshalb sind wir unseren Aufgaben nicht mehr gewachsen!«, schnarrte Pridis Vithun. Der Verkünder saß stocksteif auf seinem Stuhl, sein Blick war voller Verachtung.

Zu Dregins Überraschung blieb Widerspruch aus.

»Die Feuermagier haben uns sogar einen Gefallen getan, indem sie uns aus Braake vertrieben haben«, fuhr Vithun fort. »Dort mag das Leben bequem sein, aber die Macht unseres Ordens liegt hier – in und vor allem *unter* dieser Feste.«

»Eine äußerst gefährliche Macht, auf die Ihr da anspielt«, wandte Abot Yrnos ein. Das Oberhaupt der Graumagier saß am Kopfende des Tisches. Er hatte die meiste Zeit geschwiegen.

Dregin sah ihm an, dass er einen schweren Kampf mit sich ausfocht.

»Gefährlich für unsere Feinde!«, rief Vithun verächtlich.

»Nicht nur«, erwiderte Meister Caron. »Habt Ihr die alten Geschichten vergessen, ehrwürdiger Verkünder?«

»Ich habe sie nicht nur nicht vergessen – ich habe sie selbst erlebt, mein Junge! Ich sage Euch, Brüder, das waren andere Zeiten! Die Menschen mögen uns gehasst haben, aber vor allem haben sie uns gefürchtet! Jeder König und jeder Orden hat zweimal überlegt, bevor er etwas gegen uns unternahm!«

»Selbst Ihr könnt damals nur ein Knabe gewesen sein, Meister Vithun, deshalb habt Ihr vielleicht vergessen, wie es um unseren Orden bestellt war. Wir standen kurz vor der Vernichtung!«, hielt ihm Caron entgegen.

»Unsinn!«, schnarrte der Alte.

»Es gibt keinen Weg zurück«, warf der Abot ein. »Die alten Wege sind uns ein für alle Mal verschlossen.«

»Wirklich?«, fragte Dregin schnell.

»Es würde uns nichts kosten, sie versuchsweise zu betreten, oder?«, meinte der Münzer.

Yrnos warf ihm einen ungnädigen Blick zu.

Meme Salmango meldete sich zu Wort. »Ich weiß, dass ich in diesem Rat keine Stimme habe, doch denke ich, dass wir nicht über alte Geschichten reden sollten. Die Frage ist doch, was wir unternehmen können, um weiteres Unheil abzuwenden.«

»Ich danke Euch, Schwester Salmango«, rief der Abot und erhob sich. »Ich denke, ich weiß, was zu tun ist. Ich werde dem Fenngrafen und dem König mitteilen, dass ich den Stab des Bewahrers niederlege.«

Es wurde bemerkenswert still im Saal. Endlich raffte sich der Schattenmarschall auf und rief: »Das könnt Ihr nicht tun!«

»Ich danke Euch, Bruder Buklar, doch der Stille in dieser Halle entnehme ich, dass die meisten Eurer Brüder und Schwestern längst wissen, dass dieser Schritt unvermeidlich ist. Wir haben versagt, und jemand muss die Verantwortung übernehmen. Wer sollte das sein, wenn nicht der Abot?«

»Ich schlage Meister Caron als Nachfolger vor«, rief Bruder Svelgar schnell.

»Ihr habt es aber eilig, Svelgar«, rief Meme Sulling, die Alchemistin. »Es ist noch nicht einmal entschieden, dass unser Abot wirklich …«

Aber Yrnos unterbrach sie: »Das ist entschieden, und zwar endgültig. Und ich hätte nichts dagegen, wenn Meister Caron meine Nachfolge antreten würde.«

Damit hatte Dregin nicht gerechnet. »Verzeiht, Abot«, rief er über den anschwellenden Lärm hinweg, »aber es könnte zu weiteren Schwierigkeiten führen, wenn der Abot, der zurücktritt, seinen Nachfolger selbst bestimmt. Was wird Lente dazu sagen?«

»Seit wann kümmert Ihr Euch darum, was der König sagt?«, polterte Svelgar.

»Nein, er hat recht«, meinte der Abot. »Wir müssen ein Verfahren wählen, das keinerlei Zweifel aufkommen lässt.«

»Kann es sein, dass Ihr Euch selbst schon auf dem Stuhl des Abots seht, Dregin?«, fragte der Schattenmarschall unverblümt.

»Darum geht es hier nicht!«, wich Dregin aus. Er hatte auch nicht damit gerechnet, dass Buklar Stellung gegen ihn beziehen würde. Der Mann war ein fähiger Kommandant, aber aus der Politik hielt er sich sonst heraus. Nun hatte er ihn auf dem falschen Fuß erwischt, und Dregin hatte für einen Moment vergessen, dass er plante, vorübergehend den alten Vithun auf den Platz des Abots zu heben.

»Ich habe sehr wohl den Eindruck, dass es genau darum geht!«, rief Svelgar.

Dass der Fechtmeister gegen ihn war, überraschte Dregin hingegen nicht, aber Svelgar hatte in dieser Runde kein Stimmrecht. Von den Oberen war Vithun auf seiner Seite, und ganz offensichtlich waren Caron und Buklar gegen ihn. Den Abot konnte er an der Abstimmung hindern, und damit kam es auf Meister Eyrim an.

Dregin hatte ursprünglich vorgehabt, den Münzer vorzuschieben, um den Abot zu stürzen. Das war nun nicht mehr nötig. Während er noch überlegte, was als Nächstes zu tun sei, ergriff Eyrim das Wort.

»Ich sehe, dass wir den zweiten Schritt vor dem ersten tun wollen. Zunächst will ich Abot Yrnos meinen allerhöchsten Respekt für seine Entscheidung zollen. Das sollten wir alle.« Offenkundig nach Zustimmung heischend, sah er sich um. Dregin registrierte ein paar Kopfnicker. Der Schatzmeister hatte recht: Sie waren über den Rücktritt des Abots hinweggegangen, als sei er das Selbstverständlichste der Welt. Eyrim fuhr fort: »Ich sehe, dass wir unter den jüngeren Meistern zwei Kandidaten haben, die für Eure Nachfolge, Abot Yrnos, auf den ersten Blick geeignet scheinen. Jedoch« – er machte eine lange Pause, bevor er endlich fortfuhr –, »jedoch erschiene es mir besser, einem erfahreneren Mann den Stab zu übergeben.«

Dregin witterte Gefahr. »Ihr meint, jemandem wie Meister Vithun?«, rief er schnell, in der Hoffnung, dass Eyrim seinen Plan, ohne es zu wissen, unterstützte.

Der Münzer lächelte kalt. »Ich sprach von Erfahrung, nicht von Hinfälligkeit, denn …«

Der Rest des Satzes ging in einem wütenden Aufschrei des Verkünders unter, der eine beträchtliche Zahl von Flüchen über Meister Eyrim ausschüttete.

Dregin nickte düster. Er hatte den Münzer selbst ermutigt, nach dem Amt zu greifen, aber die Ereignisse hatten sich überschlagen, und jetzt hätte er auf diesen Konkurrenten gerne verzichtet. Eyrim war nicht zu unterschätzen, denn er saß auf dem Schatz des Ordens – und der konnte eine mächtige Waffe sein. Und dann war da noch etwas, etwas, was sich unter dem Lärm versteckte: ein leiser Atem in der Dunkelheit …

Feja hielt sich ein gutes Stück von dem Gitter fern, an dem sie das letzte Mal gelauscht hatte, und wagte fast nicht zu atmen. Sie war entsetzt über das, was sie da hörte. Der Abot wollte zurücktreten? Die anderen Meister stritten über die Nachfolge? Offenbar war Meister Caron ein Kandidat. Das würde ihr gefallen, doch war er nicht der Einzige. Sie hoffte inständig, dass es nicht Meister Vithun werden würde, denn der Alte mit seiner schnarrenden Stimme machte ihr Angst. Atemlos lauschte sie und ertrug die Spannung kaum.

Plötzlich war da ein Flüstern in der Dunkelheit. Erst nahm sie es gar nicht wahr, dann schob es sich vor die viel lauteren Stimmen, so, als stünde der Sprecher direkt vor ihr …

Du solltest es nicht übertreiben, Feja, denn noch einmal werde ich dich nicht retten, sagte das kalte Wispern.

Sie erstarrte. In der Halle herrschte immer noch beträchtlicher Lärm. Das Flüstern war hingegen verstummt. Sie wartete nicht darauf, dass es zurückkehrte, sondern hastete so schnell wie möglich davon. Meister Dregin hatte sie bemerkt!

Feja wusste später selbst nicht mehr genau, wie sie wieder in ihre Kammer gelangt war, aber ihr Herz raste. Sie musste mit jemandem über das reden, was sie gehört hatte. Schließlich weckte sie Gabra.

»Was ist denn los?«, fragte die Freundin gähnend.

»Der Abot will zurücktreten, und die Oberen sind sich nicht einig, wer ihm nachfolgen soll!«, platzte es aus Feja heraus.

Gabra setzte sich auf. »Was redest du da? Woher willst du das überhaupt wissen?«

Leise erzählte ihr Feja, was sie getan hatte.

»Du hast die Oberen belauscht?«

»Ja, verrate es um der Monde willen nur niemandem.«

Gabra nickte und stieß Nemma, die im Nachbarbett lag, mit dem Fuß an. »Hast du es schon gehört – der Abot tritt ab, und die Oberen streiten um die Nachfolge.«

»Nicht doch«, zischte Feja.

»Was ist denn hier los?«, fragte Bele verschlafen.

»Nichts«, flüsterte Feja.

»Von wegen«, brummte Nemma. »Der Abot wurde gestürzt, und die Oberen gehen einander wegen der Nachfolge an die Kehle.«

»Aber das stimmt so nicht«, rief Feja leise.

»Wirklich?«, fragte Bele. »Sie kämpfen miteinander?«

»Bis aufs Messer!«, versicherte Nemma.

»Sie sind sich nur nicht einig«, versuchte Feja, es richtigzustellen.

»Und woher weißt du das?«

»Das kann ich nicht sagen.«

»Das muss ich Malthur erzählen«, rief Bele und sprang aus dem Bett.

»Was? Nein, nicht doch!«, versuchte Feja, sie aufzuhalten.

Doch es war zu spät. Noch vor dem Morgengrauen hatten alle Schüler erfahren, dass im Haupthaus mit blanker Klinge um die Nachfolge des gewaltsam gestürzten Abot Yrnos gekämpft wurde.

Bei Sonnenaufgang versammelte Meme Salmango die Schüler im Hof für ihre Übungen.

Feja fand, dass sie übernächtigt aussah. Aber die Magierin ließ sich die Anspannung nicht anmerken. Sie überwachte die Übungen vielleicht nur mit etwas mehr Strenge und Unnachsichtigkeit als sonst.

»Sieht mir nicht so aus, als wäre irgendetwas von dem passiert, was du hier rumerzählst, Waldling«, zischte Tyrbull, der schräg hinter Feja Aufstellung genommen hatte.

»Ich habe gar nichts rumerzählt«, zischte sie zurück, auch wenn das nur die halbe Wahrheit war.

»Du hast dir das nur ausgedacht, gib es ruhig zu!«, höhnte Lygger Tygram.

»Frag doch die Meme!«, forderte ihn Feja heraus.

»Ihr sollt nicht reden, sondern atmen!«, unterbrach sie die strenge Stimme der Lehrerin.

»Es ist nur …«, begann Lygger Tygram gedehnt.

Feja warf ihm einen warnenden Blick zu.

»… dass hier das Gerücht verbreitet wird, der Abot sei gestürzt worden, Meme«, fuhr er ungerührt fort.

»Und wer mag es sein, der solche Gerüchte verbreitet?«, fragte die Lehrerin betont ruhig.

»Ich weiß nicht, Meme.«

Feja blickte über ihre Schulter. Lygger sah sie lächelnd an. Genauso gut hätte er mit dem Finger auf sie zeigen können.

Die dunkelhäutige Magierin schien seinen Blick jedoch zu ignorieren. »Du solltest nicht so einen Unsinn reden, Lygger Tygram. Achte lieber auf deine Atmung. Zählen sollst du dabei! Aber nicht so schnell. Das ist kein Wettlauf!«

Als der Unterricht zu Ende ging, fand Feja ihren Weg plötzlich von Tyrbull und Lygger verstellt. »Ich hab doch gewusst, dass du nur Lügen erzählst!«, höhnte Tyrbull.

»Du bist eine Petze, Lygger Tygram«, gab Feja ruhig zurück, »eine Petze und ein Feigling. Aber eines Tages wird keiner deiner Vettern in deiner Nähe sein und dich beschützen, und dann werden wir beide uns in aller Ruhe unterhalten.«

»Ich habe keine Angst vor dir«, keifte Lygger.

»Du machst dir doch fast in die Hosen«, höhnte Feja. Sie fühlte sich nach der Atemübung gelassen und selbstsicher. Sie spürte keine Furcht, vor keinem der Tygrams.

Nerius kam dazu. Er wirkte nervös. Tyrbull baute sich dicht vor Feja auf. Er überragte sie immer noch um einen Kopf, und seine breiten Schultern nahmen ihr das Sonnenlicht. »Wenn du was gegen einen meiner Vettern unternimmst, wirst du es bereuen, Waldteufel!«

Für einen Augenblick hatte Feja das Gefühl, dass allein schon sein Schatten schwer auf ihr lag. Plötzlich durchzuckte sie eine Idee. »Wie wäre es mit einem Wettkampf, Tyrbull? Nur du und ich.«

»Was für ein Wettkampf?«

»Ein Wettkampf, um unseren Streit ein für alle Mal zu beenden. Im Bogenschießen zum Beispiel.«

»Ein Bogen ist keine Waffe für einen Magier«, gab er schnell zurück.

»Dann ein Wettlauf! Ich bestimme Zeit und Ort. Gewinne ich, lässt du mich ein für alle Mal in Ruhe. Und deine Vettern ebenfalls.«

»Ein Wettlauf? Ist das dein Ernst? Du hast schon verloren. Und was wirst du tun, sobald ich gewonnen habe?«

»*Falls* du gewinnst … Keine Ahnung, was verlangst du denn?«

»Du packst deine Sachen und verschwindest wieder in den Wald, aus dem du hervorgekrochen bist.«

Feja schluckte. Damit hatte sie nicht gerechnet.

»Was ist? Kalte Füße, Waldmädchen?«

»Das ist zu viel verlangt«, protestierte Nerius.

»Nein, denn auch ich werde den Orden verlassen, falls ich verliere!«, erwiderte Tyrbull und sah Feja herausfordernd an.

»So soll es sein!«, antwortete Feja, selbst für ihr eigenes Gefühl zu pathetisch.

»Bist du verrückt geworden?«, rief Nerius entsetzt.

»Ganz im Gegenteil«, behauptete sie.

»Also – wann und wo soll der Lauf stattfinden?«, fragte Tyrbull mit Siegerlächeln.

»Der Möwenturm«, entgegnete Feja ruhig. »Wir laufen heute Nacht zum Möwenturm. Wer zuerst oben ist, hat gewonnen.«

Tyrbull wurde blass. »Du meinst – über die Brücke?«

»Was ist? Zu gefährlich für dich?«

»Seid ihr völlig verrückt geworden?«, mischte sich Malthur ein. »Dieser Steinhaufen ist eine Ruine. Er kann jeden Moment einstürzen. Und dann der Wind! Die Brüstung fehlt an vielen Stellen. Da kann es dich einfach von der Brücke wehen. Und dann auch noch nachts?«

»Wir können es schlecht bei Tag tun, wenn uns die Wachen sofort sehen würden, oder?«, meinte Feja, die an den Wind nicht gedacht hatte.

Tyrbull starrte sie an. Feja las Unsicherheit in seiner Miene. Sie gab sich gelassen.

»Das ist Wahnsinn!«, rief Nerius, und Malthur stimmte ihm zu.

»Wenn es dir zu gefährlich ist, kannst du natürlich den Schwanz einziehen, Tyrbull«, erklärte Feja kühl. Sie hoffte, er würde es tun. Eben noch hatte sie die Idee für großartig gehalten, aber die Reaktionen von Nerius und Malthur ließen sie plötzlich zweifeln.

Tyrbull nagte an seiner Unterlippe. Er schien ebenfalls verunsichert zu sein. Fast sah es so aus, als würde er kneifen, aber Feja konnte den Mund nicht halten: »Oder schicke Lygger vor, damit er mich verpetzt.«

Tyrbulls Miene verfinsterte sich. »Heute Nacht, also?«, fragte er.

»Sobald Aithir am Himmel erscheint«, erwiderte Feja.

»Gut. Es wird das letzte Mal sein, dass du diesen Mond hier siehst, Waldweib!«

»Abwarten«, gab Feja zurück.

Tyrbull drehte sich auf dem Absatz um und verschwand. Seine Vettern folgten ihm. Feja sah, dass Malthur versuchte, ihm dieses Vorhaben auszureden, aber er schüttelte nur stumm den Kopf.

»Was hast du dir bloß dabei gedacht, Feja? Über die Brücke? Das ist Irrsinn! Und ein Rennen? Tyrbull ist nicht nur stärker als du, er ist auch schneller!« Nerius wirkte fassungslos.

Feja nickte. »Er ist größer, stärker und schneller, das ist wahr. Er ist aber auch viel schwerer als ich, und das ist mein Vorteil.«

»Bei den Göttern – rechnest du etwa damit, dass er in die Tiefe stürzt?«

»Nein, natürlich nicht. Aber das alte Mauerwerk ist schmal und voller Lücken. Da wird er achtgeben müssen. Außerdem hängt er beim Klettern wie ein nasser Sack in der Wand. Ich hingegen klettere wie eine Bergkatze.«

»Du bist wirklich und wahrhaftig verrückt geworden. Tyrbull ist trotzdem schneller und stärker als du. Vielleicht setzt er sogar Magie ein, wenn er glaubt, dass er verliert.«

Feja starrte auf das alte Pflaster. »Ich lege fest, dass keine Magie benutzt werden darf!«, rief sie.

Nerius verzog das Gesicht. »Du glaubst, dass er sich daran hält?«

»Ich mache es zur Bedingung. Du siehst, schon ist das Problem gelöst.«

»Du kannst trotzdem nicht gewinnen. Und dann musst du deine Sachen packen, und ich sehe dich vielleicht nie wieder!« Der Gedanke schien ihm nahezugehen.

Feja sah ihn überrascht an. »Ich habe nicht vor zu verlieren.«

»Aber du hast offenbar vor, dir den Hals zu brechen! Hast du gesehen, wie tief es da hinuntergeht? Hast du gesehen, in welchem Zustand die Brücke ist? Malthur hat es doch gesagt – ihre Brüstung ist an vielen Stellen schon weggebrochen. Eine einzige Windböe kann dich da hinunterpusten. Wenn du mich fragst, hast du noch Glück, wenn du nur dieses Rennen und nicht dein Leben verlierst! Ich sollte es Meister Caron melden oder Meister Svelgar, oder …«

»Das darfst du nicht!«, unterbrach sie ihn schnell.

»Ich muss es sogar!«

»Wenn du das tust, bin ich weg! Ich werde bestimmt nicht darauf warten, dass mich die Oberen hinauswerfen oder sonstwie bestrafen. Seit ich hier bin, machen mir Tyrbull und Lygger das Leben schwer. Damit wird heute Nacht Schluss sein – so oder so.«

»Aber er wird sich nicht an sein Versprechen halten.«

»Wir werden es beschwören. Bei unserem Blut. Und du wirst mein Zeuge sein.«

»Ich weiß nicht, ob ich es ertrage, dich über dem Abgrund zu sehen.«

»Ich zähle auf dich, Nerius. Ich brauche einen Freund, der mir den Rücken freihält und der darauf achtet, dass keiner von den Tygrams falsch spielt.«

Nerius schüttelte den Kopf, seufzte und sagte schließlich: »Natürlich werde ich da sein, aber ich habe kein gutes Gefühl. Denk an meine Worte – es wird ein schlimmes Ende nehmen!« Er schien wirklich erbost zu sein.

Feja war überzeugt, dass er sich bald beruhigen würde, aber er blieb den ganzen Morgen schweigsam und abweisend.

Meister Svelgar ließ sich nur kurz beim Frühstück blicken. Er verkündete, dass es an diesem Tag keinen weiteren Unterricht gebe und dass die Schüler sich in der Unterfeste Arbeit suchen sollten.

Kaum hatte er, ohne selbst zu frühstücken, den Raum verlassen, als die Gerüchte wieder zu summen begannen. Großes schien im Gange zu sein, und allmählich glaubten ihre Mitschüler, dass Feja vielleicht doch die Wahrheit gesagt haben könnte.

Ihr war das gleichgültig. Die Verstimmung zwischen ihr und Nerius setzte ihr mehr zu, als sie gedacht hätte. Sie beendete ihr Frühstück vor allen anderen und ging hinunter in die Unterfeste, wo sie Meister Uri ihre Hilfe anbot.

Der Schmied nahm das Angebot mit einem knappen Nicken an. Er wirkte ungewöhnlich ernst, wie eigentlich alle Meister und Brüder, denen Feja in der Feste begegnet war.

Bald darauf hörte sie Hufgetrappel von der Oberfeste herabkommen. Meister Uri wischte sich die Hände an der Schürze ab und trat vor die Schmiede.

Feja folgte ihm. Sie sah Abot Yrnos auf einem prachtvoll aufgezäumten Rappen. Ein Panzerreiter folgte ihm, der das Banner des Grauen Ordens in den Wind reckte. Als Nächstes kamen die Oberen des Ordens. Feja sah den Münzer, den Schattenmarschall und auch Meister Dregin und Meister Caron. Nur der Verkünder schien nicht dabei zu sein. Den Magiern folgte ein Dutzend Gewappnete in schwarz glänzenden Rüstungen.

»Sieh ihn dir gut an, Feja«, sagte der Schmied. »Du siehst einen großen Mann in Würde gehen.«

»Gehen? Wohin?«, fragte sie verwirrt.

»Der Abot reitet in die Stadt. Er wird dem Fenngrafen und den Gesandten des Königs seinen Rücktritt mitteilen.«

»So hat man es ihm nicht ausreden können?«

Der Schmied warf ihr einen langen Blick zu. »Woher wusstest du, dass er es anbieten würde?«

»Ich habe Gerüchte gehört«, wich sie verlegen aus. »Aber wer wird ihm nachfolgen, Meister?«, fragte sie schnell.

»Das ist noch nicht entschieden.«

»So wird es nicht der Meister der Münzen?«, rutschte es ihr heraus.

Jetzt musste sie einem sehr langen, prüfenden Blick des Schmieds standhalten. »Woher weißt du das schon wieder?«

»Auch das habe ich unterwegs aufgeschnappt.«

»Gib acht auf deine Ohren, Mädchen! Wenn sie derart lang sind, könntest du über sie stolpern.«

Feja nahm sich vor, fürs Erste den Mund zu halten. Also bediente sie schweigend den Blasebalg, aber weder sie noch Meister Uri waren richtig bei der Sache. Irgendwann warf der Schmied ein glühendes Hufeisen, das noch längst nicht vollendet war, einfach in das Wasserbecken. Zischend quoll Dampf auf.

»Diese Ungewissheit ist schwer zu ertragen«, seufzte er.

»Ich hoffe, es wird Meister Caron«, sagte Feja.

Der Schmied legte den Hammer zur Seite und verschränkte die Arme.

»Langsam wirst du mir unheimlich, Mädchen. Du scheinst mehr über die Versammlung letzte Nacht zu wissen als ich. Und sage jetzt nicht, du hättest es nur irgendwo aufgeschnappt.«

Feja blickte verlegen zu Boden.

Meister Uri schüttelte den Kopf. »Ich will gar nicht wissen, woher du das alles weißt, aber ich muss dich warnen. Erstens musst du lernen, über gewisse Dinge zu schweigen, wenn du dem Orden eine gute Dienerin sein willst, zweitens solltest du nicht ohne Not Partei ergreifen. Dein Wort hat zwar noch wenig Gewicht, aber Zauberer haben ein gutes Gedächtnis, und sie vergessen nicht, ob du sie oder ihre Gegner unterstützt hast.«

Am Nachmittag erreichte die Feste die Nachricht, dass der Fenngraf mit Bedauern den Rücktritt von Abot Yrnos zur Kenntnis genommen habe.

»Es macht mich verrückt, dass nicht mehr zu erfahren ist«, rief Hallir, als sie in der Mittagssonne auf den Buckelsteinen saßen.

»Ich frage mich, was nun werden wird«, seufzte Gabra mit langem Gesicht.

»Was soll sich schon groß ändern?«, meinte Nemma. »Er ist ja nicht der erste Abot, der irgendwann durch einen Nachfolger abgelöst wird. Und du weißt wirklich nicht, wer es sein wird, Feja?«

Seit sich herausgestellt hatte, dass Feja die Wahrheit gesagt hatte, war sie in der Achtung ihrer Mitschüler gestiegen. Zu ihrem Leidwesen wollten jetzt alle mehr erfahren. Doch sie beherzigte die Warnung von Meister Uri und beantwortete Fragen nur mit einem Achselzucken.

»Schade«, meinte Nemma verstimmt. »Und was ist eigentlich mit dir los, Nerius? Du sitzt hier, als trügest du Trauer. Der Abot ist doch nicht gestorben!«

»Nichts ist los«, brummte Nerius und wich Fejas Blick aus.

Die Gefolgschaft der Tygrams hatte auf dem Mitteltor ihr Lager bezogen. Sie hatten das Kohlebecken entzündet, an dem sich sonst in kalter Nacht die Wachen wärmten, was Feja seltsam vorkam. Es ging ruhig zu da drüben. Tyrbull stand schweigend am Feuer, seine Anhänger starrten in die Glut. Bele saß ein Stück abseits neben Malthur auf der Mauer. Selbst von hier aus wirkte sie schwermütig. Seit Meister Dregin sie mit nach Braake genommen hatte, schien sie verändert. Sie sagte immer, dass sie nur eine kranke Tante besucht habe. Feja hatte sich mehrmals erkundigt, wie es der Tante denn gehe, doch der schien nichts Schlimmes zu fehlen. Sie verstand immer weniger, warum Bele so bedrückt war, und wünschte, sie könne etwas für das Mädchen tun.

Nachdenklich erhob Feja sich, murmelte: »Bin gleich wieder da«, und ging zum Tempel. Sie öffnete die Tür und trat in die kühle Dämmerung.

Das Ticken von Meister Orchons Spielwerk begrüßte sie. Die mechanische Sonne glänzte matt, und das Licht am Altar war so schwach, dass Feja die Bänder, an denen die Monde befestigt waren, nicht sehen konnte. So sah es ganz so aus, als würden sie im Tempel schweben. Aber sie war nicht wegen der Monde hier. Sie lief die Treppe im Tempelturm hinauf und trat hinaus auf die Mauer. Ein frischer Wind zerrte an ihrer Robe, und Hunderte Möwen schossen tief unter ihr über das Wasser.

Den Wind hatte sie bei ihrer Herausforderung vergessen. Auf der Brücke würde er noch viel stärker wehen. Sie sah die vielen Lücken in der Brüstung, und schon hier, dicht an der Feste, entdeckte sie breite Risse in den Steinen, mit denen der Übergang zum Möwenturm gepflastert war. Sie ging in den Turm zurück und probierte die alte Tür. Sie war verriegelt, aber Feja hatte ja ihre Dietriche noch in der Tasche der Robe. Sie brauchte nicht lange, um das Schloss zu knacken.

»Ich werde noch richtig gut darin«, murmelte sie. »Vielleicht hätte ich Tyrbull zu einem Wettkampf im Einbrechen herausfordern sollen.«

Ein kräftiger Windstoß drückte die Tür auf.

Vorsichtig wagte Feja sich einen Schritt hinaus. Halb erwartete sie, dass das Mauerwerk unter ihren Füßen nachgeben würde, aber das geschah nicht. Sie wagte sich noch einen weiteren Schritt vor. Weiter ging sie nicht, denn sonst würde sie in das Sichtfeld der Wachen auf dem Bergfried geraten. Sie sah hinüber zum Möwenturm. Er war halb eingestürzt und bot reichlich Griffe, um hinaufzukommen. Beim Klettern würde sie schneller sein als Tyrbull – aber würde das reichen?

»Hast du es dir anders überlegt?«, fragte eine Stimme. Tyrbull

Tygram stand auf dem kurzen Stück Mauer zwischen Tempel und Turm. Er musste den Weg über die Außenmauer genommen haben.

Feja kehrte in den Turm zurück. »Nein, ich wollte nur sichergehen, dass wir auch auf den Übergang können. Und du?«

»Ich bin aus dem gleichen Grund hier.«

»Die Wachen werden uns sehen, sobald wir loslaufen«, sagte sie.

»Ja, wenn sie niemand ablenkt«, entgegnete Tyrbull.

»Daran habe ich auch schon gedacht«, meinte Feja. Sie fand es eigenartig. Bald würden sie in einem lebensgefährlichen Wettlauf gegeneinander antreten, aber es war das erste Mal, dass sie sich ohne Spott, ohne Beleidigungen und ohne spitze Bemerkungen miteinander unterhielten.

»Hast du es jemandem erzählt?«, fragte er.

»Nur Nerius, aber der war ja dabei. Du?«

»Nur meinen Vettern.«

Sie nickte. »Denkst du, einer von denen könnte etwas wegen der Wachen unternehmen?«

Tyrbull nickte. »Ich werde Lygger schicken. Dem wird sicher etwas einfallen, was die Männer auf dem Bergfried lange genug ablenkt.«

»Ja, das ist gut«, sagte sie.

»Malthur wird für mich darauf achten, dass alles mit rechten Dingen zugeht.«

»Und Nerius für mich.«

»Dann ist es also abgemacht?«

Feja nickte.

Für einen Augenblick standen sie schweigend nebeneinander.

»Sag, Tyrbull, was hast du eigentlich gegen mich?«

Er zuckte mit den Schultern. »Ich weiß nicht. Ich kann dich eben einfach nicht leiden.«

»Ich dich auch nicht.«

»Gut. Dann sehen wir uns heute Nacht.«

»Wenn Aithir aufgeht«, erwiderte Feja.

Ihr schien es, als habe Tyrbull ebenso wenig Lust wie sie, dieses

Gespräch zu beenden. Immer noch standen sie nebeneinander. Sie fragte sich, ob es nicht besser wäre, diesen gefährlichen Wettlauf einfach abzublasen. Ob ihr Feind dieselben Gedanken hegte?

Plötzlich erschien Lygger auf der Mauer. »Ach, hier steckst du, Tyr!«

»Wollte nur nachsehen, ob die Pforte auch offen ist«, behauptete der.

»Und du, Waldweib? Schiss?«

»Bestimmt nicht«, fauchte Feja. Dann nickte sie Tyrbull zu und stieg die Treppe zum Tempel hinunter. In dieser Nacht würde sie den Streit beenden, auf die eine oder andere Weise.

Nerius fragte sie noch dreimal, ob sie es sich nicht doch anders überlegen wolle, aber sie lehnte ab.

»Ich kann ja nicht einfach packen und gehen, Nerius.«

»Du kannst den Wettkampf aber doch auf unbestimmte Zeit verschieben. Sag, dass es heute nicht passt, wo doch Abot Yrnos den Stab niedergelegt hat.«

»Der Abot wird bei diesem Wettstreit nicht gebraucht.«

Nerius versuchte es noch mit verschiedenen Argumenten, aber Feja blieb stur.

Um auf andere Gedanken zu kommen, bot sie ihre Hilfe in den Ställen an, aber Meister Starf, der Herr der Werkstätten und Stallungen, meinte, sie werde nicht gebraucht. Als sie die Ställe verließ, sah sie Bruder Span aus der Schmiede kommen. Sie war drauf und dran, zu ihm zu laufen und sich zu entschuldigen. Da entdeckte er sie, hob kurz die Augenbraue und ging mit einem Kopfschütteln weiter.

Feja hätte sich nicht unglücklicher fühlen können. Unvermittelt stieg Ärger in ihr auf. Sie hatte es eben nicht gewusst, was war denn schon dabei? Und warum setzte ihr das eigentlich so zu?

Sie besuchte Meister Uri.

»Mein Amboss hat für heute Ruhe, Mädchen«, begrüßte sie der Schmied, der gedankenverloren sein Werkzeug sortierte. »Zwar hätte ich viel zu tun, aber meine Arme sind ohne Kraft, und der Sinn ist wie vernebelt. Nichts will mir gelingen.«

»Kann ich Euch etwas fragen, Meister Uri?« Als er nickte, fuhr sie fort: »Ich sah eben Bruder Span aus Eurer Tür kommen, und da wollte ich fragen …«

»Bist du etwa das Mädchen, das mit ihm *reden* wollte?«

Feja seufzte. Hatte sich das also schon bis hierher herumgesprochen?

»Mach dir nichts draus, das haben auch andere versucht. Eigentlich ist es sogar eine Auszeichnung für Span, dass ihm niemand diesen Makel anmerkt. Wer hätte damals gedacht, dass er schon in so jungen Jahren ein Meister seines Fachs werden würde?«

»Damals?«, hakte Feja nach.

»Er kam als Kind zu uns, als einziger Überlebender eines Schiffsuntergangs unweit der Feste. Er war nicht älter als fünf oder sechs Jahre. Der alte Abot Menrir erwies ihm diese Barmherzigkeit, die keinesfalls üblich für unseren Orden ist.«

»Aber wir nehmen doch viele Schüler auf.«

»Weit weniger, als du glaubst, Mädchen. Dein Jahrgang ist eine große Ausnahme. Außerdem wird bei den meisten Kindern ihre Begabung erst offenbar, wenn sie zehn oder zwölf sind und sich die ersten Zeichen einstellen, dass sie erwachsen werden. Der Kleine jedenfalls konnte von Beginn an nicht sprechen. Aber er war ein aufgewecktes Kind, und er hatte einen Narren an der Schmiede gefressen. Also habe ich mich seiner angenommen. Elf Jahre ist das nun her. Und seinen Namen hat er von mir, wie ich einmal anmerken möchte.«

»Span?«

»Klein und unscheinbar, aber der Kundige kann aus Spänen eine mächtige Waffe schmieden. Der Knabe zeigte früh, dass er trotz fehlender Stimme ein furchtloser Kämpfer und begabter Zauberer werden würde, und so muss ich mir nun einen anderen Nachfolger suchen. Sag, hast du dein Lindross eigentlich schon gefunden?«

Feja fühlte den lauernden Blick des Schmieds. Sie wollte schon protestieren, als er laut auflachte. »Nein, Mädchen, keine Sorge. Du wirst deine Pforte schon noch finden – und ich werde einen anderen Lehrling brauchen.«

Feja stutzte. »Augenblick – sagtet Ihr eben *Abot* Menrir?«

»Gewiss doch.«

»Das ist aber nicht der seltsame Alte, der über die Apfelbäume wacht, oder?«

Wieder lachte der Schmied. »Wer sollte es sonst sein? Er hat den Stab vor neun Jahren an Yrnos weitergegeben. Dann war er drei Jahre in Skros, um uns dort als Gesandter zu dienen, doch ist er rasch gealtert. Nun pflegt er als einfacher Bruder die Obstbäume und wartet auf den letzten Besuch von Nir.«

Als Feja Meister Uri verließ, sah Feja den Alten wieder unter den Bäumen sitzen. Er schien ihnen beim Wachsen zuzusehen. War er wirklich einmal ein mächtiger Zauberer und Oberhaupt des Ordens gewesen? Feja fiel es schwer, das zu glauben. Sie lief hinauf zur Oberfeste, obwohl sie nicht wusste, was sie dort tun sollte. Sie fühlte sich rastlos und konnte den Wettlauf kaum noch erwarten.

10.

»Es ist nobel, dass Euer Abot all die Verantwortung auf sich nimmt, findet Ihr nicht, Dregin?«

Hofrichter Fendar saß in seinem hohen Sessel, dem einzigen in der Kammer, die vor Kurzem noch die des Abots gewesen war, und studierte schon eine ganze Weile eine dicke Pergamentrolle. Jetzt endlich richtete er das Wort so beiläufig an Ginnar Dregin, dass der sich nicht sicher war, ob der Richter überhaupt eine Antwort erwartete. Er gab sie trotzdem.

»Abot Yrnos ist ein Mann von Ehre.«

»Gewiss doch. Schade nur, dass wir noch immer nicht wissen, wer Meister Tasgim ermordet hat – und wie es dem Mörder gelang, einen derart mächtigen Magier zu überwältigen.«

»Das Hafenviertel hat dunkle Ecken, Herr. Wer weiß schon, was Tasgim dort wollte – und wem er begegnete …«

Der Richter lächelte. »Wollt Ihr damit andeuten, dass er selbst schuld sei?«

»Keineswegs, Euer Ehren. Wenn er jedoch, sagen wir, betrunken war, so wäre leichter zu begreifen, dass er überwältigt werden konnte.«

»Das wäre eine gute Erklärung. Es ist nur so, dass Tasgim nicht trank. Er war in den meisten Dingen streng gegen sich selbst. Es kostete ihn schon Überwindung, höflich an dem Wein zu nippen, den er als Gesandter überall angeboten bekam.«

Dregin verfluchte sich selbst. Das hatte er vergessen. Dabei hatte er doch eigenhändig das Gift in Wasser und nicht in Wein gemischt.

»Allerdings«, fuhr der Richter fort, »hatte er andere Laster, und es ist gut möglich, dass diese ihn in gewisse verrufene Häuser führten.«

»Ah, die Frauen …«, sagte Dregin gedehnt.

Fendar warf ihm einen belustigten Blick zu. »Wollt Ihr mir weismachen, Ihr hättet nichts von seiner Schwäche für junge Mädchen und Knaben gewusst? Dann steht es um die Graumagier schlechter, als ich dachte.«

Dregin erkannte endlich, dass der Richter viel klüger war, als er aussah. »Nun, in Braake sagt man, dass man die Toten nicht mit Dreck bewerfen soll, wenn sie bereits in der Erde liegen«, erwiderte er gelassen.

»Wirklich? Ein reizendes Sprichwort. Ihr wusstet es also. Dann spricht es für Euer Taktgefühl, dass Ihr es nicht erwähnt habt. Ich hoffe doch, dass Ihr seine Neigungen bei Eurer Jagd nach dem Mörder berücksichtigt habt.«

»Selbstverständlich, Herr. Wir haben die Hurenhäuser durchsucht, doch nichts gefunden.«

»Ich weiß, denn ich habe mit Euren Gewappneten gesprochen, bevor sie die Stadt verließen. Sie haben auch ein paar Verdächtige festgenommen, nicht wahr?«

Fendar hatte, ohne um Erlaubnis zu fragen, Mitglieder der Grauen Wache verhört? Das war dreist, aber Dregin beschloss, nicht weiter darauf einzugehen.

»Leider brachte uns das nicht weiter. Hatten Eure Verhaftungen mehr Erfolg? Wie viele waren es noch gleich … Einhundert? Zweihundert?«

»Nun, wir haben diese Menschen gründlich verhört, Meister Dregin. Das nimmt Zeit in Anspruch. Wir werden wohl eine Weile in Braake bleiben müssen.«

»Macht Ihr Euch keine Sorgen, dass die vielen Festnahmen die Bürger dieser Stadt gegen Euch aufbringen könnten?«

»Ganz im Gegenteil. Einschüchterung hat schon so manche Unruhe im Keim erstickt. Wie ich zufälligerweise weiß, seid Ihr ganz ähnlicher Meinung, nicht wahr? Wart Ihr nicht immer der Ansicht, Yrnos sei zu nachsichtig? Habt Ihr nicht genau deshalb vor, seine Nachfolge anzutreten?«

Dregins Achtung vor dem Mann mit dem albernen Spitzbart wuchs mit jedem Satz. Er war außerordentlich gut informiert. Er musste einen Spion in der Feste haben …

»Wir werden die Nachfolge in den nächsten Tagen regeln, Euer Ehren, und wir schätzen uns glücklich, mehrere geeignete Kandidaten zu haben. Ich selbst werde mich jedoch nicht darum bewerben«, gab er ruhig zurück. Dann fragte er: »Ist es denn wirklich erforderlich, dass Abot Yrnos nach Lente reist, um sich zu rechtfertigen?«

Der Hofrichter nickte. »Nun, Ihr habt doch selbst vorgeschlagen, diese Angelegenheit dem Rat der Alten Bruderschaften vorzutragen, nicht wahr?«

»Und Ihr wolltet ihn nicht begleiten, Euer Ehren?«

»Nein, mein Platz ist hier. Außerdem habe ich immer noch das Gefühl, dass an dieser Geschichte etwas faul ist. Ein Magier wie Tasgim, der dem Dolch eines einfachen Halsabschneiders zum Opfer fällt? Das kann nicht stimmen. Stimmt es doch, dann schweben wir in großer Gefahr.«

»Worauf wollt Ihr hinaus?«

Der Richter schüttelte den Kopf. »Seht Ihr es wirklich nicht? Wenn ein mächtiger Zauberer ermordet werden kann, kann das Kräfte wecken, die lange geschlafen haben. Haben wir noch nicht genug Unruhe im Reich? Selbst im Kronland begehren die Bauern gegen den Zehnten auf, und wie es rund um Braake aussieht, muss ich Euch doch nicht erzählen, oder?«

»Wir haben die aufständischen Bauern in die Berge gedrängt, Herr. Nach und nach werden sie die Waffen niederlegen und wieder auf ihre Felder zurückkehren.«

Fendar schnaubte verächtlich. »Wenn es doch nur einfache Bauern wären! Das Weiße Jahr hat die alten Sagen wiederbelebt. Wir haben in Lente bei einigen Toten das Zeichen der Narrensöhne gefunden!«

»Ihr glaubt, dass uns ein Narrenaufstand droht? Im ganzen Reich?«

»Was glaubt Ihr denn, warum wir hier so hart vorgehen?« Der Richter warf das Pergament in die Ecke. Dregin konnte einen Blick darauf erhaschen. Es war ganz und gar unbeschrieben.

»Alle paar Jahrhunderte erheben sich die Unzufriedenen im Namen des Narren Betanir und behaupten wie jener, der König und die Magier seien schuld an allem Übel. Haben etwa die Magier die Asche vom Glutberg herbeigerufen? Hat der König die Ernten verdorben? Nein, aber das ist ihnen gleich. Irgendwann brennt das ganze Land, und viel Blut muss vergossen werden, um diesen Unsinn zu beenden. Wir müssen verhindern, dass es so weit kommt, Dregin, und auch deshalb bin ich hier.«

»Ich verstehe«, sagte Dregin knapp. Ein Narrenaufstand? Vielleicht konnte er das zu seinem Vorteil nutzen. »Auch der Orden der Graumagier wird selbstverständlich dieser Gefahr entgegentreten!«

»Dann wird er hoffentlich energischer und erfolgreicher sein als bisher«, knurrte der Richter.

»Abot Yrnos war der Meinung, dass wir versuchen sollten, die Unruhen durch Verhandlungen zu beenden, Herr.«

»Ja, es ist bekannt, dass Eure Bruderschaft seit vielen Jahrzehnten neue Wege geht, Dregin. Vielleicht fehlt Euch der Ruch der Dunkelheit, der Eurem Orden früher anhing. Vielleicht ist das Euer Problem. Oder sind es die fehlenden Mittel?«

»Fehlende Mittel, Euer Ehren?«

»Ich habe mich erkundigt, welche Abgaben Euer Orden nach Lente schickt. Ihr scheint regelrecht verarmt zu sein.« In der Stimme des Hofrichters lag etwas Lauerndes. »Ich weiß ja, dass die Bruderschaften mehr oder weniger nur so viel zahlen, wie sie für richtig halten, aber Euer Meister Eyrim hat in dieser Hinsicht neue Maßstäbe gesetzt.«

Dregin zuckte mit den Schultern »Es ist, wie Ihr sagtet, den Orden vorbehalten zu beurteilen, wie viel sie entbehren können …«

»Ich weiß, dass dies seit Menschengedenken Brauch ist, doch es ist keinesfalls Gesetz!«

»Worauf wollt Ihr hinaus?«

»Seit den Tagen von König Helvir sind auch die Bruderschaften verpflichtet, den zehnten Teil ihrer Einkünfte an den Hof abzuführen.«

»Tatsächlich? Helvir ruht schon hundert Jahre im Grab, und bisher kam noch keiner seiner Nachfolger auf die Idee, diese Verpflichtung für bare Münze zu nehmen. Will sich jetzt ausgerechnet König Gimlarin, den man den Gütigen nennt, gegen die Bruderschaften stellen? Das ist noch keinem König gut bekommen …«

Der Richter schüttelte den Kopf. »Ihr missversteht meine Absichten, Dregin. Ich habe nicht vor, gegen Euren Orden vorzugehen – wenn er mich in gewissen Fragen unterstützt. Ich habe sogar vor, Euch zu helfen. Seht Ihr das nicht? Ist Meister Eyrim nicht ein anderer Anwärter auf das Amt des Abots? Wollt Ihr nicht meine ausgestreckte Hand nutzen, um ihm den Weg dahin zu versperren? Es würde Euren Orden ein paar Scheffel Gold kosten, mehr nicht. Aber Eyrim kann kaum Abot werden, solange eine Untersuchung des königlichen Gerichts gegen ihn läuft. Von Euch, dem Sturmrat der Graumagier, erwarte ich nur, dass Ihr in eine Prüfung Eurer Bücher durch mich einwilligt. Was sagt Ihr, Dregin? Ich könnte einen Erfolg nach Lente melden, der König wäre zufrieden und Ihr würdet Abot werden. Es wäre für alle von großem Vorteil.« Der Richter lächelte gewinnend, und für einen Augenblick war Dregin in Versuchung, den Münzer ans Messer zu liefern. Aber er konnte nicht zulassen, dass sich dieser kleine Wichtigtuer in innere Angelegenheiten des Ordens einmischte.

Also lächelte auch er freundlich und fragte: »Ist das Euer Ernst? Einblick in die Geheimnisse unseres Ordens? Ihr als Richter werdet verstehen, dass ich als Sturmrat unsere Rechte wahren muss. Ihr werdet uns also weiterhin glauben müssen, dass wir geben, was wir können, so wie es die anderen Bruderschaften auch tun. Sollte jedoch der Tag kommen, an dem zum Beispiel die Feuermagier Euch solche Einblicke gewähren, dürft Ihr mich gerne erneut fragen.«

Der Richter blinzelte kurz, dann brummte er: »Eines Tages werden die Orden dem König das geben, was er verlangt …«

»Wann soll das geschehen? Wenn die Monde sich wieder vereinen?«

Fendar erhob sich. »Spottet nur weiter, Dregin, aber ich würde Euch raten, etwas weniger forsch aufzutreten. König Gimlarin ist vielleicht nicht so langmütig wie seine Vorgänger, und er weiß die Feuermagier fest an seiner Seite. Und Ihr wisst doch, dass es zwischen Flamme und Dunkelheit nicht viel Liebe gibt, nicht wahr?«

Dregin hatte den kleinen Ausbruch des Richters mit Absicht provoziert. Jetzt wusste er, dass die Lage ernst war. Wenn die Feuermagier das oberste Gebot der Bruderschaften vergaßen, nicht gegeneinander vorzugehen, konnte es für die Graumagier um Leben und Tod gehen. Als er nach ein paar besänftigenden Worten und Höflichkeitsfloskeln den Richter verließ, verfluchte er Abot Yrnos und seine Vorgänger, die dem Orden viel von seinem Schrecken genommen hatten. Es war höchste Zeit, das zu ändern.

Dregin verließ eilig den Palast. Er musste einen vertrauenswürdigen Schmied aufsuchen. Offensichtlich hatte Fendar vor nichts mehr Angst als vor einem Narrenaufstand. Also würde er dafür sorgen, dass er ihn bekam. Dazu musste er nur ein paar Narrenschellen irgendwo in der Stadt verteilen. Das würde den Richter, die Feuermagier und die königlichen Garden auf Trab halten. Und wenn sie weiter so brutal vorgingen, würden sie vielleicht einen echten Aufstand provozieren.

Und dann würden die Graumagier zur Rettung der geknechteten Stadt erscheinen.

Feja hatte den Sonnenuntergang kaum erwarten können, aber jetzt sickerte die Dunkelheit in ihre enge Schlafstube, und mit ihr kehrten die Zweifel zurück.

»Was ist denn los mit dir?«, fragte Nemma. »Du bist ja nervöser als am ersten Tag.«

»Ich brauche frische Luft«, erklärte Feja und trat hinaus in den Gang. »Ich finde ja, dass es hier derart zieht, dass wir mehr als genug frische Luft haben«, hörte sie Nemma noch brummen.

Sie verließ die Schule und lief hinüber zum Tempel. Zwei Soldaten saßen auf den Buckelsteinen. Einer fragte sie, wo sie so spät noch hinwolle.

»In den Tempel, Bruder«, rief sie.

»Noch eine«, hörte sie den Gewappneten zu seinem Kameraden sagen. »Hatten wir je frommere Schüler?«

Sie öffnete die schwere Pforte und schlüpfte hinein in die Dunkelheit des hohen Gebäudes. Nur schwach drang Mondlicht durch die schmalen Fenster.

»Feja, bist du das?«, fragte eine vertraute Stimme.

»Nerius? Wo steckst du?«

Ein kleines Licht flammte auf.

»Warum hast du denn im Dunkeln gewartet? Die Wächter haben dich doch gesehen.«

»Ich wollte aber nicht mehr Aufmerksamkeit als unbedingt nötig erregen. Wenn einer der Meister Licht im Tempel sieht …«

»Dann solltest du es besser löschen, oder?«

Nerius seufzte und blies die Kerze wieder aus. »Dir kann man es auch nicht recht machen.«

»Mag sein, aber jetzt lass uns gehen.«

»Es ist noch Zeit. Du könntest es dir noch einmal …«

»Kann ich nicht. Komm jetzt, Nerius.«

Seufzend trottete er hinter ihr her zum Tempelturm. Von oben waren leise Stimmen zu hören.

»Da ist jemand. Wir müssen umkehren!«, flüsterte Nerius.

»Unsinn. Das sind die Tygrams, offenbar können sie es auch nicht mehr erwarten.«

Sie eilte die Treppe hinauf.

Drei Gestalten erwarteten sie im Dunkeln. Der Wind heulte um den Turm.

»Du bist zu früh«, stellte Tyrbull fest.

»Du auch«, gab Feja zurück.

»Willst du die Sache abblasen?«, fragte er.

»Nein, du?«

»Natürlich nicht.«

»Gut, dann lass uns unser Abkommen bei den Göttern beeiden«, sagte Feja. »Der Verlierer dieses Wettlaufs wird den Orden und die Feste verlassen.«

»So sei es!«, versicherte Tyrbull feierlich. Dann beschworen sie es beide bei den Mondgöttern, und Malthur und Nerius bezeugten es widerwillig.

»Gut. Das Ziel ist der Möwenturm. Wer zuerst seine Spitze erreicht, hat gewonnen«, sagte Feja.

»Hin und zurück!«, rief Tyrbull schnell.

Nerius protestierte: »Du bist ohnehin der Schnellere, reicht dir die einfache Strecke nicht, um das zu zeigen?«

»Hin und zurück!«, bekräftigte der Anführer der Tygrams.

»Meinetwegen«, meinte Feja, die daraus schloss, dass er unsicher war.

»Und keine Zauberei!«, verlangte Nerius.

»Du bist keiner der Wettkämpfer«, protestierte Tyrbull.

»Keine Zauberei«, rief Feja hastig.

»Meinetwegen«, zischte ihr Gegner.

»So sei es«, entschied Malthur. Dann seufzte er tief und sagte: »Ihr solltet es euch wirklich noch einmal überlegen. Ich bin bereit zu bezeugen, dass ihr beide zur selben Zeit verzichtet habt. Niemand wird euch deshalb den Vorwurf der Feigheit machen. Höchstens den Vorwurf der Klugheit …«

Feja dachte nach. Sie hatte die Brücke am Mittag gesehen. Sie sah wirklich sehr gefährlich aus. Eigentlich war Tyrbull das Wagnis nicht wert.

»Rede keinen Quatsch, Mal«, zischte Lygger. »Tyr wird es der kleinen Waldhexe schon zeigen, nicht wahr?«

»Natürlich«, knurrte Tyrbull. »Aithir ist zwar noch nicht aufgegangen, aber wir sollten es hinter uns bringen. Irgendetwas dagegen?«

»Allerdings«, rief Nerius leise. »Brunas zeigt sich nur halb, und Afa ist fast untergegangen. Ihr müsst auf Aithir warten, sonst seht ihr da draußen nichts!«

»Ich sehe genug. Das Waldmädchen kann ja nachkommen, wenn es ein bisschen heller ist. Oder sollen wir dir eine Kerze holen?«

»Brauche ich nicht«, gab Feja zurück. »Aber wollte dein kleiner Vetter nicht die Wachen auf dem Bergfried ablenken?«

»Ich bin nicht klein!«

»Sie hat recht. Du musst los, Lys. Ich verlasse mich auf dich!«

Lygger Tygram murmelte ein paar Beschwerden darüber, dass er nicht dabei sein durfte, aber dann trollte er sich.

»Was hat er vor?«, fragte Nerius.

»Er wird auf der Mauer oder dem Küchenturm ein Feuer entfachen. Nichts Großes, aber es wird genug Aufmerksamkeit erregen.«

»Hoffentlich brennt er nicht die halbe Festung nieder«, murmelte Malthur.

»Sobald wir den Feuerschein sehen, geht es los, einverstanden?«, fragte Tyrbull und rieb sich unruhig die Hände.

»Von mir aus gerne«, meinte Feja.

»Ist die Tür nicht verriegelt?«, fragte Nerius, und Hoffnung schwang in seiner Stimme mit.

»War sie«, gab Feja zurück, »aber jetzt steht sie uns offen.«

»Auf geradem Weg ins Unglück«, seufzte Malthur kopfschüttelnd.

Feja spähte immer wieder Richtung Küchenturm. Erst jetzt fiel ihr auf, dass man ihn von ihrem Platz aus gar nicht sehen konnte, weil der Bergfried im Wege stand. Das hatten sie nicht bedacht. Würden sie vielleicht gar nicht merken, wenn Lygger sein Feuer legte? Dennoch hielt sie es kaum noch aus. Auch die anderen im Turm schwiegen jetzt. Sie alle warteten auf das Zeichen, das einfach nicht erscheinen wollte.

Plötzlich wurde es hinter dem Bergfried heller, und oben kam Leben in die Wachen.

»Jetzt«, stieß Tyrbull hervor.

»Bist du wirklich sicher, Vetter?«

»Mach die verdammte Tür auf, Mal!«

»Die Götter mögen euch beschützen«, seufzte Malthur und öffnete die Pforte.

Ein kräftiger Windstoß riss sie ihm fast aus den Händen.

»Dann los!«, sagte Tygram, blieb aber stehen.

Er hat Angst, dachte Feja und trat auf die alte Brücke. Der Wind zerrte an ihrer Robe. Sie legte sie hastig ab und warf sie Nerius zu. »Was ist – kommst du?«, forderte sie ihren Gegner heraus.

»Ich werde dich schneller überholen, als du denkst«, knurrte Tyrbull.

Feja wartete nicht länger. Sie duckte sich, um dem Wind weniger Angriffsfläche zu bieten, und hastete los. Sie konnte das brüchige Pflaster zu ihren Füßen kaum erkennen. Es war zu dunkel, aber jetzt gab es kein Zurück mehr. Sie lief weiter. Eine Böe packte sie. Sie verlor das Gleichgewicht und wurde gegen die niedrige Mauer gedrückt. Ein paar Schritte voraus war die Brüstung ganz verschwunden. Wenn der Wind sie dort erwischt hätte …

Wo blieb Tygram? Hatte er etwa aufgegeben? Sie blickte zurück. Da! Er war ein paar Schritte hinter ihr. Seine Robe flatterte im Wind. *Dummkopf*, dachte sie und hastete voran.

Sie musste sich an der Steinwehr festhalten, weil sie erneut ein kräftiger Windstoß erwischte. Dann war die Brüstung auf beiden Seiten verschwunden. Vor ihr spannte sich ein nackter Steinbogen über den Abgrund, gerade breit genug für einen Menschen, aber an den Seiten beschädigt. Sie blickte hinab. Unten toste die Brandung gegen das Fundament. Sie zuckte zurück. *Nicht nach unten sehen*, mahnte sie sich. Wie hatte sie das vergessen können? Es war das Erste, was ihr Vater ihr über das Klettern beigebracht hatte – nicht hinuntersehen! Damals war sie über tiefere Abgründe geklettert.

Die Erinnerung gab ihr Kraft, und sie tastete sich weiter voran. Dann ging sie auf alle viere, damit der Wind sie nicht so leicht erfassen konnte. Noch einmal wandte sie sich um. Tyrbull war immer noch einige Schritte hinter ihr. Gerade hatte er seine Robe abgelegt. Er versuchte, sie an der Brüstung zu verstauen, aber dann packte sie ein Windstoß, und sie flatterte davon. Er fluchte, und Feja musste grinsen. Hatte sie erst einmal die andere Seite erreicht, würde es leichter gehen. Sie tastete sich vorsichtig voran. Plötzlich löste sich ein Stein zu ihrer Linken, und es knackte deutlich hörbar unter dem pfeifenden Wind. Sie schreckte zurück. Brach die Brücke zusammen? Nein, es blieb vorerst bei diesem einen Stein, der in die Tiefe rauschte. Sie biss die Zähne zusammen und kroch weiter. Tyrbull war hinter ihr. Auch er war auf alle viere gegangen, aber er zögerte.

Ich kann das gewinnen, dachte Feja mit plötzlicher Zuversicht und kroch über das brüchige Mauerwerk. Dann stutzte sie. Das Pflaster vor ihr machte einen seltsamen Schlenker. Es sah aus, als sei es dieses Mal nur auf der linken Seite weggebrochen. Vorsichtig bewegte sie sich nach rechts – und griff ins Leere. Der Stein, auf den sie sich stützen wollte, löste sich unvermittelt in Luft auf. Da war nichts außer Wind. Feja schlug ungelenk mit dem Gesicht auf das Pflaster und rutschte langsam, aber unaufhaltsam von der Brücke. Weit unter ihr schäumte das Meer. Entsetzt schrie sie auf und suchte verzweifelt nach Halt, aber alles, was sie berührte, zerbröckelte unter ihren Fingern.

»Tyrbull!«, rief sie in Panik.

Er kauerte dort oben, stemmte sich geduckt gegen den Wind und sah auf sie herab.

»Schwierigkeiten?«, fragte er kalt.

»Hilf mir!«

»Auf dem Rückweg vielleicht«, verkündete er und kroch weiter.

Wieder löste sich ein Stein unter ihrem Griff. Er streifte sie und fiel in die Tiefe.

»Nerius!«, brüllte sie.

Plötzlich hörte sie Hörner vom Bergfried. Hatte man sie entdeckt? Sie hörte Stimmen auf der Brücke. So schnell? Verzweifelt krallte sie sich in das Mauerwerk. Staub rieselte, und der Wind zerrte an ihr und wollte sie hinunterreißen.

»Feja, halte aus!« Das kam von Nerius.

»Sei vorsichtig!«, rief sie zurück.

»Der Umhang. Halte dich an meinem Umhang fest!« Das war Malthurs Stimme.

Der Wind schlug ihr den Stoff ins Gesicht, Mörtel und Steinsplitter hagelten auf sie hinab. Sie keuchte verzweifelt. Wenn sie dieses flatternde graue Tuch nicht zu fassen bekäme, würde sie fallen. Sie löste eine Hand, schnappte nach dem Umhang und packte ihn beim dritten Versuch.

»Wir ziehen dich hoch!«, rief Nerius.

Sie fasste mit der zweiten Hand zu. Würde der Stoff ihr Gewicht überhaupt aushalten? Oben stöhnten sie von Anstrengung. Eine Hand packte sie am Arm. Ihre Füße fanden Tritt an den Steinen. Ein letzter Ruck, und sie landete mit dem Oberkörper auf der Brücke. Nur noch ihre Beine strampelten über der Leere.

»Danke«, keuchte sie, »Danke!« Fackeln tauchten am Tempelturm auf. Und als Feja zum Möwenturm hinübersah, sah sie Tyrbull dort stehen. Er schien seinen Triumph zu genießen. Sie zitterte am ganzen Leib.

»Wird es gehen?«, rief Malthur gegen den Wind. Sie war unfähig, auch nur zu nicken. Dann hörte sie ein Knacken.

»Was …?«, fragte Nerius, aber seine Stimme erstarb. Es knackte wieder. Plötzlich brachen krachend Steine aus dem Bogen. Die ganze Brücke zitterte und Nerius, der sich eben noch über sie gebeugt hatte, kippte hintenüber. Malthur griff nach ihm, erwischte ihn gerade noch am Arm. Einen Augenblick war alles in der Schwebe, es sah so aus, als könne Malthur Nerius vor dem Fall retten. Dann gaben die Steine unter ihm nach, und beide stürzten in die Tiefe.

Gelähmt vor Entsetzen sah Feja sie fallen. Sie kroch zum Rand, starrte hinab, aber da waren sie schon verschwunden. Weiße Wellen schäumten gegen die Pfeiler der Brücke. Feja hörte die lauten Rufe hinter sich kaum.

Plötzlich wurde sie gepackt, hochgehoben und blickte in das grimmige Gesicht von Bruder Span, der sie von der Brücke schaffte.

Danach war alles verschwommen. Männer und Frauen brüllten sie an, machten ihr Vorwürfe, und jemand sagte, dass man nach den beiden Jungen suchte. Wie durch einen Nebel hörte sie, dass Bruder Yorn mit seinem Boot hinausfuhr und andere Brüder die Felsen am Fuß der Festung absuchten.

Als Feja wieder halbwegs klar denken konnte, fand sie sich plötzlich Ailon Bainach gegenüber.

Der Were stand vor ihr, starrte sie an und drückte ihr schließlich eine Tasse Tee in die Hand. Jemand musste ihr eine Decke umgelegt und sie auf einen Stuhl gesetzt haben.

»Wo bin ich?«, fragte sie mit flacher Stimme.

»In meinem Quartier. Es fehlt dir an nichts, außer an Verstand! Was hattest du auf der Brücke zu suchen?«

Sie blickte ins Leere und sah durch ihre Tränen das Gesicht von Nerius in dem Augenblick, als er stürzte. »Nerius? Und Malthur?«

»Man sucht sie.«

»Sie wollten mich retten!«

»Dafür haben sie teuer bezahlt.«

»Nerius …«, wiederholte sie flach, »die Brücke …«

»Jemand hat dort draußen Magie eingesetzt«, sagte der Knochenmann. »Die Meister sagen es. Aber du warst es nicht, oder?«

»Tyrbull«, erwiderte sie tonlos. Jetzt verstand sie. Er hatte einen Zauber gewirkt und sie ins Leere greifen lassen.

Der Ailon zuckte mit den Schultern. »Er sitzt bei den Möwen fest. Man wird ihn irgendwie zurückbringen. Warte …«

Er trat in eine dunkle Ecke seiner Kammer. Feja bemerkte erst jetzt, dass sie wohl im Privatgemach des Weren saß.

»Das Nachtflüstern sagt, dass man sie gefunden hat.«

»Beide? Leben sie?«

»Sie sind verletzt. Wir werden gleich mehr erfahren, denn man bringt sie zu mir. Du bleibst hier. Ich muss die Tische vorbereiten.«

Feja war immer noch wie erstarrt. Sie nickte nur und stellte die Tasse zur Seite. Es war ihre Schuld. Sie hatte sich diesen dummen Wettlauf ausgedacht. Sie war nicht umgekehrt, obwohl Nerius und Malthur ihr viele Gelegenheiten dazu geboten hatten. Aber noch mehr war es Tyrbulls Schuld. Er hatte falschgespielt – und Nerius und Malthur mussten den Preis zahlen.

Bald darauf hörte sie viele Stiefel die Treppen zu den Katakomben herunterpoltern. Stimmen waren zu hören, und Ailon Bainach erteilte laut und bestimmt Anweisungen.

Feja erhob sich. Sie öffnete die Tür einen Spalt. Sie konnte sehen, dass zwei schmächtige Körper auf den großen Tischen des Knochenmannes abgelegt worden waren. Keiner von beiden rührte sich.

»Wo ist Meme Sulling?«, fragte Bainach scharf.

»Ich bin hier. Ich musste nur meine Sachen zusammensuchen, Ailon.«

»Sehr gut, ich werde Eure Hilfe brauchen. Sein rechter Arm ist zerschmettert. Bei dem dort sind es die Rippen. Manches kann ich richten, doch nicht alles. Und nun, alle, die nicht helfen, hinaus!«

Feja blieb hinter der Tür. Sie schaffte es nicht, sie ganz zu öffnen, brachte es aber auch nicht über sich, sie zu schließen. Sie schloss die Augen und hörte mit wachsendem Grauen den Knochenmann und die Alchemistin arbeiten.

Irgendwann wurde es zu viel. Sie fiel, wo sie stand, einfach in Ohnmacht.

Jemand schüttelte sie.

Sie schlug die Augen auf. Meme Sulling beugte sich über sie. »Da hast du etwas Schönes angerichtet, du Unglückskind.«

»Nerius?«, fragte sie flüsternd.

»Lebt – mehr oder weniger. Aber sein rechter Arm ist so zerschmettert, dass er ihn nie wieder wird gebrauchen können.«

Feja schloss die Augen. »Er lebt! Und Malthur?«

»Hatte weniger Glück. Er muss auf eine Klippe aufgeschlagen sein. Sie hat ihm sämtliche Rippen gebrochen, und die haben ihm die Lunge und ein paar andere Organe durchbohrt. Selbst Ailon Bainach konnte ihm nicht mehr helfen.«

»Er ist tot?«

»So ist es. Ich frage dich jetzt nicht, was ihr da draußen zu suchen hattet, aber die Frage wird kommen.«

Feja rappelte sich auf. »Nerius … Kann ich zu ihm?«

»Wenn du es erträgst«, entgegnete die Alchemistin.

Feja zögerte keinen Augenblick. Sie musste ihn sehen.

Der Anblick traf sie wie ein Schlag. Da war Malthur, zugedeckt mit einem blutgetränkten Tuch, unter dem nur sein Haarschopf hervorlugte. Daneben lag Nerius, ein Arm in einer Schlinge, leichenblass. Sein Atem ging flach. Feja trat näher an ihn heran. Er war nicht bei Bewusstsein.

»Es ist noch nicht heraus, ob er den Arm behalten kann«, sagte Ailon Bainach. »Meme Sulling hat getan, was sie konnte, doch das Wundfieber kommt oft erst später und hat schon so manchen Mann noch Tage nach der Schlacht getötet.«

»Wundfieber?«

»Die Knochen sind zersplittert. Er wird der Bruderschaft wohl verloren gehen.«

»Dem Orden? Aber wieso?«, fragte Feja. Sie hielt Nerius'

gesunde Hand und konnte ihn wegen der Tränen in ihren Augen kaum erkennen.

»Die Magie muss einen Körper durchströmen können. Du brauchst zwar keine Stimme, um einen Zauber zu wirken, wie unser Freund Span beweist, aber du brauchst zwei gesunde Hände, um die Magie zu leiten.«

Feja wischte sich die Tränen aus den Augen. Sie hatte Bruder Span gar nicht wahrgenommen. Er stand mit finsterer Miene neben der Tür. Schon wieder hatte er sie gerettet. Sie wollte ihm danken, aber sie wusste nicht, was sie sagen sollte. Dann sah sie seinen Blick. Es lag Tadel darin, Missbilligung, vielleicht sogar Verachtung. Er traf sie wie ein Dolchstoß.

»Du solltest gehen, Mädchen«, sagte der Knochenmann sanft. »Meme Sulling ist der Meinung, dass wir einer Entzündung der Wunde mit gewissen Kräutern aus Skros vorbeugen können. Doch dazu muss ich den Arm aufschneiden.«

»Ah, Ihr habt es Euch anders überlegt?«, fragte die Alchemistin.

»Ich kenne diese Kräuter nicht, aber ich kenne Euch. Also vertraue ich Eurem Urteil.«

Feja stolperte aus der Kammer und fand sich unter dem Totenschädel wieder, den der Ailon über die Tür genagelt hatte. Er grinste höhnisch auf sie herab. Sie schauderte.

»Wie geht es ihnen?«, fragte Bele. »Wie geht es Malthur?«

Feja bemerkte erst jetzt, dass viele ihre Mitschüler dort warteten. Man hatte ihnen noch nichts gesagt? Sie schluckte und versuchte, die Fassung zu bewahren.

»Nerius … Sein Arm ist … verkrüppelt. Und Malthur …« Sie beendete den Satz mit einem Kopfschütteln. Bele schrie hell auf, dann sprang sie auf Feja los und schlug mit ihren kleinen Fäusten auf sie ein.

»Das ist deine Schuld! Deine Schuld!«

Feja war viel zu verwirrt, um sich zu wehren. Es waren Hallir und Gabra, die Bele zurückzogen und sie zu beruhigen versuchten.

Feja floh. Sie lief hinaus ins Haupthaus, hatte keine Ahnung, wohin sie sich wenden sollte. Plötzlich stand sie in der großen, verlassen wirkenden Halle. Sie suchte sich eine stille Ecke, rollte sich zusammen, und dann weinte sie um Nerius und Malthur, bis sie eingeschlafen war.

Am nächsten Morgen wurde sie unsanft geweckt. Meister Caron schüttelte sie. Sie schreckte hoch, dann fiel ihr ein, was geschehen war, und sie sackte in sich zusammen.

»Was hast du da nur angerichtet?«, fragte der Magier.

»Wie geht es Nerius?«

»Nicht viel besser, auch wenn er seinen Arm wohl behalten kann. Verloren ist er dennoch.«

Feja wusste nicht, ob Meister Caron den Arm oder Nerius meinte.

»Es tut mir so unendlich leid«, brachte sie hervor.

»Sage das nicht mir, sage es Nerius – und den Tygrams.«

»Wieso seid Ihr eigentlich hier, Meister? Wart Ihr nicht in Braake?«

»Wir erfuhren gestern Nacht von dem Unglück. Dies ist ernster, als du ahnst. Ein Richter aus Lente ist in der Stadt. Er ist darauf aus, unserem Orden zu schaden. Er wird dieses Ereignis sicher irgendwie zu seinem Vorteil nutzen.«

Feja barg ihr Gesicht in den Händen. Das mit dem Richter verstand sie nicht. Aber sie fühlte sich grauenhaft.

»Was hast du dir nur dabei gedacht, Feja?«

»Ich wollte das nicht, Meister. Es war ein Wettlauf, zwischen mir und Tyrbull, doch er …«

Sie stockte. Etwas in ihr sträubte sich dagegen, ihren Gegner anzuschwärzen. Dann wurde ihr bewusst, was er getan hatte. Noch bevor sie fortfahren konnte, nahm ihr Meister Caron diese Last ab.

»Wir wissen, dass jemand auf der Brücke einen Zauber gewirkt hat. Und da du dein Lindross noch nicht gefunden hast, kommt eigentlich nur Tyrbull infrage. Was hat er getan?«

Stockend erzählte Feja ihm von der Brücke und wie sie sich an einem Stein abstützen wollte, der gar nicht da war.

Der Magier schüttelte den Kopf. »Die Kunst der Täuschung ist seine Midgav. Er ist skrupelloser, als ich dachte. Ich habe inzwischen erfahren, dass Tyrbull sich den halben Tag an einem brennenden Feuer aufgehalten hat. Da Feuer das Lindross ist, mit dem er sein Bargan füllt, hätten wir merken müssen, dass etwas im Busch ist.«

»Aber Ihr wart doch gar nicht hier.«

»Aber Svelgar war es und Meme Sulling ebenfalls. Auch unsere Schwester Salmango sollte hier nach dem Rechten sehen. Wir alle haben uns wohl zu sehr ablenken lassen von … anderen Dingen.«

»Ist Abot Yrnos wirklich abgetreten?«

»Das ist er. Das heißt, wir haben auch keinen Abot in dieser schweren Stunde.« Er seufzte. »Du hättest dir keinen schlechteren Zeitpunkt für diese Sache aussuchen können, Feja.«

»Was geschieht jetzt mit mir … und Tyrbull?«

»Das werden wir noch entscheiden.«

»Werde ich den Orden verlassen müssen?«

»Vielleicht. Vielleicht sogar eher als Tyrbull, denn er hat immerhin nachgewiesen, dass er ein guter Zauberer werden kann.«

»Aber es ist seine Schuld! Seinetwegen ist Malthur tot!«

»Nun, es war wohl ein Unglück, kein Verbrechen. Wir werden den Fall untersuchen.«

»Kein Verbrechen? Er hat betrogen!«

Der Meister lächelte traurig. »Wäre Meister Yrnos noch unser Abot, würde er das wohl auch so sehen. Doch das ist er nicht. Und manche Brüder meinen, dass gerade Tyrbulls Hinterhältigkeit für uns von großem Nutzen sein kann.«

Ungläubig starrte Feja ihn an. Das konnte er nicht ernst meinen!

»Das alles ist noch lange nicht entschieden. Es ist gut möglich, dass ihr beide euch am Ende dieses Tages im Kerker wiederfinden werdet.«

»Kerker?«

»Das ist nun einmal üblich für die Zeit solch einer Untersuchung. Ich würde gerne darauf verzichten. Versprichst du mir, die Feste nicht vor einem Urteilsspruch zu verlassen?«

Feja nickte stumm. Das alles überstieg ihr Fassungsvermögen.

»Dann können wir dir unser Verlies vielleicht ersparen. Du

solltest diese Halle jetzt verlassen, denn die Oberen wollen sich hier bald zu neuen Beratungen versammeln. Und es ist besser, du sprichst vorerst mit niemandem darüber, was da draußen geschehen ist.«

Feja schlich aus der Halle. Sie hatte Tyrbull unbedingt herausfordern müssen. Sie hätte es verdient, im Kerker zu landen.

Sie verließ das Haupthaus und trat in die Sonne.

»Da ist sie!«, rief eine helle Stimme. War das Lygger Tygram?

Sie blickte auf. Die halbe Feste hatte sich im Hof versammelt, Schüler, Gewappnete und Ordensbrüder. Da war auch Bruder Span, ein dunkler Fels unter all den Menschen, die sie feindselig anstarrten. Sturmrat Dregin stand neben ihm. Hatte er sie nicht dazu überredet, Tyrbull herauszufordern? Seine Miene wirkte unbeteiligt, als ginge ihn das alles nichts an.

Ein Schatten verdunkelte die Sonne. »Du hast meinen Vetter ermordet.« Tyrbull Tygram hatte sich vor ihr aufgebaut.

Es verschlug ihr die Sprache. Sie schüttelte den Kopf und wollte an ihm vorbei, doch er ließ sie nicht.

»Du hast Malthur umgebracht!«, zischte er.

Aus dem Augenwinkel sah sie, dass Bruder Span ihr zu Hilfe kommen wollte, aber Meister Dregin hielt ihn zurück.

Sie gab Tyrbull einen Stoß. »Das war allein deine Schuld!«, schrie sie. »Du hast betrogen und gelogen. Deinetwegen sind sie in die Tiefe gestürzt!«

Er riss ein Messer aus dem Gürtel. »Du wirst dafür bezahlen, Hexe!« Schon duckte er sich zum Angriff. Wollte ihn denn niemand aufhalten?

Fejas Hand fuhr zum Gürtel, aber da war kein Messer, das sie hätte ziehen können.

»Hier«, rief Hallir und warf ihr seine Klinge zu.

Instinktiv fing sie die Waffe auf.

Brüllend stürzte sich Tyrbull auf sie. Sie wich aus. Sein Streich ging ins Leere. Er griff wieder an. Sie parierte den Angriff mit dem Unterarm. Er versuchte, sie zu packen. Sie entwand sich seinem Griff.

Wieder griff er an. Sein Messer sauste durch die Luft und ritzte ihr die Kleidung auf. Dann spürte sie einen Schlag gegen die Brust. Sie parierte seinen Angriff, wich einem weiteren Messerstoß aus. Es war gespenstisch still im Hof. Alle schienen den Atem anzuhalten, und niemand wollte in diesen Kampf eingreifen.

In letzter Sekunde entkam Feja einer weiteren Attacke, wich zurück und spürte plötzlich eine Mauer im Rücken. Sie hatte sich in die Enge treiben lassen! Tyrbulls Linke schoss vor und packte sie am Hals. Sein Messerarm sauste herab, sie wehrte den Stoß knapp mit dem linken Unterarm ab. Der Schlag war so heftig, dass sie ihr Messer verlor. Sie packte verzweifelt sein Handgelenk und versuchte, die Klinge von ihrem Hals fernzuhalten. Mit der Rechten mühte sie sich vergeblich, ihn wegzuschieben. Er war einfach viel stärker. Hass brannte in seinen Augen. Seine Klinge kam näher und näher. Sie konnte sie schon auf der Haut fühlen. Sie keuchte, rang nach Luft. Die Welt um sie herum versank in einem roten Nebel.

Da geschah etwas Eigenartiges: Sie fühlte eine merkwürdige Spannung. Es war, als dringe etwas in ihre Sehnen, Muskeln und Knochen ein, etwas, das sie zu sprengen und zu zerreißen drohte. Sie keuchte, doch nicht wegen der Klinge an ihrem Hals und nicht wegen der Hand an ihrer Kehle. Sie hatte das Gefühl, gleich zu bersten. Es war wie ein Fieber und gleichzeitig wie ein Rausch. Ihr Kopf dröhnte, und ihre Sinne waren auf das Äußerste gespannt. Und dieser Strom, der sie durchfloss, schwoll immer weiter an. Am stärksten spürte sie dieses Gefühl im rechten Arm. Sie sah durch den roten Schleier ihre Hand auf der Brust ihres Gegners. Tyrbulls Messer schien jetzt an ihrer Kehle zu verharren. Vielleicht war auch die Zeit stehen geblieben. Plötzlich stöhnte er. Seine wutverzerrte Miene wandelte sich zu einer Grimasse des Schmerzes. Er lockerte den Griff um ihren Hals, wurde leichenblass, und als sie wieder zu Atem kam, schien er selbst nach Luft zu ringen.

Feja hörte das Blut durch ihre Adern rauschen. Es war reine, unbändige Stärke, die durch sie strömte.

Tyrbull glotzte sie mit weit aufgerissenen Augen an, seine Lippen verfärbten sich blau, und dann stieß ihn die unsichtbare

Kraft, die durch ihre Adern strömte, einfach fort. Tyrbull flog ein paar Schritte durch die Luft, landete auf seinen Beinen, kämpfte um sein Gleichgewicht, starrte sie ungläubig an und sackte dann mit einem schrecklichen Schmerzenslaut zusammen.

Feja stand wie versteinert. Ihre rechte Hand war immer noch ausgestreckt. Sie fühlte sich so kraftvoll, dass sie glaubte, das ganze Gebäude hinter ihr ins Meer werfen zu können. Andererseits war sie starr vor Schreck, denn da war auch das Gefühl, dass der nächste Atemzug sie bersten lassen könnte.

Die gespenstische Stille, die während des Kampfes geherrscht hatte, wurde noch tiefer. Keiner rührte sich. Dann endlich trat Meister Dregin an den zuckenden Tyrbull heran, legte ihm die Hand auf die Stirn, dann auf die Brust und erhob sich wieder. Mit beruhigenden Gesten kam er auf sie zu.

»Es ist gut, Feja. Der Kampf ist vorbei.«

Immer noch hielt sie die Rechte ausgestreckt. Diese Kraft!

»Was ist geschehen?«, fragte sie verwirrt.

Dregin legte ihr besänftigend den Arm auf die Schulter. »Du hast dein Lindross gefunden. Und nicht irgendeines. Auf jemanden wie dich hat dieser Orden lange gewartet.«

Sie senkte langsam ihre Hand.

»Hätte dieser Kampf noch einen Augenblick länger gedauert, wäre Tyrbull jetzt tot«, sagte Dregin und lächelte, als sei das eine gute Sache.

»Tot?«, echote sie. Ganz langsam sickerte die Bedeutung der Worte in ihren Verstand.

Um sie hatte sich ein Halbkreis gebildet. Niemand achtete auf Tyrbull, der zitternd auf dem Pflaster lag, niemand außer Lygger, der neben ihm stand, aber scheinbar nicht wusste, was er tun sollte.

Feja sah in die Gesichter ihrer Mitschüler, der Brüder und Meister des Ordens. Sie sah Erstaunen, Verwunderung, aber auch Angst. Und da war Bruder Span, ruhig wie ein Fels inmitten dieses aufgeregten Halbkreises. Er lächelte ihr zu.

Drittes Buch

Aithir – Sturmmond

11.

Die nächsten Stunden erlebte Feja wie in einem bösen Traum. Dregin brachte sie vor die Oberen und berichtete, was geschehen war, aber ihr kam es so vor, als spräche er über jemand anderen.

Dann stellten ihr die Meister und Meme Salmango eine Menge Fragen, die sie meist nicht verstand und schon gar nicht beantworten konnte.

»Genug jetzt!«, ging Meister Caron dazwischen. »Merkt Ihr nicht, dass sie gar nicht weiß, wie ihr geschieht? Sie zittert am ganzen Leib und bringt keinen einzigen klaren Satz heraus. In Bainachs Kammer liegt ein Freund von ihr, tot, ein anderer ist schwer verletzt – und eben hätte sie fast einen unserer Schüler getötet.«

»Wenn es so war, wie Meister Dregin es schildert …«, sagte der Meister der Münzen gedehnt.

»Zweifelt Ihr etwa an meinen Worten, Eyrim?«

»Meint Ihr denn, es sei uns nicht aufgefallen, welch großes Interesse Ihr an diesem Mädchen habt? Ich denke, Ihr wünscht Euch so sehr, dass dieses Kind etwas Besonderes ist, dass Ihr alle anderen Erklärungen nicht wahrhaben wollt.«

»Und was wären das für andere Erklärungen?«, fuhr der Sturmrat den Schatzmeister an.

»Es könnte die Kraft der Verzweiflung gewesen sein«, meinte der Schattenmarschall.

»Dann werde ich diese Stärke auch bald haben, denn Eure Schwerfälligkeit wird mich selbst noch verzweifeln lassen. Seid also gewarnt, Buklar!«, rief Dregin aufgebracht.

»Narren!«, zischte der Verkünder. »Ich bezweifle, dass auch nur einer von euch überhaupt weiß, wovon er hier redet.«

»Aber Ihr wisst es?«, fragte der Münzer spitz. »Oder habt Ihr es bereits wieder vergessen, wie so manches andere auch, Vithun?«

Feja saß unglücklich in der Mitte des Streits. Sie hätte viel darum gegeben, wenn diese hohen Herren einfach für ein paar Augenblicke geschwiegen hätten. Sie sehnte sich nach einer ruhigen Ecke, in der sie sich zusammenrollen und über all das nachdenken konnte, was geschehen war.

Meme Salmango mischte sich ein, dann widersprach Meister Svelgar, und beide wurden vom Verkünder zurechtgewiesen, dass sie nicht berechtigt seien, in dieser Runde die Stimme zu erheben. Einzig Meister Caron stellte sich schützend vor sie.

Feja hielt sich die Ohren zu. »Ruhe«, flüsterte sie. Aber natürlich hörte sie niemand. Sie brüllten sich über ihren Kopf hinweg an, und sie fürchtete, dass sie bald einander an die Kehle gehen würden. »Ruhe«, sagte sie wieder, ohne mehr Gehör zu finden. Dann, weil sie es einfach nicht mehr ertrug, schrie sie es heraus. Aber es war nicht sie, die da schrie – es war irgendetwas Mächtiges in ihrem Inneren: »RUHE!«

Für einen Augenblick war es, als sei ein Blitz, gefolgt von ohrenbetäubendem Donner durch die Halle gezuckt.

Die Meister erstarrten. Kerzen verloschen. Ein paar Pergamentblätter flatterten durch die Luft, und von den hohen Fenstern klang das Knacken von zerspringendem Glas.

Die Stille hielt an. Die Blätter segelten zu Boden. Eine Scheibe fiel von weit oben herab und zersplitterte auf den Steinplatten. Endlich räusperte sich Meister Svelgar. Feja fühlte aller Augen auf sich gerichtet.

»Ich denke, das beweist, dass Dregin sich die Geschichte nicht aus den Fingern gesogen hat«, sagte der Fechtmeister. Seine Stimme klang belegt. Vielleicht war er auch nur betrunken.

Für eine Weile sagte niemand etwas, und das fand Feja noch beunruhigender.

»Fürwahr, ein ungeschliffener Edelstein in unserer Mitte«, sagte Meister Caron.

»Unglaublich«, brachte der Marschall hervor und rieb sich die Ohren.

»Das beweist nur, dass sie sehr viel Kraft gesammelt hat«, murmelte Eyrim, »mehr nicht.«

»Sie hat sie von Tyrbull Tygram genommen – ich habe es mit eigenen Augen gesehen«, verkündete der Sturmrat und legte Feja eine Hand auf die Schulter.

»Wie geht es dem Jungen eigentlich?«, fragte Fram Caron, der nicht glücklich aussah.

Meister Dregin zuckte mit den Schultern. »Ich habe ihn zum Ailon schaffen lassen. Auch Meme Sulling sieht nach ihm. Bald wissen wir mehr.«

»Und was machen wir bis dahin mit ihr?«, fragte der Marschall, so als sei sie gar nicht anwesend.

»Wir sollten ihr Ruhe gönnen«, forderte Meister Caron.

»Gut, gut«, stimmte der Sturmrat rasch zu. »Am besten, wir schaffen sie in eine der leerstehenden Kammern. Wollt Ihr das nicht übernehmen, Caron?«

Der Plan fand allgemeine Zustimmung, bis sich Verkünder Vithun mit schnarrender Stimme zu Wort meldete: »Auch wenn ich grundsätzlich Eurer Meinung bin, so muss ich doch daran erinnern, dass dieser Orden gewissen Regeln folgt.«

»Was meint Ihr?«, fragte Dregin.

»Gerade du als unser Sturmrat solltest das wissen. Heute hat ein Mitglied unserer Bruderschaft ein anderes mithilfe der Magie angegriffen. Es gibt kaum einen größeren Verstoß gegen unseren Kodex. Dies erfordert eine Untersuchung. Diese hat gemäß unseren Gesetzen zu erfolgen.«

»Aber sie hat nicht wissentlich auf Zauberei zurückgegriffen«, verteidigte sie Caron.

»Ist das so? Nun, keiner möchte mehr an die Unschuld dieser Schülerin glauben als ich«, behauptete der Verkünder kalt, »aber muss ich Euch daran erinnern, dass uns ein Hofrichter des Königs im Nacken sitzt? Unser Orden ist durch unsere Nachlässigkeit unter immensen Druck geraten. Wir können uns keine Fehler mehr erlauben.«

»Wollt Ihr wirklich, dass wir dieses Kind in den Kerker werfen?«, fragte Meister Svelgar aufgebracht.

»Ich will es nicht – aber die Regeln schreiben es nun einmal für diesen Fall vor.« Vithun thronte stocksteif auf seinem unscheinbaren Schemel, und Feja begriff auf einmal, dass er dabei war, die Führung des Ordens zu übernehmen.

»Es geht mir gegen den Strich, aber ich fürchte, Meister Vithun hat recht«, stimmte der Sturmrat zögernd zu.

»Nun, wenn sie ist, was Ihr behauptet, ist sie in der Tat ein Edelstein – und den sollten wir sicher verwahren«, meinte der Münzer.

»Ihr könnt doch dieses Mädchen nicht in das Verlies werfen!«, empörte sich Meister Svelgar noch einmal.

»Wir wollen es nicht – aber wir müssen es wohl«, seufzte der Schattenmarschall. »Unglück, Tod, Kerker ... Was für ein trauriger Tag für unsere Bruderschaft.«

»Gibt es denn keine andere Möglichkeit?«, fragte Meister Caron. »Wenn wir sie schon einsperren müssen, dann wird es doch auch eine Kammer hier im Haupthaus tun.«

»Nicht in dieser Stunde, Caron«, wies ihn der Verkünder zurecht. »Wenn wir nachgiebig gegen einen von uns sind, wird dieser königliche Richter das als eine weitere Schwäche ansehen – mit Recht, wie ich sagen muss. Viel zu weit haben wir uns von den alten Wegen entfernt, haben uns bequem eingerichtet in den weichen Kissen von Braake. Das hat schon unseren Abot sein Amt gekostet. Und es kann uns noch viel mehr kosten, wenn wir nicht endlich wieder hart gegen uns selbst sind.«

»Welch ein Elend«, murmelte der Schattenmarschall und kratzte sich an seinem dichten Bart.

Feja, die bei diesem Disput nur verstand, dass man sie einsperren wollte, sah hilfesuchend von einem zum anderen. Aber selbst Meister Caron stimmte am Ende dem Verkünder zu.

Meme Salmango legte ihr tröstend die Hände auf die Schultern. »Es klingt schlimmer, als es ist, Feja. Stell dir einfach vor, es sei eine Kammer, die du eben ganz für dich alleine hast. Wir werden dich mit allem versorgen, was du da unten brauchst. Und wir wissen, dass das, was geschehen ist, nicht deine Schuld ist.«

Sie nickte, aber wirklichen Trost fand sie nicht.

Da schnarrte Meister Vithun: »Das wird die Untersuchung erst noch erweisen müssen, Schwester Salmango!«

Auf Vorschlag des Sturmrats übernahm es Meister Caron, Feja ins Verlies zu bringen. Er führte sie zur Treppe des Bergfrieds und dann hinab in die Katakomben. Dort öffnete er jene mehrfach verriegelte Tür, die schon früher ihre Neugier gereizt hatte. Aber die war jetzt erstorben.

Der Zauberer führte sie im Licht einer Fackel die Stufen hinab in ein niedriges Gewölbe mit einem Tisch und drei Stühlen und weiter in einen von mehreren schmalen Gängen, an dessen Ende zwei kahle vergitterte Kammern warteten. Er wandte sich an die Gewappneten, die sie begleitet hatten.

»Ihr werdet ihr frisches Stroh besorgen, außerdem einen Krug Wasser. Fragt den Koch, ob er etwas zu essen erübrigen kann. Verstanden? Gut. Worauf wartet Ihr dann noch?«

Die beiden Männer zogen missmutig ab, und Caron öffnete eine der Zellen. »Auf dieser Seite hast du ein bisschen Tageslicht«, sagte er und wirkte verlegen.

Tatsächlich sah Feja, dass durch zwei faustgroße Löcher dicht unter der Decke blasser Lichtschein durch den Felsen drang. In einem tanzten Schatten, und sie hörte einen Seevogel krächzen. Gab es dort vielleicht ein Nest? Sie reckte sich, doch die Höhlungen lagen zu hoch, um hindurchsehen zu können.

»Warum sperrt Ihr mich ein, Meister Caron?«

Er seufzte. »Unsere Gesetze verlangen es. Kopf hoch! Das wird nicht lange dauern. In zwei oder drei Tagen bist du wieder frei.«

»Könnt Ihr mir nicht erklären, was da geschehen ist, Meister Caron? Mit Tyrbull, meine ich …«

Der Zauberer seufzte wieder. Er schien es eilig zu haben. *Vermutlich*, so dachte sie, *will er schnell zurück in die Halle, damit die anderen nichts ohne ihn entscheiden.* Sie begriff gleichzeitig, dass das der Grund war, warum Meister Dregin ihn für diese Aufgabe vorgeschlagen hatte.

»Es ist, wie der Sturmrat sagte – du hast dein Lindross gefunden. Zu deinem Unglück ist es das Leben anderer.«

»Ich muss … töten, wenn ich zaubern will?«, fragte sie entsetzt.

»Tyrbull ist nicht tot. Außerdem wirst du hoffentlich deine Kraft, wie wir anderen auch, fortan von den Monden beziehen können. Aber deine erste und stärkste Quelle ist das Leben selbst. Und dein Bargan ist groß, wie ich es erwartet habe. Die Gabe, die Midgav, die dir die Magie mitgegeben hat, nun, es scheint, als könntest du den magischen Fluss in reine Kraft verwandeln.«

»Ich weiß gar nicht, wie ich das gemacht habe, Meister.«

»Das dachte ich mir. Dein Lindross ist ungeheuer selten. Ich glaube, es gab in der Geschichte unseres Ordens nur ein oder zwei Magier, denen es wie dir erging. Ich werde die alten Chroniken durchgehen und sehen, ob ich mehr darüber herausfinden kann.«

»Ich verstehe das alles nicht, aber es klingt furchtbar.«

»Es hört sich schlimmer an, als es ist. Wir werden dir beibringen, wie du auf weniger gefährliche Weise Kraft findest. Und auf jeden Fall behalten all jene recht, die große Hoffnung in dich setzen.«

»Hoffnung? Nerius ist schwer verletzt, Malthur ist tot, und Tyrbull hätte ich fast auch noch umgebracht.«

»Das Unglück auf der Brücke war nicht deine Schuld, Feja, und – du hast Tyrbull eben *nicht* getötet! Das ist ein gutes Zeichen. Du magst eine gefährliche Gabe besitzen, aber du hast auch ein gutes Herz. Und genau das stimmt mich zuversichtlich für dich – und uns. Tatsächlich kenne ich wirklich niemanden in diesem Orden, den ich lieber mit dieser Gabe sähe als dich. Doch jetzt ruh dich aus. Iss etwas, und dann versuche zu schlafen. Ich werde später noch einmal herkommen. Wenn du aufwachst, wird die Welt ganz anders aussehen.«

Der Magier verschwand, und kurz darauf kehrten die Wachen zurück. Sie brachten zwei Strohsäcke, Wasser und etwas zu essen, aber Feja hatte keinen Appetit. Sie legte sich aufs Stroh, war jedoch so voller Unruhe, dass sie nicht einschlafen konnte. Noch dazu war da dieser Seevogel, der in einem der Lichtschächte saß und unablässig krächzte. Wie gern hätte sie ihn und ihre Sorgen einfach davongejagt. Sie wartete, starrte an die Decke und hoffte auf Nachricht von Nerius und Tyrbull, doch Meister Caron kam nicht wieder.

Allmählich wurde es dunkel draußen. Feja fragte die Wachen nach einer Kerze, doch die meinten, das sei gegen die Vorschriften. Dann bat sie die beiden Männer, Nachricht an Ailon Bainach zu schicken und ihn zu fragen, wie es den Verletzten gehe, aber auch das lehnten sie ab.

»Es tut uns leid, Fräulein, aber Meister Vithun hat uns eingeschärft, dass wir die Regeln und die Gesetze des Ordens in Eurem Fall besonders genau einhalten müssen. Und es ist nun einmal nicht erlaubt, dass Gefangene Nachrichten hinaussenden.«

Feja nahm es seufzend hin. Was blieb ihr auch anderes übrig?

Die Wachen machten einen verständigen Eindruck, aber leider besagten die Ordensregeln offenbar auch, dass sie nicht mehr als unbedingt notwendig mit ihr reden durften. Also saßen sie drüben in ihrer Wachstube, unterhielten sich halblaut und überließen Feja der Einsamkeit und ihren Gewissensbissen.

Irgendwann schlief sie dann doch ein. Mit einem Mal war sie draußen. Sie stand inmitten der Buckelsteine. Als sie sich noch fragte, wie sie dort hingelangt sei, erhob sich jenseits des Felsens eine Gestalt aus Wasser. Erst jetzt bemerkte Feja, dass die Festung verschwunden und der Kreis der Steine vollständig war. Der Seewind zerrte an ihrer Robe, und ein salziger Regen wehte von der Erscheinung herüber. *Eine Nykke*, dachte Feja, *aber es ist nicht die vom Tempel.* Die Gestalt neigte sich zu ihr herab. Es war schwer, im ungewissen Licht Galtaras ihr Gesicht zu erkennen, doch Feja kam es so vor, als läse sie Mitgefühl darin.

Die Nykke berührte sie mit ihrer durchsichtigen Hand, und plötzlich fühlte Feja eine ungeheure Erleichterung. Es war, als würde alle Last von ihr genommen. Sie atmete tief durch – und schreckte hoch.

Es war stockdunkel. Feja befühlte ihr Gesicht. Es war nass, und sie schmeckte salzige Tränen. Sie hatte im Schlaf geweint. Wegen Nerius und Malthur. Die Erinnerung kehrte wie ein Blitz zurück, aber dieses Mal wog sie weniger schwer.

Was hatte sie geweckt?

Ein leises Krächzen drang durch den Lichtschacht. Aber da war noch etwas anderes. Feja erhob sich. Da war eine Stimme, kaum hörbar. Sie schien zu ihr zu sprechen. Atemlos lauschte sie. Das Raunen kam aus dem Gang, aber nicht aus Richtung der Wachstube.

Sie trat an die Zellentür, und als sie sich an das Gitter presste, um zu lauschen, sprang die schmale Tür aus dem Schloss. Feja fühlte es mehr, als dass sie es sah: Der Weg aus der Zelle stand ihr offen.

Zögernd trat sie in den Gang. War das wieder nur ein Traum? Das Wispern war noch da.

Leise rief Feja nach den beiden Wächtern, doch in der Kammer drüben war es still. Sie tastete sich die Wand entlang Richtung Wachstube. Plötzlich flammte in der Dunkelheit hinter ihr ein Licht auf. Sie fuhr herum. Jemand hatte eine Kerze entzündet – in einem Gang, der bei ihrem Eintreffen noch nicht da gewesen war. Und wieder ertönte dieses Flüstern. Kam es aus der Richtung der Kerze?

Fejas Nackenhaare stellten sich auf. Langsam näherte sie sich dem Licht. Die Kerze flackerte leicht. Wind zog durch den Gang. Sie konnte nicht anders, als dem Wispern zu folgen, das aus der Dunkelheit jenseits dieses Lichtpunktes zu kommen schien. Ein sanfter Luftzug heulte durch die Dunkelheit, und die Kerze verlosch.

Feja spürte einen Sog, der sie in die Dunkelheit hineinziehen wollte. Und war dort nicht, am Ende des schmalen Tunnels, wiederum ein Licht zu sehen?

Sie tastete sich vorsichtig den Gang entlang. Ja, vor ihr schimmerte es grau. Das Licht verlosch, bevor sie es erreichte. Sie stand in einer Biegung. Gerade, als sie sich entschloss umzudrehen, flammte wieder eine Kerze aus dem Nichts auf. Sie lief hin, aber auch dieses Licht verglomm, als sie sich ihm bis auf wenige Schritte näherte. So ging es noch zweimal um Biegungen und Ecken. Die Stimme wurde nicht lauter, aber eindringlicher. Worte, die sie nicht verstand, lockten sie weiter in das Innere des großen Felsens. Ihr brach der kalte Schweiß aus. Sie wusste, dass sie umkehren sollte, aber sie konnte nicht. Wie unter einem Zwang stehend, folgte sie dem fahlen Licht. Der Gang verästelte sich zu einem Labyrinth von Höhlungen und Seitengängen, und dann war da ein graues Schimmern vor ihr, das nicht von einer Kerze stammen konnte. Dieses bleiche Leuchten zog sie unweigerlich an. Plötzlich stand sie in einer Art Kaverne, einer niedrigen Halle, die ganz mit Nebel gefüllt war.

»Es ist nur ein Traum«, versuchte Feja, sich zu beruhigen, als sie in die Nebelschwaden trat. Sie waren eiskalt, sodass sie zurückzuckte. Sie versuchte, den Nebel zu umgehen, bis sie merkte, dass die Worte aus der Mitte der Kammer zu ihr drangen.

Alles in ihr warnte sie, dass sie umkehren sollte, aber dann biss sie die Zähne zusammen und trat in den kalten Dunst. Jetzt war die Stimme überall. Immer noch verstand Feja kein Wort. Das Herz schlug ihr bis zum Hals. Die Nebelschleier waren so dicht, dass Feja die Hand nicht mehr vor Augen sah.

Sie tastete sich mit ausgestreckten Armen voran. Endlich schien es ihr, als würde ihre Sicht in einer Richtung klarer werden. Sie folgte diesem Zeichen. Ja, der Dunst wurde schwächer, und plötzlich sah sie die Quelle des Lichts vor sich.

Es war ein grauer Stein, nein, ein Kristall, der in der Mitte der Kaverne schwebte und fahl aus sich selbst heraus leuchtete. So etwas hatte Feja noch nie gesehen. Fasziniert trat sie näher heran und bemerkte erst im letzten Augenblick den Abgrund, über dem der Stein schwebte. Es war ein Spalt im weißen Stein des Bodens. Feja blickte hinab. Sie konnte keinen Grund erkennen. Der Spalt war nicht lang, aber so breit, dass sie auch mit ausgestreckten Armen den Stein nicht erreichen konnte. Sie hätte ihn so gerne berührt, denn noch nie hatte sie etwas so Anziehendes gesehen. Gleichzeitig fühlte sie etwas anderes. Es war, als ströme eine unbekannte Kraft in sie hinein. Sie hatte kein Wort dafür, aber als sie sich auf die Zehenspitzen stellte, sich streckte und versuchte, den Stein doch noch zu berühren, spürte sie instinktiv, dass sie eine Art Lindross vor sich hatte, das sie mit magischer Kraft erfüllte. Es war anders, als es bei Tyrbull gewesen war, nicht so stürmisch, eher wie eine Flut. Doch das Gefühl anschwellender Stärke war ähnlich. Sie wuchs und wuchs immer rascher und raubte ihr den Atem. Feja taumelte zurück und fasste sich an die Kehle, denn sie bekam plötzlich keine Luft mehr. Sie floh entsetzt vor dem Abgrund, aber die Atemnot wich nicht. Noch bevor sie ganz aus dem Nebel heraus war, schwanden ihr die Sinne. Sie brach auf dem kalten Felsboden zusammen.

Skuran Orchon betrachtete die rotgolden schimmernde Maschine. Ein Unglück war über den Grauen Orden gekommen, wie die Monde es vorhergesagt hatten. Die Messingscheibe des Mädchens zeigte noch das graue Symbol drohender Gefahr, doch hatte sie sich einen guten Teil weiter in Richtung des schwarzen Symbols von Nir gedreht. Orchon leckte sich die Lippen. Hatte er das bewirkt? Er hatte einen Brief verfasst, anonym – und darin hatte er das Oberhaupt der Feuermagier darauf hingewiesen, dass in der Graufeste eine Schülerin von ungewöhnlicher Begabung ausgebildet und vielleicht gegen ihren Willen dort festgehalten wurde. Er wischte sich den Schweiß ab. Das war zwar glatt gelogen, aber es konnte vielleicht dazu führen, dass Feja dem unheilvollen Einfluss der Zauberer entzogen wurde.

Und wenn die Feuermagier sie nach Lente schaffen – was machst du dann?, fragte die Stimme, die niemand außer ihm hören konnte.

»So weit wird es nicht kommen«, murmelte Orchon. »Ich habe es durchgerechnet, wieder und wieder. Es besteht die Möglichkeit, dass am Ende all der kommenden Ereignisse doch noch die Rettung für meinen Sohn steht.«

Das glaubst du doch selbst nicht, oder?, fragte die Stimme.

»Es kann gelingen«, erwiderte der Rotschmied. »Wenn ich diese Hindernisse hier und diese Gefahren dort entferne, dann kann es geschehen. Vielleicht *muss* das Mädchen in Gefahr geraten? Vielleicht steuert sie bereits auf das Opfer zu, das auch Wyrmoch einst brachte! Wahrscheinlich muss es so sein.«

Aber die Monde sagen etwas anderes.

»Die Monde wandern schnell«, gab er bissig zurück. »Die bläuliche Afa beherrscht bald den Himmel in ihrer vollen Schönheit.

Sie steht für unsteten Einfluss, wie Ebbe und Flut. Schon bald wird alles anders aussehen.« Orchon seufzte. Das Spielwerk wuchs beinahe täglich. Er hatte die Scheibe von Abot Yrnos entfernt, aber dafür die eines Hofrichters und eines Großmeisters der Feuermagier hinzufügen müssen. Der Platz an der Wand war fast ganz ausgeschöpft. Bald würde er die Kammer verbreitern müssen.

Vertiefen willst du sie nicht?, fragte die seltsame Stimme höhnisch.

Orchon ging nicht darauf ein.

Es klopfte oben an der Kellertür.

Der Rotschmied fluchte. Er hatte seiner Gauchen-Magd mehr als einmal eingeschärft, dass sie ihn nicht stören durfte, wenn er hier unten war. Wieder klopfte es, und er hörte ihre Stimme, die ihn durch die Tür rief. Sie klang aufgeregt. Es würde doch nichts mit Durku sein? Er hastete die Treppe hinauf und entriegelte die Pforte.

»'s sind wirklich hohe Herren, Herr! Woll'n Euch sprechen, unbedingt!«, stieß Melta hervor.

Er schob sie zur Seite und verriegelte den Zugang zum Keller sorgfältig. »Was habe ich über den Keller gesagt, Melta?«

»Weiß ich doch Herr, weiß ich doch. Aber 's is' einer aus Lente, Herr, und der Graf Dimgast, Herr.«

»Dimgast? Wirklich?«

Orchon bemerkte, dass er immer noch im Hausmantel steckte. Er schloss den Gürtel, fuhr sich flüchtig über das zerzauste Haar und schickte seine Magd in die Küche, um Tee zu bereiten. Dann ging er hinüber in die Stube und setzte ein Lächeln auf.

»Was verschafft mir die Ehre, zu so früher Stunde, ihr Herren?«

»Früh? Bei meiner Ehre, es bricht bald die zweite Stunde nach Sonnenaufgang an, Meister Orchon«, rief der Graf. Er war ein Mann von beträchtlicher Macht, wie der Were wusste.

»Wirklich? Ich muss über meine Studien die Zeit vergessen haben«, erwiderte der Rotschmied.

Er kannte den Grafen, denn er hatte schon einige Arbeiten für ihn ausgeführt. Und Vitnir Dimgast hatte die angenehme, in Orchons Augen viel zu seltene Angewohnheit, seine Rechnungen pünktlich zu bezahlen.

»Erlaubt mir, dass ich mich vorstelle«, sagte sein Begleiter, der in der Stube stand und die Anordnung der Möbel zu begutachten schien. »Ich bin Hofrichter Fendar aus Lente. Seid Ihr nicht der Mann, der dieses wunderbare Spielwerk für den König gebaut hat?«

Orchon deutete eine bescheidene Verbeugung an. Der König hatte deutlich schleppender gezahlt als der Graf.

»Was führt so edle Herren in mein armseliges Haus, wenn Ihr mir noch einmal diese Frage erlaubt?«

»Es ist etwas geschehen, Orchon«, sagte der Graf düster, »auf der Graufeste. Mein jüngster Sohn hatte einen schlimmen Unfall, der vielleicht gar kein Unfall war.«

»Euer Sohn dient dem Grauen Orden? Das wusste ich nicht.«

»Niemand außer den Oberen wusste das. Weder Nerius noch ich wollten eine Sonderbehandlung für ihn.«

»Ich verstehe«, murmelte Orchon verwirrt. Er fragte sich, was für einen Sinn eine edle Herkunft hatte, wenn man sich damit keine Vergünstigungen verschaffte. »Was ist denn geschehen?«

»Mein Sohn stürzte in die Tiefe – aber vielleicht wurde er auch gestoßen. Er überlebte knapp, aber er bleibt wohl für sein Leben gezeichnet. Aus gewissen Quellen erhielt ich jedenfalls Informationen, die nahelegen, dass Magie im Spiel war.« Der Graf ballte wütend die Fäuste, aber Orchon fand, dass er sehr müde aussah. Dieser Sturz – war er das Ereignis, welches das Mädchen in Gefahr brachte?

»Und deshalb bin auch ich an der Aufklärung dieses Falles interessiert, Meister Orchon«, warf Richter Fendar ein. »Die Bruderschaft der Graumagier hat den Unwillen des Königs erregt. Zu oft schon haben die Orden gewisse Dinge unter den Teppich gekehrt.«

»Und Ihr denkt, sie lassen zu, dass Ihr Euch einmischt?«, entfuhr es Orchon, der von dieser Vorstellung ehrlich überrascht war.

»Ich habe umfangreiche Vollmachten des Königs, und Ihr wisst es vielleicht nicht, aber das Geschlecht der Dimgasts ist mit dem Königshaus verwandt. Außerdem ist auch Großmeister Robar seit Neuestem daran interessiert, die Feste zu besuchen. Wie wir hörten, wird dort eine junge Magierin gegen ihren Willen festgehalten.«

»Wirklich?«, gab sich Orchon überrascht. Sein Brief war also angekommen. Robars Feuermagier machten sich in Braake breit und verbreiteten Angst und Schrecken. Sein Geselle hatte sie erst gestern ausgiebig verflucht, weil sie einen Schwager von ihm verhaftet hatten. »Das kann ich mir kaum vorstellen«, sagte der Rotschmied, um überhaupt etwas zu sagen.

»Nun, in diesem Orden ist vieles nicht, wie es sein sollte, Meister Orchon. Und auch deshalb werden wir die Feste besuchen.«

»Ich verstehe«, murmelte er wieder. »Aber verzeiht Herr, was habe ich damit zu tun?«

»Wie ich schon sagte, war vermutlich Magie im Spiel, Orchon«, erklärte der Graf. »Da wir wissen, dass die Monde einen großen Einfluss auf Zauberer haben, halte ich es für geboten, einen Mondkundigen mitzunehmen. Ich will wissen, ob die Söhne Stors uns anlügen.«

Orchon runzelte die Stirn. Es stimmte schon, dass die Gauchen-Hexer Kraft aus den Monden zogen, doch er verstand immer noch nicht, wie er da helfen sollte. Aber das machte nichts. Etwas war dort auf der Feste geschehen, und er war eingeladen worden, bei der Aufklärung mitzuhelfen. Vielleicht meinte das Schicksal es doch gut mit ihm und ließ zu, dass er das Mädchen weiter auf die Bahn der Prophezeiung lenkte.

»Bist du endlich erwacht?«, fragte eine warme Stimme.

Feja schlug die Augen auf. Sie lag auf Stroh und blickte gegen eine weiße Felsendecke, über die merkwürdige Schatten tanzten. Ein Krächzen aus dem Lichtschacht erinnerte sie daran, wo sie war. Meme Salmango hockte auf der anderen Seite des Gitters und beobachtete sie.

Sie erhob sich und strich sich Stroh aus den Kleidern. Die Stimme! Der schimmernde Stein!

»Habt Ihr mich hierhergebracht, Meme?«, fragte sie.

Die Zauberin sah sie stirnrunzelnd an. »Meister Caron hat dich heruntergeführt. Weißt du das nicht mehr? Komm ans Gitter, ich will deine Stirn fühlen.«

Feja gehorchte und drückte unauffällig gegen die Pforte. Sie war fest verschlossen. Hatte sie sich diesen Ausflug nur eingebildet? Dann sah sie die schmale Kerze an der Wand stehen. Sie war sicher, dass die gestern noch nicht dort gewesen war. Aber da war keine Spur mehr von dem Gang zu sehen, in den sie gelockt worden war.

»Nein, Fieber hast du keines, das beruhigt mich.«

»Verzeiht, Meme, ich hatte wohl nur einen seltsamen Traum«, sagte Feja.

»Welcher Art?«

Feja zuckte mit den Schultern. »Es war sehr verschwommen. Ich glaube, ich sah eine Nykke und dachte, ich würde …« Sie stockte. Etwas hinderte sie daran, der Meme von den Ereignissen der vergangenen Nacht zu erzählen. »Ach, ich bekomme es nicht mehr zusammen«, sagte sie stattdessen.

»Wie bedauerlich. Träume können uns viel über gewisse wichtige Dinge und Gedanken enthüllen, die uns sonst vielleicht verborgen blieben. Du hast also von einer Nixe geträumt?«

Feja nickte vage. Sie versuchte immer noch herauszufinden, was Traum und was Wirklichkeit gewesen war.

»Ist das schon vorher geschehen?«

»Oh, ja. Als ich nach Braake kam, habe ich in dem alten Tempel vor den Toren der Stadt übernachtet. Dort erschien mir ebenfalls eine Nykke. Doch sah sie anders aus als jene, die mir letzte Nacht begegnet ist.«

»Ich hörte, dass die Weren Meister Caron auf dich aufmerksam machten. Aber dass du im Tempel der Frösche übernachtet hast, war mir neu. Ich hätte nicht gedacht, dass der Krötenkönig das zulässt.« Wieder befühlte die Magierin ihre Stirn. »Sehr merkwürdig … Tust du mir einen Gefallen, Feja? Gut. Bitte lege deine Hände an die Gitterstangen. Schließ die Augen und konzentriere dich auf deinen Atem, wie du es gelernt hast … Sehr schön. Nun stell dir bitte vor, du würdest diese Eisenstangen verbiegen. Tust du das für mich?«

Feja nickte, schloss die Augen und versuchte es. Sie spürte die Hände der Zauberin ganz sanft auf ihren. »Ich werde versuchen, dich zu leiten«, hörte sie die Meme sagen. Sie atmete tief und ruhig. Ihre Hände fühlten sich warm und ein wenig schwer an. Aber sonst schien nichts zu geschehen. Dann gab es ein eigentümliches Geräusch, das sie an die Schmiede erinnerte. Sie öffnete die Augen. Die Meme lächelte ihr zu, aber auf eine Art, die Feja beunruhigte.

»Das dachte ich mir …«, sagte die Zauberin und ließ Fejas Hände los.

Sie schluckte. Sie hatte die schweren Stäbe verbogen. »Wie habe ich denn das …?«

»Es ist deine Midgav. Du kannst offenbar den Fliod der Magie in Kraft umwandeln, wohl sogar mehr als das, wenn ich an das geborstene Fenster in unserer Halle denke. Aber warum scheint dein Bargan heute voller als gestern? Hat die Nykke es dir im Schlaf gefüllt? Kann es sein, dass dein Lindross dir erlaubt, den magischen Fluss selbst aus deinen Träumen abzuleiten? Das wäre ungewöhnlich, sehr ungewöhnlich. Meister Caron hat recht, wenn er uns rät, die alten Schriften durchzugehen, um von deinen Vorgängern zu erfahren, was diese Gabe noch mit sich bringt. Oder geht hier etwas anderes vor? Verheimlichst du mir etwas, Kind?« Die bernsteingelben Augen verdunkelten sich.

Feja schüttelte den Kopf. »Ich weiß nicht, wie ich das mache«, rief sie wahrheitsgemäß. Immer noch spürte sie einen inneren Widerstand, der Meme von der unwirklichen Begegnung mit dem schimmernden Stein zu erzählen.

Ginnar Dregin war unendlich müde und verstand daher nicht gleich, worüber sich Meister Eyrim so ereiferte, dem er gerade in die Arme gelaufen war: »Sie kommen hierher! In unsere Halle! Für einen Prozess! Mit diesem Richter aus Lente!«

»Wovon, bitte, redet Ihr?«

»Habt Ihr den heutigen Morgen auf dem Grunde des Meeres verbracht? Der königliche Hofrichter hat sein Erscheinen angekündigt. Er will *gewisse Vorgänge* aufklären, die doch wohl niemanden außerhalb unseres Ordens etwas angehen.«

Dregin war auf dem Weg in den Kerker gewesen, aber der Münzer hatte ihn abgefangen. Er unterdrückte ein Gähnen und runzelte die Stirn. »Fendar kommt hierher?«

»Ah, endlich habt Ihr es verstanden!«

»Und was genau will er hier untersuchen?« Der Sturmrat hatte nicht vergessen, was der Hofrichter über den Schatzmeister und die Abgaben des Ordens gesagt hatte. Sein Erscheinen zu diesem Zeitpunkt war mehr als ungünstig. »Verzeiht, Eyrim, aber Ihr saget, *sie* kämen hierher. Wen meintet Ihr damit?«

»Graf Dimgast! Er hat vom Unglück seines Sohnes erfahren. Jetzt will er Blut sehen. Und wenn ein Mann wie Dimgast, dessen großzügige Zuwendungen unserem Orden seit Jahren eine Stütze sind, Blut verlangt, wird er es bekommen. Noch schlimmer ist, dass auch ein oder zwei Feuermagier ihn begleiten. Wenn die von der Geschichte mit Tyrbull und dem Mädchen hören …« Er vollendete den Satz nicht.

Dregin fluchte laut. Das hatte ihm gerade noch gefehlt. Der Flammenorden durfte auf keinen Fall von Fejas Lindross erfahren.

»Warum hat mich niemand informiert? Wann werden sie hier sein?«

»Eben hieß es, sie seien schon auf dem Damm.«

Der Sturmrat packte Eyrim an den Schultern. »Sie dürfen nicht herausfinden, dass wir eine Lebensdiebin in unseren Reihen haben! Die beiden Tygrams – sie müssen verschwinden!«

»Wie stellt Ihr Euch das vor? Wenn dieser Richter den Unfall untersucht, wird er wenigstens Tyrbull als Zeugen verlangen.«

»Verdammt«, fluchte Dregin wieder. Er war wirklich übermüdet, sonst wäre ihm selbst aufgefallen, wie wenig durchdacht seine Idee war. Und jetzt stand der Schatzmeister vor ihm und grinste in sich hinein.

»Ist Tyrbull noch bei Ailon Bainach? Gut, er soll vorerst dort bleiben. Vielleicht kann ihm der Knochenmann oder Meme Sulling etwas geben, was ihn den Mund halten lässt. Ruft die anderen zusammen! Wir müssen uns überlegen, wie wir der Bedrohung begegnen.«

»Die anderen sitzen längst in der Halle. Eigentlich haben sie mich geschickt, Euch zu suchen«, erklärte der Münzer gönnerhaft.

»Dann werde ich versuchen, die Gefahr abzuwenden. Ihr sagtet, es seien Feuermagier bei Fendar? Hervorragend! Wir haben sie doch nicht etwa eingeladen, oder? Gut, dann werde ich diese Gesellschaft sehr freundlich nach Braake zurückschicken. Entschuldigt mich!«

Dregin vergaß alle Würde und rannte hinunter zum Tor. Er erreichte es gerade noch rechtzeitig, um wieder zu Atem zu kommen, bevor die Delegation aus Braake eintraf. Zu seiner Verwunderung entdeckte Dregin Meister Orchon auf einem Wagen inmitten der Gardisten, die den Richter eskortierten.

Er grüßte die Gruppe um den Grafen mit aller Freundlichkeit, derer er fähig war.

»Ich bin erfreut und überrascht, Euch zu sehen, Hofrichter Fendar. Auch Euch grüße ich, Graf Dimgast. Ich nehme an, Ihr seid hier, um nach Eurem Sohn zu sehen?«

»Ich werde ihn mitnehmen, Sturmrat. Lasst mich vorbei.«

»Sogleich, Euer Gnaden. Ich bin auch geehrt, Meister Robar und einen seiner Brüder zu sehen, doch kann ich mich nicht erinnern, dass wir ein Treffen vereinbart haben.«

»Meister Robar ist so freundlich, mich zu begleiten, Dregin«, sagte der Richter, »denn ich muss Euch leider verkünden, dass wir in offizieller Angelegenheit hier sind. Graf Dimgast beschuldigt den Orden, ein Verbrechen gegen seinen Sohn begangen zu haben. Daher ist es meine Pflicht als Richter des Königs, diesen Fall zu untersuchen. Hierbei wird die Unterstützung eines Magiers hilfreich sein.«

»Es ist Euch doch bewusst, dass die Orden nicht der gewöhnlichen Gerichtsbarkeit unterstehen, oder?«, fragte Dregin lächelnd.

»Wie schon mehrfach erwähnt, bin ich ein Richter des Königs. Seht Ihr die Kiste dort auf dem Wagen? Sie enthält eine Menge Vollmachten und verstaubte Gesetzesrollen, auch über das verbriefte Recht des hohen Adels, einen königlichen Richter damit zu beauftragen, ein Verbrechen gegen ein Familienmitglied selbst dann zu untersuchen, wenn es von einem Zauberer begangen worden sein sollte. Wollt Ihr, dass ich sie wörtlich zitiere?«

Dregins Kinnmuskeln spannten sich. Er hatte nicht bedacht, dass Nerius von hohem Adel war. Noch ein Fehler, den er sich vorzuwerfen hatte.

»Dennoch gilt das heilige Recht der Orden, nur jenen Zauberern anderer Bruderschaften Zutritt zu gewähren, die von ihnen eingeladen wurden.«

»Macht Euch nicht lächerlich!«, zürnte Robar.

Die kleinen Augen des Richters flogen kurz von einem zum anderen. Dann sagte er: »Auch hier muss ich Euch widersprechen, Sturmrat, denn es gehört zu meinen umfangreichen Rechten und Pflichten, über die Zusammensetzung des Gerichts zu entscheiden. Da es hier um Magie geht, wird es ohne Zauberer nicht gehen.«

»Aber unsere verbrieften Rechte besagen, dass wir dem zustimmen müssen.«

»Nun, dann solltet Ihr das tun. Oder wir verlegen das Verfahren nach Braake, wie es Graf Dimgast ohnehin vorschlug. Wäre Euch das lieber?«

Dregin musste einsehen, dass der Richter ihn überrumpelt hatte. Ihm fiel kein Vorwand mehr ein, ihm, den Zauberern und den königlichen Garden den Zugang zu verweigern. Mit einer sehr höflichen Verbeugung fügte er sich in das Unvermeidliche und bat die Delegation hinein.

Dann rief er Männer herbei, die sich um Tiere und Wagen kümmern sollten, und hastete unter dem Vorwand, den Besuch ankündigen zu müssen, in die Oberfeste.

Vor der Halle wurde er von Meme Salmango abgefangen.

»Auf ein Wort …«

»Habt Ihr mir aufgelauert?«

»Vielleicht …«, gab die dunkelhäutige Zauberin gelassen zurück.

»Ich habe keine Zeit! Das Unheil steht vor der Pforte, nein, eigentlich hat es sie gerade durchquert.«

»Und doch solltet Ihr mir zuhören, Dregin.«

»Ich nehme an, es gibt etwas zu besprechen, das unter uns bleiben soll?«

Sie lächelte und entzündete eine Laterne. »Kommt ins Licht. Wir wollen doch nicht, dass die Dunkelheit mithört.«

Er folgte ihrer Aufforderung widerstrebend. »Aber macht schnell!«, verlangte er schroff.

»Ich hatte eine interessante Unterhaltung mit Feja.«

»So? Was hat sie denn gesagt?« Dregin war sicher, dass sie nichts über ihren nächtlichen Ausflug verraten würde. Der Kristall stand unter einem uralten Bann, der genau das verhinderte.

»Ein paar aufschlussreiche Dinge, doch noch interessanter war, was sie tat.«

Dregin stellte sich unwissend. Es gelang ihm sogar, Überraschung zu heucheln, als ihm die Meme von den verbogenen Eisenstangen erzählte.

»Natürlich ist es denkbar, dass sie diese Unmenge an Kraft aus einem Traum zog, aber doch sehr, sehr unwahrscheinlich. Etwas anderes erscheint mir viel wahrscheinlicher«, schloss die Magierin ihren kurzen Bericht.

»Kommt zur Sache«, forderte Dregin ungeduldig. Die Delegation konnte jeden Augenblick vor der Schwelle stehen.

»Ich glaube, jemand hat ihr das Geheimnis unserer Feste enthüllt.«

Dregin runzelte die Stirn. »Das ist eine gewagte Behauptung, Meme. Habt Ihr denn einen Verdacht, wer …«

»Ich bitte Euch, Dregin, erspart uns Eure Ausflüchte. Wer außer Euch sollte so etwas tun? Vithun ist zu alt, Eyrim zu beschränkt, und die anderen Oberen würden so eine kühne und gefährliche Tat nicht einmal in Erwägung ziehen.«

»Und was wollt Ihr nun von mir?«

»Ich habe, was ich wollte – Gewissheit. Außerdem kann ich Euch sagen, dass mir derselbe Gedanke kam.«

»Wirklich?«

»Der Orden steht an einem Scheideweg, Sturmrat«, sagte die Magierin mit leise drängender Stimme. »Ich glaube, die letzten Tage haben hinreichend bewiesen, dass die sicheren Wege uns nirgendwohin führen. Ihr sollt wissen, dass ich an Eurer Seite stehe.«

»Und was verlangt Ihr dafür?«, fragte er.

Sie zuckte mit den Schultern. »Nichts. Ich bin nicht auf meinen Vorteil, sondern auf den des Ordens bedacht. Wenn Ihr es aber für geboten haltet, werdet Ihr schon einen Weg finden, Eure Dankbarkeit für meine Unterstützung auszudrücken.«

»Ihr überrascht mich, Meme Salmango. Ich dachte, dass Ihr es eher mit Meister Eyrim halten würdet. Ist er es nicht, der Euch so großzügig mit Eurem – recht kostspieligen – Lindross versorgt?«

Ihre gelben Augen verengten sich. »Mein Lindross tut hier nichts zur Sache, und großzügig ist an Meister Eyrim gar nichts. Er erwartet früher oder später immer eine Gegenleistung. Und wie gesagt, es geht hier nicht um mich, sondern um die Zukunft unserer Bruderschaft. Ein Sturm zieht auf, Dregin, ein Sturm, der uns alle bedroht. Da ist keine Zeit mehr für Zaudern und Zögern.«

Dregin nickte. Als sie gemeinsam in die Halle gingen, dachte er, dass die Meme absolut recht hatte. Ein Sturm zog auf – und er hatte ihn entfesselt.

12.

Skuran Orchon hatte dem Richter vor ihrem Aufbruch Streit vorhergesagt, aber dazu hätte er die Mondtabellen nicht bemühen müssen. Jetzt standen die hohen Herren vor dem Haupthaus und stritten um Verfahrensfragen. Der alte Verkünder des Ordens bestand darauf, dass der Richter ihm seine Vollmachten vorlegte, da er ihn sonst nicht über die Schwelle lassen könne. Es schien Vithun nicht im Mindesten zu kümmern, dass es gerade begonnen hatte zu regnen. Er stand unter dem kleinen Vordach über dem Eingang und prüfte gemächlich irgendwelche Schriften, die ihm der Richter unter die Nase hielt. Die anderen Meister des Ordens standen wie eine graue Wand hinter ihm und musterten die Ankömmlinge so kühl, dass es an Feindseligkeit grenzte.

Die Streitereien interessierten Orchon allerdings nicht. Er suchte das Mädchen. Die Schüler hatten sich bei den Buckelsteinen versammelt, und sie ließen wie immer jeden Respekt vor dem heiligen Ort vermissen. Das Mädchen war nicht unter ihnen. War es etwa auch verletzt? Die Maschine hatte sie in Gefahr gesehen.

Orchon ging hinüber zu Ailon Bainach, der im Schatten des Haupthauses stand und dem lautstarken Wortgefecht auf der Treppe zu lauschen schien.

»Was führt dich denn hierher, Skuran?«, fragte der Ailon.

»Der Graf will herausfinden, was geschehen ist. Er glaubt, dass ein Monddeuter dabei helfen kann.«

Offenbar belustigte den Ailon diese Vorstellung. Er hob eine Augenbraue und fragte: »Sollst du etwa vergleichen, ob sie bei der Befragung alle die richtigen Mondstände nennen?«

»Sie wollen wissen, ob die Ereignisse vorherbestimmt waren oder gegen die Kraft der Monde herbeigeführt wurden, für wen die Wanderer günstig standen und für wen nicht.«

»Darauf hast du dich eingelassen? Du überraschst mich, Skuran.«

»Ich habe noch einen weiteren Grund, Freund. Das Mädchen … die Monde sagen Gefahr für sie voraus.«

»Und in Gefahr war sie. Es hätte wohl nicht viel gefehlt und sie wäre selbst in den Abgrund gestürzt. Aber jetzt ist sie in Sicherheit.«

»Kann ich sie sehen, Albaek?«

Der Knochenmann runzelte die Stirn. »Ich glaube nicht, dass das derzeit möglich ist. Es ist ja noch nicht einmal entschieden, ob der Graf mit seinen Begleitern über unsere Schwelle kommt.«

Tatsächlich wogte der Streit auf den Stufen hin und her. Richter Fendar hatte seine Vollmachten vorgelegt und listete vermutlich gerade vergleichbare Fälle auf, in denen Hofrichter innerhalb von Ordensmauern ermittelten.

»Ich weiß nicht viel über das Recht der Aschlinge«, meinte Orchon, »aber ich weiß, dass sich meist der mit dem meisten Geld durchsetzt. Und Graf Dimgast ist der reichste Mann im Graufenn.«

»Mag sein. Dann wirst du Feja im Gerichtssaal sehen, aber nicht früher.«

»Höre, Albaek, ich glaube, dass sie immer noch in Gefahr ist, nämlich, dem Dunkel unter der Feste zu verfallen.«

»Und was für ein Dunkel soll das sein?«

Skuran Orchon sah den Ailon wütend an. »Ich weiß, dass ihr ein Geheimnis unter dieser Festung verbergt, etwas, mit dem es den Gauchen gelungen ist, dem Land die Magie zu entreißen.«

»Ich habe keine Ahnung, wovon du redest, Skuran.«

»Natürlich nicht«, gab der Rotschmied verbittert zurück, »du bist ja einer von ihnen geworden. Aber dieser Ort übt einen unheilvollen Einfluss aus, das habe ich gesehen!«

»In den Monden?«, fragte Bainach.

»Du sagst es«, erwiderte Orchon. Er war kurz davor, seinem alten Freund von der Maschine zu erzählen.

»Der Einfluss der Monde betrifft uns alle«, erklärte der Knochenmann nachdenklich, »aber du liest sie, wie die Utorer es tun, nicht wie ein Mentunglamak. Es ist seltsam, dass ausgerechnet du dich so sehr auf ihr Wissen verlässt.«

»Weil unser eigenes Wissen untergegangen ist. Doch ich brauche weder werische noch utorische Kunst, um zu erkennen, dass das Mädchen im Schatten einer alten Legende wandelt.«

»Du und deine Legenden! Ich glaube nicht, dass ein Mädchen das Schicksal der Welt ändern kann. Wie sollte sie, wenn es nicht einmal deinem Drachen Wyrmoch gelang? Auch deshalb kann ich dich nicht zu ihr lassen, Skuran. Du willst sie auf einen Pfad zwingen, der ihr nicht bestimmt ist.«

»Sie ist die Hoffnung, welche die Legende angekündigt hat«, widersprach Orchon flüsternd. »Willst du zulassen, dass dieser Hoffnungsschimmer im Dunkel des Ordens verblasst?«

Bainach antwortete nicht. Skuran Orchon bemerkte, dass der Streit auf der Treppe zu verebben schien. Graf Dimgast sah entschlossen aus, und die Oberen der Graumagier hatten sich ein Stück zurückgezogen. Sie standen im Schutz des Vordachs und schienen es nicht eilig zu haben, die Feuermagier aus dem Regen in ihr Haus zu bitten. Der Münzer führte das Wort. Orchon dachte, dass er wohl wieder recht hatte: Das Geld würde den Ausgang dieses Disputs entscheiden. Die Zeit drängte. »Wenn du mir in dieser Sache hilfst, werde ich auch euch helfen«, raunte er. »Dann werde ich dafür sorgen, dass der Prozess in eurem Sinne ausgeht.«

»Ich bezweifle, dass du das kannst, Skuran. Lass mich dir sagen, was ich tun werde … Ich werde ein Auge auf das Mädchen haben. Ich werde sie aber nicht wegen einer vergessenen Legende in deinem Sinne beeinflussen. Ich werde ihr lediglich helfen, ihren eigenen Weg zu finden, denn das wollte ich ohnehin tun.«

»Gut, sehr gut, das ist ein Anfang«, stieß Orchon hervor.

Graf Dimgast rief nach ihm, er sah zufrieden aus. Offenbar hatte er sich durchgesetzt.

Die beiden Wächter hatten die verbogenen Eisenstangen bemerkt, stellten aber keine Fragen. Sie wirkten besorgt, und Feja hatte das untrügliche Gefühl, dass sich über der Feste etwas zusammenbraute.

»Noch mehr Unheil«, seufzte sie. Sie versuchte aufs Neue, die beiden Männer in ein Gespräch zu verwickeln, aber sie gingen nicht darauf ein. Draußen rauschte das Meer, und der Seevogel im Lichtschacht krächzte gegen den steten Wind an.

Plötzlich stand Ailon Bainach vor ihrer Zelle. War er durch die Wachstube gekommen? Wenn, dann hatte sie ihn nicht gesehen.

»Mener Bainach! Wie geht es Nerius?«

Der Were sah sie lange an. »Er überlebt. Aber der zerschmetterte Arm … Sein Fliod ist für immer unterbrochen. Es ist, wie ich befürchtet hatte. Er wird nie wieder zaubern können.«

Feja stand für einen Augenblick wieder das schreckliche Bild von Nerius' Sturz in die Tiefe vor Augen. »Und was wird nun aus ihm? Könnte er nicht eine andere Aufgabe …« Sie wischte sich unauffällig die Tränen aus dem Gesicht.

»Das wird seine Familie nicht zulassen. Sein Vater ist hier, und das kann für dich gefährlich werden.«

»Vater Birker? Wieso sollte der eine Gefahr für mich sein?«

Über das Gesicht des Weren flackerte ein Grinsen . »Es ist gewiss nicht der alte Birker, der an unsere Pforte pocht, denn der war der Feldherr von König Gimlar in der berühmten Schlacht auf dem Schwarzfeld und ruht seit neunhundert Jahren im Grab. Allerdings ist Birker der Stammvater der Familie deines Freundes. Nerius' Vater ist Graf Dimgast, ein Vetter des Fenngrafen, der über mehrere Ecken sogar mit dem Aschenkönig verwandt ist.«

»Er heißt gar nicht … Augenblick – Nerius ist mit dem König verwandt?«

»Weitläufig«, erklärte der Were. »Jedenfalls will Graf Dimgast herausfinden, wer seinem Sohn das angetan hat. Er wird keinesfalls erlauben, dass Nerius hierbleibt. Vor allem aber will er jemanden für das Unglück verantwortlich machen.«

»Nerius ist mit dem *König* verwandt?«

Ailon Bainach seufzte. »Diese Verwandtschaft wird nicht enger oder weiter, wenn du die Frage wiederholst, kleine Gans. Hast du nicht gehört, was ich sagte?«

Feja nickte. »Natürlich. Nur der Gedanke, dass Nerius …« Sie straffte sich. »Ich werde die Verantwortung für das übernehmen, was geschehen ist.«

»Das ist nobel von dir, aber eine schlechte Idee. Der Graf redet von Recht, aber in Wahrheit fordert er Rache. Und du willst nicht, dass Dimgast sich an dir rächt, Feja aus dem Langwald.«

»Nerius würde nie zulassen, dass …«

»Dein Freund wird in dieser Angelegenheit nicht viel mitreden können«, unterbrach sie der Knochenmann kopfschüttelnd. »Du übrigens auch nicht, denn der Orden hat gestern deinen Wert erkannt.«

Feja runzelte verdrossen die Stirn. »Ich bin heute genauso viel wert wie gestern. Nur weil ich mein Lindross gefunden habe, bin ich doch kein anderer Mensch!«

Der Ailon deutete mit einer Verneigung seinen Respekt für diese Einstellung an, aber dann sagte er: »Du bist das, was sie eine Lebensdiebin nennen. Und damit bist du sehr wohl etwas anderes, als du vorher warst.«

»Lebensdiebin?«

»So heißen jene wenigen, die dieses Lindross nutzen. Ich finde es erstaunlich, dass sie einer derart seltenen Erscheinung einen eigenen Namen geben. Aber so sind sie, die Utorer, alles muss seine Ordnung und seine Bezeichnung haben. Ich finde ihn nicht besonders zutreffend, denn nach dem, was ich gesehen habe, hast du Tyrbull nicht das Leben, sondern seinen Fliod, vermutlich auch sein Bargan geraubt.«

»Seine … magische Kraft? Die habe ich ihm genommen?«

»Ich weiß, dass die Utorer sagen, Leben sei Magie und Magie Leben, aber ich sehe da einen feinen Unterschied. Er wäre tot, wenn du ihm ans Leben gegangen wärst. Es wird spannend sein herauszufinden, ob du dir das vielleicht aussuchen kannst.«

Feja starrte den Weren ungläubig an. »Spannend? Ich finde das ganz schrecklich.«

Bainach zuckte mit den Achseln. »Das geht vorüber. Die Götter haben dich reich beschenkt, Kind, und dessen solltest du dir bewusst sein.«

»Ich würde dieses Geschenk gerne zurückgeben«, sagte sie kleinlaut.

»Wirklich? Tyrbulls Messer lag an deiner Kehle. Ohne diese Gabe wärst du jetzt tot. Wärst du wirklich lieber gestorben, als demjenigen, der Malthur und Nerius ins Verderben stürzte, seine Zaubermacht zu rauben?«

Feja öffnete den Mund, aber sie wusste darauf nichts zu sagen.

»Du hast einen Feind besiegt, aber vielleicht nicht deinen schlimmsten. Sei gewarnt, deine Gabe ist wertvoll, und andere werden versuchen, ihren Gewinn daraus zu ziehen.«

»Wen meint Ihr?«

»Du wirst sie erkennen.«

Feja hätte dem Ailon gerne etwas von dem Kristall und der vergangenen Nacht erzählt, aber wieder brachte sie es nicht über die Lippen. Stattdessen stellte sie eine Frage, die sie schon eine Weile beschäftigte.

»Wie kommt es eigentlich, dass Ihr unserem Orden dient, Mener Bainach? Ich kann mich nicht erinnern, dass je ein Were etwas Gutes über die Gauchen-Zauberer zu sagen wusste.«

Er lachte leise, bevor er antwortete: »Wie sollten wir auch? Sie raubten uns die Magie. Wir hatten Verbindung zum Land und das Land zu uns. Doch das ist lange vorbei. Die Verbindung ist für immer zerstört. Die Utorer haben ihr Lindross, mit dem sie das Tor zur Zauberei öffnen, die Weren kennen so etwas nicht. Außerdem fehlt uns das Bargan. Früher brauchten wir das nicht, denn wozu Magie speichern, wenn sie doch überall vorhanden war? Und was mich betrifft … Ich wurde im Hügelmeer geboren, aber die Monde lächelten nicht bei meinem Erscheinen. Ich bin ein Weißling, einer, dem die Farbe der Haut fehlt und den das Sonnenlicht verbrennt. Meine Mutter wurde verstoßen, weil sie mich nicht bei den Wölfen aussetzen wollte, und so kamen wir nach Braake. Der alte Ailon Uffe nahm mich als Lehrling auf, vermutlich aus reiner Neugier. Vielleicht glaubte er auch, ich sei ein halber Aschling, wie viele meiner werischen Brüder. Aber ich bin kein Bastard. Mein Blut ist werisch bis auf den letzten Tropfen. Ich bin nur eine Laune Edamaras. Doch da die Göttin all ihre Geschöpfe liebt, gab sie mir zum Trost, was kein Were sonst hat – ein Lindross und ein Bargan. Leider ist Letzteres nicht größer als eine Haselnuss, während das deine vom Umfang wohl eher einer Regentonne gleicht. Aber damit bin ich besser dran als jene, die mit einer Midgav, doch ohne Lindross geboren wurden, wie Adach oder Hrellech. Da ist eine Wand zwischen ihnen und dem magischen Fluss, den sie zwar erahnen, aber nie erreichen können.«

Der Were seufzte, und Feja lauschte fasziniert, als er fortfuhr: »Mein Bargan ist winzig, aber meine Hände waren geschickt mit der Knochensäge. So wurde ich der beste Schüler des alten Ailon. Dann kehrte Uffe von einer Reise nach Skros nicht zurück, und ich wurde sein Nachfolger. Und obwohl ich nie Meister werden kann, habe ich sogar eine Stimme in ihrem Rat, weil die Tradition es so verlangt. Ist es verkehrt, darauf stolz zu sein – so wie viele meiner werischen Brüder denken?« Er seufzte erneut und hielt inne.

»Ihr sagtet, dass Meister Adach die Erinnerung all dieser Leben mit sich herumträgt … Wie schafft er das, wenn nicht mit Magie?«

Meister Bainach sah sie scharf an. »Das solltest du ihn bei Gelegenheit selbst fragen. Doch bezweifle ich, dass er dir sein Geheimnis verrät.«

Feja ging nicht darauf ein. Sie hoffte, Meister Adach eines nicht allzu fernen Tages einen Besuch abstatten zu können, sie hatte ihm viel zu verdanken.

»Ihr habt also ein Lindross. Und deshalb beherrscht Ihr das Nachtflüstern«, sagte sie, denn sie erinnerte sich daran, wie sie das Röhrchen mit der Nachricht geöffnet und für leer gehalten hatte.

»Nachtflüstern, Schwarzwispern, Dunkelflüstern – viele Namen für eine einfache und nützliche Sache. Wenn du willst, bringe ich es dir bei.«

»Das würdet Ihr tun?«

Er nickte ernst. »Du bewegst dich am Rande der Nacht, Feja aus dem Langwald, da solltest du wenigstens verstehen, was sie sagt.«

»Und – wie geht das?«, fragte sie.

»Du willst es *jetzt* lernen?«

Sie nickte.

»Wir werden nicht viel Zeit haben, denn bald wird der Orden jemanden schicken, der dich auf deine Aussage vorbereitet, aber ich werde dir gerne beibringen, was ich einst gelernt habe. Es ist ein Bild.«

»Ein Bild?«

»Ja. Stelle dir den Fliod als einen Bach vor, der ein Mühlrad antreibt, wenn das Mühltor geöffnet ist.«

Feja versuchte es.

»Nun stell dir das Flüstern der Nacht als Wasser vor. Es will in jenen Kanal, der zum Mühlrad führt. Doch der ist noch verschlossen.«

Feja nickte, aber ihre Gedanken schweiften ab. Was hatte das Flüstern mit Mühlen zu tun?

»Versuche, das Tor zu öffnen.«

»Wie denn, Meister Bainach?«

»Nun, es ist in deinen Gedanken. Siehst du das Tor? Gut, dann öffne es.«

Sie schloss die Augen. Ja, da war die alte Mühle von Mehl-Rinnvar. Ein dunkler Bau unter dicht gewachsenen Eichen. Selbst im Sommer war es kühl dort. Der Müller war ein finsterer Mann, den niemand mochte, und es hieß, er wiege das Mehl falsch ab. Sie hatte immer ein wenig Angst vor ihm gehabt. Da war der Mühlteich. Ein stehendes Gewässer, das stank und über dem Scharen von Stechmücken zuckten. Aber wenn sie das Tor öffnete … Es lag ein Stück oberhalb der Mühle, das Holz grün und bemoost. Die Kette, die es aus dem Wasser zog, war rostig und schwer. Feja stellte sich vor, wie sie nach der Winde griff …

Da unterbrach eine dunkle Stimme ihren Versuch: »Sollte der Unterricht nicht von jenen gegeben werden, die dazu berufen sind, Ailon?«

»Verzeiht, Meme Salmango. Eure Schülerin bat mich darum, ihr das Nachtflüstern zu zeigen. Und ich dachte, das könnte nützlich sein.«

»Das könnte es, doch vielleicht habt Ihr mehr Schaden angerichtet, als Nutzen zu bringen.«

»Ich habe ihn darum gebeten, Meme«, sprang Feja dem Weren zur Seite.

»Dennoch sollte er sich lieber um die Verletzten kümmern, nicht wahr?«

Der Were deutete eine Verbeugung an und wandte sich zum Gehen.

Dabei zwinkerte er Feja so knapp zu, dass die meisten Utorer es wohl übersehen hätten.

»Er hat es nur gut gemeint, Meme.«

»Gut gemeint ist oft genug das Gegenteil von gut, Feja. Die Gabe der Magie ist etwas Kostbares und Empfindliches, nichts für einen weißhäutigen Skrattling mit einem Bargan von der Größe einer Erbse.«

»Werdet Ihr mich nun weiter unterrichten, Meme?«, sagte Feja, der nicht gefiel, wie die Tsungamerin über den Weren sprach.

»Später. Es gilt, dich auf den Prozess vorzubereiten.«

»Ist es wahr, dass Nerius mit dem König verwandt ist?«

Die dunkelhäutige Frau sah sie irritiert an. »Das mag sein. Jedenfalls ist sein Vater ein mächtiger und reicher Mann. Er will, dass jemand für das Unglück seines Sohnes büßt. Da bist du die erste Anwärterin.«

»Warum ich – warum nicht Tyrbull?«

»Er ist der zweite Kandidat. Allerdings sagen die Zeugen, dass er gar nicht in der Nähe war, als Nerius fiel.«

»Aber das alles wäre nicht geschehen, wenn Tyrbull nicht …«

Meme Salmango unterbrach sie schroff. »Ich kenne die Geschichte, Feja, und ich bin nicht hier, um sie mir noch einmal anzuhören. Es geht darum, dich zu beschützen.«

»Vor dem Prozess?«

»Vor den Magiern, die ihm beiwohnen. Wenn sie erfahren, welches Lindross du gefunden hast, werden sie versuchen, dich in ihre Finger zu bekommen.«

»Weil ich eine Lebensdiebin bin?«

»Hat der Ailon dir das etwa verraten? Dieser Dummkopf! Je weniger du weißt, desto besser, denn umso weniger muss ich verbergen.«

»Ihr?«, fragte Feja, die nicht verstand, worauf die Zauberin hinauswollte.

Meme Salmango legte eine Hand auf das Schloss, murmelte lautlos ein paar Worte, und mit einem lauten Klacken sprang die Tür auf. »Wir brauchen bessere Schlösser«, murmelte sie und nickte Feja zu. »Komm näher, Kind.«

Feja wich ein Stück zurück. »Was habt Ihr vor, Meme?« Ihr gefiel die Sache nicht. Sie musste daran denken, was der Ailon gesagt hatte: dass andere sie für ihre Zwecke benutzen wollten. Selbst der Seevogel im Lichtschacht schien nicht einverstanden, denn er krächzte laut und wütend.

Da sah Feja eine Eidechse aus dem Schacht heraus in ihre Zelle lugen. War das nun ein gutes oder ein schlechtes Zeichen?

»Ich habe vor, dich zu retten«, erklärte die Zauberin mit deutlicher Ungeduld. »Also komm näher. Heute noch, wenn es geht. Wir haben nicht viel Zeit.«

»Wo ist Meister Caron?«

»Er ist verhindert, ebenso wie die anderen Oberen des Ordens, weil wir hohen, aber lästigen Besuch haben, wie du eigentlich wissen könntest. Deshalb schickt Meister Dregin mich und kommt nicht selbst.«

»Meister Dregin schickt Euch?«

»Das sagte ich doch. Bitte …« Sie streckte fordernd die Hand aus.

Jetzt folgte Feja. »Wird es wehtun?«

Statt zu antworten, sagte die Meme: »Schließe die Augen und konzentriere dich auf deinen Atem, wie ich es dir beigebracht habe.«

Feja schloss zögernd die Augen. Plötzlich spürte sie schlanke Finger an ihren Schläfen, und ein merkwürdiges Prickeln lief über ihre Stirn und den Nacken.

»So ist es gut. Es ist unfassbar, wie viel Macht dein Bargan aufgenommen hat. Wir werden etwas davon verbrauchen müssen. Doch zuerst das Wichtigste …«

Ein Schlag durchzuckte Fejas Körper. Sie wollte schreien – aber da war der Schmerz schon verschwunden. Stattdessen spürte sie wohlige Müdigkeit.

»Was ist gestern geschehen?«, fragte die Zauberin.

»Nerius, Malthur … sie stürzten …«

»Nein, ich meine später, im Hof.«

»Ich habe mit Tyrbull gekämpft.«

»Und wie hast du ihn besiegt?«

Feja verstand den Sinn dieser Fragen nicht. »Ich habe ihm den Fliod geraubt.«

»Sehr gut, doch das wird von nun an unser Geheimnis bleiben, nicht wahr?«

»Geheimnis?«

»Nur deine Lehrer und die Oberen dürfen es wissen, verstehst du das?«

Feja nickte, doch sie begriff den Sinn der Übung immer noch nicht.

»Jetzt lege deine Hände noch einmal auf diese Eisenstangen. Ich möchte, dass du sie noch weiter verbiegst.«

»Ja, Meme«, seufzte Feja.

Die langen Finger verließen ihren Kopf und wanderten zu ihren Fäusten. Feja atmete ruhig, ließ Kraft in ihre Hände fließen. Wieder hörte sie das Stöhnen der Eisenstäbe.

»Gut gemacht«, lobte die Meme. Dann rief sie die Wachen und beauftragte sie, beim Schmied neue Stäbe zu bestellen. Als die Wache sie verlassen wollte, sagte sie: »Feja, erzähle doch diesem tapferen Mann, wie du Tyrbull Tygram besiegt hast …«

Der Wachmann schien diese Bitte ebenso wenig zu verstehen wie Feja selbst, die sich sagen hörte: »Ich weiß es nicht.« Verblüfft sah sie zur Zauberin. »Wie …?«

Meme Salmango schickte den Soldaten fort.

»Ein Zauber, der verhindern wird, dass du dich vor dem Richter verplapperst. Ich hätte diese Erinnerung auch löschen können, doch sind da oben auch zwei Feuermagier. Sogar diese eitlen Wichtigtuer würden merken, wenn du unter einem stärkeren Bann stündest. Und jetzt lass uns durchgehen, was du dort oben erzählen wirst.«

»Aber ich dachte, der Zauber …«

»Der verhindert nur, dass du einige geheime Dinge enthüllst.

Er hilft dir aber nicht dabei, einem königlichen Hofrichter Rede und Antwort zu stehen. Der Mann sieht nicht nach viel aus, doch du darfst ihn nicht unterschätzen, denn sonst kann aus diesem unseligen Unfall noch weit mehr Unheil entstehen.«

Feja nickte tapfer und ließ sich erklären, welche Fragen sie zu erwarten und was sie zu antworten hatte. »Aber ich kann doch nicht lügen!«, rief sie irgendwann.

Die Meme lächelte nachsichtig. »Das ehrt dich – oder vielleicht bringt es dich um. Es liegt bei dir. Und ich erwarte auch nicht, dass du lügst – lass einfach ein paar Dinge aus. Das wird genügen.«

Für Feja lief dies allerdings auf dasselbe hinaus. Ihr Vater hatte ihr beigebracht, stets ehrlich zu sein. Ihr Vater … Sie hatte in den vergangenen Tagen nicht an ihn gedacht. Wie gerne hätte sie ihn jetzt an ihrer Seite gehabt.

»Eines noch, und das ist sehr wichtig«, fuhr die Meme fort.»Dein Lindross ist Afa, der Meermond, verstanden?«

»Afa?«

»Die Feuermagier können mit Schülern, die dieses Lindross haben, aus naheliegenden Gründen wenig anfangen. Du siehst, auch das dient deinem Schutz.«

Endlich erschien eine dreiköpfige Wache, die Feja in die Halle geleiten sollte. Bruder Span führte sie an. Feja fühlte sich gleich besser – bis ihr klar wurde, dass er sie in die Höhle des Löwen brachte.

Eine Menge Soldaten wachten in den Gängen, und als Feja durch die Doppelpforte trat, sah sie noch mehr Menschen. Die große Halle war weitgehend leergeräumt worden. Nur an ihrem Kopfende stand ein breiter Tisch, hinter dem vier Männer Platz genommen hatten.

Die Oberen des Ordens hatten unter den Fenstern Aufstellung genommen. Ihnen gegenüber stand ein weiterer Tisch, an dem zwei Männer hinter vielen Bogen Pergament saßen.

In einem von ihnen erkannte Feja zu ihrer Überraschung Meister Orchon, den Rotschmied aus Braake. Der Mann neben ihm kam ihr irgendwie bekannt vor, ohne dass sie wusste, woher sie ihn kennen könnte.

»Tritt vor, Kind«, verlangte eine freundliche Stimme. Sie gehörte zu dem Mann mit dem komischen Spitzbart, den Feja für den Richter hielt. Seine Kleidung war schlicht, und auf seinem Gesicht lag trotz des seltsamen Bartes ein zutiefst biederer Ausdruck.

Der Mann neben ihm war ohne Frage Nerius' Vater. Die Ähnlichkeit war klar zu erkennen, nur dass Nerius' Augen freundlich schauten, während die seines Vaters voller Kälte und Verachtung waren. Unwillkürlich sah sich Feja um, aber Nerius war nicht in der Halle.

Die beiden anderen Männer am Richtertisch trugen rot verbrämte Roben. *Feuerzauberer*, dachte Feja.

Sie trat in die Mitte der Halle.

»Wie ist dein Name, Kind?«

»Feja vom Langwald, Herr.«

»Wirklich? Der Langwald ist recht groß, nicht wahr? Aus welchem Ort oder von welchem Hof stammst du?«

»Ich bin auf dem Drachenhof geboren, unweit der Stadt Holt.«

»Ah, dann bist du an einem berühmten Ort zur Welt gekommen, nicht wahr? Ich nehme doch an, dass der Name des Hofes auf den legendären Kampf von Gramling dem Jäger gegen die Große Bestie zurückgeht, nicht wahr? Man sagt, dass es in der Nähe von Holt geschah.«

Feja spürte, dass der Mann durch sein Geplauder ihr Vertrauen gewinnen wollte, und blieb auf der Hut. »Das mag sein, Herr.«

»Wie es aussieht, haben wir hier jemanden, der sich nicht viel aus alten Legenden macht«, meinte der Richter lächelnd.

»Deshalb sollten wir auch auf die neuen Geschichten zu sprechen kommen, meint Ihr nicht?«, warf der Graf ungehalten ein.

»Selbstverständlich, Graf Dimgast. Gut, Kind, dann berichte doch, was auf jener Brücke geschah.«

Also erzählte Feja stockend von dem Wettlauf und wie sie durch einen Stein, der gar nicht dort war, beinahe selbst abgestürzt wäre.

»Der Wettlauf war deine Idee, oder?«, unterbrach sie der Graf.

»Ja, Euer Gnaden.« Sie erzählte, wie Malthur und Nerius ihr zu Hilfe geeilt waren. Dann versagte ihr die Stimme.

»Sie waren also nur deinetwegen dort, ist das richtig?«

»Langsam, verehrter Graf, langsam«, sagte der Richter begütigend. »Wenn ich es richtig verstehe und deine Beschreibung der Wahrheit entspricht, hat der junge Tygram« – er blätterte in den Pergamenten –, »Tyrbull Tygram … doch wohl einen guten Teil der Schuld. Hast du denn nicht gemerkt, dass er Magie wirkte, Feja vom Drachenhof?«

Sie schüttelte den Kopf.

»Dein Gegner behauptet auch, dass er nichts dergleichen getan habe …«

»Tyrbull? Dann lügt er!«

»Gut möglich. Allerdings brachte er kaum ein sinnvolles Wort heraus. Den Tod seines Vetters hat ihm wohl sehr zugesetzt. Er wirkt immer noch völlig verstört. Und Meme Sulling wollte uns nicht lange mit ihm reden lassen.«

Feja hatte sich schon gefragt, wann sie Tyrbull befragen würden. Sie wusste immer noch nicht, wie es ihm ging, aber offenbar hatten die Oberen dafür gesorgt, dass er nichts über ihren Kampf verriet.

Plötzlich erhob sich der Mann, der neben Meister Orchon saß, und huschte zum Richtertisch. Er flüsterte dem Hofrichter etwas ins Ohr. Der nahm es lächelnd zur Kenntnis, aber dann winkte er ab und schickte den Mann zurück.

»Ich danke Euch, Meister Tygram, doch das war mir bereits bekannt.«

Tygram? Jetzt war Feja klar, warum ihr der Mann so bekannt vorkam. Er war ein Verwandter von Tyrbull!

»Wie unser eifriger Gerichtsschreiber soeben anmerkte, gibt es noch eine zweite Erklärung für die Verstörung, die den jungen Tyrbull befallen hat. Hat er nicht gegen dich gekämpft, im Hof, gerade vor diesem Gebäude?«

»Das ist wahr, Herr.«

»Er ist recht kräftig … Wie ist es dir gelungen, ihn zu besiegen?«

»Ich weiß es nicht, Herr.« Der Satz ging ihr so glatt von den Lippen, dass sie ihn fast selbst geglaubt hatte.

Jetzt beugte sich der ältere der Feuermagier vor. »Sag, Feja vom Drachenhof, hast du dein Lindross gefunden?«

»Das habe ich, Herr.«

»Und welches ist es?«

»Das wird sie Euch natürlich nicht verraten, Robar!«, rief Meister Caron schnell und trat an ihre Seite.

»Bitte, Ihr habt nicht das Wort!«, mahnte der Richter freundlich. »Du solltest die Frage beantworten, Kind.«

»Es ist Afa, der Meermond, Herr.« Auch das ging ihr glatt über die Lippen.

»Du bist im Jahre sechsundsechzig geboren, nicht wahr?«, fragte der jüngere Feuermagier, der in einem Stapel von Pergamenten blätterte.

Sie nickte.

»Weißt du den Tag?«

Feja schüttelte den Kopf.

»Es deutet alles darauf hin, dass sie unter dem Einfluss von Afa und Galtara geboren wurde«, erklärte Meister Caron.

»Sie ist sicher eine Galtara-Geborene«, sagte der ältere Feuermagier. »Bis hierhin kann ich ihr großes Bargan fühlen. Wenn aber der Wassermond dich leitet, wieso bist du dann hier und nicht in Boddlei?«

»Ich war auf der Suche nach meinem Vater, der auf einem Westfahrer verschollen ist, Herr.«

»Können wir zum Gegenstand dieser Verhandlung zurückkehren?«, fuhr der Graf aufgebracht dazwischen. »Mich interessiert nicht, was mit dem Tygram-Knaben geschah. Ich will wissen, wer die Verantwortung dafür trägt, dass das Haus Dimgast nun einen Krüppel unter seinem Dach beherbergen muss!«

Der ältere Zauberer flüsterte dem Richter etwas zu. Der nickte. »Auch wenn ich dazu neige, die Auffassung des Grafen zu teilen, so sehe ich doch, dass die Frage nach deinem Lindross von einiger Bedeutung sein kann. Sagt, Meister Orchon, welcher Mond beherrschte den Himmel, als das Unglück geschah?«

Der Were erhob sich. »Brunas war noch zu sehen, aber der Himmel gehörte dem schnellen Aithir.«

»Und denkt Ihr auch, dass sie ein Kind von Afa und Galtara ist wie jener Magier?«

»Es ist schwer zu sagen, da ich Tag und Stunde ihrer Geburt nicht kenne, doch deuten alle Zeichen darauf hin, Herr.«

»Wäre es nicht wahrscheinlicher, dass Nir ihre Geburt begleitete?«, fragte Hochmeister Robar. »Immerhin ist sie hier, und Nir ist doch der Hausmond dieses Ordens.«

»Ich sehe nicht das kleinste Anzeichen dafür, Herr«, erwiderte der Were zu Fejas Erstaunen.

»Das heißt, die Monde verschafften der Angeklagten in der Unglücksnacht keinerlei Vorteil?«

»So ist es, Herr.«

»Dann ist sie entweder sehr ehrlich oder ein bisschen dumm, wenn sie ein Rennen für solch einen Tag ansetzt. Ist Euer Neffe Tyrbull nicht unter dem Einfluss von Brunas geboren, Meister Tygram?«

Der Gerichtsschreiber erhob sich und verneigte sich steif. »So ist es, Herr.«

»Es tut mir leid, Graf Dimgast, aber ich kann nicht erkennen, dass dieses Mädchen eine Schuld am Unglück Eures Sohnes trifft.«

»Wenn sie es nicht ist, dann der Lehrer, der den Übeltäter den Gebrauch von Magie lehrte!«

»Ah, ein guter Punkt, Graf, ein guter Punkt …«

Das fand Feja ganz und gar nicht. Sie trat noch einen Schritt vor. »Ich habe auf der Brücke nicht gezaubert, Herr, aber es war meine Schuld, dass wir an diesem Abend überhaupt dort waren, Herr. Dafür trage ich die Verantwortung.«

»Da habt Ihr es!«, rief der Graf mit übertriebener Geste. Vorhin hatte Feja noch Mitgefühl mit diesem Mann empfunden, aber nachdem er Nerius einen Krüppel genannt hatte, war das verflogen.

»Du bist wirklich sehr ehrlich, wie mir scheint. Ist dir klar, dass dies im ungünstigsten Fall deinen Tod bedeuten kann?«

Feja starrte den Mann erschrocken an. »Meinen Tod?«

»Du bist ein Kind aus dem Volk. Durch dein Verschulden wurde nicht nur der Sohn eines Hochgeborenen verkrüppelt, es kam auch der Enkel eines Dienstritters zu Tode.«

»Dienstritter? Das ist lächerlich«, fuhr Meister Caron dazwischen. »Der alte Tygram ist ein Zollpächter, über dessen angeblich edle Abstammung in Braake viele Witze gerissen werden. Und der junge Dimgast ist eben nicht tot, nur verletzt – und das war die Schuld eines anderen Enkels jenes selbst ernannten Adeligen! Dieses Mädchen ist so verantwortungsbewusst, dass es sogar sühnen will, wo es nichts getan hat. Seht Ihr das nicht?«

»Ihr meint also, dass sie keine Schuld trägt?«

»Natürlich nicht! Tyrbull Tygram hat Magie eingesetzt – und das löste das Verhängnis aus!«

»Und sagt mir, Meister Caron, von wem hat er den Gebrauch der Magie erlernt?«

Der Zauberer stutzte. »Nun … von uns natürlich.«

»Ihr seid der Erste Lehrmeister der Dämmerung, der oberste der Lehrer hier, nicht wahr?«

Feja begriff plötzlich, dass der Richter es gar nicht auf sie, sondern auf Meister Caron abgesehen hatte.

Der war blass geworden. »Ihr wollt mich anklagen, Fendar?«

Der Richter wandte sich an den Grafen: »Was meint Ihr? Ihr seid der Geschädigte …«

Der Graf starrte den Zauberer finster an. »Ich verlange, ihm einen Arm zu nehmen, sodass er dasselbe Leid trägt wie mein Sohn.«

Der Richter nickte bedächtig. »Ich gebe zu, in dieser Strafe läge eine tiefe Gerechtigkeit.«

Feja traute ihren Ohren nicht. Das durfte nicht sein!

»Seid Ihr von Sinnen?«, schnarrte der Verkünder und sprach ihr damit aus dem Herzen. »Euch fehlen die Autorität und die Berechtigung, über einen unserer Oberen zu richten!«

»Ah, die Autorität …«, rief der Richter gedehnt. »Ich kann sie erzwingen, auch wenn es ein paar Tage oder Wochen dauern würde, bis der König und seine Ratgeber meiner Bitte entsprechen würden. Ich hoffe, Ihr habt für mich und meine Begleiter bis dahin eine angemessene Unterkunft, Meister Vithun.« Plötzlich lächelte er und sagte: »Aber vielleicht findet sich eine andere Lösung. Ich schlage vor, die Sitzung zu unterbrechen, damit die Parteien sich beraten können.«

Ginnar Dregin wollte auf keinen Fall, dass dieser Richter sich länger als unbedingt notwendig in der Feste aufhielt. Er hatte inzwischen einen Plan, wie er diese Situation zu seinem Vorteil nutzen konnte. Auf dem Weg zur Beratung zog er den Münzer zur Seite.

»Was wollt Ihr?«, fuhr der ihn barsch an.

»Nur einen Augenblick Eurer Zeit, Eyrim. Gebt unserem Ersten Lehrmeister Caron ruhig Gelegenheit, ein paar weise Gedanken zu äußern.«

Der Münzer blinzelte. Er fragte sich vermutlich, worauf das hinauslief.

»Mir ist ein unschönes Gerücht zu Ohren gekommen, Eyrim. Es besagt, dass Ihr vorhattet, unsere Lebensdiebin an Meister Tasgim zu verkaufen.«

Das Gesicht des Schatzmeisters verfärbte sich. »Das ist eine glatte Lüge«, presste er hervor.

»Ich glaube Euch. Ich hoffe nur für Euch, dass diese Lüge nicht auch an anderer Leute Ohren dringt. Die wären vielleicht nicht so sehr von Eurer Aufrichtigkeit überzeugt wie ich.«

»Anderer Leute Ohren? Wen meint Ihr?«, fragte der Münzer mit zuckenden Lidern. »Ihr habt Caron erwähnt … verbreitet er etwa dieses Gerücht? Er mag mich nicht. Mehr noch, er verachtet mich und würde mich wohl lieber auf einem der Monde als in unserem Rat sehen. Habt Ihr es von ihm? Ihr werdet das doch nicht weitersagen, oder?«

»Ich pflege offenkundige Lügen nicht weiterzuverbreiten, Eyrim. Ich wollte Euch nur warnen. Ihr seid eine Stütze dieses Ordens. Es wäre ein schwerer Verlust und ungerecht, wenn Ihr wegen einer Verleumdung die Bruderschaft verlassen müsstet.«

»Gewiss war es Caron. Er will Abot werden – und mich aus dem Rennen werfen.«

»Ich kann Euch nicht sagen, woher dieses Gerücht stammt«, antwortete Dregin. »Nun lasst uns hineingehen, bevor man dort drinnen eine dumme Entscheidung fällt.«

Der Münzer nickte. Dregin sah ihm an, dass es in ihm arbeitete. Eyrim hielt sich für schlau, und er witterte eine Verbindung, wo keine bestand, aber die Falle, in die er gerade lief, die witterte er nicht.

Der Sturmrat ließ dem Münzer einen kleinen Vorsprung und betrat schließlich als Letzter die Kammer, in die sich die Meister des Ordens zur Beratung zurückgezogen hatten.

»Können wir endlich anfangen?«, schnarrte der Verkünder. »Gut. Dann schließ die Tür, Ginnar, mein Junge. Sind Wachen aufgestellt? Wir wollen doch nicht, dass unsere roten Freunde horchen, nicht wahr?«

»Es scheint, dass der Graf auf Vergeltung aus ist«, begann der Schattenmarschall mit einem Seufzer.

»Es *scheint*? Ihr seid schwerer von Begriff als ein Bär im Winterschlaf, Buklar. Natürlich ist der Graf auf Vergeltung aus!«, fuhr ihn der Verkünder an. »Und es war vorschnell von dir, Ginnar, Dimgast diese Untersuchung zuzubilligen. Noch dazu, ohne dich mit uns zu besprechen. Wir hätten ihn fortjagen sollen!«

»Fendar hat leider das Gesetz auf seiner Seite. Ihn abzuweisen hätte alles nur noch schlimmer gemacht«, rechtfertigte sich Dregin. »Ihr habt doch selbst die Dokumente geprüft. Außerdem war ich mir sicher, dass diese Geschichte im Sande verlaufen würde. Warum hat denn niemand dafür gesorgt, dass Tyrbull Tygram die Verantwortung übernimmt? Er hat keinen Nutzen mehr für uns, wir hätten ihn also ruhig dem Richter zum Fraß vorwerfen können. Waren wir uns denn nicht einig, dass ihn die Hauptschuld an diesem Unglück trifft?«

»Euer Mitgefühl ehrt Euch, Dregin«, spottete Fram Caron.

»Es war zu wenig Zeit, ihn vorzubereiten«, seufzte Meister Svelgar. »Der Junge steht unter dem Einfluss starker Mittel von Meme Sulling. Das macht es schwierig, seinen Geist zu beeinflussen. Zum Glück ist er derart verstört, dass kaum ein klares Wort über seine Lippen kommt.«

Dregin nickte. »Nun ist es zu spät. Ohnehin scheint der Richter auf etwas anderes aus zu sein.«

»Geht es hier am Ende um den toten Feuermagier aus dem Hafenbecken?«, fragte der Schattenmarschall. »Sie verdächtigen doch gewiss uns.«

Dregin, der den von ihm gedungenen Mörder längst beseitigt hatte, schüttelte den Kopf. »Sie haben inzwischen wohl eingesehen, dass sie uns das nicht anhängen können. Daher haben sie auch kein Interesse mehr, den Schuldigen für dieses Verbrechen dingfest zu machen. Fänden sie ihn, hätten sie keinen Vorwand mehr, in Braake zu bleiben.«

»Ich gehöre zwar nicht zu den Oberen und sollte hier schweigen, aber ich finde diesen Richter reichlich anmaßend. Und die Feuermagier sind noch schlimmer«, knurrte Meme Salmango.

»Es ist undenkbar, dass wir ihnen geben, was sie verlangen«, schnarrte der Verkünder.

Meister Eyrim räusperte sich. »Andererseits müssen wir dafür Sorge tragen, dass Graf Dimgast irgendwie zufriedengestellt wird. Ein Drittel unserer Einnahmen im vergangenen Jahr geht auf seine Großzügigkeit und unsere gemeinsamen Geschäfte zurück.«

»Wir werden keinen unserer Meister opfern – und sicher auch keinen Arm!«, zischte Vithun.

Dregin stimmte ihm mit einem schlichten Nicken zu. Er achtete darauf, dass Eyrim es nicht sehen konnte.

»Was ist mit dem Mädchen?«, fragte der Schattenmarschall. »Ich weiß, Feja ist hoch begabt, aber vielleicht können wir hier irgendeinen Handel herausschlagen.«

»Sie ist die erste Lebensdiebin in diesem Orden seit Jahrhunderten«, erwiderte Meister Caron kopfschüttelnd. »Sie ist wertvoller als all das Silber und Gold, das wir von Dimgast bekommen.«

»Aber wir können keine Rechnungen mit ihr bezahlen!«, fuhr ihn der Münzer wütend an. »Glaubt Ihr denn vielleicht, Eure Robe, Eure Mahlzeiten und der Sold für unsere Gewappneten fielen vom Himmel, Caron?«

»Lenkt nicht vom Thema ab, Eyrim«, mahnte der Verkünder.

»Wir könnten auf Zeit spielen. Es ist ja gar nicht gesagt, dass der Kronrat den Richter wirklich ermächtigt, ernsthaft gegen uns vorzugehen. Selbst die Feuermagier sollten wissen, dass jede Verletzung unserer Privilegien die Rechte aller Bruderschaften berührt«, meinte Caron.

Dregin räusperte sich. »Ungünstigerweise scheint es so zu sein, dass der Flammenorden ein paar alte Rechnungen mit uns begleichen will, und der Kronrat steht ebenso unter seiner Kontrolle wie König Gimlarin. Ich hatte neulich eine interessante Unterhaltung mit diesem Richter und konnte ihm ein paar Dinge entlocken. Er deutete an, dass die Feuermagier unsere heilige Übereinkunft, nie wieder gegeneinander zu kämpfen, infrage stellen. Ich habe das erst für eine leere Drohung gehalten, aber nun sitzen sie in unserer Halle und richten über einen von uns. Sie scheinen auf den Kampf vorbereitet. Sind wir es auch?«

Eine Weile blieb es still in der Kammer. Jeder schien darüber nachzudenken, was das bedeutete. »Wir müssen den Richter und diese beiden Feuermagier so schnell wie möglich loswerden«, meinte Meme Sulling, die in einer Ecke saß und sich bisher ruhig verhalten hatte.

»Wenn es so ist, wie Meister Dregin sagt«, sagte Meme Salmango, »dann dürfen wir ihnen keine Angriffsfläche bieten – und keine Schwäche zeigen.«

»Das Mädchen können wir ihnen nicht geben!«, beharrte Meister Caron.

Eyrim trat einen Schritt auf ihn zu und sah ihn kalt an: »Es scheint doch so zu sein, dass der Graf mit einem anderen Ergebnis zufrieden wäre.«

»Wir können einem der Unseren doch nicht den Arm abhacken lassen!«, schnaufte Svelgar empört.

»Das ist in der Tat undenkbar«, pflichtete ihm Dregin bei.

»Aber irgendetwas müssen wir ihm anbieten!«, rief Eyrim laut. »Der Erste Lehrmeister sollte die Verantwortung übernehmen! Es waren schließlich seine Schüler, die uns das eingebrockt haben.«

Caron erbleichte, und die anderen Meister wiesen den Vorschlag empört zurück.

Dregin fand, dass Eyrim genug Vorarbeit geleistet hatte. Er wartete, bis sich die Aufregung gelegt hatte. »Wie wäre es denn«, schlug er dann vor, »wenn wir ihnen etwas anbieten, was sie zufriedenstellt, uns jedoch nichts kostet.«

»Und was für ein Wunderding soll das sein?«, schnarrte Vithun.

»Eine Art Abschied auf Zeit. Meister Caron könnte sein Amt als Erster Lehrmeister der Dämmerung niederlegen und die Feste verlassen, bis dieser Richter und die Feuermagier aus Braake verschwunden sind. Sind sie erst einmal weg, setzen wir ihn sogleich wieder in sein Amt ein. Damit kühlen wir Dimgasts Rachegelüste und verhindern gleichzeitig, dass Fremde über einen von uns richten.«

»Noch eine Abdankung?«, rief der Schattenmarschall klagend. »Erst der Abot und dann unser Erster Lehrmeister? Alles geht dahin … Wo soll das nur hinführen?«

»Hoffentlich zu unserer Stärkung, Buklar«, versuchte Dregin ihn zu beruhigen.

Meister Caron erhob sich. »Da es der Bedrohung den Stachel nimmt, willige ich ein. Ich werde Dimgast und diesem Richter meinen Rücktritt anbieten.«

»Ein nobles Opfer, mein Junge, ein nobles Opfer«, lobte Vithun mit so schneidender Stimme, dass es wie ein Vorwurf klang.

Dregin sah sich verstohlen um. Niemand widersprach? Der Verkünder war vermutlich froh, dass er einen Konkurrenten um das Amt des Abots los war. Eyrim triumphierte still aus mehreren Gründen, er ahnte noch nicht, dass er gerade begonnen hatte, sein eigenes Grab zu schaufeln. Schattenmarschall Buklar wirkte schwermütig, so wie Meister Svelgar, der diesen Tag sicher mit einigen Krügen Wein beschließen würde. Und Meme Salmango und Meme Sulling fragten sich wohl gerade, ob sie nicht als Nachfolgerinnen für den Ersten Lehrmeister der Feste in Betracht kämen.

Alles lief, wie Dregin es geplant hatte – bis sich Ailon Bainach zu Wort meldete. »Ist niemandem aufgefallen, dass Skuran Orchon den Richter zu unserem Vorteil belogen hat?«

»Der Monddeuter?«, fragte der Schattenmarschall. »Ja, jetzt, wo Ihr es erwähnt.«

»Was wollt Ihr uns damit sagen, Ailon?«, fragte Dregin ungehalten.

»Ich denke, wir haben in ihm einen Verbündeten, und wir sollten das nutzen. Es ist nicht gesagt, dass sich der Richter und der

Graf mit dem zufriedengeben, was wir ihnen bieten. Vor allem der Richter scheint auf etwas anderes aus zu sein, doch weiß ich nicht, was das sein könnte.«

Dregin hätte ihn umbringen können. Stattdessen fragte er: »Habt Ihr einen Vorschlag, Ailon?«

»Bestechung«, sagte der Were schlicht. »Wenn wir Orchon bestechen, könnte er sie dazu bewegen, sich auf unser Angebot einzulassen. Sie wollten ihn unbedingt dabeihaben und scheinen viel Wert auf seine Meinung zu den Monden zu legen.«

»Das ist mir auch aufgefallen«, meinte Meme Sulling.

»Was wird er verlangen?« Eyrim schien in Gedanken schon das Gold abzuwiegen, das ihn dieser Vorschlag kosten würde.

»Kein Gold, Meister Eyrim. Orchon ist ein großer Verehrer der utorischen Zauberei und hat bemerkt, wie groß das Bargan des Mädchens ist. Die Kleine fasziniert ihn. Er hat mich mehrfach nach ihr gefragt. Wenn wir ihm den Umgang mit ihr erlauben, wird er uns nicht nur in diesem Fall nützlich sein.«

»Verzeiht, Ailon, ich bin verwirrt … Aber hatten wir ihm denn je den Umgang verboten?«, fragte Svelgar.

»Nein, doch das muss er ja nicht wissen.«

»Ein eigenartiger Vorschlag, Bainach«, schnarrte der Verkünder.

»Aber wenn er zum Erfolg führt …«, meinte Eyrim.

Dregin hatte das Gefühl, dass der Ailon damit etwas bezweckte, und das gefiel ihm nicht. Die anderen waren jedoch für Bainachs Vorschlag, also behielt er seine Vorbehalte für sich.

Feja stand ganz allein in der Mitte der Halle und kämpfte gegen ihre aufkommende Angst. Der Richter hatte gesagt, dass es um ihr Leben ging. Die Fremden standen in einer Ecke des Saales beisammen und berieten sich. Graf Dimgast schien das Wort zu führen. Der Gerichtsschreiber hielt sich etwas abseits und bedachte Feja immer wieder mit Blicken, die sie nur hasserfüllt nennen konnte.

Die Meister des Grauen Ordens hatten sich zu Beratungen zurückgezogen, und sie hatte das Gefühl, von ihnen vergessen worden zu sein. Kein Wort der Ermunterung hatten sie für sie gehabt, nicht einmal Meister Caron. Wie lange sie schon fort waren! Feja konnte sich nicht vorstellen, dass sie einen der Oberen für sie opfern würden. Nein, sie allein würde das ausbaden müssen, und obwohl sie die Idee zu dem Wettlauf gehabt hatte, fand sie das ein kleines bisschen ungerecht.

An der breiten Pforte wachten vier Soldaten. Zwei davon hatte der Richter mitgebracht, die anderen gehörten zum Orden. Als sie verstohlen hinübersah, hatte sie das Gefühl, dass sie sich am liebsten gegenseitig an die Kehle gehen würden. Sie kannte den Grund für diese Abneigung nicht, aber er schien in der Vergangenheit zu wurzeln. Sie wünschte sich, sie hätte in Meister Carons Unterricht besser aufgepasst.

Noch jemand war im Saal: Meister Orchon. Er saß an seinem Tisch und schien irgendwelche Tabellen zu studieren, aber sie spürte, dass er sie immer wieder musterte. Sie konnte seinen Blick nicht deuten, aber es war zumindest kein brennender Hass, wie bei dem Tygram-Schreiber.

Ailon Bainach betrat den Saal. Die Fremden hielten in ihrer Besprechung inne. Aber der Ailon nickte ihnen nur zu, dann ging er hinüber zu Meister Orchon. Die beiden Weren unterhielten sich leise. Ging es um sie? Feja war sich ziemlich sicher, dass die beiden sie immer wieder ins Auge fassten. Sie hätte zu gerne gewusst, was sie zu bereden hatten. Sie redeten in der Werensprache, soweit sie das hören konnte. Auch der Richter beobachtete die beiden. Das Gespräch schien sein Misstrauen zu wecken.

Dann kehrten die Meister des Grauen Ordens zurück.

»Ah, können wir fortfahren?«, fragte der Richter. »Sehr gut.« Die Fremden nahmen ihre Plätze wieder ein. »Ist der Orden des Morgengrauens zu einer Entscheidung gekommen?«

Meister Caron trat vor. »Einer unserer Schüler hat gegen unsere Regeln verstoßen und dabei andere geschädigt. Dafür trage ich, als Erster Lehrmeister des Ordens, die Verantwortung. Ich werde daher mein Amt niederlegen.«

»Noch ein Rücktritt?«, fragte der Richter und wirkte belustigt. »Früher hätte ein Graumagier sich lieber in sein Schwert gestürzt.«

»Oder er hätte seinen Ankläger getötet«, gab Meister Caron trocken zurück.

Der Richter lachte, als hielte er das für einen Scherz, und beriet sich mit den anderen.

Feja beobachtete sie. Der Graf schüttelte immer wieder den Kopf, die Feuermagier schienen auch nicht glücklich über das Angebot zu sein. Was wollten sie denn noch? Feja fühlte sich schrecklich, weil Caron ihretwegen seinen Rücktritt erklärte.

Meister Dregin trat nach vorne. »Ihr solltet wissen, Ihr Herren, dass dies nicht verhandelt wird. Es ist unsere Entscheidung. Falls Ihr ein Urteil sprecht, werden wir es nicht anerkennen. Ihr könnt gerne hier Quartier beziehen, während wir auf die Nachricht warten, dass der König wegen dieser Kleinigkeit wirklich die alten Rechte unserer Bruderschaft verletzen will.«

Der Disput am Richtertisch wurde lebhafter. Plötzlich erhob sich Meister Orchon und trat mit einigen Pergamenten in der Hand an den Tisch. Er legte sie dort ab und schien den Männern etwas zu erklären. Das Gesicht des Grafen verdüsterte sich, aber der Richter und die Feuermagier tauschten bedeutungsvolle Blicke. Richter Fendar schickte den Weren zurück zu seinem Platz. Er straffte sich, lächelte in die Runde und verkündete: »Nun, wir sehen keinen Grund, länger hier zu verweilen. Wir werden den Rücktritt von Meister Caron als Sühne akzeptieren.«

Feja hatte das Gefühl, sich verhört zu haben. Eben noch war alles in der Schwebe gewesen. Doch nun war diese Untersuchung plötzlich abgeschlossen, und der Verkünder und der königliche Richter tauschten bereits mit eisigen Mienen Höflichkeiten aus.

Feja fühlte, wie jemand sie am Arm packte. Es war Ailon Bainach. »Komm, es ist besser für dich, aus dieser Halle zu verschwinden.«

»Wohin bringt Ihr mich, Meister Bainach?«

»In die Katakomben, wo sie dich nicht finden werden, falls ihnen einfällt, sich dein Bargan näher anzusehen.«

»Wie habt Ihr das gemacht? Ihr und Meister Orchon – wie habt Ihr diesen Richter und den Grafen dazu gebracht, Meister Carons Sühne anzunehmen? Ich finde sie übrigens ungerecht.«

»Das ist sie auch.« Der Were blieb stehen. »Skuran hat ihnen erzählt, dass die Monde ab morgen deutlich schlechter für sie stehen werden. Ich habe ihm außerdem empfohlen, sie vor den Gefahren zu warnen, die ihnen angeblich unter unserem Dach drohen.«

»Er hat sie angelogen?«

»Ein wenig. Früher wäre eine Übernachtung in der Graufeste für derart unwillkommene Gäste wirklich gefährlich gewesen – aber noch sind wir nicht zu den alten Pfaden zurückgekehrt.«

»Und warum hat er das getan?«

»Ich habe dir doch von den Leuten erzählt, die deine Gabe für ihre Zwecke nutzen wollen. Er ist einer davon.«

»Meister Orchon?«

»Er glaubt aus irgendeinem Grund, dass du seinem kranken Sohn helfen kannst.«

»Was fehlt ihm denn?«

»Es sind die Weißen Pocken, auch Aschenpest genannt. Sie hat seit der Ankunft der Aschlinge schon viele Weren dahingerafft, und selbst nach tausend Jahren weiß niemand ein Heilmittel.«

»Und wie kann ich da helfen?«

»Gar nicht! Aber das will mein Freund Skuran nicht einsehen. Du bist eine Lebensdiebin, keine Heilerin, denn die werden nicht unter dem Zeichen von Nir geboren. Allerdings erwartet das Skuran auch gar nicht. Er will etwas anderes, aber was, das weiß nur er allein. Höre nicht auf ihn. Er will dich von deinem Weg abbringen.«

»Aber ich wäre viel lieber eine Heilerin als eine … Ihr wisst schon …«

»Lebensdiebin! Das ist etwas Besonderes – und du wirst diese Gabe nicht ohne Grund bekommen haben. Ich glaube nicht so fest an die Macht der Monde wie Orchon, aber ich glaube, dass dir ein besonders Schicksal bestimmt ist. Das solltest du endlich annehmen! Bist du schon einmal einem Gauchen-Heiler begegnet? Sie sind die unfähigsten aller Magier. Jede Ganesa weiß mehr über Krankheiten als diese Scharlatane, die magische Formeln murmeln, während sie den Kranken beim Sterben zusehen – oder sie mit ihren Mittelchen eigenhändig umbringen.«

Feja seufzte.

Auf der Treppe blieb der Ailon noch einmal stehen. »Du darfst meinem Freund Skuran dein Lindross auf gar keinen Fall verraten!«

»Warum nicht?«

»Weil es gefährlich ist, kleine Gans! Hast du denn nicht aufgepasst? Jede Bruderschaft auf der Welt würde alles unternehmen, um eine Schülerin mit deiner Gabe in die Finger zu bekommen. Orchon ist so verzweifelt, dass er dich sofort an den Flammenorden verraten würde, wenn sie ihm dafür Heilung für seinen Sohn versprächen.«

»Könnten sie das denn – ich meine, seinen Sohn heilen?«

»Nein. Das sagte ich doch gerade!«

Sie stiegen die Treppe hinab, und der Ailon öffnete die Tür unter dem Totenschädel. Feja zögerte auf der Schwelle, aber dann sah sie, dass die beiden Behandlungstische leer waren. Sie hätte sich so gerne von Nerius verabschiedet und ihn um Verzeihung gebeten. Nun war er fort.

Aber dafür saß ein anderer in der Ecke und starrte sie finster an. »Was hast du mir angetan, Hexe?«

»Tyrbull!«

Er erhob sich langsam. Sein Gesicht war leichenblass. »Was hast du mit mir gemacht?«

Schon wollte sie ihm sagen, dass es ihr leidtue, aber dann musste sie daran denken, was er getan hatte, und wurde wütend. »Du hast es verdient, Tyrbull. Dein Vetter ist deinetwegen tot, und Nerius wäre um ein Haar auch noch gestorben. Und was machst du? Anstatt deinen Fehler einzugestehen, greifst du mich an. Ich wäre jetzt auch tot, wenn ich mich nicht gewehrt hätte, und du lebst noch. Also, warum beschwerst du dich?«

Er trat einen Schritt auf sie zu, und sie sah, dass ihn schon das Gehen anstrengte. »Dafür wirst du bezahlen, Hexe!«, stieß er hervor.

»Du solltest dich besser hinsetzen, mein Junge«, sagte der Ailon, der sich zwischen Tyrbull und Feja schob.

»Ihr könnt sie nicht vor meiner Rache schützen, Meister Bainach!«

»Ich schütze nicht sie, Dummkopf, sondern dich. Also setz dich, bevor sie dich vielleicht doch noch umbringt.«

Tyrbull ließ sich stöhnend auf seinen Stuhl fallen, und der Ailon führte Feja in die Nachbarkammer. »Er wird eine Weile brauchen, bis er begreift, dass seine Macht vergangen ist«, meinte er, als er die Tür schloss.

»Stimmt es, dass er nie wieder zaubern kann?«

»Ich hoffe es. Ich mochte ihn nie. Allerdings wird sein Verschwinden eine Lücke hinterlassen, die du füllen musst.«

Feja sah ihn verständnislos an.

Der Were schüttelte den Kopf. »Wie kann ein Aschling nur so begriffsstutzig sein? Du musst die anderen Schüler führen!«

»Ich? Ich glaube kaum, dass Lygger Tygram darauf hört, was ich sage.«

»Der vielleicht nicht, aber viele andere. Du bist eine geborene Anführerin, so wie Tyrbull. Was glaubst du, warum er dich vom ersten Tag an bekämpft hat? Er hat gewittert, dass du seine Macht früher oder später herausfordern wüderst.«

»Aber ich hatte nie vor …«

»Wann hörst du endlich damit auf, deine Gaben zu verleugnen?«, rief der Ailon ungehalten. »Du bist dazu geboren, und es wäre gut, wenn du dich wenigstens *dagegen* nicht länger wehren würdest. Deine Freunde brauchen dich, dringender als je zuvor, denn ich sehe, dass dunkle Stunden vor uns liegen.«

»Auf ein Wort, Dregin …« Der Richter stand im Eingang des Haupthauses. Die Feuermagier waren bereits im Hof, und die Soldaten des Königs bestiegen ihre Pferde.

»Ich glaube, es ist alles gesagt«, gab Ginnar Dregin zurück.

»Fast, verehrter Sturmrat, fast.«

Widerstrebend geleitete Dregin den Mann in die nächstliegende Kammer. »Habt Ihr keine Angst, dass Eure Eskorte ohne Euch abreist?«, fragte er giftig.

Fendar strich bedächtig über seinen Spitzbart. »Ihr solltet begreifen, dass ich nicht Euer Feind bin.«

»Seltsam, da drinnen wirkte es, als wolltet Ihr den Kopf eines der Unseren als Trophäe an Euren Gürtel hängen.«

»Ich muss gewisse Erwartungen erfüllen, Sturmrat. Der König

befahl, dass sein Gesetz auch in Eurem Orden Beachtung findet, und das ist geschehen – mehr oder weniger. Es wird jedenfalls fürs Erste genügen. Außerdem glaube ich, dass es Euch nicht mal unrecht ist, wenn Fram Caron die Feste verlässt. Ich habe gesehen, wie sehr die anderen Meister ihn respektieren. Auch wenn ich immer noch der Meinung bin, dass Euer Münzer das lohnendere Ziel gewesen wäre.«

Dregin runzelte die Stirn. Der Mann war kein Dummkopf. Er musste doch damit rechnen, dass jemand über die Dunkelheit ihr Gespräch belauschte. Er selbst ging jedenfalls davon aus. »Und ich sage Euch erneut: Wir werden es nicht erlauben, dass sich ein Richter aus Lente in unsere Belange einmischt.«

»Als hätte ich das nicht gerade erfolgreich getan«, erwiderte Richter Fendar lächelnd. »Aber nicht deshalb wollte ich Euch sprechen ... Es geht um das Mädchen. Ich weiß, dass sie eine Lebensdiebin ist.«

Dregin stockte der Atem. »Woher ...?«, begann er, viel zu verblüfft, um es zu leugnen. Dann besann er sich: »Woher habt Ihr dieses Märchen?«

»Ich will gar nicht weiter in Euch dringen, Dregin. Wie gesagt ... ich bin nicht Euer Feind. Mir ist ebenso bewusst wie Euch, dass der Flammenorden diese und die nächste Welt in Bewegung setzen würde, um Feja in die Finger zu bekommen. Aber das will ich nicht. Und das allein war der Grund, warum ich mit diesem kleinen Opfer Eures Ordens zufrieden war – nicht wegen der düsteren Vorhersagen dieses Monddeuters.«

Dregin schwieg. Er hatte sich schon darüber gewundert, dass der Richter so schnell nachgegeben hatte. »Und warum erzählt Ihr mir das?«

»Ich sage Euch das aus zwei Gründen. Erstens solltet Ihr verstehen, dass wir gemeinsame Interessen haben. Wir wollen beide nicht, dass die Rote Bruderschaft noch mächtiger wird, als sie es ohnehin ist. In einem heruntergekommenen Orden wie dem Euren stellt dieses Mädchen eine weit geringere Bedrohung für die Belange der Krone dar. Deshalb denke ich, dass wir sie Euch zur weiteren Ausbildung überlassen können. Zweitens will ich Euch warnen … Sollten die Erben Stors mir weiterhin Schwierigkeiten machen, kann es sein, dass ich meinen Standpunkt überdenke. Haben wir uns verstanden? Gut. Seht mich nicht so wütend an. Ihr wisst ebenso gut wie ich, dass Euer Orden nur noch ein Schatten seiner selbst ist. Ihr wollt das ändern, das sehe ich, und ich werde Euch nicht im Weg stehen. Ganz im Gegenteil. Ich werde Euch weiterhin helfen – wenn Ihr mir helft, Dregin.«

Der Richter entzündete eine Kerze, und die Dunkelheit sprang davon.

»Und wie könnte der arme Sturmrat dieser derart *heruntergekommenen* Bruderschaft Euch helfen, Fendar?«, fragte Dregin eisig.

»Wie Ihr wisst, vertrete ich derzeit das Gesetz in Braake, auch weil der gute Vogt, der das eigentlich tun sollte, gerade nicht willens oder nicht in der Lage ist, es selbst zu tun.«

»Telem ist alt«, sagte Dregin langsam.

»Er ist eher faul als alt, und er erfreut sich bester Gesundheit, wie man hört. Niemand rechnet damit, dass er in nächster Zeit dahinscheiden könnte. Das hat für mich den Vorteil, dass sich noch keiner außer mir ernsthaft um seine Nachfolge bemüht. Und manchmal kommt der Tod ganz unerwartet zu einem Menschen, nicht wahr?«

Dregin hob anerkennend die Augenbrauen. Fendar wollte Vogt von Veisa werden? Der Mann entfaltete einen bemerkenswerten Ehrgeiz.

»Ihr wisst, dass die Graumagier nicht mehr den alten Wegen folgen …«, antwortete er bedächtig.

»Ist das so? Ich hörte hingegen, dass sich der Wind gedreht hat, Dregin, oder vielmehr, dass Ihr es seid, der den Wind drehen will. Ich könnte Euch dabei helfen. Eigentlich habe ich es mit der Entfernung Meister Carons doch schon getan, nicht wahr?«

»Aber … der Vogt? Euer Preis scheint recht hoch, Fendar.«

»Was denn für ein Preis? Ich habe nicht verlangt, dass Ihr den Vogt umbringt, und werde es auch nie tun. Wir unterhalten uns doch nur, nicht wahr? Leider muss ich nun gehen, dabei würde ich liebend gerne noch länger mit Euch über dieses und jenes plaudern. Ich denke, wir sollten das öfter tun, nicht wahr?«

»Natürlich, Euer Ehren.« Dregin wusste nicht, was er von dem Angebot des Richters halten sollte. Der Mann wollte hoch hinaus und war nicht zimperlich. Er hätte einen guten Graumagier abgegeben. Als Vogt von Veisa wäre er oberster Richter von einem Fünftel des Reiches und vermutlich bald mächtiger als der Fenngraf oder der Herzog von Isgath. Konnte der Orden ihm das zugestehen?

Dregin geleitete Fendar vor die Tür und wünschte ihm eine sichere Ankunft in Braake.

»Das ist zu gütig von Euch, verehrter Sturmrat. Zu Pferd ist die Stadt doch kaum eine Stunde entfernt.«

»Wohl wahr, Euer Ehren, aber das Schilf steht hoch, und man kann nie wissen, wen es verbirgt. Ihr habt in Braake hart durchgegriffen. Habt Ihr Euch nie gefragt, wo sich diejenigen verstecken, die vor Euch aus der Stadt geflohen sind?«

Der Richter lachte herzhaft und gab dann das Zeichen zum Aufbruch. Dregin bemerkte, dass der Rotschmied an seinem Wagen wartete. Während sich die Reiter in Bewegung setzten und der Hufschlag ihrer Pferde durch das Mitteltor dröhnte, ging er zu ihm.

»Habt Ihr Schwierigkeiten mit dem Wagen, Meister Orchon?«

»Oh, nein, ich habe jedoch noch etwas zu erledigen, wenn Ihr erlaubt.«

»Ich erlaube nicht«, entgegnete Dregin knapp.

Der Rotschmied starrte ihn an, und für einen Moment konnte der Sturmrat die nackte Wut in seinen Augen sehen. Dann hatte der Were sich wieder in der Gewalt. »Verzeiht, aber ich habe mit Bainach verabredet, dass Ihr mich mit dem Mädchen sprechen lasst, wenn ich den Richter dazu bringe, Euer Angebot anzunehmen. Gilt das Wort Eures Ailons etwa nichts?«

»Es gilt, doch hat mir der Richter gerade enthüllt, dass es nicht Euer armseliger Täuschungsversuch war, der sein Handeln bestimmte. Somit ist die Abmachung natürlich hinfällig.«

Jetzt bemerkte Dregin statt der Wut große Angst im Blick des Rotschmieds.

»Bitte, Herr! Ich war es, der ihm zugeredet hat, den Zorn des

Grafen auf Meister Caron zu lenken. Ich weiß doch, dass er Euch im Wege ist! Bitte, lasst mich zu ihr!«

Dregin schüttelte den Kopf. »Sie hat viel durchgemacht und braucht Ruhe. Es fehlte noch, dass ein Monddeuter sie weiter durcheinanderbrächte.«

»Aber es ist eine Frage von Leben und Tod!«

»Ist es das nicht immer?«, gab Dregin kalt zurück. Dann besann er sich eines Besseren, denn er dachte, dass er den Weren noch einmal brauchen würde. »Hört, Meister Orchon. Ich kann Euch jetzt nicht mit ihr reden lassen. Das müsst Ihr verstehen. Aber später wird sich eine Möglichkeit finden.«

»Später? Wann später?«

»Man wird sehen. Übt Euch in Geduld.«

Damit ließ er den Rotschmied stehen. Er dachte nicht daran, dem Weren seinen Wunsch so bald zu erfüllen. Aber er wusste nun, wie er den Monddeuter, der bei den Feuermagiern ein offenes Ohr hatte, für seine eigenen Zwecke einspannen konnte.

13.

Feja bekam eine Kammer im Haupthaus zugewiesen, was sie so verstand, dass man sie von den anderen Schülern fernhalten wollte.

»Es ist eine Menge geschehen«, erklärte Meme Salmango, »und es ist besser, wenn du noch zwei oder drei Tage hier im Haus bist.« Eher beiläufig erzählte ihr die Magierin, dass Tyrbull Tygram die Feste verlassen habe.

»Was wird er jetzt tun?«, fragte sie.

Die Meme zuckte die Schultern. Es kümmerte sie offensichtlich nicht.

Feja hätte ihre Verbannung leichter hingenommen, wenn ihr die Oberen nicht eine Wache vor die Tür gestellt hätten. Ihr Fenster ging zur Mauer hinaus, und so konnte sie nicht einmal auf den Hof hinaussehen, wo ihre Kameraden vermutlich gerade von Meister Svelgar unterrichtet wurden.

»Dafür hast du einen Blick auf die Bucht und die Möwen«, hielt ihr die Zauberin entgegen.

»Und muss ich Euch wieder sagen, wie viele Möwen da draußen sind? Ich sehe nicht viel mehr als in jener Kammer, denn das hier sind keine Fenster, sondern Schießscharten.«

Meme Salmango lachte hell auf. »Nein, ich frage dich nicht nach ihrer Anzahl. Aber du wirst ein paar andere Dinge lernen. Am nützlichsten erscheint es mir, dir zunächst das Flüstern der Nacht beizubringen.«

Also lernte Feja, wie sie ihre Sinne lenken und sich ganz auf das Lauschen konzentrieren konnte, sodass sie winzige Veränderungen der Dunkelheit wahrnahm. Den ganzen Vormittag unterrichtete die Meme sie, und als die Mittagsglocke schlug, konnte Feja schon ein leises Raunen hören.

Sie durfte auch jetzt ihre Kammer nicht verlassen. Der Koch brachte ihr die mehr als üppige Mahlzeit auf die Stube.

»Ich hoffe, es schmeckt Euch, mein Fräulein«, sagte er mit einer Verbeugung. So etwas hatte er noch nie getan.

»Ich danke Euch, Meister Sjodir«, sagte sie verdattert.

»Bruder, mein Fräulein, ich bin nur ein Bruder dieses edlen Ordens, kein Meister.« Er verneigte sich tief, als er ging.

Noch während des Essens erhielt sie weiteren Besuch.

»Meister Caron!«, rief sie und sprang auf.

»Bleibe ruhig sitzen, Feja. Ich bin nur gekommen, um mich zu verabschieden. Aber vorher muss ich dir noch ein oder zwei Dinge erklären.«

»Ihr habt die Schuld für meine Fehler auf Euch genommen. Nun werdet Ihr an meiner Stelle bestraft!«

»Es war auch mein Fehler, Feja, denn ich habe mich viel zu wenig um dich gekümmert. Ich habe dich hierhergebracht, weil deine Begabung groß schien. Also bin ich für dich verantwortlich. Ich hätte merken müssen, wie stark deine Kraft wirklich ist. Aber das habe ich nicht, also ist es nur recht und billig, dass ich die Folgen trage.«

Feja war anderer Meinung. Meister Caron hatte den Kopf für sie hingehalten, das war ihr inzwischen klar geworden. »Ihr geht wirklich fort?«

»Nur für einige Wochen. Ich werde ein paar Ordensangelegenheiten in Nargatt regeln, dann kehre ich zurück.«

»Es tut mir so leid, Meister Caron!«

»Noch einmal: Es war nicht deine Schuld, dass es so kam, Feja. Ich werde dir erklären, wie alt der Streit zwischen unseren Orden ist, damit du verstehst, was hier wirklich vor sich geht. Aber tu mir den Gefallen und iss. Du wirst Kraft brauchen für das, was vor dir liegt.«

Feja hatte jedoch keinen Hunger mehr. Sie stocherte lustlos in dem mit Honig gesüßten Weizenbrei herum, während sie versuchte, dem zu folgen, was Meister Caron ihr erzählte.

»Unser Zwist mit dem Flammenorden geht auf die Zeit von König Selvar zurück, der vor über siebenhundert Jahren regierte. Selvar machte Männer aus unserem Orden zu seinen Leibwächtern und Beratern, was den Feuermagiern, die seit alters dem Thron am nächsten standen, missfiel.«

Feja seufzte. Sie hatte immer noch Schwierigkeiten, die Könige auseinanderzuhalten, die alle ähnlich hießen. Nerius kannte sich da viel besser aus …

»Es wurde schlimmer, als unsere Altvorderen begannen, einige Gegner des Königs zu beseitigen.«

»Ihr meint, sie ermordeten sie?«

»Genau das. Sie dachten, sie handelten zum Wohl des Reiches, was auf lange Sicht ein Irrtum war. Ihren dunklen Künsten fielen mächtige Adlige, Feuermagier, aber auch einflussreiche Männer aus Skros und Tsungama zum Opfer. Selbst der Tod zweier Könige mag auf das Wirken unseres Ordens zurückgehen, obwohl sogar unsere Archive darüber schweigen.«

Feja sah ihn kritisch an. »War es nicht auch so bei diesem wahnsinnigen König, der den Bürgerkrieg beendete und ermordet wurde?«

»Du meinst Hirot Bluthand. Ich sehe, du hast doch etwas bei mir gelernt. Aber dein Wissen ist leider immer noch voller Lücken, denn Hirot lebte ein paar Jahrhunderte später.« Der Meister seufzte.

»Jedenfalls begann damals unser Streit mit dem Flammenorden, und er nahm lange kein Ende. Erst Abot Vorud, den man zu Recht den Weisen nannte, fand vor rund hundert Jahren eine Lösung. Er verließ die alten Pfade und führte uns auf neuen Wegen zum Frieden.«

Feja nickte langsam. »Aber nicht alle im Orden wollen diesem Weg weiter folgen, oder?«

»Du hast es also gemerkt? Das ist gut, denn du musst dich wappnen für das, was vor dir liegt. Meister Dregin und einige andere denken tatsächlich daran, zu den alten Methoden zurückzukehren. Da sie jetzt eine Lebensdiebin in unseren Reihen wissen, fühlen sie sich weiter ermutigt. Und da ich ihnen im Wege bin, schicken sie mich nach Nargatt. Aber ich werde schneller zurück sein, als sie denken. Und dann werde ich fest an deiner Seite stehen, das verspreche ich dir.«

Sie sah ihn zweifelnd an.

Plötzlich kniete er neben ihrem Stuhl nieder und nahm ihre Hand. »Ich kann deine Zweifel verstehen. Ich habe dich hergebracht, und dann habe ich dich über all den anderen Dingen vergessen. Das wird nie wieder geschehen. Das verspreche ich!«

Feja spürte einen Kloß im Hals. Seine Hand ruhte auf ihrer, was seltsam aussah, denn sie hielt die Gabel fest umklammert.

»Ich werde niemanden umbringen!«, stieß sie hervor, obwohl sie etwas ganz anderes hatte sagen wollen.

»Ich weiß, dass das nicht in deinem Wesen liegt, aber sie werden versuchen, dich zu verführen. Sei wachsam, Feja! Das Zwielicht steht zwischen Nacht und Tag. Lass dich nicht in die Dunkelheit locken. Versprich mir das!«

Es klopfte an der Tür, und Meme Sulling trat ein. »Ah, Meister Caron, Ihr seid noch hier?«

»Habt Ihr mich gesucht, Meme?«, meinte er und erhob sich rasch.

»Oh, nein. Ich bin auserkoren, diesem Mädchen das Wissen über die Gifte näherzubringen, auch wenn es die vermutlich gar nicht braucht.«

»Dann ist es Zeit, dass ich mich verabschiede.«

»Können die Oberen nicht jemand anderen nach Nargatt schicken?«, fragte Feja.

»Nein, für den Orden ist es von Vorteil, wenn ich für eine Weile fort bin. Das gibt unseren Feinden in Braake das Gefühl, sich durchgesetzt zu haben.«

»Aber wenn Ihr geht, dann haben sie sich doch durchgesetzt!«

»Das verstehst du noch nicht, Feja. Sei unbesorgt, in vier oder fünf Wochen bin ich zurück.«

Trotz seiner beteuernden Worte war Feja erschüttert. Nerius war fort, und jetzt ging auch Meister Caron, der vor Gericht für sie gekämpft hatte. Dafür stand Meme Sulling mit ihren verklebten Haaren vor ihr und wollte ihr etwas über die Giftigkeit der Riesenstaude beibringen.

»Nun stell dich nicht so an«, meinte die Alchemistin, als sie merkte, dass Feja nicht bei der Sache war. »Er ist bald zurück. Wir haben bestimmt nicht vor, den unverschämten Forderungen dieses königlichen Richters weiter nachzukommen als unbedingt nötig. Ich nehme an, dass Caron schon bald wieder zu den Oberen gehören wird, wenn auch in einem anderen Amt. Doch nun wollen wir uns weiter mit den Wirkungen jener Staude beschäftigen.«

»Warum denn in einem anderen Amt?«

Die Meme warf ihr einen ungnädigen Blick zu. »Meme Salmango ist nun unsere Erste Lehrmeisterin der Dämmerung. Aber da wir bald einen neuen Abot bestimmen werden, wird einer unserer Oberen seinen Stuhl räumen. Auf dem kann dann Meister Caron Platz nehmen, wenn es nicht anders kommt. – Also, die Riesenstaude ist berüchtigt für die weißen Härchen, die die Haut verbrennen, weniger bekannt ist …«

»Was meint Ihr damit? Könnte es denn anders kommen, Meme?«

»Der Sturmrat hat unsere Gesandten aus den anderen Städten zurückgerufen. Das ist so üblich, wenn ein neuer Abot gewählt wird. Sie werden mit über den Nachfolger abstimmen.«

»Und Meister Caron nicht?«

»Nein, der nicht. Aber jetzt bitte zurück zur Riesenstaude. Ihre Blüte ist weiß und anziehend, wie du vielleicht weißt, und ihre Samen können in Verbindung mit Pflanzen wie …«

Feja hörte nicht zu. Sie hatte das Gefühl, dass der Boden unter ihr wankte. Nerius war fort, Malthur tot und Meister Caron verbannt. Selbst Tyrbull Tygram, der vertraute Feind, war fort. Alles änderte sich. Worauf konnte sie sich jetzt noch verlassen?

In der Nacht träumte Feja wieder von der Nykke. Aber sie war weit draußen in der Bucht, und was immer sie Feja mitteilen wollte, nichts davon drang durch die dicken Mauern der Festung.

Am nächsten Tag gelang es Feja zum ersten Mal, ein paar der Worte, die Meme Salmango in die Dunkelheit flüsterte, zu verstehen, und am darauffolgenden Tag fiel es ihr noch leichter.

»Du machst Fortschritte«, lobte die dunkelhäutige Zauberin,

»allerdings ist deine Kraft fast ganz verbraucht. Wir werden dein Bargan bald auffüllen müssen.«

Feja schüttelte den Kopf. »Ich habe nicht vor, noch einmal jemandem ans Leben zu gehen.«

»Es ist die Magie, die du aus ihm herausgeholt hast, nicht das Leben. Das ist nicht überraschend, nach dem, was ich gelesen habe.«

»Ihr wisst mehr über mein Lindross?«

»Ich habe lange suchen müssen, denn Glotnir der Schwarze lebte lange vor unserer Zeit, und in den meisten Aufzeichnungen wird sein Lindross nicht erwähnt. Er war der stärkste Zauberer, den unser Orden je hervorgebracht hat, und, obwohl er nie Abot wurde, führte er uns zum Sieg im Magierkrieg.«

»Es gab einen richtigen Krieg unter Zauberern?«

Die Meme zuckte mit den Achseln. »Sie ließen meist andere für sich kämpfen und begnügten sich klugerweise damit, die Schlachten aus dem Hintergrund zu lenken.«

»Und dieser Glotnir war ein Lebensdieb? Was wurde aus ihm?«

»Es heißt, er habe nach dem Krieg den Orden verlassen und sei in die Mondberge gegangen. Angeblich soll er noch Jahrhunderte später gesehen worden sein, wie er auf einem der Gipfel saß und über die Welt nachsann.«

»Der Alte auf dem Berg! Ich kenne diese Geschichte. Mein Vater hat mir erzählt, dass er ihn selbst gesehen hat!«

Die Zauberin lächelte. »Ich halte es für unwahrscheinlich, dass er den Schwarzen Glotnir gesehen hat. Aber andere Männer mögen dem Beispiel unseres berühmten Ahnen gefolgt sein.«

»Dieser Glotnir führte uns also zum Sieg. Meister Caron erwähnte, dass wir wegen dieser alten Kämpfe immer noch mit den Feuermagiern verfeindet sind.«

»Das ist wahr. Doch wollte ich dich nicht in Geschichte unterrichten, sondern dir etwas über Lebensdiebe beibringen.«

»Entschuldigt, Meme.«

»Entschuldige dich nicht immer. Das ist ein Zeichen von Schwäche. Glotnir also stahl zunächst den Fliod aus jenen, mit denen er kämpfte. Verfügten sie jedoch nicht über magische Kräfte, so konnte er ihnen auch das Leben nehmen.«

Feja betrachtete bedrückt ihre Hände. Sie hatte also wirklich diese Fähigkeit …

»Selbstverständlich kannte er auch andere Quellen, um sein Bargan aufzufüllen.«

»Die Monde?« Feja dachte, es sei nicht so schlecht, Kraft aus den Monden zu ziehen. Die würde es bestimmt nicht stören.

»Auch aus den Monden, ja. Aber unser Orden verfügt noch über eine andere Möglichkeit. Und ich denke, es wird Zeit, dass du sie kennenlernst – oder weißt du vielleicht schon, welche ich meine?«

Feja sah den lauernden Blick der Zauberin. Sie erinnerte sich wieder an den Traum, der vielleicht gar keiner gewesen war. Sollte sie ihr jetzt davon erzählen? Was konnte es schaden? Nichts. Dennoch brachte sie kein Wort über die Lippen.

Die Tür öffnete sich, und Bruder Span trat ein.

Bevor Feja sich auch nur darüber wundern konnte, erhob sich die Meme. »Ich bin der Meinung, dass du nicht nur in der Magie und Alchemie unterwiesen werden solltest. Bruder Span hier ist unser bester Kämpfer. Er wird dich in der Kunst der Verteidigung und des Angriffs mit und ohne Waffen unterweisen.«

»Hier drin?«, fragte Feja. »Sehr groß ist diese Kammer ja nicht.«

»Nein. Ich denke, ihr solltet auf einen der Türme gehen. Aber versprich mir, Feja, dass du dich noch für diesen Tag von den anderen Schülern fernhältst.«

»Warum?«

»Weil ich es so will! Außerdem endet die Zeit der Trennung für dich heute Nacht.«

»Dann kann ich zurück zu meinen Freunden?«

»Ja, wir werden euch allen den neuen Weg zum Fliod zeigen. Doch wünsche ich, dass du den anderen nicht die Überraschung verdirbst.«

Die Zauberin lächelte verschwörerisch, und Feja versprach, sich von ihren Freunden fernzuhalten, auch wenn sie den Grund nicht verstand.

Meme Salmango nickte Bruder Span zu. Der trat auf Feja zu und berührte ihren Arm.

Ich grüße dich, sagte eine Stimme in Fejas Kopf.

Feja fühlte sich wie vom Blitz getroffen. »Ihr … Ihr sprecht?«

In Gedanken, nicht in Worten. Und du kannst mich duzen.

»Aber wie … wie ist das möglich?«

Du verstehst endlich das Dunkelflüstern. Und solange unsere Schatten sich berühren, kann ich mit dir sprechen.

Feja glotzte ihn mit offenem Mund an. »Aber hier gibt es doch kaum klare Schatten, so trüb, wie das Licht hier hereinscheint.«

Er seufzte und wies mit einem Nicken auf ihren Arm.

»Der Schatten … unter deiner Hand? Das genügt?«

Wie ich sagte – solange ein wenig Dunkelheit zwischen uns ist, kannst du mich hören.

»Und kann ich auf diese Weise auch mit dir reden?«

Versuch es.

Feja nickte und versuchte sich im Dunkelflüstern, bis ihr die Adern auf der Stirn anschwollen. Es gelang ihr einfach nicht.

Meme Salmango lachte, dann erklärte sie: »Du hast gerade erst gelernt, das Flüstern zu vernehmen. Das Sprechen ist viel schwerer. Aber das wirst du auch noch lernen.«

Feja seufzte. Sie hätte sich gern mit Span unterhalten, ohne dass ihre Lehrmeisterin zuhörte. Doch offenkundig musste sie sich gedulden. Wenigstens konnte sie sich endlich mit Bruder Span verständigen. Und, noch besser, sie durfte ganz allein mit ihm üben …

»Wie macht sie sich?«, fragte Ginnar Dregin, als die Zauberin in seine Kammer getreten war.

»Sie lernt schnell, aber ihr Bargan leert sich zusehends. Sie muss heute Abend wenigstens unter die Monde«, erwiderte Meme Salmango.

»Nir wird heute Nacht am Himmel stehen. Ich bin sicher, dass der Todesmond sie stärken wird. Ihr wisst jedoch, dass ich weit mehr vorhabe.«

»Ich weiß, ich habe es ihr gegenüber auch schon angedeutet, allerdings mehr, um herauszufinden, ob sie sich an ihre letzte Begegnung mit dem Stein erinnert.«

»Und?«, fragte Dregin neugierig.

»Der Bann wirkt. Sie kann nicht darüber reden, aber sie erinnert sich.«

»Sehr gut«, meinte der Sturmrat. »Doch ich sehe, dass Ihr zweifelt.«

Die Zauberin verschränkte die Arme vor der Brust. »Ich habe einiges darüber gelesen, was der Stein mit Seelen anstellen kann, die noch nicht gefestigt sind.«

»Ich kenne die alten Berichte. Sie erscheinen mir … übertrieben.«

»Wirklich? Und doch kommt es mir so vor, als würdet Ihr Euer Handeln genau auf diese alten Schriften stützen – oder täusche ich mich?«

Dregin erhob sich von seinem Stuhl. »Es ist nicht so, dass ich das gewollt habe, Meme Salmango, aber die Zeit läuft uns davon. Diese fetten Feuermagier setzen sich in Braake fest und scheinen von Tag zu Tag weniger gewillt, unsere Stadt zu verlassen. Wenn wir nicht bald unsere Stärke zeigen, werden wir sie nie wieder los.«

»Schüler, die sich in den Tod stürzen oder die den Verstand verlieren, sehen für mich nicht wie Zeichen von Stärke aus, Meister Dregin«, gab die Magierin trocken zurück.

»Das wird nicht geschehen, denn wir werden auf sie aufpassen, nicht wahr?« Er setzte sein freundlichstes Gesicht auf und verließ sich darauf, dass die Tsungamerin ihn lange genug kannte, um die Warnung zu verstehen. Offenkundig hatte er sich nicht getäuscht.

»Ganz wie Ihr befehlt, Sturmrat«, sagte sie und zog sich zurück.

In der Nacht durchlebte Feja einen weiteren Traum. Wieder erschien ihr die Nykke, dieses Mal aber viel näher. Sie ragt hoch aus den schäumenden Wogen, doch kehrte sie ihr den Rücken zu und schien unverwandt nach Westen zu schauen. Allmählich erkannte Feja, dass das Wasser nachtschwarz war, sogar die Brandung schlug in völliger Schwärze gegen die bleichen Felsen. Sie kauerte einsam zwischen den Buckelsteinen, winkte und rief, weil sie unbedingt wissen wollte, was die Nixe dort in der Ferne sah, aber gerade, als die sie endlich zu hören schien und sich umwandte, sagte die Stimme von Meme Salmango: »Wach auf, es ist Zeit.«

Feja schreckte hoch. Die dunkelhäutige Zauberin stand mit verschränkten Armen in ihrem Zimmer.

»Zeit wofür?«, fragte Feja verwirrt.

»Dir ein besonderes Lindross zu zeigen.«

Schlaftrunken trotte Feja hinter der Magierin hinaus auf den Hof. Eortha und Aithir streuten schimmerndes Licht über die Festung. Alle anderen Schüler waren bereits dort versammelt und schienen sich auf die nächtlichen Übungen vorzubereiten. Feja gesellte sich zu ihren Freunden.

»Da bist du ja endlich!«, rief Gabra leise.

»Wir haben uns schon Sorgen gemacht«, schloss sich Nemma an.

Hallir klopfte ihr auf die Schulter, und als sie sich umsah, bemerkte Feja, dass die Anhänger von Tyrbull sie eher mit Neugier als mit Feindseligkeit betrachteten. Nur Lygger Tygram stand einsam am Rand der Gruppe und zog eine finstere Miene. Und noch jemand schien sie nicht zu sehen. Die kleine Bele hielt sich dicht neben Gabra und schien so verloren, dass es Feja einen Stich versetzte.

»Es wäre freundlich, wenn auch du mir deine Aufmerksamkeit schenken könntest«, sagte Meme Salmango, die direkt vor ihr stand. Feja zuckte zusammen und murmelte eine Entschuldigung. Sie hatte nicht auf die Worte der Zauberin geachtet.

»Heute werden wir also unsere Sinne nicht auf den Fliod richten, der uns von den Monden zuströmt, sondern auf einen viel mächtigeren Fluss. Ich muss euch jedoch warnen – diese Quelle ist stark. Ihr müsst auf das achten, was wir euch sagen, denn sonst könnte sie euch verschlingen. Habt ihr das verstanden?«

Ein vielstimmiges gespanntes »Ja, Meme Salmango« war die Antwort.

»Dann folgt mir jetzt in den Tempel.«

Als die breite Tür aufschwang, hoffte Feja, dass sie nun erfahren würde, wohin die Meister während der Götterfeiern verschwanden.

Die Meme führte sie in das finstere Gotteshaus. Die Strahlen von Eortha und Aithir drangen kaum durch die schmalen Fenster. Hallir stieß im Dunkeln mit Feja zusammen und fluchte leise. Der Zug geriet ins Stocken. Dann hörte sie die Zauberin leise Worte murmeln, und plötzlich entflammte eine Reihe von zwölf Kerzen wie aus dem Nichts. Schatten tanzten über die Gesichter der staunenden Schüler.

Die Zauberin lächelte. »Wenn ihr euch anstrengt, könnt ihr auch bald aus purer Dunkelheit Funken schlagen.« Sie streckte eine Hand aus, und mit einem Mal schien sich der Boden zu bewegen. Feja reckte sich. Eine große Steinplatte schob sich vollkommen lautlos zur Seite. Sie hatte genau an dieser Stelle gründlich nach einem Geheimgang gesucht, als sie den Tempel hatte fegen müssen, aber nichts gefunden. Jetzt offenbarte sich ihr eine lange, gewundene Treppe, die hinunter in den Fels führte. Die Meme ging wieder voran, und gerade als sie hinter der ersten Biegung aus den Blicken der Schüler verschwand, flammte dort ein bleiches Licht auf. Ein schwacher Wind stieg mit einem dunklen Pfeifen aus der Tiefe empor. Feja lief ein Schauer über den Rücken.

Ihre Mitschüler standen um die dunkle Öffnung im Boden und tauschten besorgte Blicke.

»Worauf wartet ihr – eine Einladung vielleicht?«, ertönte die Stimme der Meme von unten.

Feja ging voran. Sie ahnte, was sie am Ende der Treppe erwartete. Die Erinnerung war undeutlich, aber sie wusste noch, wie der Nebel ihr die Sinne geraubt hatte. Angst kroch ihren Nacken hoch. Aber sie sagte sich, dass sie die Furcht am besten bekämpfte, wenn sie sich der Gefahr stellte. Also nahm sie ihren Mut zusammen und stieg weiter die Stufen hinab. Die anderen folgten ihr.

Die Zauberin erwartete sie an einer Weggabelung. Einer der Gänge führte nach links, ein anderer über flache Stufen weiter in die Tiefe. Ein bleicher Lichtschein schien von den Felswänden selbst auszugehen. Meme Salmango lächelte ihnen aufmunternd zu und stieg weiter hinab.

Feja folgte ihr, und von Stufe zu Stufe kehrte die Erinnerung zurück. Endlich trat sie in die Steinhalle, durch die der fahle Nebel waberte. Männer in grauen Roben standen am Rand und schienen sie zu erwarten.

Feja hielt inne. Das Leuchten! Sie wusste, woher es kam. Der Kristall! Ihr brach kalter Schweiß aus. Sie hatte es nur mit knapper Not aus dem Nebel herausgeschafft.

Ihre Mitschüler drängten an ihr vorüber. »Was ist das?«, flüsterte Hallir. Ansonsten herrschte andächtige Stille.

Eine Stimme schwebte durch die Dunkelheit. Sie musste von einem der Meister kommen.

»Dies ist das Herz unserer Bruderschaft«, flüsterte sie. »Hinter diesen Schleiern verbirgt sich das Lindross, das euer Bargan bis zum Überfluss füllen wird.«

War das die Stimme von Meister Dregin? Es war nicht wie beim Flüstern mit Meme Salmango oder Bruder Span. Diese Stimme drang kalt an Fejas Ohr.

Einer der Schüler trat näher an die blassen Schwaden heran und streckte die Hand aus.

»Es gibt keinen Grund zur Furcht, doch allen Grund zur Vorsicht. Hütet euch vor dem Abgrund, der unter dem Stein lauert«, raunte die Stimme.

Fejas Herz schlug rasend schnell. Dann biss sie die Zähne zusammen, trat in den Dunst und ging auf das Leuchten zu. Ja, da war er – der Kristall! Er drehte sich langsam um die eigene Achse, und das Licht aus seinem Inneren brach sich in seinen Facetten. Wie gebannt trat sie näher heran – und hatte den Abgrund schon wieder vergessen, vor dem sie eben noch gewarnt worden war.

Plötzlich tauchte eine Gestalt in einer Robe vor ihr auf.

»Nicht näher«, hauchte eine Stimme. Sie klang nach Meme Sulling. Feja nickte stumm und starrte den Stein an, der sich langsam über dem tiefen Spalt bewegte. Neben ihr erschien Gabra Dann kam Hallir, und dahinter zeigten sich weitere Schemen im Nebel.

»Dies ist der Dämmerstein. Seit beinahe tausend Jahren ist er die Basis unserer Macht«, wisperte die Stimme von Meme Salmango. »Öffnet euren Geist, nehmt seine Kraft in euch auf. Atmet sie ein, bis sie euch ganz erfüllt.«

Beinahe automatisch begann Feja, auf ihren Atem zu lauschen. Sie öffnete ihren Geist und hatte das Gefühl, dass von außen eine unbändige, ungeduldige Macht gegen die Tür zu ihrem Innersten anrannte. Neben ihr geriet Gabra ins Keuchen, aber Feja atmete ruhig ein und aus. Sie zählte, wie sie es gelernt hatte. Mit jedem Atemzug schien der Strom der Kraft anzuschwellen. Sie konnte den Fliod förmlich spüren. Jede Faser ihres Körpers schien vor Freude zu glühen.

Mit einem Ächzen fiel neben ihr jemand zu Boden. Sie achtete nicht darauf. Dann hörte sie Stimmen und spürte, dass sie jemand am Arm packte und aus dem Nebel herauszog. Sie folgte widerstrebend. Da war Nemma, die sie anstrahlte, und Hallir neben ihr lächelte und seufzte. Daneben standen Toven und Germir, zwei von Tyrbulls Gefolgsleuten, mit denen Feja bisher noch keine drei Worte gewechselt hatte, und auch die nickten ihr lächelnd zu.

Feja spürte eine Verbundenheit mit ihren Mitschülern, die sie noch nie gefühlt hatte. Und dennoch, sie musste zurück! Sie wollte wieder in den Nebel, wurde aber von einer dunklen Gestalt aufgehalten.

»Es ist genug für heute«, sagte Meme Salmango.

Feja blinzelte, unwillig, weil ihr Verlangen nicht erfüllt wurde. Dann sah sie Gabra auf dem Boden liegen. Sie atmete schwer und schien nicht ganz bei Sinnen zu sein. Meme Sulling kümmerte sich um sie.

»Ihr habt die Macht des Dämmersteins erfahren«, erklärte der Sturmrat mit lauter Stimme. »Ich sehe in euren Augen, dass sie euch tief berührt hat. Ihr werdet sie wieder erfahren, doch nicht heute. Meme Salmango wird euch nun in den Tempel führen. Dort solltet ihr Nir dafür danken, dass sein Sohn Stor uns einst diesen Stein schenkte. Doch nur mit Nir könnt ihr über dieses Geschenk reden. Niemandem sonst werdet ihr davon berichten!«

Feja nickte. Der Meister hatte recht. Keiner durfte von dieser Kostbarkeit im Felsen erfahren. Und dann spürte sie, dass es gar kein Befehl gewesen war – es war eine Feststellung. Niemand, der diese Erfüllung erlebt hatte, würde mit einem Außenstehenden darüber reden wollen. Der würde es ohnehin nicht verstehen.

Sie bückte sich und half Meme Sulling, Gabra aufzurichten.

»Geht es dir nicht gut?«, fragte sie und erinnerte sich dunkel, dass ihr bei der ersten Begegnung auch die Sinne geschwunden waren. Dabei stellte sie sich die Frage, wer sie damals hier heruntergelockt hatte.

»Es geht schon wieder«, sagte ihre Freundin und schüttelte den Kopf, als müsse sie eine unliebsame Erinnerung loswerden. Noch bevor sie den Tempel erreichten, brauchte sie Fejas Hilfe nicht mehr, und nun schüttelte sie den Kopf über sich selbst. »Ich habe wohl einfach vergessen zu atmen«, meinte sie. »Aber es war so … überwältigend.«

Feja konnte ihr nur recht geben. Etwas in ihr wollte umdrehen und wieder den Stein aufsuchen, aber Meister Eyrim, der den Schluss des Zuges bildete, hätte es wohl nicht zugelassen.

Der Tempel wirkte finster und leer, und vom Altar drang das leise Klacken des Spielwerks, das Aithir und Eortha auf ihren Bahnen voranschob.

Meme Salmango beschwor mit leisem Murmeln die geheime Tür, und Feja fröstelte, als die schwere Steinplatte sich lautlos über die Treppe schob. Sie musste herausfinden, wie man diesen Eingang öffnete.

Die Meme flüsterte ein weiteres Wort, und die zwölf Kerzen, die sie vorhin entflammt hatte, entzündeten sich erneut.

»Sind die von selbst verloschen?«, fragte Hallir leise. Seine Stimme war voller Ehrfurcht.

»Mir ist, als hätte ich heute zum ersten Mal überhaupt wahre Magie gespürt«, flüsterte Nemma andächtig.

Feja spürte plötzlich eine tiefe Niedergeschlagenheit, die aber nicht aus ihrem Innern zu kommen schien. Sie drehte sich um.

Die kleine Bele stand unter den anderen Schülern und wirkte unendlich traurig.

Feja ging zu ihr. »Es tut mir so leid, dass Malthur das nicht erleben kann«, flüsterte sie unbeholfen.

Bele nickte bloß, aber sie sagte nichts und schien nur noch bedrückter zu sein.

Feja biss sich auf die Lippen. »Es tut mir leid, Bele. Ich trauere mit dir«, meinte sie dann.

»Aber nicht wegen Malthur«, lautete die vorwurfsvolle Antwort, und Bele wandte sich ab.

Meme Salmango rief die Schüler zum Altar. »Nun wollen wir um die Weisheit beten, den Fliod, der uns eben geschenkt wurde, zum Wohle unserer Bruderschaft einzusetzen.«

Sie blieben lange im Tempel, und Feja schielte immer wieder dorthin, wo die verborgene Tür lag. Sie sollte mit Nir Zwiesprache halten und ihm danken, aber Feja fiel nichts ein, was sie mit dem schwarzen Mondgott zu besprechen gehabt hätte. Während der Rausch in ihrem Inneren andauerte, war ihr Kopf seltsam leer.

Das wurde auch nach dem Verlassen des Tempels nicht besser. Meister Svelgar riet den Schülern, sich noch einmal ins Bett zu legen. Feja versuchte es, konnte erst nicht schlafen und wurde dann von schattenhaften Traumbildern gequält, an die sie sich nach dem Aufwachen nicht erinnern konnte.

Dennoch wäre sie am liebsten sofort wieder zum Dämmerstein gegangen, aber Meme Salmango, die sie um Erlaubnis fragte, lehnte rundweg ab.

»Du würdest vor Kraft platzen. Spürst du nicht, wie dein Bargan fast überläuft? Wenn du den Mund nicht zumachst, wird dir die Magie bald wie Suppe über die Lippen schwappen. Nein, heute werden wir uns damit beschäftigen, deinen Fliod auszugießen. Mit anderen Worten – es wird Zeit, dass du ein paar Zauber erlernst.«

»So bekomme ich wieder Einzelunterricht, Meme?«

»Nur, was mich betrifft. Du hast dein Lindross gerade erst gefunden. Daher musst du einiges nachholen. Aber du hast auch ein besonderes Talent, also wirst du hoffentlich ein paar Dinge lernen, die deine Mitschüler nie beherrschen werden.«

»Warum habt Ihr mich eigentlich nicht gleich da hinuntergeführt, Meme? Warum musste ich tagelang durch Schilffelder und Bäche laufen?«

»Der Dämmerstein ist mächtig. Er hätte vielleicht verhindert, dass du je dein wahres Lindross findest. Und das wäre doch schade gewesen, oder? Außerdem ist er nicht ungefährlich. Aber nun wollen wir uns dem Öffnen von Schlössern widmen.«

»Warum ist er gefährlich?«

Die Meme seufzte. »Weil ein junger Geist dieser alten Macht vielleicht nicht gewachsen ist. Kannst du dich bitte jetzt auf das konzentrieren, was vor dir liegt?«

Feja nickte und betrachtete das Schloss. »Meister Caron sagte, man solle Zauber nur benutzen, wenn es keinen anderen Weg gibt. Ich habe gelernt, so etwas mit einem Dietrich zu öffnen.«

»Caron ist nicht ohne Weisheit«, gab die Meme zu, »aber siehst du hier irgendwo Diebeswerkzeug? Nein? Gut, dann wirst du jetzt lernen, dem Zwielicht eine Form zu geben und dieses kleine Stück Metall deinem Willen zu unterwerfen.«

Feja wusste erst nicht, was die Zauberin meinte, aber dann lernte sie, mithlfe des Zwielichts das Schloss zu erkunden und in Gedanken einen Schlüssel zu formen.

»Und was mache ich nun damit?«, fragte sie, während sie versuchte, das Stück erdachtes Metall nicht aus den Gedanken zu verlieren.

»Rufe das Zwielicht und bilde diesen Gedanken mit seiner Hilfe nach. Dann öffne das Schloss.«

Es war noch viel schwieriger, als Feja dachte, aber nach einer Weile sprang das kleine Schloss endlich auf. Sie wischte sich den Schweiß von der Stirn.

Die Zauberin sah sie nachdenklich an.

»Es tut mir leid, Meme, schneller ging es nicht.«

Meme Salmango lächelte. »Ich glaube nicht, dass je ein Schüler es schneller erlernt hat.«

Feja wurde verlegen, aber sie hatte nicht viel Zeit, das Kompliment zu genießen, denn Meister Svelgar rief die Schüler in den Oberhof.

»Wieder stumpfe Waffen?«, fragte Hallir und wirkte fast enttäuscht.

»Schön … Greif mich an!«, verlangte Svelgar und warf ihm seinen Dolch zu.

Hallir sprang beherzt auf den dicken Zauberer zu, aber der wedelte kurz mit der Hand, glitt leichtfüßig einen Schritt zur Seite und ließ den Angreifer ins Leere laufen. Hallir blieb stehen.

»Ich kann nichts sehen! Alles ist rot!«, rief er und klang eher verblüfft als erschrocken.

»Du hast die Blutblende kennengelernt, mein Junge. Ein recht kurzlebiger Zauber, wie du gerade bemerkst. Im Grunde genommen nehmt ihr ein Stück Zwielicht und legt es über die Augen Eures Gegners. Er wird für ein paar Augenblicke nichts anderes sehen als Rot, wie unser Hallir es treffend beschrieben hat. Aber das verletzt Euren Gegner nicht, es fließt ihm auch kein Blut in die Augen, wie der Name nahelegt. Es blendet ihn für einige Sekunden, mehr nicht – und doch ist das genug, um ihn sehr verwundbar zu machen. Das werdet ihr heute lernen, oder vielleicht auch nicht, wenn ich bedenke, wie ungeschickt ihr euch anzustellen pflegt. Jedenfalls wäre es dumm, euch dabei mit scharfen Schwertern hantieren zu lassen. Ganz recht, nun, da ihr die Macht unseres Ordens berührt habt, werdet ihr lernen, Magie im Kampf einzusetzen.«

Feja brannte darauf, es auszuprobieren, aber Svelgar ließ sie zappeln: »Ein Meister kann diese Blende aus seinem Fliod ziehen und noch bei strahlendem Sonnenschein einen Gegner verwirren. Anfänger wie ihr dürfen schon froh sein, wenn sie das Zwielicht zu fassen kriegen, das sie umgibt.«

Er wies sie an, bei einem Kampf in die Schatten zurückzuweichen, die ihnen der Festungshof bot. »Nun müsst ihr sie nur noch ergreifen und dem Gegner ins Gesicht schleudern … ganz einfach.«

Aber das war es nicht. Das Zwielicht zu fassen war viel leichter gesagt als getan. Feja schaffte es nicht, und diejenigen, denen es gelang, wussten nicht, wie sie es werfen sollten.

Meister Svelgar war vergnügt, er lachte viel und ließ es sie immer wieder aufs Neue versuchen, ohne dass auch nur einer es am Ende des Unterrichts vollbracht hatte.

Feja war so müde, dass sie während der Alchemielektion von Meme Sulling glatt einschlief. Ihr Glück war, dass sie nicht die

Einzige war. Meme Sulling schlug irgendwann resigniert ihr großes Buch zu, ließ den Koch eine frühe Abendmahlzeit bereiten und schickte sie dann ins Bett.

Nach einer traumlosen Nacht wurde Feja für ihren Geschmack wieder viel zu früh aus dem Schlaf gerissen. Es war Bruder Span, der sie weckte und mit knapper Geste aufforderte, ihm in den Hof zu folgen.

Der Morgen dämmerte gerade erst. »Muss das denn so früh sein?«, maulte sie.

Er warf ihr ein Schwert zu. *Du musst schnell lernen. Deine Gabe wird dir viele Feinde verschaffen, und die werden nicht fragen, ob du gerade müde bist.*

Sie starrte ihn an. »Das habe ich gehört!«

Er deutete lächelnd auf den Schatten des Schulhauses. *Darin bist du schon fast so gut wie einige Brüder. Jetzt zeig, was du mit dem Schwert kannst.*

Sie griff ihn an, wenn er es verlangte, verteidigte sich, wenn sie es musste, aber sie hatte keine Chance gegen ihn. Er schien geradezu mit ihr zu spielen, ließ sie ins Leere laufen, unterlief ihre Verteidigung, und manchmal raubte er ihr mit der Blutblende die Sicht, obwohl er das gar nicht nötig hatte.

Feja wurde langsam wütend. Sie versuchte nun selbst, mit dem Zwielicht zu kämpfen. Erst misslang ihr das gründlich, und sie handelte sich ein paar blaue Flecken ein, weil sie Bruder Spans Schläge einstecken musste. Gerade als sie das Schwert wegwerfen wollte, bekam sie das Zwielicht plötzlich zu fassen und schleuderte es ihm entgegen.

Bruder Span wich aus und verpasste ihr einen weiteren Hieb mit der breiten Seite seiner Waffe.

Sie fluchte.

Nein, das war gut, raunte es in ihrem Kopf. *Einen anderen Gegner hättest du damit vielleicht sogar erwischt.*

»Vielleicht sogar …«, murmelte sie.

Er lachte lautlos. Es war das erste Mal, dass Feja ihn lachen sah. *Gibst du auf?*

»Auf keinen Fall!«

Als die Sonne aufging, war es ihr ein zweites Mal gelungen, das Zwielicht zu fassen zu bekommen, aber getroffen hatte sie ihren Lehrer damit nicht.

»Es ginge besser, wenn ich mich noch einmal am Dämmerstein stärken dürfte«, sagte sie, keuchend vor Erschöpfung.

Er schüttelte den Kopf. *Zu gefährlich. Übe dich in Geduld. Denn auch die braucht ein Graumagier.*

»Und wie heißt der Meister, der mich darin unterrichten wird?«

Bruder Span grinste, dann schickte er sie zum Frühstück. Als sie an der Tür war, drehte sie sich um. »Kann ich dich noch etwas fragen?«

Er nickte.

»Dein Name … Ich weiß, dass der Schmied dich so getauft hat, als du noch nicht durch die Dunkelheit sprechen konntest. Aber du musst doch noch einen anderen, einen richtigen Namen haben, oder?«

Er antwortete nicht.

»Ich will nicht sagen, dass Bruder Span kein guter Name ist, aber ich wüsste gerne, wie ich dich nennen soll.«

Bruder Span, flüsterte er durch die Dunkelheit. Und dann drehte sich der junge Bruder um und ging davon.

Die Stunden bis zum Abend waren mit Übungen ausgefüllt, und in den folgenden Tagen wurde es nicht weniger. Dann kam der nächste Eorthatag, der den Lichtfrühling mit seinen langen Tagen einläutete.

Die ganze Feste versammelte sich im Tempel, und die Meister verschwanden dieses Mal nicht durch die geheime Tür. Feja blickte immer wieder sehnsüchtig hinüber, und sie hatte große Schwierigkeiten, den Ausführungen von Vater Vey zu folgen.

Obwohl es ein Feiertag war, setzte der Sturmrat für diesen Tag weiteren Unterricht an, was die meisten Schüler mit Unwillen hinnahmen. Feja musste sie gar nicht fragen – sie alle sehnten sich nach dem Dämmerstein.

Dann, nach dem Abendessen, führte die Meme sie endlich wieder hinab. Dieses Mal jedoch war es anders. Feja spürte keine Angst mehr, und das berauschende Gefühl, das durch ihre Adern tobte, war noch stärker als beim letzten Mal. Auch schienen die meisten Schüler es länger im Nebel auszuhalten als bei ihrem ersten Besuch. Dann fiel Oradir, noch einer aus Tyrbulls alter Gefolgschaft, einfach um. Erst später im Tempel kam er wieder zu sich.

So ging es weiter: Die Tage waren mit Übungen gefüllt, und in den Nächten führte Meme Salmango sie in den Hof, wo sie ihr Bargan mithilfe der Monde auffüllten. Eortha, die Zeitherrin, nahm langsam zu, aber Aithir, der Sturmmond, zeigte sich in voller Kraft. Feja schaffte es, den Fliod auch aus diesen Quellen zu schöpfen. Das war jedoch nichts im Vergleich zu dem, was sie am Dämmerstein erlebte.

»Es ist, als würde man versuchen, einen Bottich mit einem Löffelchen zu füllen«, seufzte sie.

»Übe nur, dann wird aus dem Löffel eines Tages vielleicht eine Schöpfkelle«, wies die Meme sie zurecht.

Sie waren so beschäftigt, dass es Feja beinahe entgangen wäre, als neue Magier in die Festung kamen.

»Es sind Männer, die dem Orden bisher in anderen Städten gedient haben«, berichtete Gabra beim Abendessen.

»Was für Städte?«, fragte Feja gähnend.

»Na, Städte in Edun. Lente, Nargatt, Walbucht und so weiter.«

»Ach so«, murmelte Feja »Und was wollen die hier?«, fragte sie, bevor noch jemand merkte, dass sie keine Ahnung hatte, wo diese Orte genau lagen.

»Ich glaube, es wird bald ein neuer Abot gewählt.«

»Aber Meister Caron ist noch nicht zurück!«, wandte sie ein. Sie erinnerte sich daran, wie jemand erwähnt hatte, dass die Meister der Ferne zur Wahl in die Feste gerufen würden.

»Dann darf er vielleicht nicht mehr abstimmen«, meinte Odil, der neuerdings mit seinem Freund Uvis immer an ihrem Tisch Platz nahm.

»Aber das wäre ungerecht!«, rief Feja. »Er war doch der Erste Lehrmeister!«

»Und jetzt ist er es nicht mehr«, murmelte Nemma, die erschöpft aussah.

»Alles in Ordnung?«

»Ja, Feja, mit mir ist alles in Ordnung. Ich mache mir nur Sogen um Bele.«

»Wo ist sie denn?« Feja konnte das Mädchen nicht entdecken.

»Das ist es ja«, seufzte die stämmige Freundin. »Sie isst kaum, wälzt sich unruhig im Schlaf und geht allen aus dem Weg. Ihre Muschelsammlung hat sie seit Tagen nicht einmal mehr angesehen. Ist dir das nicht aufgefallen?«

»Sie trauert wohl um Malthur«, meinte Gabra.

Feja nickte unglücklich. Sie hatte in den letzten Tagen keine ruhige Minute gehabt und überhaupt nicht mehr an Malthur oder Nerius gedacht. Ihn hätte sie fragen können, wie weit Nargatt entfernt lag …

»Ja, es ist unheimlich«, meinte Uvis.

»Was, bitte, ist an Traurigkeit unheimlich?«, fuhr Feja ihn an.

Odil legte ihr die Hand begütigend auf den Arm. »Was Uvis meint, ist, dass wir auch immer traurig werden, sobald sie in unsere Nähe kommt. Selbst wenn wir sie gar nicht sehen, wir spüren es einfach.«

Feja stand auf. »Ich werde nach ihr sehen.« Sie verließ den Saal und hoffte, dass sich ihr schlechtes Gewissen beruhigen würde, das sie gerade mit großer Macht überfiel.

Bele war nicht im Hof und auch nicht in den Schlafgemächern. Sie fragte einen alten Soldaten, der wollte sie auf der Mauer gesehen haben. »Sie ging dort ganz alleine auf und ab, ein Bild des Jammers. Es brach mir fast das Herz, sie so zu sehen«, meinte der Krieger.

Feja eilte die Treppe zum Wehrgang hinauf. Einer der Wachen wies nach Westen. »Ich glaube, ich sah sie zuletzt hinter dem Vorratshaus verschwinden. Sie wirkte so verloren. Jetzt, wo Ihr nach Ihr fragt … Wisst Ihr, ich hatte für einen Augenblick Angst, dass sie sich vielleicht etwas antun wolle.«

»Was?« Feja erbleichte. Jetzt war sie wirklich beunruhigt. »Sucht einen der Meister und berichtet ihm, was Ihr mir gesagt habt.«

Sie rannte die Mauer entlang, bis der Wehrgang vom Vorratshaus verschluckt wurde. Bele war nicht dort. Sie lief weiter, durch den Tempel bis zum Turm. Sie war schon auf der anderen Seite angelangt, als sie das Mädchen entdeckte: Bele stand auf der halb zerstörten Brücke zum Möwenturm, genau dort, wo Malthur in den Tod gestürzt war.

Fejas Herz setzte für einen Schlag aus. Möwen umkreisten das Mädchen und riefen hell – aber in ihren Ohren klang es, als würden diese herzlosen Geschöpfe das Mädchen auslachen. Sie riss die Tür auf und stürmte zur Brücke.

»Bele!«, rief sie gegen das Geschrei der Möwen an.

Aber die Freundin schien sie nicht zu hören. Sie stand einfach da und starrte in den Abgrund.

Feja lief weiter. Der Wind zerrte an ihrer grauen Robe und weckte unheilvolle Erinnerungen.

»Bele, so höre doch!«

Jetzt drehte sich das Mädchen um. Tränen standen in den großen Augen. »Er ist fort, Feja, und er kommt nicht wieder.«

»Ich weiß, Bele. Es tut mir so unendlich leid.«

»Ich träume jede Nacht von ihm.«

Feja näherte sich vorsichtig der Freundin, die an einer Stelle stand, wo keine Brüstung sie vor dem Wind schützte.

»Und von dir träume ich auch, Feja.«

»Von mir?«

Bele kehrte ihr den Rücken zu. »Ich sehe dich hier – und ihn. Er fällt – und du nicht.«

»Ich weiß. Es tut mir so leid«, murmelte Feja wieder. Beles leise Worte gingen ihr ans Herz. Die Schuldgefühle, die sie in den letzten Tagen verdrängt hatte, kehrten plötzlich mit voller Wucht zurück. »Wenn ich es ändern könnte, würde ich es tun, Bele.«

»Ich auch«, lautete die traurige Antwort.

»Komm, wir gehen zu den anderen. Sie vermissen dich.«

»Ich will nicht zu den anderen. Ich will zu Malthur. Aber ich kann nicht. Deinetwegen.«

Feja schluckte schwer. Wenn Bele laut geheult hätte oder wenn sie sie mit Vorwürfen überhäuft und sie geschlagen hätte – das hätte sie verkraftet. Aber da war nur diese unendliche Traurigkeit, die das Mädchen umwehte und die der böige Wind nicht vertreiben konnte.

Bele drehte sich wieder um. Ihre großen, unschuldigen Augen schienen Feja so nachdenklich zu betrachten, als sähen sie sie das erste Mal. »Es ist geschehen, weil du mit Tyrbull gewettet hast.«

Feja nickte schuldbewusst.

»Malthur hatte damit gar nichts zu tun. Er wollte dir helfen. Und was war der Dank?«

Noch einmal stammelte Feja eine Entschuldigung. Sie wagte sich einen weiteren Schritt vor. Knirschte es da nicht unter ihren Füßen?

»Komm, Bele, bevor uns der Wind noch hinunterweht.«

»Das wäre schlimm, nicht? Ich wäre ein weiteres unschuldiges Opfer deiner Tat. Nicht wahr? Und du? Was, wenn der Wind dich hinabwehte? Wäre das nicht gerecht?«

Feja starrte Bele mit weit aufgerissenen Augen an. *Sie hat recht*, durchfuhr es sie. *Ich habe es nicht verdient, hier zu stehen und zu atmen. Nerius wurde verkrüppelt, und Malthur starb. Durch meine Schuld.*

»Der Richter sagte, es sei nicht meine …« Sie brachte den Satz gar nicht zu Ende. Er schien ihr so falsch zu sein. Was wusste dieser Richter schon? Er hatte Bele nicht befragt. Niemand hatte das. »Ja, ich war dafür verantwortlich«, hörte sie sich selbst sagen.

»Kannst du damit leben?«

Feja schüttelte den Kopf und folgte Beles traurigem Blick in den Abgrund. Unten schäumten die Wellen gegen die Pfeiler, als sei nichts geschehen. Einer der steinernen Bögen war eingestürzt, aber hätte nicht die ganze Welt einstürzen müssen? Feja ächzte. Sie fühlte sich so traurig wie noch nie in ihrem Leben. Über ihr kreisten die Möwen und lachten.

»Würde es dir helfen, wenn … wenn ich nicht mehr hier wäre?«, fragte sie, verzweifelt auf der Suche nach etwas, das Beles Trauer lindern würde.

»Vielleicht.«

»Ich kann die Feste noch heute verlassen.«

Bele sah sie an. Nach einer Weile sagte sie: »Das ist nicht genug, Feja. Du hast ein Loch in mein Herz gerissen, tiefer als dieser Abgrund. Du kannst es nicht schließen, indem du wegläufst.«

Feja nickte. Unter ihr donnerte die Brandung. Die Möwen schossen erneut über sie hinweg.

Sie lachen nicht über Bele, dachte Feja, *sie verhöhnen mich, weil mir der Mut fehlt, das zu tun, was getan werden muss.*

Sie schloss die Augen und trat näher an den bröckelnden Rand der Brücke heran. Der Wind zerrte an ihr, als ob auch er wüsste, dass sie es nicht verdient hatte weiterzuleben, nicht nach dem, was sie Bele angetan hatte. Sie machte einen Schritt nach vorn – und fühlte sich plötzlich hart am Arm gepackt und zurückgerissen.

Feja starrte in das wütende Gesicht von Bruder Span. Was verstand er schon? Sie kämpfte gegen seinen Griff an und riss sich los, aber eine andere Hand packte sie am Kragen. Sie gehörte dem schnaufenden Meister Svelgar. »Habt ihr zwei den Verstand verloren? Wie könnt ihr … Augenblick …«

Bruder Span hatte Bele am Arm gepackt. Er hob warnend die Hand. Bruder Svelgar runzelte die Stirn. »Bei den Göttern, er hat recht! Ein Zauber! Wirst du damit fertig, Bruder?«

Der junge Magier nickte. Er schien mithilfe der Schatten auf Bele einzureden, aber Feja hatte nicht das Gefühl, dass sie Span wahrnahm.

Meister Svelgar zerrte sie von der Brücke. Sie wehrte sich nur schwach. »Lass uns ein wenig Abstand gewinnen, Mädchen, dann sehen wir, wie es dir geht.«

Sie verstand nicht, was er meinte. Warum hatte er sie nicht springen lassen?

Als sie im Turm waren, packte sie der Zauberer und schüttelte sie kräftig. »Du musst dagegen ankämpfen, Feja!«

»Kämpfen? Wogegen?«, fragte sie niedergeschlagen.

»Die Traurigkeit! Es ist ein Zauber! Ich Narr, dass ich das nicht bemerkt habe! Er umgibt Bele wie ein Schleier – und du hast dich darin verfangen! Ich hätte es merken müssen, viel früher hätte ich es erkennen müssen. Aber du kannst dich wehren! Du musst dich wehren, Feja, sonst reißt er dich doch noch in den Abgrund.«

Feja verstand immer noch nicht, was der Magier meinte, aber dann, nach einer Weile, in der sie sich fragte, wo Span und Bele blieben, wich diese erdrückende Last von ihrer Seele.

»Das ist ein Zauber?«, fragte sie matt und fühlte etwas Nasses über ihre Wangen rinnen.

Der Meister nickte und wischte sich mit einem Tuch erst den Schweiß von der Stirn und dann die Tränen aus ihrem Gesicht. »Unsere Bele war schon immer gut darin, Stimmungen zu beeinflussen. Das ist das Geschenk, das sie von der Magie erhalten hat. Offenbar hat der Dämmerstein diese Fähigkeit noch verstärkt. Nicht zum Guten, möchte ich meinen, nicht zum Guten. Die Traurigkeit wird sie womöglich selbst verschlingen.«

»Das ist ja schrecklich! Aber Ihr könnt ihr helfen, oder? Das könnt Ihr doch, Meister Svelgar?«

»Ich fürchte, dass das meine Fähigkeiten übersteigt. Vielleicht kann Meme Salmango hier etwas erreichen, oder Meme Sulling weiß einen Trank. Ich habe Zweifel, doch ich hoffe es sehr für das arme Mädchen.«

Feja starrte zur Tür, die auf die Mauerbrücke hinausführte. Meister Svelgar hatte sie geschlossen. Bele war immer noch draußen auf der anderen Seite.

»Warum kommen sie nicht herein? Sie wird doch Bruder Span nicht …«

Der Magier versuchte, sie zu beruhigen. »Nein, er kann sich gegen diese Art von Zauber wehren. Und er wartet, bis wir den Turm verlassen haben. Er ist wohl in Sorge um dich.«

Feja hätte am liebsten die Tür aufgestoßen, um zu sehen, ob es ihm auch wirklich gut ging, aber Svelgar war unerbittlich und zerrte sie davon.

14.

Ginnar Dregin lauschte dem Bericht über die Vorkommnisse auf der Brücke mit großem Interesse. »Wo habt Ihr Bele hingebracht, Svelgar?«

»In den Kerker, zunächst. Es tut mir in der Seele weh, denn sie hat schließlich nichts verbrochen, aber es ist der einzig sichere Ort. Meme Sulling hat ihr einen Trank gebraut, der sie beruhigen soll, und Meme Salmango versucht, ihr bei der Kontrolle ihrer Kraft zu helfen.«

»Das ist eine erstaunliche Fähigkeit«, sinnierte Dregin.

»Leider ist es so, dass die Kraft das Mädchen beherrscht und nicht umgekehrt. Es ist eben doch gefährlich, so junge Seelen zum Dämmerstein zu bringen.«

»Wenn wir nicht derart in Bedrängnis wären, hätte ich es nicht getan«, behauptete Dregin. »Außerdem wird ihr Bargan bald geleert sein, und dann ist die Gefahr gebannt.«

Svelgar war anderer Meinung. »Ich befürchte, dass sich dieses Mädchen von der eigenen Trauer nährt. Vielleicht liegt es auch daran, dass sie die Kraft nicht bewusst einsetzt, aber ihr Bargan scheint sich nicht zu erschöpfen.«

»Wirklich? Das ist bemerkenswert.«

»Das ist nicht das Wort, das mir dazu einfiele, Bruder Dregin. Wie wollt Ihr diese Sache ihrem Vater erklären?«

»Ihrem Vater?«

»Galas von Witbergen, Jarl von Westar. Ihr habt nicht vergessen, dass er einer der mächtigsten Männer des Westens ist, oder?«

»Natürlich nicht«, knurrte Dregin, dem das völlig entfallen war.

»Wie kommt es eigentlich, dass fast alle unsere Schüler von so edler Herkunft sind?«, brummte er.

Svelgar zuckte die Achseln. »Den einfachen Leuten fehlt wohl die Zeit herauszufinden, ob ihre Kinder magisch begabt sind. Und es ist ja nicht so, dass wir durch die Lande ziehen und nach den Begabten Ausschau halten.«

Dregin sah den Fechtmeister lange an. »Vielleicht sollten wir das ändern, Svelgar. Ja, wenn diese Sache hier ausgestanden ist, sollten wir Brüder in die Dörfer schicken und Ausschau halten lassen. Aber darum kümmern wir uns später«, entschied er. »Ist alles für die Abstimmung vorbereitet?«

»Ich meine immer noch, dass wir warten sollten, bis Meister Caron aus Nargatt zurück ist. Sein Wort hat für viele im Orden großes Gewicht.«

»Und ich würde Euch zustimmen, wenn eben die Lage eine andere wäre. Aber der Flammenorden scheint sich dauerhaft in Braake festsetzen zu wollen. Das können wir nicht zulassen. Deshalb brauchen wir einen neuen Abot, einen Mann, der uns führt.«

»Caron wäre ein aussichtsreicher Kandidat«, sagte der dicke Magier seufzend.

»Leider schließt ihn seine Abwesenheit von der Bewerbung aus, wie Ihr sehr wohl wisst, Svelgar.«

»Ich weiß. Ich weiß auch, dass Ihr gerne wüsstet, wem heute Abend meine Unterstützung gehört. Und bevor Ihr fragt, will ich Euch eine Antwort geben – lasst Euch überraschen.«

Dregin nahm es äußerlich gelassen. Svelgar war einer von jenen, die dem alten Abot und seiner Politik nachtrauerten. Er würde nicht für einen Kandidaten stimmen, der die Bruderschaft auf ihre dunklen Pfade zurückführen wollte.

Den Rest des Tages sprach Dregin unter dem einen oder anderen Vorwand mit verschiedenen Meistern des Ordens. Gerade bei den Meistern der Ferne, die dem Orden seit Jahren in anderen Städten dienten, hatte er keine Ahnung, wen sie wählen würden. Er versuchte, sie in ihrer Entscheidung zu beeinflussen, ohne dabei viel Erfolg zu haben.

»Ich werde mich festlegen, wenn ich weiß, wer sich bewirbt

und wie und wohin er uns führen will«, sagte Meister Rewen, der für den Orden in Nargatt wirkte. »Meister Eyrim scheint einige gute Ideen zu haben, wie der neue Abot das Leben von Meistern der Fremde erleichtern könnte. Was bietet Ihr?«

»Ich habe nicht vor, mich zu bewerben«, versicherte Dregin.

Er plauderte dennoch mit allen, die ein Stimmrecht hatten. Die Meister der Fremde hatte er lange nicht gesehen, und ihre Berichte interessierten ihn wirklich. Am längsten sprach er mit Meister Valir, der aus Walbucht zur Abstimmung gekommen war. Valir hatte eine ruhige Ausstrahlung, unter der Dregin jedoch eiserne Unnachgiebigkeit erkannte.

»Ihr braucht mich nicht nach meiner Meinung zu fragen, und noch weniger müsst Ihr Zeit darauf verschwenden, sie ändern zu wollen. Ich bin stur. Fragt den alten Abot Yrnos, was ich von seinen friedvollen Wegen gehalten habe. Warum, glaubt Ihr, hat er mich ans Ende der Welt geschickt?«

Dregin erinnerte sich vage an Meinungsverschiedenheiten, die Yrnos mit Valir ausgefochten hatte. Er notierte in Gedanken, dass dieser Mann vielleicht zu Höherem berufen war. Jemand würde an diesem Abend Abot werden, und dann brauchten sie entweder einen neuen Verkünder oder einen neuen Münzer – viel wahrscheinlicher jedoch einen neuen Sturmrat.

Bruder Yorn tauchte in der Halle auf, wo die Meister schon beisammensaßen, und gab ihm ein Zeichen. Es musste etwas vorgefallen sein. Dregin unterbrach sein Gespräch mit Valir und ging mit dem Bruder hinaus auf den Gang.

»Was gibt es, Yorn?«

»Ihr wolltet es doch erfahren, wenn ein bestimmtes Schiff in Braake auftaucht …«

»Die *Wogenkönigin?* Sie ist zurück?«

»Die Segel in Fetzen, der Rumpf beschädigt, aber ja, sie lief in den Hafen ein, gerade als ich den Fluss hinunterfuhr.«

»Wer weiß sonst noch davon?«

»Niemand, ganz wie Ihr es wünschtet. Aber es wird sich schnell herumsprechen. Das tut es immer, wenn ein Westfahrer nach so langer Reise heimkehrt.«

»Natürlich. Behaltet es dennoch für Euch, wenigstens bis morgen.«

Der Schiffsführer zog sich zurück, und Dregin murmelte einen Fluch. Dieses Schiff kam zum denkbar ungünstigsten Zeitpunkt. Feja durfte nichts davon erfahren. Noch nicht …

Er fragte sich, ob er sich noch selbst um solche Dinge würde kümmern können, wenn er erst einmal Abot war. Andererseits – wer sollte ihn daran hindern?

Die Stunde der Abstimmung rückte näher, und Dregin fragte sich, ob er genug getan hatte. Er hatte schon lange nicht mehr vor, den Verkünder zum Abot zu machen. Vithun war alt und verließ nie die Feste. Das hätte ihm zwar gewisse Freiheiten gegeben, aber der Alte war starrsinnig und hatte in den letzten Wochen kaum etwas zur Lösung ihrer Schwierigkeiten beigetragen. Außerdem war er im Denken schon viel zu schwerfällig, um mit einem wachen Geist wie Richter Fendar die Klingen des Verstandes zu kreuzen.

Es gab noch einen zweiten Bewerber – den Münzer. Dregin hatte ihn vor nicht allzu langer Zeit noch ermutigt, sich gegen Yrnos zu erheben – aber doch gewiss nicht, damit dieser Geizhals Abot wurde. Eyrim würde es fertigbringen, die Bruderschaft zu einer Art Handelsgilde schrumpfen zu lassen.

Gab es womöglich weitere Bewerber? Keiner der Meister der Ferne hatte sich in die Karten schauen lassen. Es waren gestandene Magier, allesamt, und vielleicht würde sich einer von ihnen zu einer Kandidatur drängen lassen, wenn die übrigen Bewerber nicht genug Unterstützung erfuhren. Aber sie waren lange fort gewesen und wussten nicht viel von den Dingen, die hier vor sich gingen. Dregin hielt keinen von ihnen für geeignet.

Als Dregin zu Vithun ging, um ihn zur Versammlung zu bitten, stand sein Entschluss endgültig fest: Es gab nur einen Mann, der für das Amt wirklich taugte, und der hieß Ginnar Dregin.

Er klopfte an die Pforte, aber Vithun hörte ihn nicht. Er war kurz versucht, den Alten einfach stehen zu lassen, aber das wäre wirklich zu plump gewesen. Also pochte er lauter an die Tür und trat dann ein. Er fühlte sich entspannt, jetzt, da er eine Entscheidung getroffen hatte. Wenn nur die Sache mit dem Schiff nicht gewesen wäre … Er hoffte, dass die Versammlung schnell über die Bühne gehen würde, damit er sich um dieses Problem kümmern konnte, bevor Feja davon erfuhr.

Er schob den Gedanken beiseite und grüßte den Verkünder ehrerbietig, der, wie immer, stocksteif auf seinem Hocker saß.

»Nur ein Narr würde einen Mann zum Abot wählen, dem Zahlen über Magie gehen«, meinte Vithun, als Dregin beiläufig erwähnte, dass Meister Eyrim kandidieren wollte. Der Verkünder zog seine graue Robe über. Ihm fiel wahrscheinlich gar nicht auf, dass sie alt und voller Löcher war. *Nein,* dachte Dregin, *mit ihm an der Spitze würden wir uns der Lächerlichkeit preisgeben.* Er würde ihn ebenso wie den Münzer ausstechen. Die Kunst war, es so zu tun, dass er sie sich nicht zu Feinden machte.

»Mit den richtigen Zahlen kann man Narren auch kaufen, Meister Vithun«, sagte er betont beiläufig, als er seinem alten Lehrmeister die Tür aufhielt.

»Willst du andeuten, dass er sich Stimmen mit Gold verschaffen will, mein Junge?«, knurrte der Alte.

»Nicht mit Gold, so plump ist er nicht. Aber er kennt die Schwächen unserer Meister und wird sie zu seinem Vorteil ausnutzen, dessen bin ich gewiss.«

»Das soll er nur versuchen«, meinte der Verkünder finster, während er neben Dregin den Gang entlangschlurfte.

»Er besitzt in solchen Dingen Geschick, Meister Vithun. Vergesst nicht, dass er es war, der Meister Caron ans Messer lieferte.«

Vithun stutzte. »Warst du nicht selbst nur allzu bereit, den Lehrmeister zu opfern, um die Lebensdiebin zu schützen?«

»Das gebe ich zu. Doch Eyrim hat den Vorschlag gemacht. Wie ich inzwischen weiß, wollte er nur seine eigene Haut retten.«

»Wie meinst du das?«

»Der Richter kam nicht wegen des toten Feuermagiers nach Braake, sondern weil Eyrim unsere Abgaben so sehr reduzierte, dass sich sogar der König beschwert hat. Aber das habt Ihr vermutlich schon gewusst.«

»Natürlich«, murmelte der Alte, »ich hörte davon.«

»Eyrim glaubte offenbar, dass unser überaus ehrlicher Meister Caron den Richter bei einer Untersuchung unterstützen würde. Inzwischen halte ich es für möglich, dass unser Münzer mit diesem Richter etwas ausgehandelt hat, für den Fall, dass er Abot werden sollte …«

»Jetzt wird mir so manches klar …«, knurrte der Verkünder. »Dieser Mann darf nicht Abot werden!«

Dregin stimmte ihm von ganzem Herzen zu. Sie hatten endlich die Treppe erreicht, und Vithun stützte sich schwer auf ihn. »Aber was ist mit dir, mein Junge? Ich kenne deinen Ehrgeiz … Wirst du also gegen mich antreten?«

Dregin blieb stehen. »Ich werde mich nicht bewerben, Meister«, erklärte er schlicht.

Der Verkünder warf ihm einen kritischen Blick zu. »Dann ist es gut, mein Junge, dann ist es gut.«

Dregin führte ihn in den Saal, gab dann vor, noch etwas erledigen zu müssen. Er schaffte es gerade noch, »zufällig« dem Münzer zu begegnen, der schon auf dem Weg zur Versammlung war.

»Ah, Dregin, gut, dass ich Euch treffe! Ich möchte, dass wir uns etwas versprechen. Ich möchte, dass wir uns auch nach der Wahl, wie immer sie ausgehen mag, weiterhin gegenseitig unterstützen.«

Dregin tat erstaunt. »Ich habe nicht vor, mich aufstellen zu lassen, Eyrim.«

»Nicht?«

»Nein, ich will nicht gegen meinen alten Lehrmeister antreten.«

»Also steht fest, dass Vithun Abot werden will?«

»Natürlich. Er hält sich für geeignet.«

»Ihr ihn etwa nicht?«

»Doch, doch, natürlich«, beeilte sich Dregin zu versichern. »Er ist ein Mann von erstaunlicher Erfahrung und einer gewissen Weisheit. Niemand kennt die alten Gesetze besser als er. Und ich glaube, dass seine kleinen Schwächen ihn nicht ernsthaft dabei behindern werden, dieses Amt auszufüllen.«

»Kleine Schwächen?«

»Seine Eitelkeit«, gab sich Dregin ausweichend. »Vithun will einfach nicht zugeben, dass er halb taub ist. Und ein Pferd zu besteigen würde ihn wohl überfordern. Aber davon abgesehen halte ich ihn für einen ausgezeichneten Abot.«

»Ja, richtig«, murmelte der Münzer. Dann fragte er: »Aber was ist mit Euch, Dregin? Was ist mit Euren eigenen Ambitionen? Ich habe mich darauf gefreut, gegen Euch anzutreten.«

Ginnar Dregin glaubte ihm kein Wort. Er schüttelte abwehrend den Kopf. »Nein, alter Freund, meine Sorge gilt der Bruderschaft und Meister Vithun. Ich kann Euch hier und jetzt feierlich versichern, dass ich mich heute nicht um das Amt des Abots bewerben werde.«

»Ihr überrascht mich, Dregin. Was ist nur aus Eurem brennenden Ehrgeiz geworden?«

»Die Zeiten sind zu ernst, um meine eigenen Ziele über das Wohl des Ordens zu stellen.«

»Gut gesprochen«, sagte der Münzer. Er wirkte erleichtert.

Dregin blieb unter einem neuen Vorwand zurück, weil er nicht an der Seite von Eyrim die Halle betreten wollte. Somit war er einer der Letzten, der seinen Platz einnahm.

Jarknars Halle war so voll, wie Dregin sie lange nicht gesehen hatte. Die Meister der Feste und alle Meister der Ferne waren versammelt, aber auch die einfachen Brüder und die Hauptleute der Gewappneten waren da. Lediglich Fram Caron fehlte, was nicht nur Meister Svelgar lautstark beklagte. Neben ihm saß Meme Salmango. Sie sandte Dregin einen kurzen fragenden Blick. Er nickte ihr zu, und damit war alles getan, was getan werden musste.

Pridis Vithun ergriff als Erster das Wort. »Wir wissen, warum wir hier versammelt sind. Ein neuer Abot wird von uns gewählt. Für diejenigen, die sich nicht an das Prozedere erinnern, sei gesagt, dass jeder Meister des Ordens das Recht hat, sich um dieses Amt zu bewerben. Jeder Meister hat eine Stimme, die Oberen haben deren zwei. Hat das jeder verstanden?«

»Zu diesem Punkt hätte ich eine Anmerkung zu machen«, meldete sich Toger Eyrim zu Wort.

»Unser Schatzmeister hat das Wort«, schnarrte Vithun missbilligend.

»In der Vergangenheit haben wir schon oft überlegt, ob nicht auch der Gesteller, der Meister der Handwerker unserer Feste, zu den Oberen gezählt werden sollte. Ich bin dafür, das nun noch vor der Wahl, zu beschließen.«

Dregin runzelte die Stirn. Meister Starf war bisher nicht als besonders ehrgeizig aufgefallen. Aber jetzt saß er dort und schaute erwartungsvoll in die Runde. Es war klar, dass Eyrim ihn so auf seine Seite gezogen hatte.

»Der Meister der Hämmer, Scheren und Schafe soll zu den Oberen gehören? Seid Ihr toll, Eyrim?«, polterte der Verkünder.

»Starf ist ein Mann von großer Umsicht«, unterstützte Svelgar den Vorstoß.

Das kam für Dregin unerwartet. Er erhob sich. »Ich bin durchaus der Meinung, dass Starf ein geeigneter Mann ist, aber ich frage mich, ob wir das jetzt entscheiden müssen. Wir sollten warten, bis wir wieder einen Abot haben, dessen Wort in dieser Frage doch erhebliches Gewicht hat.«

»Bei der Ernennung von Meme Salmango zur Ersten Lehrmeisterin wart Ihr dieser Meinung nicht«, widersprach Meme Sulling.

Noch eine unerwartete Gegenstimme, dachte Dregin. Ihm war klar, dass die Alchemistin sich eigene Chancen auf dieses Amt ausgerechnet hatte, aber er hätte nicht gedacht, dass sie sich auf Eyrims Seite schlagen würde.

»Dennoch bleibt es Unsinn«, schnarrte Vithun. »In den fast tausend Jahren unserer Geschichte gehörte der Gesteller noch nie zum Kreis der Oberen – verdient oder unverdient.«

»Die Zeiten ändern sich eben«, rief Svelgar.

»Abstimmung!«, verlangte Meister Tjoss, der Mann, der für den Orden in Isgath arbeitete. Dregin fragte sich, ob er Starf bei den Oberen haben wollte – oder ob er einfach nur wieder zu ungeduldig war.

»Meinetwegen«, gab er sich nachgiebig. »Aber soweit ich weiß, ist eine Abstimmung über einen der Oberen immer eine Sache, in der nur Obere entscheiden dürfen.«

»Genauso ist es!«, rief der Verkünder über den aufflammenden Protest hinweg. Dregin fragte sich, was das noch werden sollte, wenn sie sich schon jetzt Knüppel zwischen die Beine warfen. Er hatte schließlich noch eine andere Sache zu erledigen: Ein Schiff war aus dem Westen zurückgekehrt …

Er schlug dennoch eine geheime Abstimmung vor, da er es sich nicht mit Starf verderben wollte, aber zu seinem Ärger verfügte der Verkünder mit den Worten »Wir haben schon genug Zeit vergeudet«, dass dies per Handzeichen geschehen solle.

Vithun stimmte sofort selbst gegen die Ernennung, Eyrim dafür. Auch der Schattenmarschall stimmte mit Ja. Meme Salmango, die neue Erste Lehrmeisterin, stimmte mit einem schlichten Nein, also blieb es nun an Dregin hängen, die Sache zu entscheiden. »Ich stimme schweren Herzens mit Nein«, verkündete er schließlich. Er sah in das enttäuschte Gesicht von Starf und wusste, dass der Mann nun gegen ihn sein würde – aber eben nur mit einer, nicht mit zwei Stimmen.

»Können wir diese Kindereien nun hinter uns lassen und zum Zweck dieser Versammlung zurückkehren?«, fragte der Verkünder über das allgemeine Gemurmel hinweg, mit dem die Abstimmung kommentiert wurde. »Wer also will Abot unseres Ordens werden?«, fragte der Alte mit herausforderndem Blick, um dann schnell zu verkünden: »Ich will selbst den Anfang machen. Niemand dient dem Orden so lange wie ich. Deshalb denke ich, dass mir dieses Amt zusteht. Meine Erfahrung wird uns in den Kämpfen, die unzweifelhaft vor uns liegen, unschätzbare Dienste leisten.«

»Wie bescheiden«, hörte Dregin jemanden halblaut murmeln. Ein paar der jüngeren Brüder lachten.

»Ich traue mir dieses schwere Amt ebenfalls zu!«, rief Eyrim, der aufgesprungen war. »Ihr kennt mich … Ich bin ein Mann der Vernunft. In meiner Zeit als Meister der Münzen hat unsere Bruderschaft erheblichen Reichtum gewonnen. Und das soll auch so weitergehen, ohne dass wir unsere Mittel in unnötigen Streitereien mit anderen Orden verschwenden.« Eyrim biederte sich also an als einer, der den Wohlstand der Bruderschaft – und damit auch ihrer Meister – mehren würde. Das hatte Dregin vorhergesehen.

»Zwei Kandidaten also«, sagte der Verkünder mit finsterem Blick auf seinen Gegner. »Möchte einer von den anderen Meistern das Wort ergreifen?«

Meister Rewen erhob sich. »Selbst in Nargatt spottet man über den ewigen Streit, den wir mit Isgath führen. Vielleicht brauchen wir wirklich jemanden, der diesen Zwist mit kühlem Kopf beendet.«

»Das will ich tun«, versprach Eyrim. »Ich weiß, was Isgath will, und ich denke, ich kann ihnen das Gefühl geben, es zu bekommen, ohne dass es uns etwas kostet. Ja, ich denke, ich kann den Reichtum und die Macht unseres Ordens zu unser aller Wohl beträchtlich mehren. Und was Braake betrifft … Ich kenne die Richter und weiß sie zu nehmen. Richter Fendar wird mir bald aus der Hand fressen. Mit seiner Hilfe werde ich dafür sorgen, dass die Feuermagier am Ende froh sein werden, wenn sie Braake wieder verlassen dürfen.«

Dregin registrierte zustimmendes Gemurmel. Er versuchte, in Gedanken die Stimmen für den Münzer daraus abzuleiten. Es schienen gefährlich viele zu sein.

Zum Glück hatte er Vithun auf den Kampf vorbereitet. Der meldete sich nun wieder zu Wort: »Zu den ersten Aufgaben eines Abots gehört es, die Unseren gegen Angriffe von außen zu verteidigen. Wart nicht Ihr es, Eyrim, der am lautesten verlangt hat, Meister Caron dem Richter zum Fraß vorzuwerfen?«

Eyrim lief rot an. »Ich hatte meine Gründe. Caron war der Urheber gewisser Gerüchte, die …« Er verstummte.

»Welche Art Gerüchte?«, verlangte Meme Salmango zu wissen.

»Haltlose Unterstellungen, nichts weiter, nicht wahr?« Er sah Dregin hilfesuchend an.

Der erhob sich jetzt langsam und sagte schließlich: »Ich nehme an, Ihr spielt auf die Geschichte mit der Lebensdiebin an. Ich habe nie gesagt, dass ich das von Meister Caron gehört habe.«

»Aber Ihr habt angedeutet, dass …« Der Münzer verstummte. Vermutlich rief er sich gerade den Wortlaut ihrer Unterhaltung in Erinnerung. Dann würde er begreifen, dass Dregin Caron nie beschuldigt hatte.

»Ich weiß immer noch nicht, welcher Art diese Gerüchte waren«, rief Meme Salmango.

»Es war gar nichts«, verteidigte sich Eyrim lahm.

»Aber wir verlangen, es zu wissen!«, schnarrte der Verkünder.

Dregin breitete entschuldigend die Arme aus. »Meister Tasgim unterrichtete mich kurz vor seinem Tod, dass er mit unserem Münzer über einen Preis verhandle – einen Preis für eine unserer Schülerinnen.«

»Für das Mädchen aus dem Langwald?«, fragte Buklar über das anschwellende Raunen hinweg.

»Ich habe damals angenommen, dass Tasgim einen Keil zwischen uns treiben wollte. Ich habe Eyrim darauf angesprochen. Er hat es abgestritten – und da ich lieber einem von uns als einem Flammenmagier glaube, war der Fall für mich erledigt.«

»Ihr wolltet unsere Lebensdiebin an die Feuerzauberer verschachern?«, rief Meister Valir aus Walbucht.

»Aber niemand ahnte doch, dass sie dieses Lindross hat«, verteidigte sich der Münzer reichlich ungeschickt.

»Ihr gebt es also zu?«, rief Vithun.

»Tasgim bot Frieden, die Wiederherstellung unserer Besitzungen und Privilegien! Ich handelte zum Wohle des Ordens. So, wie ich auch als Abot stets zum Wohle des Ordens handeln werde!«

Meister Valir trat zu ihm, legte ihm in einer beinahe freundschaftlichen Geste eine Hand auf die Schulter. »Ihr wolltet eine der Unseren an den Flammenorden verkaufen. Setzt Euch und haltet den Mund. Ihr könnt Eure Kandidatur auch mit einem Nicken zurückziehen, und dann solltet Ihr still dafür beten, dass Ihr nicht verbannt werdet.«

Eyrim ließ sich blass auf seinen Stuhl fallen. Er nickte, doch plötzlich sprang er auf: »Wollt Ihr etwa, dass statt meiner dieser Tattergreis Vithun uns führt? Ein Mann, der die Feste seit Jahren nicht mehr verlassen hat? Er weiß doch schon gar nicht mehr, wie die Welt da draußen aussieht!«, rief Eyrim wütend. Leiser fügte er hinzu: »Er ist ja schon halb taub, auch wenn er das zu verheimlichen sucht.«

»Was? Was hat er gesagt?«, fragte Vithun erbost.

»Nur, dass Ihr taub wie ein Stein seid«, wiederholte Eyrim übertrieben laut.

Vithun fuhr ihn scharf an, aber diese letzte Bemerkung des Münzers verfehlte ihre Wirkung nicht. Dregin leckte sich unruhig über die Lippen. Jetzt wäre der richtige Zeitpunkt gewesen, ihn vorzuschlagen, aber Meme Salmango machte keine Anstalten, sich zu Wort zu melden.

Stattdessen schlug Meister Hegill, der Vertreter des Ordens in Boddlei, plötzlich den Schattenmarschall als Abot vor.

Dregin seufzte. In Boddlei war nicht viel los. Genau deshalb hatten sie diesen Hohlkopf dorthin geschickt. Und nun stiftete er hier Unheil? Zu seiner Erleichterung wehrte Buklar den Vorschlag entsetzt ab. Aber ein paar andere Männer schienen bereits darüber nachzudenken, ob sie nicht selbst den Hut in den Ring werfen sollten.

Endlich erhob sich Meme Salmango. »Ich schätze die Weisheit von Pridis Vithun über alle Maßen. Niemand kennt die alten Schriften so gut wie er, niemand kennt unsere Gesetze besser. Er wäre in den wenigen Jahren, die noch vor ihm liegen, ein guter Abot, aber ich denke, er ist in seinem jetzigen Amt zu wertvoll für uns. Ein Abot hat viele harte Entscheidungen zu treffen, er hat schwere Kämpfe auszutragen und keine Zeit, sich den Schriften und der Weisheit zu widmen.«

Dregin lobte sie in Gedanken für ihre schönen Worte, mit denen sie eben auch nur sagte, dass sie Vithun für viel zu alt hielt. Der Alte betrachtete sie finster. Ihn täuschte man eben nicht so leicht.

»Wollt Ihr Euch etwa selbst vorschlagen, Salmango?«, rief Meister Rewen aus Nargatt grinsend.

»Nein, ich denke, es gibt eigentlich nur einen geeigneten Kandidaten …«

»Fram Caron!«, fiel ihr Svelgar ins Wort.

Dregin fluchte innerlich, denn offenbar waren auch andere Meister dieser Ansicht und riefen nun laut Carons Namen. Sogar Meme Sulling, die sonst nie einer Meinung mit dem Fechtlehrer war, stimmte ihm zu.

Meme Salmango verschaffte sich jedoch Gehör und rief endlich: »Meister Caron hielt es nicht für nötig, hier zu erscheinen. Deshalb schlage ich unseren Sturmrat vor! Meister Dregin kennt den Orden wie kein Zweiter, und er hat seinen Mut und seine Entschlossenheit schon oft bewiesen.«

Dregin sträubte sich, wehrte bescheiden ab, aber Meme Salmango beharrte darauf, ihn zu nominieren, und sie ignorierte die eisigen Blicke, mit denen Eyrim sie durchbohren wollte. Die Meister der Ferne nickten schon, das nahm Dregin als gutes Zeichen. Allen Beteiligten schien klar zu sein, dass er der einzig geeignete Kandidat war. Also gab er nach gebührendem Zögern dem Drängen nach.

Vithun schimpfte, es sei unüblich, wenn ein Kandidat zum Amt gedrängt werden müsse. Er beharrte auf seine Kandidatur, und Meister Hegill brachte noch einmal den Schattenmarschall ins Spiel.

Dregin trommelte voller Ungeduld mit den Fingern auf dem Tisch. Die Schlacht war eigentlich geschlagen, aber ein paar hatten es noch nicht gemerkt. Und in Braake lag ein Schiff vor Anker, das ihm eine Menge Schwierigkeiten machen konnte. Wenn der Vater von Feja sie hier fand und überredete, den Orden zu verlassen … Er musste mit dem Mann reden und ihn davon überzeugen, dass Feja hier besser aufgehoben war – auf die eine oder andere Art.

Aber die Meister in der Halle waren wohl gerade in Stimmung für fruchtlose Dispute, und so kamen sie einfach nicht voran.

Irgendwann, es ging schon auf Mitternacht, begann endlich die geheime Abstimmung. Jeder Meister erhielt zwei Steine mit Symbolen für die Kandidaten, dann warfen sie einen der Steine in einen schlichten Tonkrug. Ailon Bainach legte seinen Stein als Letzter ab. Er hatte den ganzen Abend kein Wort gesagt, und Dregin fragte sich gerade, ob der Knochenmann überhaupt stimmberechtigt war. Da Vithun aber keine Einwände erhob, musste er es wohl sein. Bainach warf Dregin einen Blick zu, den dieser nicht deuten konnte. War es eine Warnung? Er würde sich später damit beschäftigen. Nun waren die Oberen an der Reihe, welche die doppelte Anzahl Steine erhielten. Endlich waren alle Stimmen abgegeben, und Meister Vithun rief nach Vater Vey. Der Priester der Feste hatte den ganzen Abend vor der Tür ausharren müssen. Nun sollte er die Stimmen auszählen.

Dregin seufzte; niemand hatte bedacht, dass der Mann nicht gut sah und Schwierigkeiten hatte, im Kerzenlicht die verschiedenen

Symbole zu unterscheiden. Schließlich teilte Vithun ihm eine der Wachen zur Unterstützung zu. Die Wache flüsterte dem Priester zu, welches Zeichen der jeweilige Stein trug, was wiederum nicht gut funktionierte, weil der Mann doch auch schwerhörig war.

Dregin hielt die Spannung kaum noch aus. Endlich einigte man sich darauf, dass der Priester die Zahlen einfach nur wiederholte, die ihm der Soldat laut zurief. Das Ergebnis war eindeutig. Vithun hatte zwei Stimmen erhalten, vermutlich seine beiden eigenen. Alle anderen Stimmen entfielen auf Dregin. Sogar der Münzer musste für ihn gestimmt haben, und als Dregin zu ihm hinübersah, nickte dieser ihm mit einem gequälten Lächeln zu.

»Nun, mein Junge«, schnarrte der Verkünder mit unverhohlener Bitterkeit in der Stimme, »die Gemeinschaft der Meister hat dich zum Abot erkoren. Nimmst du ihre Wahl an?«

»Das tue ich.«

»Dann seid gegrüßt, Abot Ginnar Dregin, Erster der Söhne Stors, Vertrauter des Nir und rechte Hand des Morgengrauens. Ihr seid nun der Bewahrer des nährenden Abgrunds und Hüter des ältesten Steins. Möge das Zwielicht mit Euch sein!«

15.

Dregin nahm den Ring und den Stab des Abots entgegen, und dann ließ der Verkünder die Versammlung ihre Treue zum neuen Oberhaupt des Ordens schwören.

»Da habt Ihr Euer Ziel also doch schon heute erreicht«, sagte Svelgar spöttisch, als er ihm gratulierte.

»Es war nie mein Ziel, Oberhaupt dieses Ordens zu werden«, behauptete Dregin. »Mein Ziel war und ist, den Orden zu alter Größe zurückzuführen. Aber dazu müssen wir zuerst diese elenden Feuermagier aus Braake vertreiben. Seid Ihr dabei an meiner Seite?«

»Solange Ihr diese neue alte Größe nicht auf einem Berg von Leichen errichten wollt, werde ich Euch folgen, wie ich es eben beeidet habe.«

»Ich hoffe, ich kann Euch überzeugen, mir nicht nur zu folgen, weil ein Eid das verlangt, Svelgar.«

»Eure Wahl erfolgte in dunklen Zeiten, Abot, und Euer Weg scheint mir gefährlich. Drei Schüler haben wir schon verloren. Ich hoffe doch, dass es die letzten waren.«

»Wir verloren sie, bevor ich gewählt war, vergesst das nicht. Und wir haben durch dieses bedauerliche Unglück immerhin eine Lebensdiebin gewonnen. Meine Vermutung hat sich bewahrheitet – Feja musste ihren schlimmsten Feind besiegen, um ihr Lindross zu finden.«

»Hat sie das? Ihren schlimmsten Feind bezwungen?«, hielt der Fechtmeister dagegen.

Dregin runzelte die Stirn. Was wollte der Mann damit andeuten? Aber er war nun Abot und hatte es nicht nötig, sich gegenüber einem Meister zu rechtfertigen. »Seid so gut, Bruder Svelgar, und sucht Bruder Span für mich«, sagte er kalt. »Er soll in meine Kammer kommen, wenn das hier vorüber ist.«

Es wurde jedoch spät, bevor sich Dregin unauffällig aus der Runde der Meister zurückziehen konnte. Svelgar hatte, vermutlich aus purer Bosheit, zur Feier des Tages ein Fass Wein aus dem Keller herbeischaffen lassen. Der Münzer hatte protestiert, und auch der Verkünder erinnerte daran, dass unter den gegebenen Umständen eine Feier nicht schicklich sei. Vor allem die Meister der Ferne scherten sich nicht darum.

»Ich habe meine Freunde lange nicht gesehen, und ich werde sie, sobald ich nach Isgath zurückgekehrt bin, wieder lange nicht sehen«, rief Geyr Tjoss. »Deshalb will ich mit ihnen feiern.«

Und so wurden Geschichten ausgetauscht und Heldentaten gefeiert, die, so dachte Dregin, als er endlich in seine Kammer eilte, nie so begangen worden waren.

Bruder Span erwartete ihn bereits.

Er ist der beste Mann, den ich in diesem Orden habe, dachte Dregin. *Andere mögen erfahrener sein, aber er ist loyal und furchtlos.*

»Gut, dass du hier bist, Span. Ich habe einen wichtigen Auftrag für dich. Eigentlich sind es sogar mehrere. Ich möchte, dass du in die Regenberge gehst. Suche die Aufständischen, die sich dort sammeln, und überbringe ihrem Anführer diese Nachricht.« Er nahm am Tisch Platz, nahm ein silbernes Röhrchen zur Hand und rief das Zwielicht. Dann flüsterte er seine Botschaft in die kleine Röhre und versiegelte sie anschließend. »Nimm Feja mit. Sie versteht die Nachtstimme inzwischen doch, nicht wahr?«

Bruder Span nickte.

»Sehr gut. Sie soll für dich mit diesen Leuten reden, aber sie darf den Anführer, zu dem ich euch schicke, nicht zu Gesicht bekommen, verstanden? Ihr müsst die Bauern davon überzeugen, dass wir Graumagier diesen Krieg und die Tyrannei der Feuermagier beenden wollen. Deshalb schlage ich eine Versammlung im Alten Grund vor. Ich denke doch, die Leute werden dieses Sumpfloch im Graufenn kennen … Fejas schlichte Aufrichtigkeit wird die Bauern von unseren lauteren Absichten überzeugen. Wenn nicht, wird das ihr neuer Anführer für uns übernehmen. Diesem Mann, den sie den Silbernen nennen, gibst du diese Nachricht, verstanden?«

Bruder Span ließ das Röhrchen in seinem Ärmel verschwinden.

»Noch etwas, Span … Dieses Mädchen kann eine mächtige Magierin unseres Ordens werden, aber ihre naive Aufrichtigkeit steht ihr dabei im Wege. Ich möchte, dass du sie davon überzeugst, dass hohe Ziele manchmal nur auf dunklen Wegen erreicht werden können. Feja mag dich und vertraut dir, das musst du zu unserem Vorteil nutzen. Zeig ihr die verborgene Schönheit des Zwielichts und der Dunkelheit, und sorge dafür, dass sie dem, was die Bauern im Langwald wohl *das Böse* nennen würden, am Ende eurer Reise aufgeschlossen gegenübersteht. Hast du das verstanden? Natürlich hast du das. Ich verlasse mich auf dich. Brecht so schnell wie möglich auf. Ich möchte nicht, dass die Meister der Ferne unsere Lebensdiebin zu Gesicht bekommen, denn ich traue Männern nicht, die so lange in fremden Städten gedient haben.«

Als Bruder Span die Kammer verließ, lehnte sich Dregin einen Augenblick zurück. Er sah keinen Grund, Span von dem Schiff zu erzählen, auch wenn der Junge Geheimnisse für sich behalten konnte. Die Nachricht, dass die *Wogenkönigin* im Hafen von Braake eingelaufen war, beschäftigte ihn immer noch. Er seufzte. Nach Fejas Erzählungen war ihr Vater ein vernünftiger Mann. Er musste einsehen, dass es seiner Tochter in diesem Orden besser ergehen würde als irgendwo sonst auf dieser Welt. Und wenn er das anders sehen sollte, kannte Dregin ein oder zwei Mittel, die ihn umstimmen würden.

»Wo gehen wir denn hin?«, fragte Feja und rieb sich die Müdigkeit aus dem Gesicht.

Wir haben einen Auftrag, ließ Span sie mit der Nachtstimme wissen. Er hatte sie geweckt, ihr geholfen, einen Rucksack zu packen, und auch noch eine Decke für sie zusammengerollt, während sie sich schnell ankleidete.

Jetzt eilte er vor ihr über den langen Dammweg. Sie stolperte im Zwielicht hinterher und war aufgeregt. Es war das erste Mal, dass sie einen Auftrag des Ordens erfüllen durfte. Das hatte sie bestimmt Meister Dregin zu verdanken.

»Wie redet man einen Abot eigentlich an? Immer noch Meister?«

Bruder Span schwieg und schien es eilig zu haben. Die Sonne war noch nicht aufgegangen, dabei näherten sie sich schon den längsten Tagen. Seufzend dachte Feja an die schönen Feste, die im Langwald zu Sommerbeginn immer gefeiert worden waren. Plötzlich musste sie wieder an ihren Vater denken und wurde schwermütig. Wo er wohl sein mochte?

Sie sah über die Schulter, ob vielleicht einer ihrer Freunde zugegen wäre … Aber natürlich waren weder Gabra noch Nemma oder Hallir zu dieser frühen Stunde zu sehen.

»Wann werden wir zurück sein?«

Sie erhielt keine Antwort. Bruder Span drehte sich nicht einmal um. Sie lief schneller, um ihn einzuholen. Sein Rucksack war größer und schwerer als ihrer, und sie fragte sich, was er alles eingepackt haben mochte. »Wir sind länger unterwegs, oder?«

Wieder keine Antwort.

»Zwei Tage? Eine Woche? Zwei Wochen? Wenigstens das könntest du mir sagen.«

Er blieb stehen und wies mit einer Hand voraus. *Da liegt unser Ziel*, teilte er ihr mit.

Feja starrte voraus in die Dämmerung. Über dem dunklen Schilf zeichnete sich schwach der ferne Gebirgszugs ab.

»Die Regenberge? Dorthin gehen wir?«

Er nickte und lief weiter.

»Ich nehme an, du wirst mir nicht verraten, was wir da wollen, oder? Ich kann es für mich behalten, weißt du?«

Du kannst schweigen?

»Natürlich.«

Warum fängst du dann nicht jetzt damit an?

Feja seufzte. Sie hatte selbst gemerkt, dass sie zu viel redete, aber sie war doch so aufgeregt. Alle wussten, dass Meister Dregin in der vergangenen Nacht zum neuen Oberhaupt der Graumagier gewählt worden war. Sie hätte zu gerne gewusst, was bei dieser Versammlung alles gesprochen worden war. Die anderen hatten ihr von den Meistern der Ferne erzählt, geheimnisvollen Männern, die dem Orden in anderen Städten dienten, aber sie hatte keinen von ihnen zu Gesicht bekommen.

Sie durchquerten das Schilf und folgten bald der alten Straße, die nach Norden führte. Feja erkannte unterwegs einige Stellen wieder, an denen sie mit Meme Salmango nach ihrem Lindross gesucht hatte. Das schien unendlich lange her zu sein, dabei waren keine drei Wochen vergangen.

In der Ferne sah sie die Türme von Gut Dimgast aus einem Wäldchen ragen. Wie es Nerius ergehen mochte? Sie hatte ein schlechtes Gewissen, weil sie sich nicht nach ihm erkundigt hatte. Meister Svelgar hatte ihr zwar geraten, Nerius Zeit zu geben, aber das schien ihr jetzt falsch. Er war ein Freund, und sie *musste* wissen, wie es ihm geht.

»Können wir dort vorbeigehen? Nerius ist auf dem Gut.«

Nein. Es ist besser, wir werden so wenig wie möglich gesehen. Außerdem hörte ich, dass der Graf Nerius nach Lente gesandt habe. Vielleicht hoffen sie, dass der Arm dort gerettet werden kann.

»Das hoffe ich auch«, seufzte sie.

Nach Sonnenaufgang rasteten sie unter einer Weide und frühstückten, was für Feja offensichtlich wichtiger war als für Bruder Span, der kaum etwas aß. Feja dachte wieder an das Hungerjahr zurück, das hinter ihr lag und das den Vater vom Hof getrieben hatte. Warum musste sie nur den ganzen Morgen schon an ihn denken?

»Lass uns weitergehen. Essen macht mich heute Morgen schwermütig.«

Bruder Span hatte nichts dagegen, dass sie schnell vorankamen.

Die Straße führte sie allmählich von der Küste fort. Das Schilf wurde weniger, und die Bäume wurden zahlreicher. Auch Felder gab es hier mehr als in der Nähe der Festung. Feja entdeckte große Höfe und einmal eine kleine Siedlung, die Bruder Span aber umgehen wollte.

Sie begegneten kaum Menschen, und diejenigen, die sie trafen, schienen Feja misstrauisch und ängstlich zu sein. Sie grüßten nur knapp, wenn überhaupt, und schienen es sehr eilig zu haben, Abstand zwischen sich und die beiden jungen Magier zu bringen.

Gegen Vormittag stießen sie auf eine Patrouille aus Braake. Bruder Span hatte Feja schon von Weitem auf die Männer aufmerksam gemacht, die unter einer Gruppe Weiden am Wegesrand zu rasten schien.

Sie fragte sich, warum sie diesen Männern nicht aus dem Wege gingen. Als sie näher kamen, erkannte Feja ihren Irrtum: Die Soldaten rasteten nicht, sie hatten eine der Weiden zu einem Galgenbaum gemacht. Zwei Männer baumelten dort im schwachen Wind.

Sie zögerte, aber Bruder Span ging einfach weiter, also schloss sie sich ihm notgedrungen an.

Es waren ein Dutzend Männer, einige trugen die Rüstung der Königsgarde, andere die der Stadtwache von Braake. Ihr Anführer war ein Hauptmann der Garde, ein dürrer Mann, der trotz seiner jungen Jahre schon mit einer Glatze gestraft war.

»Sieh an, zwei junge Graumagier streichen durch das Land«, begrüßte er sie schon von Weitem. »Wohin des Weges?«

»Nach Norden«, gab Feja knapp zurück. Sie hatte auf ihrer Wanderung vom Langwald nach Braake schon Galgenbäume gesehen. Aber das hier war gerade erst geschehen. Sie blickte zu den beiden Gehenkten auf. Einer war ein Were. »Was haben diese Männer getan?«

Der Gardist antwortete mit einem Schulterzucken: »Einer der Narrensöhne, die wir in Braake gefasst haben, hat den Namen dieses Bauern genannt.«

Feja wusste nicht genau, was Narrensöhne waren, obwohl sie sich dunkel erinnerte, dass Meister Caron sie in seinem Unterricht erwähnt hatte. »Ihr habt den Mann gefoltert, oder?«

»Natürlich, sonst hätte er kaum geredet, nicht wahr? Und das ist eine seltsame Frage für eine Dienerin des Zwielichts. Ihr seid doch sonst nicht so zartfühlend.«

Bruder Span berührte sie am Arm, und durch die Dunkelheit flüsterte er: *Lass uns weitergehen. Das geht uns nichts an.*

»Dein Freund redet wohl nicht viel, wie?«

»Er ist wählerisch«, gab Feja zurück. Sie konnte den Blick nicht von den beiden Toten wenden. Die hatten doch sicher Frauen und Kinder hinterlassen. Aber sie verstand, dass sie nicht aus der Rolle fallen durfte. »Wo habt Ihr diese Männer gefangen genommen?«

»Seht Ihr den Rauch dort hinten nicht?«

»Ihr habt ihren Hof niedergebrannt?«

»Es wird anderen eine Warnung sein.« Der Gardist kratzte sich am Kinn. »Eigentlich sollte sie das zum Reden bringen, schließlich war ihr Vieh noch im Stall, aber sie schwiegen eisern. Vielleicht wussten sie auch nichts.«

»Aber der eine ist ein Were! Die Weren halten sich aus den Unruhen doch heraus!«, rief Feja wütend.

»Er war der Knecht von dem da. Und – mitgefangen, mitgehangen.«

Span berührte Feja wieder. *Lass dir nicht anmerken, wie zornig du bist. Denk an die Lektionen von Meme Salmango. Du kannst den beiden nicht mehr helfen.*

Feja nickte. Sie legte einen Schatten über ihre Gefühle, wie ihr die Zauberin nach dem Zwischenfall mit Bele gezeigt hatte. Dann grüßte sie knapp, und sie gingen weiter.

»Ich wünschte, ich könnte diesen aufgeblasenen Hauptmann gleich neben die beiden Unglücklichen hängen«, zürnte sie, als sie außer Hörweite waren.

Sei vorsichtig mit deinen Wünschen, sie könnten in Erfüllung gehen, lautete die Antwort, die ihr Span durch die Dunkelheit zuraunte.

»Warum wolltest du eigentlich, dass ich das sehe, Bruder Span? Das wolltest du doch, oder? Ich meine, wir sind den ganzen Tag allen möglichen Leuten ausgewichen, nur dieser Patrouille nicht …«

Ich wollte, dass du siehst, wie sie vorgehen.

Feja seufzte. »Du vergisst, dass ich aus dem Langwald komme. Dort geht es ähnlich zu, nur dass sie keine königliche Garde brauchen, um Höfe niederzubrennen.«

Feja ging jetzt voraus, und sie wollte nicht rasten, solange sie die Qualmwolke am Horizont sehen konnte. Ihr Zorn verrauchte nur langsam, dafür spürte sie eine Leere, die sie so nicht kannte.

Endlich blieb sie stehen. »Es ist wegen früher …«, erklärte sie Bruder Span. »Ich hatte fast vergessen, wie es außerhalb der Mauern unserer Feste zugeht. Mir ist, als hätte ich auf einer Insel gelebt, abgeschirmt vom Elend der Welt.«

Bruder Span sah sie fragend an.

»Vor eineinhalb Jahren, in dem weißen Jahr, als es Asche auf die Felder regnete und die Ernte verdarb, kamen viele Flüchtlinge in den Langwald. Sie hatten gegen die Fürsten aufbegehrt, weil die das wenige Korn, das die Asche nicht vernichtet hatte, als Zehnten kassierten. Und dann kamen Soldaten und jagten die Bauern. Manche schleppten sie in Ketten zurück, andere hängten sie einfach an den nächsten Baum. Hin und wieder legten sie Feuer in einer Scheune oder einem Hof, der den Unglücklichen Unterschlupf gewährt hatte. Es war ihnen gleichgültig, dass wir Freibauern waren und dass der Wald den Weren und nicht dem König gehört. Wir konnten nichts dagegen tun.«

Sie seufzte. »Wir haben geteilt, solange wir konnten, aber irgendwann war einfach nichts mehr da. Die Sägemühle wollte das Holz nicht mehr kaufen, das mein Vater im Wald schlug, und dann beschlagnahmten Soldaten, solche Helden wie die, die wir vorhin getroffen haben, unser Pferd. Und da ist mein Vater nach Braake gegangen. Jetzt ist er irgendwo auf dem Meer. Aber er wird zurückkommen, ich weiß es. Er wird zurückkommen, und dann wird das Elend aufhören.« Sie fühlte sich so verlassen, dass selbst Bruder Spans Anwesenheit ihr keinen Trost spendete.

Skuran Orchon wischte sich den Schweiß von der Stirn. Es war stickig in der Werkstatt. Er prüfte noch einmal die Glätte des Metalls. Dann befühlte er die Symbole, die sein Gehilfe eingraviert hatte. Dieser Gauche verstand zwar nicht, was sie bedeuteten, arbeitete jedoch sauber. Er musste sie nur noch färben.

Der Rotschmied betrachtete das Dutzend Messingscheiben,

das er in den Händen hielt. Das Spielwerk verlangte mehr. Immer wenn er glaubte, eine Lösung gefunden zu haben, belehrte ihn der unerbittliche Mechanismus eines Besseren. Er war sich sicher, den Hauptfehler inzwischen behoben zu haben, seit er den Grauen Orden nicht mehr als eine Einheit sah. Und dass – auch durch sein Zutun – Meister Caron keine Rolle mehr spielte, hatte die Dinge zunächst vereinfacht. Leider war das Ergebnis immer noch schlecht. Die Monde zogen unbeirrt ihre Bahn, und das Spielwerk zeigte bei jedem Durchlauf, dass sein Sohn sterben würde. Durku lag oben in der Stube und ertrug sein Leiden tapfer. Die Aschenpest war eine tückische Krankheit, die den Kranken langsam, nach langem Siechtum sterben ließ. *Typisch für die Gauchen*, dachte Orchon. Er wusste, dass er nach ihm sehen sollte, aber nein, nein, nicht, solange er keine guten Nachrichten für ihn hatte.

Orchon nahm die nächste Messingscheibe zur Hand und zwang sich weiterzuarbeiten. Durku leiden zu sehen war unerträglich, und das Spielwerk war seine letzte Hoffnung, einen Weg zu seiner Heilung zu finden. Leider war es ebenso tückisch wie die Utorer. Immer, wenn er glaubte, der Vollendung nahe zu sein, verlangte es mehr.

Und jetzt hatte er erfahren müssen, dass mehrere der sogenannten Meister der Ferne in die Graufeste gekommen waren. Er musste sie in das Spielwerk einfügen, doch er wusste zu wenig über sie, um die Scheiben richtig platzieren zu können. Er musste Bainach nach ihnen fragen.

Skuran Orchon fuhr mit den Fingern über die Symbole und war so in seine Gedanken vertieft, dass er den Mann, der vor ihm stand, gar nicht bemerkte. Erst als der sich laut räusperte, blickte der Rotschmied auf.

»Wer hat Euch hereingelassen?«

»Ihr seid Meister Orchon?«

Er nickte und betrachtete den Mann genauer: Die derbe, geflickte Kleidung, das wettergegerbte Gesicht, die Wollmütze, die er in den Händen drehte – er musste ein Seemann sein.

»Ich habe Euch gesucht. Ihr seid doch der Were, der auch Briefe schreibt, oder?«

»Schon länger nicht mehr, Freund.« Orchon wischte sich die Hände an seiner Schürze ab. Er witterte Unheil. »Früher habe ich mir mit der Feder etwas dazuverdient, als die Schmiede noch nicht so viel abwarf, aber das ist vorbei.«

»Aber Ihr seid der, der für meinen Bruder einen Brief verfasst hat. Das war vor über einem Jahr.«

Orchon zwang sich zu einem Lächeln. »Das ist lange her, und ich erinnere mich nicht an jeden Brief, den ich damals verfasst habe. Nennt mir doch den Namen Eures Bruders, vielleicht fällt es mir dann wieder ein.«

»Er heißt Falasir, und der Brief sollte an seine Tochter Feja im Langwald gehen. Er wollte mit mir an Bord der *Wogenkönigin* nach Westen segeln, doch er ist nicht erschienen, und wir haben ohne ihn abgelegt.«

Orchon hatte alle Mühe, den Schreck, der ihm in die Knochen fuhr, zu verbergen. »Der Langwald, sagt ihr? Das klingt vertraut … Lasst mich einen Moment überlegen. Oder ich frage meinen Gesellen, er kann sich die utorischen Gesichter besser merken als ich. Danur? Danur, wo steckt Ihr?«

»Ich glaube, er ging eben hinaus auf den Markt oder in eines der Wirtshäuser. Es ist Mittag, wisst Ihr …«

»Wirklich? Wie die Zeit vergeht.« Orchons Gedanken rasten. Die *Wogenkönigin* war zurückgekehrt? Warum hatte ihm das niemand gesagt? »Nehmen wir vielleicht einfach an, ich hätte diesen Brief geschrieben, auch wenn ich mich nicht daran erinnere – warum fragt Ihr danach?«

Der Seemann sah ihn auf eine Art an, die dem Rotschmied wachsendes Unbehagen bereitete. »Mein Bruder sagte mir, dass er diesen Brief an seine Tochter schreiben lassen wollte. Danach habe ich nichts mehr von ihm gehört. Ich dachte die ganze Zeit, er hätte es sich vielleicht anders überlegt, denn er war krank vor Heimweh nach seiner Tochter und seiner Frau. Gestern Nacht sind wir zurückgekehrt. Ich war bei unserer Wirtin, ich war in den Gaststuben, die wir gemeinsam besucht hatten – niemand hat ihn im vergangenen Jahr gesehen. Wie mir zu Ohren kam, haben auch andere nach ihm gefragt. Er scheint verschwunden zu sein, seit er Euch wegen des Briefes aufsuchen wollte.«

»Wirklich? Das ist beunruhigend. Wenn ich jetzt genau wüsste, ob ich damals … Vielleicht war es doch ein anderer Briefeschreiber?«

»Nein, er wollte zu Euch! Er hatte etwas übrig für Euresgleichen und pflegte zu sagen, dass Weren ehrlicher seien als Utorer. Ich war da allerdings immer schon etwas anderer Meinung.«

»Nun, lasst mich überlegen …« Orchon suchte verzweifelt nach einem Ausweg. Die Miene dieses Mannes wurde immer finsterer, und langsam gingen ihm die Ausflüchte aus. Dann durchzuckte ihn eine Idee, eine böse, eine gefährliche Idee, aber sie könnte ihn retten. »Ich kann nachsehen! Ich habe ein Verzeichnis mit allen Adressen, an die ich Schreiben sende. Dort kann ich nachschlagen!«

»Dann beeilt Euch besser. Ich weiß nicht viel über die Starren, aber Euer Benehmen ist das eines Mannes, der etwas zu verbergen hat, Meister Orchon.«

»Nicht doch, Ihr tut mir unrecht.«

»So? Tue ich das?«

»Das Verzeichnis … Wo mag es sein? Wie ich sagte, ich habe es lange nicht gebraucht … Ah, ich weiß es – ich ließ es Danur dort oben auf das Regal legen. Seht Ihr diese graue Kiste?«

»Gewiss doch.«

»Seid so gut und reicht sie mir herunter. Oder ich hole schnell eine Leiter …«

»Ihr bleibt, wo Ihr seid«, verlangte der Seemann schroff. Er legte seine Mütze auf die Werkbank, trat an das Regal und reckte sich, um nach der Kiste zu greifen.

Meister Orchon nahm einen Kupferbarren von der Werkbank, holte aus und ließ ihn mit aller Kraft auf den Hinterkopf des Mannes niedersausen. Der Seemann stürzte zu Boden, und die Kiste, die nur allerlei altes Werkzeug enthielt, fiel mit fürchterlichem Lärm auf ihn herab.

Orchon trat näher an den Liegenden heran. Der Seemann stöhnte und versuchte, wieder auf die Beine zu kommen, obwohl sein Hinterkopf ganz blutig war. Orchon schlug noch einmal zu, und dann noch einmal und noch einmal. All die Wut auf das Schicksal, das ein Todesurteil über seinen unschuldigen Sohn verhängt hatte, brach sich Bahn. Und mit ihr der Zorn darüber, dass dieses Schicksal mit ihm spielte, ihm die Prophezeiung unter die Nase rieb und dann doch verhinderte, dass sie sich erfüllte.

Irgendwann hielt er erschöpft inne und kam wieder zu sich. Entsetzt blickte er auf das, was er getan hatte. Ihm wurde übel.

»Reiß dich zusammen«, murmelte er vergeblich, »reiß dich zusammen …«

Er konnte die Augen kaum von dem Toten wenden. Aber dann riss er sich mit einem Stöhnen aus der Erstarrung, rannte zur Tür und sperrte sie hinter sich zu.

»Melta?«, rief er und hetzte hinüber ins Haus. »Melta? Wo steckt Ihr?«

»In der Küche, Herr, wo sonst?« Die Magd schlurfte herbei.

»Ihr müsst mir etwas besorgen, Melta. Geht bitte sofort zu Meister Jagoch und bittet ihn um ein Muster seiner Silberketten.«

»Meister Jagoch? Aber das is' am anderen Ende der Stadt. Und was denn für Silberketten?«

»Ich benötige sie als Vorlage … Er weiß Bescheid. Nun geht schon, eilt, ich brauche sie so schnell wie möglich!«

»Aber das Essen? Es brennt an, wenn ich mich nicht …«

»Das erledige ich schon. Jetzt geht, ich bitte Euch, es ist wirklich wichtig!«

»Ja, ja, schon gut.«

Orchon wurde fast wahnsinnig, weil Melta in ihrer unbeholfenen Art Ewigkeiten brauchte, um ihr Kopftuch zu richten, den Überwurf anzulegen und den Korb zu finden, ohne den sie nicht aus dem Haus ging. Er rührte die ganze Zeit unter ihren misstrauischen Blicken in dem Eintopf herum, den sie auf den Herd gestellt hatte.

Endlich verließ sie das Haus. Orchon zwang sich zu warten. Wie er es vermutet hatte, war sie ein paar Augenblicke später wieder zurück, weil sie etwas vergessen hatte – nämlich die Schürze abzulegen. Dann endlich verschwand sie in der Straße, und er konnte die Tür verriegeln.

Er hastete in die Werkstatt, packte den leblosen Körper und schleifte ihn hinüber ins Haus. Dort zerrte er ihn die Kellertreppe hinab und ließ ihn vorerst in der Kammer mit dem Spielwerk liegen. Dann rannte er wieder hinauf, suchte einen Eimer und alte Tücher und wischte die Blutlache auf. Die Tücher warf er ins Feuer. Am Ende streute er Sägemehl über den dunklen Fleck. Weil er immer noch Angst hatte, sein Geselle könnte etwas merken, schnitt er sich in die Hand, um Blut, das er vielleicht übersehen hatte, erklären zu können.

Als Nächstes nahm er Hacke und Schaufel, eilte zurück in den Keller und fing an, ein Loch auszuheben.

»Du kannst dich nicht beschweren«, sagte er zu dem Toten, als die Schaufel auf einen Knochen stieß. »Du hast deinen Bruder gesucht, und du hast ihn gefunden.«

Und wie viele willst du noch ermorden?, fragte die Stimme, die nur Orchon hören konnte. Sie gehörte dem anderen Toten. Er wusste natürlich, dass der Mann gar nicht mehr reden konnte, aber es half nichts, er hörte seine Stimme trotzdem.

Er hielt sich die Ohren zu. Es half nicht. Was tat er überhaupt hier unten? Das konnte doch warten! Niemand außer ihm kam hier herunter.

Orchon rannte die Kellertreppe wieder hinauf. Es roch verbrannt. Er hatte den verdammten Eintopf vergessen! Er zog den Topf vom Herd, verbrannte sich die Finger, dann fiel ihm ein, dass er die Kellertür nicht verriegelt hatte. Er verriegelte sie, entriegelte sie wieder, rannte die Treppe hinab, und versicherte sich, dass er unten abgeschlossen hatte. Dann hetzte er wieder hinauf, schloss die Tür mit zitternden Händen ab und die Haustür wieder auf.

Sein Geselle! Den hatte er völlig vergessen! Orchon hastete in die Werkstatt und entriegelte die Tür. Danur wartete bereits davor und glotzte ihn an.

»Was ist denn?«, fuhr Orchon ihn an. »Ich hatte im Haus zu tun, und habe deshalb abgeschlossen.«

»Ihr habt da Blut auf dem Hemd, Herr«, kam es langsam zurück.

»Habe mich geschnitten«, erklärte Orchon und hob die verletzte Hand. »Geschnitten und verbrannt. Nicht mein Glückstag heute, nicht mein Glückstag.«

Der Geselle nickte und schlurfte in die Werkstatt. Falls er sich über das frische Sägemehl und die über den Boden verstreuten alten Werkzeuge wunderte, behielt er es für sich.

Skuran Orchon atmete auf. Er hatte es geschafft. Aber er wurde das nagende Gefühl nicht los, dass er etwas vergessen hatte.

Der Berge waren näher gerückt, aber noch immer ein gutes Stück entfernt. »Wie lange werden wir dorthin brauchen?«, fragte Feja, als sie am Abend ihr Lager in den langen Schatten einiger Birken aufschlugen.

Noch zwei Tage, wenn es gut geht, flüsterte Bruder Span ihr durch das Zwielicht zu.

»Und du willst mir immer noch nicht sagen, wie unser Auftrag lautet?«

Wir suchen die Aufständischen.

Feja sah ihn erschrocken an. »Sollen wir … Sollen wir sie etwa … *umbringen?*«

Er lachte lautlos. *Nichts dergleichen. Abot Dregin will diesen Krieg zu einem Ende bringen. Er sendet ihnen Botschaften.*

»Ein Friedensangebot?« Feja dachte nach. »Aber kann er ihnen überhaupt Frieden anbieten? Sind es nicht die Feuermagier, die jetzt in Braake das Sagen haben?«

Bruder Span sammelte Holz. *Noch. Aber das muss nicht so bleiben.*

Feja rollte ihre Decke aus. »Von selbst werden sie aber kaum gehen, oder?«

Ich bin sicher, dass der Abot sie dazu überreden kann.

»Das hoffe ich«, seufzte Feja.

Mit Hoffen wird es nicht getan sein, Feja. Bruder Span kniete an der kleinen Feuerstelle und entfachte die Flammen.

»Wie meinst du das?« Feja setzt sich ins warme Gras.

Es wird einen Kampf geben, vielleicht nicht mit Schwertern, auch nicht mit Feuer und Tod, aber der Abot wird vermutlich mit List und Tücke dafür sorgen, dass der Flammenorden Braake verlässt. Und wir müssen ihm helfen.

»List und Tücke?«

Der Weg der Graumagier. Unsere Stärke liegt im Verborgenen und wirkt im Verborgenen. Wir müssen die Welt nicht in Brand setzen, um sie zu verändern.

Feja starrte in die Flammen. »Es erscheint mir dennoch nicht richtig. Können wir nicht zum König gehen und unsere alten Rechte einfordern? Braake war doch immer unsere Stadt, oder?«

Der Flammenorden beschützt und berät den König, so wie wir den Fenngrafen. Für wen wird er sich wohl entscheiden?

Sie seufzte wieder. »Ich verstehe das alles nicht. Ich will nur, dass das aufhört … mit den Flüchtlingen, mit den Kämpfen, mit den Bauern, die aufgehängt werden.«

Der Abot will das auch. Er wird Dinge tun müssen, die dir vielleicht nicht sehr edel erscheinen werden, um das Unrecht zu beenden. Verstehst du das?

»Vielleicht, obwohl mein Vater immer sagte, dass aus unedler Tat nichts Edles erwachsen könne.«

Dein Vater kannte die Graumagier nicht.

Feja zog die Beine an, legte das Kinn auf die Knie und schwieg. Was ihr Vater wohl dazu sagen würde, dass sie dieser Bruderschaft beigetreten war? Wieder musste sie an ihn denken, und wieder fühlte sie sich dabei unglücklich, so als ob etwas Schlimmes geschehen sei. Ob er je aus dem Westen zurückkehren würde?

Bruder Span setzte sich neben sie. *Es wird sich alles zum Guten wenden*, flüsterte er ihr über das Dunkel zu.

Sie blickte in die untergehende Sonne. Warum war sie nur so traurig?

Er ist übrigens Jaras.

»Wer?«

Du hast mich nach meinem Namen gefragt. Er lautet Jaras. Das glaube ich wenigstens. Jemand hat mich so genannt, als ich klein war. Eine Frau, vielleicht meine Mutter, ich erinnere mich nicht.

»Jaras? Diesen Namen habe ich ja noch nie gehört … Ich meine, das ist ein schöner Name«, fügte sie hastig hinzu. »Danke, dass du ihn mir verraten hast.«

Du bist die Erste, die ihn erfährt.

Feja wusste nicht, was sie sagen sollte, und dann dachte sie, dass es vielleicht auch besser sei, diesen Moment nicht durch Reden zu zerstören. Und so saßen sie lange schweigend nebeneinander und starrten in das sich rasch verzehrende Feuer.

Ginnar Dregin betrat die Werkstatt, als über Braake ein Gewitter niederging. Mit ihm kam ein Regenschauer über die Schwelle.

»Um der Monde willen – schließt die Tür! Der Wind weht hier sonst noch alles davon.«

Dregin schloss die Tür und schüttelte das Wasser aus seinem Umhang.

Der Rotschmied erkannte ihn offenkundig erst jetzt. »Meister Dregin! Oder, nein, ich sollte Abot sagen, nicht wahr? Darf ich Euch gratulieren? Tretet ein. Wenn ein Tee beliebt, kann ich meine Haushälterin …«

Dregin hob die Hand, um den Redeschwall zu unterbrechen. »Es ist schon gut, Meister Orchon.«

»Was kann ich heute für Euch tun, Abot? Wollt Ihr die Monde gedeutet haben? Oder benötigt Ihr Schmiedearbeiten?« Der Rotschmied rieb sich die Hände. Seine Nervosität war unübersehbar.

»Ich brauche nur eine Auskunft, Orchon …« Dregin sah sich um. Der Geselle bearbeitete mit einem kleinen Hammer irgendwelche Messingscheiben, und Orchon selbst war mit einer Reihe von Kelchen beschäftigt, die er mit Edelsteinen besetzte. Er wirkte fahrig. Hier war etwas faul …

Dregin beschwor das Zwielicht und schärfte seine Sinne. Er fühlte, dass hier erst vor Kurzem Blut geflossen war. Er konnte es riechen.

»Welche Art Auskunft könnte ich Euch bieten, wenn es nicht um die Monde geht, ehrwürdiger Abot?«

Dregin trat näher an ihn heran. Er fand, dass es den Gesellen nichts anginge, was sie hier zu besprechen hatten. »Ich suche einen Mann, Orchon, einen Seemann, um genauer zu sein. Er kam vorgestern Nacht mit der *Wogenkönigin.* Sein Kapitän sagte mir, dass er zu Euch wollte, um nach seinem Bruder zu suchen. Und denkt Euch nur, jener Bruder wollte Euch angeblich vor einem Jahr beauftragen, einen Brief an ein Mädchen im Langwald zu schreiben …«

Der Rotschmied rang offensichtlich um Fassung. »Bei mir war niemand, Herr. Danur, um der Monde willen, hört für einen Augenblick mit dem Gehämmere auf! Habt Ihr gestern hier einen Seemann gesehen?«

Der Geselle schüttelte langsam den Kopf. Dann setzte er seine Arbeit fort.

Dregin seufzte, sorgte dafür, dass das Zwielicht ihm eine dunkle Aura verlieh, und senkte seine Stimme zu einem drohenden Flüstern: »Hört, Orchon, ich weiß, dass der Mann hier war. Dort auf der Werkbank liegt seine Mütze, und da, wo Ihr steht, kann ich unter dem Sägemehl das Blut sehen, das hier vergossen wurde.«

Der Were erbleichte. »Die Hand, Herr, ich habe mich an der Hand verletzt! Und die Mütze … Nun, die liegt schon eine Ewigkeit dort.«

»Wohl kaum, Orchon. Ich kann den Schatten der bösen Tat noch sehen. Erspart uns also bitte weitere Ausflüchte. Wo habt Ihr die Leiche hingeschafft? In den Hafen? Nein … dann hätten wir davon gehört. Sie ist noch hier im Haus, oder? Der Keller? Ah, Ihr habt sie im Keller versteckt. Nun seht mich nicht so ängstlich an. Ich habe noch nicht entschieden, in dieser Angelegenheit die Wachen zu rufen …«

»Nicht?«, fragte der Rotschmied und vergaß das Leugnen.

Im Hintergrund hämmerte der Geselle unverdrossen auf das Messingblech. Er schien noch langsamer zu arbeiten als sonst. Versuchte er zu lauschen? Orchon senkte die Stimme.

»Nein, denn die Wache gehorcht jetzt den Feuermagiern, nicht dem Grauen Orden. Also gehen mich Recht und Gesetz im Augenblick nicht viel an, oder?«

»Aber … aber was wollt Ihr dann?«, brachte der Were hervor.

»Ich werde von Euch eine Monddeutung benötigen, eine Auslegung, die bestimmten Leuten vermutlich das Gegenteil der Wahrheit vorhersagt.«

»Ihr wollt, dass ich für Euch lüge?«

»Sagt mir nicht, dass Euch das Unbehagen bereitet. Das Blut auf dem Boden ist Beweis dafür, dass Ihr weit Schlimmeres getan habt. Ihr habt die Wahl – eine Lüge für mich oder die Wahrheit für einen Richter. Was ist Euch lieber, Orchon? Kann ich mich auf Euch verlassen?«

Der Rotschmied nickte ergeben. »Und wen soll ich täuschen?«

»Das werdet Ihr schon bald erfahren. Aber macht es glaubhafter als heute, sonst wird meine Verschwiegenheit nicht lange anhalten.« Dregin schickte sich zum Gehen an, doch der Rotschmied lief ihm hinterher. »Eines noch, Herr – das Mädchen … glaubt Ihr, ich kann es bald sehen?«

Der Abot schüttelte den Kopf. »Eigentlich war ich auch hier, um mit Euch genau darüber zu reden. Ihr werdet einsehen, dass ich sie nicht mit dem Mann zusammenbringen werde, der ihren Onkel ermordet hat, oder? Und wenn ich darüber nachdenke, fällt mir nur ein Grund ein, den Onkel zu töten – Ihr habt mit ihrem Vater das Gleiche getan! Er ist gar nicht auf Westfahrt verschollen – er liegt ebenfalls tot in Eurem Keller! Ist es nicht so?«

Dregin bekam keine Antwort, aber die brauchte er auch nicht. Meister Orchon wirkte tief verstört, als er die Werkstatt verließ.

»Werdet Ihr bekommen, was wir brauchen?«, fragte Meister Valir, der im strömenden Regen auf ihn wartete.

Dregin nickte. »Sogar mehr, als ich erwartet hatte.«

»Es gibt da etwas, was ich noch nicht verstehe, Abot. Das Wetter … Ich weiß, dass die Tage nach Mittsommer zuverlässig Regen bringen, doch auch, wenn die Feuermagier Wasser nicht mögen, wird sie ein kleiner Schauer kaum aus der Fassung bringen. Dazu brauchtet Ihr schon einen regelrechten Sturm. Und den kann ein Mondkundiger doch kaum mit der nötigen Zuverlässigkeit auf die Stunde genau vorhersagen, oder?«

»Meister Orchon ist in seiner Kunst zwar unerreicht, aber Ihr habt natürlich recht. Ich verlasse mich auch nicht auf die Launen von Wind und Wolken.«

»Sondern?«

»Lasst Euch überraschen, Valir. Doch jetzt kommt, ich will Richter Fendar und seinen roten Freunden den neuen Sturmrat der Graumagier vorstellen.«

»Ich bin gespannt, was mich erwartet. In diesem Fall ist das Wetter auf unserer Seite.«

Der neue Abot sah den Zauberer fragend an.

Der lachte und erklärte: »Es wird ein Auftritt mit Blitz und Donner – was kann ich mehr erwarten?«

Jetzt lachte auch Dregin. Der Mann gefiel ihm immer besser. Bis vor Kurzem war Valir noch der Gesandte des Ordens in Walbucht gewesen. Dregin fand, dass es eine gute Entscheidung gewesen war, ihn zum neuen Sturmrat zu machen, auch wenn einige das anders sahen. Wie Meister Eyrim zum Beispiel, der gar nicht glücklich gewirkt hatte, als der neue Abot ihn als Nachfolger Valirs nach Walbucht schickte.

Feja und Span sahen nahe der Küste ein Gewitter über das Land rollen. Die Berge vor ihnen waren näher gerückt, aber obwohl ihre Gipfel in den Wolken verborgen lagen, konnte Feja es sich nicht verkneifen anzumerken, dass sie nichts gegen die Berge ihrer Heimat waren.

»Die Mondberge sind doppelt so hoch, mindestens, und auf manchen soll es sogar noch Drachen geben«, erklärte sie. »Die Weren sagen das jedenfalls, und die müssen es wissen, weil es doch ihre Berge sind. Und auf dem Thronberg soll sich Edamara immer mit dem Allvater getroffen haben.«

In den Ausläufern der ersten Hügel stießen sie auf einige überkragende Felsen, und Bruder Span entschied, dass dies ein guter Platz zum Lagern sei.

Feja war skeptisch. »Wenn der Wind vom Meer kommt, wird er den Regen unter diesen Stein treiben. Wir könnten doch auf einem der Höfe fragen. Als ich durch den Langwald gewandert bin, habe ich immer Schutz in einer Scheune gefunden, wenn ich die Bauern nur höflich gefragt habe.«

Sie sind wahrscheinlich weniger freundlich, wenn zwei Graumagier bei ihnen anklopfen, gab Span zurück. *Außerdem ist es besser, wenn wir nicht gesehen werden.*

Feja fügte sich seufzend. Sie setzte sich in den Schatten, massierte die schmerzenden Füße und fragte sich, wie lange diese Wanderung noch dauern mochte. Sie waren nun schon den dritten Tag auf Reisen. Es gefiel ihr, mit Span allein unterwegs zu sein, und doch spürte sie gerade bei ihren Rasten einen starken Drang, so schnell wie möglich zum Dämmerstein zurückzukehren.

Sie zog ihre grauen Stiefel wieder an und sammelte Holz, aber Span machte keine Anstalten, es zu entzünden. Er wirkte angespannt.

Warte hier, ich will etwas nachsehen, flüsterte er ihr schließlich durch das Dunkel zu und verschwand.

Feja blieb verblüfft stehen, dann ging sie ihm nach. Sie machte sich keine Illusionen darüber, dass sie unbemerkt bleiben würde. Und wirklich blieb er stehen, kaum dass er den halben Hügel erklommen hatte, und drehte sich kopfschüttelnd zu ihr um. Er legte einen Finger auf die Lippen und schlich geduckt weiter, bis er schließlich in dem windzerzausten Buschwerk verschwand, das die Hügelkuppe überwucherte.

Feja folgte seinem Beispiel, aber sie verlor ihn schnell aus den Augen. Plötzlich tauchte er neben ihr auf, nahm sie an der Hand und beschwor eine Art trüben Schleier, der sich über ihnen ausbreitete. Sie krochen weiter voran, und Feja bemerkte voller Erstaunen, dass die Äste, die sie dabei berührten, sich oberhalb dieses Schleiers nicht bewegten.

Endlich hielt er an und deutete durch das Blattwerk auf einen Punkt in der Ferne.

»Was ist los?«, fragte Feja, die nichts Auffälliges entdecken konnte. Er wies noch einmal in die Richtung einer tief hängenden Gewitterwolke, und Feja glaubte endlich, ein schwaches Blinken dort zu sehen. »Was ist das?«, fragte sie.

Bruder Span drehte ihren Kopf zur Seite. Oben in den Bergen

blinkte auch so ein heller Punkt, kaum zu erkennen, weil die tief stehende Sonne die Gebirgsflanke in goldenes Licht tauchte.

Botschaften.

»Aufständische?«, fragte Feja hoffnungsvoll, aber er schüttelte den Kopf.

Feuermagier, raunte Span.

»Und was sagen diese Signale? Haben sie etwas mit uns zu tun?«

Das wusste Span nicht, und der Abend war verdorben, denn er schien nur über die Bedeutung dieser Lichtzeichen nachzudenken. Er verbot ihr sogar, ein Feuer zu entfachen.

Feja dachte ebenfalls darüber nach, was die Botschaften besagen mochten, dann sagte sie: »Wir sollten es herausfinden, Jaras.«

Er kommentierte ihren Vorschlag mit einem Stirnrunzeln.

»Zu dem Licht in den Bergen kann es nicht mehr weit sein. Wer immer das Blinken von dort oben gesandt hat, kann sein Nachtlager schließlich nicht in einem Berghang aufschlagen. Er wird am Fuß der Berge lagern. Und wir sollten nachsehen, mit wem wir es zu tun haben.«

Span lächelte plötzlich und nickte.

Dir ist schon klar, dass wir dann noch rund zwei Stunden marschieren müssen, oder?, raunte er.

Feja seufzte und versuchte, ihre müden Füße zu ignorieren. »Schritte, die du heute nicht gehst, musst du morgen machen«, meinte sie. »Es bleibt sich also gleich.«

Hat das auch dein Vater gesagt?

Sie nickte.

Ein kluger Mann.

Sie seufzte noch einmal. »Es wird Ärger geben, oder? Ganz gleich, wen wir dort finden, oder?«

Span zuckte mit den Achseln. *Was kommt, das kommt. Du hast recht – wir müssen herausfinden, was die Zeichen bedeuten. Etwas sagt mir, dass es um uns geht. Und das gefällt mir nicht.*

Zwei Stunden hasteten sie durch die lange Abenddämmerung, bis Span plötzlich die Hand hob. Er sog die Luft durch die Nase ein.

Feja tat es ihm gleich, roch aber nichts außer Sauerampfer und Baumharz.

Bruder Span verdrehte die Augen. *Rauch*, stellte er fest.

Jetzt, wo sie darauf achtete, roch Feja es auch, beinahe unmerklich.

Sie schlichen in den Kiefernwald, der sich hier bis an die Berge heranzog, krochen zwischen bemoosten Riesensteinen voran und sahen endlich Feuerschein, der von einer Felswand in den Abendhimmel gespiegelt wurde.

Entweder sie sind leichtsinnig – oder es ist eine Falle, raunte es durch das Dunkel.

Feja fühlte ein unangenehmes Kribbeln im Nacken. »Eine Falle«, flüsterte sie.

Sie umgingen das Lager in einem weiten Bogen. Span hob die Hand.

Zwei Männer – in den Schatten. Dort und dort. Er wies ins dichte Unterholz.

Feja sah überhaupt nichts.

Lass das Zwielicht für dich sehen. Atme und bitte Stor um Hilfe.

Feja versuchte es. Sie bemerkte erst jetzt, dass ihr das Herz bis zum Hals schlug. Sie konzentrierte sich auf ihren Atem. Es half, wie stets, und sie ärgerte sich, dass sie nicht selbst darauf gekommen war. Sie beschwor das Zwielicht und versuchte zu ergründen, was es ihr sagen wollte. Aber da war nur ein Durcheinander von Ästen, Zweigen und Steinen.

Achte nicht auf das, was deine Augen sehen würden. Die Stimme von Span erklang jetzt tief in ihrem Kopf. Sie schnappte nach Luft, weil es sich anfühlte, als würde er sie auf eine sehr seltsame Art umarmen, so nah war er ihr. *Achte auf das, was dir die Ohren zutragen. Ich helfe dir.*

Sie beruhigte sich wieder und achtete auf die Geräusche des Waldes. Verblüfft erlebte sie, wie die Berührung von Span ihre Sinne schärfte und das Zwielicht alle Geräusche verstärkte. Sie hörte etwas Kleines durch das Unterholz trippeln. Dort knackte ein Ast. Da – leichte Hufe, die am Rande des Waldes nervös über den Boden sprangen. Plötzlich war es, als könnte Feja die beiden

Rehe sehen, ja, sie wuchsen als Schattenbilder vor ihrem inneren Auge. Dazwischen, nebelhaft schwach, der ganze Wald mit seinen Farnen, Bäumen, Ästen und Steinen. Da knackte etwas laut, dicht an der Felswand. Es gehörte nicht dorthin. Unangenehm hell und lodernd blendete es Feja, die sich unwillkürlich abwandte.

Dann hörte sie, hinter einem Stein, ein regelmäßiges Pochen. Bevor sie begriff, dass es ein schlagendes Herz war, sah sie den schwarzen Schemen eines Mannes vor ihrem inneren Auge. Und da war ein zweiter, auf der anderen Seite einer Steingruppe. Sie beide standen stumm und schienen auf etwas zu warten. Etwa auf sie beide? Die Vision zerfiel zu grauem Staub. Feja blinzelte. Vor ihr lag der undurchdringliche Schatten des nächtlichen Waldes.

Du hast sie gesehen, oder?

Feja nickte.

Die anderen auch? Nein? Dann versuche es erneut.

Feja schloss die Augen, atmete ruhig und gleichmäßig, und der Wald entstand erneut als eine schattenhafte Mischung aus Geräuschen und Formen. Der ruhige, kraftvolle Herzschlag der beiden Männer war sofort wieder da. Die Schemen wurden deutlicher: scharf geschnittene Gesichter, seltsam überzeichnet, und dann, am Gürtel, lange Schwerter. Sie wirkten angespannt. Aber sie versteckten sich nicht aus Angst – sie lagen auf der Lauer!

Du darfst dich nicht zu sehr auf sie konzentrieren, verlangte Spans Stimme tief in ihren Gedanken.

Feja folgte dem Ratschlag. Die Schemen wurden undeutlicher. Ihr schien es, als würde sie mit einem Nachtvogel zwischen den Bäumen dahinhuschen. Und dann nahm sie die anderen wahr: Sieben, nein, acht – sie hörte den Herzschlag von acht Männern!

Sie lauerten am Rande der Lichtung. Feja lauschte angestrengt. Diese Männer, sie kauerten so dicht beieinander, dass sie sie kaum auseinanderhalten konnte. Ihre Herzen schlugen schnell, und Feja bildete sich ein, kalten Schweiß auf ihrer Stirn zu sehen. Aber das war unmöglich. Sie nahm ein dichtes Knäuel von Leibern wahr, die sich mit klopfenden Herzen aneinanderpressten wie Kaninchen. Und doch drängten sie vorwärts. Das Knacken kleiner Äste unter ihren Füßen klang wie Donner in Fejas Ohren. Die acht schlichen voran. In ihren Händen drehten sie unruhig Sicheln, Dolche und Dreschflegel.

Feja hielt den Atem an. Sie verstand, dass die Männer vorhatten, das Lager zu überfallen. Aber war dort noch jemand? Sie lenkte ihren Geist – wie leicht ihr das inzwischen fiel! – in Richtung der Feuerstelle. Sie hörte das helle Prasseln des Feuers, aber sie konnte sich nicht nähern, denn die Flammen blendeten sie. Es schmerzte, und sie wandte sich ab.

Was geschieht hier? Ohne es zu bemerken, flüsterte sie nun selbst durch das Dunkel.

Diese acht gehen in eine Falle.

Wir müssen sie warnen!

Welche der beiden Parteien, Feja? Ich kann nicht sagen, ob diese acht dort Räuber sind oder Bauern.

Aber ich, erwiderte sie. Jetzt, da ihr aufgegangen war, dass sie selbst durch das Dunkel gesprochen hatte, fiel es ihr gleich viel schwerer, es erneut zu tun. *Bemerkst du ihren Hunger nicht? Er beugt ihre Körper. Ihre Hände zittern vor Angst. Das sind keine Räuber.*

Das heißt nichts. Selbst die Gesetzlosen erleben harte Zeiten, Feja. Warte ab. Wir müssen sicher sein.

Feja war anderer Meinung, aber es war zu spät. Mit lautem Gebrüll stürmten die acht Männer auf das Feuer los.

»Nieder mit dem König! Verdammt sei der Fenngraf!«, rief einer.

Fejas schattenhafte Vision zerstob unter dem Lärm, und dann hörte sie auch ohne die Hilfe des Zwielichts das Keuchen von Männern und das Niedersausen von schweren Waffen am Lagerfeuer vor der Felswand.

Span sprang auf, und Feja folgte ihm, ohne nachzudenken. *Überlass das Kämpfen mir. Bleib unter den Bäumen,* raunte er. Aber sie musste einfach sehen, was da geschah.

Das Geschrei bekam eine andere Tonlage. Endlich schienen die Angreifer gemerkt zu haben, dass niemand am Feuer war, und dann schrie ein Mann in Todesangst. Feja hörte das Sausen von Klingen und das Stöhnen der Kämpfenden. Als sie endlich die kleine Lichtung erreichte, auf der die beiden Soldaten ihre Falle aufgestellt hatten, blieb sie erschrocken stehen.

Da waren zwei Männer in ledernen Panzerhemden, die mit solcher Geschwindigkeit unter die Angreifer fuhren, dass die kaum ihre Waffen zur Abwehr hochbekamen. Drei lagen schon am Boden, ein vierter stolperte ins Feuer, und zwei rannten um ihr Leben. Nur die beiden übrigen schienen sich noch wehren zu wollen. Einer parierte die Angriffe mit einem Kurzschwert, der andere wehrte mit einem Dreschflegel seinen Gegner ab.

Dann tauchte Span am Feuer auf. Feja verstand nicht, wie er so schnell dort hingekommen war. Er stach dem ersten der Gepanzerten in den Oberschenkel. Der Mann heulte auf und ging in die Knie.

Der andere Soldat fuhr herum, fluchte und stieß zu. Aber Span war nicht mehr dort, wo die Klinge hinstach. Feja dachte, sie müsse etwas tun, einen helfenden Schleier weben, irgendetwas zaubern, aber sie wusste nicht, was. Also zog sie ihren Dolch und stürmte brüllend auf die Lichtung.

Der Soldat hörte sie, wirbelte herum, und dann war Span hinter ihm und stach ihm in den Arm. Das Schwert klirrte zu Boden.

»Du Hund!«, brüllte der Bauer mit dem Dreschflegel und ließ seine Waffe auf den Kopf des Kriegers niederfahren.

Es gab ein grässliches Geräusch. Feja blieb erschrocken stehen. Nun brüllte auch der Bauer mit dem Kurzschwert irgendetwas von Rache und wollte auf den anderen Soldaten losgehen. Aber Span fiel ihm in den Arm.

»Nicht!«, rief Feja, viel zu spät. Der Mann wäre längst tot gewesen, wenn Span nicht eingeschritten wäre. »Nicht!«, rief sie noch einmal. Hilfesuchend sah sie zu Bruder Span, aber der stand auf der anderen Seite des Feuers, das ihre Schatten trennte und allzu deutlich den Soldaten mit dem eingeschlagenen Schädel beleuchtete.

»Wir brauchen diesen Mann lebend!«, rief sie, als ihr endlich wieder einfiel, warum sie hierhergeeilt waren.

»Wer, bei Nirs Reich, seid denn Ihr zwei?«

»Dummkopf – erkennst du die Robe nicht?«, zischte der Mann, der über das Feuer gestolpert war. »Es sind Graumagier!«

»So? Aber sie haben uns geholfen, oder? Seit wann helfen uns diese verfluchten Zauberer?«

»Seit der neue Abot Dregin Wege nach Frieden sucht«, erklärte Feja. Span hatte ihr zum Glück ausführlich erklärt, worum es hier ging.

»Ein neuer Abot … Ich hörte davon. Aber Dregin? Der hatte noch nie viel für uns übrig.«

»Aber gerade haben uns seine Leute den Arsch gerettet, oder nicht?«, meinte der mit dem Dreschflegel.

»Glaubt mir, Mener, der Abot will Frieden. Er schlägt eine Versammlung vor, unten im Alten Grund, wenn Aithir nach dem nächsten Eorthatag sein volles Gesicht zeigt«, sprudelte es aus ihr hervor. »Dort will er Euch sein Angebot unterbreiten, Meister …?«

»Man nennt mich Drescher, mein Fräulein, und ich bin ein Bauer und kein Meister. Der dort wird Kurzer genannt, nach der Länge seines Schwertes. Vielleicht auch nach der Länge von was anderem, worüber ich aber vor einem Fräulein nicht reden will. Der, dem die Flammen die Hosen angesengt haben, wird Krug gerufen, und die anderen sind …« Er schüttelte den Kopf und ließ den Blick über den Kampflatz schweifen. »Verdammt … Wir haben drei gute Männer verloren. Ruf die anderen zurück, Krug. Sag diesen Helden, dass der Feind besiegt ist.«

»Kein großer Verlust, wenn die weg sind, falls du mich fragst«, meinte der Mann, der Krug gerufen wurde.

»Ich frage dich aber nicht. Geh und sammle sie ein. Ich versuche mit Kurzer so lange herauszufinden, was diese Botschaft und die Hilfe der beiden jungen Magier zu bedeuten hat. Beim vollen Aithir nach dem Eorthatag – das sind noch vier Wochen, wenn ich mich nicht irre. Hat der Abot auch eine Idee, wie wir so lange hier draußen überleben sollen? Wer auf seinem Hof geblieben ist, hat nichts mehr, was er mit uns teilen könnte, und die Jagd ist gefährlich, weil immer mehr Bauernjäger in den Wäldern sind.«

»Ihr tragt merkwürdige Namen, Mener Drescher«, warf Feja ein.

»Die Männer, die in die Berge gehen, legen ihre Namen ab,

damit ihre Taten nicht auf ihre Familien zurückfallen. Wusstet Ihr das nicht?«

Feja schüttelte den Kopf, und dann gab sie den zweiten Teil der Botschaft weiter, wie sie ihn von Span gehört hatte: »Es gibt im Norden ein Großgut des Fenngrafen, dessen Zehntscheune prall gefüllt ist. Der Abot wird dafür sorgen, dass sie euch nach dem Eorthatag offen steht.«

»Das Gut kenne ich. Es hat hohe Mauern und wird streng bewacht.«

»Nach diesem Tag nicht mehr. Die Männer dort sind unserem Orden verpflichtet. Sie werden am Eorthatag abziehen. Ihr müsst Euch jedoch beeilen, denn die Feuermagier werden schnell Wind davon bekommen.«

Span schleifte den stöhnenden Verwundeten ums Feuer herum, und endlich erreichte Feja sein Flüstern wieder. »Wir müssen den da verhören«, gab sie seine Worte wieder. »Wir haben Signale aus der Ebene und in den Bergen gesehen, Lichtsignale, und müssen herausfinden, was sie bedeuten.«

»Euer Freund redet wohl nicht viel, wie?«

»Erkennst du ihn nicht, Drescher? Das ist der Stumme, den sie *den Schatten* nennen«, raunte ihm Kurzer zu.

»Wirklich? Ich habe ihn mir größer vorgestellt … Aber nur zu, verhört dieses Schwein. Wenn Ihr fertig seid, werden wir weitermachen. Und schont ihn bloß nicht! Er und sein Kamerad machen schon viele Wochen Jagd auf uns. Bauernjäger sind sie, und sie kennen kein Erbarmen.«

Feja wusste nicht, was sie darauf antworten sollte. Erst allmählich wurde ihr klar, dass sie soeben in einen Kampf auf Leben und Tod verwickelt gewesen war, und sie begriff, dass es an ihr war, dem Verwundeten Fragen zu stellen.

»Wir brauchen Verbandszeug«, murmelte sie, als sie das Blut sah, das aus der tiefen Wunde am Oberschenkel sickerte.

Span schüttelte den Kopf. *Frage ihn nach den Signalen.*

Feja fragte, und der Gefangene spuckte sie an. Sofort jaulte er auf, denn Span hatte seinen Daumen in die Wunde gedrückt.

»Nicht!«, bat sie, als sie ihre Fassung wiedererlangt hatte. Sie hätte niemals geglaubt, dass Span so kaltblütig handeln konnte. »Sagt mir einfach, was wir wissen wollen, und Euch bleiben Schmerzen erspart. Ich werde sogar Eure Wunde verbinden.«

Der Soldat lachte. »Das glaubt Ihr doch selber nicht …« Plötzlich wurde er still. Feja sah, dass Span seine zweite Hand auf die Schulter des Mannes gelegt hatte. Offenbar hatte er einen Weg gefunden, über das Zwielicht in den Verstand des Mannes einzudringen.

»Nein«, keuchte der Krieger, »nein, ich, ich weiß nichts. Nein … die Signale. Eine Warnung. Zwei gefährliche Zauberer sollen hierherkommen, wir sollten sie abfangen … Nein, mehr weiß ich nicht … Hört auf, hört auf!« Der Mann brach förmlich zusammen, aber auch Span sah blass aus.

Feja hörte kaum zu. Sie riss einen Fetzen Stoff aus dem Ärmel des Verwundeten und umwickelte damit seinen Oberschenkel, aber der Verband war schnell blutgetränkt. Sie zog den Stoff straffer. Der Mann stöhnte, aber es sah aus, als hätte sie die Blutung gestoppt.

Sie erhob sich und sah die Bauern mit verschränkten Armen am Feuer stehen.

»Denkst du, dass diese Männer uns glauben?«, fragte sie Span leise.

Sie glauben dir. Jetzt frage sie nach ihrem Anführer. Er wird Silberner genannt. Ihn müssen wir finden.

Feja tat, wie geheißen.

»Der Silberne ist irgendwo in den Bergen«, beantwortete Drescher ihre Frage zögerlich.

»Wisst Ihr es nicht genauer? Wir müssen dringend mit ihm reden.«

Der Mann kratzte sich am Kinn. »Es fällt mir schwer, einer Zauberin so ein Geheimnis anzuvertrauen. Aber Ihr habt ein ehrliches Gesicht, Fräulein, und Euer Freund hat uns gerettet. Deshalb will ich Euch verraten, dass es zuletzt hieß, er sei in der Knochenspalte. Aber das ist schon eine Weile her.«

Feja dankte ihm, und Span war der Meinung, sie sollten sofort aufbrechen.

»Was ist mit dem Verwundeten?«, wandte sie ein.

Diese Männer werden sich um ihn kümmern.

»Aber … sie werden ihn töten!«

Vermutlich, aber ich wüsste nicht, wie wir das verhindern sollten. Es ist Krieg, Feja, eine dunkle Zeit.

»Irgendetwas müssen wir doch tun!«

Das haben wir schon. Wir haben fünf Männer gerettet. Ist das nichts? Es ist ohnehin zu spät. Ich habe die Ader in seinem Bein getroffen. Er wird so schnell verbluten, dass sie wenig Zeit haben werden, sich für ihre Toten zu rächen.

»Aber ich habe ihn verbunden!« Etwas in ihr weigerte sich, den Mann dem sicheren Tod preiszugeben. Auch wenn er ein Feind war.

Und siehst du nicht, dass das Blut trotzdem weiterströmt? Oder willst du es einfach nicht wahrhaben?

Sie verließen das Lager, obwohl Drescher sie einlud, zu bleiben und gemeinsam den Sieg zu feiern. Aber Feja hatte es nun ebenso eilig wie Span, diesen düsteren Ort zu verlassen. Als sie den Soldaten aus einiger Entfernung vor Schmerz schreien hörte, beschleunigte sie ihre Schritte. Im Stillen fragte sie sich, warum Span nicht ebenso wie sie gemerkt hatte, dass die Angreifer nur einfache Bauern waren. Dann hätten sie früher eingreifen und das Töten verhindern können.

Noch später dachte, sie, dass er das vielleicht nicht wissen konnte. Er kannte von klein auf nur die Graufeste. Vielleicht musste sie ihm erst zeigen, dass es in der Welt noch mehr als Magier, Soldaten und Aufständische gab.

Erst gegen Mitternacht schlugen sie am Rande einer Lichtung ihr Lager auf. Span war jedoch der Meinung, dass sie sich nicht gleich zur Ruhe begeben sollten.

Aithir und Brunas haben viel Kraft. Wir sollten sie nutzen, um unser Bargan aufzufüllen. Das wird dir auch helfen, deinen Zorn zu bändigen.

»Ich bin nicht zornig.«

Doch, das bist du. Tief in dir drinnen bist du wütend auf Drescher, auf die Feuermagier, auf die ganze Welt – und auf mich.

»Aber ich bin doch nicht wütend auf dich!«

Er lächelte, und das Dunkel flüsterte: *Das bist du, denn ich habe deiner Meinung nach zu lange gezögert. Vielleicht hast du recht, aber du musst dennoch den Zorn in dir bändigen. Also werden wir die Kraft der Monde in uns aufnehmen.*

Feja fragte sich leicht beunruhigt, ob Span etwa ihre Gedanken lesen konnte. Offenbar war es so – oder sie war einfach zu leicht zu durchschauen. Sie folgte Span auf die Lichtung hinaus und begrüßte mit ausgebreiteten Armen das Licht der Monde. Sie schloss die Augen, hörte den Rhythmus von Spans Atem und begann mit einem Seufzen, den Fliod aufzunehmen. Dabei spürte sie ein sanftes Prickeln in den Fingerspitzen. Das war neu. Verstohlen öffnete sie ein Auge. Nein, an ihren Fingern war nichts ungewöhnlich. Span stand neben ihr, mit ebenso ausgebreiteten Armen. Das Mondlicht ließ seine Züge weicher als am Tage erscheinen, und seine Miene drückte große innere Ruhe aus.

Hatte er nicht vor Kurzem in einem Kampf auf Leben und Tod gestanden? Hatte er nicht zwei Männer niedergestochen, die jetzt tot waren? Aber er stand auf dieser Waldlichtung und strahlte etwas aus, wofür Feja die richtigen Worte fehlten: Frieden? Würde? Entrückung? Sie hätte ihn stundenlang ansehen können.

Den ganzen nächsten Tag marschierten sie am Fuß der Berge entlang nach Norden. Gegen Abend spürte Span ein Lager der Aufständischen auf. Es waren ein Dutzend Männer, abgerissene, halb verhungerte Gestalten, die kaum die Kraft hatten, Waffen zu führen, und denen bei dem Anblick zweier junger Magier die Knie schlotterten.

Feja überbrachte die Botschaft des Abots, und sie bildete sich ein, dass sie in den Augen der Männer so etwas wie Hoffnung sah. Auch an diesem Abend nahmen sie gemeinsam die Kraft der Monde auf, und wieder war Feja fasziniert von der Ruhe, die Span dabei ausstrahlte.

Anschließend schlug er vor, das gute Wetter für Übungen zu nutzen.

Ich meine nicht nur die Zauberei – auch über den Kampf musst du noch viel lernen. Beim nächsten Mal musst du mir vielleicht zu Hilfe kommen.

Feja nickte, und er erklärte ihr, an welchen Stellen sie einen Gegner am besten verwunden konnte.

Das Herz ist das erste Ziel für deine Klinge, doch nicht bei Männern, die ein Kettenhemd oder einen Panzer tragen. Durch Hals und Schenkel laufen große Adern. Sie zu verletzten kann jeden Mann töten. Und an diesen Stellen sind sie meist schwach gepanzert. Verstehst du das? Gut. Dann übe nun. Er wies auf einen nahen Busch, und als sie ihn noch verständnislos anstarrte, ging er hinüber und markierte einige Blätter. *Hals, Herz, Oberschenkel, Unterarme, falls du entwaffnen willst,* raunte er.

Das sah nicht schwer aus, aber Span beschwor das Zwielicht und ließ den Busch tanzen wie bei einem Sturm. Feja mühte sich, doch ohne viel Erfolg, bis Span schließlich die Hand hob zum Zeichen, dass es genug sei.

»Immerhin habe ich es geschafft, diesen Busch zu besiegen«, seufzte sie. »Er sieht aus, als hätten ihn die Rehe kahlgefressen.«

Span lächelte. *Das war nur zum Aufwärmen,* verkündete er dann. *Jetzt beschwöre das Zwielicht.*

Also übte sie sich im Schleudern der Blutblende, lernte, das Geräusch ihrer Schritte zu dämpfen, und versuchte, jenen Schleier zu weben, unter dem sie einen Tag zuvor durchs Unterholz geschlichen waren. Sie strengte sich an, aber es gelang ihr nicht.

Ich kann dir helfen, wenn du mir versprichst, niemandem davon zu erzählen, flüsterte er durch das Dunkel.

»Wovon?«

Davon, dass ich meinen Geist mit deinem verbinde, raunte es aus ihrem Innersten.

Es verschlug ihr den Atem. »Das hast du schon einmal gemacht«, keuchte sie.

Ja, aber das geschah während des Kampfes, wo es nötig war. Auch ging ich nicht so tief. Der Orden sieht es nicht gern, dass Lehrer und Schüler sich auf diese Art verbinden.

»Warum tust du es dann?«

Du musst schnell lernen, Feja. Der Feuerorden weiß, dass wir hier sind. Er ist sehr gut informiert. Früher oder später wird er von deiner besonderen Gabe erfahren, wenn er es nicht schon weiß. Er wird versuchen, dich für sich zu gewinnen. Wenn das aber nicht gelingt, wird er versuchen, dich zu töten. Und jetzt – atme. Weite deinen Geist und versuche noch einmal, den Schleier zu weben.

Feja versuchte es, obwohl sie bei den Worten von Span schwer schlucken musste. Würde der Flammenorden sie wirklich töten? Dann konzentrierte sie sich auf die Atmung und den Schleier, den sie erschaffen sollte. Es gelang ihr auf Anhieb, denn da war jemand, der sie führte. Es war ein Tanz, nicht so ein grober Bauerntanz, wie sie ihn in Holt gesehen hatte, eher wie das sagenhafte Schweben bei einem der höfischen Tänze, von denen Nerius erzählt hatte. Angeblich hatte er es nur in Büchern gelesen, aber das stimmte vielleicht gar nicht, wo sein Vater doch ein so wichtiger Adeliger war … Nerius' Name flackerte nur kurz in ihrem Bewusstsein auf, dann war Feja wieder versunken in diesem Tanz der Schatten. Sie webte den Schleier, flüsterte durch das Dunkel und konnte die Blutblende mit einer solchen Präzision schleudern, dass sie ganzen Heerscharen damit das Augenlicht hätte rauben können.

Plötzlich verließ Span sie. Er stand noch neben ihr, aber sein Geist hatte sich von ihrem gelöst. Feja japste nach Luft. »Warum hörst du auf?«

Es länger zu tun wäre gefährlich.

»Aber das war … unglaublich!«, keuchte sie.

Erzähle es nur niemandem!

»Natürlich nicht. Können wir das noch einmal machen?«

Nicht heute. Es ist weit nach Mitternacht, und wir haben morgen wieder einen langen Tag vor uns.

»Nach Mitternacht? Das kann nicht sein.«

Aber Span wies stumm auf Aithir, der schon tief im Westen stand.

»Wir haben doch höchstens eine halbe Stunde ge …«, begann Feja, aber sie vollendete den Satz nicht, denn der Sturmmond sagte etwas anderes. Sie schüttelte den Kopf, schloss die Augen und zog das Zwielicht an sich. Dann schleuderte sie eine Blutblende auf Span.

Der wich erst im allerletzten Moment aus. *Das war schon viel besser*, flüsterte er ihr zu. Er sprach durch das Dunkel, nicht in ihrem Inneren, und seine Stimme kam ihr schwach und weit entfernt vor.

Eine volle Woche wanderten und kletterten sie durch die Regenberge, deren Gipfel zwar oft von Wolken verhüllt waren, die sonst ihrem Namen aber wenig Ehre machten. Nur zweimal wurden sie von kurzen Schauern erwischt. Mehrfach sahen sie vom Meer her Gewitter heranrollen, aber diese entluden sich stets vor den Bergen.

Span spürte noch weitere Aufständische auf, doch immer waren es kleine Gruppen, keine zählte mehr als zwanzig Mann, und Feja wunderte sich allmählich, dass die Feuermagier nicht mit diesen armseligen Banden fertigwurden.

Warte es ab, meinte Span nur, als sie ihn daraufhin ansprach.

Den Tag über marschierten sie meist schweigend, aber die Abende konnte Feja inzwischen kaum noch erwarten, denn dann unterwies sie Span in den Künsten des Zwielichts und der Dunkelheit. Inzwischen genoss sie diese nächtlichen Tänze so sehr, dass sie den Dämmerstein gar nicht mehr vermisste.

Du lernst schnell, lobte Span sie eines Abends, als sie am Fuße eines großen Felsens übten.

Du bist ein guter Lehrer, gab sie durch das Dunkel zurück. *Ich verstehe nicht, warum wir es auf der Graufeste nicht genauso machen.*

Weil es besser ist, dass der Schüler diese Hürden alleine meistert. Das Verständnis reicht dann tiefer. So ist es nur geborgt.

»Aber ich verstehe die Magie jetzt viel besser! Es kann sein, dass du mir den Weg zeigen musstest, aber gegangen bin ich ihn alleine. Da ist nichts geborgt!«, protestierte Feja.

Und wenn ich dir sage, dass wir diese Übungen nicht gemeinsam fortführen können?

»Du meinst, wenn wir wieder in der Feste sind?«

Ich meine jetzt. Die Meister würden sonst merken, dass ich dir geholfen habe. Du schreitest zu schnell voran. Er lächelte, und dann löste er die Verbindung zu ihr.

Feja fühlte sich plötzlich verlassen. »Nein«, flüsterte sie. »Höre nicht auf!«

Ich kann dir nicht immer helfen. Du schaffst es alleine. Du brauchst keine Krücken mehr.

»Wenigstens diesen einen Abend noch!«, bettelte sie.

Aber Span blieb standhaft. Er entfernte sich sogar, um die Gegend zu erkunden, und ließ sie beim Felsen zurück.

Feja übte, aber ihr fehlte der Schwung, die Leichtigkeit. Es war, als hätte man ihr etwas weggenommen.

Lächerlich, dachte sie, *ich bin früher sehr gut mit allem Möglichen alleine zurechtgekommen*. Und doch fiel ihr alles doppelt so schwer wie zuvor, als Span bei ihr gewesen war.

Feja verbrachte eine unruhige Nacht. Zum ersten Mal seit Tagen sehnte sie sich wieder nach der Macht des Dämmersteins. Der hatte ein ähnlich rauschhaftes Gefühl in ihr ausgelöst wie die Schattentänze mit Span. Sie fühlte sich müde und kraftlos, als sie am Morgen erwachte.

Feja und Span waren noch nicht lange wieder unterwegs, als ihnen ein steiler Berghang den Weg versperrte.

»Vielleicht sollten wir ihn umgehen. Diese Regenwolken gefallen mir nicht«, meinte Feja.

Wir sind oben, lange bevor die Wolken hier sind, erwiderte Span.

Aber die Wolken zogen schnell herbei. Feja und Span wurden nass bis auf die Knochen, bis sie endlich auf halber Höhe einen mehr schlecht als recht schützenden Felsüberhang erreichten. Wasser strömte in unzähligen Sturzbächen den Hang hinab, und selbst Span sah ein, dass sie Schutz brauchten.

Feja zitterte, denn mit den Wolken war ein Kälteeinbruch gekommen. Span verschwand, um nach Feuerholz zu suchen, kam aber nur mit einem sehr kümmerlichen Ertrag von nassem, harzigem Kiefernholz zurück.

»Willst du das wirklich anzünden?«, fragte Feja. »Das wird mehr qualmen als brennen und dem halben Gebirge verraten, wo wir sind. Vielleicht würden wir dann nicht erfrieren, aber ziemlich sicher am Qualm ersticken. Weißt du, bei Holz, da kenne ich mich aus.« Ihre Zähne klapperten.

Span nickte seufzend. *Leider kenne ich keinen Zauber, der dich warmhalten würde.*

»Macht nichts«, meinte Feja tapfer.

Span zog seine Robe aus und klemmte sie mit zwei Ästen unter einigen Mühen und vielen stummen Flüchen unter den Vorsprung, um Wind und Regen abzuhalten.

Es war das erste Mal, dass Feja seine nackten Oberarme sah. Sie entdeckte einige tiefe Narben, scheute aber davor zurück, ihn danach zu fragen.

Dann zog sie ihre Robe ebenfalls aus. »Die ist so nass, dass sie mich ohnehin nicht wärmt. Hänge sie neben deine, da ist sie nützlicher.«

Er folgte ihrem Vorschlag, aber die Äste waren schwach und drohten unter dem Gewicht der nassen Roben zu brechen. Span fluchte wieder und versuchte dann, aus Ästen und Zweigen eine Art Zeltgestell zu konstruieren, über das er die Roben spannte. Sie krochen darunter, aber die Gewänder waren so nass, dass Feja ständig Tropfen ins Gesicht fielen. Plötzlich musste sie lachen.

Was ist so lustig?, fragte Span verdrossen durch das Dunkel.

»Alles«, meinte Feja. »Ich reise mit einem gefürchteten Graumagier durch das Land, der gestählte Soldaten besiegen, die Bewegung der Blätter anhalten und die Kraft der Monde nutzen kann – aber wenn er ein einfaches Zelt bauen soll, versagt er!«

Ich versage nicht!, kam es zornig zurück.

Feja schluckte und versuchte, ihr Lachen zu unterdrücken, denn sie merkte, dass Humor nicht unbedingt eine Stärke von Bruder Span war. Sie ignorierte also tapfer all die kalten Tropfen, die sie trafen, und den scharfen Wind, der durch die Löcher dieses armseligen Unterstandes pfiff, und schaffte es schließlich, ihr Kichern zu unterdrücken. Für ein paar Sekunden war alles gut.

Dann brach das Zelt zusammen.

Span fluchte und versuchte, die durchnässten Roben loszuwerden, die an ihm klebten. Feja hätte ihm gerne geholfen, aber sie konnte vor Lachen einfach nicht. Nasses Tuch klatschte ihr ins

Gesicht, und der Wind trieb mit neuer Wucht den Regen fast waagerecht unter den Felsen. Sie spürte Spans kalten Zorn, seine Wut auf ihr albernes Gelächter, aber das machte es nur noch schlimmer: Sie lachte und lachte. Plötzlich war sein Gesicht ganz nah an ihrem, und seine Augen blitzten sie zornig an. Ihr Lachen verebbte. Sie biss sich auf die Lippen, und dann – hob sie den Kopf und küsste ihn.

Es war nur ein kurzer, flüchtiger Kuss, und erschrocken über ihre Kühnheit zuckte sie zurück. Sie las Überraschung in seinen Augen. Für einen Moment war alles in der Schwebe. Sie vergaß den Regen, die nassen Kleider, den harten Boden und den kalten Wind, da waren nur sie und er. Das Herz schlug ihr bis zum Hals, und ihre Gedanken rasten.

Er tat – nichts. Hatte ihr Kuss ihn etwa gelähmt? Ihn abgeschreckt? Sie zitterte am ganzen Leib und hoffte, dass es nur wegen der Kälte war. Warum unternahm er nichts? Sie überwand ihre eigene Erstarrung und küsste ihn ein zweites Mal.

Dieses Mal erwiderte er den Kuss.

Dann spürte sie seine Arme, die sie festhielten, seinen Leib auf ihrem und eine stumme Verbindung, die unberechenbarer und inniger war als der Tanz in den Schatten, und die die ganze Welt aus ihren Gedanken verbannte. Da waren nur noch Jaras und Feja, unter einem Steinvorsprung, durchnässt und frierend, die sich festhielten und liebten.

Als es vorbei war, lagen sie keuchend wie zwei junge Wölfe in ihrer Höhle und sahen dem Regen zu, der über den Hang rauschte. Sie sagten beide nichts und blieben auch stumm, als der Regen endete und die Sonne den Berghang dampfen ließ.

Span erhob sich irgendwann und legte die Roben zum Trocknen auf den Fels. Feja trat aus dem Schatten und wärmte ihren Leib in den Sonnenstrahlen.

Das Land lag friedlich zu ihren Füßen. Die dunkle Wolkendecke war verschwunden, und jetzt zogen kleine weiße Wolken über den Himmel. Wälder, Felder und kleine Gehöfte leuchteten wie frisch gewaschene Wäsche auf der Ebene.

Die Stille gefiel ihr. Tausend Fragen drängten sich in ihrem

Inneren, aber sie ließ sie, wo sie waren. Es würde noch genug Zeit bleiben, sie zu stellen. Span hockte ein Stück oberhalb am Hang und hielt Ausschau. Feja sah hoch oben einen Adler kreisen. Sie hätte gerne gewusst, was Span dachte, doch die Sonne lag auf dem Hang. Es gab keinen Schatten, der sie verband, und sie scheute davor zurück, mit Worten diesen seltsamen Zauber, der sich des Berges bemächtigt hatte, zu zerstören.

Sie blieben zwei Stunden dort, dann bedeutete ihr Span, dass die Roben trocken genug waren und sie ihren Weg fortsetzen konnten.

Verstohlen musterte sie ihn. Er hatte noch nichts gesagt. Dachte er ebenso wie sie?

Er reichte ihr ihre Robe. *Hinter dem Kamm steigt Rauch auf*, flüsterte es aus dem Dunkel. Es klang kalt und fern. *Dort werden wir weitere Aufständische finden.*

Sie nickte – und plötzlich stürzte die ganze schöne Welt, die sie seit dem Ende des Regens für sich errichtet hatte, zusammen. Span war mit seinen Gedanken gar nicht bei ihr. Sie waren Graumagier und hatten einen wichtigen Auftrag. Was zählte da eine innige Umarmung? Und was wusste sie schon über Span? Er hatte bestimmt andere Frauen gehabt. Ja, vielleicht war sie nur eine unter vielen, ein Vergnügen, eine angenehme Unterbrechung der Reise. Verbot der Orden nicht sogar Liebschaften unter seinen Mitgliedern? Wie konnte sie erwarten, dass er mehr für sie empfand als Sympathie?

Aber plötzlich nahm er ihre Hand, und ein flüchtiges Lächeln huschte über sein Gesicht. *Wir haben noch einen weiten Weg vor uns*, flüsterte er in ihrem Inneren. *Es ist gut, dass du mir hilfst.*

Dann ließ er ihre Hand los, und die Verbindung endete. Feja stand da wie vom Donner gerührt. Es war so viel Wärme in dieser Berührung gewesen. Seine Worte passten gar nicht zu dem, was er fühlte.

Ihm fehlen vielleicht einfach die Worte. Mir geht es ja genauso, dachte sie. *Dann hältst du besser die Klappe, bevor du es zerredest*, mahnte sie sich selbst.

Seufzend schulterte sie ihren Rucksack und folgte Span über den Hang zum Grat und dann hinab in eine Senke.

Sie wanderten bis zum Abend durch das dunkle Tal und gelangten immer tiefer in das Gebirge. Span hatte die ganze Zeit geschwiegen, und Feja wusste einfach nicht, wie sie das Thema anschneiden sollte.

Als sie am Lagerfeuer saßen, fragte sie schließlich: »Wie geht es jetzt weiter, Jaras?«

Er hielt die Hände ans Feuer, obwohl es gar nicht mehr kalt war, und ließ sich mit seiner Antwort Zeit.

Wir müssen unser Bargan füllen, Feja. Und du musst üben, raunte es schließlich aus der Dunkelheit.

»Du weißt, dass ich das nicht meine.«

Er zuckte mit den Schultern. *Wir haben einen Auftrag, den wir erfüllen müssen. Und dann müssen wir zurück. In der Feste darf niemand davon erfahren.*

»Wovon?«, bohrte sie nach, verstimmt darüber, dass er ihr auswich.

Plötzlich war seine Stimme wieder in ihrem Inneren. *Davon, wie nahe wir uns gekommen sind.*

Sie errötete, weil diese Art der Nähe alle möglichen Gedanken in ihr weckte.

Er zog sich zurück. *Wir müssen vorsichtig sein, Feja. Diese Berge sind nicht sicher. Lass uns üben. Alles andere findet sich,* flüsterte er durch das Dunkel.

Also nahmen sie die Kraft der Monde auf, und Feja lauschte auf jeden seiner Atemzüge. Span war so ruhig wie immer, aber in ihr brodelte es, und sie hatte Schwierigkeiten, sich zu konzentrieren. Bei den Übungen war es noch schlimmer. Ihr gelang fast nichts, und er sah nur zu und schien nicht einmal daran zu denken, ihr zu helfen.

Als Feja sich unglücklich am Feuer zum Schlafen niederlegte, fragte sie: »Glaubst du, dass es ein Fehler war?«

Sie wartete lange auf eine Antwort. Irgendwann raunte er: *Ja.*

Und dann, nach einer unendlich langen Pause: *Aber ich würde ihn immer wieder begehen.*

Er streckte sich neben ihr aus. Sie spürte seinen Atem im Nacken. Seine Hand berührte ihre Schulter. Feja lief ein Schauer über den Rücken. Sie wartete, aber mehr geschah nicht, und bald verriet ihr sein ruhiger Atem, dass er eingeschlafen war.

Sie wandte sich ihm zu, studierte seine Gesichtszüge. Er hatte natürlich recht. Einander zu lieben war gefährlich, in ihrem Orden sogar verboten, wenn sie es richtig verstanden hatte. Aber sie konnte ihre Gefühle doch nicht abstellen! Und Span? Konnte er das? Schirmte er seine Gefühle vielleicht ab, so wie Meme Salmango es lehrte? Sollte sie das auch tun? Sie dachte lange darüber nach, aber dann entschied sie sich dagegen. Es war nichts falsch an dem, was sie fühlte.

Leichter Regen weckte sie noch vor der Dämmerung, und sie brachen sogleich auf. Span ging vorneweg, und Feja hatte das Gefühl, dass er darauf achtete, dass sich ihre Schatten nicht berührten. Sie trottete gedankenversunken hinter ihm her und lief schließlich auf ihn auf, denn er war unvermittelt stehen geblieben.

»Was ist denn?«

Er wies stumm auf eine Kuppe. Jetzt sah Feja auch, dass sich dort hinter einer Gruppe von Felsen, ein paar Männer verschanzt hatten.

»Haben die uns schon gesehen?«

Stummes Nicken, dann: *Am besten wird sein, wenn du alleine zu ihnen gehst. Hebe die Hände, dann sehen sie, dass du in friedlichen Absichten kommst.*

»Und wenn sie das nicht glauben? Sie halten doch meist nicht viel von Magiern …«

Dann werden wir sehen, ob du in den letzten Tagen wirklich etwas gelernt hast.

Meinte er das ernst? Feja wollte zu einer geharnischten Antwort ansetzen, aber dann zwinkerte er ihr zu und raunte: *Du machst das schon. Zeig ihnen dein hübsches Gesicht. Dann werden sie dir nichts tun.*

»Du findest mich hübsch?«

Jetzt geh schon. Sie werden allmählich unruhig und spannen ihre Bogen.

Feja schlug die Kapuze zurück, damit die Männer ihr Gesicht und ihre langen blonden Haare sehen konnten. Dann ging sie mit erhobenen Händen langsam auf sie zu.

»Bleibt stehen!«, schallte es von oben entgegen. »Wer seid Ihr, und was wollt Ihr?«

»Wir suchen den, den man den Silbernen nennt. Mener Drescher hat uns gesagt, dass wir ihn hier finden können.«

»Ihr seid die, die Drescher und seine Leute gerettet haben?«

»Ja«, rief Feja und schöpfte Mut.

»Dann kommt herauf – aber langsam!«

Sie folgte der Aufforderung und sah sich bald drei Männern gegenüber, von denen zwei ihre gespannten Bogen in der Hand hielten. Der dritte, ein kräftiger Kerl mit schwarzem Bart, spielte unruhig mit einem schartigen Breitschwert.

»Wir müssen dem Silbernen eine Nachricht überbringen«, begann Feja und hielt die Hände weiter erhoben.

»Sagt sie mir. Ich gebe sie weiter«, sagte der Schwarzbärtige.

»Es ist wichtig, dass wir ihn persönlich sprechen.«

»Aber Ihr seid Graumagier – und Magiern traue ich nicht.«

»Das verstehe ich. Aber ich bringe eine Nachricht vom neuen Abot des Grauen Ordens, der Frieden stiften will.«

»Schwer zu glauben.«

Der Mann schien ausgesprochen stur zu sein. »Wenn wir Euch etwas Böses wollten, hätten wir es leicht tun können«, seufzte sie.

»Und trotzdem …«, begann der Schwarzbärtige und stockte, weil er plötzlich eine Hand auf der Schulter spürte. Er fuhr herum und blickte in Spans Gesicht, der wie aus dem Nichts hinter ihm aufgetaucht war. Span hob die Hände, um seine friedlichen Absichten zu demonstrieren.

»Zauberer!«, keuchte der Bärtige. »Verfluchte Zauberer!«

Einer der beiden Bogenschützen senkte die Waffe. »Nun komm schon, Ochse, die beiden hätten uns leicht erledigen können, wenn sie das gewollt hätten. Lass sie mich zum Silbernen bringen.«

Der Mann, der Ochse genannt wurde, schien von der Idee immer noch nicht begeistert zu sein, aber auch der andere Schütze ließ nun die Waffe sinken, redete ihm zu, und schließlich gab er nach.

»Ihr müsst ihm verzeihen, er hat seine Familie durch Magierhand verloren«, sagte der erste Bogenschütze, der sich Flink nannte.

»Die Feuermagier kennen keine Gnade«, seufzte Feja.

Flink schüttelte den Kopf. »Das war, bevor die Roten hier auftauchten. Es waren Soldaten aus Braake, die seinen Hof plünderten und sein Weib und seinen Sohn erschlugen, und es war einer von den Grauen, der sie anführte.«

Feja biss sich auf die Lippen. »Das war unter dem alten Abot«, sagte sie dann. »Abot Dregin will euch helfen.«

Flink warf ihr einen belustigten Blick zu. »Ein Zauberer, der den Bauern helfen will? Was kommt als Nächstes? Vereinen sich die Monde?«

Feja zog es vor zu schweigen und war froh, als hinter einer Biegung das Lager in Sicht kam. Ein Dutzend Feuer qualmte zwischen groben Zelten. Mehrere hundert Männer schienen hier zu lagern.

Die Bauern hatten einen Wall aus Felsbrocken aufgeschichtet, und eine Wache gab Signal, als sie sich dem Durchlass näherten, der das Tor ersetzte.

Die Bauern liefen zusammen, um zu sehen, wer da kam, und schnell waren Span und Feja von einer Traube feindseliger Männer umringt.

Endlich bahnte sich ein hochgewachsener Greis Bahn. »Habt ihr nichts Besseres zu tun, Männer? Wir haben Besuch, und der Silberne will die beiden sehen.«

»Dann seid nicht Ihr der Silberne?«, fragte Feja.

Der Greis lachte. »Die Monde mögen verhüten, dass ich Verantwortung für diesen verlausten Haufen tragen muss. Ich bin seine rechte Hand, und Ihr könnt mich Sarg nennen. Diesen schönen Namen habe ich bekommen, weil ich einst Tischler in Kolm war. Das Unrecht vertrieb mich aus der Siedlung, denn die Särge, die ich auf Geheiß des Vorstehers für all die Gehenkten und Verhungerten fertigen musste, wurden von diesem nie bezahlt. Ganz im Gegenteil, er wollte, dass ich mich zu den Toten gesellte, um meinen Lohn endgültig zu sparen.«

»Dann seid Ihr weit von Eurem Heim entfernt, Mener Sarg. Gehört Kolm nicht schon zu Isgath statt zu Braake?«, fragte Feja.

»So ist es, mein Fräulein, doch Hunger und Not kennen keine Grenze, und die Männer, denen ich mich anschloss, zog es am Ende in die Berge, wo uns die alten und neuen Bluthunde der Fürsten nicht so schnell finden. Doch kommt, der Silberne erwartet euch.«

Unter vielen misstrauischen Blicken stiegen sie eine Anhöhe hinauf zu einem Rundzelt. Als sie es fast erreicht hatten, legte Span plötzlich seine Hand auf ihre Schulter. *Es ist besser, dass ich alleine gehe. Ich kenne den Mann. Er war einst einer von uns und mag unseresgleichen nicht sehr. Aber mir wird er zuhören.*

Und warum darf ich ihn nicht sehen?, fragte Feja durch das Dunkel zurück.

Es ist besser so. Warte hier. Es wird nicht lange dauern.

Enttäuscht blieb Feja mit Sarg vor dem Zelt zurück. »Euer Freund hat eine seltsame Art, Euch zu behandeln«, meinte der Alte.

»Wie kommt Ihr darauf?«

»Euch einfach wortlos stehen zu lassen …«

Feja nickte verdrossen und verzichtete darauf, den Alten über Span und das Nachtflüstern aufzuklären. Der Tischler versuchte, ein Gespräch mit ihr anzuknüpfen, aber sie blieb einsilbig. Dafür veränderte sie unauffällig ihre Position, bis sie in das Zelt hineinblicken konnte. Span sprach mit einem Mann, von dem sie nicht viel sehen konnte. Der Silberne war mittelgroß, trug eine vielfach geflickte graubraune Robe und hatte, obwohl er sich doch in einem Zelt befand, seine Kapuze auf. So sah sie nicht mehr von seinem Gesicht als einen schwarzen Bart.

»Warum nennt man ihn den Silbernen?«, fragte sie Sarg.

»Weil er mit silbernen Zungen zu reden versteht«, meinte der Alte. »Nur so ist es zu erklären, dass er die Männer so lange zusammengehalten hat. Wir sind Handwerker und Bauern aus allen möglichen Ecken der Provinz und, wie das so ist, waren unsere Dörfer vor dem Aufstand oft verfeindet. Aber der Silberne führt uns mit Taten und eint uns mit Worten. Ihr solltet ihm zuhören, seine Worte können selbst einem Schlachter das Herz öffnen.«

Feja nickte düster. Sie hätte dem Anführer der Bauern nur zu gerne zugehört, aber Span ließ sie nicht.

»Sagt, mein Fräulein, ist es möglich, dass Ihr auch eine von uns seid?«

Sie sah den Tischler fragend an.

»Es ist etwas an Euch, das mir vertraut erscheint. Vielleicht ist es der Geruch der Scholle, der an Euch haften geblieben ist, auch wenn Ihr den Bauernhof, von dem Ihr stammt, verlassen habt.«

»Es ist wahr. Ich stamme von einem Hof im Langwald«, gab sie zu und wusste nicht recht, worauf der Mann hinauswollte.

»Das dachte ich mir. Nicht viele Bauernkinder schaffen es in einen der Orden.«

»Die Graumagier nehmen jeden auf, der die nötigen Gaben mitbringt«, widersprach sie.

Sarg schien ihr jedoch nicht zu glauben. »Vielleicht sagen sie das, aber verratet mir, mein Fräulein: Wie viele Bauernsöhne und -töchter dienen noch in dieser Bruderschaft?«

Das wusste Feja nicht. Sie hatte aufgehört, nach der Herkunft der anderen zu fragen, weil es eben nicht gern gesehen wurde.

Span trat aus dem Zelt. Er wollte sofort aufbrechen.

»Jetzt? Es ist schon spät, und hier im Lager wären wir doch sicher. Vielleicht könnten wir sogar in einem Zelt schlafen. Einem, das nicht zusammenbricht.«

Er warf ihr einen ungnädigen Blick zu. *Wir sind hier alles andere als sicher. Viele Bauern tragen einen tiefen Hass auf alle Zauberer in sich. Es kann gut sein, dass sie dem in einer dunklen Nacht nachgeben.*

Also machten sie sich auf den Weg. Die düsteren Mienen, die Feja beim Verlassen des Lagers sah, schienen Span recht zu geben. Sarg brachte sie bis zum Durchlass, als ihnen plötzlich mehrere Bewaffnete den Weg versperrten.

»Wir wollen wissen, was diese verfluchten Magier hier zu suchen haben!«, rief ihr Anführer.

Span griff nach seinem Messer, aber schon trat Mener Sarg einen Schritt vor.

»Beruhigt Euch, Männer. Dieses Mädchen ist eine von uns! Sie ist eine Bauerntochter, und sie kam mit hoffnungsfroher Botschaft zu uns.«

»Eine von uns? Aber nicht der grauen Robe nach«, meinte der Wortführer der Bewaffneten.

»Aber sie hat Erde im Blut, und die kann auch eine Robe nicht wegzaubern.«

»Ja, sie ist ein Bauernkind«, meinte plötzlich ein anderer. »Und ein ehrliches Gesicht hat sie auch. Also lass sie gehen, Pflüger.«

Feja war es unangenehm, aber offenbar schaffte ihre Abstammung es tatsächlich, hier Schlimmeres zu verhindern. Sie verließen das Lager unversehrt, während die Männer aufgeregt darüber redeten, dass nun eine von ihnen im Grauen Orden diente.

Nach einem strammen Marsch rasteten sie in der Nähe eines kleinen Wasserfalls, der im felsigen Grund einen Teich ausgewaschen hatte.

Hier können wir bleiben, entschied Span.

»Und du hast keine Sorge, dass ein paar dieser mordlüsternen Bauern uns verfolgen könnten?«, fragte sie, und es klang spitzer, als sie beabsichtigt hatte.

Er seufzte nur. Dann zog er sich aus.

»Was tust du da?«, fragte Feja verblüfft.

Ich nehme ein Bad. Das solltest du auch tun. Der Abend ist mild, und wir sind seit Tagen nicht aus unseren Sachen herausgekommen.

Streng genommen stimmte das nicht ganz, aber Feja ließ sich nicht zweimal bitten. Das Gebirgswasser war eiskalt, aber da Span meinte, dass ein Graumagier so etwas aushalten müsse, überwand sie sich.

Als sie den ersten Schreck überwunden hatte, tauchte sie tiefer in den Teich hinein. Sie war seit Ewigkeiten nicht mehr schwimmen gewesen, und jetzt kostete sie es aus. Sie spritzte Span nass, und der tat es ihr gleich. Sie tollten durch das Wasser, als seien sie Kinder und keine Magier des Grauen Ordens. Er tauchte sie unter, sie versuchte, es ihm zu vergelten, und schließlich lagen sie einander in den Armen und liebten sich, halb im Wasser, halb am Ufer.

Ermattet krochen sie an Land. Der Abend war wirklich mild, und Feja hatte das Gefühl, dass das Bad viel von den dunklen Gedanken abgewaschen hatte, die sie verfolgt hatten.

Span deckte sie mit ihren Roben zu, und so schliefen sie nackt und Arm in Arm ein.

Mitten in der Nacht schreckte Feja hoch. Da war etwas, in der Dunkelheit. Sie erhob sich. Span schien tief und fest zu schlafen, und irgendetwas hinderte sie daran, ihn zu wecken. Da schwebte etwas in der Luft … jemand rief sie. Sie folgte dem Ruf zum Teich, in dem sich Galtara und Aithir spiegelten. Sie trat ans Ufer und stieg in das Wasser hinein. Sie spürte gar nicht, wie kalt es war. Das Wasser kräuselte sich, und dann erhob sich eine Nykke aus dem Teich. Sie sah anders aus als die beiden, die ihr bisher begegnet waren.

»Träume ich?«, fragte sie das Wasserwesen.

Sie erhielt ein leises Rauschen zur Antwort, aber dann sah sie ein Bild in dem Wasserschleier, der von den Brüsten der Nykke in den Teich floss. War das eine Stadt? Ja, es war Braake. Feja erkannte den Fluss, der die endlosen Schilffelder teilte, und dann ein Schiff, das sich mit zerfetzten Segeln gegen die Strömung zum Hafen kämpfte. »Die *Wogenkönigin*?«, flüsterte Feja. »Sie ist zurück?«

Die Nixe antwortete nicht. Feja trat vor, wollte sie packen und griff ins Leere. Sie schreckte hoch. Nur wenige Schritte entfernt rauschte der Wasserfall in den Teich. Aber da waren weder eine Nykke noch ein Wasserschleier, der ein Schiff zeigte.

Span sprang auf. Er hatte seinen Dolch in der Hand. *Was ist?*, fragte er besorgt.

»Ein Traum … von einer Nykke. Das Schiff meines Vaters ist nach Braake zurückgekehrt.«

Er runzelte die Stirn. *Du hast geträumt?*

»Es ist mehr als das. Die Nykken … Sie senden mir manchmal Träume.«

Nur die Weren glauben, dass es sie gibt.

»Ich bin aber kein Were, und ich glaube es doch. Wir müssen nach Braake, sofort!«

Es ist tiefe Nacht. Wir können nicht in den Bergen herumklettern. Wir würden uns höchstens das Genick brechen.

»Aber das Schiff… Es war auf dem Weg in den Hafen. Wenn es wieder ablegt, bevor ich in Braake bin …«

Er fasste sie an der Schulter und sah ihr tief in die Augen. *Es ist ein Westfahrer, nicht wahr? Dann wird es Wochen vor Anker liegen, denn die Schäden müssen repariert werden. Dann gilt es, die Ladung loszuschlagen, neue zu erwerben, Vorräte aufzufüllen …*

»Die Segel waren zerrissen. Glaubst du, sie sind in einen Sturm gekommen?«, fragte sie, plötzlich sehr besorgt.

Ich glaube, du hast einfach nur geträumt. Doch habe ich nichts dagegen, so schnell wie möglich nach Braake zurückzukehren. Unser Auftrag hier ist erfüllt, und Abot Dregin wird unseren Bericht mit Ungeduld erwarten. Ich will mir nur nicht die Knochen brechen, weil ich in tiefster Nacht einen Steilhang hinabklettere. Er nahm sie in den Arm. *Es war nur ein Traum, Feja, nichts weiter. Beruhige dich.*

Er sprach in ihrem Innersten, aber sie wollte sich dennoch nicht beruhigen. Hatte nicht auch Meister Caron an die Nykken geglaubt?

Doch Span hielt sie im Arm, und allmählich wurde sie etwas ruhiger. Er nötigte sie, sich noch ein wenig hinzulegen, um Kraft für den langen Marsch zur Küste zu sammeln, und tatsächlich schlief sie wieder ein.

Sie brachen in der Morgendämmerung auf, kamen bei gutem Wetter schnell voran und standen bald wieder am Fuß der Berge. Feja drängte zur Eile, aber Span erinnerte sie daran, dass das Land nicht sicher war, und so blieb es dabei, dass sie Gehöfte und Siedlungen umgingen und sich von den wenigen Straßen fernhielten. Bis zum nächsten Abend gab es keine Zwischenfälle. Sie rasteten an einem Bach, und Span zeigte ihr, wie sie mit bloßen Händen eine Forelle fangen konnte. Er war dabei viel erfolgreicher als sie, und bald brieten drei stattliche Fische über dem Feuer.

»Kann ich dich etwas fragen, Jaras?«

Es wäre besser, du würdest dir abgewöhnen, mich so zu nennen, erwiderte er. *Bald sind wir in der Feste, und niemand darf wissen, wie gut wir uns kennen.*

»Kann ich dich also etwas fragen, Span – oder soll ich dich etwa *Bruder* Span nennen? Verzeih, es war nicht so gemeint.«

Er schwieg und wendete den Fisch.

»Ich verstehe etwas nicht, was die Aufständischen betrifft. Der Abot hat uns ausgesandt, um sie zu Friedensverhandlungen einzuladen, richtig?«

Span nickte.

»Aber Mener Sarg meinte, die Magier hätten sich noch nie um die Belange der Bauern gekümmert oder sich für sie eingesetzt. Und ich erinnere mich gut, dass man das auch im Langwald sagte. Meintest du nicht selbst, dass viele von denen einen großen Groll gegen uns hegen? Und war es nicht eher der alte Abot Yrnos, der für Ausgleich und Verhandlungen stand? Will Meister Dregin … ich meine Abot Dregin … nicht sogar zu den alten und dunklen Wegen zurück?«

Span schwieg.

»Ich meine, er hat uns ja sogar unter die Festung geführt, zu … du weißt schon.« Selbst hier, wo sie ganz unter sich waren, schaffte Feja es nicht, über den Dämmerstein zu sprechen.

Du verstehst das nicht.

»Das sage ich ja – ich verstehe es nicht! Aber ich habe diesen verzweifelten Männern, die halb verhungert in den Bergen sitzen, Hoffnung gemacht. Nun wüsste ich gerne, ob ich mich womöglich an einem Betrug beteiligt habe. Will unser Abot wirklich Frieden mit ihnen schließen – oder habe ich sie in eine Falle gelockt?«

Span sah sie lange an, bevor er ihr durch das Dunkel antwortete: *Ich weiß nicht viel von den Plänen des Abots, aber ich vertraue ihm und sage dir, dass es kein Betrug ist. Der Abot will Frieden, denn wenn der Aufstand endet, verlieren die Feuermagier den letzten Vorwand, in Braake zu bleiben. Vielleicht hast du recht, und wir haben nie viel auf die Bauern gegeben, aber nun sind es keine Bauern mehr, sondern Aufständische. Also nehmen wir sie ernst.*

»Du vertraust ihm also …«

Span wurde regelrecht zornig: *Ich würde Meister Dregin mein Leben anvertrauen! Er ist der Abot, das Oberhaupt unseres Ordens, und solange du nicht zum Kreis der Oberen gehörst, solltest du nicht an ihm oder seinen Entscheidungen zweifeln. Schon gar nicht laut!*

»Verzeih, ich habe nicht … Ich meine … Ich habe es nur einfach nicht verstanden. Es tut mir leid. Ich weiß eben nicht viel über Politik und solche Sachen.«

Span gab ihr keine Antwort, und sie hatte das Gefühl, ihm wirklich zu nahegetreten zu sein.

Später wollten sie üben, doch der Himmel war bedeckt, sodass sie aus den Monden keine Kraft ziehen konnten, und Span war der Meinung, sie sollten den Fliod lieber für die Gefahren aufsparen, die vielleicht vor ihnen lägen.

Am nächsten Morgen entdeckten sie zwei Patrouillen, die die Gegend durchkämmten, und es kostete sie viel Zeit, sie zu umgehen.

»Warum müssen wir uns denn vor denen verstecken? Wir sind doch schon einmal Soldaten begegnet und da ist nichts geschehen. Glaubst du etwa, dass sie von den beiden toten Bauernjägern wissen?«

Mich beunruhigen immer noch die Lichtsignale. Die Männer in den Bergen wurden vor zwei gefährlichen Zauberern gewarnt.

»Augenblick – du meinst, die halten *mich* für gefährlich? Ich bin doch noch eine Schülerin, ich bin doch keine Gefahr.«

Wenn sie erfahren haben, dass du eine Lebensdiebin bist, werden sie alles unternehmen, um dich in ihre Finger zu bekommen. Sie werden keinen Krieg mit uns anfangen, aber wenn sie dich irgendwo weitab unserer Feste erwischen … Sie wissen leider nicht, wie unfähig du im Grunde genommen bist.

Feja blinzelte kurz, dann sah sie sein Grinsen. »Hast du etwa gerade einen Scherz gemacht? Du?«

Er schüttelte den Kopf. *Bestimmt nicht*, verkündete er todernst.

Sie schlug ihn scherzhaft und drohte lachend: »Pass bloß auf – sonst zeige ich dir, dass man mit einer Lebensdiebin keinen Schabernack treibt!«

Am nächsten Mittag sah Feja von Weitem die Türme von Gut Dimgast. Ob Nerius inzwischen zurückgekehrt war? Ob die Heiler von Lente ihm hatten helfen können? Sie hätte es zu gerne gewusst und ihn besucht, aber selbst sie sah ein, dass das zu riskant war.

Ich halte es übrigens auch für zu gefährlich, nach Braake zu gehen.

»Du meinst, wegen der Feuermagier und meinem Lindross?«

Er nickte.

»Aber du sagtest auch, dass sie keinen offenen Streit mit uns riskieren würden.«

Vermutlich nicht. Aber sie würden schon einen Vorwand finden, um dich festzusetzen und von uns zu trennen. Vielleicht schicken sie dich sogar nach Lente. Deshalb sollten wir erst zur Feste gehen. Wir können einen anderen in die Stadt schicken, um deinen Vater zu suchen.

Feja schüttelte energisch den Kopf. »Ich muss in die Stadt. Es ist *mein* Vater. Und wenn du mich nicht begleitest, gehe ich eben alleine.«

Er seufzte. *Schön, aber dann meiden wir die Tore. Es gibt einen Weg, auf dem uns die Wachen nicht sehen werden. Er ist allerdings nicht sehr angenehm.*

»Aber er führt in die Stadt? Dann nehmen wir ihn!«

Sie schlichen weiter voran, bis sie gegen Abend den breiten Schilfgürtel erreichten. Als sie auf die Straße stießen, die von Braake zur Festung führte, fürchtete Feja schon, Span hätte es sich anders überlegt und würde nun doch zur Feste wollen. Aber er huschte über den Weg und verschwand im hohen Schilf auf der anderen Seite. Feja musste sich beeilen, um ihn nicht aus den Augen zu verlieren. Eine Weile kämpften sie sich durch dichtes Röhricht, dann folgten sie einem der vielen schlammigen Kanäle, die das Fenn durchzogen. Feja hatte im mannshohen Grün längst die Orientierung verloren, als Span wieder die Richtung änderte. Dann blieb er stehen und deutete voraus. Vor ihnen ragten die Mauern der Stadt in der Dämmerung empor, und dahinter waren die Masten von Segelschiffen zu sehen.

»Das ist das Hafenviertel!«, stellte Feja fest.

Du suchst doch ein Schiff, oder? Gut. Wir müssen durch den Flutgraben. Gib acht, da unten ist es wie in einem Sumpf.

Feja wollte gleich losrennen, aber Span hielt sie fest. *Siehst du die Wache nicht, dort drüben auf dem Turm?*

Feja starrte angestrengt hinüber. Wie alle Türme der Stadt hatte auch dieser einen roten Helm, der die Wachen vor den Unbilden des Wetters schützte. Sie sah niemanden.

Da bewegt sich ein Schatten im Zwielicht. Verzeih, ich vergesse manchmal, dass du noch eine Schülerin bist.

Feja nickte verdrossen. »Und was machen wir jetzt?«

Wir gehen ein wenig nach links, da ist der Graben dichter bewachsen und wird uns Deckung geben.

Er webte den Schleier, der sie im Schilf verbarg, dann huschten sie hinüber und glitten den Hang des Flutgrabens hinab. Abertausende Mücken stiegen auf, als sie den sumpfigen Grund erreichten, und stürzten sich auf Feja und Span. Feja verfluchte sie, aber Span ermahnte sie, keine hektischen Bewegungen zu machen, um nicht doch noch die Aufmerksamkeit der Wachen zu wecken. Sie kämpften sich durch zähen Schlamm und dann einen rutschigen Abhang hinauf. Kurz darauf pressten sie sich an die Mauer.

»Und jetzt?«

Span nickte mit dem Kopf nach links, und so schlichen sie die Mauer entlang, umrundeten lautlos einen Turm und hielten schließlich dort an, wo Turm und Wall aufeinanderstießen. *Es ist nicht das erste Mal, dass einer von uns unbemerkt in die Stadt muss,* erklärte Span. *Wir nennen dieses Stück Mauer hier die Schattenleiter.*

Ich sehe keine Leiter, flüsterte Feja zurück.

Folge mir einfach. Span griff nach einem Stein in der Mauer und zog sich hoch. Dann fand er einen anderen. Scheinbar mühelos kletterte er die Wand hinauf, die Feja eben noch völlig glatt erschienen war. Sie versuchte, ihm zu folgen. Die ersten Griffe waren kein Problem, aber dann wusste sie nicht weiter. Sie blickte hinauf – Span war schon oben. Sie biss die Zähne zusammen und tastete die Mauer ab. Aber sie fand keinen Halt.

Warte, ich zeige ihn dir, flüsterte es. Der Schatten, der sich die Mauerecke emporzog, schien sich plötzlich in hellere und dunklere Teile zu zerlegen, und dann schimmerte in Griffweite ein

Stein, den Feja einfach nicht gesehen hatte. Sie folgte dem Pfad, den Span ihr wies, aber es war alles andere als einfach. Bald hatte sie den Verdacht, dass dieser Weg nicht für Leute ihrer Größe gemacht war. Mehr als einmal glitt ihre Hand vom Griff, und sie sah sich schon mit gebrochenen Knochen am Fuße der Mauer liegen. Endlich packte Span ihre Hand und zog sie hinauf. Sie duckten sich im Schatten der Zinnen, bis Feja wieder zu Atem kam.

Auf der Mauer waren keine Wachen zu sehen, dafür erspähte Feja die Masten einiger großer Schiffe im Hafen. Sie hatte es fast geschafft.

»Müssen wir die Mauer ebenso hinunterklettern?«

Ich schon. Aber du kannst springen, ich fange dich auf.

Bevor sie protestieren konnte, war er verschwunden. Sie blickte hinab auf die Straße. Die Dämmerung war weit fortgeschritten, und im schwachen Zwielicht war Span kaum zu erkennen.

Es ist nicht so hoch, wie es aussieht.

Feja war dennoch nicht bereit zu springen. Sie versuchte ebenfalls zu klettern. Auf halber Strecke rutschte sie ab und besaß gerade noch genug Selbstbeherrschung, um nicht laut aufzuschreien. Dann landete sie in Spans Armen.

»Und jetzt?«, fragte sie, als er sie auf die Füße gestellt hatte.

Wir halten uns in den Schatten und versuchen, nicht aufzufallen.

Span führte sie durch schmale Gassen Richtung Hafen. Die wenigen Leute, die in diesem Teil der Stadt unterwegs waren, schienen ihre eigenen Pläne und Ziele zu verfolgen. Niemand schenkte den beiden Beachtung.

Schließlich huschten sie zwischen zwei Lagerhäusern hindurch und erreichten den breiten Kai.

»Dort!«, flüsterte Feja und wies auf ein großes Schiff. Selbst im letzten Licht des Abends sah sie, dass es einiges durchgemacht hatte. Ein Laternenanzünder kreuzte ihren Weg und entzündete eine Lampe über einer Kaschemme. Am anderen Ende des Hafenbeckens sah Feja den Wachmann mit der Hellebarde, dem sie bereits begegnet war.

Wir müssen vorsichtig sein. Du weißt es wohl nicht, aber dein Freund Tyrbull treibt sich neuerdings viel am Hafen herum. Seine

Familie hat ihm einen Posten als Stellvertreter des Hafenmeisters verschafft.

»Aber der stellvertretende Hafenmeister war doch schon ein Tygram. Ich bin ihm an meinem ersten Tag in Braake begegnet.«

Der ist befördert worden, denn sein Vorgänger war nach Ansicht der neuen Herren unserer Bruderschaft zu wohlgesinnt, meinte Span. *Auf jeden Fall ist es möglich, dass Tyrbull sich hier herumtreibt.*

»Wenn Tyrbull in Braake ist, ist es ja kein Wunder, wenn die Feuermagier wissen, was ich bin«, seufzte Feja.

Eben. Sei also auf der Hut! Falls wir entdeckt werden, müssen wir schnell verschwinden. Wie gut kannst du schwimmen?

Sie zuckte vage mit den Schultern. »Um den Hafen zu durchqueren, wird es reichen.«

Wenn wir Glück haben, ist Bruder Yorn hier, wenn nicht, werden wir vielleicht aus der Stadt schwimmen müssen. Jetzt komm. Wir gehen langsam Arm in Arm, dann wird man uns für Verliebte halten und hoffentlich nicht auf die Farbe unserer Roben achten.

Dieser Plan gefiel Feja außerordentlich gut. Sie legte den Kopf auf Spans Schulter. Wären die Umstände andere gewesen, hätte sie sogar versucht, ihn zu küssen, aber nun war sie kurz davor, ihrem Vater zu begegnen, und dieser Gedanke verdrängte alles andere.

Sie schlenderten in gezwungener Gemächlichkeit zur Laufplanke, die auf die *Wogenkönigin* hinaufführte.

»Wer da?«, rief eine Stimme von oben herab.

»Ich muss Kapitän Rivart sprechen. Ich bin Feja, Tochter von Falasir aus dem Langwald, der auf diesem Schiff dient.«

»Die Tochter von Falasir? Dann kommt herauf!«

Feja eilte die Planke hinauf. Mehrere Männer saßen im Schein einer Laterne und schienen sich den Abend mit Trinken und Spielen zu vertreiben. Einer von ihnen erhob sich jetzt. »Ich bin Rivart, und wir haben allen Grund, miteinander zu sprechen.«

»Mein Vater – ist er hier?«

»Ich fürchte nein, doch kommt, wir wollen uns abseits der anderen unterhalten.«

»Er ist *nicht* hier?« Die freudige Erregung, die Feja eben noch gespürt hatte, war wie weggeblasen.

Der Kapitän führte sie auf das Achterdeck. »Das mit Eurem Vater ist eine seltsame Geschichte, mein Fräulein.«

»Wo ist er? Was ist ihm widerfahren? Er ist doch nicht …?«

Er hob die Hand. »Auf all diese Fragen weiß ich keine Antwort. Euer Vater heuerte zwar auf meinem Schiff an, doch war er nicht an Bord, als wir in See stachen.«

»Er war nicht an Bord?«

»Nein, sein Bruder – Euer Onkel – bat mich, so lange wie möglich zu warten, doch wir mussten mit der Flut hinaus, und ich dachte, er hätte es sich einfach anders überlegt. Es kommt vor, dass Männer noch im letzten Augenblick von der Weite des Meeres abgeschreckt werden.«

»Er war gar nicht an Bord?«, wiederholte Feja mit wachsender Verzweiflung.

»Halfur, Euer Onkel, erinnerte sich, dass Euer Vater vor der Abfahrt noch dringend einen Brief schreiben lassen wollte. Deshalb suchte er gleich nach unserer Rückkehr den Mann auf, der diesen Brief verfassen sollte. Doch es scheint, dass auch Euer Onkel seither wie vom Erdboden verschluckt ist.«

Feja starrte den Mann entsetzt an. Das wurde ja immer schlimmer.

»Onkel Halfur ist ebenfalls verschwunden? Wann? Wo?«

»Wie gesagt, er ging zu diesem Schreiber, doch es scheint, dass er den nie erreicht hat. Er wäre leider nicht der Erste, der in dieser Stadt einem Räuber zum Opfer gefallen wäre.«

Den Namen! Frag ihn, wie der Schreiber heißt, mahnte Span.

Feja nickte und fragte den Kapitän.

Der kratzte sich am Hinterkopf. »Den Namen weiß ich nicht, aber ich glaube, es war dieser Were, der Rotschmied, der auch Briefe verfasst. Er bot seine Dienste seinerzeit weit günstiger an als die anderen, weil eben viele nicht zu einem Starren gehen wollen. Orin oder Orton oder so ähnlich heißt er.«

»Meister *Orchon*?«

»Ja, genau, das ist der Name!«

»Meister Orchon …«, flüsterte Feja. Sie erinnerte sich an die Stunden im Tempel und wie sie mit ihm in die Stadt gefahren war. Er war ihr freundlich erschienen, hatte angeregt mit ihr über alles Mögliche geplaudert – aber er hatte mit keiner Silbe erwähnt, dass er den Brief ihres Vaters an sie verfasst hatte. Und an wie viele Fejas im Langwald musste er geschrieben haben, um das zu vergessen?

»Komm, Span«, sagte sie heiser, drehte sich auf dem Absatz um und ließ den verdutzten Kapitän einfach stehen.

Span folgte ihr die Planke hinab. *Wir müssen vorsichtig sein*, mahnte er.

Aber sie hörte nicht auf ihn, sondern stürmte den Kai entlang. Sie wusste, wo Meister Orchon wohnte.

Dort liegt der Kahn von Bruder Yorn. Lass mich wenigstens unsere Flucht vorbereiten, wenn du schon Ärger machen musst!

Sie hörte ihn kaum und marschierte einfach weiter. Da lungerte eine Gestalt vor der Hafenverwaltung herum. War das etwa Tyrbull? Feja drehte den Kopf weg. Sie würde sich auf keinen Fall von ihm aufhalten lassen. Span lief kurz zur Kaimauer, aber bald holte er sie wieder ein. *Was hast du denn vor?*

»Ich werde ihn fragen. Und er wird mir antworten. Hilfst du mir oder hilfst du mir nicht?«

Ich bin hier, antwortete er schlicht.

Feja stürmte durch die Gassen. Sie rannte einen Mann über den Haufen, der sie erst verfluchte, sich dann entschuldigte, wohl, weil er die Robe erkannt hatte, und sich schließlich eilig entfernte.

Wir wollten doch nicht auffallen, versuchte Span, sie zu bremsen.

Aber sie wurde immer schneller, rannte fast, bis sie außer Atem vor der verriegelten Tür des Rotschmieds stand. Die Läden waren geschlossen, auch in der Schmiede nebenan war alles dunkel. Feja sah schwaches Licht durch die Läden schimmern, und dann war ihr, als würde sie aus dem ersten Stock leises Husten hören.

Sie hob die Hand, um anzuklopfen, aber dann überlegte sie es sich anders. Sie legte die Hand auf das Schloss, beschwor das Zwielicht und entriegelte mit seiner Hilfe die Tür. Ohne weitere Umstände trat sie ein.

Meister Orchon saß ganz allein im Schein einer Kerze bei einer

Tasse Tee und schien einige Tabellen zu studieren. Jetzt schreckte er hoch.

»Fräulein Feja, wie … Was …?«

Sie stampfte wütend los, aber er sah so verloren aus, dass sie innehielt.

»Was wisst Ihr über meinen Vater und seinen Bruder?«, herrschte sie an.

»Euren Vater? Wer ist Euer Vater – und wer…?«

»Falasir vom Langwald ist sein Name, und sein Bruder wird Halfur genannt. Sie waren hier. Ich weiß es! Also versucht gar nicht erst, Euch herauszureden!«

»Verzeiht«, sagte der Were und rutschte unruhig in seinem Sessel hin und her, »aber es kommen viele Utorer in meine Schmiede mit vielen Anliegen. Ich weiß daher nicht …«

Feja packte ihn am Kragen. »Ihr habt einen Brief an mich verfasst – Feja vom Drachenhof im Langwald. Vor über einem Jahr habe ich ihn erhalten. Mein Vater war also hier. Und sein Bruder hat erst vor wenigen Tagen bei Euch nach ihm gesucht!«

Span stand plötzlich dicht hinter ihr. *Wenn du willst, kann ich seinem Gedächtnis nachhelfen.*

Sie nickte grimmig. »Ich frage Euch ein letztes Mal, Meister Orchon … Was wisst Ihr über meinen Vater und meinen Onkel? Antwortet – oder Bruder Span wird das Fragen übernehmen. Und er fragt mit der Klinge, nicht mit Worten.«

Der Were war weiß wie die Wand. Er blickte gehetzt von einem zum anderen. Span zog langsam sein Messer aus dem Gürtel.

»Ja, ja, es ist ja wahr … Euer Vater, er war hier. Ich erinnere mich an den Brief. Er war hier, ich schrieb die Zeilen an Euch, und dann ist er gegangen. Ja, er … er hat sich bedankt, weil meine Dienste viel günstiger waren als die der anderen Schreiber. Dann hat er meine Werkstatt wieder verlassen, das schwöre ich. Er … er sagte etwas davon, dass er sich von dem restlichen Geld noch in einer Schänke Mut antrinken wolle für die lange Reise. Das ist wahr, mein Fräulein, das müsst Ihr mir glauben!«

»Kein Wort muss ich Euch glauben!« Sie suchte in den Schatten eine Verbindung zu Span. *Sagt er die Wahrheit?*

Ich weiß es nicht, raunte er zurück. *Er ist ein Were, und ich kann nicht in seine Gedanken eindringen. Aber er hat Angst.*

»Und mein Onkel? Wollte der auch in eine Schänke?« Sie fühlte eine eiskalte Wut auf diesen Mann und glaubte ihm kein Wort. Doch was war das für ein Husten, das leise und schwach aus dem oberen Stock zu ihnen drang?

»Nein, nein, nicht, dass ich wüsste. Er … er fragte nach seinem Bruder, und ich sagte ihm, was ich Euch sagte, und wie wir reden, erwähnt er Euren Namen. Und ich sage zu ihm: Feja aus dem Langwald? Ja, die kenne ich. Die ist jetzt eine Zauberin. Er hat sehr gestaunt und wollte mir auch nicht glauben. Also schickte ich ihn zur Graufeste. Doch wenn Ihr jetzt hier seid und nach ihm fragt, fürchte ich, dass er sie nie erreicht hat, oder?«

Wieder drang jämmerlicher Husten von oben herab. »Wer ist das?«, fuhr Feja den Weren an.

»Mein Sohn. Er ist schwer krank. Bitte, Ihr hohen Herrschaften, tut ihm nichts!«

Feja stutzte und löste ihren Griff. »Warum sollten wir ihm etwas tun?«

»Ihr seid Graumagier, mein Fräulein, Diener der Dunkelheit und des Zwielichts, und ich weiß wohl, dass Gnade Euch fremd ist. Und doch flehe ich Euch an, ihn zu schonen.« Bei diesen Worten rutschte Orchon aus dem Sessel und fiel auf die Knie.

Das brachte Feja völlig aus der Fassung. Wie kam der Mann auf die Idee, dass sie sich an einem Unschuldigen vergreifen würde?

Es kommt jemand, raunte Span ihr zu, *viele Männer, alle bewaffnet.*

Feja nagte an ihrer Unterlippe und blickte angewidert auf den Mann, der den Zipfel ihrer Robe gepackt hielt.

»Ich werde Eure Worte prüfen, Orchon. Und wenn ich herausfinde, dass Ihr mich belogen habt, komme ich wieder …«

Es gibt eine Hinterpforte, raunte ihr Span zu, der eine Tür zum hinteren Teil des Hauses geöffnet hatte. Sie roch Küchengerüche.

Schon pochte es heftig gegen die Tür, und eine laute Männerstimme verlangte im Namen des Königs, dass Orchon zu öffnen habe.

Feja warf einen letzten Blick auf das Häuflein Elend und hastete dann hinter Span durch die Küche hinaus in den Hinterhof. Von vorne drang erneut lautes, verlangendes Klopfen zu ihr. Sie sah einen schmalen Durchgang zur Straße, aber Span schüttelte den Kopf. Er half ihr hinauf auf das Dach des Schuppens und folgte ihr. Über die Dächer schlichen sie davon. Dunkle Wolken verhüllten den Himmel und verbargen die Monde.

Am Hafen waren viele Wachen mit Laternen, aber Span blieb zuversichtlich. Er führte sie durch Seitengassen zum Fluss.

Nun müssen wir doch schwimmen. Bruder Yorn erwartet uns an der Einfahrt zum Hafen. Wirst du das schaffen?

Feja seufzte. »Mein Vater hat mir das Schwimmen beigebracht, damals im Langwald. Dort gibt es kleine Seen, weißt du …« Sie stieg ins Wasser des Flusses, das ganz braun war vom Regen der letzten Tage, und ließ sich mit der Strömung treiben, bis in der Hafeneinfahrt ein dunkler Kahn auftauchte. Eine Hand streckte sich ihr entgegen, und dann zog Bruder Yorn sie an Bord.

Skuran Orchon sank bleich und zitternd in seinen Sessel. Was war eben geschehen? Erst tauchte Feja bei ihm auf, mit diesem unheimlichen stummen Graumagier an ihrer Seite, dann klopften Feuermagier an seine Tür, weil sie genau dieses Mädchen suchten. Und er hatte sie alle angelogen.

Erschöpft wischte er sich den Schweiß von der Stirn. Weder das Mädchen noch die Feuermagier hatten ihm geglaubt, das spürte er. Aber sie waren wieder abgezogen.

Er schüttelte den Kopf, sammelte seine Mondtabellen und stieg hinab in den Keller. Er musste seine Gedanken ordnen, musste die Maschine justieren.

Die Mondscheiben im Keller verrichteten leise ihren Dienst. Sie brachten unbestechlich gute und böse Zeichen zu denen, die unter ihrem Einfluss standen. Aber es gab so viele Gegenkräfte. Er sah sich die Scheibe an, die längst zum Mittelpunkt des stetig wachsenden Spielwerks geworden war. Feja würde bald herausfinden, dass Vater und Onkel nicht mehr lebten. Wie würde sie darauf reagieren? Das Spielwerk zeigte für sie das graue Zeichen der Veränderung zum Schlechteren. Für ihre Zukunft war nichts Gutes zu erwarten.

Aber dieser junge Zauberer an ihrer Seite … Die Monde hatten nichts davon verraten, dass sie sich in einen Magier verlieben würde, doch die beiden schienen sehr vertraut miteinander. Er würde auch ihm eine eigene Scheibe zubilligen müssen.

Du hast den Fehler immer noch nicht gefunden, wisperte die Stimme, die aus dem Boden aufzusteigen schien.

Orchon starrte feindselig auf den gestampften Lehm.

»Ich weiß, dass etwas fehlt«, murmelte er. »Ich weiß, dass etwas fehlt …«

Die Stimme lachte, dann höhnte sie: *Wenn aber etwas zu viel wäre?*

Zu viel? Orchon rieb sich die schmerzende Stirn. »Unsinn. Je mehr Kräfte ich berücksichtige, desto genauer arbeitet die Mechanik.« *Jetzt streite ich mich schon mit dem Fußboden*, dachte er. Ratlos warf er die Tabellen auf den Tisch und verließ den Keller. Er war zu müde, um jetzt noch ein vernünftiges Ergebnis kalkulieren zu können. Aber die Worte der beiden Toten aus seinem Keller verfolgten ihn.

Was, wenn ich Einflüsse berechne, die gar nicht wirken?, dachte er.

Orchon drehte auf dem Absatz um und polterte die Stufen wieder hinab. »Nicht zu viel«, murmelte er, »aber was, wenn ich die wichtigste Kraft herausnehme? Wenn sie sich für das Zwielicht entschieden hat, wird sie Durku nicht helfen wollen – aber was, wenn sie endlich doch stirbt?«, murmelte er und drehte die Scheibe des Mädchens auf das schwarze Zeichen von Nir. War das nicht ohnehin sein erster Gedanke gewesen, als er diese Feja mit Wyrmochs Fluch in Verbindung gebracht hatte? Dass sie ihr Leben würde geben müssen, um das Wunder zu bewirken?

Mit angehaltenem Atem sah er zu, wie sich die Rädchen, Ketten und Scheiben rasselnd in Bewegung setzten.

Du hast es immer noch nicht verstanden, höhnten die Stimmen aus dem Untergrund. Die Scheiben vieler Schicksale drehten sich ins Unheil, deuteten Tod und Unglück an, aber dann, ganz am Ende, drehte sich eine Scheibe in die richtige Richtung.

Atemlos starrte Orchon auf das Ergebnis. Wenn dieses Mädchen starb, würden Tod und Schmerz über viele Menschen in Braake kommen –, aber Durkus Schicksalsscheibe drehte sich vom schwarzen Zeichen Nirs auf das Symbol für eine ungewisse Veränderung. Und Ungewissheit war so viel besser als der Tod.

Feja hatte Bruder Yorn sogleich gefragt, ob er etwas von einem Seemann gehört habe, der sich auf der Feste nach ihr erkundigt hatte, doch der wusste von nichts. Er schickte jedoch eine Nachricht durch die Dunkelheit zu Abot Dregin.

Als Feja in der Grotte ungeduldig aus dem Boot sprang, wurden sie schon erwartet.

»Der Abot will dich sofort sehen, Feja – und Euch auch, Bruder Span!«, erklärte Bruder Firnur, der Lademeister. »Doch nehme ich an, dass er nichts dagegen hat, wenn Ihr erst ein paar trockene Sachen anzieht«, fügte er mit einem Grinsen hinzu.

Dregin erwartete sie in der großen Halle. An seiner Seite saß ein Mann, den Feja nicht kannte.

Das ist Meister Valir, unser neuer Sturmrat, flüsterte ihr Span zu, bevor er einen kurzen Bericht ihrer Reise in die Berge gab.

Feja fand es eigenartig: Span berichtete, aber sie hörte nicht mehr als ein leises Summen im Dunkel, weil diese Nachricht nicht für sie bestimmt war.

»Du bist also die Schülerin, von der unser Abot in den höchsten Tönen spricht?«, fragte der neue Sturmrat.

»Ich bin Feja aus dem Langwald«, antwortete sie bescheiden.

»Die Lebensdiebin«, ergänzte der Mann mit einem Lächeln. »Ich bin Lysker Valir. Bisher habe ich unserem Orden in Walbucht gedient, doch nun hat mich der Abot an die Graufeste gerufen. Dafür bin ich ihm sehr dankbar, denn das Wetter auf Hrimvar ist von einer Art, an die ich mich wohl nie gewöhnen könnte. Es heißt, sie hätten hundert Namen für Regen dort, und ich sage, dass sie jeden einzelnen davon brauchen. Ich denke, mein Nachfolger hatte auch schon davon gehört, denn Meister Eyrim wirkte so gar nicht begeistert, als er von seiner neuen Aufgabe erfuhr.«

Feja fragte sich, warum der Mann ihr das erzählte. Sie blieb vorsichtig. »Ich grüße Euch, Meister Valir.«

»Und ich grüße dich, Feja vom Drachenhof. Ja, auch das weiß ich. Du solltest dir überlegen, von nun an diesen Namen zu führen. Er macht ziemlichen Eindruck.«

Span war offenbar mit seinem Bericht fertig, denn der Abot klatschte in die Hände und rief: »Ausgezeichnet, das lief noch besser als gedacht. Die Bauern haben unsere Einladung erhalten, Valir, und der Silberne wird sie überreden, ihr zu folgen.«

»Wirklich? Ich hätte nicht geglaubt, dass sie uns so weit vertrauen. Eure Boten haben gute Arbeit geleistet, Abot.«

»Das haben sie, vor allem Feja. Es war richtig, dich mit dieser Aufgabe zu betrauen. Du hast mich nicht enttäuscht, ganz im Gegenteil. Doch wie ich soeben erfuhr, hast du schlechte Nachrichten erhalten?«

»Das ist wahr, Herr«, sagte Feja und berichtete dann, was sie vom Kapitän und von Meister Orchon erfahren hatte.

»Und der Seemann soll hierhergekommen sein? Nein, davon hätte ich gehört, allerdings …« Der Abot lehnte sich zurück und schien über etwas nachzudenken. »Der Rotschmied ist mir als ehrlicher Mann bekannt, Feja, daher zweifle ich nicht an seinen Worten, allerdings …«

Wieder dieses »Allerdings«. Feja bekam ein ungutes Gefühl.

»Ich habe da ein paar Geschichten gehört, Gerüchte vielmehr, denen ich nicht viel Beachtung geschenkt habe, doch werde ich ihnen nun auf den Grund gehen. Ihr zwei solltet euch jedoch erst einmal ausruhen.«

»Was für Geschichten, Herr? Wenn es meinen Onkel betrifft, muss ich sie hören!«

Der neue Sturmrat hob erstaunt die Augenbrauen, aber der Abot lächelte, als er erwiderte: »Da diese Gerüchte ebenso wahr wie unwahr sein können, werde ich dich nicht mit ihnen beunruhigen. Geh dich stärken. Ich sehe dir an, dass dich die Reise viel Kraft, und auch einiges von deinem Fliod gekostet hat. Du wirst morgen Gelegenheit bekommen, es aufzufüllen. Doch nun geh.«

»Aber …«

Der Abot unterbrach sie mit einer Geste. »Du sollst dich ausruhen, nicht meine Geduld auf die Probe stellen, Feja. Du wirst heute keine Antwort auf deine Fragen bekommen.«

Feja seufzte, dankte dem Abot und trottete hinter Span aus der Halle.

Er muss dich mögen, wenn er dir deinen Widerspruch einfach so durchgehen lässt.

»Wenn er mich wirklich mögen würde, hätte er meine Frage beantwortet«, gab sie verdrossen zurück.

Span schüttelte den Kopf. Er begleitete sie bis zur Tür des Schulhauses. Feja wurde erst jetzt bewusst, dass sie das erste Mal seit zwei Wochen nicht nebeneinanderliegen würden. Sie blieb unschlüssig stehen und hoffte auf einen Kuss, aber dann sah sie, dass ein paar Brüder drüben auf den Buckelsteinen saßen und sich leise unterhielten.

»Bis morgen«, sagte sie.

Sie hoffte, dass er wenigstens durch das Dunkel noch ein paar Worte für sie hätte, aber er nickte ihr nur zu und ging. Feja fiel plötzlich ein, dass sie gar nicht wusste, wo Span wohnte.

Seufzend ging sie hinauf in die Schlafstube.

»Feja, bist du das?«, fragte Gabra verschlafen, als sie eine Kerze entzündete.

»Entschuldige, ich wusste nicht, dass ihr alle schon im Bett liegt.«

»War ein langer Tag«, gähnte Gabra. Sie setzte sich halb auf. »Und du? Viel erlebt?«

»Ja, das kann man wohl sagen«, erwiderte Feja.

»Erzähle es mir morgen«, murmelte die Freundin, drehte sich um und schnarchte kurz darauf schon wieder leise.

»Das also war die berühmte Feja«, stellte Sturmrat Valir fest, als Feja gegangen war.

»Gefällt sie Euch?«

»Durchaus. Sie hat einen wachen Geist und einen aufrechten Charakter, wenn ich mich nicht sehr täusche. Es ist kein Wunder, dass die Bauern ihr jedes Eurer Worte geglaubt haben.«

»Ja, ihre Ehrlichkeit ist … erfrischend und in diesem Fall sogar nützlich, aber doch auch ein Hindernis, wenn sie dem Orden dienen soll. Ich war anfangs überzeugt, dass Nirs Dunkelheit, die sie in sich trägt, stärker werden würde, doch scheint das nicht der Fall zu sein. Wir müssen nachhelfen.«

»Ich verstehe, was Ihr meint, Abot.«

»Ich teile übrigens Spans Einschätzung, dass die Feuermagier versuchen werden, Feja in die Finger zu bekommen. Eigentlich war zu erwarten, dass sie irgendwann von ihrem Lindross erfahren würden. Der Richter wusste es, und die Tygrams werden sich ihre Gedanken darüber gemacht haben, was Tyrbull widerfahren ist. Ich habe die Erinnerungen des Jungen zwar mit einem Bann belegt, aber ein kluger Magier wird irgendwann darauf kommen, wie er seine magischen Kräfte verloren hat. So etwas kann nicht lange geheim bleiben. Beunruhigender finde ich, dass sie von ihrem Auftrag in den Bergen wussten.«

Der Sturmrat hob die Augenbrauen. »Wer außer Euch war in dieses Vorhaben eingeweiht?«

»Zunächst nur Bruder Span und Feja natürlich. Aber die beiden haben es gewiss niemandem erzählt. Den Oberen habe ich es einen Tag später mitgeteilt. Sonst wusste es niemand.«

»Es war meine erste Sitzung als Sturmrat, und Ihr habt es mehr erwähnt denn erklärt. Ich jedenfalls wusste bis eben nicht, dass Ihr vorhattet, die Aufständischen aus den Bergen zu locken. Ich kann mir nicht vorstellen, dass einer von uns so dumm ist, unsere Lebensdiebin an die Rote Bruderschaft zu verraten.«

»Aber irgendjemand hat es getan. Vielleicht Eyrim, auf seinem Weg nach Walbucht? Er hat seine Niederlage nicht gut verkraftet.«

»Ich würde es ihm zutrauen«, meinte der neue Sturmrat langsam.

»Die Feuermagier werden alles versuchen, um Feja in ihre Hände zu bekommen. Das darf keinesfalls geschehen.«

»Natürlich nicht. Doch sagt, was sind das für Gerüchte, von denen Ihr dem Mädchen erzählt habt?«

Der Abot lehnte sich zurück. »Ich bin mir noch nicht sicher. Sie wird hören, was sie hören muss, damit sie auf der Suche nach ihren Verwandten den Pfad betritt, den ich für sie vorgezeichnet habe. Ich kann ihr nicht sagen, dass sowohl ihr Vater als auch ihr Onkel vermutlich tot im Keller von Meister Orchon ruhen, denn ich brauche den Rotschmied noch. Ich kann nicht riskieren, dass sie ausgerechnet bei ihm Nirs Einfluss nachgibt und ihn umbringt.«

»Rache wäre ein guter Ansporn, meint Ihr nicht?«

»Ich sehe, dass Ihr denkt wie ich, Valir. Nun, ich habe schon eine Idee, wie ich das dunkle Feuer in ihr entfachen kann – und auf wen ich ihren Zorn lenken werde. Doch das will gut durchdacht und vorbereitet sein. Wir müssen Feja behutsam an die Kunst des Mordens heranführen.«

Schon im Morgengrauen wurde Feja aus dem Schlaf gerissen. »Was ist denn?«, fragte sie, verwirrt, dass sie nicht unter Bäumen schlief.

Meme Salmango musterte sie mit verschränkten Armen. »Es ist Zeit, dass du deinen Fliod wieder füllst.«

»Jetzt?«, murmelte sie. »Ist es nicht schon ein bisschen zu hell, um das Licht der Monde aufzunehmen?«

Die Meme lächelte. »Ich dachte eher an eine etwas tieferliegende Quelle.«

»Der …« Wieder konnte Feja das Wort nicht aussprechen. Wer immer einst einen Bann um diesen Stein gelegt hatte, musste ein Meister seines Fachs gewesen sein.

»Wo sind die anderen?«, fragte Feja, während sie sich rasch ankleidete.

»Sie üben im Hof mit den Klingen. Wir beide werden heute Morgen alleine dort hinabsteigen, denn deine Kameraden hatten erst vorgestern die Ehre.«

Feja spritzte sich etwas Wasser aus der Waschschale ins Gesicht und schüttelte die Müdigkeit aus den Knochen. »Kann ich vorher den Abot sehen? Er hat gesagt, dass …«

»Er hat gesagt, dass du ihn auf keinen Fall vor dem Frühstück behelligen sollst. Er ist außerdem der Meinung, dass dir ein paar Lektionen in Sachen Geduld nicht schaden könnten.«

Feja seufzte und folgte Meme Salmango. Währenddessen spürte sie, wie sehr sie den Dämmerstein vermisste. Sie hatte das Gefühl über ihren Erlebnissen mit Span für eine Weile vergessen, doch jetzt war das Verlangen nach seiner unheimlichen Kraft wieder geweckt.

Ihre Mitschüler trugen im Hof Übungsgefechte mit scharfen Schwertern aus. Meister Svelgar überwachte sie. Er stand inmitten der Fechtenden, rief hier und da ein mahnendes Wort, schien die Dinge ansonsten jedoch laufen zu lassen.

Feja fiel der verbissene Eifer auf, mit dem ihre Freunde die Klingen kreuzten. Sie schienen sie gar nicht wahrzunehmen, als sie den Hof überquerte. Auch hörte sie weder die üblichen Flüche noch irgendwelches Gelächter.

»Ist etwas geschehen?«, fragte sie leise, als sie mit der Meme den Tempel betreten hatte.

»Was meinst du?«

»Die Stimmung … Sie wirken alle so bedrückt.«

»Angespannt trifft es eher. Wir alle spüren, dass sich ein Sturm zusammenbraut. Deine Mitschüler bereiten sich darauf vor.«

Die Meme öffnete den geheimen Zugang. Feja lauschte angestrengt in das Zwielicht, aber es gelang ihr nicht herauszufinden, wie die Zauberin das anstellte. Als sie hinter ihr die Treppe hinunterging, sagte sie plötzlich: »Die anderen Orden haben auch so etwas, oder?«

Meme Salmango blieb stehen. »Wie kommst du darauf?«

»Die Magier des Flammenordens zum Beispiel ziehen Kraft aus dem Feuer. Es kann doch nicht sein, dass ihnen allen dieses Lindross angeboren ist, oder?«

»Es ist eine naheliegende Vermutung, doch wenn, dann halten sie ihre Quelle ebenso geheim wie wir. Wenn sie einen Stein besitzen, dann wirkt er anders, denn nur die wenigsten von uns können den Fliod aus dem Zwielicht oder der Dunkelheit ableiten. Jetzt komm weiter. Du solltest dir nicht den Kopf über die Macht anderer Orden zerbrechen – lerne lieber, unsere Macht zu nutzen.« Sie erreichten die Halle, und grauer Nebel begrüßte Feja.

Sie blieb stehen. Dort drinnen war der leuchtende Kristall, der sie lockte, aber etwas in ihr warnte sie, dem Verlangen nachzugeben.

»Geh nur hinein. Ich achte darauf, dass dir nichts geschieht«, ermunterte sie Meme Salmango.

Zögernd tat Feja einen Schritt. Der Nebel umwallte sie, und der Sog wurde stärker. Sie ging einen Schritt weiter, dann noch einen. Das Leuchten wurde stärker, und sie stand wieder mit offenem Mund vor dem schwebenden Stein. Schon fühlte sie, wie die Kraft in sie hineinströmte. Sie breitete die Arme aus und ließ es geschehen. Es war, als würde der Fliod alle Gedanken und Sorgen fortspülen, die sie gestern noch gequält hatten.

»Es ist Zeit«, sagte die Meme irgendwann, nur einen Moment, oder vielleicht auch Stunden später. Feja wusste es nicht. »Nur noch einen Augenblick«, bat sie.

»Du musst dich lösen. Ich spüre, dass dein Bargan bis zum Bersten gefüllt ist.« Die Zauberin stand dicht hinter ihr. Feja hörte ihre goldenen Armreifen klimpern. »Mädchen, es ist gut. Du wirst ihn ja bald wiedersehen.«

»Nur noch ganz kurz.«

»Lass los, Kind!«, mahnte die Meme eindringlich und legte ihr die Hand auf den Arm.

»Geht weg!«, rief Feja und stieß die Zauberin zurück. Funken zuckten durch den Nebel, und Meme Salmango war plötzlich verschwunden.

Feja glotzte verständnislos in den Nebel, dann trat die dunkelhäutige Magierin wieder aus den dichten Schwaden hervor. Sie schien unsicher auf den Beinen zu sein.

»Du bist eindeutig zu lange hier unten, Feja vom Drachenhof. Jetzt komm, oder ich werde dir verbieten müssen, den Stein noch einmal zu besuchen!«

Feja nickte und löste sich widerwillig von dem Kristall, der über diesem unheimlichen Abgrund schwebte.

»Was ist da eben geschehen?«, fragte sie die Meme, als sie auf der Treppe waren.

»Du hast einen Teil deiner Kraft gegen mich gerichtet. So etwas kann passieren, wenn ein Zauberer nicht mehr weiß, wohin mit dem Fliod.«

»Habe ich Euch verletzt?« Sie fragte eher aus Neugier als aus Sorge. Sie hatte nicht das Gefühl, dass sie etwas Schlimmes getan hatte.

»Nein, auch wenn ich mich fühle, als hätte mich ein Maultier getreten. Wir werden in Zukunft vorsichtiger sein.«

»Aber ich darf den Stein wiedersehen?« Sie drehte sich um. Der Nebel lockte. Es fiel ihr schwer, der Versuchung zu widerstehen.

»Natürlich, doch werde ich mit dem Abot reden müssen. Er wird entscheiden, wie oft du dich dem Stein nähern darfst.«

»Ich muss auch mit dem Abot sprechen«, rief Feja.

»Weswegen?«

Feja überlegte einen Moment. Da war etwas gewesen, gestern. Es hatte sie beunruhigt und schien wichtig gewesen zu sein. Doch es fiel ihr schwer, an etwas anderes als an den Kristall zu denken. Sie runzelte die Stirn. Dann wusste sie es wieder.

»Mein Onkel! Er wusste etwas über Onkel Halfur!«

Doch der Abot war nicht für sie zu sprechen. Er ließ sie lediglich wissen, dass er erst noch weitere Nachforschungen anstellen, sie sich also gedulden müsse.

Feja hatte sich auf das Frühstück gefreut, weil sie ihren Freunden endlich ihre Abenteuer erzählen wollte, aber als sie endlich am Tisch saßen, schien sich niemand besonders dafür zu interessieren.

»Ja, richtig, du warst ja ein paar Tage weg«, meinte Gabra und sah sie mit verträumten Augen an.

»Zwei Wochen! Ich war volle zwei Wochen in den Bergen! Und wir haben … Ich meine, es war aufregend!« Ihr fiel gerade noch rechtzeitig ein, dass Span ihr eingeschärft hatte, mit niemandem über ihren Auftrag zu reden. Das war schwer, denn ihre geheimnisvollen Andeutungen, die neugierige Nachfragen provozieren sollten, verpufften einfach.

»Ich bin aus den Bergen«, meinte Odil nachdenklich. »Ist aber lange her, dass ich zuletzt da war.«

»Ziemlich lange«, stimmte ihm Uvis zu, der in seinem Essen stocherte und mit seinen Gedanken weit weg zu sein schien.

»Sie sind nicht so hoch wie die Mondberge, aber ich fand sie aufregender, als ich gedacht hatte«, versuchte Feja, das Gespräch in Gang zu halten. Keiner ging darauf ein.

»Und was ist hier alles geschehen?«, fragte sie mit wachsender Verzweiflung.

Nemma zuckte mit den Achseln. »Nicht viel … Haben viel geübt, weißt du? Und … wie hieß er noch … Oradir, glaube ich …, der hat den Orden verlassen.«

»Oradir? Der war doch einer von Tyrbulls Anhängern. Ich habe keine zwei Worte mit ihm gewechselt. Warum ist er fort?«

Wieder ein Achselzucken. »Hat es nicht mehr ausgehalten. Heimweh vielleicht. Redete ständig von der Rauküste. War wohl von dort. Hat zuletzt viel geweint.«

Feja erinnerte sich gut an den Jungen. »Oradir? Der war doch hart im Nehmen, oder? Ich weiß noch, wie ihn Tyrbull einmal bei den Schwertübungen verprügelt hat, aber er griff immer wieder an. Der soll vor Heimweh geweint haben? Das kann ich mir nicht vorstellen.«

Nemma schien kurz nachzudenken. Dann sagte sie: »Vielleicht war ihm das alles auch nur zu viel.« Aber sie konnte – oder wollte – nicht sagen, was sie mit »das alles« meinte.

Auf das Frühstück folgte eine zweite Übungsstunde mit Meister Svelgar, und Feja nahm daran teil. Er bewaffnete sie wieder mit Klingen, die, wie er sagte, nicht ganz so scharf seien wie die Schwerter für die Schlacht, aber doch scharf genug, um ein paar Wunden zu schlagen.

»Am klügsten wird sein, ihr lasst euch einfach nicht treffen«, fügte er seufzend hinzu. Seine Laune schien nicht die beste zu sein.

Dieses Mal verlegte er das Fechten auf das Stück Wehrmauer zwischen Rüsthaus und Pferdestall. »Ihr müsst lernen, mit wenig Platz auszukommen, denn eure Gegner werden sicher nicht so höflich sein, euch zum Zweikampf auf einen Ballplatz zu führen.«

Feja fand schnell heraus, dass ihre Freunde in den vergangenen zwei Wochen viel gelernt hatten. Sie konnte sich nur mit Not gegen Gabra behaupten. Das Mädchen trieb sie regelrecht vor sich her. Feja kam schnell einem anderen Fechtpaar in die Quere und wäre beinahe von der Mauer gestürzt. Sie hob die Hand, als Zeichen, dass sie eine Pause brauchte.

»Ein echter Feind würde dir auch keine Zeit geben«, meinte Gabra und griff wieder an.

Feja wich zurück, parierte, wich aus und – trat ins Leere. Sie taumelte. Ihre Gegnerin hatte sie inzwischen jedoch so weit zurückgetrieben, dass sie sich mit einem ungelenken Sprung auf das Dach des Pferdestalls retten konnte. Die Ziegel knirschten bedenklich unter ihren Füßen. Gabra sprang hinterher. Das Dach war abschüssig, und Feja rang nun nicht nur mit einer unermüdlichen Gegnerin, sondern auch mit einem geneigten Dach und brüchigen Ziegeln.

Ihre Kameradin lächelte grimmig. Dieser ungleiche Kampf schien ihr Vergnügen zu bereiten. Feja wurde wütend, weil sie der Meinung war, dass Gabra es übertrieb. Und ihr dämmerte, dass ihre Freundin durch ihre Größe auch Vorteile in der Reichweite hatte. Sie hätte gerne nach dem Zwielicht gegriffen, aber Gabra hatte sie aus dem Schatten des Turmes getrieben. Wieder stieß Gabra zu. Die Schneide ihres Schwertes ritzte Feja am Arm.

Feja duckte sich, wich aber diesmal nicht weiter zurück, sondern sprang nach vorne und packte Gabra am Hals. Sie drängte sie zurück und wollte ihr mit der flachen Seite ihres Schwertes einen Hieb verpassen, aber ihre Gegnerin parierte den Schlag mit der eigenen Klinge und versuchte, mit der Linken Fejas Hand von ihrer Gurgel zu lösen. Kurz rangen sie miteinander auf knirschenden Ziegeln. Dann verfärbte sich Gabra schneeweiß, und jemand brüllte: »Lass sie los!«

Aber Feja dachte nicht daran. Kraft strömte durch ihre Adern. Sie hörte von irgendwoher Pferde laut wiehern.

Jemand packte sie an der Schulter. Sie wehrte ihn mit einer leichten Bewegung des Schwertarmes ab, hörte einen Schrei, dann das Krachen von Ziegeln. Da war wieder die laute Stimme, die verlangte, dass sie Gabra loslassen solle. Feja ignorierte sie. Dann wurde plötzlich alles schwer. Ihr war, als würde ihr jemand einen Mehlsack, nein, eine ganze Wagenladung Mehlsäcke auf den

Rücken laden. Die Ziegel unter ihren Füßen knirschten. Sie klammerte sich umso fester an den Hals ihrer Freundin und suchte Kraft, um sich gegen diese Last zu stemmen.

Plötzlich brach das Dach unter ihr zusammen. Sie stürzte, schlug hart auf eine steinerne Mauer und landete mit Gabra zwischen den Pferden. Die Tiere scheuten, Hufe verfehlten knapp ihren Kopf. Sie schrie – und wurde von einer kräftigen Hand aus dem Verschlag gezogen.

»Was ist passiert?«, fragte sie und schüttelte sich. Sie sah Gabra kreidebleich davonkriechen.

Du hast die Midgav von Meister Svelgar kennengelernt, flüsterte Span.

»Seine Gabe?«

Er versteht es, dem Schatten Gewicht zu verleihen, und als du Gabra nicht loslassen wolltest …

Feja biss sich betroffen auf die Unterlippe. Mit einem Mal begriff sie, was sie getan hatte. Ihre Gegnerin rang immer noch nach Luft. Sie lehnte an der gegenüberliegenden Wand des Stalls, zwischen den aufgeregten Pferden. Stroh und Staub trieben durch das Dämmerlicht.

Feja blickte auf ihre Hand. Sie begriff, dass sie begonnen hatte, ihrer Freundin das Leben zu stehlen.

Ächzend stand sie auf. Die Rippen schmerzten. Sie ging hinüber und half Gabra, auf die Beine zu kommen.

»Gabra, es tut mir leid …«, brachte sie hervor.

»Ist jemand verletzt?«, fragte Meister Svelgar, der keuchend im Tor des Stalles stand.

»Ich hätte sie fast umgebracht!«, rief Feja. In ihrem Schwert spiegelte sich verzerrt ihr Gesicht. Sie fand, dass es schrecklich aussah.

»Nicht nur sie. Wie geht es dir, mein Junge?«

Feja drehte sich um. Sie erinnerte sich, dass sie jemanden mit dem Arm abgewehrt hatte. Jetzt sah sie ein zweites Loch im Dach, und aus dem Stroh darunter kroch Hallir hervor. Er schüttelte sich. »Wird schon gehen, Meister.«

»Ihr müsst lernen, wie man sich gegen Magie wehrt. Aber dieses

Wissen wird euch Meme Salmango näherbringen. Und du, Feja aus dem Langwald, musst dringend lernen, dich zu beherrschen. Hättest du deine Gabe auf der Mauer eingesetzt, würde Hallir jetzt vielleicht im Meer treiben, so weit hast du ihn fortgeschleudert.«

Feja nickte betreten.

Gabra rang immer noch nach Luft. Sie hob ihre Klinge auf, dann sagte sie: »Das war nur Glück, Feja, ab jetzt bin ich vorbereitet.« Kaum waren sie aus dem Stall heraus, griff sie wieder an.

Feja war so überrascht, dass sie erst im letzten Augenblick zurücksprang und die Klinge ihrer Freundin nur um Haaresbreite an ihrer Brust vorbeizischte. Dann wurde sie wütend, weil Gabra nicht aufgeben wollte, und griff ihrerseits an. Schnell stellte sie fest, dass der Wind sich gedreht hatte: Ihre Gegnerin war geschwächt. Mehrfach gelang es Feja, ihr die Klinge aus der Hand zu schlagen und einen tödlichen Stich anzusetzen – den sie nicht ausführte.

Das Duell wurde so einseitig, dass Meister Svelgar es schließlich beendete und Feja mit Hallir einen neuen Gegner zuwies. Da war der Spaß für Feja schnell wieder vorüber. Erst etliche blaue Flecken und zwei Schnittwunden später gönnte Svelgar ihr und den anderen eine Pause.

Feja ging gleich zu Gabra, um sich noch einmal zu entschuldigen, aber das Mädchen sah sie nur erstaunt an. »Du hast getan, was du tun musstest, um mich zu besiegen.«

»Aber du siehst furchtbar aus!«

Gabra schüttelte unwillig den Kopf. »Ich habe diese Niederlage verdient, weil ich dich unterschätzt habe. Das wird nicht wieder geschehen. Doch höre endlich auf, dich zu entschuldigen. Wir sind Graumagier!«

Feja nahm es seufzend hin. Offenbar war es der Kameradin viel weniger schlimm ergangen als seinerzeit Tyrbull. Überhaupt schien niemand diesen Zwischenfall besonders ernst zu nehmen.

Da noch Zeit war, bis die Mittagsglocke läuten würde, ging sie Span suchen. Sie hatte ihn Richtung Unterfeste gehen sehen, also machte sie sich auf den Weg zu Meister Uri. Plötzlich hatte sie das Gefühl, dass jemand sie anstarrte. Sie fuhr herum und sah gerade noch das hasserfüllte Gesicht von Lygger Tygram, der sich schnell hinter dem Mitteltor verbarg.

Irgendwie fand sie es beruhigend, dass wenigstens er noch so war wie vor ihrer Reise in die Berge. Alle anderen wirkten seltsam verändert.

Meister Uri stand an der Esse und begrüßte sie freundlich. »Es tut gut, Euch zu sehen, Fräulein Feja, doch habe ich den Verdacht, dass Ihr nicht hier seid, um einem einfachen Schmied mit dem Blasebalg zu helfen, oder?«

Feja nickte und wunderte sich, dass der Schmied sie mit so viel Respekt behandelte. Vor ihrem Ausflug hatte er sie noch geduzt. »Ich suche Bruder Span, Meister Uri. Habt Ihr ihn gesehen?«

»Span? Er ist im Hinterhof und schärft seine Messer. Hört Ihr den Schleifstein nicht?«

Feja dankte und ging durch die Schmiede nach hinten. Der schattige Hof war winzig, er bot kaum genug Platz für einen Wassertrog und einen großen Schleifstein, den Span mit den Füßen antrieb. Funken stoben von seiner Klinge, die er dicht am Stein hielt.

Feja blickte auf zu dem schmalen Stück Himmel, das sich zwischen oberer Wehrmauer und Schmiede zeigte. Eine weiße Wolke zog gemächlich darüber.

»Ich war noch nie hier«, sagte sie.

Ich bin hier, wenn ich Abgeschiedenheit suche, lautete die Antwort.

»Und ich, weil ich dich suche«, sagte Feja unbeholfen.

Span lächelte und ließ den Schleifstein ruhen. *Du hast Meister Svelgar beeindruckt.*

»Ich hätte Gabra fast umgebracht. Warum nehmen das alle nur so leicht?«, seufzte sie und ließ sich auf einen Strohsack nieder, der an der Wand lehnte.

Span setzte sich neben sie und nahm ihre Hand. *Wie ist es, wenn du auf diese Weise dein Bargan füllst?*

»Ganz anders als bei den Monden, das kann ich dir sagen. Eher wie beim … du weißt schon, aber irgendwie stärker. Ich weiß nicht, wie ich es ausdrücken soll. Das … andere, es ist beinah wie unser erster Tanz in den Schatten. Du erinnerst dich?«

Er nickte. Er war ganz nah bei ihr.

»Doch mein Lindross, das ist so … *durchdringend.* Jede Faser meines Körpers scheint dabei zu beben und zu glühen. Bei den Monden ist es wie ein Tröpfeln, bei… Unter der Feste, da ist es wie ein mächtiger Fluss, aber bei meinem eigenen Lindross ist es wie der größte Wasserfall vom längsten und breitesten Strom der Welt. Und es ist schwer, damit aufzuhören, wenn dieser Wasserfall erst einmal strömt.«

Ich beneide dich um diese Erfahrung.

»Wirklich? Ich habe das Gefühl, das mir mein Lindross nur Scherereien macht. Ich verletze Leute, ohne es zu wollen – schon zwei Mal! Außerdem sind wohl bald alle Magierorden der Welt hinter mir her. Manchmal wollte ich, ich könnte diese ganze Magie wieder loswerden. Dann wäre vieles einfacher.«

Deine Gabe hat uns beide zusammengebracht, ist das nichts?

»Oh, das, ja, das ist natürlich wahr.« Feja musste plötzlich grinsen. »Aber natürlich könntest du mir auch nicht widerstehen, wenn ich ein einfaches Bauernmädchen wäre, oder?«

Er lachte lautlos, fasste sie am Kinn, hob ihren Kopf leicht an und küsste sie. Dann hielt er einfach ihre Hand, und sie schwiegen eine Weile. Feja sah hoch in den weiten Himmel. Eine weitere Wolke zog über den kleinen Ausschnitt, der nur ihnen zu gehören schien. Eine Eidechse huschte über die Mauer, und aus der Schmiede klang das Ächzen des Blasebalgs.

»Sieh nur, wie schön«, murmelte Feja.

Span folgte ihrem Blick. Sein Lächeln gefror. Er zog seinen geschärften Dolch, sprang auf und nagelte die Eidechse an die Mauer. Von hoch oben drang ein lauter Schrei an ihre Ohren. Ein Kopf erschien oben auf der Mauer. Es war Lygger Tygram.

Span rannte zur Tür. Feja verstand nicht, was gerade geschah, aber sie folgte ihm. Span war schon im Mitteltor. Sie rannte ihm nach, aber als er nach rechts abbog, um die nächste Treppe zur Wehrmauer zu erreichen, lief sie instinktiv nach links. Und richtig: Sie sah Lygger über dem Pferdestall die Mauer entlang flüchten.

Sie lief schneller, hastete eine schmale Treppe hinauf und hätte es fast geschafft, ihm den Weg abzuschneiden. Sie wusste immer noch nicht, was hier vorging, aber Lygger musste etwas Schlimmes getan haben. Sonst wäre Span doch nicht so außer sich. Er war nicht mehr weit hinter ihr. Lygger rannte in den Rüstturm, knallte die Tür zu und verriegelte sie.

Span holte Feja ein und brauchte nur Sekunden, um die Tür mithilfe des Zwielichts zu entriegeln.

Er hat uns belauscht, durch die Eidechse, raunte er ihr zu.

»Die Eidechse? Dann weiß er von uns?«

Ich fürchte, er weiß noch viel mehr.

Als sie den Vorratsturm erreichten, war Lygger bereits im Tempel verschwunden. Span war viel schneller als Feja. Er hatte die nächste Tür schon entriegelt, als sie ihn einholte.

Wo will er hin?, fragte sie ihn durch das Dunkel, während sie durch den Wehrgang im Tempel hasteten.

Ich weiß es nicht, aber wir müssen ihn stellen.

Lygger hatte den Tempel bereits verlassen. Sie hetzten ihm hinterher. Der Tempelturm war wieder verriegelt, aber das hielt sie kaum auf. Span rannte vorneweg, Richtung Haupthaus, doch Feja blieb stehen.

Sie wusste mit einem Mal, was sie tun würde, wenn sie an Lyggers Stelle wäre. Es war verrückt, aber vermutlich die einzige Möglichkeit zu entkommen. Sie rief nach Span, kehrte um, lief in den Tempelturm und riss die Tür zur halb zerstörten Brücke auf. Lygger war dort! Er schrie wütend auf, als er sie sah, und zog sich weiter auf die Brücke zurück. Sie wirkte seltsam schief. Feja sah, dass sich einer der Pfeiler inzwischen bedenklich zur Seite geneigt hatte.

Lygger zog sein Messer, wich aber nur weiter vor Feja zurück. Blut lief ihm aus Nase, Augen und Ohren.

»Wie lange belauscht du mich schon?«, fuhr Feja ihn wütend an.

»Komm mir nicht zu nahe!«, brüllte er. Sein Blick ging in die Tiefe.

»Das ist Irrsinn, Lygger«, rief Feja, die seinen Plan durchschaut hatte. »Dein Vetter hat das nicht überlebt.« Wind riss an ihrer Robe.

Sie hörte Schritte. Span kam herbeigehastet. Es war nur noch eine Frage von Augenblicken, bis er hier sein würde.

»Ich bin nicht Malthur, Hexe«, schrie Lygger. Er drehte sich um, sprang auf die Brüstung und dann mit einem Schrei in die Tiefe. Feja hechtete nach vorne, versuchte, ihn zu packen, kam aber zu spät. Augenblicke später zeigte ein weißer Fleck auf den Wellen, wo der jüngste der Tygram-Vettern ins Wasser getaucht war.

Span stand neben ihr. Sie starrten beide hinab, aber sie sahen Lygger nicht wieder auftauchen.

Lauf zu Bruder Yorn und hilf ihm suchen. Ich werde dem Zwielicht sagen, dass der Verräter fliehen will.

»Verräter?«

Die Eidechsen … Ich habe oft welche in der Festung gesehen, an allen möglichen Orten – und mich nie gewundert. Diese falsche Schlange hat uns alle belauscht! Jetzt lauf! Er darf nicht entkommen!

Feja hetzte hinunter in die Grotte.

Bruder Yorn war mit zwei Gewappneten schon dabei, seinen Kahn loszumachen.

»Was hat das zu bedeuten?«, rief er. »Im Dunkel heißt es, dass Lygger Tygram ein Verräter sein soll.«

Sie sprang an Bord. »Er hat uns alle belauscht. Er kann irgendwie Eidechsen dazu bringen, für ihn Augen und Ohren zu sein.«

»Er ist ein Tiermeister? Der kleine Tygram? Das ist seine Midgav? Das hätte ich nie gedacht.« Der Kahnführer stieß das Gefährt von der Kaimauer ab. Zwei Männer stiegen in eines der kleineren Boote, und ein Bruder öffnete das schwere Tor der Grotte.

Bald folgten weitere Boote. Sie blieben bis zur Abenddämmerung draußen, suchten das Meer, die Ufer, die nächsten Felsen und schließlich die Küste ab, aber sie fanden keine Spur von dem Geflüchteten. Lygger Tygram blieb verschwunden.

16.

Als sie anlegten, erwartete sie bereits Bruder Firnur, der Lademeister der Bruderschaft, mit einer Nachricht: Abot Dregin erwartete Feja in der großen Halle. Sturmrat Valir war an seiner Seite.

»Wir haben ihn nicht finden können, Herr«, meldete Feja den beiden Männern. »Wir haben alles abgesucht, aber wir konnten weder ihn noch seine Leiche finden.«

»Das ist bedauerlich. Doch musst du dir keine Sorgen um den Verräter machen, Feja. Sollte er noch leben, wird er irgendwann irgendwo wieder auftauchen – und dann wird ihn unsere Strafe ereilen. Ich habe dich jedoch aus einem anderen Grund gerufen, denn ich habe erneut einen Auftrag für dich. Das heißt, eigentlich ist es ein Auftrag für Bruder Span, aber ich möchte, dass du ihn wieder begleitest. Du kannst noch viel von ihm lernen.«

Feja nickte. »Ich verstehe Herr, aber … gestern sagtet Ihr, Ihr hättet Gerüchte über meinen Onkel gehört …«

Der Abot nickte. »Das habe ich nicht vergessen. Ich habe Männer ausgesandt, diesen Geschichten nachzugehen, und ich verspreche dir, dass ich Neuigkeiten für dich haben werde, sobald du zurückkehrst. Doch nun erwarte ich von einer Dienerin unseres Ordens, dass sie sich voll und ganz auf ihren Auftrag konzentriert. Wirst du das schaffen?«

Feja nickte eifrig. Sie würde wieder mit Span zusammen sein. Was konnte sie mehr erwarten?

Der Abot legte ihr eine Hand auf die Schulter. »Ich habe dir doch einmal von König Hirot Bluthand erzählt, nicht wahr?«

»War das der, der verrückt geworden war und ermordet wurde?«

»Genau jener. Du weißt, dass durch seinen Tod vermutlich Hunderte, wenn nicht sogar Tausende Leben gerettet wurden, oder?«

»Das sagtet Ihr, Herr.«

»Wie du auch weißt, versuche ich derzeit mit all meiner Kraft, den Aufstand zu beenden. Er hat Not und Elend über das Land gebracht und schon so viele Menschen das Leben gekostet. Ich denke, ich kann den Fenngrafen, Richter Fendar und sogar die Feuermagier dazu bewegen, einem Frieden zuzustimmen, doch leider gibt es einen wichtigen Mann, der unserer Hoffnung im Weg steht, Feja. Es ist Vogt Telem. Weißt du etwas über ihn?«

»Nein, Herr.«

»Telem ist der Vogt von Veisa, der Provinz, in der wir leben. Als Vogt ist er Stellvertreter des Königs und oberster Richter von Isgath, Braake, Kolm und allen Dörfern und Weilern, die es in unserem Teil von Edun gibt. Ohne seine Zustimmung und sein Siegel kann kein Friedensvertrag geschlossen werden. Ich habe ihm in dieser Angelegenheit viele Botschaften geschickt, und unser Bruder Geyr Tjoss versucht seit Wochen, ihn zu überzeugen, leider ohne Erfolg. Um es klar zu sagen – Vogt Telem steht dem Frieden im Wege.«

Feja schluckte. »Ihr wollt ihn töten? Augenblick … Ihr wollt, dass Span ihn umbringt?«

Dregin nickte. »Damit wird er Tausende retten. Verstehst du das?«

»Gibt es keinen anderen Weg, Herr? Können wir uns nicht direkt an den König wenden? Der muss doch Frieden wollen.«

»Lente ist weit, und der König überlässt solche Dinge seinen Vögten. Wie mir Span berichtete, hast du mit einigen dieser Aufständischen gesprochen. Wie waren noch ihre Namen?«

»Drescher, Kurzer und Krug – und Flink und Sarg. Sie haben sich Kampfnamen gewählt, um ihre Familien zu schützen, Herr.«

»Auch ich will ihre Familien schützen, Feja, und ich erwarte, dass du mir dabei hilfst. Damit Drescher und Flink und wie sie alle heißen mögen nicht aufgeknüpft an einem Baum enden.«

Feja blickte unglücklich zu Boden.

»Ich verstehe, dass dir die Tat ungeheuerlich erscheint. Aber solange Telem lebt, müssen andere sterben. Glaubst du denn, dass dieser alte Vogt mehr wert ist als deine neuen Freunde in den Regenbergen? Wenn wir nichts tun, werden sie früher oder später sterben. Das Blutvergießen wird weitergehen, weil ein störrischer alter Mann den Frieden verhindert. Und das kannst du nicht wollen, Feja, oder?«

Sie schüttelte den Kopf.

»Gut, dann geh zu Bruder Span. Er kennt die Einzelheiten unseres Plans. Yorn wird euch an euer Ziel bringen.«

Feja nickte und wandte sich zum Gehen. Das, was der Abot sagte, erschien ihr einleuchtend. Sie wollte dieses Blutvergießen beenden. Trotzdem hatte sie ein schlechtes Gefühl bei dieser Sache.

»Ihr habt Euch viel Mühe gegeben, sie zu überzeugen, Herr«, sagte der neue Sturmrat, als das Mädchen die Halle verlassen hatte.

»Höre ich da Zweifel, Valir?«

»Nein, doch warum habt Ihr es ihr nicht einfach befohlen?«

»Natürlich könnte ich sie zwingen oder mit Magie manipulieren, doch will ich, dass sie aus eigener Überzeugung handelt. Sie muss verstehen, dass für uns der Zweck die Mittel heiligt. Klebt das erste Blut an ihren Händen, wird ihr Geist eher bereit sein, den dunklen Pfaden zu folgen.«

Dregin dachte an die kleine Bele. Er war tief in ihren Geist eingedrungen, um die Begegnung mit Meister Tasgim aus ihrem Gedächtnis zu löschen. Nun saß sie im untersten Kerker, eine Gefahr für sich und alle, die mit ihr zu tun hatten. Er würde bei Feja nicht den gleichen Fehler begehen.

»Mit dem Zweck meint Ihr die Steigerung unserer Macht?«, fragte der neue Sturmrat.

»Genau so ist es, Valir. Feja kann mit ihrer besonderen Gabe sehr viel dazu beitragen. Doch sie muss verführt werden, wenn sie eine Braut der Dunkelheit werden soll. Warum, glaubt Ihr, dass ich sie mit Bruder Span aussende?«

»Ah. Ich verstehe. Ich dachte mir schon, dass da etwas zwischen den beiden ist.«

Dregin lächelte. »Genau so hatte ich es geplant.«

»Und – Vogt Telem?«, fragte Valir nach einer Weile.

»Was ist mit ihm?«

»Ist der Alte neuerdings wirklich ein Hindernis für den Frieden?«

»Telem? Natürlich nicht. Aber er ist ein Hindernis auf unserem Weg zu alter Macht.«

Gegen Mitternacht kletterte Feja mit Span in eines der kleineren Boote des Ordens. Sie trug, wie Span, eine schlichte Bauerntracht von armseliger Qualität. *Fast wie das, was ich früher trug*, dachte sie und staunte darüber, wie selbstverständlich ihr das feinere Tuch des Ordens geworden war.

»Bereit zu mitternächtlicher Sturmfahrt?«, fragte Bruder Yorn.

»Es gibt Sturm?«, fragte Feja besorgt.

Der Seemann lachte laut auf. »Nein, mein Fräulein«, sagte er dann. »Aber wir werden jeden Fetzen Segel setzen, um schneller voranzukommen, und in dieser Nussschale kann die Fahrt recht rau werden.«

»Wunderbar«, murmelte Feja.

Was ist?, fragte Span durch das Dunkel.

»Bis jetzt wurde mir bei jeder Ausfahrt richtig schlecht«, seufzte sie, als sie ihr Bündel an Bord verstaute. »Ich werde leicht seekrank.«

Auch, als wir nach Lygger gesucht haben?

Sie sah ihn überrascht an. »Nein, da nicht.«

Dann ist es eine Frage des Willens.

Lademeister Firnur stieß einen lauten Pfiff aus, und das Tor der Grotte öffnete sich. Span half Bruder Yorn, das Segel zu setzen, und das kleine namenlose Boot glitt hinaus in die Nacht.

»Müssen wir nicht nach Süden, Bruder Yorn?«, rief Feja gegen den Wind, weil sie Kurs auf das offene Meer nahmen.

»Das müssen wir, aber in dieser hellen Mondnacht ist es besser, weitab der Küste zu segeln, um nicht gesehen zu werden.«

Feja nahm es mit einem Seufzen hin. Ganz, wie sie erwartet hatte, wurde die See bald rauer. Das Boot schoss über hohe Wellen dahin, und sie wurden mächtig durchgeschüttelt.

Bruder Yorn sah ihr wohl an, wie sehr sie das mitnahm. Er lachte und rief: »Das ist noch gar nichts, mein Fräulein. Wir sind immer noch in Rennvigas Bucht, und diese Nixe mag es eher bedächtig. Wären wir auf offener See, würden ihre wilden Schwestern uns viel ärger durchschütteln.«

Span, der beim Segelsetzen geholfen hatte, nahm neben ihr Platz, und ihre Schatten berührten sich.

Yorn ist ein erfahrener Seemann, flüsterte er ihr zu.

Ich weiß, aber das hilft meinem Magen auch nicht, gab sie zurück.

Denke daran, was ich über den Willen gesagt habe.

Meinem Willen geht es gut, aber … Feja brachte den Satz nicht zu Ende. Sie lehnte sich über die Bordwand und übergab sich. Span hielt sie fest. Er spendete ihr Trost und Zuspruch durch das Dunkel und versuchte ihr zu helfen. Schließlich hatte sie das Gefühl, dass es besser wurde.

»Was hast du gemacht?«, fragte sie.

Er legte ihr eine Decke um, denn der Wind war frisch. *Gar nichts. Du hast dich einfach daran gewöhnt.*

Aber Feja wurde den Verdacht nicht los, dass er doch irgendeine Art Zauber gewirkt hatte, denn die Seekrankheit war plötzlich vergangen und kam nicht wieder.

Inzwischen war ihr Boot auf Südkurs. Feja saß neben Span im Bug und blickte auf zu den Monden. Aithir zog schnell dahin, und seine ruhigere Schwester Eortha folgte ihm langsam. Aber auch der schwarze Nir zeigte sich weit oben. Das Mondlicht glitzerte auf den Wellen, und hin und wieder durchbrachen Tümmler die Oberfläche. Sie schienen das Boot zu begleiten.

»Ein Glück verheißendes Zeichen, mein Fräulein«, meinte der Schiffsführer, der sie gelassen durch die Wellen steuerte.

Feja hielt Spans Hand. Sie schwiegen beide, auch im Dunkel. Bald vergaß Feja, dass Bruder Yorn bei ihnen war. Da waren nur sie und Span, die Monde und das Meer. Sie wünschte sich, die Fahrt würde niemals enden. So schlief sie schließlich ein.

Als sie erwachte, stand die Sonne schon hoch. »Wo sind wir?«, fragte sie gähnend und rieb sich den Schlaf aus den Augen.

»Guten Morgen. Oder eigentlich sollte ich sagen, guten Tag«, meinte Bruder Yorn. »Wir sind der Trugküste nicht mehr fern.«

Feja entdeckte eine grüne Linie am Horizont. »Warum wird sie so genannt?«,

»Weil sie eine Betrügerin ist. Was aussieht wie gutes, bewaldetes Land, ist nur ein salziger Sumpf. Auch verändert sie ständig ihr Gesicht. Es gibt lange Kanäle, die weit in den Schleierwald hineinführen, doch manchmal verschwinden die über Nacht, und andere tun sich auf. Ihr werdet es bald sehen.«

»Und dort liegt Kolm?«

»Oh nein, Kolm liegt weit im Landesinneren. Hier draußen gibt es nur ein paar Salzsammler, doch ihre Felder liegen weiter westlich. So war es zumindest früher – und ich hoffe um unseretwillen, dass sich daran nichts geändert hat.«

Bald darauf reffte er die beiden Segel, und Feja und Span halfen ihm, den Mastbaum niederzulegen. Yorn bat Feja, das Ruder zu übernehmen. Er stellte sich in den Bug und hielt Ausschau nach einem der besagten Kanäle. Span übernahm die Riemen, damit das Boot nicht nur ein Spielball der Wellen war.

»Haltet ein wenig dort hinüber, mein Fräulein«, rief Bruder Yorn und deutete auf den Küstenstreifen. »Da sehe ich, was ich gesucht habe.«

Die Küste rückte schnell näher. Das Wasser wurde flach, und die Brandung brach sich an vorgelagerten Sandbänken.

Yorn übernahm das Ruder wieder selbst und lenkte sie geschickt zwischen den Untiefen hindurch, bis auch Feja in dem unheimlichen Wald, der die Küste säumte, den schmalen Kanal entdeckte, den der Bootsführer gemeint hatte. Sie glitten hinein. Bald wurde der Wasserweg von riesigen Bäumen überragt, wie Feja sie noch nie gesehen hatte. Sie waren himmelhoch, ihre Wurzeln ragten weit aus dem Wasser, und lange Barten von Moos hingen schwer an ihren feucht glänzenden Ästen. Dunkle Vogelrufe begrüßten das Boot, und dann sah Feja eine Schlange, die sich vor ihnen durch das Wasser schlängelte.

»Manche von denen sind giftig. Seid also bitte vorsichtig. Wenn eine dem Boot zu nahe kommt, könntet ihr versuchen, sie zu fangen. Meme Sulling freut sich immer, wenn sie ihr Kabinett der Gifte erweitern kann.«

Das Boot glitt unter den Baumriesen dahin. Der Wald glich in nichts dem Langwald, wie Feja seufzend feststellte. Sie hockte im Bug und hielt Ausschau nach Hindernissen im trüben Wasser, während Span sie mit Ruderschlägen langsam voranbrachte. Je tiefer sie in den Wald vordrangen, desto mehr Stechmücken schienen nur auf sie gewartet zu haben. Das Klatschen einer Hand auf dem Hals oder dem Gesicht war bald das einzige Geräusch in der bedrückenden Stille unter dem Gewirr der Äste.

Feja hatte Zeit, über die Aufgabe nachzudenken, die vor ihr lag, und sie gefiel ihr immer weniger. Alles, was der Abot gesagt hatte, leuchtete ihr ein, und dennoch …

»Ein wenig nach links!«, rief sie Yorn zu, weil wieder ein gefallener Baumriese seine toten Äste aus dem Wasser streckte. *Aus böser Tat kann nichts Gutes erwachsen*, hatte ihr Vater sie einst gelehrt. Aber vielleicht hatte er sich geirrt. Was wusste er schon von Krieg, Magiern und Fürsten? Und dann dachte sie, dass sie schon wissen würde, was richtig und was falsch wäre, wenn sie erst einmal in Kolm wären.

Stundenlang fuhren sie durch dunkle Kanäle, die hin und wieder von anderen Wasserstraßen gekreuzt wurden. Bruder Yorn war sich seines Weges aber immer sicher.

»Wie kommt es, dass Ihr so gut über die Gegend Bescheid wisst, Bruder Yorn?«

Er lächelte. »Es gehört zu den Aufgaben eines Schiffsführers, seine Küsten gut zu kennen, mein Fräulein.«

Feja hatte den Verdacht, dass das nicht die ganze Wahrheit war. Hatte er den Weg etwa zuvor erkundet? Wann? Er war doch in der Feste gewesen. Es sei denn, der Abot hätte diesen Anschlag schon länger geplant. Aber, nein, das konnte nicht sein. Meister Dregin wusste ja erst seit Kurzem, dass die Bauern zum Frieden bereit waren.

»Denkt daran – haltet Ausschau nach Schlangen, bevor ihr ins

Wasser springt«, riet Bruder Yorn, als sie schließlich nicht mehr weiterkamen.

Sie zogen das Boot nah ans Ufer und vertäuten es. »Ich werde hier auf euch warten. Passt auf euch auf – und möge das Zwielicht mit euch sein!«

Feja dankte dem Bruder Yorn und kletterte an Land. Vor ihr lag undurchdringlicher Urwald. »Bleibt das so bis Kolm?«, fragte sie Span.

Der lächelte. *Das hoffe ich doch.*

»Und wie weit ist es bis dorthin?«

Zwanzig Meilen, vielleicht mehr. Wir werden schnell marschieren müssen, wenn wir die Tat in der kommenden Nacht vollbringen wollen.

Feja fand, dass das leichter gesagt als getan war, denn der Schleierwald blieb dunkel und feindselig. Doch gerade, als sie dachte, dass sie ihn niemals verlassen würden, änderte er seinen Charakter: Sie spürte wieder festen Grund unter den Füßen, und aus dem undurchdringlichen Dickicht wurde ein lichter Wald aus Ulmen und Weiden, der sie an ihre Heimat erinnerte.

Sie hasteten so schnell voran, wie sie konnten und rasteten im Stehen, wenn sie rasch etwas aßen oder tranken.

»Müssen wir wirklich so rennen? Der Tag ist noch lang«, keuchte Feja irgendwann, als sie erschöpft an einer Ulme lehnte. »Es geht doch schon auf Mittsommer«, setzte sie hinzu, weil Span nicht antwortete.

Er schüttelte den Kopf. *Der Vogt wird gut bewacht. Wir werden Zeit brauchen, um an ihn heranzukommen.*

»Können wir es denn nicht um einen Tag verschieben? Meine Füße wollen nicht mehr.«

Wir müssen es heute erledigen, denn Meister Tjoss wird morgen aus Isgath nach Kolm kommen. Er darf aber nicht in der Nähe sein, wenn der Vogt stirbt.

»Kann er sich nicht einfach etwas mehr Zeit lassen?«

Er weiß nichts von unserem Plan. Man wird ihn natürlich verdächtigen und verhören, und ein Zauberer kann herausfinden, ob jemand lügt oder die Wahrheit spricht. Also weiter jetzt.

»Ein merkwürdiger Plan, der so wenig Zeit vorsieht. Was, wenn wir Gegenwind gehabt hätten?«, murrte Feja.

Spare deine Luft lieber für das Laufen.

Feja glaubte schon nicht mehr, dass sie Kolm je erreichen würden, als sie endlich auf erste Zeichen einer Besiedlung stießen, mehrere Kohlemeiler passierten und kurz darauf den Waldrand erreichten. In der Ferne sahen sie die Mauern der Stadt aufragen. Die lange Dämmerung der Sonnenwendtage hatte bereits eingesetzt.

»Wie kommen wir hinein?«, fragte Feja.

Die Mauern sind aus Holz. Sie stellen kein Hindernis für uns dar.

»Aber haben die keine Wachen?«

Es ist ein Fest in der Stadt. Deshalb ist der Vogt überhaupt hier. Die Wachen werden abgelenkt sein.

»Es erscheint mir nicht richtig, jemanden während eines Festes zu ermorden.«

Reiß dich zusammen! Für Bedenken ist es zu spät, fuhr Span sie an.

Feja zuckte zusammen. Er legte ihr sanft eine Hand auf den Arm. Auch sein Flüstern klang nun nah und warm.

Ich brauche deine Hilfe. Alleine kann ich das nicht schaffen. Wird es gehen?

Feja nickte, und dann huschte sie an seiner Seite geduckt über die Felder. Sie erkannte schnell, dass die Stadt nur nachlässig bewacht wurde. Die Tore standen noch offen, wohl wegen des Festes, und viele Menschen gingen, von den Wachen kaum aufgehalten, ein und aus.

Als sie unter der Mauer angekommen waren, hörte Feja Lärm, der von der anderen Seite der Stadt zu kommen schien. »Was ist das?«

Der Festplatz. Er liegt außerhalb der Stadt.

»Wird der Vogt dann nicht dort sein?«

Wahrscheinlich. Aber inmitten der Menge kann ich ihn nicht töten. Er hat einen Hof in der Stadt. Dort wird es geschehen.

»Dieser Wall ist vielleicht nur aus Holz, aber ziemlich hoch«, meinte Feja, die am liebsten umgekehrt wäre.

Gut, dass wir ein Seil haben, erklärte Span trocken und packte seinen Rucksack aus.

Er legte sein Ohr an die Pfähle. Als er sicher war, dass dort oben keine Wache stand, warf er den schlanken Wurfanker, der am Seil befestigt war. Schon beim ersten Wurf gelang es, und er zog sich rasch hinauf.

Feja wartete, bis er ihr ein Zeichen gab, dann folgte sie ihm. Sie blieben nur Sekunden oben, dann ließ Span sie am Seil hinab, löste es und folgte ihr mit einem Sprung in die schmalen Gassen.

»Wohin jetzt?«, fragte Feja.

Span wies geradeaus. Kolm war viel kleiner als Braake, aber wesentlich größer als Holt und die Straßen waren belebt.

»Was feiern die denn heute?«

Den Gründungstag ihrer Stadt, lautete die Antwort. *Und jetzt versuche, dich unauffällig zu benehmen.*

Das ließ sich Feja nicht zweimal sagen. Sie hakte sich bei Span unter. »Als Liebespaar werden wir kaum auffallen«, rechtfertigte sie sich. »Genau wie in Braake.«

Er warf ihr einen amüsierten Blick zu und führte sie um die nächste Ecke. Von dort blickten sie auf einen schmalen Platz, der von einem massigen Gebäude beherrscht wurde. Es war aus Stein, anders als die meisten anderen Häuser in Kolm. Ein Soldat stand davor und stützte sich gelangweilt auf seinen Speer.

»Und was jetzt?«

Span antwortete nicht. Er schnappte ihren Arm, ging einfach los, und dann – küsste er sie. Sie war überrascht, erfreut, verwirrt und schließlich wütend, weil er sie ohne jede Hingabe in die Arme genommen hatte. Stattdessen schob er sie, noch während er sie küsste, in eine schmale Seitengasse. *Hier sieht uns niemand.*

»Wunderbar«, murmelte sie verstimmt.

Er nahm sie an der Hand und zog sie durch weitere Gassen, bis sie auf der Rückseite des großen Gutes ankamen. Die Fenster waren vergittert.

Sie gingen um die nächste Ecke und stießen auf eine niedrige Pforte.

»Eine Kohlentür!«, rief Feja.

Natürlich. Die feinen Herrschaften schätzen es nicht, wenn man Kohlenstaub durch ihre Häuser trägt, erwiderte Span. *Kannst du sie öffnen?*, fragte er.

»Ich?«

Er drückte ihr einige Dietriche in die Hand. *Wir sollten auf keinen Fall zaubern, wenn es nicht unbedingt sein muss.*

Feja war sich sicher, dass er das besser beherrschte als sie, aber sie machte sich sofort ans Werk. Sie erkundete das Schloss, fand den richtigen Dietrich und öffnete es.

Das hätte ich kaum schneller gekonnt, lobte Span.

»Und jetzt?«

Ab hier beginnt meine Arbeit. Du wartest hier.

Schon öffnete er die Pforte, schlüpfte hindurch und war verschwunden.

Feja starrte auf die schwarzen Torflügel. So hatte sie sich das auch wieder nicht vorgestellt. Was, wenn er drinnen auf ein unerwartetes Hindernis stieß? Was, wenn jemand sie fragte, was sie hier tat? Und was, wenn er ihre Hilfe brauchte? Sie kämpfte kurz mit sich, dann schlüpfte sie ebenfalls durch die Kohlenpforte.

Drinnen war es stockdunkel, aber dann fiel ihr ein schmaler Lichtstrahl ins Auge. Span hatte gesagt, dass sie möglichst keine Magie einsetzen sollten, also rief sie nicht das Zwielicht, sondern tastete sich voran und – stolperte über einen hölzernen Eimer, der laut über den Boden polterte. Feja fluchte, fing den Eimer im Dunkeln wieder ein und lauschte mit klopfendem Herzen. Im Haus blieb es still. Sie kroch weiter auf den Lichtspalt zu und ertastete eine Tür, die sie vorsichtig öffnete.

Sie fand sich in einem schmucklosen Kellergang wieder. Das Licht kam von der Treppe. Offenbar stand dort eine Tür offen. Sie schlich die Stufen hinauf. Das Haus wirkte verlassen. Das kam ihr zu einfach vor. Sollten wirklich alle auf dem Fest sein? Sie schloss die Augen und lauschte in das Zwielicht. Span hatte es verboten, aber was konnte schon passieren? Es war schwieriger als im Wald, aber schließlich meinte sie, zwei Männer wahrnehmen zu können, die in einem Raum saßen. Das musste die Küche sein, denn sie hockten an einem Tisch und schienen zu essen. War da nicht auch das leise Klirren von Rüstungen zu hören? Es mussten Soldaten sein.

Und da huschte eine leichtfüßige Gestalt durch das obere Stockwerk – Span. Er verschwand gerade in einer Kammer, schloss die Tür mit leisem Knarren – und sie verlor seinen Schatten.

Dafür öffnete sich in jenem Gang eine andere Tür. Da war jemand! Ein Diener vielleicht, der nun durch den Gang schlurfte. Er blieb stehen. Hatte er etwas gemerkt?

Feja hastete leise die Treppe hinauf. Unterwegs griff sie sich einen schweren Tonkrug, der, vielleicht als Schmuckstück, in einem Regal stand. Sie spähte um die Ecke. Die Gestalt, die sie im Zwielicht wahrgenommen hatte, war genau vor der Tür stehen geblieben, durch die Span verschwunden war. Wollte er hinein oder nicht? Span konnte nicht hinaus, solange dieser Mann dort im Weg stand. Was, wenn er Span bemerkt hatte und Alarm schlug? Das konnte sie nicht zulassen.

Feja biss die Zähne zusammen, schlich sich an den Mann heran und schlug ihm mit voller Wucht den Krug auf den Hinterkopf.

Der Krug zerbrach klirrend, und der Mann fiel wie ein Stein zu Boden. Es war viel lauter, als sie gedacht hatte. Sie kam erst jetzt auf die Idee, einen Schleier zu wirken, um so den Lärm zu dämpfen. Die Tür wurde aufgerissen, und Span starrte sie finster an. *Was willst du hier?*

»Dieser Mann … Er stand hier, und vielleicht hätte er …«

Er hätte mich nie bemerkt, zürnte er und befühlte den Puls des Mannes. *Er lebt noch,* stellte er nüchtern fest. *Jetzt hilf mir, hier aufzuräumen!*

Rasch klaubten sie die Tonscherben zusammen. Feja nahm sie an sich, um sie später zu verstecken.

Span folgte ihr und ließ etwas in einen Wasserkrug fallen.

»Was ist das?«

Unser Gruß, lautete die Antwort.

»Das Wasser ist vergiftet?«

So ist es. Bist du endlich fertig?

Sie nickte. »Und jetzt?«

Hilf mir. Wir schaffen den Mann in den Kohlenkeller. Aber sei um der Monde willen leise.

Sie half ihm, den Diener hinunterzuschleppen. Als sie ihr Ziel erreicht hatten, entzündete Span eine Kerze und nahm sich eine Schaufel.

»Was hast du vor?«

Wir werden ihn unter den Kohlen vergraben. Da wird man ihn zwar früher oder später finden, aber der Vogt wird dann schon tot sein.

»Aber … das heißt … wir müssen diesen Mann auch töten!«

Was dachtest du denn? Das wäre nicht nötig gewesen, wenn du dich an meinen Befehl gehalten hättest. Ich hoffe, es ist dir eine Lehre.

Feja starrte Span entsetzt an. Das war das Letzte, was sie gewollt hatte.

Span zog seinen Dolch und versenkte ihn, noch bevor sie etwas tun konnte, im Herzen des Dieners.

Und jetzt hilf mir endlich!, herrschte er sie durch das Dunkel an.

Feja nahm sich eine Schaufel und half, aber sie war wie betäubt. Span nahm ihr die Tonscherben ab und versteckte sie mit der Leiche.

Sie wusste später nicht, wie sie aus der Stadt herausgekommen waren, aber bei Morgengrauen waren sie bereits tief im Wald. Span erlaubte ihnen eine kurze Rast. Feja ließ sich ins Moos fallen. Sie fühlte sich entsetzlich.

»Der Mann hatte nichts getan«, stieß sie hervor.

Span setzte sich neben sie und legte eine Hand auf ihren Arm.

Er war eine Gefahr. Vermutlich hast du mich wirklich gerettet. Vielleicht sogar den Orden. Ich war nur zu aufgebracht, um das zu erkennen.

»Wie meinst du das?«

Hätte er Alarm geschlagen, wäre unser Plan gescheitert. Wenn man je herausfinden sollte, dass die Graumagier den Vogt vergiftet haben, wäre das unser Ende.

»Aber wem schieben wir es denn nun in die Schuhe? Was hast du in den Krug geworfen?«

Es war das Abzeichen eines alten Feindes. Auf den wird nun der Verdacht fallen, und der hat es verdient.

»Aber wer auch immer dieser Feind sein mag, er ist doch unschuldig!«

Das ist er nicht, Feja, das sind diese Leute nie …, lautete Spans Antwort.

Span trieb Feja auch auf dem Rückweg voran, immer mit einem Blick zurück über die Schulter.

»Verfolgen sie uns?«, fragte Feja besorgt.

Ich kann keine Verfolger wahrnehmen, aber wir müssen auf der Hut bleiben, lautete die Antwort. *Denn wenn sie uns verfolgen, haben sie vielleicht Pferde – und wir nicht.*

»Vielleicht hat der Vogt auch gar nicht von dem Gift getrunken.«

Hast du denn vorhin die Glocke nicht gehört? Sie hat Sturm geläutet.

Feja schüttelte den Kopf.

Du musst eben auch beim Schärfen deiner Sinne noch viel lernen, meinte er mit einem Augenzwinkern.

Sie seufzte unglücklich, weil sie wieder an den Diener dachte, der ihretwegen hatte sterben müssen.

Span schien zu erraten, was in ihr vor sich ging.

Du solltest aufhören, dir darüber Gedanken zu machen. Wenn der Mann gewusst hätte, dass sein Opfer hilft, diesen Krieg zu beenden, hätte er sein Leben freiwillig gegeben.

»Das ist Unsinn!«, rief Feja ungehalten. »Er starb, weil ich einen Fehler gemacht habe. Und sein Tod trägt nichts zu diesem Frieden bei.«

Jetzt weiter. Ich werde mich erst sicher fühlen, wenn wir wieder auf dem Boot sind.

Feja stolperte. Sie waren jetzt schon seit dem vorigen Mittag fast ohne Pause unterwegs, und sie wusste nicht, wie lange sie das noch durchhalten würde. Aber Span trieb sie an, auch wenn sie fast im Gehen einschlief.

Sie trafen auf einen Bach, und Feja konnte sich nicht daran erinnern, ihn am vorigen Nachmittag passiert zu haben. Span zog sie in das Bachbett hinein, und eine Weile stolperte sie hinter ihm durch das kalte Wasser. Erst, als sie den Wasserlauf hinter sich gelassen hatten und eine weitere Stunde marschiert waren, erlaubte Span eine längere Rast.

Das Wasser wird selbst ihre Hunde von unserer Fährte abbringen. Leg dich hin. Ich wecke dich in einer Stunde.

Feja streckte sich im Gras aus und nickte sofort ein. Sie schlief wie ein Stein, aber Span riss sie viel zu früh aus ihrem Schlummer. Sie blinzelte.

Dem Stand der Sonne nach konnten sie noch nicht lange gerastet haben. Sie wollte Span fragen, aber der legte einen Finger auf seine Lippen und flüsterte durch das Dunkel: *Wir werden verfolgt.*

Sofort war sie hellwach. *Bist du sicher?*

Er nickte. *Ein Dutzend Männer, auch Hunde. Ich verstehe nicht, wie sie unserer Spur folgen konnten.*

Feja schloss die Augen und rief das Zwielicht. Ja, sie konnte die Hunde hören. Sie waren weit entfernt, aber nicht weit genug.

Span trieb sie zur Eile an, aber sie lauschte auf das Bellen. Etwas kam ihr falsch daran vor. Dann wusste sie es: »Die Hunde haben unsere Fährte nicht. Es klingt anders, wenn sie eine Spur wittern. Ich kenne das, denn manchmal sind Edelleute zur Jagd in den Langwald eingefallen, als würde er ihnen gehören. Und ihre Hunde haben alle aufgeschreckt.«

Er runzelte die Stirn. *Aber sie kommen in unsere Richtung.*

Feja lauschte und stimmte ihm zu. »Aber nicht, weil die Hunde auf unserer Fährte sind«, wiederholte sie.

Span fluchte lautlos. *Dann ist ein Magier bei ihnen.*

Feja kam ächzend auf die Beine. Jeder Knochen tat ihr weh. »Gibt es denn Magier in Kolm?«

Eigentlich nicht. Ich habe auch keine magische Präsenz im Haus oder in der Stadt wahrgenommen. Aber wenn es die Hunde nicht sind, die unserer Spur folgen …

»Dann sollten wir uns wohl besser beeilen.«

Sie hasteten weiter, aber Feja war klar, dass sie die Geschwindigkeit nicht lange würde durchhalten können.

»Was für ein Magier könnte das sein?«, fragte sie keuchend.

Es gibt Feuermagier in Isgath, auch ein paar Sturmmagier. Vielleicht sind sie wegen des Festes nach Kolm gekommen. Einer von ihnen könnte den Wind befragen, so wie wir in das Zwielicht lauschen.

Feja dachte nach, dann schüttelte sie den Kopf. »Wir laufen mit dem Wind. Das kann es nicht sein.«

Span blieb plötzlich stehen.

»Was ist?«, fragte sie.

Er stand kopfschüttelnd da, die Hände auf die Knie gestützt. Auch er war scheinbar am Ende seiner Kräfte.

Das kommt davon, wenn eine Hand nicht weiß, was die andere tut. Es muss Meister Tjoss sein! Ein Graumagier kann jeder Spur folgen.

»Aber merkt er denn nicht, dass er seinesgleichen jagt?«

Das Lauschen im Zwielicht verfliegt schnell, und wir haben auf unserer Flucht keine stärkeren Zauber gewirkt. Er kann es also nicht wissen.

»Und was machen wir jetzt?«

Span blickte zum Himmel. *Es ist noch stundenlang hell, aber ich werde ihm dort, unter den Wurzeln dieses Baumes, eine Botschaft hinterlassen.*

»Und wenn es nicht Meister Tjoss ist?«

Wird er die Nachricht gar nicht bemerken … Ich sehe keine andere Möglichkeit. Sie holen auf und haben Pferde.

Span schloss die Augen, dann flüsterte er in die Schatten unter der Wurzel. Er nickte, als er fertig war, und sie hetzten weiter, so schnell sie konnten.

Eine Stunde später wussten sie, dass sie ihre Verfolger losgeworden waren. Selbst Feja konnte hören, dass die Hunde eine andere Richtung einschlugen. Span legte sich auf den Boden und lauschte. Er lauschte und lauschte – und dann erst merkte Feja, dass er eingeschlafen war.

Sie war zu müde, um darüber zu lachen, legte sich neben ihn und tat es ihm gleich.

Als er sie weckte, stand die Sonne schon tief.

»Müssen wir wirklich weiter?«, fragte sie und rieb sich die müden Beine. »Bruder Yorn wird doch sicher auf uns warten, oder?«

Das hoffe ich doch. Ich habe keine Lust, bis zur Graufeste zu laufen, kam es trocken zurück.

»Bei den Monden – bloß nicht!«, rief Feja.

Sie gingen nun langsamer, und als die Sonne unterging, waren sie immer noch ein gutes Stück von ihrem Ziel entfernt.

Durch unsere Haken sind wir einen großen Umweg gelaufen, erklärte Span, als Feja sich wunderte.

Bald wurde der Boden sumpfiger. Span blieb plötzlich stehen.

»Was ist? Etwas nicht in Ordnung?«

Wir sind fast da, Feja.

»Das ist doch gut«, murmelte sie. Wie immer, wenn sie innehielt, tauchte das Gesicht des Dieners vor ihr auf, den sie in den Kohlen verscharrt hatten.

Ich wollte mich bedanken. Du bist mir zu Hilfe gekommen. Das war mutig von dir.

»Eher dumm, oder? Es macht mich krank, wenn ich an den armen Mann …«

Plötzlich war Span dicht bei ihr und strich ihr eine Strähne aus dem Gesicht. *Denke nicht mehr daran.*

Sie hielt den Atem an. Ein Sturm widersprüchlichster Gefühle tobte in ihr. Dann küsste er sie – und es gab kein Halten mehr. Sie liebten sich unter den Zweigen einer Trauerweide, auf trügerischem Grund, inmitten einer Million von Stechmücken, und das alles war Feja völlig gleich.

Der Richter schreckte mit einem leisen Schrei aus dem Schlaf hoch.

Ginnar Dregin betrachtete ihn amüsiert. Im Nachthemd sah Fendar noch lächerlicher als sonst aus.

»Wer ist da? Wer seid Ihr?«

Dregin trat aus der Dunkelheit ins Zwielicht, welches das Morgengrauen durch die kleinen Fenster streute. »Ihr solltet Eure Sicherheitsvorkehrungen verstärken.«

»Meister Dregin? Seid Ihr toll? Was wollt Ihr? Habt Ihr etwa vor …« Der Richter erbleichte.

Dregin setzte sich aufs Bett. »Wenn ich Euch töten wollte, wäret ihr gar nicht erst aufgewacht, Fendar.«

Der Richter zog sich auf die andere Seite des Bettes zurück. »Aber was, zum Henker, wollt Ihr hier, um diese Stunde?«

»Vogt Telem erlag letzte Nacht in Kolm den Folgen einer Vergiftung. Es war mir eine Herzensangelegenheit, Euch diese gute Nachricht persönlich zu überbringen.«

»Der Vogt? Augenblick … Kolm? Letzte Nacht? Wie könnt Ihr das schon wissen?«

Dregin zuckte mit den Achseln. »Die Dunkelheit reist schnell, Fendar, und sie berichtet, dass nun niemand mehr auf dem Stuhl sitzt, den Ihr so begehrt. Ganz, wie wir es vereinbart hatten.«

»Vereinbart? Wir hatten gar nichts vereinbart!«

Dregin lächelte kalt. »Wir wollen uns doch nicht mit Wortklaubereien aufhalten, oder? Ich habe meinen Teil dieser Abmachung, die es selbstverständlich *nicht* gibt, erfüllt. Nun werdet Ihr dafür sorgen, dass die Feuermagier baldmöglichst wieder nach Lente verschwinden.«

»Ich habe nichts dergleichen versprochen. Außerdem wüsste ich gar nicht, wie …«

Der Abot schnitt ihm mit einer schnellen Geste der Hand das Wort ab. »Keine Sorge, ich habe die nötigen Schritte für Euch vorbereitet. Ihr werdet einen großen Sieg erringen, Fendar, vielleicht wird man Euch sogar mehr antragen als das Amt des Vogtes von Veisa.«

Der Richter presste sein Kissen an sich. Er schien nicht zu begreifen, was hier vor sich ging.

Dregin fuhr einfach fort: »Ich habe getan, wozu Eure geliebten Feuermagier nicht in der Lage waren – ich habe den aufständischen Bauern eine Falle gestellt. Sie werden bald aus den Bergen kommen und hineintappen. Dann kann der Flammenorden gemeinsam mit den königlichen Garden diesen Aufstand mit einem Schlag beenden.«

»Eine Falle?«, fragte der Richter.

»Ihr werdet zu gegebener Zeit mehr erfahren. Wichtig ist nur, dass der Flammenorden, glücklich über seinen Sieg, verschwindet und dass Ihr der Vater dieses Erfolges seid.«

»Was verlangt Ihr dafür?«, fragte Fendar mit gehetztem Blick.

»Ich will Braake zurück, wie gesagt. Außerdem werde ich Euch und den Feuermagiern in dieser Angelegenheit die Hilfe meines Ordens anbieten. Ihr werdet dafür sorgen, dass Meister Robar unser Hilfsangebot ablehnt.«

»Wieso ablehnt?«

»Ich will, dass die Bauern uns als Befreier vom grausamen Joch des Flammenordens begrüßen. Das werden sie aber nicht, wenn wir uns am großen Abschlachten beteiligen müssen, das ich vorbereitet habe. Wenigstens das versteht Ihr doch, oder?«

Der Richter nickte sehr langsam. »Ihr wollt also Braake zurück – Euch aber aus der schweren Arbeit heraushalten? Da verlangt Ihr viel, Abot.«

»Ich hingegen finde, dass ich viel zu bescheiden bin.« Er warf dem Richter etwas zu, was dieser ungeschickt zu fangen versuchte.

»Was ist das?«, fragte er, als er die kleine Messingscheibe endlich in der Hand hielt.

»Eine Narrenschelle, was sonst? Man wird eine ganz ähnliche auf dem Grund des Kruges finden, aus dem der arme Telem das tödliche Gift zu sich nahm. Man wird natürlich gerne glauben, dass es die Narrensöhne waren, aber vielleicht wird man auch nach dem Schmied suchen, der diese Schelle anfertigte. Wenn ich es nicht verhindere, wird man ihn sogar finden. Er wird dann tot sein, aber genug Beweise hinterlassen, die zeigen, dass Ihr diese Schelle in Auftrag gegeben habt.«

»Ich?«

»Das wäre naheliegend, oder? Schließlich seid Ihr der Mann, der durch Telems Tod viel gewinnen kann. Wie gesagt, ich kann verhindern, dass dieser Schmied je gefunden wird. Und das kann ich umso leichter, wenn ich weiß, dass Braake bald wieder uns gehört. Habt Ihr mich nun verstanden?«

Der Richter wurde leichenblass – aber er nickte.

17.

Die Rückfahrt im Boot verschlief Feja. Es war schon Nachmittag, als sie kurz vor der Graufeste von Span geweckt wurde. Sie begleitete ihn in die Halle, wo er dem Abot Bericht erstattete. Dieses Mal durfte sie zuhören und wurde ein bisschen verlegen, als Span sie für ihre Umsicht und Tapferkeit lobte.

Abot Dregin wirkte hochzufrieden, und er lachte, als Span erzählte, dass sie vermutlich von Meister Tjoss gejagt worden waren.

»Er war es wirklich. Das Dunkel der vergangenen Nacht brachte seine Beschwerde zu uns, weil wir ihn nicht eingeweiht hatten. Aber er hat eingesehen, dass es besser für ihn ist, wenn er so wenig wie möglich über diese Sache weiß. Das war gute Arbeit, Feja. Du wirst von Tag zu Tag wertvoller für uns. Du solltest nun zu Meme Salmango gehen, denn deine Ausbildung ist noch lange nicht abgeschlossen.«

Feja hatte gehofft, Zeit mit ihren Freunden verbringen zu können, aber sie ließ sich ihre Enttäuschung nicht anmerken und verließ die Halle, um die Zauberin aufzusuchen. Insgeheim hoffte sie, dass Meme Salmango sie wieder zum Dämmerstein führen würde, doch daraus wurde nichts. Die Zauberin empfing sie in ihrer Kammer. Eine schwere Schmuckkette lag auf dem Tisch, sie war aus dunklem Eisen. Vielleicht zog sie deshalb Fejas Blick an. Sie runzelte die Stirn, denn das Schmuckstück kam ihr bekannt vor. Endlich rief sie: »Das ist Eure Goldkette! Ihr hieltet sie bei meinem ersten Besuch hier in den Händen.«

Die Meme nickte anerkennend. »Das hast du gut beobachtet, Feja.«

»Aber sie ist nicht mehr golden!«

Die Zauberin lächelte. »Und was folgerst du daraus? Nichts? Nun bin ich enttäuscht.«

Statt einer Erklärung gab ihr die Lehrmeisterin schwierige Übungen auf, die ihre Sinne schärfen sollten.

»Werde ich dann die Möwen zählen können, wenn ich die Übungen absolviert habe?«, fragte Feja, die ihre Anfänge nicht vergessen hatte.

»Vermutlich nicht«, meinte die Tsungamerin lächelnd. »Am Himmel gibt es um diese Zeit kein Zwielicht. Also müsstest du deine Sinne so weit schärfen, dass du den Klang ihres Flügelschlags aus all den Geräuschen heraushören könntest, die der Wind herbeiträgt.«

»Das ist möglich?«, fragte sie erstaunt.

»Ein Sturmmagier könnte es – nach Jahren der Übung, bei ausreichend Talent und Disziplin. Du kannst versuchen, ihre Schatten auf den Wellen aufzuspüren, doch Wasser ist uns nicht freundlich gesinnt. Es stört unsere magischen Sinne. Da ist es leichter, den Flügelschlag zweier Möwen im Brausen des Windes zu unterscheiden. Doch fahren wir mit etwas Nützlicherem fort. Denke an deinen Atem und konzentriere dich auf deinen Gehörsinn, und dann verrate mir, wie viele Schüler derzeit im Hof mit dem Schwert üben.«

Feja hatte nicht die leiseste Ahnung, aber sie bekam ein Lob dafür, dass sie es nicht mit Raten versuchte. Den restlichen Nachmittag und auch am Abend übte Meme Salmango mit ihr, aber Feja war in ihren Bemühungen nicht sehr erfolgreich. Sie machte eine zarte Andeutung, dass sie vielleicht ihr Bargan wieder auffüllen müsse, aber die Meme war anderer Ansicht. »Das ist nicht die Zeit, jenen Ort unter der Feste zu besuchen. Aber vielleicht kommt bald die Gelegenheit, dein eigenes Lindross öfter zu nutzen. Du hast es aus einem bestimmten Grund bekommen, Feja.«

Feja wollte davon nichts hören. Aber plötzlich fand sie die Lösung für das Rätsel der eisernen Kette: »Lindross! Gold ist Euer Lindross, nicht wahr?«

»Gut gefolgert. Es ist tatsächlich der Glanz des Goldes, der mein Bargan wie nichts anderes auffüllt. Jetzt, da Meister Eyrim fort ist und sich niemand so recht um die Einnahmen des Ordens kümmert, muss ich zu lieb gewonnenen Besitztümern greifen, um dieses besondere Verlangen zu stillen.«

»Aber könnt Ihr denn nicht hinuntergehen, in jene Kammer, um …?«

Die Meme schüttelte energisch den Kopf. »Das Geheimnis unter der Feste weckt den Wunsch, immer wieder von dieser bestimmten Quelle zu kosten. Es ist gefährlich, sich ihm zu oft zu nähern. Verstehst du das?«

Feja nickte, aber eigentlich verstand sie es nicht. Meme Salmango erklärte den Unterricht für diesen Tag für beendet, und Feja war dann doch froh, als sie wieder ihre Kammer betrat.

Nemma und Gabra waren dort, schienen aber mit ihren eigenen Gedanken beschäftigt. Sie nickten Feja nur kurz zu und stellten keine Fragen. Ja, es schien fast, als sei ihnen gar nicht aufgefallen, dass sie fort gewesen war.

Am nächsten Morgen bestellte sie der Abot wieder zu sich. Es durchfuhr sie eiskalt: ihr Onkel! Sie hatte über all ihre Erlebnisse ihren Onkel völlig vergessen! Sie eilte hinüber ins Haupthaus, wo sie Abot Dregin bei Beratungen mit dem Sturmrat traf, und dieses Mal hatte er Neuigkeiten für sie: »Ich erzählte dir doch von den Gerüchten, die ich hörte …«

»Über meinen Onkel Halfur?«

»So ist es. Leider habe ich keine guten Nachrichten. Die Gerüchte besagen nämlich, dass Bauernjäger vor etwa zehn Tagen einen Seemann gehenkt haben, den sie vor den Toren der Stadt aufgriffen. Sie hielten ihn für einen Aufständischen.«

»Mein Onkel … ist tot?«

»So ist es wohl leider.«

Feja stand wie versteinert da. »Kann ich seinen Leichnam sehen?«

»Ich habe Berittene ausgesandt, doch waren besagte Leichen bereits vom Baum genommen und verbrannt worden. Die Feuermagier behaupten, so der Gefahr von Seuchen vorzubeugen, aber eigentlich wollen sie nur die schreckliche Seite ihrer Macht in Erinnerung rufen.«

»Verbrannt? Und seine Asche? Ich muss ihn doch wenigstens beerdigen«, sagte Feja tonlos.

Sie wunderte sich über sich selbst. Müsste sie nicht trauriger sein? Ihr Onkel war tot! Sie erinnerte sich nur dunkel an ihn. Er hatte sie einmal auf seinen Knien geschaukelt, als sie noch klein gewesen war, und sie hatte gelacht. Dieses Bild stand jetzt vor ihren Augen.

»Ich fürchte, dass Wind und Regen sie ganz und gar vermischt, verweht und fortgespült hat. Du wirst die Riten ohne Asche ausführen müssen.«

»Wer hat das getan? Wer waren die Männer, die meinen Onkel ermordeten?«

»Wie gesagt waren es Bauernjäger, Männer, die für gewöhnlich mit einem königlichen Freibrief Jagd auf Aufständische machen.«

»Ihre Namen, Herr …« Feja fühlte nun doch etwas: kalten Zorn.

»Ich habe in Erfahrung gebracht, dass ihr Anführer ein Mann namens Morn Eysar war. Früher jagte er im Auftrag von Vogt Telem zwischen Braake und Kolm. Es gab jedoch viele Beschwerden, weil er auch wandernde Handwerker und selbst Kaufleute überfiel und manch unschuldiger Bauer seinem Schwert zum Opfer fiel. Jetzt hat er mit zweien seiner Männer sein Zelt vor dem Gut des Grafen Dimgast aufgeschlagen. Es heißt, der Graf zahle ihnen Kopfgelder.«

»Werdet Ihr diese Verbrecher festnehmen, Herr?«

Der Abot sah sie eine ganze Weile ernst an, dann stand er auf. »Nein, Feja, das werde ich nicht tun. Die Sicherheit des Graufenns liegt nicht mehr in unseren Händen, sondern in denen der Feuermagier und der königlichen Gardisten. Aber auch die werden keinen Finger rühren, denn Eysar hat immer noch einen Freibrief des Königs – und er steht unter dem Schutz eines sehr mächtigen Mannes.«

»Des Grafen?«

»Unser Fenngraf beschwert sich gerne über seinen eigenmächtigen und reichen Verwandten, aber er wird nicht gegen ihn vorgehen.«

»Dann wollt Ihr es auf sich beruhen lassen, Herr?«

Wieder sah sie der Abot lange an, bevor er antwortete. »Ich habe dir einmal erklärt, dass wir Graumagier hin und wieder außerhalb des Gesetzes für Gerechtigkeit sorgen müssen. Du hast das damals nicht verstanden … Verstehst du es heute?«

Feja nickte stumm. Man hatte ihren Onkel ermordet – ihren Vater vielleicht auch. Und die Mörder standen über dem Gesetz?

»Angenommen, du könntest ein Urteil über die Täter sprechen, wie würde es lauten?«

Feja spürte, dass die Antwort wichtig war, und wich aus: »Ich bin kein Richter, Herr.«

»Aber du hast ein starkes Gefühl für Recht und Unrecht. Das habe ich immer an dir geschätzt. Also?«

Feja dachte genau über ihre Worte nach, bevor sie antwortete. »Wenn sie meinen Onkel aus bloßer Willkür getötet haben, verdienen sie den Tod, Herr.«

Der Abot nickte. »Ich sehe, es ist dir ernst. Das ist gut. Die Graumagier werden sich der Sache annehmen, Feja, genauer gesagt – *du* wirst dich der Sache annehmen!«

»Ich, Herr?«

»Ja. Du bist ein Teil unseres Ordens, oder nicht? Du hast selbst die Strafe festgelegt. Bist du der Meinung, ein anderer sollte dir den schweren Teil der Arbeit abnehmen? Oder war es dir etwa nicht ernst?«

Feja schluckte. »Doch, Herr, aber ich habe doch noch nie einen Menschen …«

»Ich weiß. Bruder Span wird dich begleiten und dafür sorgen, dass du Erfolg haben wirst. Und er wird darauf achten, dass ihr nicht gefasst werdet. Es sollte wie die Untat von Aufständischen aussehen. Hast du auch das verstanden?«

»Ja, Herr«, sagte Feja unglücklich.

»Sehr gut. Du wirst morgen Früh aufbrechen. Da der Weg, der vor dir liegt, schwer ist, werde ich vorher selbst noch einmal mit dir in die Tiefe unter dem Tempel hinabsteigen.«

Feja nickte. Sie durfte den Dämmerstein so bald wiedersehen? Das war unerwartet. Aber was danach kam – darüber wollte sie gar nicht nachdenken.

»Geh jetzt, Feja. Sobald du das Urteil vollstreckt hast, werden wir dich nicht mehr als Schülerin, sondern als Schwester des Grauen Ordens betrachten.«

»Glaubt Ihr wirklich, dass sie das schafft, Herr?«, fragte Sturmrat Valir, sobald Feja die Halle verlassen hatte.

»Ich gehe davon aus. Span ist bei ihr. Er wird dafür sorgen, dass ihr nichts geschieht.«

»Ich meinte die Begegnung mit … Ihr wisst schon … Sie war seiner Kraft in letzter Zeit sehr oft ausgesetzt – und sie ist noch so jung. Denkt nur an Oradir!«

»Sie ist viel stärker, als sie aussieht, auf jeden Fall viel stärker als dieser Junge. Mener Eysar wird es bald merken.«

»Morn Eysar … Ich erinnere mich an den Namen. Er arbeitete früher für uns, oder?«

»Inzwischen nicht mehr, und die neuen Herren von Braake haben ihm wohl nicht gefallen.«

»Aber jagt er noch Bauern?«

»Nicht dass ich wüsste. Er soll für Dimgast Diebe von seinen Feldern fernhalten, und wie es der Zufall will, hat er tatsächlich vor Kurzem ein paar erwischt und aufgehängt.«

»Ich kenne Feja nicht so gut wie Ihr, aber glaubt Ihr wirklich, dass sie kaltblütig drei Männer umbringen wird?«

»Nicht kalten Blutes, aber wenn sie diese drei für die Mörder ihres Onkels hält, ja. Sie muss nur davon überzeugt sein, dass sie der Gerechtigkeit dient. Ich nehme an, sie wird versuchen, die Männer zu befragen. Und Bruder Span wird das entweder verhindern oder das Seine dafür tun, dass Eysar das richtige Verbrechen gesteht.«

»Ich sehe, Ihr habt an alles gedacht.«

»Davon könnt Ihr ausgehen. Span wird dafür sorgen, dass Gut Dimgast in Flammen aufgeht, damit der Graf ordentlich Druck auf seinen Vetter ausübt.«

»Und wenn Dimgast in dem Feuer umkommt?«

»Das wird er schon nicht, da können wir uns auf Span verlassen. Sollte es jedoch ein oder zwei Mitglieder seiner Familie treffen, kann es unserer Sache nur nützen. Wir werden diese Taten den Bauern in die Schuhe schieben und damit weiter Öl in ein Feuer gießen, an dem sich am Ende unsere Brüder vom Flammenorden die Finger verbrennen werden.«

Feja schlief schlecht und wachte auf, lange bevor es Zeit war. Sie erhob sich und verließ das Haus. Helles Mondlicht erfüllte den Hof. Sie überlegte, zur Schmiede zu gehen, denn inzwischen wusste sie, dass Span dort schlief, aber dann dachte sie an den Dämmerstein.

Der Tempel ragte dunkel in den Nachthimmel. Sie zögerte kurz, dann ging sie hinein. Was Span wohl dazu sagen würde?

Eine tiefe Stille empfing sie, und sie zuckte zusammen, als das Spielwerk mit lautem Klacken kurz hintereinander zwei Monde bewegte. Feja lief zu der geheimen Pforte. Wozu auf den Abot warten? Vielleicht würde sie es ja heute schaffen, den Zugang zu öffnen. Sie untersuchte im Dunkeln die Steinplatten mit den Fingern.

Plötzlich flammte in der Finsternis ein Licht auf. Feja blickte in das bleiche Gesicht von Ailon Bainach.

»Du kannst es nicht, kleine Gans.«

Feja erhob sich und streifte den Staub von ihren Knien. »Ich habe doch nur versucht …«

»Viele andere sind vor dir daran gescheitert. Nur die Oberen kennen das geheime Wort – und ich.«

»Ihr? Würdet Ihr mich dann …« Sie vollendete den Satz nicht, weil sie die Antwort schon kannte.

»Natürlich nicht!«, knurrte der Were. »Hast du nicht erst vor wenigen Tagen dort unten gestanden? Es wäre gefährlich, sich dem schon wieder zu nähern.«

»Aber Abot Dregin geht mit mir dorthin. Er muss jeden Augenblick …«

»Dregin selbst schickt dich hinunter?« Der Knochenmann trat nahe an Feja heran und leuchtete mit der Kerze in ihr Gesicht. »Was hat er vor?«, murmelte er. Die Frage schien mehr an ihn selbst als an Feja gerichtet.

»Ich habe eine Aufgabe, und er sagt, dass ich dafür Kraft brauchen werde«, verteidigte Feja den Abot.

»Unsinn!«, schnarrte Bainach. »Noch mehr Kraft? Dein Bargan ist zum Bersten gefüllt – das merke sogar ich. Für was für einen Auftrag sollte eine Schülerin so viel Kraft brauchen?«

»Ich … ich soll … Es geht um Gerechtigkeit, Meister Bainach.«

»Ein Geheimnis, kleine Gans? Es bedrückt dich, das sehe ich. Warum belastet der Abot so junge Schultern mit einer schweren Bürde?«

»Der Abot hat seine Gründe, Ailon!«, dröhnte es von der offenen Pforte. Abot Dregin stand dort, ein dunkler Umriss vor dem Mondlicht, das den Hof erfüllte.

Der Knochenmann reagierte nicht, er starrte Feja weiterhin ins Gesicht und flüsterte: »Du solltest nie vergessen, was dich ursprünglich nach Braake führte.«

»Was treibt Euch so früh in den Tempel, Ailon?«, fragte Dregin mit finsterer Miene.

»Die Unruhe, ehrwürdiger Abot. Ich spüre Unruhe im Meer und im Felsen. Selbst die Monde scheinen zu zittern – merkt Ihr das nicht?«

»Das ist nur das Wetter. Aithir steht voll und hell am Himmel. Er wird Sturm bringen, und das zieht Euch wohl in die Knochen. Doch entschuldigt uns. Ich habe mit dieser Schülerin eine wichtige Aufgabe zu erledigen.«

»Ein Sturm … Ja, das mag sein, Herr«, sagte der Were mit ausdrucksloser Miene und einer leichten Verbeugung.

Der Abot schloss die Augen, und durch Zauberhand öffnete sich zu Fejas Füßen die geheime Pforte.

Kurz darauf stand sie wieder mit klopfendem Herzen in der Kammer. Der Abot begleitete Feja in den Nebel hinein, seine Hand blieb die ganze Zeit auf ihrer Schulter liegen. »Es dient nur deiner Sicherheit, Feja«, erklärte er. Plötzlich sprach er aus ihrem Innersten zu ihr.

Feja zuckte zusammen, denn ihr Innerstes war ein Ort, wo sie nur Span und keinen anderen haben wollte. Aber Dregin hielt sie fest und erklärte, dass auch das nur zu ihrem Besten sei. Ihr

Widerspruchsgeist erwachte. Wenn Span dort bei ihr war, dann fühlte es sich an wie eine Umarmung. Bei Abot Dregin war es wie eine eiserne Klammer, die sich um ihren Geist legte. Sie wäre sie gern losgeworden, doch wusste sie nicht, wie sie die unerwünschte Stimme abschütteln konnte.

Dregin flüsterte auf sie ein, versuchte sie zu beruhigen: »Der Stein, Feja, achte nur auf den Stein.«

Feja war unwillig, aber sie spürte die Kraft des Dämmersteins und verstand plötzlich, dass er seine Stärke aus dem Abgrund zog, über dem er schwebte, dass diese alte Kraft aus dem Innersten der Welt durch ihn hindurch- und in sie hineinströmte. Dieser Macht konnte sie sich nicht widersetzen. Sie vergaß Dregins Stimme in ihrem Inneren und ließ sich vom Licht des Kristalls berauschen.

Nur ganz am Rande nahm sie wahr, dass der Abot unentwegt mit ihr sprach. Er flüsterte von Stärke und Gerechtigkeit, von der Macht, die ihr zuteilwurde, und von der Verantwortung, die sie dem Orden gegenüber hatte. Hatte die Bruderschaft sie nicht aufgenommen, als sie halb verhungert an die Küste gekommen war? Hatte der Orden sie nicht eingekleidet und genährt, und schuldete sie ihm nicht Dank, den sie nur durch Gehorsam und durch den Einsatz ihrer besonderen Gaben bezeugen konnte?

Feja fühlte diese Worte eher, als dass sie sie wirklich verstand. Ihr wurde schwindlig, und dann taumelte sie einen Schritt nach vorn. Wäre Dregin nicht gewesen, wäre sie in den Abgrund gestürzt.

Ihr Blick klärte sich erst, als sie wieder im Tempel war. Dregin klopfte ihr aufmunternd auf die Schulter und sagte: »Du bist außergewöhnlich. Ich denke, du wirst so manchen Meister bald übertreffen, Feja, und ich weiß, dass du heute wichtige Schritte auf einem Weg tun wirst, der dich in unserem Orden weit nach oben führen kann.«

Feja nickte. Sie fühlte sich seltsam. Einerseits spürte sie die magische Kraft bis in die Haarspitzen, andererseits war da eine große Gelassenheit, so als wäre dies das Selbstverständlichste von der Welt.

Sie trat in den Innenhof hinaus. Ihre Mitschüler übten mit

Meister Svelgar und Meister Valir die Kunst des Fechtens in Verbindung mit der Täuschung durch das Zwielicht. Es war ein wildes, unübersichtliches Gefecht mit mehr als einem Dutzend Beteiligten, aber Feja hatte das Gefühl, dass sie jeden Angriff, jede Finte und jede Bewegung vorhersehen konnte. Und – war es nicht nur Kinderei? Sie übten doch nur, während sie an diesem Tag den ersten Kampf auf Leben und Tod bestehen musste.

Span erwartete sie am Mitteltor.

Sie nickte ihm zu. Er schien sie zu mustern. Las sie da eine Spur Besorgnis in seiner schwer durchschaubaren Miene? Sie lächelte ihm zu.

»Bereit?«, fragte sie.

Er nickte und schulterte einen kleinen Rucksack.

»Kein Rucksack für mich?«, fragte sie.

Er schüttelte den Kopf. *Wir sind vor dem nächsten Morgen zurück.*

Dann traten sie aus dem Schatten des Tores in die Morgensonne, die mit viel Kraft in die Unterfeste schien. Die Festung war schon zum Leben erwacht, und im Obstgarten stand der alte Menrir bei seinen Apfelbäumen und winkte Feja fröhlich zu.

»Sieh nur«, rief er, »die Reiser haben doch noch ausgeschlagen. Hättest du das geglaubt? Spät, sehr spät, aber nun war die Mühe doch nicht vergebens!«

Sie winkte ihm zu und beeilte sich, zu Span aufzuschließen. Der Alte war ihr immer noch unheimlich.

Kein Wölkchen stand am Himmel und Feja dachte, dass sie wohl unterwegs nicht viel Schatten finden würde, um mit Span zu reden. Aber sie hatten ein gemeinsames Ziel und würden Seite an Seite dorthin marschieren. Das genügte ihr.

Nachdem sie den Damm überquert hatten, bog Span sogleich ins Schilf ab. Er hielt sich einen Steinwurf von der Straße entfernt und zeigte ihr schließlich, dass dort im Röhricht ein Mann versteckt war, dessen Aufgabe es offenkundig war, die Straße zu überwachen.

»Sollen wir etwas unternehmen?«, fragte Feja.

Span zuckte mit den Achseln. *Er soll ruhig melden, dass er heute niemand die Feste hat verlassen sehen.*

Sie schlichen weiter und hielten sich von Straßen und Bauernhöfen fern. Einmal sahen sie eine große Patrouille nach Norden marschieren, dann einen Schäfer mit seiner Herde. Ansonsten wirkte das Land fast wie ausgestorben. Feja kam ins Schwitzen.

»Es wird wohl bald ein Gewitter geben«, sagte sie, als sie sich an einem Bach mit frischem Wasser versorgten.

Span schwieg. Sie teilten das Brot, das er im Rucksack mitführte und gingen weiter.

Bald tauchten die Türme von Gut Dimgast auf. Span schlug vor, bis zum Einbruch der Dunkelheit zu warten.

»Wo sind diese Männer?«, fragte Feja.

Sie haben ihr Zelt bei einer Scheune aufgeschlagen, dort, hinter den Birken.

»Woher weißt du das?«

Er schenkte ihr einen beinahe mitleidigen Blick. *Wir haben Brüder gesandt, das auszukundschaften.*

»Natürlich«, murmelte Feja. Die Selbstsicherheit, mit der sie aufgebrochen war, war beträchtlich geschrumpft. Bald würde sie den Mördern ihres Onkels gegenüberstehen.

Sie lagerten an einer Böschung. Span wirkte völlig entspannt, aber Feja wurde von Minute zu Minute unruhiger. Die Sonne schien sich an diesem Tag besonders viel Zeit beim Untergang zu lassen. Sie konnte Aithir in beinahe voller Pracht am Himmel stehen sehen.

Endlich gab Span das Zeichen zum Aufbruch.

Sie folgten der Böschung, die eine gute Deckung bot, huschten durch den Birkenwald und standen schließlich der Scheune gegenüber.

Ein niedriges Zelt war davor aufgeschlagen. Drei Männer saßen an einem Feuer, über dem ein schwarzer Kessel hing. Ein Geruch nach Bohnen zog über die Weide.

Bist du bereit, Feja?

Das soll ihre letzte Mahlzeit sein, flüsterte sie durch das Dunkel und täuschte die grimmige Entschlossenheit doch nur vor.

Span wies mit einem Nicken auf eine Hecke, in deren Deckung sie noch näher an die drei herankamen. *Vergiss nicht, dass es erfahrene Kämpfer sind. Sie wissen auch, wie Magier kämpfen, und werden dich ohne zu zögern töten, wenn sie die Gelegenheit dazu haben. Verstanden?*

Spans Stimme kam aus ihrem Inneren. Doch dieses Mal fand sie das unangenehm. Sie nickte nervös.

Der mit den grauen Haaren ist Morn Eysar. Er ist der Anführer. Blende ihn, bevor du ihn angreifst.

Und die anderen beiden?, fragte sie.

Um die kümmere ich mich, verkündete er.

Sie zögerte.

Was ist?, fragte er.

Was, wenn sie es gar nicht waren?

Der Abot hat doch gesagt, dass sie deinen Onkel gehenkt haben. Zweifelst du an ihm?, fragte er.

Nein, sagte Feja. Sie zweifelte nicht am Abot. Und doch zögerte sie.

Er sah ihr tief in die Augen. *Das Urteil ist gefällt – wir müssen es vollstrecken. Kann ich mich auf dich verlassen, Feja? Wirst du mir den Rücken freihalten? Oder renne ich gleich in mein Verderben?*

Feja schluckte schwer. *Ich bin an deiner Seite,* flüsterte sie.

Er nickte ihr aufmunternd zu. *Denke daran, das Zwielicht zu nutzen,* flüsterte er ihr zu, dann verließ seine Stimme ihr Inneres, und sie fühlte sich einsamer als je zuvor.

Sie schlichen Schritt um Schritt voran.

Die Männer am Feuer schienen nichts zu ahnen. Eysar kehrte Feja den Rücken zu. Einer der beiden anderen Männer, ein Glatzkopf, erhob sich gähnend und rührte im Topf.

Span nickte Feja zu. Ihr zitterten die Hände, als sie nach dem Zwielicht griff. Aber sie bekam es zu fassen, sprang auf und schleuderte die Blutblende auf den Anführer. Eysar zuckte zusammen, als es ihn traf. Der Mann, der neben ihm saß, schrie erschrocken auf, ließ seine Schüssel fallen und fasste sich an die Augen. Span hatte ebenfalls eine magische Augenbinde geworfen.

Morn Eysar schien für einen Augenblick wie erstarrt.

Feja rannte los und riss das Messer aus dem Gürtel. Span war noch vor ihr bei den dreien. Er stürzte sich auf den Mann, der aufgesprungen war und immer noch verzweifelt versuchte, die unsichtbare Binde von seinen Augen zu lösen, und stach ihn nieder.

Auch Eysar sprang jetzt auf. Er war bemerkenswert schnell. Eine Hand fuhr zu der Blutblende, die andere zum Schwert. Er riss es aus der Scheide und schlug blind um sich, aber Feja tauchte unter dem Schlag hindurch und versenkte gedankenschnell ihr Messer in seiner Brust.

Der Glatzkopf, der im Topf gerührt hatte, stand wie erstarrt. Er hielt seinen Löffel in der Hand, als wolle er sich damit verteidigen. Span erschien plötzlich hinter ihm und schnitt ihm die Kehle durch. Der Löffel fiel in den Topf, und der Mann sank tot zu Boden.

Auch Morn Eysar fiel, das Schwert glitt ihm aus der Hand, aber er lebte noch.

Feja löste die Blutblende. »Du kennst mich nicht«, sagte sie heiser, »aber du hast meinen Onkel getötet.«

Der Mann sah sie aus weit aufgerissenen Augen an. Sein Atem ging schnell und flach.

»Du hast ihn doch getötet, nicht wahr? Den Seemann … vor einer Woche. Du hast ihn aufgeknüpft wie einen Verbrecher! Nicht wahr?«

Der Mann versuchte, etwas zu sagen, aber es kam nur Blut über seine Lippen. Span beugte sich über ihn. Er legte eine Hand auf die Schulter des Sterbenden, lauschte einen Moment und nickte dann. *Er gibt es zu – und er bittet dich um Vergebung.*

»Vergebung?«, flüsterte Feja.

Eysar starrte sie mit weit aufgerissenen Augen an, noch einmal rang er nach Luft, dann seufzte er, sein Kopf fiel zur Seite, und er starb. Span lächelte und nickte zufrieden. *Das war gute Arbeit.*

Feja blickte auf die Leiche, auf Span, der neben ihr kniete, auf das Blut an ihrem Messer, dann wieder auf den Toten. Sie sah seine Augen – und plötzlich verstand sie, was gerade geschehen war. Es war alles eine Lüge.

Sie fühlte sich, als würde die Klinge, die sie in den verkrampften Fingern hielt, ihr eigenes Herz durchbohren. Sie schleuderte das Messer weit von sich – und rannte davon.

Sie durchquerte das Birkenwäldchen, hetzte über mondbeschienene Felder, hinein ins Schilf und immer weiter. Sie hielt erst an, als sie das Meer vor sich sah. Dann ging sie in die Knie, rang nach Luft, starrte hinaus auf die wogende See und wusste nicht, was sie tun sollte.

Pridis Vithun schien die Sache zu gefallen. Er saß, den Rücken steif wie ein Besenstiel, auf seinem Hocker und ließ sich Zeit. »Und wie lange ist sie nun schon überfällig, mein Junge?«, fragte er endlich.

»Zwei Tage, ehrwürdiger Verkünder«, gab Ginnar Dregin zur Antwort.

»Und nun, da du nicht weiterweißt, kommst du zu dem Mann, dem du in den Rücken gefallen bist.«

»Ich bin Euch nie …«

Vithun schnitt dem Abot mit einer scharfen Geste das Wort ab. »Beleidige mich nicht, indem du es leugnest, mein Junge. Vergiss nicht, dass ich es war, der dir all diese kleinen Winkelzüge beigebracht hat, die dich zum Abot machten. Ich könnte vielleicht sogar stolz auf meine Ausbildung sein, wenn du sie nicht gegen mich gewendet hättest.«

»Das ist der Lauf der Welt – der Schüler übertrifft den Lehrer.«

Vithun schnaubte verächtlich. »Wenn es so wäre, stündest du jetzt nicht wie ein Bettler vor mir. Du kannst das Mädchen also nicht finden?«

»Ich stehe hier nicht als Bettler, sondern als Abot, der im Namen seines Ordens einen Bruder um Hilfe bittet – der ihm aber gleichwohl befehlen könnte, sich endlich wieder nützlich zu machen!«

Der Alte lächelte kalt. Dregins Wutausbruch schien ihm Freude zu bereiten. »Ich bin zu alt, um mich herumkommandieren zu lassen, mein Junge.«

»Und deshalb befehle ich es nicht, sondern frage Euch. Werdet Ihr das Zwielicht nach ihr durchsuchen, Meister Vithun? Niemand ist so gut darin wie Ihr, das zu finden, was verloren ist.«

Der Verkünder ließ sich mit seiner Antwort erneut Zeit. Dann sagte er: »Ich werde dieses Mädchen für dich finden. Sie ist eine von uns. Ihr Bargan wird für mich wie eine Fackel in der Dunkelheit leuchten! Doch erst, wenn der Schatten der Nacht über dem Land liegt, kann ich sie suchen.«

»Das ist mir bewusst, Meister Vithun. Ich danke Euch. Ihr leistet dem Orden damit einen großen Dienst.«

»Und doch habe ich das Gefühl, das ich vor allem dir einen Dienst leiste. Und jetzt lass mich allein. Ich werde Kraft brauchen für das, was du erbittest, und die schöpfe ich nun einmal aus der Stille.«

Als Dregin die Treppen des Haupthauses hinuntereilte, fragte er sich, ob das möglich war. Konnte Stille ein Lindross sein? Nein, das war Unsinn. Der Alte foppte ihn nur, weil er sich gern geheimnisvoll gab.

Er trat in den Hof hinaus. Der Sturmrat erwartete ihn bereits. Und er war nicht allein. Ein Mann in staubbedeckter Robe sprach mit ihm. Der hatte ihm gerade noch gefehlt.

»Meister Caron? Ihr seid schon zurück?«

»Soeben eingetroffen, Abot.« Der ehemalige erste Lehrmeister deutete eine Verbeugung an. »Ich möchte Euch zu Eurer Wahl gratulieren. Es ist schade, dass ich keine Gelegenheit hatte, Euch – oder einem anderen – meine Stimme zu geben.«

»Ich hatte Euch nicht so früh zurückerwartet«, sagte Dregin und ignorierte die unverhohlene Kritik.

»Die Arbeit in Nargatt ist getan, und ich sah keinen Grund, länger zu verweilen als nötig. Wie ich gerade erfahre, stehen die Dinge hier nicht zum Besten. Ihr sollt jemanden verloren haben?«

»Die Dinge stehen, wie sie stehen – und was verloren ist, kann wiedergefunden werden!«, rief Dregin ungehalten. Caron war noch keine fünf Minuten hier, und schon untergrub er seine Autorität. Er bemühte sich, dem mit freundlicher Herablassung zu begegnen. »Ihr müsst von der langen Reise erschöpft sein. Warum geht Ihr nicht zu Bruder Sjodir und lasst Euch etwas zu essen geben? Wir werden hoffentlich später Zeit haben, um über Nargatt zu sprechen.«

Meister Caron sah aus, als wolle er noch etwas sagen, aber dann nickte er und ging ins Haupthaus.

Dregin ließ die Pferde holen.

»Hat der Verkünder eingewilligt?«, fragte Valir, als sie aufstiegen.

»Er hat sich geziert wie eine Jungfer, aber am Ende eingesehen, dass es nicht mir, sondern dem Orden dient. Er wird Feja heute Nacht suchen.«

»Und Ihr wollt Euren Besuch in der Stadt nicht noch einmal überdenken?«

»Wir können nicht warten. Die Monde stehen, wie sie stehen, der Sturm naht, und unser Plan duldet keinen Aufschub, Valir.«

Sie ritten mit kleiner Bedeckung in die Stadt. Dregin fiel auf, wie sehr sich die Stimmung in Braake geändert hatte. Zauberer waren nie besonders beliebt gewesen, aber die Blicke, die er jetzt sah, waren voller Hass. Am Viehmarkt waren Galgen aufgestellt, an denen ein halbes Dutzend Männer aufgehängt worden waren. Zweien von ihnen hatten die Henker Narrenkappen aufgesetzt. Dregin fragte sich, ob er mit seiner kleinen Täuschung tatsächlich die vergessene Bewegung der Narrensöhne zu neuem Leben erweckt hatte.

Der Richter erwartete ihn im Palast. Er saß nicht im Thronsaal, aber es war dennoch offenkundig, wer hier in Braake die Macht ausübte. Selbst Großmeister Robar, der an seiner Seite war, schien inzwischen Respekt vor Fendar zu haben.

»Wie überraschend, Euch zu dieser Stunde zu sehen, Abot!«, rief der Richter laut. »Seid Ihr nicht sonst eher ein Freund des Zwielichts?«

»Ich bin ein Freund jeder Zeit, Euer Ehren – oder sollte ich Euer Gnaden sagen? Wie ich hörte, seid Ihr als Nachfolger des leider verstorbenen Vogts Telem im Gespräch.«

»Das sind nichts weiter als Gerüchte«, wehrte der Richter ab. »Es kann noch Wochen dauern, bis der König seine Entscheidung fällt.«

»Ich verstehe. Weiß man denn inzwischen, wer Telem ermordet hat? Können die Grauen Magier bei der Aufklärung des Verbrechens vielleicht helfen?«

Fendar starrte ihn feindselig an. »Wenn wir Eure Hilfe benötigen, werden wir es schon sagen. Doch was führt Euch in die Stadt, Abot Dregin?«

»Ich möchte Euch meine Hilfe in einer anderen Angelegenheit anbieten.«

Der Feuermagier ergriff das Wort: »Lasst mich raten … Es geht um den Überfall auf Gut Dimgast, nicht wahr? Meine Männer haben mich bereits informiert, dass Eure Leute dort herumschnüffeln.«

»Ihr seid bemerkenswert scharfsinnig, Robar«, gab Dregin spöttisch zurück.

»Haben denn Eure Leute mehr über diesen seltsamen Überfall herausgefunden als meine? Wisst Ihr vielleicht, wer die drei Männer bei der Scheune ermordet hat – und wer Feuer an die Scheune und das Gut legte? Was genau suchen Eure Männer eigentlich dort? Und warum kamen sie so spät?«, fragte der Feuermagier.

»Meine Leute sind sofort zu Hilfe geeilt, als wir von dem Brand hörten. Sie kamen leider zu spät, um beim Löschen zu helfen. Aber Feuer ist doch ohnehin eher Euer Gebiet, Robar, nicht wahr?«

Der Richter unterbrach ihn: »Als Ihr davon hörtet, Dregin? Wie kann es sein, dass Eure Wachen den Feuerschein nicht bemerkt haben, wenn er sogar von den Mauern von Braake aus zu sehen war? Es war ein Glück, dass Graf Dimgast mit seiner Familie in der Stadt war, als der Angriff erfolgte. Ist es möglich, dass Euer Groll auf den Grafen Euch daran hinderte, ihm beim ersten Zeichen von Gefahr zu Hilfe zu eilen?«

»Natürlich nicht, Euer Ehren. Wie Ihr jedoch wisst, zählt die Sicherheit des Landes nicht mehr zu unseren Aufgaben, seit der Flammenorden so gütig war, uns die Verantwortung aus den Händen zu nehmen.«

Fendar ließ sich nicht aus der Ruhe bringen, aber Großmeister Robar sah wütend aus. »Und nun seid Ihr hier, um Eure alten Rechte und Pflichten einzufordern?«, fragte Fendar.

»Ich bin hier, um Euch zu berichten, dass meine Männer Spuren der Rotte fanden, die für den Angriff auf das Gut verantwortlich ist.«

Fendar spielte mit seinem Spitzbart. »Wirklich? Dann hatten sie mehr Glück als unsere Gardisten?«

Dregin zuckte mit den Schultern. »Wir kennen das Land einfach besser und wissen, wo wir suchen müssen.«

»Und wo genau sollte das sein?«, fragte der Richter mit einem Haifischlächeln.

»Im Schilfgürtel, Euer Ehren. Die Bauern sind ins Schilf geflohen. Wie unsere Späher erfahren haben, versammeln sich die Aufständischen derzeit in einer Gegend, die ›Alter Grund‹ genannt wird. Und noch etwas – einer unserer Gewährsmänner, an dessen Hof diese Rotte vorbeikam, berichtete, dass die Bauern mehrfach den Vogt erwähnten.«

Jetzt schien der Richter aufzumerken. »Den Vogt?« Er tauschte einen Blick mit Großmeister Robar.

»Ihr wollt sagen, es seien dieselben Männer?«, fragte dieser. »Dann erklärt mir, wie sie es schafften, unbemerkt an Braake vorbeizukommen. Und das in so kurzer Zeit. Sie müssten Tag und Nacht gerannt sein.«

Sturmrat Valir ergriff das Wort: »Wir haben nicht gesagt, dass es diese Männer waren. Aber sie scheinen mit den Mördern des Vogts in Verbindung zu stehen. Genügt das nicht?«

»Euer Sturmrat könnte recht haben«, sagte der Richter bedächtig. »Und Ihr glaubt, dass sie sich sammeln? Zu welchem Zweck?«

»Meinen Leuten ist bereits vor Tagen aufgefallen, dass sie die Berge verlassen. Dutzende, ja Hunderte der Verzweifelten ziehen ins Fenn. Sie scheinen etwas Großes vorzuhaben. Die Ermordung von Telem und der Angriff auf Gut Dimgast könnten damit zusammenhängen. Die Taten richteten sich immerhin gegen zwei der mächtigsten Männer des Westens. Es heißt übrigens auch, dass der berüchtigte Silberne sie anführe.«

»Unsinn, dieser Mann ist eine Erfindung der Bauern«, knurrte der Feuermagier.

»Sagt Ihr das, weil Ihr ihn noch nie zu Gesicht bekommen habt, Meister Robar?«, fragte Dregin spöttisch. »Einer meiner Männer hat ihn – zufällig – gesehen. Er hätte vielleicht sogar etwas unternehmen können, doch, wie gesagt, die Sicherheit im Graufenn liegt nicht mehr in unserer Hand.«

Der Feuermagier sah ihn finster an. »Das wird auch so bleiben, Abot.«

Dregin gab sich begütigend: »Wir sollten in diesem Fall zusammenarbeiten, Robar. Das Fenn ist groß, und es wäre Platz für Streifen beider Bruderschaften.«

»Ach, und Ihr wäret bereit, Eure Männer unter unseren Befehl zu stellen?«, fragte der Feuermagier herausfordernd.

»Natürlich nicht«, gab Dregin zurück. »Ich rede davon, dass wir gleiche Rechte und Pflichten übernehmen. Im Augenblick sollten wir aber vor allem überlegen, wie wir zusammen diese Bauernrotte bekämpfen wollen. Ich weiß nicht, wie viele sich im Alten Grund sammeln, aber ich bin sicher, es ist eine zu große Anzahl für Eure Männer, Robar. Und wir müssen schnell handeln, denn jeden Tag werden es mehr. Was, wenn sie einen Sturm auf die Stadt planen? Wie ich hörte, sind die Braaker unzufrieden mit Eurer weisen Regentschaft, Robar. Was, wenn sie sich vom Aufruhr der Bauern anstecken lassen? So weit darf es nicht kommen. Wir müssen schnell zuschlagen. Schon morgen könnten wir ausrücken. Oder ist das zu früh für Euch?«

Der Zauberer lachte verächtlich. »Zu früh? Gewiss nicht. Ihr unterschätzt die Macht des Feuers, Dregin. Wir werden diese Bauern vor uns hertreiben wie Vieh. Und dann müssen die besten Soldaten des Königs sie nur noch schlachten!«

Dregin wandte sich an Fendar. »Was sagt Ihr, Richter Fendar? Wollt Ihr nicht helfen, den Groll zwischen Feuer und Zwielicht zu begraben? Wollt Ihr Euren Freund Robar nicht überreden, uns helfen zu lassen? Wisst Ihr, die Monde sind dem Feuer derzeit nicht gerade wohl gesinnt.«

Der Richter starrte ihn finster an, dann nickte er. »Nun, ich finde, wir sollten über das Angebot der Graumagier nachdenken, nicht wahr? Ich habe ernste Zweifel, dass Eure Feuermagier allein der Aufgabe gewachsen sind, Robar, und die Diener des Morgengrauens kennen das Fenn viel besser als Ihr.«

»Nicht gewachsen? Wir sind die Brüder des Flammenordens,

des ersten aller Orden von Edun. Diese Bauern sind so gut wie tot, Fendar. Der Aufstand wird bald Geschichte sein – und ich habe das Gefühl, dass es den Söhnen Stors nicht viel besser ergehen wird!«

»Ich werde nie begreifen, dass ein großer Orden wie derjenige der Flammen derart nachtragend sein kann. Eure Fehden liegen doch Jahrzehnte, wenn nicht gar Jahrhunderte zurück«, meinte der Richter, als Meister Robar wütend davongestürmt war. Dann erhob er sich. »Nun, ich werde die Garde alarmieren. Und ich hoffe für uns, dass Euer Plan gelingen möge.«

Damit war die Zusammenkunft beendet.

»Dieser Meister Robar ist wirklich leicht zu durchschauen«, meinte Ginnar Dregin zufrieden, als sie auf dem Weg zu Meister Orchon waren.

»Ich bin wirklich beeindruckt, Meister. Ihr habt jede seiner Antworten fast wörtlich vorhergesehen. Ich hatte schon befürchtet, sie würden unsere Hilfe annehmen. Aber da war etwas, was mir nicht gefiel. Dieser Robar hatte so ein triumphierendes Lächeln im Gesicht, als wir eintraten. Ich habe das Gefühl, dass er etwas weiß, was wir nicht wissen.«

»Das ist Euch also auch aufgefallen?«, meinte Dregin. »Es könnte sein, dass Lygger Tygram es nach Braake geschafft hat und jetzt einer der ihren geworden ist. Bei einem Überläufer würde ich auch triumphieren.«

»Es gäbe noch eine andere Möglichkeit. Feja könnte in ihre Hände gefallen sein.«

Dregin nickte düster, aber er weigerte sich, das zu glauben.

Skuran Orchon brach der kalte Schweiß aus, als ohne jede Vorankündigung Richter Fendar mit einem Feuermagier und zwei Gardisten seine Schmiede betrat. Er zuckte ohnehin schon bei jedem Geräusch zusammen, seit Abot Dregin sein dunkles Geheimnis kannte, aber nun stand der oberste Vertreter des Gesetzes in seiner Werkstatt, nur wenige Schritte von den beiden Toten in seinem Keller entfernt, und schien ihn durchdringend zu mustern. Der Rotschmied fühlte, dass das nicht Gutes bedeutete. »Was kann ich für die hohen Herren tun?«, begann er bemüht freundlich.

»Ihr könnt uns Euer Wissen zur Verfügung stellen, Meister Orchon, Euer Wissen über die Monde und über das Wetter in dieser weiten Bucht, die nach einer Eurer Nixen benannt ist.«

»Wir wollen nicht drum herumreden, Fendar«, mischte sich der Zauberer ein. »Die Monde von Braake sind dieselben wie die von Lente, doch scheinen sie anders zu wirken. Wir müssen wissen, was sie für das Wetter in den nächsten Tagen bedeuten. Die Einheimischen sagen, dass Aithir und Afa nach Mittsommer Regen und Sturm bringen. Ist das wahr?«

Orchon deutete eine Verbeugung an. Er hoffte, es würde sein Zittern verbergen. Dregin hatte ihm diesen Besuch angekündigt – und er hatte ihm haarklein dargelegt, was er zu sagen hatte.

»Ich bin nur ein bescheidener Deuter der sechs Wanderer, Herr, doch helfe ich gerne, wenn ich kann. Wenn Ihr einen Augenblick wartet, hole ich meine Tabellen. Für die nächsten Tage, sagtet Ihr?«

Der Feuermagier nickte düster, und Orchon befahl seinem Gesellen, den Herren Stühle zu besorgen, und lief dann schnell hinüber, um seine Mondtabellen zusammenzusuchen. Auf dem Weg hieß er seine Magd, den hohen Herren Tee zu bringen. Dann hetzte er die Treppe hinauf in seine kleine Studierstube.

Er hörte seinen Sohn jämmerlich husten, aber er hatte keine Zeit, sich jetzt um ihn zu kümmern. Schnell raffte er alle Pergamente zusammen, die er brauchte. Als er die Treppe hinunterpolterte, fragte er sich, wie viel dieser Magier von den Monden verstand. Er musste vorsichtig sein. Vor der Tür zur Schmiede blieb er noch einmal stehen, holte tief Luft und trat dann mit einem unterwürfigen Lächeln ein.

Als er mit seinen Erläuterungen angefangen hatte, vergaß er seine Ängste. Bei den Monden machte ihm niemand etwas vor, und so erklärte er in gebotener Ausführlichkeit, welcher Mond wann welchen Einfluss ausübte und wie sich das auf das Wetter in dieser Gegend auszuwirken pflegte.

Der Richter schien mit freundlichem Interesse zuzuhören, aber bald nicht mehr folgen zu können, der Feuermagier jedoch kannte sich, wie er befürchtet hatte, gut aus.

»Ihr sagt also, dass in den nächsten Tagen Aithir den Himmel regiert? Und Afa zeigt sich ebenfalls schon mit zwei Dritteln. Dennoch behauptet Ihr, dass kein Sturm bevorsteht?«

»Ihr habt natürlich vollkommen recht, Herr. In neun von zehn Fällen steht dieses Zusammenwirken für schwere Unwetter, aber seht – Brunas zeigt seine rote Sichel, und die Leute hier sagen, Brunas kürze den Regen. Vor allem aber entfaltet Eortha einen ersten Teil ihrer Macht, und sie steht Afa gegenüber. Dazu zeigt sich auch das schöne Gesicht von Galtara zu einem Viertel. All diese Kräfte heben Afas Einfluss fast völlig auf. Natürlich müsst Ihr in den nächsten Tagen mit vielen Wolken und einem scharfen Wind rechnen, doch treibt der die kurzen Schauer, die Afa bringen mag, schnell wieder fort.«

»Schauer, sagt Ihr?«

»Wirklich nur kurze Regengüsse, Herr. Es ist keine sehr häufige Konstellation, und wenn Eortha nicht wäre, würde ich Euch empfehlen, bei meinem Freund Hrellech dem Weber einen wasserdichten Umhang zu erwerben, aber Eortha sorgt dafür, dass ich Euch von einer Reise nicht abraten muss.«

»Brunas ist schwach …«, wiederholte der Feuermagier nachdenklich.

Orchon deutete wiederum eine Verbeugung an. »Es ist gewiss nicht die beste Zeit für die Männer Eures Ordens, Herr, doch andererseits schneidet die rote Sichel den Regen.«

»Das sagtet Ihr bereits«, murmelte der Zauberer.

»Wenn Ihr unsicher seid, können wir auf das Angebot von Abot Dregin zurückkommen, Robar«, schlug der Richter vor.

»Auf keinen Fall!«, empörte sich der Magier. »Ein paar Schauer werden uns nicht aufhalten. Ich danke Euch für Eure Auskunft, Meister Orchon.« Er warf eine Handvoll Münzen auf den Tisch. »Sollte Eure Vorhersage sich als zutreffend erweisen, werde ich diese Summe verdoppeln. Solltet Ihr Euch jedoch geirrt haben …« Er vollendete den Satz nicht.

Als die Männer gegangen waren, blieb der Rotschmied lange wie erstarrt stehen. Eortha würde den Einfluss von Afa aufheben? Sie war die Zeitgeberin, die Zuverlässige, die Anfang und Ende der Jahreszeiten bestimmte. Aber mit dem ersten Viertel sollte sie schon einen solchen Einfluss auf Afa haben? Das war lächerlich! Und die Sichel, die den Regen kürzt? Nein, Brunas' Sichel *erntete* Regen, und zwar reichlich! Es war gut, dass der Feuermagier die Sprichwörter der Braaker nicht kannte.

Orchon hätte vielleicht gelacht, wenn er nicht gerade auf Befehl von Abot Dregin die beiden mächtigsten Männer der Stadt angelogen hätte. Er fühlte sich jämmerlich hilflos, denn alles ging schief: Das Mädchen war den Graumagiern verfallen, der Abot erpresste ihn, sein Sohn lag im Sterben, und die Monde kündigten einen gefährlichen Sturm an. Viel schlimmer konnte es nicht kommen.

Feja war der Meinung, dass es dunkel genug war, um Rauch zu verbergen. Sie spannte einen Schleier über die Feuerstelle, wie Span es ihr beigebracht hatte, erst dann entzündete sie das am Tag gesammelte Treibholz. Nach ihrer Flucht hätte sie sich gerne einfach in einen Graben gelegt und geweint, wegen all dem, was geschehen war. Aber was hätte das geholfen? Es musste ja irgendwie weitergehen.

Sie warf einen kritischen Blick auf den Fisch, den sie in einem der Flutgräben gefangen hatte. Diese Art kannte sie nicht, und sie konnte nur hoffen, dass ihre Beute auch genießbar war. Mit Wehmut dachte sie an die Köstlichkeiten, die Bruder Sjodir auf den Tisch gezaubert hatte. War das, was sie am meisten vermisste, tatsächlich das Essen auf der Graufeste? Sie schüttelte den Kopf über sich selbst und starrte in die Glut. Ewig konnte sie sich nicht im Schilf verstecken. Fünf Tage war sie nun schon hier. Der Abend war drückend schwül, und der Blick in den wolkenverhangenen Himmel sagte ihr, dass ein Sturm aufzog – vielleicht sogar eine Sturmflut. Und dann wäre der Schilfgürtel alles andere als ein sicherer Ort.

In den Halmen raschelte es leise. Ihre Hand fuhr zum Gürtel und verharrte. Sie hatte ihr Messer fortgeworfen, blutbeschmiert, wie es gewesen war.

Sie hatte am Ufer Steine gesammelt und aus einem in mühsamer Kleinarbeit eine Klinge herausgeschlagen. Damit konnte man einen Fisch aufschneiden, jedoch nichts, was größer war. Und was immer dort durch das Schilf auf sie zukam, war deutlich größer. Sie zog die Klinge trotzdem.

Die Halme bogen sich zur Seite, dann zeigte sich ein freundliches Gesicht. »Meister Caron!«

Der Zauberer trat auf den Lagerplatz hinaus. »Du bist nicht leicht zu finden, Feja vom Langwald.«

»Ihr seid zurück!« Feja war aufgesprungen. Sie wäre dem Mann gern um den Hals gefallen, traute sich aber nicht.

Der Magier lächelte. »Da wir das Offensichtliche festgestellt haben, sollte ich dir vielleicht erklären, wie man diesen Schleier so webt, dass er nicht nur den Feuerschein verbirgt, sondern auch den Rauch steil nach oben leitet, sodass er nicht schon viele Hundert Schritte weit gerochen …« Er kam nicht weiter, denn jetzt fiel Feja ihm doch um den Hals.

»Ich bin so froh, Euch zu sehen, Meister Caron!«

»Danke, aber wenn du mich nicht loslässt, wird meine Robe Feuer fangen.«

»Verzeiht, Meister …«

»Ist das ein Gründling, den du da essen willst? Ziemlich viele Gräten, oder?«

Feja trat einen Schritt zurück. Sie hatte sich wieder im Griff. »Ihr seid nicht hier, um mit mir über Fisch zu reden, oder?«

»Nein, gewiss nicht. Der Orden schickt mich, das heißt, eigentlich schicke ich mich selbst. Komm, wir setzen uns an dein kleines Feuer, und du verrätst mir, warum du in dieser Schilfwüste ausharrst. Der Abot wollte mir nichts sagen, und die anderen schweigen auf sein Geheiß. Es war der alte Vithun, der dich in Zwielicht und Dunkelheit gesucht und gefunden hat. Merkwürdigerweise hat er es mir hinter dem Rücken des Abots verraten, der seit Tagen darauf wartet, dass unser Verkünder dich aufspürt. Vermutlich will Vithun seinem ehemaligen Zögling eins auswischen. Zum Glück ist der Abot mit größeren Dingen beschäftigt. Aber das ist Politik und kann ebenfalls warten. Also, Feja –

warum hast du die Feste verlassen? Ich hörte etwas von einem Auftrag …«

Feja setzte sich, und dann erzählte sie von den drei Bauernjägern, die angeblich ihren Onkel gehenkt hätten, und wie sie deren Anführer eigenhändig umbrachte. »Span hat mir gezeigt, wie ich einen Mann am besten töte. Wir haben das gründlich geübt. Und es war gar nicht schwer, nur …«

»Du hast nie zuvor jemandem das Leben genommen, nehme ich an?«

»Natürlich nicht!«

»Ich kann verstehen, dass dich das erschreckt hat.«

»Das war es nicht, Meister Caron. Das waren Bauernjäger. Sie haben viele von meinesgleichen getötet – für Geld. Sie hatten den Tod mehr als verdient. Aber …« Sie stockte. »Es war wegen dem, was dann geschah … Der Mann lag im Sterben. Ich fragte ihn, ob er meinen Onkel aufgehängt habe. Er konnte nur noch flüstern, und Span, der sich über ihn gebeugt hatte, erklärte mir, dass der Mann gestehe und um Vergebung bitte.«

»Dann hat dich seine Reue erschüttert?«

»Nein, Meister Caron. Span hat mich angelogen! Ich konnte die Augen des Mannes sehen, als ich ihn beschuldigte. Er hatte keine Ahnung, wovon ich redete. Und er hat auch ganz sicher nicht um Vergebung gebeten. Verflucht hat er mich, weil ich ihn ermordet habe!«

»Bruder Span soll dich getäuscht haben?«

»Ich konnte viel nachdenken in den letzten Tagen. Span und ich … Wir waren zuletzt viel gemeinsam unterwegs, und wir sind … uns nähergekommen. Aber ich fürchte, das war auch alles eine Lüge. Abot Dregin hat uns zusammengebracht. Und wenn er Span befohlen hat, mich bei Eysar zu belügen, wird er ihm vielleicht auch … die anderen Dinge befohlen haben. Sagt mir bitte, Meister Caron – irre ich mich womöglich? Gibt es für all das eine andere, bessere Erklärung?«

Der Zauberer rieb sich nachdenklich die große Nase. »Unser Abot spürte wohl früh, dass du nicht von selbst den Pfad der Dunkelheit gehen würdest, also hat er nachgeholfen. Das passt zu

Dregin, aber es ist eine Schande, dass er den jungen Span dazu benutzt hat.«

»Versteht Ihr jetzt, dass ich nicht zurückgehen kann, Meister Caron?«

»Besser, als du glaubst. Wenn ich es richtig verstanden habe, hast du aber nichts damit zu tun, dass Gut Dimgast halb niedergebrannt ist, oder?«

»Niedergebrannt? Das war Gut Dimgast? Ich habe Rauch gesehen, aber ich wusste nicht … Nerius wohnt dort! Ist ihm etwas geschehen?«

»Er und seine Familie waren in Braake, als das Feuer ausbrach. Den Brand hat man den Aufständischen in die Schuhe geschoben, ebenso wie den Mord an Vogt Telem.«

»Aber – das waren wir! Das waren Span und ich!«

»Ich dachte mir schon, dass Dregin dahintersteckt. Er geht schneller und rücksichtsloser vor, als ich es mir hätte vorstellen können.«

»Aber das Feuer … Nerius ist also nichts geschehen?«, fragte Feja noch einmal. Sie merkte auf einmal, wie sehr sie ihn vermisste.

»Nein, du kannst beruhigt sein. Doch würde ich mich an deiner Stelle von dem Gut fernhalten. Graf Dimgast ist nicht so dumm wie diese Feuermagier. Er glaubt nicht, dass es Bauern waren. Er verdächtigt uns – mit Recht.«

Feja starrte in die Glut. »Dann hat Span das Feuer gelegt? Hat er gewusst, dass Nerius nicht dort war – oder war ihm das gleich?«

»Span ist mit Leib und Seele ein Graumagier. Wenn der Abot ihm etwas befiehlt, tut er es, ganz gleich, was es ist.«

Feja barg die Hände im Gesicht. Das war alles so furchtbar.

»Was hast du jetzt vor?«, fragte Meister Caron.

»Ich weiß es nicht, denn ich weiß nicht mehr, was wahr ist und was nicht. Mein Vater und mein Onkel sind verschwunden. Abot Dregin hat mir erzählt, dass Onkel Halfur tot sei, aber nur, weil ich einen Mann umbringen sollte. Ich hoffe also, dass er mich auch in diesem Punkt belogen hat. Ich muss ihn suchen, doch kann ich nicht zurück nach Braake, da der Feuerorden mich wegen meines verfluchten Lindrosses wahrscheinlich gefangen nehmen würde. Was soll ich also tun, Meister Caron?«

Der Zauberer ließ sich erneut Zeit mit der Antwort. »Ich kann es dir nicht sagen. Ich würde für dich nach Braake gehen, doch das ist im Augenblick nicht möglich.« Und als Feja ihn fragend ansah, fuhr er fort: »Dregin hat dem Flammenorden eine Falle gestellt. Ich bin nicht eingeweiht worden, Feja, und daran kannst du erkennen, dass ich nicht mehr wohlgelitten bin. Aber ich kann dir sagen, dass unsere Bruderschaft heute Morgen mit allen Meistern, Brüdern und Gewappneten ins Fenn aufgebrochen ist. Sie haben sogar die Schüler mitgenommen. Und ich habe erfahren, dass die Feuermagier bereits gestern Braake mit der Garde verlassen haben. Ich nehme also an, dass es auf eine Schlacht hinausläuft.«

»Ein offener Kampf?«, fragte Feja zweifelnd.

»Ich weiß, das passt nicht zu Dregin. Es wäre ein viel zu großes Wagnis. Wir würden viele Leute verlieren, und anders als der große Flammenorden, können wir unsere Verluste kaum ersetzen. Ich nehme an, er will es halten wie Gimlar auf dem Schwarzfeld.«

»Wer?«

»Hast du denn bei mir gar nichts gelernt? Prinz Gimlar, der spätere erste König von Edun? Er hatte einen Bruder, der ihm die Krone streitig machte. Er wollte auch die Zauberer ins Meer werfen, denn er glaubte, dass sie schuld am Untergang von Utor waren. Prinz Betanir kam mit einem großen Heer aus Skros, aber die Zauberer woben Nebel und Dunkelheit und führten ihn in die Irre. So kam es, dass Betanirs Männer völlig erschöpft waren, als sie endlich den Kampfplatz erreichten. Sie ritten in eine gut vorbereitete Falle. Der Boden war mit Pech und brennbaren Ölen getränkt, und als Betanir seine Ritter losstürmen ließ, schickten ihnen die Flammenmagier eine alles verschlingende Feuerwalze entgegen. Um es kurz zu machen – sie wurden vernichtend geschlagen.«

Feja schauderte. »Abot Dregin will die Feuermagier in die Irre führen?«

»Natürlich. Allerdings scheint er vergessen zu haben, dass sie damals auf unserer Seite kämpften. Das Schwarzfeld hat seinen

Namen nämlich erst *nach* der Schlacht erhalten. Noch heute ist die Erde wie verbrannt, und nichts will dort wachsen. Ich fürchte, im Alten Grund könnte Ähnliches geschehen.«

»Der Alte Grund?«, fragte Feja und erbleichte. »Die Bauern … Sie sammeln sich dort. Der Abot hat sie zu Verhandlungen dorthin eingeladen. Er hat … *Ich* habe ihnen erzählt, dass er Frieden sucht.«

Caron sah sie an, als wolle er ihr nicht glauben, dann nickte er langsam. »Jetzt erkenne ich seinen Plan … Er hetzt die Feuermagier auf die Bauern – und erledigt dann diejenigen, die das Gemetzel überleben.« Donner rollte über den schwarzen Himmel. Der Magier sah hinauf. »Das Wetter ist auf Dregins Seite! Wenn der Regen über das Fenn fegt, wird die Macht des Feuers gebrochen. Komm, Feja, wir müssen das verhindern!«

»Wir zwei? Wie denn?«

»Da wird uns schon etwas einfallen.«

Sie löschten das kleine Feuer und brachen sofort auf. Meister Caron entzündete eine Fackel, obwohl sie so leicht entdeckt werden konnten, aber der Himmel hatte sich derart verfinstert, dass sie sonst nicht die Hand vor Augen gesehen hätten. Die halbe Nacht hasteten sie nach Norden. Bald folgten sie der Straße, denn dort kamen sie auch ohne Fackel gut voran.

»Ich weiß, dass es gefährlich ist, Feja, aber wir müssen vor dem Morgengrauen im Alten Grund sein, sonst gibt es ein verheerendes Gemetzel.«

Als sie sich ihrem Ziel näherten, verließen sie die Straße, und Caron suchte Deckung in einem Wäldchen. »Es wäre aussichtslos, auf gut Glück weiterzugehen. Doch ich kann das Zwielicht fragen. Zwar bin ich darin lange nicht so gut wie Meister Vithun, aber gleich drei Heere auf einmal werden sich schon finden lassen.«

Er schloss die Augen und murmelte eine Beschwörung.

Feja trippelte ungeduldig auf der Stelle. Sie spähte zur Straße. Die Nacht war pechschwarz, nur über der fernen See kündigte Wetterleuchten ein kommendes Unwetter an.

»Ich habe sie gefunden, Feja. Gib mir deine Hand, dann kann ich sie dir zeigen.«

Feja reichte ihm zögernd die Rechte. Sie erinnerte sich mit Unbehagen an die letzte Begegnung mit Meister Dregin, der ungebeten in ihr Innerstes eingedrungen war. Aber bei Meister Caron war es anders. Eine samtweiche Dunkelheit berührte ihren Geist, und dann sah sie vor sich eine schwarze Landschaft ausgebreitet. Schilffelder erstreckten sich bis zur Küste, an der sich unablässig bleiche Wellen brachen. In der Schwärze tauchten jetzt verschwommene Gestalten auf.

Die Stimme von Meister Caron schwebte über dem Land. *Dort, im Norden, das müssen die Bauern sein, denn das ist die größte Gruppe. Sie sind klug genug, auf Feuer zu verzichten. Da, an jenem breiten Graben, fast in der Mitte des Grunds … das sind die Feuermagier. Siehst du ihre Lagerfeuer?*

Feja nickte. Sie sah mehrere gleißende Punkte, die die schwarze Harmonie zerrissen.

Und hier, im Süden, diese kleinere Gruppe, auf diesem seltsamen kleinen Hügel, das ist der Graue Orden.

»Auch sie verzichten auf Feuer«, flüsterte Feja, als sie die winzigen grauen Flecken sah, die dort lagerten. »Und das dort – diese Flecken, die nach Norden ziehen?«

Caron löste die Verbindung. »Das weiß ich nicht. Aber da sie ohne Fackeln marschieren, sind es entweder Aufständische oder Leute von uns. Nein, es sind Leute von uns. Sie wollen den Männern im Alten Grund die Fluchtwege versperren. Du solltest ihnen aus dem Weg gehen, Feja.«

»Ich verstehe. Ihr wollt mich zu den Bauern schicken.«

»Du warst schon bei ihnen, und deinen Worten nach zu urteilen hast du ihr Vertrauen errungen. Versuche, sie zum Rückzug zu überreden. Glaubst du, du kannst dir den Weg dorthin einprägen?«

Wieder beschwor er das Zwielicht. Feja starrte auf die schwarze Landschaft, die von dunkelgrauen Gräben und unsicheren Pfaden durchzogen wurde. Sie fand einen Wald, noch nördlich der Bauern, und versuchte, ihn sich als Orientierungspunkt zu merken. »Kommt Ihr nicht mit mir, Meister Caron?«

»Ich werde zu den Unseren gehen. Vielleicht kann ich dem

Abot oder den anderen Meistern diesen Unsinn ausreden und das Schlimmste verhindern.«

Die samtene Dunkelheit schwand und wurde ersetzt durch eine Finsternis, die umso tiefer wirkte, je heftiger in der Ferne die Blitze zuckten.

Der Zauberer war aufgesprungen. Er legte ihr eine Hand auf die Schulter. »Viel Glück, Feja! Ich hoffe, wir sehen uns bald wieder.« Dann drehte er sich um und hastete davon. Fast sofort verschluckte ihn die Nacht.

Feja seufzte, rief sich das Bild in Erinnerung und eilte nach Norden. Sie sah den Weg als graue Linie in der Nacht und lief, so schnell sie konnte, um die Bauern vor dem Verrat zu warnen.

Sie hetzte und stolperte durch die Dunkelheit. Bald kämpfte sie sich durch dichtes Schilf. Als sie glaubte, dem Ziel nahe zu sein, rief sie den Schleier, denn sie fürchtete, ein Wachposten könnte sie für einen Feind halten und angreifen, bevor sie sich erklären konnte.

Die Schilffelder waren hier viel zerrissener als nahe der Graufeste und unterbrochen von morastigen Wiesen und Wasserläufen, die Feja zu Umwegen zwangen. Endlich entdeckte sie einige Wachen in der Nacht. Das musste das Lager sein! Sie sammelte all ihren Mut und schlich zwischen ihnen hindurch weiter voran.

Lange Reihen von Männern hockten in der Dunkelheit. Manche unterhielten sich leise, andere lagen still und versuchten wohl, Schlaf zu finden. Niemand bemerkte den Schatten, der zwischen ihnen hindurchhuschte.

Feja brauchte eine Weile, aber dann entdeckte sie mehrere Männer, die etwas abseits beisammenstanden und sich zu beraten schienen. Sie hatte die Anführer gefunden.

Einer von ihnen zog plötzlich sein Schwert. »Wer kommt da?«, rief er. Er schien Feja direkt anzusehen.

Sie senkte den Schleier. »Gut Freund«, sagte sie.

Jetzt griffen auch die anderen Männer nach ihren Waffen.

»Schickt der Abot noch einen Boten?«, fragte einer von ihnen.

Feja stutzte. Die Aufständischen wussten, dass die Graumagier auch hier waren?

»Ich komme nicht von Abot Dregin, sondern bin hier, um Euch zu warnen.«

»Ah, ist das nicht das Mädchen, das uns die Botschaft ins Lager brachte?«, fragte einer.

Ein anderer bestätigte: »Ich erkenne die Stimme, Silberner. Es ist das Mädchen, das die Männer die Glücksbotin nennen.«

»Ich bin es, Mener Sarg«, bestätigte Feja. Und sie schämte sich, weil sie dazu beigetragen hatte, diese Männer hierherzulocken.

»Du kommst nicht von Dregin – und willst uns warnen?«, fragte die samtene Stimme des Mannes, der zuerst seine Waffe gezogen hatte und offenbar der legendäre Silberne war, in dessen Lager sie und Span gewesen waren.

»Der Alte Grund ist voller Feuermagier und Soldaten, Herr«, erklärte sie.

»Das wissen wir längst, junges Fräulein«, entgegnete der Silberne. »Doch komm, lasst uns ein Stück zur Seite gehen. Ich denke, wir haben einiges zu bereden.« Seine Stimme kam Feja bekannt vor.

Der Silberne bat seine Männer, auf ihn zu warten, und zu Fejas Überraschung blieben sie zurück und übten sich in Geduld.

»Du bist die Lebensdiebin«, stellte der Silberne fest, als sie ein Stück gegangen waren.

»Ihr wisst …« Feja stockte. Plötzlich erinnerte sie sich, woher sie die Stimme kannte: »Ihr seid Bruder Bredhir! Wir sind uns am Stadttor von Braake begegnet!«

»Du hast ein gutes Gedächtnis. Aber sei nicht so laut. Für diese Männer bin ich der Silberne, und das soll auch so bleiben.«

»Aber … dann führt einer von *uns* diesen Aufstand?«, fragte sie leise.

»Im Augenblick schon.« Der Silberne klang belustigt.

»Wollt Ihr diese Bauern wirklich gegen die Feuermagier und die königliche Garde in die Schlacht führen? Das werden sie nicht überleben!« Ein warmer Wind fuhr ins Schilf und ließ es rauschen. Das Wetterleuchten schien Feja viel näher gekommen zu sein.

»Nicht so laut«, mahnte der Graumagier sie erneut. »Wir werden nicht alleine kämpfen. Unsere Brüder und Schwestern werden an unserer Seite sein. Und das Wetter ist auch mit uns. Der Sturm wird die Feuermagier im Regen ertränken.«

»Wenn er rechtzeitig kommt«, entgegnete Feja kopfschüttelnd. Meister Caron hatte ihr unterwegs so einiges erklärt, deshalb sagte sie jetzt: »Der Abot hat Euch belogen. Er will Eure Männer auf die Magier hetzen – und erst eingreifen, wenn die Schlacht geschlagen ist und die Feuermagier ihre Kraft verbraucht haben. Dann werden bereits Hunderte von Euch verbrannt sein.«

»Du solltest so einen Unsinn nicht laut sagen, Mädchen, es könnte dir schlecht bekommen.«

Der drohende Unterton war nicht zu überhören.

Feja ließ sich nicht einschüchtern. »Ich werde sagen, was ich sagen muss. Diese Männer verdienen es nicht, für die Pläne unseres Abots zu sterben.«

Der Zauberer vollführte im Dunkeln eine schnelle Bewegung, die Feja mehr ahnte als sah, und dann wurde es dunkel um sie. Instinktiv sprang sie einen Schritt zurück. Sie fühlte einen scharfen Schmerz, als eine Klinge ihren Arm streifte, warf sich zur Seite, rollte sich ab. Sie rief ihrerseits das Zwielicht und streifte die magische Binde von ihren Augen.

»Obacht, Männer! Eine Verräterin!«, rief Bredhir.

Das Lager geriet in Bewegung. Irgendein Dummkopf entzündete eine Fackel. Eine zweite flammte auf. Feja duckte sich und wich weiter zurück. Dann rannte sie los. Ein Pfeil zischte an ihr vorüber.

»Das Licht aus, ihr Narren!«, zischte der Silberne.

Weitere Pfeile flogen dicht an Feja vorbei. Sie schlug Haken und rannte um ihr Leben. Plötzlich tauchte einer der Wachposten vor ihr auf. Er hatte sein Schwert gezogen. Sie wich seinem Hieb aus und rammte ihm ihr Knie in den Unterleib. Hinter ihr schien das ganze Fenn in Bewegung geraten zu sein. Stimmen brüllten Befehle, Pfeile zischten, und immer mehr Männer jagten sie.

Ein breiter Wasserlauf versperrte ihr den Weg, sie bog ab und folgte ihm notgedrungen tiefer in den Sumpf hinein. Schwere Männerstiefel trampelten hinter ihr durchs Schilf. Geschosse schlugen neben ihr in den schweren Boden. Ein Blitz zuckte über den Himmel, und für einen Augenblick sah Feja vor sich ein riesiges Feld von Schwertlilien fahlgelb aufleuchten. Ihre Halme wurden vom Wind geneigt, wie Speere vor einem Angriff. Dann zog mit einem heftigen Windstoß ein Schauer über das Land.

Regen klatschte Feja ins Gesicht, und schon nach wenigen Schritten hatte sie keinen trockenen Faden mehr am Leib. Sie wandte sich um. Blitz auf Blitz enthüllte Dutzende Bewaffnete, die hinter ihr durch Binsen und Schilf ausschwärmten.

Feja hastete weiter. Die ganze Nacht war sie nun schon gerannt, und sie spürte, dass sie bald am Ende ihrer Kräfte sein würde. Warum ließ Bredhir sie nicht einfach ziehen? Sie lief weiter. Ihre Verfolger schienen nach und nach zurückzufallen. Sie warf sich in einen Wasserlauf und schwamm hindurch. Auf der anderen Seite schöpfte sie erst einmal Atem. Der nächste Blitz spaltete den Himmel, er war so nah, dass sie zusammenzuckte, und der Donner grollte so laut, dass er durch ihre Knochen zu rollen schien. Sie sprang auf und hastete davon.

Was sollte sie jetzt tun? Die Feuermagier warnen? Wenn dieser Richter bei ihnen war … Dieser Mann hatte auf sie einen guten Eindruck gemacht. Vielleicht konnte sie ihn zum Rückzug überreden? Aber er kannte sie und ihr Lindross. Wenn er sie festnahm? Sie biss grimmig die Zähne zusammen. Das sollte er nur versuchen …

Feja stolperte weiter über den morastigen Grund. Das Licht der Blitze blendete sie, und sie sah einen in eine nahe Weide einschlagen. Der Donnerschlag war ohrenbetäubend.

Sie blickte sich um. War da Licht? Tatsächlich schien es ihr, als würde ein Stück voraus etwas im Sumpf leuchten. Fackeln? Nach ihrer Berechnung war das Lager des Flammenordens noch weit …

Aber dann schälte sich vor ihr eine Reihe von gepanzerten Soldaten aus der Dunkelheit. Sie trugen Fackeln, und zwischen ihnen marschierten Magier. Sie schienen zu wissen, wohin sie wollten.

Feja durchzuckte es: Die Fackeln, die die Bauern ihretwegen entzündet hatte – sie hatte dem Flammenorden die Position seines Feindes verraten!

Sie blieb stehen, unschlüssig, was sie tun sollte. Da lief in der ersten Reihe ein junger Magier, dessen Gestalt ihr vertraut vorkam. Sie musste zweimal hinsehen, bis sie sicher war: Lygger Tygram.

Jemand brüllte einen Befehl über das Prasseln des Regens, und die doppelte Reihe der königlichen Garde hielt an.

»Ein Pfeil«, rief die helle Stimme von Lygger. Feja drehte sich um. Ja, ein einzelner brennender Pfeil kämpfte sich im Sturm in die Höhe. Sie bekam ein ganz böses Gefühl in der Magengegend.

Ginnar Dregin stand auf einem werischen Hügelgrab. Er stemmte sich gegen Wind und Regen blickte zu den schnell dahinjagenden Wolken auf. Der Sturmmond zog irgendwo da oben seine Bahn und schickte sich an, seinem Namen alle Ehre zu machen. Die Sonne würde bald aufgehen, doch drang ihr Licht nicht durch den verhangenen Himmel. Es war die Zeit des Morgengrauens – die Zeit seines Ordens. Doch der Himmel war mit schwarzen Wolken verhängt, und wenn die Blitze nicht zuckten, war es so dunkel wie in tiefster Nacht.

Schauer peitschten über das Land, und irgendwo in der weitläufigen Senke vor ihm irrten die Feuermagier hoffentlich durch den Alten Grund.

»Werden sie nicht umkehren, wenn sie merken, dass die Monde sich gegen sie verschworen haben?«, fragte Meme Sulling, die neben ihm auf der Anhöhe stand und der die Haare nass am Kopf klebten. Sie roch unangenehm nach Schwefel, aber Dregin war bereit, das zu ignorieren, seit er wusste, dass dieser übel riechende Stein ihr Lindross war. Sie alle hatten ihr Bargan bis zum Bersten gefüllt.

»Das werden sie irgendwann versuchen, aber Svelgar und Bruder Yorn haben die Wege hinaus verborgen und falsche Fährten gelegt. Unsere Roten Freunde werden noch eine ganze Weile dort unten herumirren, bis sie merken, dass sie nur unseren Schatten hinterherhetzen. Habt Ihr dem Silbernen das Gift zukommen lassen?«

Die Alchemistin nickte. »Bruder Span hat es ihm mit der jungen Gabra gebracht. Sie sind eben zurückgekehrt.«

»Hat Gabra die Zahl der Aufständischen schätzen können?«

»Es sind wohl keine tausend nach dem, was das Mädchen sagt. Und sie seien schlecht bewaffnet. Selbst Gabra meinte, dass sie für die königlichen Gardisten keine Gegner seien, geschweige denn für mächtige Magier.«

»Euer Gift auf ihren Pfeilen sollte den Nachteil etwas ausgleichen«, rief Dregin gegen den immer stärker werdenden Wind.

»Das will ich hoffen. Ich habe fast all meine Vorräte aufgebraucht und kam die letzten zwei Wochen kaum zum Essen oder Schlafen«, rief die Alchemistin.

»Ich weiß Eure Leistung durchaus zu schätzen, Meme Sulling …«

Sie nickte mürrisch. »Dennoch frage ich mich, ob sich diese halb verhungerten Bauern dem Kampf stellen werden.«

»Da sie glauben, dass wir ihnen jeden Augenblick zu Hilfe kommen – warum nicht?«

Die Alchemistin blickte auf das von Böen gepeitschte Schilfmeer. »Aber es steht fest, dass wir ihnen nicht helfen werden, oder?«

Dregin beantwortete die Frage nicht. Er genoss den schweren Regen, der ihm ins Gesicht klatschte. Der Schilfgürtel war hier eher ein Band unzähliger Schilfinseln, zwischen denen sich Gräben, Tümpel, Moore und Sümpfe dahinzogen. Wenn alles nach Plan lief, würden sich die Heere in ein paar Stunden irgendwo dort begegnen.

»Diese Feuermagier können nicht so dumm sein, den kommenden Sturm für einen kurzen Schauer zu halten«, rief Meme Sulling und rieb sich Wasser aus dem Gesicht. »Wenn sie klug sind, kehren sie um. Und wenn sie noch klüger sind, bemerken sie, dass wir die Wege mit Magie verbergen.«

Dregin reckte sich. Was war das? Er unterdrückte einen Fluch. »Dafür ist es jetzt zu spät«, rief er, um seine Überraschung zu verbergen. Ein einzelner Funke stieg in weiter Entfernung in die Höhe, kaum sichtbar im dichten Grau der Schauer: ein Brandpfeil! »Ruft Meme Salmango – es wird Zeit, dass sie ihre Gabe nutzt!«

Die Tsungamerin erschien nur einen Augenblick später. Dregin entging nicht, dass ihre am Morgen noch goldenen Ohrringe und Armreife zu stumpfem Eisen geworden waren.

»Es ist Zeit, dass Ihr den Sturm entfesselt, Meme.«

»Er käme auch ohne mein Zutun«, erwiderte sie mit Blick auf den schwarzen Himmel.

»Aber wir brauchen ihn jetzt!«, rief der Abot gegen den stärker werdenden Wind.

Die Meme nickte und trat auf die Hügelkuppe. Sie reckte die Arme gegen den Himmel.

»Was tut sie da?«, fragte Meister Valir, der den Hügel hinaufgekeucht kam.

»Sie zeigt ihre angeborene Gabe.«

Die Zauberin rief Beschwörungen in einer fremden Sprache. Um sie herum schien das Licht ganz fahl zu werden.

Valir starrte sie mit offenem Mund an. Dregin konnte seine Gedanken erraten und rief: »Ihre Eltern schickten sie zuerst nach Nargatt, aber der Sturmorden nimmt keine Fremden auf – zu unserem Glück!«

Das fahle Licht schraubte sich zum Himmel empor, und als es die Wolken berührte, entlud sich die aufgestaute Gewalt des Unwetters mit einem blendend hellen Blitzschlag.

»Sind unsere Leute bereit?«, fragte Dregin seinen Sturmrat, als der Donner verklungen war.

»Ich habe sie mit dem Schattenmarschall in Stellung gebracht. Und Svelgar hat die Wege aus diesem Sumpf unter Kontrolle, Herr.«

Ein langer Blitz zuckte vor den Wolken. Vor seinem Gleißen zeichnete sich eine seltsame Dunkelheit ab, unter die sich hier und da kleine Lichtpunkte gemischt hatten. Sie wurde vom Wind weit getragen.

»Seht nur, die Bauern haben sich mit dem Wind verbündet!«, rief Dregin.

»Pfeile!«, rief Valir. »Aber warum auch Brandpfeile?«

»Sie wollen wohl sehen, was sie treffen«, murmelte Dregin, der es für keine gute Idee hielt, Feuermagier mit Brandpfeilen anzugreifen.

Plötzlich loderten Flammensäulen auf.

»Sie stecken das Schilf in Brand!«, rief Meme Sulling.

»Sie versuchen es«, korrigierte Ginnar Dregin grimmig.

Die helle Flamme fiel schnell in sich zusammen, dann trug der Sturm ganz schwach das Gebrüll vieler Männer herüber: *»Gimlarin! Gimlarin!«*

»Sind das die Bauern?«, fragte die Alchemistin.

»Nein, das sind die Gardisten des Königs. Hört Ihr nicht, dass sie seinen Namen rufen? Sie greifen an, weil sie den Pfeilhagel nicht vertragen. Aber auf dem sumpfigen Grund werden ihre schönen Rüstungen sie mehr behindern als beschützen. Und Euer Gift sollte ein Übriges tun.«

Wieder stiegen Feuersäulen über dem hohen Schilf auf. Der Regen setzte plötzlich aus, und der Sturm schien Luft zu holen. Dregin biss sich auf die Lippen. Sollte das Wetter plötzlich gegen ihn sein? Er blickte hinauf zur Hügelkuppe. Meme Salmango kauerte dort oben und rang nach Luft. Hatte er ihre Kraft überschätzt?

»Soll ich das Zeichen geben?«, fragte der Sturmrat.

»Noch nicht«, sagte Dregin. »Wenn Ihr meine Anweisungen befolgt habt, kommt der Kampf irgendwann zu uns – oder besser, das, was von ihm übrig ist.«

In der Ferne schoss ein Feuerball durch das Schilf, und bald darauf wehte der Wind viele schrille Schreie herüber.

»Vielleicht haben wir die Roten unterschätzt«, meinte Valir. Er nestelte unruhig an seinem Schwertgriff.

Auch Dregin wurde nervös. Er hatte geglaubt, die Bauern würden den eigentlichen Kampf länger vermeiden, und dass ihre Giftpfeile die Feuermagier schwächen würden. Und er hatte darauf gebaut, dass der Sturm zur richtigen Zeit lange und heftig wüten würde. Aber jetzt ebbte der Wind ab, die Wolken rissen auf, und Kampfeslärm drang durch das Schilf. Wo blieben die Pfeile?

Er hielt die Unsicherheit nicht mehr aus. »Macht Euch bereit«, befahl er. »Wir rücken vor!«

Valir lief den Hügel hinab und gab Zeichen. Die Männer und Frauen sammelten sich. Dregin musterte die Schar. Er hatte vom Schmied bis zum Koch alles aufgeboten, was ein Schwert halten konnte. So waren sie immerhin sechzig, wenn er die Schüler mitzählte. Und warum sollte er sie nicht mitzählen? Der Schattenmarschall lief zwischen ihnen auf und ab und sprach ihnen Mut zu. Seine Hände waren noch erdverkrustet – auch er hatte also sein Lindross genutzt.

Nur ein Mann stand mit verschränkten Armen abseits. Meister Caron. Er war aus dem Nichts aufgetaucht und hatte tatsächlich versucht, ihm seinen meisterhaften Plan auszureden.

Der Abot betrachtete ihn voller Verachtung. Caron weigerte sich, mit ihnen zu kämpfen. Er hatte sich nur bereiterklärt, sich mit Ailon Bainach um die Verwundeten zu kümmern. Dregin nickte seinen Leuten zu. Sie sahen ihn erwartungsvoll an. Er spürte ihre Unsicherheit. Vielleicht hätte er noch eine aufmunternde Rede halten sollen, aber eigentlich war doch alles gesagt.

Auf der anderen Seite des Sumpfes führte Meister Svelgar noch einmal fünfzig Männer, Gewappnete zumeist. Das würde hoffentlich genügen, um sich um jene zu kümmern, die nach Norden fliehen wollten.

Dregin hob sein Schwert, und die Graumagier rückten stumm in die Senke vor. Nasses Schilf schlug ihm ins Gesicht. Der Wind kehrte zurück und wehte den Lärm des Kampfes heran. Wie weit war die Schlacht entfernt? Dregin wusste es nicht. Plötzlich sah er eine Bewegung in den dichten Halmen: Ein Mann in schwarzroter Robe hinkte eilig durch einen Wasserlauf. Ein Pfeilschaft ragte ihm aus der Schulter, ein zweiter aus dem Bein. Ein Schatten trat ihm entgegen, wurde zu Meister Valir. Eine kurze Bewegung, ein schneller Schnitt, und der Mann sank leblos zu Boden.

Dregin beschwor das Zwielicht und flüsterte seinen Leuten zu, dass sie anhalten und ihre Schutzzauber weben sollten. Sekunden später waren sie schon nicht mehr zu sehen. Er wartete. Brandgeruch wehte über das Schilf. Es erschien ihm unnatürlich still. Dann zuckte ein Blitz, Donner grollte, und der Sturm fiel mit neuer Macht über das Fenn her.

Der Regen fiel so dicht, dass Dregin keine dreißig Schritte weit sehen konnte. Wieder tauchte ein einzelner Mann im Schilf auf, ein Gardist, der in seiner schweren Rüstung einen Tümpel entlangtaumelte. Auch sein Leben endete plötzlich. Er fuhr noch herum, als er den Stich fühlte, aber Meme Sulling steckte da ihren Dolch schon wieder weg.

Dregin gab den Befehl, weiter vorzurücken. Er sah seine Leute nicht, aber er wusste, dass sie im Schutz des Dunkels durch das Schilf schlichen. Eine unsichtbare Streitmacht, die den Feuermagiern in den Rücken fallen würde.

Es stank nach verbranntem Fleisch. Dregin hielt am Rand einer verkohlten Fläche. Der Boden qualmte noch, aber der Regen wusch die Asche schon fort. Leblose Leiber lagen dort in einem Graben, ein ganzes Dutzend auf einem Haufen. Und daneben lagen weitere Tote, Bauern und Gardisten, dicht an dicht, schlammbedeckt und kaum voneinander zu unterscheiden.

Ein Stück voraus loderte wieder ein Feuer auf. Männer brüllten vor Schmerz und Verzweiflung.

Der Sturm trieb den Regen jetzt so dicht über das Schilf, dass alle Farben zu einem nebelhaften Grau verschwammen. Er schien die Schlacht in viele kleine Gefechte zersprengen zu wollen.

Dregin sah weiter rechts einen hellen Feuerschein durch das Schilf ziehen, dann noch einen viel weiter links, und immer wieder schrien Männer, die von den Flammen getroffen wurden.

Rechts ertönte plötzlich lautes Gebrüll, und eine Rotte Bauern stürmte durch das Schilf. Dregin konnte nicht sehen, wen sie angriffen, dann hörte er Schwertergeklirr und Flüche unter dem Donnergrollen, mit dem der Himmel seine Schleusen geöffnet hatte.

Dregin fluchte. Sie waren zu nah!

Der Angriff der Rotte schien gescheitert. Sie zog sich kämpfend zurück, ein Dutzend Männer, das von gerade einmal fünf Gardisten vertrieben wurde. Die ersten Männer warfen ihre Waffen fort und verschwanden im Schilf. Dregin glaubte, leise Schreie zu hören, und wusste, dass die Fliehenden nicht weit gekommen waren. Die Männer, die noch kämpften, wurden genau auf ihn zugetrieben. Die Soldaten metzelten sie einen nach dem anderen nieder, bis nur noch zwei übrig waren. Dann tauchten, wie aus dem Nichts, Graumagier auf und fielen den Königlichen in den Rücken. Auch Dregin erhob sich, glitt auf den verbrannten Platz hinaus und streckte einen der Gardisten nieder. Hinter ihm bewegte sich etwas. Er fuhr herum, sah in das dankbare Gesicht eines Bauern – und tötete den Mann mit einem schnellen Stich. Plötzlich brach ein Dutzend Soldaten aus dem Schilf hervor. Sie brüllten den Namen des Königs und griffen an. Aber da war Buklar, der Schattenmarschall. Er breitete die Arme aus und ließ einen markerschütternden Schrei hören. Selbst Dregin, dem der Schrei nicht galt, spürte die Angst, die dieser Schrei verbreitete. Buklar war vielleicht träge wie ein Bär, aber er verstand auch, wie einer zu brüllen. Die Gardisten blieben stehen, dann wandten sie sich zur Flucht. Graumagier setzten ihnen nach.

Ein Zauberer verharrte auf der anderen Seite der schwarzen Lichtung. Er streckte die Arme aus und schleuderte einen Feuerstoß auf Dregin. Der Flammenstrahl war schmal und nur von kurzer Dauer, aber gut gezielt. Dregin konnte erst im letzten Augenblick ausweichen. Der Zauberer versuchte erneut, sein Element zu beschwören, aber dann erschienen zwei graue Gestalten hinter ihm, und eine durchtrennte ihm mit dem Messer die Kehle.

Es war eine Schülerin, Nemma, und Dregin bildete sich ein, im Feuerschein die Kampfeslust in ihrem Gesicht zu sehen. Er hob einen Finger an die Lippen als Zeichen der Stille – und sogleich verschwanden seine Leute wieder und wurden unsichtbar.

Der Sturm zog brausend durch das Schilf, über ihnen zuckten Blitze, und vor ihnen tobte die Schlacht. Ginnar Dregin gab den Graumagiern das Zeichen, langsam weiter vorzurücken.

Feja versteckte sich unter den Wurzeln einer umgestürzten Weide, denn sie wusste keinen Ausweg. Sie war mitten in die Schlacht geraten und sah um sich herum Männer kämpfen und fallen, Bauern ebenso wie Gardisten des Königs. Jetzt humpelte ein Zauberer auf ihr Versteck zu, einen abgebrochenen Pfeilschaft im Bein. Er lehnte sich an die Weide, und sie hörte ihn stöhnen. Vielleicht versuchte er, den Pfeil zu entfernen, vielleicht hatte er noch mehr Wunden davongetragen.

Feja hätte ihm geholfen, aber vermutlich hätte der Mann sofort versucht, sie umzubringen. Also blieb sie unter den Wurzeln in der Senke, die allmählich mit Wasser volllief. Vorsichtig tastete sie sich ein Stück hinaus. Ein Blitz schlug nicht weit von ihr ins Fenn, und dann sah sie den Widerschein von Feuer über dem Schilf. Es roch verbrannt. Der Magier stöhnte immer noch, aber jetzt beugte er sich vornüber und erbrach sich.

»Da ist einer!«, brüllte eine laute Stimme. Drei Bauern erschienen im Licht der Blitze. Der Verwundete hob abwehrend die Hand. Wollte er sich ergeben? Wollte er einen Feuerball schleudern? Feja wusste es nicht, und die Angreifer warteten nicht ab, sondern griffen an. Der erste hob seinen Dreschflegel und schlug brüllend auf den Zauberer ein, bis der sich nicht mehr rührte.

Feja kroch wieder in ihre Deckung. War das Drescher gewesen? Sie war sich nicht sicher. Jemand schrie, und dann stampften schwere Stiefel durch die Schwertlilien. Waffen klirrten, Männer keuchten, das Keuchen gerann zu einem Wimmern – und plötzlich wurde es wieder still.

»Weiter geht's, Männer!«, kommandierte eine fremde Stimme.

»Wo sind die unsrigen, Hauptmann?«, fragte eine andere.

»Irgendwo dort … Verfluchter Sturm! Vorwärts jetzt!« Die Männer hasteten davon, und Feja wagte sich aus der Deckung. Die drei Aufständischen lagen dicht beieinander und rührten sich nicht. Feja kroch zu ihnen. Im Schein zuckender Blitze erkannte sie, dass es tatsächlich Drescher war, der mit weit aufgerissenen Augen in den Himmel starrte. Kurzer lag an seiner Seite. Den dritten Mann kannte sie nicht.

Feja starrte sie entsetzt an. Sie hatte diese Männer hierhergelockt. Sie hatte dem Abot geglaubt, als er gesagt hatte, dass er den Frieden wolle. Nun klebte dieses Blut auch an ihren Händen.

Sie wurde wütend. Lauter Donner rollte über das Fenn. Weitere Tote lagen zwischen den Schwertlilien, und hier und da zuckte Feuerschein gen Himmel. Beißender Qualm zog durch das Schilf. Die Schlacht schien überall zu sein.

Feja hielt es nicht mehr aus. Sie versuchte, sich Carons Bild in Erinnerung zu rufen, aber sie hatte die Orientierung verloren. Auf gut Glück stolperte sie in die Richtung, die sie hoffentlich aus diesem Inferno herausführen würde. Sie irrte durch Gräben, wich dem Kampfeslärm aus und schlich um verbrannte und verstümmelte Leichen herum. Ging sie im Kreis? Sie wusste es nicht. Der Himmel war so schwarz wie vor Stunden. Es schien nicht Tag werden zu wollen. Sie stolperte über einen Körper, der leise aufstöhnte. Es war ein junger Mann in einer Robe, der vewundet auf der Seite lag. War das Span? Der Gedanke lähmte sie. Sie beugte sich hinab und drehte ihn auf den Rücken. Nein, Span war das nicht, dieser Mann war jünger. Ein Blitz erhellte den Himmel für ein einen schrecklichen Augenblick, in dem Feja das halb verbrannte Gesicht erkannte.

»Hallir«, flüsterte sie erschüttert.

Er stöhnte und krümmte sich vor Schmerz, als Feja seine Schulter berührte. Sie fühlte verbrannte Kleidung und Haut. Hilfesuchend blickte sie sich um. War da eine Bewegung im Schilf, oder war das wieder nur der Sturm?

»Die Graumagier – hierher!«, rief sie.

Zwei Gestalten tauchten im Regen auf, gepanzerte Soldaten – zum Glück waren es Gewappnete des Grauen Ordens.

»Hallir ist verwundet!«, rief sie. »Kümmert Euch um ihn.« Die beiden Männer kamen näher.

»Und wer seid Ihr?«, fragte der eine, das Schwert in der Faust.

»Eine Freundin«, rief Feja. »Ich muss weiter«, und dann sprang sie auf und verschwand im Schilf. War das nur Regen, der in ihre Augen gelaufen war? Nein, sie weinte, sie weinte um Hallir und all die toten Männer, die sie an diesen Ort geführt hatte. Sie rannte, bis ihr plötzlich drei dunkle Gestalten den Weg versperrten.

»Das ist eine von ihnen!«, hörte sie eine Stimme rufen. »Tötet sie!«

Ein Feuerball raste auf sie zu. Feja duckte sich, schlug einen Haken und floh.

Ginnar Dregin hörte Rufe durch das Brüllen des Regensturms. Der Kampf hatte schon viele Männer in das unsichtbare Netz getrieben, das er hier im Fenn aufgespannt hatte. Die Leichen, die vor ihm auf der schlammigen Erde lagen, bezeugten es.

Plötzlich tauchte wieder jemand aus dem Schilf auf. Doch war es weder ein Bauer noch ein Gardist – es war ein Mädchen in der grauen Robe seines Ordens. Ein Blitz spendete bleiches Licht. Dregin traute seinen Augen nicht: Es war Feja.

Sie rannte fast genau auf ihn zu. Er vergaß seine Vorsicht und versuchte, ihr den Weg abzuschneiden. Dann erst sah er ihre Verfolger: ein junger Magier und zwei Gardisten. Feja schlug einen Haken. Dregin zeigte sich. Der andere Zauberer hielt inne, dann zischte er: »Holt ihn Euch!«

Die beiden Gardisten gehorchten, hoben Schwert und Schild und rannten in ihren schweren Rüstungen auf ihn zu.

Dummköpfe, dachte Dregin, ließ erst den einen in seine Klinge laufen, wich dann dem anderen leichtfüßig aus und rammte ihm das Schwert seines sterbenden Kameraden in den Rücken. Der Feuermagier schien vor Schreck wie gelähmt. Dregin erkannte ihn erst jetzt. Es war Lygger Tygram, der sich endlich aus seiner Erstarrung löste und davonrannte.

Dregin ließ ihn laufen und fuhr herum. Sturm peitschte das Schilf, Blitze zuckten – aber Feja war spurlos verschwunden.

Viertes Buch

Nir – Todesmond

18.

Skuran Orchon blickte durch das leere Fenster. Aithir versank im fernen Westen, und die letzten Wolkenfetzen lösten sich in der Abendsonne auf. Die Frösche quakten, als habe es das Unwetter nie gegeben.

»Der Sturm ist vorüber«, verkündete er überflüssigerweise.

Adach schürte das Feuer unter seinem Kessel und schien ihn gar nicht zu hören.

»Ich hoffe, es war nur das Wetter, das Bainach daran hinderte, uns aufzusuchen«, meinte Hrellech und wirkte besorgt.

»Die Finsternis sollte ihm doch entgegenkommen«, meinte Orchon missmutig. »Unser lichtscheuer Freund freut sich über dunkle Tage. Er sollte längst hier sein!«

Adach schüttelte den Kopf. »Merkt ihr es nicht? Der Wind schmeckt nach Blut! Selbst das Wasser in unserem Kessel ist rot. Das Land ist erschüttert von hundertfachem Tod. Der Knochenmann hat alle Hände voll zu tun.«

Orchon warf einen skeptischen Blick in den Kessel. Das Wasser war klar wie immer. Aber Adach hatte ein feines Gespür für solche Dinge. Adach war ohnehin in vielen Dingen außergewöhnlich. Ein Hauch der alten Magie umwehte ihn. Es gab da etwas, ein Geheimnis, aber er wollte nicht darüber reden.

»Bainach würde mir ohnehin nicht helfen«, meinte Orchon missmutig. »Aber dass ihr mir auch nicht zur Seite springen wollt …«

Hrellech warf ihm einen merkwürdigen Blick zu. »Du verlangst Undenkbares, Skuran. Wir sind keine Mörder, und ganz bestimmt bringen wir kein Mädchen um!«

»Aber sie ist eine Gefahr, da sie sich der Dunkelheit ergeben hat. Die Monde sagen, dass sie Tod über die Stadt bringen wird!«

»Dennoch sind wir keine Ungeheuer, oder?« Der Weber sah Orchon durchdringend an, und dieser beeilte sich zu versichern, dass sie das natürlich nicht seien.

»Es fällt mir schwer, sie für eine Gefahr zu halten, Skuran«, meinte Hrellech jetzt. »Ich bin ihr hier begegnet, und auch wenn ich nicht das Wissen der Nornen der Alten Zeit habe, so bin ich doch sicher, dass ihr nichts Böses innewohnt. Hast du nicht selbst noch vor Kurzem gesagt, dass du viel Gutes von ihr erwartest? Hast du nicht behauptet, sie sei die Erfüllung der alten Legenden und würde das Ende der Gauchen bringen?«

»Aber sie hat ihr Schicksal mit dem der Grauen Hexer verknüpft«, rief Orchon unwillig. Er war drauf und dran, Hrellech von den Vorhersagen seines Spielwerks zu erzählen, aber dann dachte er, dass der Weber es sowieso nicht verstehen würde. Also sagte er nur: »Die Monde täuschen mich nicht!«

»Hast du Feja eigentlich je gefragt?«, wollte Adach wissen.

»Was gefragt?«

»Du wolltest doch, dass sie etwas für dich tut … Hast du sie denn nie darum gebeten?«

»Das ist nichts, worum ich sie hätte bitten können«, erwiderte Orchon ungehalten, »und als Monddeuter sollte man auch nicht versuchen, in das Schicksal einzugreifen.«

»Und jetzt bittest du uns, sie in den Tod zu locken? Sie mit Adachs Kräutern zu vergiften? Wenn das kein Eingriff in das Schicksal ist …«

»Ich … ich bin sicher, sie hätte Wyrmochs Fluch erfüllen können. Die Monde haben sie so reich beschenkt! Aber sie hat einen anderen Weg eingeschlagen. Und deshalb muss sie sterben. Es ist der einzige Weg, auf dem sie ihre Bestimmung noch erreichen kann.«

»Du redest Unsinn, Skuran«, rief Hrellech. »Vorhin hast du behauptet, dass sie ihr Leben freiwillig geben müsse, um dieser vergessenen Legende zu folgen, und wir sollten sie dazu überreden – aber dann ging es plötzlich um Adachs Gifte. Du hast dich in deinen eigenen Deutungen heillos verstrickt! Aber das alles ist ohnehin unsinnig, denn die Alte Zeit ist vorüber – und sie kommt nicht wieder.«

»Aber sie hätte die Magie von ihren Ketten befreien können! Sie hätte die Wand durchbrechen können, die uns vom magischen Fluss trennt. Doch ihr beide habt sie zu den Grauen Hexern geschickt! Jetzt hängt sie an Dregins Rockzipfel, und wir sind verloren.«

Adach kümmerte sich nach wie vor nur um sein Feuer und brummte vor sich hin. Er stellte sich wohl dumm, wie immer, wenn ihm etwas gegen den Strich ging.

Hrellech aber sah ihn kopfschüttelnd an. »Die Magie losketten? Wie soll das gehen, Freund? Die Utorer haben sie uns vor Jahrhunderten geraubt und ihrem Willen unterworfen … Wie sollte ein Mädchen wie Feja daran etwas ändern?«

»Aber die Legende! Die Legende von Wyrmoch! Die mit seinem Blut getränkte Erde! Aus ihr wird eines Tages ein Held erstehen, um die Weren zu befreien! Ihr kennt die Geschichte doch!«

Hrellech blinzelte. »Eigentlich nur aus deinem Mund, Skuran.« Er wandte sich an Adach. »Hast du je etwas Ähnliches von den Ahnen gehört, mein Freund?«

Adach schnaubte verächtlich und blies ins Feuer. »Wir kennen viele Geschichten. Vielleicht auch diese. Aber wir mögen sie nicht.«

»Ich wusste, dass ihr das nicht verstehen würdet«, schnaubte Orchon verärgert. »Ich verschwende hier nur meine Zeit.«

»Da du ihn gerade erwähnt hast, Skuran … Du hast uns immer noch nicht erklärt, womit Dregin dich in der Hand hat«, sagte Hrellech gedehnt.

Orchon wandte sich schnell ab und antwortete achselzuckend: »Das ist eine lange Geschichte.«

»Wir haben Zeit«, meinte Adach.

Orchon erhob sich. »Ich aber leider nicht«, sagte er und blickte wieder aus der Fensterhöhlung. Der Sturm war vorüber, und ihm war klar geworden, dass er von den anderen Weren keine Hilfe erwarten konnte. »Grüßt Bainach, falls er doch noch erscheinen sollte.«

»Vielleicht hätte er einen Rat für dich. Er ist klug. Du solltest bleiben«, meinte Adach.

»Er ist inzwischen ein halber Utorer und ein halber Graumagier. Ihr wisst ja, wo meine Werkstatt ist. Schickt ihn zu mir, wenn er mir helfen will. Wenn nicht, dann kann er sich ebenso zur Nykke scheren wie ihr.«

Skuran Orchon kletterte aus dem Fenster. Er drehte sich nicht um, und so wusste er nicht, ob die beiden ihm nachsahen. Jedenfalls versuchten sie nicht, ihn aufzuhalten. Nur die lauten Rufe der Frösche folgten ihm.

Voller Wut eilte er in die Stadt. Es war Zeitverschwendung gewesen, hier um Rat zu fragen. Adach verlor allmählich den Verstand, und Hrellech gefiel sich in seiner armseligen Nornenweisheit, die selbst dem Wissen der Utorer weit unterlegen war.

Auf halbem Weg kam ihm eine ganze Schar von Leuten entgegen, einige mit Wagen, andere mit einigen wenigen Habseligkeiten beladen. Es waren Weren, aber auch Skrosier. Er wollte an ihnen schnell vorüber, aber einer der Skrosier sprach ihn an. »Ihr solltet nicht nach Braake gehen, Freund.«

»Ich bin nicht Euer …«, begann Orchon übellaunig, besann sich aber doch noch und fragte: »Was ist denn vorgefallen?« Er begriff erst jetzt, dass er es mit Flüchtlingen zu tun hatte.

»Es geht das Gerücht, dass die Feuermagier und Gardisten alle im Fenn umgekommen sind, und nun lassen die Utorer ihrem Zorn freien Lauf. Erst richtete er sich gegen die Wachen und die Magier, doch sind von denen kaum noch welche in der Stadt. Also brauchten sie andere Ziele für ihren Hass – und da kamen sie auf die Weren und die Skrosier, die in der Stadt leben. Ihr seid dort nicht sicher.«

Orchon biss sich auf die Lippen. Das hatte ihm noch gefehlt. »Ich danke Euch, Freund«, rief er, »doch muss ich nach meiner Familie sehen.«

Er eilte weiter und begegnete weiteren Flüchtlingen. Als er das Tor erreichte, blieb er stehen. Es stand offen – aber es waren keine Wachen zu sehen. Ein Mann war am Torhaus aufgehängt worden. Er trug das Wappen des Königs auf seiner Rüstung. Großer Lärm drang von der Alten Seite über die Stadt. Es klang nach einem Aufruhr.

Orchon hatte sofort böse Vorahnungen. Es war, wie der Skrosier gesagt hatte: Gegen wen der Zorn der Braaker sich auch richtete – am Ende würde es die Fremden und die Weren treffen.

Er hielt sich von den Hauptstraßen fern und hastete über Nebenwege. Schließlich gelangte er zur Brücke. Schon von Weitem sah er, dass sie für ihn nicht passierbar war. Eine wütende Menge hatte sich dort versammelt und warf unter lautem Gejohle Männer in den Fluss, Soldaten zumeist, aber dann sah Orchon, dass auch einige Weren darunter waren.

Er wandte sich entsetzt ab, zog sich die Kapuze tief ins Gesicht und lief hinunter zum neuen Hafen.

Dort hatte er Glück: Er fand einen Fischer, der bereit war, ihn für einen Wucherpreis auf die andere Seite zu bringen. Halbwegs sicher fühlte sich Orchon aber erst, als er die Tür hinter sich verriegelt hatte. Sofort bemerkte er die ungewohnte Stille. Er ging in die Küche, aber die Magd war nicht dort. Hatte sie ihn im Stich gelassen? Eilig rannte er die Stufen hinauf. Durku!

Er fand seinen Sohn schlafend und leichenblass im Bett. Vorsichtig befühlte er seine Stirn. Sie war glühend heiß. Er lief hinunter in die Küche und setzte einen Tee auf. Bekümmert blickte er auf den Kräutervorrat, den ihm die Ganesa dagelassen hatte. Er war fast aufgebraucht. Noch bevor das Wasser kochte, klopfte es leise an die Hintertür.

Orchon zuckte zusammen. Dann beruhigte er sich. Wenn sie ihn holen wollten, würden sie sich nicht mit Klopfen aufhalten – jedenfalls nicht an der Hintertür. Er spähte vorsichtig durch das Butzenfenster. Erst als er sicher war, dass nur ein einzelner Mann an seine Pforte pochte, öffnete er. Es war Richter Fendar, der sein Gesicht und seine kostbare Kleidung unter einem ärmlichen Überwurf verbarg.

»Ihr müsst mir helfen, Meister Orchon!«, rief er, kaum dass er über die Schwelle war.

»Helfen?«

»Versteckt mich! Diese Stadt ist verrückt geworden. Seit

bekannt ist, dass die Feuermagier mit der Garde besiegt und vernichtet wurden, tobt die wütende Menge durch die Straßen. Ihr müsst es doch bemerkt haben! Sie belagern das Herzviertel und wollen meinen Kopf. Ich flehe Euch an, versteckt mich!« Der Richter zitterte am ganzen Leib.

»Ich könnte Euch nicht helfen, selbst wenn ich wollte«, sagte Orchon. »Habt Ihr nicht bemerkt, dass sie nun auch Weren in den Fluss werfen, da ihnen scheinbar die Soldaten ausgehen? Früher oder später werden sie sich an mich erinnern und auch meine Werkstatt und mein Haus stürmen. Ich kenne das.«

»Und habt Ihr nicht für ein Versteck gesorgt?«

Orchon schüttelte wieder den Kopf, dann sagte er: »Ihr müsst die Stadt verlassen, Euer Ehren. Habt Ihr Gold?«

»Ich … ich habe es für diesen Umhang ausgegeben. Der Mann hätte mich sonst verraten.«

»Das ist schlecht, denn an so einem Tag kommt auch ein Hochgeborener ohne Gold nicht weit. Ich werde Euch sagen, wie mein Vater uns aus der Stadt schaffte, als die Utorer das letzte Mal Jagd auf uns machten. Er setzte uns in ein Boot und steuerte hinaus aufs Meer. Wir erreichten mit viel Glück die Insel Westar, wo wir hätten bleiben sollen. Aber es zog ihn doch wieder zurück.«

»Ein Boot?«

»Wenn Ihr es nicht bezahlen könnt, müsst Ihr es stehlen. Versucht es am Hafen oder besser am Fischerufer. Einige von denen sind Weren. Vielleicht nehmen sie Euch auf ihrer eigenen Flucht mit – vielleicht sind sie aber auch schon erschlagen worden. Dann werden sie nichts dagegen haben, dass Ihr einen ihrer Nachen nehmt.«

»Aber ich kann nicht mit einem Boot umgehen …«

»Dann lernt es. Der Fluss nimmt Euch mit bis zum Meer. Fahrt nach Süden. Wenn Ihr immer der Küste folgt, kommt Ihr irgendwann nach Isgath. Geht nicht vorher an Land, denn wenn der Aufruhr um sich greift, ist ein Mann Eurer Herkunft in keinem Fischerdorf sicher.«

»Ein Boot stehlen?«, fragte der Richter noch einmal.

Orchon wunderte sich, ob der Mann ihm überhaupt zugehört hatte. Er fasste ihn am Arm und drängte ihn sanft zur Tür. »Ihr könnt auch um Gnade flehen – doch werdet Ihr sie vermutlich ebenso wenig finden wie all jene Männer, die Ihr seit Eurer Ankunft habt aufhängen lassen.«

Der Richter sah aus, als verstünde er kein Wort. Aber Orchon fand, dass das nicht sein Problem war. Er schob Fendar hinaus und verriegelte die Tür. Dann goss er den Tee für Durku auf und eilte die Kellertreppe hinab, um das geheime Versteck für sich und seinen Sohn vorzubereiten.

Das Land war verbrannt, und schwarzer Schlamm wurde vom Regen in die Gräben gespült. Feja lief den ganzen Tag, aber wo sie auch hinkam, überall lagen Leichen. Manche Tote hatten keine Gesichter mehr, und so wusste sie nicht, ob sie einen Fremden oder einen ihrer Freunde vor sich hatte. Sie blieb rastlos, bis sie an einen breiten Bach gelangte, der von riesigen Schwertlilien gesäumt war. Sie schienen sich im warmen Wind etwas zuzuflüstern, was Feja trotz aller Anstrengung nicht verstehen konnte. Dann teilte sich der dichte Pflanzengürtel, und aus dem Bachbett erhob sich eine wässrige Gestalt. Sie war groß und schön, aber der Schleier, der sie umfloss, zeigte Bilder des Schreckens. Da war Hallir, der Feja mit verbranntem Gesicht vorwurfsvoll ansah, dann dichter Rauch, der plötzlich die bizarre Form kämpfender Männer annahm, und schließlich die verbrannten Mauern eines großen Hofes. Zwischen den Ruinen bewegte sich jemand. Dieser Ort … Feja kannte ihn. Wollte die Nykke, dass sie dort hinging? Sie versuchte, mit ihr zu reden, aber sie hatte ihre Stimme verloren. Die Nixe sah sie mit einem seltsamen Blick an. Feja wollte sie um Hilfe bitten, doch hatte sie das Gefühl, dass es die Nykke war, die ihre Hilfe suchte. Das Bild des Hofes wurde undeutlich, und ein gleißend helles Licht schob sich zwischen sie und das Wasserwesen: Es war der Dämmerstein, der über dem Abgrund schwebte und sie zu locken schien.

Feja schreckte auf und blickte sich gehetzt um. Wieder nur ein Traum?

Die Buche, unter der sie eingeschlafen sein musste, schien nichts von bösen Träumen zu wissen. Sie reckte ihre Zweige so ruhig und friedlich in den Abendhimmel, als habe es weder einen Sturm noch eine Schlacht gegeben. Ihre Wurzeln nährten sich aus dem breiten Bach, an dessen Böschung Feja der Nykke begegnet war. Sie sprang auf und schüttelte den Albdruck aus den Knochen. Jedes Mal, wenn sie schlief, erschien ihr der Dämmerstein. Der Wunsch, ihn wiederzusehen, war an diesem Morgen übermächtig.

Feja kroch zum Bach und spritzte sich Wasser ins Gesicht, um die Vision des sich drehenden Kristalls loszuwerden.

Die Sonne würde in Kürze untergehen, das hieß, der Verkünder würde bald wieder nach ihr suchen. Manchmal meinte sie zu spüren, dass er sie mit seinen schwarzen Gedanken verfolgte.

Drei Tage lag das Gemetzel im Alten Grund nun zurück, und Feja hatte keine Nacht geschlafen. Immer war sie auf den Beinen geblieben, damit ihre Ordensbrüder sie nicht finden konnten. Sie hatte die Bauernhöfe gemieden und war jeder Begegnung mit Menschen aus dem Weg gegangen. Einmal hatte sie eine große Gruppe Berittener auf der Straße gesehen, angeführt von zwei Magiern des Grauen Ordens, doch die waren eilig nach Norden gezogen und schienen nicht nach ihr zu suchen.

Die Nykke! Das Traumbild war bereits verschwommen, aber an das verbrannte Gehöft erinnerte sie sich noch. Gut Dimgast? Caron hatte ihr erzählt, dass es halb verbrannt war.

»Nerius«, murmelte sie.

Ziellos war sie durch das Land geirrt, aber so konnte es nicht weitergehen. Sie brauchte ein sicheres Versteck oder wenigstens einen guten Freund. Sie war sich nicht sicher, ob Nerius noch ihr Freund war, nach dem, was ihm ihretwegen widerfahren war. Aber es gab einen Weg, das herauszufinden. Sie brach sofort auf, und allein der Gedanke, Nerius wiederzusehen, flößte ihr neue Zuversicht ein.

Der Fenngraf sah blass und verängstigt aus, und seine Frau, die sonst mit wogendem Busen und einer Menge Bauernschläue so vollkommen über ihn herrschte, wie er nie über seine Stadt geherrscht hatte, war ungewohnt still.

Ginnar Dregin gab sich zuversichtlich: »Wenn die wütende Menge sich erst einmal ausgetobt hat, werden die Leute nach Hause gehen, ihre Wunden lecken und vor Eurer Rache zittern, Euer Gnaden.«

»Und wie lange soll das noch dauern, Dregin?«, rief der Fürst mit seiner hellen Stimme. »Wir sind ihnen nur mit knapper Not entkommen, und viele unserer Männer wurden gefangen genommen und erschlagen. Wie lange gedenkt Ihr, die Aufrührer gewähren zu lassen? Warum fallt Ihr nicht so über sie her, wie Ihr über die Feuermagier hergefallen seid?«

Dregin schluckte seine Wut hinunter. Der Fenngraf hatte einen wunden Punkt angesprochen, aber es sah nicht so aus, als sei er sich dessen bewusst.

»Es ist eine bösartige Unterstellung, dass wir dem Feuerorden in den Rücken gefallen seien. Es sind Lügen, die unsere Feinde streuen, mein Fürst. Wir sind dorthin geeilt, um ihnen zu helfen und haben schließlich die aufständischen Bauernrotten in die Flucht schlagen können.«

»Eigenartig«, mischte sich nun die Fenngräfin ein. »Ihr habt ihnen angeblich geholfen, doch kein einziger Flammenmagier und kein Mann der königlichen Garde haben es aus dem Alten Grund herausgeschafft.«

»Wir hatten sie gewarnt! Wir hatten ihnen unsere Unterstützung angeboten – doch sie haben sie ausgeschlagen! Wir sind ihnen dennoch zu Hilfe gekommen. Das ist die Wahrheit, teure Fürstin – und nichts anderes solltet Ihr sagen, wenn Euch jemand fragt …«

Dregin legte besonderen Nachdruck in seine Worte und sorgte dafür, dass die Schatten in der Kammer eine Spur dunkler wurden.

Die Fürstin wirkte tatsächlich eingeschüchtert und schwieg. Der Fenngraf blickte mit traurigen Augen aus dem Fenster.

»Wir werden Euch Eure Stadt schon bald zurückerobern, Euer Gnaden, das arme Braake, das durch diesen unfähigen Richter Fendar und die unverschämten Feuermagier gegen Euch aufgewiegelt wurde.«

»Ja, aufgewiegelt«, wiederholte der Fenngraf und sah ihn mit seinen kleinen unruhigen Augen an, als habe er tatsächlich verstanden, worauf der Abot hinauswollte.

Dregin versprach den beiden, dass es ihnen bis zum Zeitpunkt ihrer triumphalen Rückkehr auf die Graufeste an nichts fehlen werde, und verließ sie, um in die große Halle zu eilen.

»Ah, endlich!«, schnarrte der Verkünder, der stocksteif auf seinem Hocker saß. Er schaffte es, selbst diese beiden kurzen Worte vorwurfsvoll klingen zu lassen.

Die anderen Meister des Ordens hatten sich ebenfalls hier versammelt. Es gab viel zu besprechen und noch mehr zu tun.

»Gibt es Neues von Meister Bredhir?«, fragte Dregin.

Meme Salmango trug den Arm in der Schlinge, weil sie von einem Feuerzauber verwundet worden war. »Er sollte inzwischen die Furt erreicht haben«, erklärte sie. »Er und seine Berittenen sollten den entkommenen Aufständischen also den Fluchtweg abschneiden können.«

»Es sei denn, sie gehen schon vorher wieder in die Berge. Dann sucht der so voreilig zum Meister ernannte Bredhir sie am völlig falschen Ort«, meinte der Verkünder verächtlich.

Dregin wandte sich ihm mit einem kalten Lächeln zu. »Und Ihr, Meister Vithun – habt Ihr Feja gefunden?«

»In der Nacht ist sie unterwegs, wie ich Euch schon mehrfach erklärt habe, verehrter Abot. Es ist schwer, einen Schatten in der Nacht zu finden, wenn dieser immer wieder seinen Platz wechselt.«

»Nun, es dämmert bereits, ehrwürdiger Vithun. Vielleicht solltet Ihr es erneut versuchen. Dieses Mädchen ist gefährlich. Sie hat mehrfach unsere Pläne durchkreuzt, obwohl sie bis jetzt nur einen Bruchteil ihrer Macht nutzt. Ihr müsst Feja finden, bevor sie noch mehr Unheil anrichtet. Und erzählt es dieses Mal mir und keinem anderen, falls Ihr sie aufspüren solltet.«

Der Alte sah aus, als wolle er noch etwas sagen, aber dann erhob er sich schweigend und schlurfte mit versteinerter Miene aus der Halle. Er schien sich kaum auf den Beinen halten zu können. Einer der Gewappneten wollte ihm helfen, aber der Verkünder jagte ihn mit barscher Geste fort.

»Ihr könntet auch Caron fragen. Er ist ebenfalls in dieser Kunst bewandert«, meinte Sturmrat Valir.

»Caron ist ein Verräter. Er hat Feja nicht zu uns, sondern zu unseren Feinden geführt. Er hat unsere Schleier am Rande des Grundes gelöst und ließ die Bauern entkommen. So ist es vor allem seine Schuld, dass diese Schlacht nicht so verlief, wie ich es geplant hatte. Deshalb wird er im Kerker bleiben, bis ich etwas anderes entscheide«, antwortete Dregin scharf.

»Selbstverständlich«, erwiderte Valir mit undurchdringlicher Miene.

»Und was ist mit Braake?«, fragte Meister Svelgar, der mit seinem Krug Wein in einer Ecke der Halle saß. »Wie lange wollen wir diesen Aufstand noch dulden?«

Dregin fuhr herum. »Es gäbe diesen Aufruhr nicht, wenn Ihr Eure Aufgabe erfüllt und die Bauern an der Flucht gehindert hättet, Svelgar!«

Aber der Schwertmeister war wohl zu betrunken, um den Vorwurf auf sich sitzenzulassen. »Ich wusste ja nicht, dass Caron meine Arbeit zunichtegemacht hat. Außerdem ist gar nicht gesagt, dass sie in meine Richtung geflohen sind. Und was ist eigentlich mit Lygger Tygram? Er wurde mehrmals in der Schlacht gesehen, aber seine Leiche haben wir nicht gefunden. Vielleicht ist er es, der die bösen Gerüchte gegen uns streut – und dabei sind es nicht mal Gerüchte. Die lautere Wahrheit ist, dass wir sowohl die Bauern als auch die Feuermagier verraten …«

»Genug!«, donnerte Dregin. »Geht, Svelgar, und schlaft Euren Rausch aus, wenn Ihr Euch auch morgen noch Meister des Grauen Ordens nennen wollt! Diejenigen hingegen, die nüchtern sind, mögen bleiben und mit mir überlegen, wie wir unserer Wahrheit doch noch zum Sieg verhelfen können.«

Bis weit nach Mitternacht redeten sie sich die Köpfe heiß, ohne dass viel Brauchbares herausgekommen wäre. Dann aber erschien eine der neuen Grauen Schwestern in der Halle. Es war die stämmige Nemma, der ein Schwerthieb eine lange Narbe im Gesicht beschert hatte. Dregin hatte sie abgestellt, um Pridis Vithun zu helfen. Er sah ihr an, dass sie Neuigkeiten brachte, und unterbrach sofort die Sitzung.

»Der Verkünder hat Fejas Schatten gefunden, Herr«, berichtete sie. »Er sagt, sie sei in der Nähe von Gut Dimgast.«

Der Sturmmond erhob sich in kalter Pracht über den Bergen, und gemeinsam mit dem roten Licht von Brunas' Sichel ließ er die verbrannten Mauern besonders finster erscheinen. Feja hatte Deckung in dem Birkenwäldchen gefunden, durch das sie auch mit Span geschlichen war. Span … wie es ihm wohl gehen mochte? Ob er die Schlacht unverletzt … Sie verbannte die Gedanken an ihn aus ihrem Kopf. Er hatte sie getäuscht und benutzt.

Nur ein paar verkohlte Balken deuteten an, wo die Scheune gestanden hatte. Das Zelt war fort. Feja scheute sich, genauer hinzusehen. Als sie es dann doch tat, stellte sie erleichtert fest, dass der Mann, den sie dort getötet hatte, auch nicht mehr dort lag.

Sie schlich weiter. Auf dieser Seite war das große Gut, das beinahe wie eine Burg wirkte, schwer beschädigt. Die Mauern waren kohlschwarz, und darüber sah sie die verbrannten Sparren zweier Dächer. An einer Stelle war die Mauer sogar eingestürzt. Dahinter zeigte sich die verkohlte Ruine eines Gebäudes.

Auf der Mauer ging ein Bewaffneter auf und ab, vom Tor hörte sie die Stimme von weiteren Wachen. Feja huschte durchs Gras, wob den Schleierzauber und kletterte vorsichtig die geborstenen Steine hinauf. Dann schlüpfte sie durch einen Spalt in die verbrannte Ruine.

Aithir warf Schlagschatten durch das Skelett des Daches. Alles roch nach nasser Asche. Feja prüfte den Boden. Er ächzte besorgniserregend, als sie darüberschlich. Sie fand eine halb zerstörte Tür, durchquerte einen Gang und betrat die Kammer dahinter. Durch das leere Fenster sah sie das Haupthaus. Es schien unversehrt geblieben, lag aber in tiefer Finsternis.

Feja schloss die Augen und versuchte, ihren magischen Sinn nach Nerius auszustrecken. Sie war in diesen Dingen bei Weitem nicht so gut wie Meister Caron oder Span, und die Mauern waren ein schwieriges Hindernis, aber sie spürte doch, dass dort im Haus Leben war. Sie schwang sich auf das Fensterbrett und ließ sich in den Hof fallen. Lautlos rollte sie ab und duckte sich.

Am Tor standen drei Wachen, die sich halblaut unterhielten. Auf den Mauern sah Feja drei weitere Männer. Keiner von ihnen schien auf den Innenhof zu achten.

Feja huschte im Schatten der verbrannten Mauern hinüber zum Haupthaus. Die Tür war alt und schwer. Sie wob einen Schleier und öffnete sie vorsichtig. Der Zauber dämpfte das Geräusch, aber ihr erschien es dennoch viel zu laut. Sie glitt hinein in den dunklen Gang, schloss die Augen und lauschte.

Zunächst war da nur Finsternis, aber dann nahm sie leises Atmen und den ruhigen Puls schlafender Menschen wahr. Sie stellte überrascht fest, dass es ihr keine Schwierigkeiten mehr machte, selbst geschlossene Türen zu durchdringen. Allmählich setzten sich die Bruchstücke aus Mauern, Gängen, Kammern zu einem Abbild des Hauses zusammen: Im unteren Stockwerk schliefen sieben Menschen, im ersten Stock fünf, im obersten noch einmal vier.

Wo war Nerius? Das Zwielicht flackerte, und Feja wurde bewusst, dass sie ihr Bargan seit der Schlacht nicht aufgefüllt hatte. Sie dachte nach: Unten würden Knechte und Köche wohnen, vielleicht auch die Wachen. Unter dem Dach schliefen vermutlich die Diener, damit blieb nur das mittlere Stockwerk übrig. In zwei Kammern schliefen Menschen paarweise. Einer jedoch war allein in seiner Kammer. War das Nerius?

Feja öffnete die Augen und tastete sich vorsichtig die Treppe hinauf. Dann huschte sie durch einen langen Gang und schlüpfte in das Zimmer, das sie für das richtige hielt. Sie lauschte auf den Atem des Schläfers. Er ging unregelmäßig. Vielleicht wurde er von einem Traum gequält. Sie fand eine Kerze und entzündete sie. Ja, es war Nerius. Für einen Augenblick betrachtete sie den Freund. Er sah blass aus, und sein rechter Arm war unnatürlich verkrümmt.

Feja biss sich auf die Lippen, kämpfte mit ihrem schlechten Gewissen, dann weckte sie ihn.

»Aufstehen, sonst isst dir Meister Svelgar dein Frühstück weg!«

Nerius schreckte hoch, sah für einen Moment völlig verstört aus, dann erkannte er sie.

»Feja!«

Sie nickte und wusste nicht, was sie sagen sollte.

Aber er sprang auf und umarmte sie unbeholfen.

»Feja! Ich bin so froh, dich zu sehen!«

»Du bist nicht …, du bist nicht wütend auf mich?«

Er trat einen Schritt zurück und sagte mit einem schiefen Grinsen: »Wütend? Oh, zuerst war ich das. Ich habe dich und deine Sturheit tagelang verflucht. Doch das Unglück hat mir am Ende die Augen geöffnet. Ich wäre nie ein guter Zauberer geworden, jedenfalls nicht in diesem Orden. Und jetzt hat sogar mein Vater eingesehen, dass das nicht mein Schicksal ist.«

»Du bist *nicht* wütend?«

»Nur auf mich selbst, weil ich so lange einem falschen Pfad gefolgt bin. Und natürlich wäre es mir lieber, der Arm wäre nicht so völlig nutzlos. Ich muss das Schreiben ganz neu erlernen. Meine Zeilen sehen aus, als wären sie von dir.«

Feja fiel ihm erleichtert um den Hals. »Es tut so gut, dich zu sehen, Nerius.«

»Danke! Aber, bei aller Freude … was machst du hier? Wenn mein Vater dich sieht, dreht er dir den Hals um.«

Feja seufzte, und dann berichtete sie Nerius knapp von den Ereignissen der vergangenen Wochen.

»Also gab es nie einen Narrenaufstand, das war alles das Werk von Meister Dregin«, sagte Nerius am Ende nachdenklich.

»Warum heißt es eigentlich Narrenaufstand?«, fragte Feja, weil Nerius in Schweigen verfallen war und das Gespräch stockte.

»Wie? Ach so … König Gimlar, der das Königreich der Asche auf dieser Insel gründete, hatte einen älteren Bruder, Prinz Betanir. Der war beim Untergang von Utor mit vielen anderen nach Skros geflohen, wo sie nicht sehr willkommen waren. Als er sah, was sein Bruder erreicht hatte, landete Betanir mit einem Heer in der Bucht, in der heute Boddlei liegt. Und er forderte von seinem Bruder die Krone, die ihm zustünde.«

»Und?«, fragte Feja.

»Gimlar schickte ihm als Antwort eine Narrenkappe.«

»Und dann folgte die Schlacht auf dem Schwarzfeld, nicht wahr?«, sagte Feja, die Meister Carons Erzählung nicht vergessen hatte.

Nerius hob anerkennend eine Augenbraue. »Du hast in meiner Abwesenheit scheinbar wirklich etwas gelernt. Jedenfalls haben Betanirs Anhänger die Narrenschelle als ihr Symbol erwählt. Und hin und wieder rotten sie sich zusammen und wollen den König stürzen, meistens im Namen eines angeblichen Nachfahren des Prinzen. Betanir hatte nämlich einen Sohn, der spurlos … Aber lassen wir das … Du hast also den Orden verlassen. Das ist gut«, sagte Nerius. »Aber du hast mir nicht alles erzählt, oder?«

»Nein, denn das würde den ganzen Tag dauern, und ich fürchte, dass der Verkünder mich aufspürt, wenn ich zu lange an einem Ort bleibe.«

»Der alte Vithun war mir schon immer unheimlich. Aber ich meinte eher, dass du etwas Wichtiges ausgelassen hast, etwas, das mit dem Geheimnis unter der Feste zu tun hat.«

»Ich würde es dir gerne erzählen, doch … Nicht dass ich nicht wollte, aber …« Sie kam nicht weiter. Wie gerne hätte sie ihm vom Dämmerstein erzählt, doch der alte Bann hinderte sie daran, und sie schaffte es nicht einmal, darüber zu reden, dass sie nicht darüber reden konnte.

»Ich verstehe«, murmelte Nerius. »Weißt du, ich war nicht untätig, seit ich hier bin. Das Heim meiner Familie verfügt über eine erstaunliche Bibliothek, oder besser, verfügte. Sie ist bei dem Feuer niedergebrannt, und wir konnten nicht einmal die Hälfte der Manuskripte retten, die dort seit Jahrhunderten lagen.« Er seufzte, und Feja musste daran denken, wer das Feuer gelegt hatte – und warum. »Ich dachte, du seiest in Lente gewesen, bei den Heilern dort. So hat man es mir wenigstens erzählt.«

Nerius grinste wieder. »Es hat seine Vorteile, wenn man aus einer so alten Familie wie der meinen stammt. Weißt du, einer meiner Ahnen hat an der Seite von Prinz Gimlar gekämpft, bevor dieser König von Edun wurde.«

»Deine Familie ist also steinalt …«

»Genau, steinalt, mächtig und weitläufig mit dem König verwandt. Also kamen die Heiler aus Lente und Walbucht hierher. Allerdings konnten sie mir auch nicht helfen. Worauf ich hinauswollte, ist aber, dass ich Zeit hatte, in unserer alten Bibliothek zu stöbern. Selbst mein Vater hatte nichts mehr dagegen einzuwenden. Ich habe ein paar wirklich erstaunliche Dinge herausgefunden. Weißt du, einer meiner Ahnen, genauer gesagt mein Ururgroßvater Egir, gehörte zu den ersten Seemännern, denen Gimlar IV. im Jahre 904 die Aschfahrten wieder erlaubte, die Grovart der Arme verboten hatte. Er hat sogar als einer der Ersten die verlorene Bibliothek betreten und … Du hast keine Ahnung, wovon ich rede, oder?«

»Ich verstehe nur, dass du mich mit den Namen lang verblichener Könige langweilen willst. Wolltest du mir nicht etwas Wichtiges sagen?«

»Genau. Mein Ahn hat dort jedenfalls einige Schätze geborgen. Natürlich hat er sie dem König übergeben müssen, aber er hat zur Belohnung einige kostbare Handschriften aus der Bibliothek von Lente erhalten. Eine dieser Schriften handelt von der Allkugel, der Mangyr, mit der die Zauberer damals den Glutberg für alle Zeit verschließen wollten. In dieser Schrift heißt es, dass sie genau das Gegenteil erreichten, nämlich dass die Magie, die sie in diese Kugel bannten, den Berg erst zum Ausbruch brachte. Ich glaube, meine Großmutter war die Einzige der Familie Dimgast, die sich außer mir je für diese Geschichten interessiert hat. Denn sie hat es mir ja früher schon so erzählt.«

Feja suchte in ihrem Gedächtnis zusammen, was sie über den verheerenden Vulkanausbruch wusste, der das alte Utor vernichtet hatte. »Du hast Meister Caron damals im Unterricht widersprochen«, fiel ihr wieder ein.

»Genau. Noch spannender ist, dass die Mangyr dabei nicht verloren ging. Sie zerbarst – und die Magier brachten Teile von ihr mit nach Edun.«

Allmählich erahnte Feja, worauf ihr Freund hinauswollte.

Nerius schien ganz in seinem Element zu sein. »Was dann geschah, ist nicht klar, und es gibt verschiedene Geschichten, die sich leider widersprechen. Aber für mich sieht es so aus, als ob jeder Orden ein Bruchstück der Allkugel behalten hätte. Und da ich die Klagen der Weren kenne, glaube ich weiter, dass es diese Bruchstücke sind, die irgendwie die Alte Magie, von der die Starren immer reden, aus dem Land gerissen und an die Orden gebunden haben. Verstehst du, was ich meine?«

Feja verstand es nur zu gut. Der Dämmerstein war der Beweis, dass Nerius recht hatte. Aber selbst das vermochte sie ihm nicht zu sagen.

»Das würde vielleicht erklären, warum die Zauberer der meisten Orden auf dasselbe Lindross zurückgreifen können. Und ich weiß endlich, warum unsere Meister bei jeder Götterfeier aus dem Tempel verschwinden. Habe ich nicht recht?«

Feja seufzte.

»Ich finde, du bist mir eine Antwort schuldig!«, rief er. Das gute Einvernehmen zwischen ihnen, das Feja eben noch verspürt hatte, war dahin.

»Ich kann nicht«, brachte sie hervor.

»Kannst du nicht oder willst du nicht?«, fuhr er sie an.

Feja rang nach Worten. Schließlich sagte sie, und jedes Wort war ein Kampf: »Steht in deinen Büchern nichts darüber, wie man … Geheimnisse so lange schützt?«

Nerius starrte sie einen Moment lang an. Dann flüsterte er: »Ein Bann? Es liegt ein Bann darauf? Aber natürlich – das würde alles erklären!«

Sie seufzte erleichtert.

»Ich habe dir unrecht getan, oder?«

»Nicht so schlimm«, meinte sie. Sie saß auf seinem Bettrand. Es kam ihr für einen Moment vor wie in der Schule. Aber dann dachte sie an den Verkünder, der im Zwielicht nach ihr suchte, und ihr wurde klar, dass sie hier in Gefahr war.

»Ich muss gehen, denn der Graue Orden wird nicht aufhören, mich zu jagen.«

Nerius nickte. »Ich habe immer noch nicht verstanden, warum sie so versessen darauf sind, dich in ihre Finger zu bekommen.«

Die Kerze war bedenklich weit heruntergebrannt. Sie musste wirklich von hier verschwinden …

»Du weißt ja auch nicht, was mein Lindross ist«, seufzte sie. Und dann erzählte sie ihm, dass sie eine Lebensdiebin war.

Er sah sie mit großen Augen an. »Bei den Monden – ich hätte nie gedacht …«

»Was sagen deine Bücher darüber?«, fragte sie niedergeschlagen.

»Nichts, fürchte ich. Jedenfalls habe ich noch nichts darüber gelesen. Aber ich kann verstehen, dass es dich beunruhigt. Hast du denn … hast du denn damit schon jemanden … getötet?«

Sie schüttelte den Kopf. »Tyrbull Tygram – fast. Aber der hätte es auch verdient.«

»Ich bin seltsamerweise erleichtert, dass du es nicht getan hast.«

»Ich auch«, seufzte sie und stand auf. »Es dämmert, und das Zwielicht wird stärker. Ich muss fort, Nerius. Ich höre schon, dass unten im Haus der Koch rumort. Und ich habe Zweifel, dass ich deinem Vater ebenso willkommen bin wie dir.«

Nerius kratzte sich am Kopf. »Da hast du recht … Aber was wirst du jetzt tun, Feja?«

»Ich weiß es nicht. Eigentlich wollte ich dich um Rat fragen, aber …«

Überrascht sah er sie an. »Du willst meinen Rat?«

»Du bist der klügste Mensch, den ich kenne, Nerius. Na, wenigstens der klügste, mit dem ich noch reden kann …«

Er grinste. »Zu spät, du hast es gesagt. Du hältst mich also für klug … Und weißt du was, ich habe vielleicht tatsächlich einen Rat für dich. Geh in den Tempel der Frösche und sprich mit Meister Adach!«

»Dem Weren?«

»Er ist ein Ganamon, wenn es stimmt, was du mir erzählt hast. Diese Männer bewahren die Erinnerungen und das Wissen längst vergangener Zeiten. Ich habe viel darüber gelesen. Meister Adach weiß vielleicht einen Rat, was du mit deiner besonderen Begabung ausrichten kannst.«

»Aber die Weren haben den Zugang zur Magie doch verloren.«

»Dennoch scheinen sie mir ein tieferes Verständnis von diesen Dingen zu haben als wir Utorer. Vielleicht gerade deshalb, denn sie haben die Magie nicht benutzt und missbraucht, wie wir es tun.«

»Der Rat ist nicht schlecht«, gab Feja zu.

»Er kommt ja auch vom klügsten Menschen, den du kennst. Aber ich habe noch mehr für dich.« Er ging hinüber zu einer schweren Truhe. »Magier sind derzeit nicht wohlgelitten in dieser Gegend, deshalb solltest du etwas anderes anziehen.« Er erzählte ihr, dass es in Braake einen Aufstand gegeben hatte, während er ihr Hose, Hemd, Weste und eine kurze Robe reichte.

»Sie riechen nach Rauch«, stellte Feja fest, die die Sachen skeptisch musterte. »Darin werde ich aussehen wie eine Adelige …«

»Eher wie ein junger, etwas verarmter Adeliger, wenn du die Kapuze ins Gesicht ziehst. Die Sachen sind alt. Es sind Reisekleider, also wie für dich gemacht.«

Sie zog sich eilig um. »Merkwürdig – sie passen ganz gut. Ich dachte, sie müssten zu groß sein.«

»Ich glaube, du bist gewachsen«, stellte Nerius mit einem kritischen Blick fest.

Feja grinste schief, aber dann nahmen ihre angespannten Sinne ein beunruhigendes Geräusch wahr.

»Da kommen Reiter«, flüsterte sie. »Ich höre Hufschlag!«

»Dann schnell! Ich bringe dich ungesehen hinaus.«

Ginnar Dregin klopfte dem störrischen Gaul beruhigend auf den Hals. Das Tier gehörte dem Fenngrafen, und Dregin hatte es sich geborgt, weil all ihre eigenen Pferde bei dem Trupp waren, der die geflohenen Bauern im Norden jagte. Gut Dimgast lag endlich vor ihnen. Er warf einen Seitenblick auf Bruder Span, der offenkundig mit seinem Tier mehr Glück gehabt hatte.

»Wollen wir hoffen, dass der Verkünder richtigliegt«, sagte er und lenkte das Pferd an das Tor des Gutes. Drei Bewaffnete versperrten ihnen den Weg.

»Ich bin Abot Dregin, erster der Söhne Stors und somit Oberhaupt des Grauen Ordens. Ich verlange, Graf Dimgast zu sprechen.«

Der älteste der drei Soldaten kratzte sich am Rücken. »Ein Zauberer, natürlich …«, sagte er gedehnt. »Ich werde Euren Wunsch überbringen, Magier.« Mit diesen Worten schlurfte er langsam davon.

Die Sonne schickte sich an, über den Bergen aufzugehen. Ihre Strahlen unterteilten schon den blauen Himmel und warfen ein feines rosafarbenes Licht. Es war ein wundervoller Anblick, aber Dregin ließ er kalt. Er sah voller Ungeduld dem Alten nach, der noch immer nicht am Gutshaus war.

»Ist es nicht üblich, Besucher wenigstens in den Hof zu lassen?«, fragte er die anderen Wächter.

»Nicht, seit Fremde dieses Gut in Brand steckten«, lautete die Antwort.

Dregin fluchte innerlich und versuchte weiterhin, sein widerspenstiges Ross zu bändigen, das unruhig auf der Stelle tänzelte.

Sie war hier, flüsterte ihm Span durch die langen Morgenschatten zu, *ich spüre das Echo ihrer Anwesenheit.*

Und sie ist es nicht mehr?, fragte Dregin zurück.

Span schüttelte den Kopf. *Lange kann sie noch nicht fort sein.*

Noch einmal verfluchte Dregin den Morgen. Sie war ihnen entwischt. *Kannst du ihre Spur im Zwielicht finden?*

Die Sonne ist aufgegangen Meister, und ihre Strahlen verbergen sie vor mir.

»Dann müssen wir sie eben mit den Augen und dem Verstand finden«, murmelte Dregin.

Endlich erschien der Graf mit dem Wächter an der Pforte des Gutshauses. Er trat hinaus in den Hof, bis er in der Morgensonne stand, und gab erst dann das Zeichen, dass die Wachen die Besucher einlassen durften.

Der Graf will verhindern, dass ich das Zwielicht gegen ihn verwende, erkannte Dregin, als er in den Hof ritt. Er sprang aus dem Sattel, und Span übernahm die Zügel. Das Tier schien sich sofort zu beruhigen. Auch Span stieg ab und führte die Pferde in den Hof.

»Ich grüße Euch, Euer Gnaden«, begann Dregin.

»Abot Dregin – was wollt Ihr hier?«, lautete die unfreundliche Begrüßung.

Dregin ließ sich davon nicht beirren. »Wir sind auf der Suche nach einer ehemaligen Schülerin, und gewisse Zeichen verraten uns, dass sie gerade erst hier war.«

»Ihr glaubt, eine Graumagierin wäre hier willkommen? Nach dem, was meinem Sohn widerfahren ist? Nach dem, was meinem Gut widerfahren ist? Leugnet es nicht! Ich kenne meine Bauern – sie würden wohl kaum die Scheune niederbrennen, die auch ihre Ernten birgt!«

»Also verdächtigt Ihr uns?« Dregin gab sich überrascht. »Warum sollten wir dem großzügigsten Förderer unserer Bruderschaft so etwas antun?«

»Weil ich seit dem Unfall meines Sohnes alle Zahlungen eingestellt habe, Abot. Und weil Ihr einen Vorwand brauchtet, um die Feuermagier in den Alten Grund zu locken.«

Dregin wünschte, er hätte Magie einsetzen können, doch der Graf achtete peinlich genau darauf, dass ihre Schatten sich nicht berührten. Inzwischen war er sicher, dass das Mädchen hier gewesen war. Es war eine logische Entscheidung – sie brauchte Verbündete, und wer war da geeigneter als dieser mächtige Fürst?

»Das Mädchen, das wir suchen, ist jenes, das für den Unfall Eures Sohnes verantwortlich ist.«

»Wirklich?« Der Graf verschränkte die Arme vor der Brust.

»Sie ist seit einigen Tagen unauffindbar. Eigentlich verschwand sie zur selben Zeit, als Euer Hof in Flammen aufging.« Dregin sah, dass er jetzt die volle Aufmerksamkeit des Grafen hatte. »Wisst Ihr, ich bin die ganze Zeit zu ihren Gunsten davon ausgegangen, dass es ein Unfall war, der dem armen Nerius widerfuhr, aber vielleicht habe ich mich getäuscht. Junge Menschen, die zurückgewiesen werden, können manchmal unberechenbar sein …«

Das Gesicht des Grafen erbleichte: »Ihr habt dem jungen Tygram alle Schuld zugeschoben!«

»Und das ist auch richtig, Vater. Es war allein Tyrbull, der Schuld an unserem Sturz hatte.«

Nerius Dimgast war im Hof aufgetaucht.

»Nerius, mein Junge«, rief Dregin und tat erfreut. »Es scheint Euch besser zu gehen. Ihr wart in Lente, wie ich hörte …«

»Sie war hier, Meister Dregin«, sagte Nerius schlicht.

Das Gesicht des Grafen verfärbte sich zu dunklem Rot. »Diese Hexe? Sie hat es gewagt …«

»Sie konnte nichts für das, was mir widerfuhr, Vater.«

»Sie war also hier?«, warf Dregin ein, der verhindern wollte, dass die beiden einen zeitraubenden Streit begannen.

»Sie wollte mich um Verzeihung bitten, bevor sie diese Gegend verlässt.«

»Das hat sie gesagt?«, fragte Dregin.

»Ich habe ihr verziehen.«

»Und hat sie auch gesagt, wo sie hinwill?«, fragte der Abot. Er konnte seine Anspannung kaum verbergen.

Nerius schien einen Augenblick nachzudenken. Dann schüttelte er den Kopf. »Sie sagte etwas darüber, dass sie nicht zurück in den Langwald könne. Und sie erwähnte ein Lager der Aufständischen in den Bergen. Ich kann aber nicht sagen, ob sie dort hinwill. Ich habe sie auch nicht gefragt, Meister Dregin.«

Der Abot nickte. Auch das ergab Sinn. Die Bauern würden ihr vielleicht helfen. »Wie lange ist das her?«, fragte er.

»Keine zwei Stunden, Meister Dregin.«

»Ich danke Euch, Junker Nerius. Ihr habt dem Orden einen großen Dienst erwiesen.«

»Mag sein«, erwiderte Nerius.

Dregin sprang in den Sattel. »Ich hoffe, dass wir in Zukunft wieder mehr Vertrauen zueinander fassen können, Graf Dimgast. Das Land ist darauf angewiesen, dass die Mächtigen zusammenarbeiten.«

»Wir werden sehen«, gab der Graf knapp zurück.

Dregin wendete den störrischen Gaul und sprengte aus dem Tor. Sie hatten eine Spur, und das hieß, sie würden sie bald einholen.

Eine Stunde ritten sie nach Osten, genau auf die Berge zu, dann hielt Dregin an einem Bachlauf an und ließ sein Pferd saufen. Die

Mähre schien jetzt schon am Ende zu sein, dabei waren die Berge noch weit.

»Du scheinst in Gedanken versunken, Span. Ist es wegen des Mädchens?«

Bruder Span nickte.

»Ich habe dich mit Bedacht ausgewählt, denn niemand kennt Feja besser als du. Ich weiß, dass sie dir nahesteht. Aber ich weiß auch, dass deine Loyalität dem Orden gehört. Ist es nicht so?«

Er erhielt ein Nicken zur Antwort.

»Und du weißt auch, dass ich nicht vorhabe, ihr ein Leid zuzufügen, oder?«

Wieder nickte der junge Bruder. Er stieg ab und führte sein Tier ebenfalls zum Wasser.

»Ich kann spüren, dass Feja nicht mehr weit davon entfernt ist, die Dunkelheit als Teil ihres Wesens anzunehmen. Ich kann sie auf den Pfad unseres Zwielichts zurückführen – mit deiner Hilfe, Span. Ich weiß, dass du sie magst. Bald kannst du wieder mit ihr zusammen sein.«

Dregin stieg jetzt ebenfalls ab und legte dem jungen Bruder eine Hand auf die Schulter. *Nun sage mir endlich, was dir auf der Seele liegt*, forderte er durch das Dunkel.

Span zögerte, dann erwiderte er: *Ich glaube, dass Nerius uns getäuscht hat. Er mag Feja. Er wird sie nicht an uns verraten.*

Dregin schüttelte den Kopf. »Ich hätte es gemerkt, wenn er uns angelogen hätte.«

Span nickte wieder. *Er hat nicht gelogen. Er erwähnte das Lager in den Bergen, aber er sagte nicht, dass sie dort hinwollte. Er sagte, sie sei keine zwei Stunden fort – doch auch wenige Minuten sind keine zwei Stunden.*

Dregin starrte einen Augenblick in den träge dahinfließenden Bach. Dann fluchte er lauthals. »Verdammt soll Nerius sein! Ich habe mich von einem Schüler täuschen lassen! Aber wo will Feja hin?«

Wo kann sie noch hin, Herr?

»Eine gute Frage. Sie hat mit Nerius einen Freund aufgesucht, den einzigen außerhalb der Feste. Wo könnte sie sich verstecken?

Welche Freunde hat sie noch?« Dregin rief sich alles in Erinnerung, was er über Feja wusste. »Nach Braake kann sie nicht gehen, dort würde man sie in Stücke reißen. Und Meister Orchon ist auch kein Freund mehr. Zur Graufeste will sie bestimmt nicht«, murmelte er. Dann durchzuckte es ihn wie ein Blitzschlag: Einen Freund hatte sie, der weder in Braake noch auf der Feste lebte! »Verdammt will ich sein, wenn sie nicht zum Tempel der Frösche will!«, rief er.

Er sprang wieder in den Sattel, riss den störrischen Gaul herum und gab ihm die Sporen. Dieses Mädchen war nicht dumm – aber er war klüger. Sie würde ihm auf keinen Fall entkommen!

Feja erkannte den Tempel kaum wieder. Ganze werische Familien hatten sich in den Ruinen mit Zeltbahnen eingerichtet, und Lagerfeuer flackerten zwischen den weißen Mauern. Auch einige Skrosier hatten rundum ihre Zelte aufgeschlagen.

Also stimmte, was Nerius erzählt hatte: In Braake war es nicht mehr sicher für Fremde. Sie wurde misstrauisch beäugt, als sie sich ihren Weg zur Behausung von Meister Adach bahnte. Er schien nicht dort zu sein, aber auf einem Holzstapel in der Ecke saß Meister Hrellech und machte ein Nickerchen. Sie klopfte an die Wand.

Der Weber öffnete die Augen, gähnte herzhaft, setzte sich auf und trat in eine Pfütze, die sich dort ausbreitete. Er fluchte, dann sagte er: »Ich grüße dich, Feja aus dem Langwald. Wir haben dich erwartet.«

»Ich grüße Euch ebenfalls, Meister Hrellech. Wieso erwartet?«

»Mein Freund Adach behauptet, dass ihm eine Nykke dein Kommen in einem Traum zugeraunt habe, und da du nun dort stehst, scheint das zu stimmen.«

»Aber ich wusste vor wenigen Stunden selbst noch nicht, dass ich hierherkommen würde.«

»Die Nykken wissen so etwas oft im Voraus. Allerdings behalten sie es meistens für sich.« Der Weber gähnte und erhob sich. »Komm herein, aber gib acht, wo du hintrittst. Der Sturm hat viel Regen durch dieses armselige Dach gedrückt, und jetzt ist hier fast alles nass.«

Feja war nicht entgangen, dass Wasser in der Kammer stand. Sie kletterte durch das Fenster. »Wo ist Meister Adach?«

»Im Tempel. Vielleicht predigt er den Fröschen. Das macht er manchmal, weißt du? Sag, was sind das für Sachen, die du trägst?« Der Weber befühlte den Stoff der kurzen Robe. »Nicht von mir, aber ganz gute Qualität.«

»Danke«, murmelte Feja. »Was sagt Meister Adach eigentlich zu all den Gästen in seinem Vorgarten?«

»Er ist nicht begeistert, eigentlich ist er sogar empört, aber er hat eingesehen, dass es in Braake für unsereins nicht sicher ist. Ich meine, das ist es für niemanden, aber für Weren ist es besonders gefährlich. Für Magier übrigens auch ...«

»Ich hörte schon, dass es einen Aufstand gibt«, meinte Feja.

Der Weber seufzte. »Die Menge tobt und berauscht sich an der eigenen Macht. Der Fenngraf ist geflohen, die Magier fort ... Es sind unsichere Zeiten. Und unsichere Zeiten sind immer besonders schlechte Zeiten für Weren.«

»Das tut mir leid.«

Der Weber nickte, dann rief er durch die Tür zum Tempel: »Hagaras Adach, wenn du fertig bist, deinen Fröschen die Herrlichkeiten der Monde zu verkünden, solltest du herkommen. Der Besuch ist da!«

Es kam keine Antwort.

»Lasst nur, ich gehe ihn holen«, meinte Feja.

Sie fand den Weren im Schneidersitz auf dem Altar. Sie konnte nicht erkennen, ob er wirklich predigte, aber er hatte eine große Zuhörerschaft. Der Sturm hatte genug Regen gebracht, um den Tempel zu überfluten, und Aberhunderte von Fröschen, Kröten und Unken saßen, schwammen und trieben dort durcheinander. Der Tempel wirkte auf sie noch verfallener als bei ihrem letzten Besuch. Über dem offenen Hauptschiff wölbte sich ein blutroter Abendhimmel.

»Der Kreis schließt sich«, meinte der Ganamon, ohne sich umzudrehen. »Wir wussten, dass du kommen würdest.«

»Ich grüße Euch, Meister Adach.«

»Wir haben lange über dich nachgedacht, Maegadha. Lange und viel ... Eigentlich, seit du den Tempel verlassen hast.«

»Ich hörte, Ihr hättet von mir geträumt …«

»Die Nykke hat uns deine Rückkehr angekündigt. Da haben wir noch mehr nachgedacht.« Er wies mit einer unbestimmten Richtung in den Tempel, und für einen Moment glaubte Feja, er meine mit »wir« die Frösche.

»Du hast viel in Bewegung gebracht, Maegadha. Du hast die Nykken in ihrem Schlummer gestört. Auch das Land träumt unruhig, vielleicht von dir.«

»Mir ist die Nixe auch im Schlaf erschienen, eigentlich … waren es verschiedene. Oder eine, die immer anders aussah«, sagte Feja, die den Worten des Weren nicht folgen konnte.

Adach nickte. »Sie sind viele, aber die meisten schlafen tief und fest. Die wenigen, die halb erwacht sind, sind schwach, aber voller närrischer Hoffnung. So wie Orchon. Und jetzt bist du hier, Maegadha. Sag uns, was du willst!«

Das wusste Feja jedoch nicht so genau. »Ein Freund schickte mich hierher, denn ich versuche herauszufinden, wie ich mit meiner Gabe umgehen und was ich überhaupt tun soll. Ich würde ja fortgehen, aber ich habe das Gefühl, das wäre falsch.«

»Was für eine Gabe?«, fragte Meister Hrellech, der nun in der Tür zu Adachs Kammer stand.

Feja seufzte. »Wisst ihr, was eine Lebensdiebin ist?« Da die Weren es verneinten, erklärte sie es ihnen.

»Bargan, Lindross … all das brauchten wir früher nicht«, murmelte der Ganamon.

»Ich weiß«, seufzte Feja.

»In der Alten Zeit durchströmte die Magie das Land. Wir trugen kein Bargan in uns, denn wenn wir Magie brauchten, nahmen wir, was Edun uns gab. Aber wir woben weder Schleier, noch schleuderten wir Feuer oder beschworen Blitze. Wir glichen nur aus, was ungleich war, sorgten für gute Ernten, für ein Leben ohne Krankheit. Das war der Weg der Weren, doch ist er seit Langem verschüttet. Wieso glaubst du also, dass wir dir etwas über dieses Lindross sagen könnten?«

Sie erinnerte sich wieder an das, was Ailon Bainach einmal über den Kräutersammler angedeutet hatte. »Weil da mehr in

Euch steckt, Meister Adach. Ihr müsst doch auch irgendwie an Magie gelangen. Sonst könntet Ihr nicht die endlos vielen Erinnerungen Eurer Ahnen in Euch bewahren. Ist es nicht so?«

Adachs Blick ging plötzlich ins Leere. »Da ist nichts. Der Weg zur Magie ist uns verschlossen. Wir haben kein Lindross.«

Aber der Weber nahm ihre Hand und sagte: »Ich sehe deinen Schicksalsfaden, Feja, und er ist nicht mit Tod und Schmerz verknüpft.«

»Natürlich nicht«, schnaubte Adach. »Wir hätten dem Maegadha besser zuhören sollen! Feja hat ihren Traum beschrieben, erinnerst du dich?«

Der Weber nickte.

»Aber du erinnerst dich nicht richtig, Norn! Wir auch nicht, denn wir wollten nicht glauben, was sie erzählte. Sie wurde geboren in einem Jahr, als Nir und Galtara den Himmel oft für sich allein hatten – ist es nicht so?«

»Das hat man mir so erzählt, Meister Adach.«

»Aber in deinem Traum hast du Nir nicht gesehen, oder? Du sahst die Nykke, sahst Galtaras Wintergesicht – aber den schwarzen Nir nicht, oder?«

»Das ist so lange her, Meister Adach. Der Traum ist verblasst.«

»Aber wir haben ihn nicht vergessen! Wir haben uns lange beraten, gezweifelt und weiter beraten. Es muss so sein – du bist ein Kind von Galtara! Von ihr allein – nicht von ihr und Nir!«

»Nur vom Erstmond? Ist das möglich?«, stellte Hrellech nach einer langen Pause die Frage, die auch Feja bewegte.

»Vielleicht, vielleicht …«, murmelte Adach. »Wir halten es für möglich, doch ist es selten. Nur in einer oder zwei Stunden in hundert Jahren beherrscht Galtara den Himmel allein. Ist es möglich? Ja, das ist es. War es zu deiner Geburt so? Wir wissen es nicht.«

»Und was bedeutet das?«, fragte Feja. Sie bekam Kopfschmerzen. Vielleicht lag es an der Feuchtigkeit in diesem überschwemmten, traurigen Tempel, vielleicht an den tausend Fröschen, die sie anzustarren schienen.

»Es ergäbe Sinn«, meinte Meister Hrellech bedächtig. »Es

würde erklären, warum ich keine Spur von Zwielicht und Tod an deinem Lebensfaden finden kann.«

»Aber ich habe Leben geraubt, Meister Hrellech. Mit bloßer Hand habe ich das Leben aus Tyrbull Tygram herausgesaugt. Er wäre durch meine Zauberkraft fast gestorben.«

»Fast gestorben, fast gestorben«, äffte Adach sie nach, »aber eben nur fast! Fast, Maegadha, fast!« Er wiederholte das Wort noch einige Male, als müsse er nachschmecken.

»Ich weiß nicht, ob es wirklich klug ist, zu ihm zu gehen, aber Skuran Orchon kann dir vielleicht mehr dazu sagen«, meinte der Weber.

»Zu Orchon? Nein!«, rief Adach. »Sein Herz hat sich verfinstert. Das Böse ist ihm unter die Haut gekrochen! Meide ihn, Maegadha! Er will dich tot sehen!«

»Das sagt er vielleicht, aber in Wahrheit kann er doch keiner Fliege was zuleide tun. Orchon könnte ihr sagen, ob es im Jahr ihrer Geburt eine Stunde gab, in der Galtara den Himmel allein beherrschte. Er hat sich viele Gedanken über dich gemacht, Feja. Und er war immer der Meinung, dass wir sie nie zu den Graumagiern hätten schicken dürfen.«

»Aber wohin sonst, Norn, wohin sonst?«, murmelte Adach. »Wir sahen keine andere Möglichkeit. Wir wollten auch die Gefahr nicht sehen. Ihr Herz war stark, schwer zu verderben – und der Orden schwach.«

»Ist Meister Orchon in Braake geblieben?« Feja hatte nicht vergessen, dass der Were sowohl ihren Vater wie auch ihren Onkel vor ihrem Verschwinden gesehen hatte. Es war nur über die jüngsten Ereignisse in den Hintergrund getreten.

Doch nun sah sie gleich zwei gute Gründe, den Rotschmied zu besuchen.

»Er war hier, aber er wollte zurück in die Stadt, der Dummkopf. Wir haben ihn gewarnt, doch er wollte zurück! In der Stadt ist der Tod!« Der Kräutersammler sprang auf und verschwand in seiner kleinen Kammer. Er wirkte sehr aufgebracht.

»Er musste, denn sein Sohn ist schwer krank, weißt du«, erklärte Meister Hrellech, der seinem Freund kopfschüttelnd hinterherblickte. »Seltsamerweise glaubte er, dass du etwas daran ändern könntest.«

»Ich? Wie denn? Ich bin keine Heilerin. Er hat es auch nie erwähnt, obwohl ich mehr als einmal mit ihm gesprochen habe.«

»Ja, das ist seltsam«, sagte der Weber nachdenklich. »Es gibt da alte Legenden, über den Drachen Wyrmoch und sein Blut … Aber das soll er dir selbst erzählen, denn ich glaube nicht an diese alten Geschichten.«

Plötzlich erschien Meister Adach in der leeren Tür seiner Kammer und winkte sie mit verschwörerischer Miene zu sich. »Wenn du gehen willst, Maegadha, haben wir ein besseres Ziel für dich. Viel besser als Braake! Ein geheimes, ein verborgenes Ziel. Ein See einst, die Tränen Edamaras genannt. Versteckt, hoch in den Mondbergen, nicht weit von der Stelle, wo Gott und Göttin sich vereinten.«

Sie sah ihn skeptisch an. »Ihr meint den Thronberg? Aber die Mondberge sind allen Utorern verboten. Und auch die Weren aus dem Langwald, betreten sie nie.«

»Verboten, ja, streng verboten. Aber ich war da. Vor langer Zeit. Hundert Jahre? Mag sein, dass es mehr sind.«

Feja lief ein Schauer über den Rücken, vor allem, weil der Kräutersammler *ich* sagte und nicht *wir*, wie sonst.

»Niemand nennt diesen Ort, niemand kennt den Weg. Ich war dort, mit meinem Vater. Ich musste dorthin, denn ich sollte der Ganamon werden, der Bewahrer. Ein Kind war ich. So lange liegt es zurück. Da war ein See, einst riesig, aber schon damals nicht mehr größer als die Pfütze im Tempel, aufgezehrt über Jahrhunderte von den wenigen, die dort die Magie kosten durften. Und ein Kosten war es nur, denn die süße Kraft, die ich schmeckte, sie ist fort, nur noch eine Erinnerung. Du, Maegadha, du solltest dort hingehen. Du findest Weisheit an diesem Ort, große Weisheit, alt wie die Berge. Gehe nicht in die Stadt! Laufe fort!«

Feja wusste nicht, was sie sagen sollte. Sie sah den Weren nun mit ganz anderen Augen. Er hatte die Magie gekostet – und dann verloren? Allein der flüchtige Gedanke, dass ihr eines Tages das Gleiche widerfahren könnte, ließ sie erschaudern. Aber Edamaras Tränen? Davon hatte sie noch nie gehört.

Der Were sah sie hoffnungsvoll an, aber dann flackerte sein Blick. »Sie hört nicht auf uns! Nie hören sie auf uns! Immer rennen sie in ihr Verderben.« Mit diesen Worten humpelte er davon.

Feja seufzte. Konnte sie all das einfach hinter sich lassen? Davonlaufen? Das kam ihr falsch vor. Würde Meister Orchon Antworten haben? Wusste er, was es bedeutete, unter dem Zeichen von Galtara geboren worden zu sein – *falls* sie überhaupt unter diesem Mond geboren war? Aber er war der Letzte, der ihren Onkel lebend gesehen hatte. Und dieses Mal würde er sich nicht mit Lügen herauswinden können. Die Entscheidung war gefallen.

»Wenn du in die Stadt gehst, musst du vorsichtig sein. Ein Mädchen ohne Schutz ist vielleicht genau das, was eine wütende Menge sucht, um ihren Mut zu kühlen«, warnte Meister Hrellech, der zu ihr getreten war.

»Ich kenne einen sicheren Weg«, sagte sie und dachte daran, wie sie mit Span in die Stadt geschlichen war. Span – er hatte sie auf das Schlimmste hintergangen. Sie wünschte, sie müsste nicht immer wieder an ihn denken. Er war Dregin treu ergeben. Vielleicht sollte sie besser einen anderen Weg in die Stadt suchen.

Dregins Pferd stolperte über die Straße, aber der Tempel war schon in Sicht. Er gab dem Tier noch einmal die Sporen und hielt vor den äußeren Mauern. Das Quaken unzähliger Frösche schallte über die verfallenen Mauern, um die herum eine kleine Zeltstadt entstanden war. Er sah, wie feindselig ihn die Flüchtlinge anstarrten, aber er hatte Wichtigeres zu tun, als ihnen zu erklären, dass sie eigentlich auf derselben Seite standen.

Der Himmel war blutrot, und Dregin sah die Sichel von Galtara im Osten aufgehen. Nicht weit davon stand Nir, als dunkler Neumond kaum zu erahnen.

»Ist sie hier?«, fragte er Span.

Sie war hier, vor Kurzem, antwortete Bruder Span durch das Dunkel.

Dregin nickte grimmig. So, wie der Tag bisher verlaufen war, wunderte ihn das nicht mehr. »Wir sollten den Krötenkönig fragen«, sagte er und stieg vom Pferd. Er überließ es Span, sich um die Tiere zu kümmern, und betrat den Tempel durch den Haupteingang.

Augenblicklich verstummten die tausend Stimmen, die eben noch von den Mauern widergehallt hatten. Er betrat das Hauptschiff durch den alten Eingang, und eine Welle von Kröten und Fröschen suchte das Weite.

»Wer seid Ihr, und warum stört Ihr uns?«, rief eine Stimme vom Altar. Sie gehört einem Mann mit wirrem Haar und vielfach geflicktem Gewand.

»Verzeiht, wenn ich in Euer Reich eindringe. Ihr seid Meister Adach, nicht wahr?«

»Ihr wisst genau, wer wir sind.«

Dregin schritt durch das Wasser und sah zu, wie Hunderte Tiere vor ihm das Weite suchten. Irgendwie gefiel ihm das.

»Ihr seid der Meister der Molche, der Fürst der Frösche, und ich habe viel von Euch gehört. Ihr seid ein berühmter Mann, Adach, und ich erweise Euch meine Ehrerbietung.«

»Unsinn redet Ihr. Ihretwegen seid Ihr hier, doch seid Ihr zu spät! Sie ist fort, weit fort.«

»Ah!«, rief Dregin gelassen. Er hatte die offene Halle jetzt fast ganz durchquert. Der Were hockte auf seinem Altar und starrte ihn mit flackerndem Blick an.

»Ihr sagt derart bereitwillig, sie sei weit fort, dass das wohl heißt, sie ist noch irgendwo in der Nähe. Seht Ihr den Himmel, Adach? Er verfinstert sich, und bald werden mir die Schatten der Nacht enthüllen, wo ich sie finde. Ihr solltet mir vorher sagen, wo sie ist, sonst müsste ich Euch schweren Herzens Schmerzen zufügen …«

Der Were schnaubte verächtlich. »Wir haben so viel Schmerz erlebt …, Jahrhundert um Jahrhundert, geschaffen aus Pein, Verlust und Leid. Ihr könnt uns nichts Schlimmeres antun, Aschling!«

Dregin zog sein Schwert. »Wisst Ihr, ich bevorzuge für gewöhnlich eine sanftere Art des Verhörs. Ich rufe das Zwielicht und die Zweifel und lasse sie in den Geist des anderen eindringen. Leider geht das nicht bei Euren werischen Dickschädeln.«

»Ihr macht uns keine Angst.«

Dregin spürte ein warnendes Ziehen im Nacken. Er fuhr herum, ohne dass er einen Grund hätte nennen können. Das Wasser war ganz still, und der dunkelrote Himmel spiegelte sich darin. Etwas stimmte hier nicht.

Bruder Span erschien in der Pforte. Er blieb dort wie angewurzelt stehen.

Dregin spürte, dass sich seine Nackenhaare aufstellten. Was ging hier vor?

Der Were war plötzlich ganz dicht hinter ihm. »Ihr fragt Euch, was geschieht, was geschehen ist. Sie sind fort. Unsere Untertanen sind geflohen, weil wir es ihnen befohlen haben!«

Dregin brachte ein »Unsinn, Mann!«, hervor, dann sah er es auch: Die Frösche waren verschwunden. Der Teich lag völlig verlassen da. Wie war das möglich?

Jetzt schien sich doch etwas in diesem Wasser zu rühren. Blasen stiegen auf.

»Brocha erhebt sich«, flüsterte Adach. »Seid Ihr bereit, Ihr gegenüberzutreten?«

Da war noch ein Were. Er stand in der Tür und starrte ebenso gebannt auf das Wasser wie Bruder Span am anderen Ende dieser gefluteten Ruine. Doch der junge Bruder wich jetzt zurück. Es stiegen mehr Blasen im rot schimmernden Wasser auf, viel mehr, sie schienen überall durch das alte Pflaster zu brechen. Der Boden zitterte.

Dregin rang um Fassung. Langsam, Schritt für Schritt, zog er sich zurück. Dann, als er an der Tür war, rief er: »Zu den Pferden!« Er drehte sich um und musste sich sehr beherrschen, um nicht einfach loszurennen. Als er die Pferde erreichte, hatte der Boden aufgehört zu zittern.

Bruder Span duckte sich neben ihm an die Mauer. *Was war das, Herr?*

»Die Quelle … Es war nur die Quelle, die diesen Tempel einst unterspült hat. Ich hörte, dass sie von Zeit zu Zeit unvermutet durch das Pflaster bricht. Wir haben uns vom Geraune eines halb nackten Wilden in die Flucht schlagen lassen.« Kopfschüttelnd stieg er auf sein Pferd. Er tat gelassen, aber sein Herz raste noch immer.

Span nickte, aber Dregin spürte, dass der junge Bruder ihm kein Wort glaubte. Er straffte sich. »Hier würden wir ohnehin nichts erfahren. Feja ist fort. Wir werden sie in der Dunkelheit suchen. Sie kann nicht weit sein, Bruder Span. Finde sie – und wenn wir sie zurück zur Feste bringen, wartet die Robe eines Meisters auf dich!«

Feja stand am Fluss und hielt Ausschau. Es war inzwischen dunkel, und sie rechnete damit, dass ihre Verfolger inzwischen so nahe waren, dass sie sie aufspüren konnten. Sie hatte die beiden Reiter von Weitem auf der Straße gesehen, als sie zum Tempel ritten. Es waren also der Abot selbst und sein Lieblingsschüler Span, die sie verfolgten.

Ein entwurzelter Baum trieb den Fluss hinunter. »Schade um das schöne Gewand«, seufzte sie und sprang in den Strom. Der Fennling war angeschwollen vom vielen Regen, und sein Wasser war schmutzig braun. Es war nicht leicht, voll bekleidet zu schwimmen. Feja schluckte Wasser, hustete, aber dann bekam sie den Baumstamm zu fassen und klammerte sich daran fest.

Sie ließ sich von der Strömung in die Stadt tragen. Wenn stimmte, was die Weren sagten, dann war die Ordnung in Braake zusammengebrochen, und niemand würde den Fluss beobachten. Sie sah die Wachtürme schnell näher kommen, aber sie waren, wie sie vermutet hatte, nicht besetzt. Außerdem – das hatte sie von Meme Salmango gelernt – konnten Graumagier Wasser nicht mit ihren magischen Sinnen durchdringen. Wenn der Verkünder sie suchte, würde er sie für eine Weile nicht sehen können.

Sie ließ sich treiben, bis sie unter der großen Brücke hindurch war. Danach versuchte sie, den Baum näher ans Ufer zu lenken, doch er drehte sich unter ihren Händen. Also ließ sie ihn los und schwamm bei den Fischerbooten an Land. Eines war zerschlagen worden. Sie vermutete, dass es einem Weren gehört hatte.

Lärm schien vom Viehmarkt her zu kommen. Es war ein Johlen und Pfeifen, das sie beunruhigend fand. Es war laut, wie auf dem Erntefest in Holt, aber wenn hier etwas gefeiert wurde, dann war es ein böses Fest.

Feja hielt sich in Ufernähe und hastete durch die Schatten voran. Einmal musste sie sich vor ein paar Betrunkenen verstecken, kurz darauf vor einer Rotte von Plünderern, die das Haus eines verängstigten Kaufmanns nach Wertsachen durchsuchten. Der Mann flehte um Gnade, schwor, ein guter Braaker zu sein, aber sie schlugen und verspotteten ihn.

Feja musste zweimal hinsehen: Der junge Mann, der den Kaufmann schlug und nach vergrabenen Schätzen fragte, war – Tyrbull Tygram! Sie ballte die Fäuste, aber sie konnte nichts tun. Sie konnte sich nicht mit zwanzig Männern anlegen.

Dann holte sie tief Luft, beschwor das Zwielicht und schleuderte aus der Deckung heraus eine Blutblende auf Tyrbull. Der schrie auf, fasste sich an die Augen, fluchte und rief nach seinen Männern. Als sie ausschwärmten, um nach ihr zu suchen, war sie schon drei Gassen weiter.

Endlich stand sie vor der Tür von Meister Orchon. Kam sie zu spät? Die Pforte hing zerschmettert in den Angeln. Vorsichtig betrat sie das Haus. Es war verwüstet worden. Die Möbel lagen umgestürzt und zerschlagen, und Scherben von Geschirr waren über die ganze Kammer verteilt.

Sie ging in die Küche, dann in die Werkstatt – überall das gleiche Bild. Die Braaker waren hier gewesen und hatten alles verwüstet. Sie lief nach oben – auch hier hatte der Mob gewütet.

Feja verfluchte diese Dummköpfe. Sie hatten ihre einzige Spur zu ihrem Vater und ihrem Onkel ausgelöscht. Aber dann hielt sie inne, schloss die Augen und lauschte. Da war ein leises Geräusch, ein Ticken, das von unten kam.

Auch die Tür zur Kellertreppe war zerschlagen, deshalb hatte sie dort gar nicht erst gesucht. Jetzt lief sie hinunter. Sie stolperte in eine niedrige Kammer und blieb verblüfft stehen. Die Überreste eines großen Spielwerks bedeckten drei der vier Wände und selbst Teile der Decke. Es war ein Gewirr von Messingscheiben, Zahnrädern, Federn und feingliedrigen Ketten – und es war zerstört worden. Verbeulte Scheiben und zerrissene Ketten lagen auf dem Boden, andere Teile hingen schief von der Wand.

Und doch drehte sich tickend eine Scheibe, auf der Feja groß das

Symbol von Nir sah. Es war offenkundig, dass sie den Mond verkörperte. Feja erkannte Brunas, der von der Wand baumelte, und Aithir. Doch was bedeuteten all die anderen Scheiben? Sie sah Symbole, Schriftzeichen, hier und da ein Wappen. Waren das nicht die Farben der Bruderschaft? Was mochte das für eine Maschine sein, die, zu drei Vierteln auseinandergerissen, immer noch arbeitete?

Feja stand eine Weile staunend in der Kammer, als sie wieder etwas hörte. Sie lauschte ins Zwielicht. Da war ein leiser Herzschlag, hinter der Wand. Sie suchte den Raum ab und entdeckte schließlich einen unauffälligen Schalter, der sich kaum von dem Sockel abhob, in den er eingelassen war. Hätte sie ihn nicht gesucht, so hätte sie ihn niemals gefunden. Sie drückte ihn, und eine Tür schwang auf.

Dahinter kauerte im Licht einer Kerze Meister Orchon, und er wirkte völlig verstört. Vor ihm lag der leblose Körper eines jungen Weren.

»Sieh an, Durku, sie hat die Tür gefunden«, sagte Orchon zu ihm. »Den anderen Aschlingen ist das nicht gelungen. So ist sie heute der zweite Gast, der über diese Schwelle tritt.«

»Der zweite?«, fragte Feja verwirrt.

Endlich sah Orchon sie an. »Auch Nir fand diese Zuflucht. Er kam und holte meinen Sohn, den ich ebenso wenig retten konnte wie einst meine Frau. Die Monde wissen, dass ich mein Leben für seines gegeben hätte. Aber Nir wollte es nicht.«

»Es tut mir leid, dass Euer Sohn gestorben ist, Meister Orchon.«

Er bedachte sie mit einem merkwürdigen Blick. »Das ist gütig von Euch, mein Fräulein. Seid Ihr nun gekommen, um mich durch Eure Klinge mit meinem Sohn zu vereinen?«

»Warum sollte ich so etwas tun?«, fragte Feja erstaunt. Sie fühlte eine eigenartige Beklemmung. Dieser Ort bedrückte sie auf seltsame Weise.

Der Were kam mühsam auf die Beine. »So ist es nun einmal – die Aschlinge töten die Weren.«

»Nein, ich bin hier, weil ich Fragen habe, Meister Orchon. Fragen nach meinem Vater, meinem Onkel – und nach der Stunde meiner Geburt.«

Der Were blinzelte. »Eure Geburt? Ihr seid unter Galtara und Nir geboren. Haben Euch das die Grauen Magier nicht gesagt?«

»Das ist es, was man mir erzählt hat. Doch ich sprach mit Meister Hrellech. Er meinte, es habe in jenem Jahr auch Stunden gegeben, in denen Galtara ganz allein am Himmel stand.«

»Stunden? Bruchteile von Stunden eher! Und Ihr seid nicht in solch einer Minute geboren. Euer Vater sagte mir, dass Ihr am siebenten Tag des Spätherbsts kurz nach Sonnenuntergang das Licht der Welt erblicktet – und somit habt Ihr die goldene Gelegenheit um einige Augenblicke verpasst. Nir kam Euch in die Quere, mein Fräulein. Auch wenn Euer großes Bargan Anlass zur Hoffnung gab, Nir hat Euch erst ins Zwielicht und dann in die Dunkelheit geführt – und nun ist alles verloren. Edun wird nie frei sein von den Ketten, die die Aschlinge ihr angelegt haben.«

»Ihr dachtet, *ich* könnte daran etwas ändern?«

»Die Zeichen standen günstig, so günstig! Aber wieder sind wir einer Täuschung erlegen, wieder starb eine Hoffnung der Weren. Ihr kamt aus dem Langwald, sogar vom Drachenhof, wie die Legende von Wyrmoch es vorhersagte – aber was geschah? Läutete die Stunde der Befreiung? Kehrte die Alte Zeit zurück? Standen die Weren in Freiheit auf? Nein, nur der Tod erhob sein Haupt. Krieg und Zerstörung folgten Euch nach Braake. Ich hoffte, Galtara sei in Euch stärker als Nir, doch habe ich mich getäuscht.«

Feja spürte die Bitterkeit des Weren, aber irgendetwas hinderte sie daran, Mitleid mit ihm zu empfinden.

»Und wenn es doch anders war?«, fragte sie. »Wisst Ihr, eine Nykke erschien mir im Traum im Tempel der Frösche. Sie wurde nur von Galtara begleitet. Alle sagten, ich hätte Nir übersehen, weil er schwarz und fern seine Bahn zieht. Aber was, wenn er nicht dort war?«

»Wollt Ihr mir meine Mondtabellen erklären, mein Fräulein? Seit hundert Jahren werden sie von meiner Familie geführt. Jeder Mondaufgang und Monduntergang über Braake ist dort so genau verzeichnet wie nirgends sonst auf Edun.«

»Ich wurde aber nicht in Braake geboren, Meister Orchon.«

Der Were schüttelte den Kopf. »Das ist unerheblich. Die Abweichung zum Langwald beträgt nur wenige …« Er verstummte.

»Wenige?«, fragte Feja gespannt.

»Sekunden, vielleicht Minuten. Aber das ist es nicht! Wie konnte ich das übersehen? Die Ganesa – sie sah Galtara und Nir, als sie aus dem Haus trat –, doch verließ sie das Haus wohl kaum bei Eurem ersten Atemzug. Ich Narr, ich dreimal verfluchter Narr! Das meinte er, als er sagte, dass etwas zu viel in meinem Spielwerk sei … Nir! Ich habe den Einfluss von Nir auf Euch völlig überschätzt! Es war alles falsch!«

»Wer sagte das?«, fragte Feja misstrauisch.

»Wie? Niemand, niemand, mein Fräulein, niemand. Und selbst jetzt … Nein, es wäre ein zu günstiger Zufall, wenn Ihr … Meine Tabellen. Ich muss meine Tabellen holen!«

Er wollte aus der Kammer stürmen, doch Feja packte ihn am Kragen und hielt ihn fest. »Ihr scheint Euch sehr ausführlich mit meiner Geburt beschäftigt zu haben. Wieso wisst Ihr den Tag, den nicht einmal ich selbst kenne?«

Der Blick des Weren wirkte jetzt gehetzt. »Euer Vater … Als ich den Brief für ihn schrieb. Er sprach viel von Euch. Ja, er setzte große Hoffnungen in Euch, jedoch hätte er Euch nie zu den Grauen gesandt.«

»Ihr wisst mehr, als Ihr sagt, Meister Orchon. Was ist mit meinem Vater? Wo ist er? Er hat sein Schiff nie erreicht, wie auch mein Onkel die Graufeste nie erreicht hat. Und beide waren sie vorher bei Euch!«

»Wollt Ihr mir die Schuld an ihrem Verschwinden geben? So wie mir die anderen Utorer die Schuld für alles Mögliche geben? Falls Ihr mein Haus verwüsten oder mir das Leben nehmen wollt, seid Ihr zu spät. Meine Heimstatt liegt in Trümmern, und mein Leben, mein Sohn, ist bereits tot. Was glaubt Ihr denn? Ich bin kein Zauberer, mein Fräulein! Ich kann keine Männer verschwinden lassen wie diese Hexer!«

Der Rotschmied war regelrecht wütend geworden. Feja bat ihn betreten um Verzeihung.

Der Were hob abwehrend die Hand. »Nein, ich habe Euch

um Verzeihung zu bitten. Ich habe Euch die Schuld an dem Verhängnis gegeben, das über mich und meine Stadt hereingebrochen ist, doch bin ich selbst schuld. Ich habe Euch beobachtet, gehofft, gebangt, dass Ihr einen Weg finden würdet – doch habe ich Euch geholfen? Nein! Vielleicht hätte ich mit einem Wort, einer Frage Euer Schicksal ändern können. Aber ich habe der utorischen Kunst der Monddeutung vertraut, habe die Wirkung der sechs Wanderer studiert und die Folgen ihrer Wirkung und wiederum deren Folgen – und nun liegt mein Leben in Trümmern. Ich scheine die Monde doch weniger zu verstehen, als ich dachte. Wie sonst hätte ich mich so irren, hätte ich so falschliegen können?«

»Dann haltet Ihr es also für möglich, dass ich eine Galtara-Geborene bin? Aber – was bedeutet das?«

»Das bedeutet, dass Ihr nicht für das Zwielicht geschaffen seid, das bedeutet … das bedeutet, dass Ihr vielleicht das Verhängnis, das Euch folgt, abschütteln könnt! Ja, vielleicht seid Ihr doch die Kraft, die Edun heilen kann! Das ist möglich, das … das muss es einfach sein! All die Toten wären nicht umsonst gestorben, wenn Ihr das vollbringen würdet!« Er starrte sie durchdringend an.

»Was meint Ihr?«, fragte sie verunsichert.

»Es liegt eine schwarze Macht unter der Graufeste. Nein, ich weiß, dass Ihr nicht darüber reden könnt, aber so muss es einfach sein. Irgendwo dort sind die Ketten verankert, die die Alte Magie von Edun fernhalten. Ihr müsst sie lösen!«

»Aber … wie soll ich das anstellen?«

Der Were sah sie mit brennenden Augen an. »Woher soll ich das wissen? Ihr seid die Aschling-Hexe! Ihr müsst den Weg finden! Vielleicht müsst Ihr nur tun, was Wyrmoch getan hat, damals, an jenem Ort, an dem Ihr geboren wurdet. Er opferte sich! Er gab sein Leben, um einen letzten mächtigen Zauber zu weben. Ja, ich glaube, das ist es, was Ihr tun müsst! Ihr glaubt mir nicht? Ihr zögert? Denkt an all die aufrechten Männer, die Euretwegen gestorben sind! Wollt Ihr nicht wiedergutmachen, was Ihr angerichtet habt? Ihr könnt das Schicksal von ganz Edun zum Guten wenden – ist Euer Leben da nicht ein geringes Opfer? Die Götter werden Euch mit offenen Armen empfangen, wenn Ihr derart Großes leistet!«

Feja schwieg betreten. Viele waren gestorben, das stimmte –, und sie hatte das Unglück mit herbeigeführt. »Aber ich wüsste gar nicht, wie mein Opfer …«

»Fragt Bainach!«, rief der Were plötzlich. Er packte sie an den Schultern. »Ja, fragt Ailon Bainach! Wenn einer es weiß, dann er. Was starrt Ihr mich so an? Geht! Werdet Eurem Schicksal gerecht und tut endlich einmal etwas Gutes! Geht – und überlasst mich der Trauer um meinen Sohn.«

Feja stolperte verwirrt die Treppe hinauf. Meister Bainach zu fragen schien keine schlechte Idee zu sein. Doch was Orchon von ihr erwartete, war völlig verrückt. Wie sollte sie, eine unerfahrene Schülerin, den mächtigen Dämmerstein zerstören? Und ihr Leben geben? Das war Wahnsinn. Klug wäre es, sich von der Feste und vom Dämmerstein fernzuhalten. Der Stein …

Er war ihr in ihren Träumen erschienen. Jetzt, als sie an ihn dachte, sehnte sie sich plötzlich nach seinem bleichen Licht, nach der Kraft, die er durch ihre Adern rauschen ließ. Ihr war bewusst, dass sie besser einen großen Bogen um diesen geheimnisvollen Kristall machen sollte. Andererseits …

Nun, zunächst musste sie aus der Stadt verschwinden. Alles Weitere mochte sich finden. Sie schlich zurück zur Anlegestelle der Fischer. Vom Viehmarkt her klang immer noch das böse Johlen der berauschten Menge. Sie suchte sich von den Booten das kleinste aus, schob es ins Wasser und sprang hinein. Der Fluss trug sie schnell Richtung Meer.

Sie hatte noch keinen fertigen Plan, aber die Graufeste zog sie mächtig an. War nicht auch Meister Caron dort? Er würde ihr sagen können, was sie tun sollte. Auch Ailon Bainach konnte ihr vielleicht helfen.

Den Dämmerstein würde sie nicht zerstören können – wie auch? Aber sie musste ihr Bargan füllen, und sie hatte gute Gründe, ihr eigenes Lindross nicht zu nutzen.

Natürlich war es viel zu gefährlich, in die Höhle des Löwen zurückzuschleichen. Aber irgendwie baute sie darauf, dass die

Graumagier sie überall suchen würden, nur nicht dort – und schon entstand in ihrem Kopf ein verwegener Plan, wie sie unbemerkt in die Feste gelangen konnte.

Skuran Orchon wartete, bis die Schritte des Mädchens verhallt waren. Dann öffnete er das verborgene Fach unter der geheimen Kammer und holte die versteckten Münzen hervor. Er musste fort, und ohne Gold würde er nicht weit kommen.

Er hielt kurz inne und betrachtete sein zerstörtes Werk. Wie hatte er nur so blind sein können? Wenn sie wirklich eine Galtara-Geborene war, dann war das ganze kunstvolle Spielwerk gerade noch gut genug, um es einzuschmelzen.

Ich sagte doch, dass du falschliegst, höhnte die Stimme in seinem Kopf.

Hasserfüllt blickte er auf den Boden, aus dem sie zu kommen schien. Feja hatte auf dem Grab ihres Vaters gestanden und es nicht gemerkt.

»Aber vielleicht wendet es sich jetzt doch zum Guten«, murmelte er.

Nein, du hast sie in den Tod geschickt.

»Vielleicht ist ihr Tod die Lösung, wie bei Wyrmoch.«

Sie ist kein Drache, Narr. Ihr Sterben wird ebenso sinnlos sein wie meines.

»Aber dein Tod hatte einen Sinn«, zischte Orchon. »Ich musste dich umbringen, denn du hattest es dir anders überlegt. Du wolltest zurück in den Langwald. Du wolltest deinen Brief und sogar dein Geld wiederhaben. Aber ich konnte dich nicht zurückkehren lassen. Denn dann wäre deine Tochter nie nach Braake gekommen.«

Und wenn du dich jetzt umsiehst – wäre das nicht so viel besser gewesen?

»Halt den Mund!«, schrie Orchon. Dann hastete er nach oben, um eine Decke zu holen. Er musste Durkus Leiche für den Transport vorbereiten, denn er würde Braake nicht ohne seinen Sohn verlassen.

Bruder Span hatte recht – es war eigentlich zu gefährlich, durch die Stadt zu gehen, aber Feja war nun einmal in Braake. Span hatte sie im Zwielicht gesehen.

Sie hatten die Pferde am Tor zurückgelassen und sich dann von zwei volltrunkenen Braakern etwas Kleidung »geborgt«. Jetzt hasteten sie über den Fluss, der schnell unter der Brücke hindurchschoss. Ein einsames Fischerboot glitt auf Höhe des Hafens über das Wasser, im Schein von Aithir und Galtara gerade noch zu erkennen. Gab es noch Fischer, die ihrer Arbeit nachgingen?

Dregin entschied sich, am Flussufer zu bleiben, denn das Getöse, das vom Viehmarkt her über die Stadt dröhnte, klang unheilvoll. Sie hielten sich in den Schatten und wichen allen Begegnungen aus. Ein Trupp Plünderer nötigte sie zu einem Umweg, aber endlich erreichten sie die Straße, in der die Wohnung und Werkstatt des Rotschmieds lagen. Dregin erkannte gleich, dass es dort nicht gut aussah. Läden hingen zerschlagen vor den Fenstern, und schwaches Licht fiel durch die weit offene Tür. Jetzt tauchte ein Mann auf, der da im Dunkeln einen großen, schweren Teppich aus dem Haus schaffte. Also hatten die Braaker selbst das Heim dieses alteingesessenen Weren geplündert.

Dregin schüttelte den Kopf. Er freute sich schon auf den Tag, an dem er die alte Ordnung wiederherstellen würde. Die Bürger von Braake würden es schon bald bereuen, sich gegen den Fenngrafen und die Zauberer erhoben zu haben.

Dann kam ihnen eine Streife bewaffneter – und offenkundig betrunkener – Bürger entgegen. Sie mussten sich in die Dunkelheit zurückziehen.

Endlich war die Straße frei, und sie hasteten hinüber zum Haus. Sie fanden es leer und zerstört. Dregin fluchte. »War sie hier, Span?«

Vor Kurzem erst, Meister.

»Und jetzt?«

Ich habe sie wieder verloren. Wie vorhin schon einmal. Ich denke, sie ist auf dem Fluss.

»Natürlich«, murmelte Dregin. »Sein Wasser würde sie vor uns verbergen. Doch wo will sie hin? Nach Isgath? Nach Westar?«

Sie kennt diese Orte nicht, gab Bruder Span zu bedenken.

Der Abot runzelte die Stirn. Da war etwas dran. »Du glaubst doch nicht, dass sie so verrückt ist, zur Graufeste zurückzukehren, oder?«

Diesen Ort kennt sie. Und sie hat den Segen des Geheimnisses unter der Feste erfahren. Das zieht sie an.

Dregin dachte nach. Er hielt sie eigentlich für zu schlau. Aber sie war auf dem Wasser, das stand für ihn fest. »Wir brauchen ein Boot«, entschied er.

Sie traten aus dem Haus – und liefen genau der Patrouille in die Arme, der sie vorhin schon begegnet waren.

»Wen haben wir denn da?«, rief der Anführer dieses Haufens.

»Wir haben nur nach dem Rechten gesehen, Herr«, entgegnete Dregin. »Dieses Haus wurde geplündert, und wir waren in Sorge um die Bewohner.«

»In Sorge um einen Weren? Was seid Ihr denn für komische Vögel?«

»Sieh mal, ist das da nicht eine graue Robe unter diesem Umhang?«, rief einer.

»Verdammt will ich sein – das ist der neue Abot, der Schlimmste von allen!«, rief ein junger Mann, der sich aus dem Hintergrund nach vorne drängte.

Dregin erkannte ihn gleich wieder – es war Tyrbull Tygram. Für einen Moment stand alles still. Dann griff Dregin nach dem Zwielicht und warf ein großes schwarzes Tuch der Blindheit über den Haufen. Sofort drehte er sich um und rannte davon. Span hielt sich dicht hinter ihm. Sie hatten keine Zeit, sich mit diesen Dummköpfen abzugeben. Zu Dregins Ärger liefen sie einer weiteren Streife in die Arme. Sie schlugen einen Haken und flüchteten in eine schmale Gasse, verfolgt vom Gebrüll der blutgierigen Meute.

Rasch bogen sie um die nächste Ecke, und Bruder Span webte einen Schleier, der den Eingang der Gasse vor ihren Verfolgern verbergen würde.

Dregin seufzte. Das ganze Viertel war in Aufruhr. Diese Narren würden sie zwar niemals fangen, aber sie hielten sie auf, und sie mussten kostbare Kraft verschwenden, um unentdeckt zu bleiben. Er unterdrückte ein Fluchen. Er musste zurück zur Feste, dringender denn je, und jetzt wurde er von ein paar Trotteln mit Mistgabeln und Knüppeln aufgehalten.

19.

Feja lenkte das Boot dicht an den großen weißen Felsen vorbei. Sie erinnerte sich noch gut daran, wie Bruder Yorn ihr bei ihrer ersten Fahrt erzählt hatte, dass es die Knochen eines gewaltigen Seedrachen seien, der von einer Nykke besiegt worden war. Es war eine so unschuldige Geschichte gewesen, fast wie für Kinder gedacht. Aber sie war kein Kind mehr.

Ein Stück voraus ragte bereits die Feste als dunkler Umriss auf hellem Fels in den Nachthimmel. Yorn hatte behauptet, der Fels sei der Kopf des Drachens. Inzwischen dachte Feja, dass da vielleicht mehr dran war, als Yorn ahnte. Sie war voller Unruhe. Galtaras Sichel stand hoch über der Feste – aber noch höher stand der schwarze Nir.

Feja hielt unbeirrt auf ihr Ziel zu. Sie näherte sich dem Dämmerstein, und das war es, worauf es ankam. Entschlossen lenkte sie das Boot zur Enge zwischen Graufeste und Möwenfelsen. Die Überreste der Brücke spannten sich darüber. Der Pfeiler, der sich so bedenklich geneigt hatte, stand noch …

Sie steuerte ihn an. Die Brandung schlug gegen die Klippen an seinem Fuß. Dieser Teil der Fahrt war gefährlich. Sie sprang erst im letzten Moment aus dem Gefährt. Eine Welle packte sie, drückte sie unter Wasser. Sie wurde gegen eine Klippe geschleudert, schluckte Salzwasser und kam keuchend zurück an die Oberfläche. Dann zog sie sich über die glatten Felsen hinauf bis zum gemauerten Fundament.

Der Pfeiler war schief, brüchig und sah aus, als würde ihn der nächste Windstoß ins Meer befördern – aber dies war der einzige unbewachte Weg. Feja schloss die Augen und ließ das Zwielicht den Pfeiler hinaufwandern – ja, es gab wohl genügend Spalte und Risse, um hinaufzukommen, soweit sie das sehen konnte.

Sie seufzte, sammelte ihren Mut und begann den Aufstieg. Zunächst kam sie gut voran, aber je höher sie gelangte, desto schwieriger wurde es, denn der Wind, der die Brücke zu lieben schien, wurde stärker und zerrte an ihrer nassen Robe. Die morschen Steine knirschten unter ihrem Griff, und der Pfeiler stöhnte. Weit unter ihr tobte das Meer und warf sich gegen die Fundamente. Der Pfeiler zitterte, aber Feja kletterte mit grimmiger Entschlossenheit weiter.

Endlich erreichte sie ihr Ziel. Sie zog sich auf die Brücke und drückte sich in die Schatten der zerfallenen Brüstung. Es standen Wachen auf den Türmen, mehr als sonst. Aber vermutlich würden sie nicht hierherschauen. Ob sie das Boot bemerkt hatten? Feja wagte einen Blick hinab. Das Gefährt trieb schon ein gutes Stück entfernt auf dem Meer. Die Strömung schien es hinauszuziehen. Es war unmöglich zu erkennen, ob jemand darin saß oder nicht.

Sie schlich zur Turmpforte und fand sie verschlossen. Also beschwor sie das Zwielicht und entriegelte das Schloss. Sie wusste, dass das ein Wagnis war. Magier bemerkten, wenn in ihrer Nähe gezaubert wurde, aber das konnte sie nun einmal nicht ändern. Sie schlüpfte in den Turm und lauschte in das Zwielicht. Da stand ein Wächter oben auf der Wehrplattform, aber er schien sie nicht bemerkt zu haben.

Feja öffnete die Augen wieder und schlich hinab. Sie musste in den Tempel gelangen. Wenn sie es schaffte, den Zugang zu öffnen, würde sie sich erst mit dem Dämmerstein stärken – und dann Meister Caron suchen oder den Ailon. So genau wusste sie das noch nicht.

Der Tempel lag in tiefer Dunkelheit, und nur das gelegentliche Klacken von Meister Orchons Spielwerk war zu hören.

Feja huschte weiter. Dann stand sie in der Finsternis und hatte keine Ahnung, wie sie die schwere Platte öffnen sollte.

»Mit dir hätte ich hier allerdings nicht gerechnet.«

Feja fuhr herum. Eine Kerze glomm auf, und sie blickte in das bleiche Gesicht von Ailon Bainach.

Ihre Hand zuckte zum Gürtel – aber sie hatte nicht einmal mehr ihr steinernes Messer.

»Nein, keine Sorge, kleine Gans, ich werde dich nicht verraten. Aber was suchst du hier? Dies ist der Ort, den du meiden solltest, mehr als alle anderen. Wenn der Abot dich in die Finger bekommt …«

»Das Geheimnis …«, stieß Feja hervor und deutete auf die schwere Bodenplatte. »Meister Orchon meinte, es sei mir bestimmt, es zu zerstören.«

Der Ailon hob eine Augenbraue, trat näher an sie heran, und seine roten Augen funkelten. »Deswegen bist du nicht hier, Feja. Du bist hier, weil du dich nach dieser Macht verzehrst. Ich kenne das, habe es oft gesehen bei jenen, die zu jung sind, um ihre Leidenschaft zu zügeln.«

»Aber Meister Adach sagte, ich sei eine Galtara-Geborene – und Nir habe keinen Einfluss auf mich!«, verteidigte sich Feja, »und Meister Orchon glaubt das auch.« Wo war nur der Mechanismus versteckt, der die Pforte öffnete?

Der Were trat einen Schritt zurück. »Wirklich? Das würde manches erklären …«

»Bitte, Meister Bainach – ich muss dort hinunter! Könnt Ihr nicht den Eingang für mich öffnen?«

»Du hast also mit Skuran Orchon gesprochen?« Er schien ihre Frage gar nicht gehört zu haben. »Und er glaubt jetzt auch, dass du nicht unter dem Zeichen von Galtara *und* Nir geboren wurdest?«

Feja nickte. »Er sagte auch, ich müsse unbedingt dort hinunter.«

Der Were starrte sie an. »Vielleicht ist es möglich«, murmelte er, wie zu sich selbst. »Ich glaube es nicht, aber ich glaube ohnehin an wenig. Orchon ist ein Narr, aber manchmal haben Narren recht, und die Weisen irren. Und hier kann sie nicht bleiben. Die anderen werden sie bemerken, früher oder später. Vermutlich früher.« Er nickte langsam, dann sagte er: »Nein, kleine Gans, ich werde dir diese Pforte nicht öffnen, denn das würden die

Zauberer auf der Feste merken, aber es gibt noch einen anderen Weg.«

Der Ailon führte sie in eine Ecke des Tempels, berührte einen Stein, und ein schmaler Spalt tat sich in der Wand auf. »Dieser Felsen ist alt, und unsere Altvorderen hatten viel Zeit, Gänge durch den Stein zu graben.«

Er schob Feja in den Gang, trat selbst hinein und verschloss ihn wieder. Dann entzündete er eine Fackel. »Es ist ein Umweg, und du solltest dicht bei mir bleiben, denn du könntest sonst verloren gehen.«

Sie folgten einem gewundenen Tunnel durch den weißen Fels, und Feja staunte über die vielen Abzweigungen, die irgendwohin führen mussten. »Wofür sind diese Gänge gut?«

»Für gar nichts – oder für vieles. Früher vielleicht für Vorräte, oder als letzte Zuflucht, die nie gebraucht und vergessen wurde. Wenn du weit hinuntergehst, findest du unsere Schatzkammer, die sich in letzter Zeit bedenklich geleert hat.« Er blieb stehen. »Hörst du das?«

Sie lauschte. Leises Rauschen drang durch die Wand. »Das ist das Meer. Wir sind dicht unter der Haut des Drachenkopfes. Doch weiter jetzt.«

»Seid Ihr sicher, dass dies der Weg zum Dämmerstein ist, Meister Bainach?«

»Es ist zunächst der Weg in meine Kammer. Du wirst ein oder zwei Dinge brauchen, wenn du wirklich zum Stein willst. Diese Gänge führen übrigens auch in den Kerker. Meister Caron sitzt dort.«

»Meister Caron wurde eingesperrt?«

»Er hat dir geholfen, und du wirst als Verräterin angesehen, Feja aus dem Langwald. Es sollte dich also nicht überraschen.«

»Aber er hat doch nichts Böses getan! Ganz im Gegenteil – er wollte das Schlimmste verhindern.«

»Ich weiß, Kind, ich weiß.«

»Können wir ihn befreien?«

»Jetzt nicht. Es würde zu viel Aufmerksamkeit erregen. Warte, wir sind da.«

Sie standen vor einem Stück Fels, das sich nicht von dem Rest des weißen Steins unterschied, aber der Were berührte eine Stelle der Wand, und sie glitt lautlos zur Seite. Feja trat in einen gemauerten Gang hinaus. Dann sah sie den Totenkopf über der Tür.

In seiner Kammer drückte ihr der Were zunächst ein Schwert in die Hand. »Es gehört mir, aber ich brauche es eigentlich nie. Dir könnte es allerdings nützlich sein.«

Feja bedankte sich und gürtete die Waffe um, nachdem sie die Klinge ein paarmal durch die Luft hatte sausen lassen. Sie lag gut in der Hand. Dann gab ihr der Were einen Stab. Sie sah ihn verblüfft an. Es war derselbe, den der verrückte Alte aus dem Apfelgarten für sie geschnitzt hatte.

»Wo habt Ihr den denn her?«

»Meister Uri gab ihn mir vor wenigen Tagen, denn Bruder Span wollte ihn nicht länger in der Schmiede haben.«

»Und was soll ich damit?«

»Ich habe eine Idee, und dafür wirst du diesen Stab brauchen. Auch wenn ich mir nicht vorstellen kann, dass es so einfach ist …« Der Were durchsuchte eine große Truhe.

Feja wendete den Stab unschlüssig in der Hand. »Warum helft Ihr mir, Meister Ailon?«

Er sah kurz auf. »Warum? Weil Dregin ein Narr ist, der uns alle in den Untergang führen wird. Und weil ich zwar ein Weißling, aber eben doch ein Were bin. Wenn Orchon recht hat, kannst du meinem Volk die Magie zurückgeben. Und wir brauchen sie dringender als ihr Aschlinge. Ah, hier ist es.« Er zog eine bauchige Steingutflasche aus der Truhe. »Das hier musst du trinken.« Er zog den Pfropfen aus dem schlanken Hals.

»Was ist das?«, fragte sie misstrauisch.

»Ein Trank, den Meme Sulling gebraut hatte, um denen zu helfen, die zu sehr unter dem Einfluss des … Geheimnisses leiden.«

Feja schnupperte an dem Gefäß. »Es riecht nach Schänke, und zwar nach einer, in die mein Vater mich nie hineingehen ließe.«

»Der Trank besteht im Wesentlichen aus vergorenem Honig und paar anderen Dingen, über die unsere Alchemistin nicht sprechen wollte. Trink ihn!«

»Aber ich leide nicht unter dem Einfluss von … Ihr wisst schon …«

»Trink!«

Feja nahm vorsichtig einen Schluck. Sie hustete, und Tränen stiegen ihr in die Augen.

»Ganz austrinken!«, befahl der Were.

Feja überwand sich und schluckte den Rest des Gebräus hinunter. Es brannte wie Feuer in ihrer Lunge, ihrem Magen, in ihrem ganzen Körper.

»Und jetzt?«, fragte sie, als sie wieder zu Atem gekommen war.

»Jetzt zeige ich dir den Weg.«

Sie verließen das Reich des Ailon und gingen zurück in den geheimen Gang. Feja fühlte sich eigenartig. Sie schüttelte den Kopf. Irgendwie war sie beschwingt, aber es fiel ihr schwer, sich zu konzentrieren.

»Was habt Ihr mir da gegeben?«, fragte sie erneut.

»Das sagte ich doch – ein Gebräu von Meme Sulling. Sie meinte, der gute Svelgar oder vielmehr seine Trunksucht habe sie auf die Idee gebracht, denn Wein und andere berauschende Getränke dämpften offenbar die Empfänglichkeit für alles Magische.«

»Ich kann mir nicht vorstellen, dass sie ihn den *guten Svelgar* genannt hat«, erwiderte Feja und schüttelte sich.

»Oh, die beiden sind seit Jahren ein heimliches Paar, wusstest du das nicht? Doch weiter jetzt. Leider kann ich dir nicht sagen, ob es dich lange vor dem dunklen Einfluss des Dämmersteines schützen wird, aber ich kann dir versprechen, dass du morgen auf jeden Fall mit Kopfschmerzen aufwachen wirst – falls du denn den nächsten Morgen erlebst, heißt das.«

»Danke«, murmelte Feja. Sie konnte spüren, dass sie sich dem Stein näherten. Aber es fühlte sich anders an als sonst, kälter, unangenehmer.

Ailon Bainach blieb stehen. »Geh immer geradeaus, dann kannst du die Kammer nicht verfehlen. Und dann … dann weiß ich auch nicht weiter. Versuche es mit dem Stab. Vielleicht kannst du den Dämmerstein mit diesem Ding von der Spalte lösen, über der er schwebt. Ich weiß, das ist unwahrscheinlich, aber etwas

Besseres fällt mir nicht ein. Ich kann dir nur raten, dich auf deine Instinkte zu verlassen. Hoffen wir, dass Galtara dich führt.«

»Ihr wollt mich nicht begleiten?«

»Ich könnte dir dort drinnen nicht helfen. Ich bin ein Were, kein Aschling, und das bisschen magische Kraft, über das ich verfüge, werde ich brauchen, um Meister Caron aus dem Kerker zu befreien. Du weißt doch noch, dass er eingesperrt wurde, oder? Gut. Mit ihm kann ich genug Unruhe stiften, um die anderen Meister von dir abzulenken. Möglicherweise kann Caron dir zu Hilfe kommen, doch kann ich nichts versprechen. Nun geh, Feja aus dem Langwald – möge Edamara mit dir sein!«

Der Ailon drehte sich um und verschwand. Die Fackel nahm er mit, aber Feja hätte sie auch nicht gebraucht. Bleiches Licht kam von dort, wo sie den Dämmerstein vermutete.

Sie biss die Zähne zusammen und marschierte vorwärts. Im Stillen fragte sie sich, ob es an diesem merkwürdigen Trank lag, dass sie sich nicht fürchtete. Der Gang bog um eine Ecke, und plötzlich stand sie in der Halle, in deren Mitte der Kristall auf sie wartete.

Nebel wallte durch das Gewölbe. Sie blieb stehen, ihre Hände krampften sich um den Stab. Dann gab sie sich einen Ruck und trat in die Schleier hinein. Sie wirkten kälter als sonst. Sie ließ sich nicht beirren, tastete sich voran und konnte endlich den Dämmerstein sehen: Er schwebte über dem Abgrund und drehte sich langsam um seine eigene Achse. Sie konnte spüren, wie der Fliod ihn durchströmte. Gut möglich, dass er die magische Kraft tief aus dem Innern der Welt hervorholte. Aber hatte er sie auch dem Land entrissen?

Feja biss sich auf die Lippen und konnte ihren Blick nicht von dem Stein lösen. Licht brach sich in den unregelmäßigen Strukturen. Es glitzerte verlockend.

Jede Faser ihres Körpers erinnerte sich daran, wie herrlich es war, Kraft aus ihm zu schöpfen. Und jede Faser ihres Körpers verlangte von ihr, es wieder zu tun.

Sie fasste tapfer ihren Stab und trat dicht an den dunklen Abgrund heran, dann streckte sie den langen Stock aus und berührte den Stein ganz vorsichtig. Ein dumpfes Sirren erklang, aber es kam nicht vom Stein. Es war die Spitze des Stabes, die bei der Berührung erzitterte.

Der Stein drehte sich ungerührt weiter.

Feja sammelte ihre Kraft, atmete tief durch, holte mit dem Stab aus und versetzte dem Dämmerstein einen harten Stoß. Es knirschte, aber wieder war es nur das Holz, das plötzlich, ohne Vorwarnung, zersplitterte. Ein Ende brach ab, stürzte in die Tiefe und verschwand. Der Schwung hätte sie beinahe mit hinabgerissen.

Feja stand ratlos da. Sie hörte das Stück Holz noch einige Male dumpf gegen die Felsen prallen, doch schien es nirgends aufzuprallen. Das Geräusch wurde einfach nur immer leiser, und es kam ihr so vor, als sei der Abgrund bodenlos. Feja ließ den zerbrochenen Stab sinken. Der geschnitzte Drachenkopf schien sie zu verhöhnen. Sie hatte nichts erreicht, der Dämmerstein drehte sich ungerührt weiter und hatte sich nicht einmal um eine Haaresbreite bewegt.

Feja wurde wütend. Wenn dieser Stein aus dem alten Utor stammte, wie Nerius behauptet hatte, dann mussten die Magier ihn doch irgendwie hierhergeschafft haben. Und das ging nicht, wenn er sich nicht bewegen ließ! Sie schloss die Augen und beschwor das Zwielicht. Dann legte sie Dunkelheit über den Rest des Stabes. Sie öffnete die Augen und berührte mit ihm den Kristall. Ein durchdringendes Knistern erklang, plötzlich stoben schwarze Funken aus dem Holz, und bevor sie loslassen konnte, durchfuhr sie ein heftiger Schlag. Der Stab wurde ihr aus der Hand gerissen und flog quer durch die Halle, bis er gegen eine Wand prallte und zu Boden fiel.

Feja rieb sich den schmerzenden Unterarm. Da bemerkte sie, dass der Nebel sich verändert hatte. Er schien viel dünner geworden zu sein. Sie blickte zum Dämmerstein. Wenn ihre Augen sie nicht täuschten, hatte seine Farbe sich um eine Winzigkeit verändert.

»Mit Magie kann man dich also beeindrucken«, murmelte Feja. Es fiel ihr schwer, sich zu konzentrieren. Meme Sullings Trank brannte noch immer in ihr.

Ein leises Zischen klang durch die Halle. Feja erstarrte. Antwortete ihr der Kristall? Der Nebel geriet in Wallung, und sie hörte Schritte die Treppe hinunterkommen. Es waren wenigstens zwei Männer. Sie mussten die Pforte im Tempel geöffnet haben – also war es nur ein Luftzug gewesen, der den Nebel in Bewegung versetzt hatte. Oder nicht?

Sie zog ihr Schwert.

Die Männer betraten die niedrige Halle.

Selbst durch die grauen Schleier erkannte sie die beiden sofort: Es waren Bruder Span und der Abot, der in die Halle stürmte. Er blieb stehen, blickte vom Stein zu ihr und wieder zurück.

»Was tust du da?«, herrschte er sie an.

»Ich zerstöre den Stein«, presste sie hervor, obwohl sie weit davon entfernt war, ihn auch nur zu beschädigen.

»Mach dich nicht lächerlich, Kind!« Er zog nun ebenfalls seine Waffe. Plötzlich schob sich ihm der zweite Mann in den Weg. Es war Span. Er hielt einen Dolch in der Hand.

»Geh mir aus dem Weg, Span!«

Span schüttelte den Kopf.

»Ich sage es nicht noch einmal … Hast du etwa vergessen, wem du dienst? Hast du vergessen, dass es der Orden war, der dich rettete, der dich aufnahm, kleidete, dir Nahrung gab und dich lehrte? Ist das deine Art, dich dankbar zu erweisen?«

Span rührte sich nicht vom Fleck.

Feja hielt den Atem an. Dann hatte sie eine Idee. Sie beschwor das Zwielicht mit dem letzten bisschen Fliod, das sie noch in sich finden konnte, und warf einen Schleier aus Dunkelheit über den Kristall. Der Schleier flog – der Kristall verfinsterte sich, und ein kaltes Zischen drang aus dem Abgrund herauf. Der bleiche Nebel färbte sich schwarz.

Dregin schrie auf, doch da zerriss die Finsternis, und der Kristall schwebte hell und unberührt an seinem Platz. Das bleiche Licht floss in den Nebel zurück. Etwas flog durch die Luft. Es war Span, den der Abot emporgehoben und davongeschleudert hatte. Er prallte gegen die Wand wie zuvor Fejas Stab und sackte schlaff zu Boden. Feja sah ihn entsetzt fallen. Der Abot reckte sich. Was hatte er Span angetan?

Und dann griff Dregin an. Feja wehrte den ersten Schlag mit ihrem Schwert ab, dann den zweiten, schon beim dritten war sie zu langsam: Dregins Klinge riss ein Stück aus ihrer Robe.

Sie versuchte einen Gegenangriff, aber der Abot hatte keine Mühe, ihn abzuwehren.

»Du dummes Ding!«, rief er. »Glaubst du wirklich, du könntest dem Stein Schaden zufügen?«

Sie fochten, und Dregin drängte sie näher an den Abgrund.

Er täuschte einen Angriff an, sie wehrte ihn ab, und obwohl sie die Finte erkannte, war sie zu langsam. Sie spürte einen harten Schlag gegen den Schwertgriff, und die Waffe flog ihr aus der Hand.

Feja wich zurück, wäre fast in die Tiefe gestürzt, doch dann packte sie Dregin hart an der Kehle.

»Nun werde ich dir zeigen, dass dieser Kristall dir viel mehr Schaden zufügen kann als du ihm.« Er murmelte ein paar Worte, und plötzlich spürte sie, dass sein Geist ihren umklammerte. Ein gleißendes Leuchten erschien vor ihrem inneren Auge. Es wurde heller und heller, und sie konnte sich nicht abwenden.

Es wird die Magie aus dir herausbrennen, bis nichts mehr von dir übrig ist, raunte der Abot in ihrem Innersten.

Sie versuchte, sich aus der Umklammerung zu befreien, aber es war aussichtslos. Sie zappelte hilflos an seinem ausgestreckten Arm. Der Kristall und sein alles versengendes Licht schienen immer größer und heller zu werden. Feja bekam kaum noch Luft. Verzweifelt versuchte sie, den Würgegriff an ihrem Hals zu lösen, aber die Finger des Abots waren wie aus Eisen.

Sie fühlte, dass es zu Ende ging. Wo war Span? Warum half er ihr nicht? Sie zappelte schwach, keuchte, und dann fand ihre Linke Dregins Handgelenk unter der Robe. Ihre Handfläche berührte seine Haut – und alles änderte sich.

Kraft!

Reine Stärke floss durch ihre Adern in ihr Bargan. Dregins Griff um ihren Hals lockerte sich, sie spürte wieder Boden unter den Füßen. Der Kristall war noch da, doch nun wehrte sie sich gegen sein Brennen. Sie wandte sich ab – was ihr bisher nicht gelungen war –, und schleuderte dem Kristall etwas entgegen. Es war kein Dunkel, kein Zwielicht, es war ein anderes warmes Licht, und sie wusste selbst nicht, was es war und woher sie es genommen hatte.

Feja vernahm ein Knirschen, und jemand stöhnte laut auf. Eine Stimme rief etwas, aber da war ein Rauschen, ein Sturm, der durch ihr Inneres tobte und Welle um Welle von goldenem Licht auf das kalte Gleißen des Dämmersteins schleuderte. Der Boden unter ihren Füßen wankte, und Donner rollte. Wieder war da eine Stimme, sie war leise und konnte das Rauschen nicht übertönen. Feja hatte das Gefühl zu brennen, zu bersten vor Kraft. Der Rausch nahm kein Ende. Die ganze Welt bebte. Wieder rollte Donner, und der Boden schwankte. Sie spürte einen Schlag auf der Schulter, und da war wieder dieses Flüstern in ihrem Inneren. Der Rausch ebbte ab, was sie mit Panik erfüllte, doch dann, endlich, hörte sie die Stimme: *Hör auf! Du bringst ihn um!*

Sie öffnete die Augen. Es war Span, der sie an den Schultern gepackt hielt und sie schüttelte. Sie blinzelte. Ihre Linke hielt den Arm von Abot Dregin umklammert. Der war auf die Knie gesunken, den Mund zu einem lautlosen Schrei verzerrt. Leichenblass war er, und seine Augen waren weit aus den Höhlen gequollen. *Du musst ihn loslassen, Feja. Du tötest ihn!*

Feja sah auf den Mann hinab. Hatte er es nicht verdient zu sterben? Er hatte sie dumm genannt und war doch selbst so töricht gewesen, ihr sein eigenes Leben als Lindross anzubieten. Geschah es ihm nicht recht?

Der Boden bebte wieder. Steine brachen aus der Decke. Feja ließ den Abot nicht los. Der Rausch jedoch ließ nach. Sie blickte über ihre Schulter. Der Dämmerstein war grau und stumpf, und sie glaubte, Risse im Kristall zu erkennen. Hatte sie das vollbracht? Span schüttelte sie wieder. Der Mann, aus dem sie Kraft schöpfte, stöhnte leise auf – und endlich überwand sie sich und ließ sie ihn los.

Aber das Beben endete nicht. Große Risse sprangen durch den Felsen über ihr, und es regnete Steine.

Span hielt sie immer noch fest. *Wir müssen hier raus!*, flüsterte er. Sie nickte zögernd. Er zog sie zur Treppe, doch von dort rollten ihnen Felsbrocken entgegen.

Feja erinnerte sich, wie sie hierhergekommen war. Sie packte Span am Arm und zog ihn hinter sich her. Der Nebel war aus der Kammer verschwunden, der ganze Berg zitterte unter immer neuen Erdstößen. Splitter platzten aus den Wänden. Feja hatte Schwierigkeiten, den Gang zu finden. Dann aber tat er sich plötzlich vor ihr auf, und sie rannte mit Span durch den Schauer weißer Steine und Felssplitter darauf zu.

Feja hatte gehofft, jenseits der Kammer würde es besser werden, aber das Beben nahm kein Ende. Der Weg verzweigte sich und sie wusste nicht, welche Abzweigung die richtige war. Sie folgte ihrem Instinkt. Span war bei ihr. Sie rannten um Ecken, durch fremde Gänge, verirrten sich in eine Sackgasse. Gerade als sie umkehren wollten, stürzte ein mächtiger Felsen in den Gang. Sie saßen in der Falle.

Ginnar Dregin fühlte sich, als habe man ihm das Blut aus den Adern gebrannt. Er war so schwach, dass er kaum auf die Beine kam. Noch immer begriff er nicht, was gerade geschehen war.

Der Dämmerstein! Dregin sah mit Entsetzen, dass er ganz grau geworden war. Ein hässliches Knirschen lief durch die alte Halle. Überall lagen Felsbrocken, und immer neue brachen aus der Decke. Dregin taumelte zur Treppe, doch er fand sie versperrt. Der Boden bebte, ja, die ganze Feste schien zu wanken. Splitter regneten auf seinen gekrümmten Rücken. Er taumelte auf den Abgrund zu. Etwas in ihm raunte ihm zu, dass er in der Nähe des Dämmersteins sicher sein würde.

Der Kristall schwebte immer noch dort, wo er immer gewesen war, aber seine Farbe änderte sich: Kurz gleißte er golden auf, wurde schmutzig grau und schließlich schwarz – und dann, gerade als Dregin glaubte, das Licht im Stein würde für immer erlöschen, glomm in seinem Inneren ein heller Funke auf. Der Kristall erstrahlte, erst sanft, dann mit immer gleißenderem Licht. Er wurde heller und heller.

Dregin konnte den Blick nicht von diesem Licht lösen. Magie!

Er brauchte Magie! Der Kristall strahlte heller als die Sonne in einem alles auslöschenden Weiß. Der Abot konnte die Augen nicht schließen, obwohl sie zu brennen schienen. Die Helligkeit fraß sich durch sie hindurch in seinen Geist – und dann stürzte die Halle ein.

Er spürte einen mächtigen Schlag auf seinem Rücken, noch einen zweiten auf seiner Schulter, und um Ginnar Dregin wurde es dunkel.

Der Berg bebte, und Feja klammerte sich an Span. Sie wünschte sich, der Boden unter ihren Füßen würde aufhören zu schwanken, sie wünschte, sie würde einen Weg hier herausfinden, aber sie wusste, dass das Ende unweigerlich bevorstand. Im Gestein krachte und knackte es, und plötzlich brach direkt neben ihr ein Stück Felsen aus der Wand und – verschwand. Verblüfft starrte Feja auf das Stück grauen Himmels, das sich vor ihr auftat.

»Wir sind an der Haut des Drachenkopfes«, flüsterte sie.

Span schien schneller zu begreifen, was das bedeutete. Er trat gegen die Wand – und ein weiteres Stück Felsen wankte, knirschte und rutschte in die Tiefe. Dann löste sich eine weitere Felsplatte zu ihrer Rechten, und plötzlich polterten die Steine, die ihnen den Rückweg versperrt hatten, hinab ins Meer.

Feja blickte hinunter. Die See schien zu kochen. Wellen schossen kreuz und quer um den Fels. Über ihr schrien die Möwen. Span riss sie zurück. Etwas Graues polterte an ihnen vorbei und donnerte ins Meer.

»Was war das?«, rief Feja.

Ein Stück unserer Mauern. Nicht nur der Felsen stürzt ein, lautete die geflüsterte Antwort.

»Die Graufeste?«, rief sie entsetzt. Das Beben ließ nach, aber ein Schauer von Mauersteinen und Ziegel rauschte an ihnen vorbei.

Der Weg in die Feste ist wieder offen, flüsterte Span. Er hielt immer noch ihre Hand.

»Aber nicht für mich, Jaras. Ich kann mir nicht vorstellen, dass sie mich willkommen heißen werden, nicht nach dem, was ich eben getan habe.«

Das ist wahr, kam es traurig zurück.

»Wir könnten verschwinden, Jaras. Vielleicht können wir diesen Felsen hinunterklettern und dann dem allen hier entfliehen.«

Ich kann nicht fort, Feja. Die Feste ist meine Heimstatt, der Orden meine Familie. Sie brauchen mich. Hörst du nicht die Schreie der Verletzten?

Feja hatte sich eingeredet, das seien die Rufe der Möwen, die aufgeregt durch den Himmel schossen.

»Ich weiß, Span. Bei den Monden – ich würde selbst hinaufgehen und helfen, wenn ich könnte.«

Dann müssen wir uns also trennen?, fragte er.

Sie nickte. »Vielleicht nur für eine Weile«, sagte sie. Da waren Stimmen im Berg. Suchte man sie?

Er schüttelte den Kopf. *Du hast das Fundament meines Ordens und meines Lebens zerstört. Ich kann nicht mit dir zusammen sein, Feja.*

Sie schluckte. »Aber eines Tages, vielleicht?«, fragte sie hoffnungsvoll. Die Stimmen schienen näher zu kommen.

Plötzlich umarmte er sie. *Eines Tages vielleicht, Feja aus dem Langwald. Pass auf dich auf. Und gehe dem Zwielicht aus dem Weg!* Er strich ihr mit einer sanften Geste eine Haarsträhne aus dem Gesicht. Er lächelte so warm, wie sie es noch nie gesehen hatte. Es verschlug ihr die Sprache.

Dann packte er sie, hob sie hoch, und bevor sie noch recht begriff, was geschah, warf er sie in einem weiten Bogen in das tief unter ihr tobende Meer.

Feja schrie auf, aber die See erstickte ihren Schrei. Sie kämpfte mit den Wellen, kam kurz an die Oberfläche. Sie wusste nicht, ob sie lachen oder weinen sollte. Und hätten ihre schwerer werdenden Kleider sie nicht langsam, aber unerbittlich in die Tiefe gezogen, hätte sie vielleicht beides getan.

20.

Ein leichter Sommerregen ging über dem Fluss nieder. Die Sonne stach durch die Wolken und ließ das nasse Gras glänzen. Das ganze Land sah aus, als sei es frisch gewaschen worden. Selbst Braake wirkte aus der Entfernung wie neu errichtet.

»Diese Robe hat schon deutlich besser ausgesehen. Und das ist noch nicht so lange her«, unterbrach Nerius Fejas Gedanken. Sie saßen am Ufer des Fennlings, ein gutes Stück oberhalb der Stadt.

Feja ertrug Nerius' milden Spott mit Gleichmut. Eine Woche war vergangen seit ihrem Kampf mit dem Abot. Sie war ins Meer gestürzt, untergegangen und dann an einem Strand weit von der Feste entfernt aufgewacht. Sie fragte sich immer noch, wie sie ans Ufer gelangt war.

»Und du glaubst, dass Abot Dregin tot ist?«, fragte sie noch einmal. Sie hätte gern nach dem Dämmerstein gefragt, aber sie brachte die Frage nicht über die Lippen. Hieß das, dass sie ihn doch nicht zerstört hatte? Oder wirkte der Bann trotzdem fort?

Nerius zuckte mit den Achseln. »Nach dem wenigen, was ich höre, muss es so sein. Er soll sich in den Gängen unter der Festung aufgehalten haben und wurde angeblich verschüttet. Die ganze Feste ist so schwer beschädigt, dass die Magier nicht wissen, ob sie dort bleiben können. Aber auch das ist vielleicht nur ein Gerücht. Ein gewisser Meister Valir soll sie jetzt führen. Kennst du ihn?«

»Er war Dregins Sturmrat. Hast du von den anderen gehört? Von Meister Caron? Dem Ailon? Oder wenigstens von Gabra, Nemma und Hallir? Von … Span?«

Er schüttelte den Kopf. »Es soll bei diesem Beben viele Verletzte gegeben haben, und einige Gewappnete stürzten mit dem Bergfried ins Meer und kamen dabei um. Doch hörte ich nichts über tote Schüler.«

»Dann ist das ein gutes Zeichen, oder?«

»Vielleicht. Aber auch in Braake gab es Tote und Verletzte, und daher überlagert ein Schrecken den anderen, und niemand weiß etwas Genaues. So kann auch niemand sagen, ob das Hafenviertel als Folge des Erdbebens in Brand geriet oder ob es durch betrunkene Plünderer angezündet wurde. Doch allmählich lichtet sich der Rauch. Der Fenngraf, dessen Vetter zweiten Grades ich zu sein die Ehre habe, ist nach Braake zurückgekehrt und hat seine Schatullen weit geöffnet, um die Schäden an seiner Stadt beheben zu lassen. Allerdings ist es wohl eher so, dass in Wahrheit meine Base Uthia das Zepter schwingt. Jedenfalls ist der Aufstand zu Ende, die Aufrührer wurden begnadigt, und Uthia hat allen Magiern bei Todesstrafe verboten, Braake je wieder zu betreten. Das Volk liebt sie dafür.«

Feja fand das weniger sympathisch. »Dann hoffe ich mal für dich, dass sie dich nicht mehr zu den Zauberern zählen, Nerius.«

Der Freund grinste dünn und hob seinen verkrüppelten Arm. »Nein, diese Gefahr besteht wohl nicht mehr. Meine Base hat mir sogar eine Stelle als Bibliothekar von Braake angeboten. Ich meine, diese Bibliothek ist armselig, aber ich kann das vielleicht ändern.« Er seufzte plötzlich. »Und du willst mir wirklich nicht erzählen, was genau geschehen ist? Kannst du mir wenigstens sagen, ob es mit dem Splitter des Allsteins zu tun hat, wie ich vermutete?«

»Nein, das kann ich leider nicht, Nerius.«

Er nickte verdrossen. »Ich wüsste zu gerne, ob er zerstört wurde. Und was mit den anderen Splittern geschehen ist.«

»Den anderen?«

»Ich sagte doch, dass wohl jeder Orden ein Stück vom Allstein nach Edun mitgebracht hat.«

»Ja, das sagtest du«, erwiderte Feja nachdenklich. Sie hatte gar nicht bedacht, dass es noch andere Kristalle gab. Was bedeutete das für die Ketten, von denen Meister Orchon gesprochen hatte?

»Was hast du jetzt vor?«, fragte Nerius. »Ich würde dich gerne bitten zu bleiben, aber ich weiß, dass das im Augenblick nicht geht.«

Sie seufzte. »Ja, ich habe mir hier viele Feinde gemacht. Vermutlich werde ich in die Berge gehen, bis Gras über die Sache gewachsen ist. Vielleicht kehre ich auch in den Langwald zurück.« Sie erhob sich, und Nerius, der den einen Arm nicht nutzen konnte, tat es ihr mit etwas Mühe gleich.

Plötzlich hielt er einen Beutel in der Rechten.

»Was ist das?«, fragte sie verwirrt.

»Den habe ich eingesteckt, als ich deine Botschaft erhielt, dass du dich hier mit mir treffen willst. Es sind einige Münzen; ich denke, du brauchst sie nötiger als mein Vater.«

»Das kann ich nicht annehmen.«

Aber er drückte ihr den Beutel einfach in die Hand. »Ich würde dich einladen zu bleiben, aber sowohl mein Vater als auch die Graumagier wollen dich gerne tot sehen.«

Feja steckte die Münzen ein. Dann fiel sie Nerius um den Hals. »Du hast viel für mich getan, Nerius.«

Er zuckte mit den Schultern. »Ich würde es wieder tun. Und vielleicht ergibt sich ja eine Gelegenheit. Weißt du, meine Familie macht manchmal Jagdausflüge in die Berge …«

»Wir sehen uns wieder«, sagte Feja, umarmte ihn noch einmal und drehte sich um, bevor er die Tränen in ihren Augen entdeckte. Sie lief ein Stück flussaufwärts und durchquerte den Fluss an einer Furt. Am anderen Ufer hielt sie inne. Bewegte sich da nicht jemand, im Schatten der alten Weiden, eine schlanke Gestalt in grauer Robe? Nein, es war nicht Span, es war nur der Wind in den Zweigen, der ihren Augen einen Streich spielte.

Feja lief zum Froschtempel. Ein Feuer brannte vor Meister Adachs Behausung, und zwei Weren saßen davor und starrten in die Glut, in die immer wieder zischend Regentropfen fielen. Frösche hüpften um sie herum durch das nasse Gras. Von den Flüchtlingen war nichts mehr zu sehen. Sie waren entweder weitergezogen oder nach Braake zurückgekehrt. Ein Rabe zog mit missmutigem Krächzen über den Tempel und dann Richtung Osten davon.

»Ich grüße Euch!«, rief sie den Männern zu.

Die Weren sprangen auf. »Sieh an! Caron hatte recht – sie ist gar nicht tot, wie alle sagen!«, rief der Weber.

»Meister Caron? Er ist hier?«

»Er war es, und er war nicht allein. Ailon Bainach hat sich mit ihm aus der Festung gestohlen, als das Gröbste überstanden war, denn dem Orden wird schon noch einfallen, dass die beiden dir geholfen haben. Aber sie sind weitergezogen. Vielleicht holst du sie noch ein, auch wenn das schwierig ist, da sie selbst nicht wissen, wohin sie gehen sollen.«

»Sie sind fort? Und Ihr kennt ihr Ziel nicht?«, fragte Feja enttäuscht.

»Caron wollte nach Skros, Bainach ins Hügelmeer. Wenn sie sich nicht einigen, werden sie sich entweder trennen oder ewig über die Ebenen von Edun wandern. Sie wollen überwiegend nachts marschieren, weil Bainach doch kein Licht verträgt. Wenn du aber am Tag eine von Kopf bis Fuß verhüllte Gestalt siehst, könnte es der Ailon sein«, sagte Meister Hrellech.

»Wir haben nicht geglaubt, dass wir dich wiedersehen«, meinte Meister Adach und musterte sie mit verschränkten Armen.

Hrellech gab ihm einen Stüber in die Seite. »Du solltest dich dennoch freuen, alter Griesgram!«

»Wir freuen uns, wenigsten einige von uns. Andere sind enttäuscht«, meinte der Ganamon.

»Enttäuscht? Aber das … ihr wisst schon, ich glaube, es ist zerstört!«

»Ist es das?«, meinte Adach mit gerunzelten Brauen. »Wir merken nichts davon! Die Alte Magie – sie ist nicht zurückgekehrt. Wir würden sie spüren. Nein, die Mauer wurde nicht durchbrochen, die Ketten wurden nicht gelöst.«

»Nicht?«, Feja sah den Ganamon bestürzt an. Die ganze Zerstörung – und dann war alles vergebens gewesen?

Hrellech schüttelte den Kopf. »Höre nicht auf ihn! Er erwartet, dass die Sonne plötzlich im Westen aufgeht! Aber das tut sie nicht. Du hast es vollbracht, Feja aus dem Langwald. Oh, du hast die Welt nicht aus den Angeln gehoben, aber ich spüre, dass sich etwas verändert.«

»Aber die Gauchen sind immer noch hier!«, rief Meister Adach.

»Na, es braust kein Sturm über das Land, der die Aschlinge fortbläst, aber etwas ist anders. Ich glaube, du hast in diese graue Wand, die zwischen der Alten Magie und den Weren steht, ein Loch gemacht. Ein Löchlein vielleicht nur, doch die Magie kehrt zurück. Langsam nur, aber ich kann sie spüren.«

»Ein Loch?«, fragte Feja enttäuscht. Sie wusste nicht, was sie genau erwartet hatte, aber das war es nicht.

»Das ist mehr, als andere in tausend Jahren vollbracht haben! Du hast den Samen der Hoffnung in einen seit Langem brachliegenden Acker gelegt. Und du hast dafür gesorgt, dass er aufgehen und Wurzeln schlagen wird.«

»Wenn er nicht wieder eingeht«, warf der Ganamon mürrisch ein. »Wirklich, wir haben mehr erwartet von dem Maegadha, das so reich beschenkt wurde!«

»Nun ist es aber gut, Adach. Geh und predige deinen Fröschen, alte Unke!«

Der Kräutersammler murmelte in paar werische Flüche, dann kletterte er durch das Fenster in seine Behausung und verschwand schimpfend im Inneren.

»Lass dir nicht einreden, du hättest nichts erreicht, Feja. Du hast alles verändert. Es wird nur dauern, bis jeder es merkt. Die Weren werden jedenfalls von dir und deiner mutigen Tat erfahren. Doch sag – was wirst du nun tun?«

»Ich habe immer noch nicht herausfinden können, was aus meinem Vater und meinem Onkel wurde, doch ich kann mich nicht in Braake sehen lassen. Ich hoffe, dass mein Vater oder mein Onkel oder beide in den Langwald zurückgekehrt sind, deshalb will ich dorthin.« Ihr fiel wieder ein, welches Geheimnis ihr der Kräutersammler bei ihrem letzten Besuch anvertraut hatte: Edamaras Tränen. Vom Langwald war es nicht weit in die Mondberge … Sollte sie dort Rat suchen? Es gab auch andere Möglichkeiten. Also fuhr sie fort: »Vielleicht sollte ich aber lieber nach Meister Caron suchen. Ich denke, dass ich einen Lehrmeister brauche, denn ich weiß zu wenig über meine Gabe, und sie ist gefährlich.«

»Dann suche ihn, und wann immer du Hilfe brauchst, wende dich an einen von uns Weren. Er wird dir zur Seite stehen. Du kannst auch zu einer Ganesa gehen. Sie könnte dir Dinge beibringen, die vielleicht nützlicher sind als das, was ein ehemaliger Graumagier weiß. Ja, vergiss die dunklen Stunden in den Schatten! Sieh, die Sonne kommt hinter den Wolken hervor und weist dir den Weg. Ganz Edun wartet darauf, von dir erkundet zu werden!«

»Aber die Sonne wandert nach Westen – und wenn ich ihr folge, stehe ich in einer Stunde bis zu den Knien in Meerwasser«, erwiderte Feja trocken.

Meister Hrellech zog eine Grimasse. »Du weißt, was ich meine …«

Feja lachte, dann sagte sie: »Ja, ich weiß es, Meister Hrellech, und ich danke Euch für Eure freundlichen Worte. Ihr habt mir sehr geholfen.«

Meister Adach tauchte im Fenster auf und rief: »Nun ist es genug mit all den Worten. Ihr macht unsere Frösche ganz verrückt mit dem Gerede von Abschied und Dank!«

Feja grinste schief und versuchte, ihre Rührung zu verbergen. Sie fiel dem Kräutersammler einfach um den Hals, was er stocksteif über sich ergehen ließ. Auch Meister Hrellech kam um eine herzliche Umarmung nicht herum, und auch er ertrug sie eher, als sie zu erwidern.

Dann wandte sich Feja nach Süden und ließ den Tempel, Braake und die Graufeste hinter sich. Noch wusste sie nicht, wohin sie gehen würde. Vor ihr lag ein langer Weg, aber Meister Hrellech hatte recht: Die ganze Welt stand ihr offen – und ihre Reise hatte gerade erst begonnen.

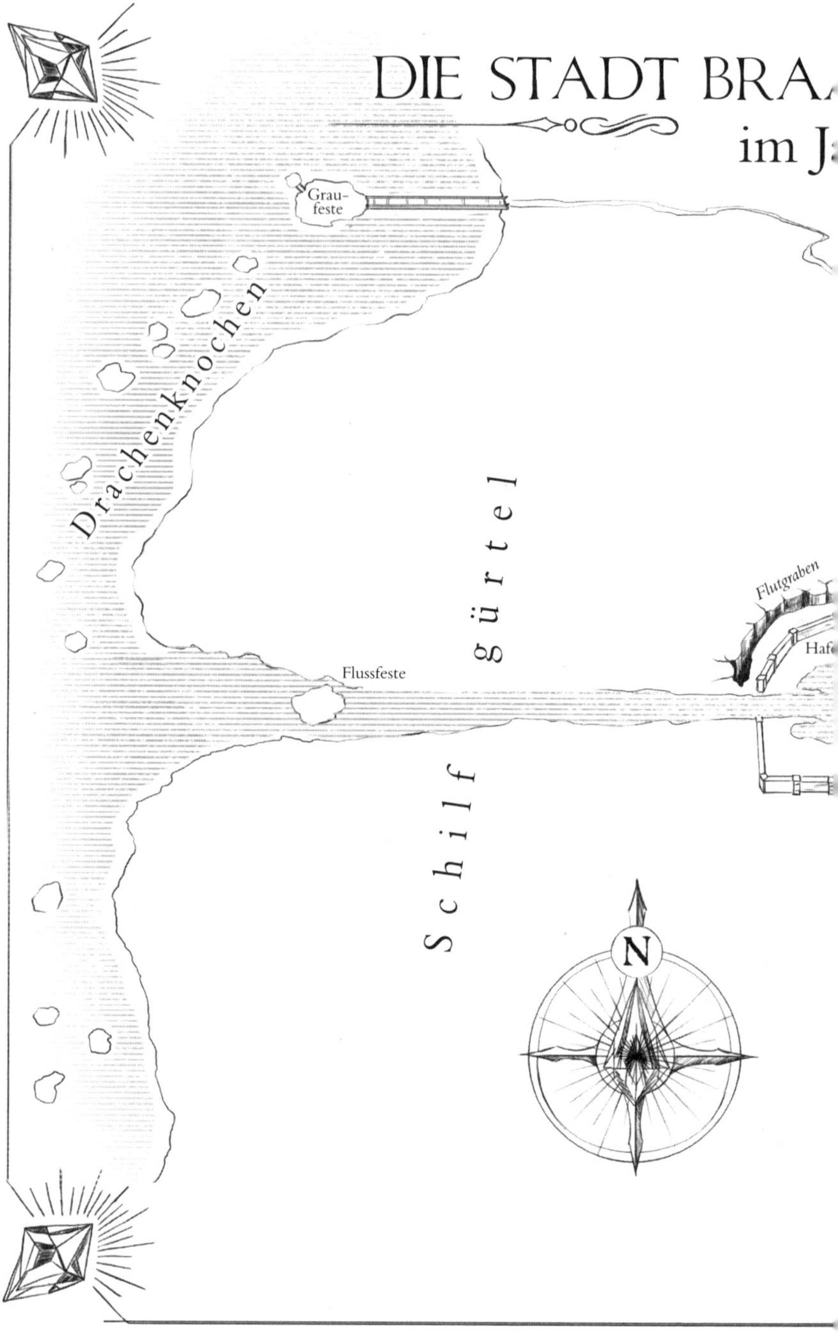
DIE STADT
Grau-
feste
Drachenknochen
Schilfgürtel
Flussfeste
Flutgraben
N

IM GRAUFENN
980

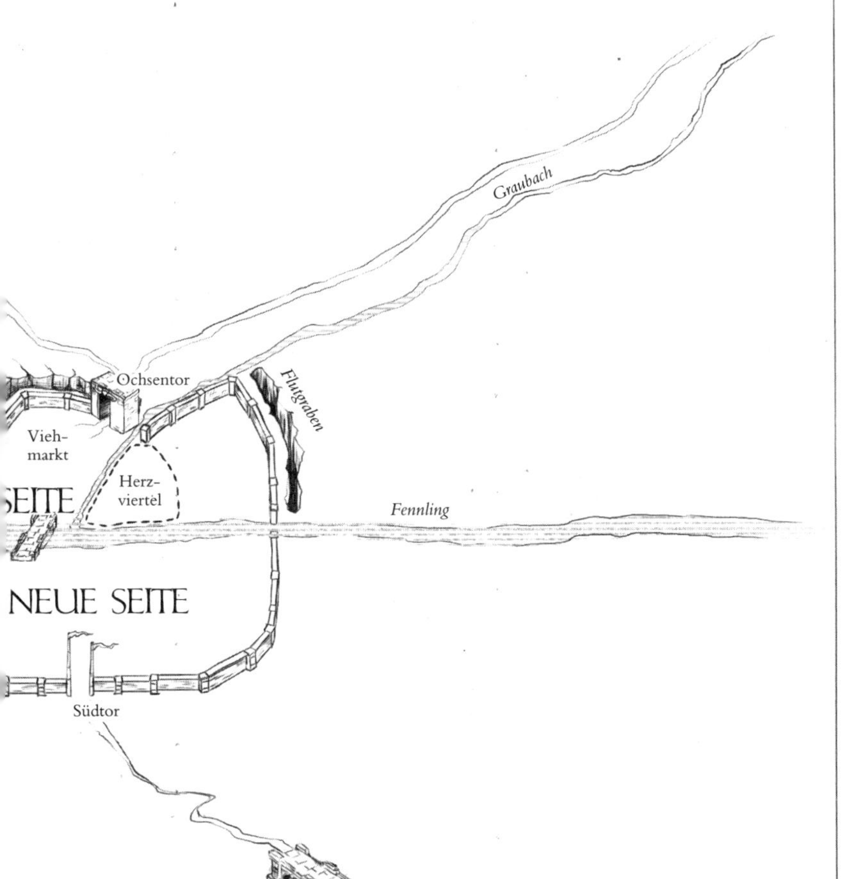